Pôle fiction

Victor Dixen

Le Cas Jack Spark

Saison 1. Été mutant

JEAN-CLAUDE GAWSEWITCH ÉDITEUR

À E., bien sûr.

Rien au monde après l'espérance
N'est plus trompeur que l'apparence.
Charles Perrault,
conteur (1628-1703)

La vérité est une ligne tracée entre les erreurs.
Franz Anton Mesmer,
médecin (1734-1815)

Rien n'est trop merveilleux pour être vrai.
Michael Faraday,
inventeur (1791-1867)

Les citations de Roméo et Juliette *sont extraites de la traduction nouvelle de François Laroque et Jean-Pierre Villquin.*
Librairie générale française, 2005

Prologue

Je cours à en perdre haleine. Le sang fouette mes tempes, mon front dégouline de sueur. Les battements de mon cœur résonnent dans ma tête comme un tambour.

Bom-Bom… Bom-Bom… Bom-Bom…

Deux murs fusent à ma droite et à ma gauche. Des murs immenses qui semblent se pencher l'un vers l'autre à mesure qu'ils s'élèvent. Peut-être tout là-haut, dans l'obscurité du plafond, se rejoignent-ils tout à fait ? Il fait une chaleur !

Bom-Bom… Bom-Bom… Bom-Bom…

Le couloir file devant moi, crevasse étroite creusée au cœur des ténèbres brûlantes, qui menace de s'effondrer sur elle-même à chaque instant, et de me broyer entre ses parois par la même occasion.

Plus vite, plus vite !…

Je voudrais accélérer, courir plus vite encore, mais mes pieds patinent, dérapent, glissent sur le sol visqueux. Mes côtes me font mal, à respirer si fort. J'ai si chaud qu'il me semble que je me consume, que je brûle de l'intérieur. Mon cœur est sur le point d'exploser !

BOM !

Tel un diable dans sa boîte, je me redresse d'un bond contre l'oreiller de mon lit. Quel affreux cauchemar ! Toujours le même, qui me pourrit la vie depuis quinze ans. Pas une nuit sans rêver de ce couloir. Pas une nuit sans ce tambour dans la poitrine. Pas une nuit sans cette course effrénée. Pour aller où ? Pour fuir quoi ? Mystère.

Quinze fois trois cent soixante-cinq nuits, ça fait… voyons… ah, le calcul mental n'est pas mon fort !…

… ça fait plus de cinq mille ! Oui, ça fait plus de cinq mille fois que j'arpente ce couloir. Sans avoir jamais réussi à savoir d'où il vient, ni où il mène. Mais ce que je sais trop bien, c'est qu'une fois éveillé, il n'y a plus moyen de me rendormir.

Je jette fébrilement un coup d'œil au réveil en forme de nain de jardin posé sur ma table de chevet – n'allez pas croire que j'aie acheté cette horreur en salopette tyrolienne moi-même ! C'est un cadeau de ma tante Felicia, qui pense que je suis encore un gamin et qui a des goûts épouvantables. Bref. Je l'ai baptisé Grincheux (comme dans *Blanche-Neige*) et je le déteste. Je dois dire que je ne connais rien au monde de plus stressant qu'un réveil. Simplement, si la plupart des gens ont peur de se réveiller trop tard, ma hantise à moi est de me réveiller trop tôt.

Manque de pot, Grincheux indique en grimaçant qu'il n'est que 2 heures. Le jour est encore loin. Vu d'ici, au cœur de la nuit, le matin paraît aussi distant, aussi inaccessible que le bout du couloir de mes cauchemars…

Je m'étire, je repousse le drap qui me couvre le corps. Trempé de sueur, comme d'habitude. Je fixe un moment la chambre, traversée par un filet de lune qui filtre à travers les rideaux mal fermés. Le temps que mes yeux s'accoutument à l'obscurité. Et j'écoute. D'abord, je ne perçois que le silence. Puis, peu à peu, mon oreille discerne la respiration de la ville endormie : le grésillement des néons invisibles, le doux ronronnement des moteurs et, de temps en temps, la plainte étouffée d'une sirène.

Je ne me presse pas trop pendant cette phase d'adaptation. L'avantage, lorsque l'on se réveille cinq heures avant la sonnerie officielle, c'est que l'on peut se permettre de prendre son temps pour émerger…

Quand j'estime que mes sens sont passés en mode « nocturne », je décide de me lever. Je traverse la chambre sur la pointe des pieds – surtout, surtout ne pas réveiller les parents ! Ils ont mal digéré le bulletin trimestriel que je leur ai rapporté hier soir, le dernier de l'année avant les grandes vacances. Il faut dire qu'il n'était pas fameux. Mais bon, je passe de justesse au lycée, c'est l'essentiel, hein ! À dire vrai, j'étais persuadé de redoubler. Avec huit et demi de moyenne générale, il me semblait que mon cas était entendu. Quelle tête j'ai dû faire quand Mrs Pickwick, la directrice du collège, m'a annoncé que je passais ! Un vrai miracle, si vous voulez mon avis.

Un vrai miracle. Il va en falloir d'autres pour

que je survive, l'année prochaine. La première année au lycée, on m'a bien fait comprendre que ce ne serait pas de la tarte. Franchement, je ne sais pas comment je vais faire. Rien que d'y penser, j'ai envie de pleurer. Mais je me retiens, parce que je suis un mec, quand même !

La fatigue... ceux qui sont capables de dormir ne peuvent pas savoir.

Comment leur expliquer les journées entières à se traîner dans les couloirs du collège, à se concentrer tellement fort pour ne pas fermer les paupières qu'on oublie tout le reste, les profs, leurs exposés et leurs questions ?

Il faut l'avoir vécue soi-même pour la comprendre, cette rumeur qui tourne dans la tête de l'aube au crépuscule, cette meule qui écrase la cervelle jusqu'à la réduire en bouillie.

Il faut les avoir ressentis dans sa chair, ces fourmillements le long des jambes quand vous marchez entre deux salles de cours avec l'impression qu'une colonie de sangsues vous vide de votre force en quelques secondes, et que vous êtes obligé de vous appuyer contre le mur.

Sans parler de la morsure du jour, qui brûle la chair, qui crève les yeux et qui dessèche les narines.

Ça fait quinze années que ça dure, peut-être. Mais chaque matin le calvaire recommence comme au premier jour : on ne s'habitue pas, on ne s'habitue jamais à la fatigue.

Alors oui, j'ai peur. Tout le temps. J'ai peur chaque soir de me coucher. J'ai peur de m'endormir et de me retrouver prisonnier du couloir sans fin. J'ai peur de me réveiller. J'ai peur du sourire cruel de Grincheux et des chiffres inscrits en lettres digitales sur son ventre obèse. J'ai peur de l'attente interminable jusqu'au lever de ce soleil détesté, à compter indéfiniment les heures de sommeil perdues. J'ai peur de la journée qu'il faut affronter, celle qui vient et aussi toutes les autres qui suivront. J'ai peur de l'avenir.

J'ai peur de l'avenir, et je n'ai que quinze ans !

Du calme. Respire. Fais une pause.

Ces insomnies, tu sais que ça peut s'arranger en grandissant. C'est le docteur Smith qui l'a dit. Et de toute façon, ce n'est pas le moment de penser à l'année qui vient. Les grandes vacances commencent la semaine prochaine, quoi ! Plus que cinq petits jours à tenir avant la grande parenthèse annuelle : deux mois de relâche chez Grandpa, dans sa maison de San Francisco en Californie. Deux mois à aller tous les soirs au cinéma à la dernière séance, deux mois à faire la grasse matinée tous les jours jusqu'à midi passé. Deux mois à déjeuner à l'heure du dîner, à dîner bien après minuit. Deux mois de totale liberté en compagnie d'un grand-père follement loufoque, délicieusement décalé, à dormir le jour, à vivre la nuit.

« Tiens bon, mon vieux ! » je murmure à Quaker en ouvrant la porte de sa cage, sur la commode.

Quaker, c'est le hamster que Grandpa m'a offert pour mon quinzième anniversaire. On pourrait penser que j'ai passé l'âge d'avoir ce genre de bestiole, mais que voulez-vous, c'est le seul compagnon de mes nuits blanches.

Les gens croient souvent qu'il tient son nom des

céréales – les flocons d'avoine du petit déjeuner, les céréales Quaker[1]. Ils trouvent que c'est un nom marrant, pour un mangeur de graines. Mais ils n'y sont pas du tout. La vérité, c'est que mon hamster est épileptique : ça le prend d'un seul coup, quand il est stressé, des crises de tremblement terribles, comme s'il passait sur la chaise électrique. C'est Grandpa qui lui a trouvé son nom, en hommage à la secte des quakers. *Quakers*, ça veut dire « trembleurs », parce que les gens qui appartiennent à cette religion sont pris de convulsions quand ils prient et qu'ils sont touchés par la grâce. Même que le bonhomme sur le paquet de céréales, avec son chapeau noir, sa perruque blanche et ses grosses joues rouges, eh ben c'en est un, de quaker !

Quaker-le-hamster a lui aussi de grosses joues, toujours pleines de granulés ou de bouts de meuble rapportés de ses vadrouilles dans l'appartement. Mais ce qu'il préfère par-dessus tout, c'est la nougatine. Bien craquante de préférence. Pour lui aussi, les vacances chez Grandpa, c'est le paradis. Il faut dire qu'avant de prendre sa retraite, Grandpa était pâtissier. Le meilleur de Californie, et peut-être de tous les États-Unis.

J'ouvre ma main dans la cage et Quaker saute dedans – il est très bien dressé. Je le glisse dans la poche de mon pyjama, avec la tête qui dépasse à la manière d'un bébé kangourou. Et nous voilà partis jusqu'à l'aurore.

---

1. Marque de céréales célèbre aux États-Unis, dont le logo est censé représenter un quaker du XIXe siècle.

Que fait-on de ses nuits quand on a quinze ans et que le docteur Smith vous a diagnostiqué *insomniaque sévère* ? Eh bien... on commence par aller aux toilettes. J'ai l'impression que ma vessie va exploser ! Les tisanes de Mum sont redoutables. Elle m'en fait boire un bon litre tous les soirs, à la camomille, à la valériane, à l'aubépine : j'ai droit à toutes les plantes prétendument calmantes. Elles sont surtout infectes !

Me voilà donc dans la salle de bains, à faire la fontaine pendant trois bonnes minutes. Tiens, j'aperçois ma tête dans le miroir du placard au-dessus du lavabo. Mon front est aussi blanc qu'un cachet d'aspirine. Le docteur Smith dit que l'insomnie m'a rendu intolérant au soleil – à moins que ce ne soit l'inverse ? Du coup je ne sors jamais sans m'être tartiné d'écran total le visage, les bras, chaque centimètre carré de peau exposée. Ajoutez à ça des cheveux blonds en pétard, et de grands cernes d'un noir profond tirant un peu sur le violet : me voilà, Jack Spark, adolescent new-yorkais et miraculé scolaire.

Une fois soulagé, je traverse l'appartement à pas de loup. Destination n° 1, la cuisine. J'ai toujours faim quand je me réveille. Mum a décrété que les dîners légers facilitaient le sommeil. Et je n'ai pas droit au dessert, parce que le sucre est un excitant. Je n'ai pas droit au sel non plus, car j'y suis terriblement allergique. Quand j'étais petit, j'ai même failli y rester : à l'école maternelle, une nouvelle dame de service qui n'était pas au courant de mon régime spécial a salé ma purée. J'ai eu la bouche brûlée, et on m'a fait un lavage d'estomac à l'hôpital. Depuis, je ne mange plus à la cantine, Mum me prépare des sandwichs avec du pain sans sel pour le déjeuner. Et tous les soirs c'est salade verte et endives bouillies, suivies de la traditionnelle cruche de tisane…

Je referme doucement la porte de la cuisine derrière moi. En face, la fenêtre est vissée au mur ; notre immeuble de Manhattan est tellement haut qu'avec le vent, ce serait dangereux si on pouvait l'ouvrir. Derrière le double vitrage s'étend un immense champ de guirlandes scintillantes : New York. Cette ville, c'est ma ville. Elle me ressemble. Elle non plus, elle ne dort jamais.

« SQUIIIRK ! » couine Quaker contre ma poitrine.

C'est bon, mon vieux, ça vient.

J'ouvre la porte du réfrigérateur et là… là je suis confronté à la preuve que ma mère ne plaisante pas, mais alors pas du tout avec la nourriture (mais bon, elle a une excuse : elle est diététicienne de métier). Des dizaines de Tupperware sont empilés sur les étagères givrées, rangés avec soin. Chacun d'entre eux porte une étiquette manuscrite, témoignant d'une expérience culinaire tentée par Mum pour étoffer son prochain livre de recettes :

Salsifis au vinaigre	*77 calories/100 g* *à consommer avant : 10 juillet*
Purée d'escargots crus	*90 calories/louche* *à consommer avant : 30 juin*
Cuisses de grenouille vapeur	*42 calories/cuisse* *(attention aux os)* *à consommer avant : 5 juillet*

J'en passe et des meilleures – enfin, façon de parler…

« Squiiirk ! » fait encore Quaker avec une pointe d'impatience.

Sans plus attendre, j'attrape un Tupperware sur la plus haute étagère, au fond à gauche.

Œufs de cent ans *120 calories/pièce*
à consommer avant : ?
(vérifier avec Lee)

Ça, même Mum ne peut pas en avaler. Mais elle ne veut pas l'admettre. C'est son amie Lee Sung, une Chinoise, qui lui a offert ces œufs, et elle les garde au frigo avec obstination depuis des années. Pour dépanner, au cas où, qu'elle dit. Si elle savait que j'ai jeté les œufs il y a belle lurette, et ce que la boîte contient maintenant !

HUMMM… Une délicieuse odeur s'élève du Tupperware tandis que je soulève le couvercle en plastique. C'est notre combine, à Grandpa et à moi : toutes les deux semaines, il m'envoie un colis de pâtisseries toutes fraîches, préparées sans sel spécialement pour moi. En poste restante, pour échapper à la vigilance de Mum.

D'ailleurs, une nouvelle livraison doit m'attendre au bureau de poste. Mon stock de la quinzaine est presque arrivé à épuisement. Il me reste une demi-religieuse au café éventrée, qui s'est répandue sur tout le fond du Tupperware ; une tartelette au citron meringuée racornie ; deux macarons au chocolat tout aplatis.

Je prélève la meringue durcie et je la donne

à Quaker, puis j'attaque la tartelette à la petite cuiller, en rêvant aux festins qui m'attendent la semaine prochaine chez Grandpa. Je suis aussi gourmand que mon hamster : les pâtisseries, c'est mon péché mignon. Même si, d'après les préceptes diététiques de Mum, c'est un péché mortel !

Une fois rassasié, je vais au living-room, toujours sur la pointe des pieds. Je débranche de la platine laser le casque avec lequel Dad écoute ses disques, et je le rebranche sur la télé, laissant Quaker vaquer à ses occupations (depuis quelques semaines, il creuse une galerie dans le dossier de notre nouveau canapé).

Sur le petit écran, les émissions nocturnes se suivent et se ressemblent. Du point de vue cathodique, la nuit est une grosse tranche napolitaine aux couches monotones : documentaires animaliers et vieux films de série Z se succèdent selon une alternance immuable. Échantillon du programme de ce soir : *Survivre dans le désert* / *La momie se déchaîne* / *Loups d'Europe centrale* / *La Malédiction du Garou* / *Proies et prédateurs* / *La Fiancée de Dracula* / etc.

Quand j'en ai assez de cette ménagerie où bêtes réelles et bêtes imaginaires se croisent de si près qu'on ne sait plus les discerner, je me glisse dans le bureau de Dad et j'allume l'ordinateur. Officiellement, je ne suis pas autorisé à me servir du PC après 20 heures : il paraît que les jeux vidéo, ça empêche de dormir. Du coup, c'est Dad lui-même qui tape son mot de passe pour ouvrir les sessions quand j'en ai besoin pour mes devoirs.

Mais un jour, avant l'étude, Dad m'a surpris avec

un sachet de chouquettes envoyées par Grand-pa (heureusement, il ne m'a pas demandé d'où elles venaient !). Il a commencé par me faire la morale, mais très vite on est arrivés à un accord : on a partagé le goûter et il n'a rien dit à Mum. Puis il a tapé son code, et il m'a laissé seul dans le bureau. Et là, j'ai eu une idée géniale. J'ai rassemblé dans le creux de ma main le sucre glace qui restait au fond du sachet, et je l'ai doucement soufflé sur le clavier : les touches où il est resté agglutiné avaient été pressées par les doigts de Dad, rendus graisseux par les chouquettes 100 % pur beurre.

27 janvier. C'est le mot de passe. Le jour de mon anniversaire ? Non, mais celui où les New York Giants ont gagné le Super Bowl[1] pour la dernière fois, en 1991. Dad a été chef d'équipe à l'université, et il est resté très accro au ballon ovale depuis cette époque...

Bref. Je passe quelques heures à surfer un peu au hasard. Je participe à des jeux d'aventures en réseau avec des joueurs australiens, qui rentrent de l'école à l'heure où les premiers métros commencent à rouler à New York. Mais déjà je sens la fatigue me gagner. Je bâille, je soupire, je m'étire. Dad et Mum vont bientôt se lever : il est temps pour moi d'aller me coucher. Et de prétendre que j'ai réussi à dormir un peu.

C'est ma stratégie, avec les parents. Faire semblant, donner l'impression que mes insomnies

1. Le Super Bowl, finale du championnat de football américain, constitue un événement sportif majeur aux États-Unis.

s'arrangent. S'ils se doutaient qu'elles empirent au contraire, que je dors un peu moins chaque nuit, ils le diraient aussitôt au docteur Smith. Et celui-là, qu'irait-il encore inventer ? Au cours des dernières années, il m'a prescrit tant de médicaments, il m'a soumis à tant de traitements… J'ai eu droit à tout, vraiment : on a agité des médailles hypnotiques devant mes yeux pendant des heures, on m'a planté des aiguilles d'acupuncteur dans les bras, on m'a collé des électrodes sur la tête. En vain. Il n'y a que les somnifères auxquels j'ai échappé, car Mum est contre et ne jure que par ses maudites tisanes.

Je regagne donc ma chambre. Je me glisse dans les draps amidonnés par la sueur séchée. Le jour pointe déjà à travers les rideaux, les premiers rayons de soleil déchirant la pénombre de la chambre comme des lames acérées. Avant de fermer les yeux, je jette un dernier regard à Grincheux, dont la bedaine indique 6 h 50. Plus qu'une petite semaine à te supporter, face de cake. Plus qu'une petite semaine !

PREMIÈRE PARTIE

LARVE

1 *La pire journée de ma vie*

Bip-Bip-Bip!
HUMMM…
Bip-Bip-Bip!
Quoi?…
Bip-Bip-Bip!
Par pitié, laissez-moi dormir encore un peu…
«Jack!»

C'est Mum qui frappe à la porte. Mum frappe toujours à la porte après la troisième sonnerie.

«Jack, tu n'entends pas ton réveil? Il est 7h15! Tu vas être en retard au collège. Jack!»

Mum entre dans la chambre, et avec elle un nuage de parfum sophistiqué. Elle tire les rideaux d'un geste gracieux mais ferme. Le soleil de juin déferle dans la pièce, tel un torrent de lave en fusion.

J'entre dans le living-room douché, peigné et habillé, le sac à dos sur l'épaule. C'est là que l'on prend tous nos repas, car l'appartement est trop petit pour comporter une salle à manger séparée, et Mum trouve que ce n'est pas chic de manger dans la cuisine. Les parents sont attablés autour d'un petit déjeuner équilibré : biscottes sans sel, margarine sans cholestérol, confiture sans sucre et café sans caféine.

Comme chaque matin, Mum est tirée à quatre épingles. Avec son chemisier satiné, sa jupe serrée sur ses longues jambes fines et son brushing impeccable, elle est aussi belle qu'une présentatrice de téléachat. Je suis très fier de Mum : tous mes copains l'admirent et toutes leurs mères en sont jalouses. Elle est en quelque sorte la publicité vivante de sa méthode diététique : la *Fast French Formula*© ou *FFF*©, comme elle l'a intitulée. C'est que, depuis toujours, les Américaines sont fascinées par le contraste entre la minceur des Françaises et la richesse de la gastronomie hexagonale, avec le foie gras, les fromages et les grands crus. Or Mum est française. Avant d'épouser Dad et de devenir Mrs Spark, elle s'appelait mademoiselle Marie Croustignon.

Comme Grandpa, qui lui s'appelle toujours Fernand Croustignon. Ça chauffe souvent entre ces deux-là. Mum pense qu'à son âge, Grandpa devrait renoncer à vivre seul et se trouver une maison de retraite confortable dans la banlieue de Miami. Quant à Grandpa, il refuse catégoriquement de quitter San Francisco, qu'il considère comme la ville la plus « européenne » des États-Unis, et la seule où l'on soit capable d'apprécier la vraie pâtisserie (pas ces affreux *donuts* décongelés en terminal de cuisson, précise-t-il souvent). D'ailleurs, il estime que la *FFF*© est une hérésie doublée d'une trahison. Un programme qui prétend être la quintessence du manger français et qui interdit rigoureusement la consommation de dessert, vous pensez un peu !

Dad a fière allure, lui aussi (même si, à l'air dégoûté qu'il prend pour contempler ses biscottes sans sel, je vois bien qu'il préférerait déguster à nouveau les chouquettes de Grandpa !). De la pointe de ses souliers impeccablement cirés jusqu'à son nœud de cravate parfaitement ajusté, il respire le succès et l'énergie. Ses boutons de manchette brillent comme une armure, ses cheveux gominés rutilent comme un casque. Je n'ai jamais très bien compris quel était le métier de Dad, mais quand il part au bureau j'ai l'impression de voir un chevalier partir en croisade.

« Bonjour, Mum. Bonjour, Dad. »

Je m'assieds devant mon bol de chocolat sans cacao, attendant une réponse qui ne vient pas.

Hum… je les trouve bien silencieux, ce matin. Ils manigancent quelque chose, c'est sûr.

« Mon garçon… », commence Dad d'une voix hésitante.

Les parents ont tendance à un peu trop me couver, sans doute à cause de mes petits ennuis de santé ; il n'empêche, je déteste que Dad m'appelle comme ça, j'ai plus l'âge ! Et pourquoi pas *fiston*, pendant qu'il y est ?

« Fiston, continue-t-il avec plus d'assurance. On a eu une sacrée veine de passer au lycée, pas vrai ? »

Aïe. Quand il commence à parler à la troisième personne, c'est son côté *coach* qui ressort. Il se croit sur un terrain de football, et on peut s'attendre au pire !

« Mais maintenant, pas question de botter en touche. Il faut qu'on transforme l'essai ! »

Où est-ce qu'il veut en venir ? Je plonge mon nez au fond de mon bol et j'attends la suite.

« Ta mère et moi avons beaucoup discuté avec Mrs Pickwick. On l'a travaillée au corps, une vraie tactique d'encerclement. Et on a gagné ! »

Dad abat son poing sur la table avec entrain.

« On a gagné, d'accord, mais elle a quand même marqué des points, la Pickwick. On y a laissé quelques plumes. »

Ouh là, qu'est-ce que c'est que ces embrouilles ? Tous ces détours ne me disent rien qui vaille. Je passe au lycée, oui ou non ?

« Il a fallu la négocier, cette victoire. Il a fallu l'arracher. Ça n'a pas été facile, ça non !

– Ce que veut dire Dad, coupe Mum de sa voix douce, c'est que Mrs Pickwick a mis une condition à ton passage au lycée... »

Ma gorge se noue si fort que je ne parviens pas à avaler ma dernière gorgée de chocolat.

« ... elle souhaite que tu profites de l'été pour te préparer à la rentrée.

– Ça veut dire que je vais emporter des devoirs de vacances chez Grandpa, c'est ça ? »

Je dis ça pour la forme, mais en mon for intérieur, je sens déjà que le ciel est sur le point de s'effondrer sur moi.

« Ça veut dire que tu ne peux pas aller chez Grandpa, pas cette année. »

Ça y est.

Le ciel s'est effondré.

Des milliards de tonnes écrasent mes épaules, ma nuque, ma tête.

« Dad t'a inscrit dans une colonie de vacances spécialisée, poursuit Mum comme si de rien n'était. Ce qui se fait de mieux pour les enfants comme toi, qui ont de petits troubles du comportement. Mrs Pickwick pense qu'un séjour là-bas peut t'aider à régler définitivement tes problèmes de sommeil, pour attaquer la nouvelle année scolaire en toute sérénité.

– Je ne suis pas un enfant. »

Il faut que je contre-attaque, que je trouve des arguments.

Vite.

« Pour les enfants et les adolescents bien sûr, c'est ce que je voulais dire, mon grand. Il s'agit du ranch de Redrock, dans le Colorado, au pied des montagnes Rocheuses.

– Yeepee ! Le pays des westerns ! s'exclame Dad avec un enthousiasme surjoué, en mimant deux revolvers avec ses mains.

– Ils appliquent la méthode révolutionnaire du docteur Krampus, une technique éprouvée dont Mrs Pickwick nous a dit le plus grand bien, ajoute Mum. Les matinées sont consacrées à la thérapie comportementale, et il y a plein d'activités en extérieur l'après-midi. Randonnée, équitation, tir à l'arc : si avec tout ça tu ne dors pas ! Ils ont même pensé à la diététique, avec des menus spécialement conçus pour faciliter la concentration diurne et favoriser le sommeil nocturne. Le plus drôle, c'est que le sel est totalement proscrit du régime Krampus ! Ça tombe plutôt bien, non ?

– Mais..., je proteste sans conviction. Je n'aime pas la campagne... »

Quelque chose de plus fort.

Il faut que je trouve quelque chose de plus fort.

«... et puis il y a mon intolérance au soleil!»

Enfin un argument! Ils ne peuvent pas me faire ça, ils ne peuvent pas m'envoyer griller sous le soleil du Colorado. Les activités en extérieur, ça sera sans moi!

«Tu ne peux pas rester cloîtré toute ta vie, mon loup, répond Mum avec son calme diabolique. Nous avons discuté avec le docteur Smith, il pense que tu dois t'exposer plus souvent. Pour te désensibiliser. Tu n'auras qu'à emporter un bon stock de crèmes solaires. De toute façon ce n'est pas la peine de discuter : Dad a déjà envoyé le chèque et réservé ton billet d'avion. Tu pars samedi prochain.

– Je passe te chercher ce soir après les cours, renchérit Dad. On va t'acheter des chaussures de marche, un duvet pour le camping, et aussi un réchaud et un couteau suisse. Tu vas voir, on va faire de toi le meilleur trappeur de la colo, un vrai Davy Crockett!»

Je suis tellement abasourdi que je ne parviens même pas à protester. *Davy Crockett?* Il n'y a pas plus ringard, plus *has been*, plus naze que Davy Crockett! Je suis en train de vivre l'épreuve la plus horrible de ma vie. Franchement, je ne vois pas comment ça pourrait être pire.

«Ah! s'exclame Dad en s'étirant sur sa chaise avec un sourire béat. Tout ça me rappelle ma jeunesse chez les scouts, les veillées au coin du feu, les brochettes de Marshmallows et les œufs cuits sur les cendres au petit déjeuner. Dis, *honey*, j'ai une folle envie d'œufs ce matin. Il nous en reste au frais?»

Je retire ce que j'ai dit : en fait, ça pourrait être pire. Bien pire !

Je ferme les yeux alors que Mum se lève et quitte le living-room.

« Je ne crois pas..., crie-t-elle de la cuisine. Ah si ! Il y a les œufs de Lee. Je suis sûre qu'ils sont délicieux, mon chéri. »

Je garde les paupières fermées très très fort. Si fort qu'elles me font mal et que mes yeux commencent à s'humecter. Peut-être que tout ça n'est qu'un cauchemar après tout, et que dans quelques minutes ce bon vieux Grincheux va sonner ?

« AAAAAAHHHHHH ! »

Le cri me fait sursauter.

Je rouvre les yeux d'un coup.

Malheureusement, je ne suis pas dans mon lit. De retour au salon, Mum vient de lâcher mon Tupperware secret. La religieuse coulante se répand lamentablement sur la moquette du living-room, mare gluante où s'enlisent les débris de macarons.

« Qu'est-ce que... Qu'est-ce que c'est que cette horreur ??? s'étouffe Mum. Jack !!! »

Il y a des moments où l'on voudrait juste disparaître.

Cesser d'exister.

« C'est ton grand-père qui t'a donné ce poison ? Pas la peine de mentir, je suis sûre que c'est lui ! Ah, il va m'entendre, le vieux brigand !

– Fiston ! gronde mon hypocrite de père. Tu sais bien que Mum interdit les pâtisseries dans cette maison. Et d'abord, regarde-moi quand je te parle ! »

Si je ne regarde pas Dad faire les gros yeux,

c'est que quelque chose de bien plus terrible vient de capter mon attention. Surgissant du dossier du canapé, Quaker bondit sur la moquette. Je réalise avec effroi que j'ai oublié de le remettre dans sa cage hier soir !

Suivant mon regard, Dad se retourne sur sa chaise, remarque à son tour Quaker qui se rue sur la flaque de crème pâtissière. Les yeux de Mum, eux, sont rivés sur le canapé, dont le rembourrage de mousse déborde, découvrant une belle galerie bien profonde.

« AAAAAAHHHHHH ! »

Mais alors, quelle journée !

« Mon canapé tout neuf ! s'époumone Mum. En cuir italien pleine fleur !

– Une petite fortune ! renchérit Dad. On n'a encore réglé qu'une mensualité sur trois ! »

Quaker lâche le bout de macaron qu'il est en train de ronger, jette un regard inquiet autour de lui et commence à trembler.

« Taisez-vous..., j'implore d'une toute petite voix.

– Comment ? hurle Mum au bord de l'hystérie, son beau brushing volant dans tous les sens autour de son visage rouge comme une tomate.

– Tu fais peur à Quaker..., j'explique du bout des lèvres.

– C'est comme ça que tu parles à ta mère ? ! » rugit Dad, qui fait les gros yeux si fort qu'il se met à loucher.

Je voudrais leur dire de se calmer, mais il est déjà trop tard.

Quaker s'est mis à vibrer à la manière d'un robot mixeur dans la crème au café, envoyant des jets visqueux tout autour de lui.

Je me précipite à sa rescousse, m'accrochant à la nappe au passage et entraînant derrière moi la vaisselle, la cafetière et les restes du petit déjeuner. J'arrache le hamster à ses sables mouvants, tout en essayant d'ignorer les cris des parents. Puis je le fourre dans ma poche, encore tout englué de crème. J'attrape mon manteau et je me précipite dans la cage d'escalier.

À situation désespérée, solution désespérée : j'ai décidé de fuguer.

*

Me voilà à trois pâtés de maisons de notre immeuble, à errer lamentablement avec une chemise trempée de café et un hamster dégoulinant de crème dans la poche.

Fuguer, c'est bien joli, mais ça demande beaucoup d'énergie. Plus que je n'en ai après une nuit et une matinée pareilles. Et pour aller où, d'abord ? La première, la seule destination qui me vienne à l'esprit, c'est San Francisco. Grandpa acceptera de me cacher, pour sûr. Je vivrai avec Quaker dans les montagnes de la Sierra Nevada, loin à l'intérieur des terres de Californie, et il viendra nous ravitailler en viennoiseries, nougats et autres bonnes choses toutes les semaines.

Je sors mon téléphone et je fais le numéro de Grandpa, que je connais par cœur – c'est le numéro de sa maison, il n'a jamais pu se résoudre à passer au téléphone portable.

DrIIIIIING!

S'il y a un dieu pour les insomniaques, faites qu'il soit là !

DriiiiiiNG!

Faites qu'il décroche!

DriiiiiiNG!

Allez, Grandpa… décroche!

Drii…

«Allô?»

À l'autre bout du fil, c'est une voix de femme. Grandma? Elle est morte il y a longtemps. Qui alors?

«Allô? insiste la dame. Qui est à l'appareil?

– Je… je voudrais parler à Fernand Croustignon.

– Monsieur Croustignon n'habite plus à cette adresse, dit sèchement la dame. Maintenant, si vous voulez bien m'excuser, j'ai une maison entière à rénover…

– Mais c'est impossible! Grandpa a toujours habité là!

– Ah…, murmure la dame, radoucie. Tu es le petit-fils de l'ancien propriétaire… Tes parents ne t'ont pas dit? Ils ont organisé la vente de cette vieille maison branlante pour pouvoir offrir à ton papi une retraite bien méritée au soleil… du côté de Miami, je crois!»

2 *Atterrissage mouvementé*

Enfin ! les premiers bagages surgissent derrière les lanières de caoutchouc, vomis par le ventre invisible de l'aéroport. Une rumeur excitée s'élève de la foule amassée autour du tapis mécanique : les passagers du vol New York-Denver. Je manque de me déboîter l'épaule en attrapant ma valise au passage – elle est pleine à craquer – et je m'extirpe tant bien que mal du troupeau humain.

Je jette un coup d'œil à ma montre. Il est midi. J'ai une heure devant moi pour avaler un sandwich avant de rejoindre le terminal 2, où m'attend le car pour le ranch de Redrock. La colonie fait le plein entre hier samedi et aujourd'hui dimanche. C'est le principe : dans ce camp d'été, tous les pensionnaires sont censés arriver le premier week-end de juillet, et rester jusqu'au dernier week-end du mois d'août…

À travers les grandes baies vitrées de l'aéroport, une région inconnue se dévoile à moi. Ma première pensée, c'est que ce pays porte bien son nom.

Colorado.

Les couleurs du paysage sont si intenses, si éclatantes que j'en ai mal aux yeux – il faut dire que j'ai encore moins bien dormi que d'habitude la nuit dernière, comme chaque veille de départ, et que j'ai du mal à garder les paupières ouvertes. Le ciel est bleu, d'un bleu de saphir. Dans la plaine brûlée, les herbes sèches reflètent l'or du soleil sur des miles et des miles[1] à la ronde. Et les montagnes couvertes de neiges éternelles, tout là-bas, sont aussi brillantes que de l'acier poli…

Ah, un stand Dunkin Donuts ! Ce n'est pas de la grande pâtisserie, mais ça fera l'affaire. Je commande un *salt-free donut* – celui pour les vieux gourmands qui font de l'hypertension – et un Coca, puis je m'installe à une table avec ma valise. Je dévore le *donut* en quelques bouchées, songeant aux recommandations diététiques de Mum avec un délicieux sentiment de transgression.

Encore une demi-heure à tuer. J'observe le hall de l'aéroport depuis ma table, tout en sirotant mon Coca. Les voyageurs vont et viennent entre les fast-foods et les boutiques de souvenirs, ballet chaotique d'estivants en short et d'hommes d'affaires en costume. Où peut bien être Grandpa en ce moment ? Les parents disent qu'il passe quelques semaines de vacances en France avant de s'installer dans sa nouvelle résidence de Floride. Mais je ne les crois pas. Pas après le coup qu'ils m'ont fait. Je suis sûr que Grandpa est déjà incarcéré dans sa maison

1. 1 mile = 1,6 kilomètre.

de retraite pour vieux aliénés. Alzheimer ! C'est l'excuse qu'ils ont trouvée pour le mettre sous tutelle et vendre sa maison ! Ils prétendent qu'il a déjà commencé à perdre la mémoire, et qu'il va peu à peu sombrer dans la démence. Ils soutiennent que cette cage dorée, c'est pour son bien, pour le protéger de lui-même. Mais moi, je sais bien que Grandpa n'est pas fou !

Tiens... Ça fait un moment que cette fille est là, à tourner autour du stand de bijouterie à quelques mètres devant ma table. Une lourde chevelure châtain gaufrée en vaguelettes anguleuses, un visage de chat, triangulaire – plutôt joli. Elle doit avoir à peu près mon âge. Mais que manigance-t-elle ? On dirait qu'elle fait signe à quelqu'un...

... mais oui ! Elle agite la tête en direction d'un petit garçon en culottes courtes, châtain lui aussi, posté au pied du tourniquet sur lequel est suspendue la bijouterie fantaisie, des bracelets et des colliers de pacotille. À son signal, il tire sur la base du présentoir...

BadaBOUM !

L'étalage s'effondre au sol dans un grand vacarme de verroterie brisée.

La vendeuse, épouvantée, abandonne la cliente sur laquelle elle essayait un sautoir en or et se précipite pour relever le tourniquet. L'instant d'après, sans que personne s'aperçoive de rien, la fille se glisse derrière le comptoir et saisit une poignée de bijoux exposés dans la vitrine restée ouverte – des vrais, ceux-là ! Au moment où elle relève la tête, fourrant son butin dans la poche de sa robe en tissu écossais, ses yeux brillants d'excitation croisent mon regard.

« *Chut !...* » mime-t-elle silencieusement en plaçant son doigt devant ses lèvres. Puis elle s'éloigne du comptoir comme si de rien n'était, et elle se dirige vers l'emplacement du tourniquet où le garçonnet pleure comme une Madeleine, attirant sur lui tous les regards.

« Kevin ! s'écrie-t-elle d'une voix affolée. Qu'est-ce que tu as encore fait ?

– Ce n'est pas sa faute, c'est ce maudit présentoir ! explique la vendeuse éperdue. Depuis le temps que je leur dis, au Siège, que ça ne tient pas debout, leurs machins ! Oh, pauvre chou, j'espère qu'il ne s'est pas fait trop mal... »

Le petit Kevin n'a pas une égratignure, bien entendu, mais il hurle plus fort que si on l'avait amputé.

« Viens, dit la fille en le prenant par la main. On va retrouver Mum et passer à la pharmacie. »

Elle se tourne une dernière fois vers la vendeuse :

« Je suis vraiment désolée, pour la casse...

– Mais pas du tout ! s'exclame la brave dame. Si ton petit frère a la moindre contusion, tu peux dire à ta maman qu'elle peut compter sur moi pour témoigner en sa faveur auprès de l'assurance. J'ai tout vu : il n'a touché à rien ! »

La fille hoche la tête avec un culot sidérant. Puis elle s'éloigne de la boutique, son petit frère sur les talons... et elle se dirige vers moi !

« Allez, frangin, me lance-t-elle en relevant le menton avec un air de défi. Finis ton Coca et ramène-toi ! »

Qu'est-ce que c'est que cette histoire ? Comme

j'ouvre la bouche pour protester, je sens les regards de la vendeuse, de sa cliente et de tous les passants braqués sur moi. Ils sont persuadés que je suis vraiment le frère de cette fille. Ma voix meurt dans ma gorge tandis qu'elle me prend par la main et m'oblige à me lever. J'ai juste le temps d'attraper ma valise, avant qu'elle ne m'entraîne à sa suite dans la population grouillante de l'aéroport.

« C'est sympa de ne pas avoir cafté, me souffle-t-elle à l'oreille en marchant au pas de course. Si tu veux, on peut partager.

– Je ne suis pas un voleur ! je proteste avec indignation. D'ailleurs, je ne sais pas pourquoi je te suis et… »

Un cri retentit derrière nous. C'est la voix de la vendeuse, qui vient manifestement de découvrir la supercherie : « Au voleur ! C'est le garçon à la valise, là-bas, avec la fille et le petit ! Arrêtez ces trois vauriens ! »

« Cours ! » me crie la fille.

Elle s'élance en avant, le marmot à la main. Je reste un instant pétrifié tandis qu'elle se fraye un passage dans la foule, qui s'ouvre devant elle comme un couloir. Un couloir ?…

D'un seul coup, je ne sais pas ce qui me prend, j'ai une montée d'adrénaline et je me mets à courir à mon tour ! Je ne suis plus dans l'aéroport, je ne suis plus à Denver : je suis au cœur de la nuit, dans le couloir de mon cauchemar. Les badauds aux visages invisibles fusent de chaque côté sur mon passage, les vociférations de la vendeuse sifflent dans mon dos. Toute mon attention se projette vers la chevelure gaufrée de la fille, zigzag de serpents qui dansent au cœur de la mêlée. Si je m'arrêtais maintenant que j'ai commencé à courir, comment expliquer à tous ces gens que je ne suis pas complice, que je ne suis pas coupable ? Je n'ai plus le choix : il faut fuir. Et cette satanée valise, avec tout le fatras que Dad a absolument voulu que j'emporte, réchaud, gamelle, gourde, lampe-torche 300 watts et boussole, j'ai l'impression qu'elle pèse dix tonnes !

La fille bifurque brusquement devant le McDonald's, tourne à nouveau au coin du Burger King et...

« STOP ! »

Un gigantesque vigile en rangers noirs nous intercepte devant le magasin Gap, coupant court à notre fuite effrénée.

*

« Mais puisque je vous dis que j'allais les rendre, ces horreurs ! répète Sinead, les mains accrochées aux barreaux de la cellule. De toute façon, je ne porte jamais d'or, que de l'argent ! »

Rien à faire. Assise derrière son secrétaire de l'autre côté des barreaux, la vieille dame qui nous sert de geôlière continue de taper son rapport, impassible. D'après les galons qui ornent ses épaules, elle a dû faire au moins le Vietnam. Et pas comme infirmière ou cuisinière, à en croire les cicatrices qui lézardent son visage. Les bijoux volés par Sinead sont posés à côté de son clavier, bien rangés dans des petits sachets en plastique transparent. Comme les pièces à conviction dans les films policiers. Ma valise aussi a été réquisitionnée, de même que celles de Sinead et de Kevin – mais j'ai réussi à garder mon sac à dos.

« Je ne sais vraiment pas ce qui m'a pris de te suivre ! »

J'essaye de contenir ma colère pour ne pas hausser la voix. Les joues de la fille sont encore empourprées par la course, contrastant avec ses yeux vert émeraude. Sa robe est toute rapiécée, couverte de patchs et de coutures, et les boutons qui la ferment ne sont pas assortis.

« Allez, quoi, me charrie-t-elle. Au moins on se sera bien amusés !

– *Amusés* ? Mais de quoi parles-tu ?

– De la beauté du geste. De l'excitation. Des palpitations. De toutes ces choses que le commun des mortels ne comprendra jamais, petit donneur de leçons ! Pas vrai, Kevin ? »

Le gamin m'adresse un grand sourire plein de trous – il doit avoir dans les cinq ans, l'âge où l'on perd ses dents de lait.

« Sinead est *clé de pommade*, m'explique-t-il consciencieusement en exhibant la grille de mots croisés qui lui sert de mâchoire.

– On dit *kleptomane*, Kev', corrige Sinead. C'est comme ça qu'ils appellent les gens comme moi, qui ne peuvent pas s'empêcher de piquer des choses. Bon, c'est pas tout ça, mais on ne va pas y passer la nuit. Madâââme !!! »

Mais elle a beau s'époumoner, la gardienne reste impassible.

« Vous fatiguez pas, les morveux, lâche une voix éraillée juste derrière nous. Ça fait une heure que je lui gueule que c'est pas moi qui l'ai commencée, cette baston. C'est cet abruti de douanier qui voulait absolument ouvrir ma valise ! Mais elle entend rien : elle est sourde comme un pot, la vioque ! »

Je me retourne d'un bond. Je n'avais pas remarqué ce garçon affalé sur la banquette du fond, dans la pénombre de la cellule. C'est un grand type de dix-sept ou dix-huit ans, une carrure de joueur de rugby, les cheveux hérissés en brosse. Un filet de sang séché part de son arcade sourcilière, serpente sur sa joue criblée de cicatrices d'acné, jusqu'à sa bouche qui mâchouille mollement un chewing-gum dans un rictus mauvais.

« On est partis pour moisir ensemble un moment, va falloir vous y faire », dit-il en se levant.

Il doit mesurer au moins un mètre quatre-vingts. Il ne manquait plus que ça : une montagne d'hostilité et de sébum est en train de fondre sur nous.

« Alors comme ça, t'es une sale petite voleuse ? crache-t-il au nez de Sinead. C'est pas bien, ça, c'est pas gentil. Tu sais ce qu'on leur fait, aux voleurs ?... »

Avec la rapidité d'un serpent, il saisit le poignet de Sinead et le tord entre ses doigts noueux jusqu'à ce qu'elle grimace de douleur.

« ... on leur coupe la main ! éructe-t-il avec un rire vicieux.

– LÂCHE-LA ! »

La brute sursaute, relâchant aussitôt son étreinte, et me lance un regard effaré. Le cri a jailli du plus profond de mes entrailles, comme s'il n'était pas juste fait de la vibration de ma voix, mais d'une matière réelle, solide. Brûlante. Un vrai boulet de canon, qui laisse ma gorge enflammée et mes yeux enfumés. La fatigue, sans doute. Qui me retombe dessus au pire moment.

« Qu'est-ce que t'as dit ? siffle le garçon entre ses lèvres minces après quelques secondes. Qu'est-ce que t'as dit ? »

Il s'avance vers moi, menaçant. Un léger chuintement résonne dans le silence de la cellule, tandis qu'une odeur âcre m'envahit les narines. Je tourne les yeux vers Kevin, dont l'impayable sourire s'est métamorphosé en grimace angoissée. Cette odeur, on dirait... On dirait...

Mon regard glisse jusqu'à terre. C'est bien ce que je craignais ! Mes semelles trempent dans une mare d'urine, qui achève de ruisseler depuis les genoux du garçonnet jusqu'au sol de la cellule.

« Beurk ! s'exclame la brute avec une moue dégoûtée. Mais c'est dégueulasse ! Espèce de sale petit...

– Ne t'avise pas de le toucher. »

Moi alors, on peut dire que j'ai vraiment envie de me prendre une raclée ! D'ailleurs, ça arrive : la brute se désintéresse de Kevin et fond sur moi.

Il lève brusquement la main...

... et m'arrache mon sac à dos.

« Qu'est-ce que tu caches là-dedans, morbaque ? Votre butin ?

– Rends-moi ça ! »

Peine perdue. Il m'envoie valdinguer au fond de la cellule d'un revers de la main.

« Voyons, voyons, qu'est-ce que vous êtes allés chouraver ? grogne-t-il en fourrant sa grosse paluche dans l'ouverture.

« OUUAAHH !!! »

Il laisse tomber le sac en poussant un

hurlement de douleur, et porte à sa bouche son index ensanglanté.

« Le sac ! beugle-t-il. Il m'a mordu ! »

Il recule d'un pas, contemplant avec effroi le sac qui remue par terre…

… jusqu'à ce que Quaker pointe le bout de son museau. Le hamster regarde avec méfiance à droite, à gauche. Puis, jugeant que la voie est libre, il se carapate à toute allure vers le mur du fond.

« HIIIIIIIII ! hurle Sinead d'une voix aussi stridente qu'une sirène d'alarme. Une souriiiiiiis !

– Mais non, c'est Quaker !…

– Faut vraiment être timbré pour trimbaler un rat dans son sac ! » postillonne le garçon d'un air outré.

Il se met à poursuivre Quaker à travers la cellule en essayant de l'écraser avec ses gros godillots. Et Sinead qui nous crève les tympans !

« Arrêtez ! »

J'ai beau crier, je ne parviens pas à couvrir le vacarme.

« Je vous en supplie, laissez-le tranquille ou il va faire une crise d'épilepsie ! »

BanG!

Derrière les barreaux, la porte du bureau s'ouvre brusquement. L'agent de sécurité aux rangers noirs pénètre dans la pièce, suivi d'un homme encore plus grand que lui. Un Stetson de cow-boy tombe sur les yeux de ce dernier, ne laissant apparaître que son menton buriné, orné d'une barbichette grisonnante.

La geôlière lève le nez de son clavier, et extirpe de ses oreilles une paire de bouchons insonorisants. Ouais, je comprends maintenant, on aurait pu se faire étriper dans la cellule qu'elle n'aurait rien entendu…

« Ce sont les vôtres ? » demande-t-elle d'une voix lasse.

Le cow-boy sort un papier froissé de la poche de sa veste à franges, un modèle à mourir de rire comme on n'en voit que dans les westerns spaghetti et dans *L'Attaque de la diligence* à Disney World (soit dit en passant, le spectacle le plus naze que j'aie jamais vu, avec des automates ridicules et des détonations de revolvers préenregistrées – mais Dad a beaucoup aimé). Ce qui est moins drôle cependant, c'est que la voix du type, monotone et mécanique comme une voix de robot, a aussi l'air d'être préenregistrée…

« Doug Biggle, dix-sept ans, Seattle… Sinead Flaherty, quinze ans, Chicago… Kevin Flaherty, cinq ans, Chicago… Jack Spark, quinze ans, New York City.

– Je l'aurais parié, soupire la rescapée du Vietnam. Ils sont tous mineurs. Je ne peux pas vous empêcher de les récupérer, mais je vais faire un rapport – un de plus. Vous allez voir, on va finir par vous obliger à les faire voyager en cage, vos pensionnaires ! »

Elle fait un signe de tête à l'agent de sécurité, qui sort un trousseau de clés de sa poche et se dirige vers la porte de la cellule. En deux pas chassés discrets, je me rapproche de la banquette rembourrée et j'y cueille Quaker, qui a commencé à s'y creuser un terrier.

« Vous ne voulez pas que je lui attache les mains avec du sparadrap, à celui-là ? demande l'agent de sécurité en désignant Doug du menton. Il a démoli deux douaniers…

– Pas la peine», lâche le cow-boy.

Il se tourne lentement vers nous et relève le bord de son Stetson, dévoilant des yeux aussi vides et fixes que des yeux de verre. Les commissures de ses lèvres se soulèvent dans une pénible tentative de sourire, pans de rideaux trop lourds qui retombent aussitôt.

«Le docteur Krampus base sa méthode sur le libre arbitre et non sur la contrainte, récite-t-il de sa voix monocorde, comme une leçon apprise par cœur. Ces jeunes gens sont là pour se détendre, pas vrai?»

Il lève lentement sa main, véritable battoir aux doigts couverts de grosses chevalières en bronze. Elle reste un instant suspendue en l'air, telle une main de marionnette reliée par un fil au marionnettiste… puis elle s'abat avec fracas sur l'épaule de Doug, qui en avale son chewing-gum dans un hoquet étranglé.

«Bienvenue dans le Colorado. Mon nom est Bill. Mais à Redrock, tout le monde m'appelle Buffalo.»

3 *L'enfer s'appelle Redrock*

La canicule nous tombe dessus comme une chape de plomb à la sortie de l'aéroport. Malgré ma casquette et mes lunettes de soleil, je suis aveuglé par la lumière. À New York, les nuages et les gratte-ciel parsèment la ville d'ombres flottantes tout au long de la journée. Ici, au contraire, rien n'arrête les rayons, infiniment réverbérés par l'asphalte fondu du parking, par les pare-brise des voitures, par le paysage écrasé de chaleur tout autour. Je sens que je vais en baver, moi, cet été !

« Le car est déjà parti avec les autres pensionnaires, à 13 heures comme prévu, annonce Buffalo. Le docteur Krampus est très à cheval sur la ponctualité. Mais nous prévoyons toujours un deuxième voyage en minibus, pour les retardataires – à chaque fois, nous en récupérons quelques-uns au poste de sécurité. Toi, Biggle, monte avec moi devant ; les autres iront derrière. »

Ça, un minibus ? On dirait plutôt une vieille camionnette à bestiaux, de ce genre si courant dans le Midwest, avec une cabine fermée à l'avant et une large benne ouverte à l'arrière – un vulgaire pick-up, quoi. Sauf que là, ils ont fixé une espèce de bâche en plastique au-dessus de la benne pour faire un toit. Enfin, bon, je ne vais pas me plaindre : au moins, à l'arrière, on n'aura pas à se taper ce bourrin de Doug.

Surmontant la fatigue, je joins mes deux mains pour faire un marchepied à Sinead et l'aider à grimper dans le pick-up. J'imagine qu'elle est du genre à adorer ce genre d'attentions complètement ringardes, et puis… et puis je ne sais pas pourquoi, mais ça ne me dérangerait pas de lui plaire. Sa robe rabibochée me caresse le visage au passage, tout imprégnée d'un parfum de cannelle qui me rappelle la tarte aux pommes de Grandpa. «Tu es un vrai gentleman, Jack, me remercie-t-elle du haut de la benne. C'est bien comme ça que tu t'appelles, n'est-ce pas ?»

Le soleil filtre à travers sa fantastique masse de cheveux, dessinant une auréole presque rouge autour de son visage noyé dans l'ombre du contre-jour.

«Tiens, pendant que tu y es, peux-tu aussi aider Kevin à monter ?»

Je suis vite dégrisé : l'odeur émanant du bermuda détrempé de ce pauvre Kevin est moins enivrante que celle des jupons de sa sœur !

Je finis par hisser ma valise dans le pick-up, puis j'y saute à mon tour.

Des petits bancs rudimentaires sont fixés sur chacun des flancs de la benne. Sinead et Kevin s'assoient sur l'un d'eux. En face, un garçon d'une quinzaine d'années est déjà installé. Il est vêtu de noir de la tête aux pieds, à croire qu'il se rend à un enterrement : pantalon noir, chemise noire, veste noire. Ses cheveux impeccablement peignés sont noirs eux aussi, et forment une aile de corbeau autour de son visage.

« Salut ! »

Pas de réponse.

Je m'assieds à côté de lui, tandis que le pick-up démarre avec un toussotement poussif.

« Euh... Tu dois avoir chaud, habillé comme ça ? »

Le garçon ne bouge pas d'un centimètre. Son regard semble vissé sur la pointe de ses chaussures. Noires, bien évidemment.

« PSSST !... », fait Sinead.

Elle me fixe de ses grands yeux écarquillés, comme pour me dire quelque chose.

Quoi donc ?

Elle tend ses poignets vers moi, tout en désignant le garçon du menton. « *Regarde !* » mime-t-elle silencieusement du bout des lèvres.

Je détaille à nouveau le garçon : des manches de sa veste dépassent d'épais bandages de tulle blanc, solidement noués autour de ses poignets.

« *Suicide...* », mime à nouveau Sinead.

« Et toi, continue-t-elle à voix haute comme si de rien n'était, pourquoi est-ce qu'ils ont décidé de t'envoyer ici ? Je te vois bien schizo, parano ou mytho, un truc psychologique inoffensif, un truc qui se termine en *o*. En tout cas, je trouve ça dingue qu'ils nous mélangent avec les hyper-violents, comme ce sauvage qui m'a broyé le bras...

– Moi je suis *un hérétique* ! coupe fièrement Kevin.

– *Énurétique*, reprend Sinead. Et si j'étais toi, je ne m'en vanterais pas trop !

« Les enfants énurétiques ne peuvent pas se retenir de faire pipi au lit la nuit, m'explique-t-elle. Ni parfois pendant la journée, en cas d'émotions fortes ! »

Ouh là, où est-ce que je suis tombé, moi ? Les parents ont-ils bien lu le descriptif avant de m'envoyer dans ce camp d'anormaux ? Mrs Pickwick se serait-elle trompée dans ses recommandations ?

« Mais..., je finis par demander. Qu'est-ce que c'est exactement que cette colonie de vacances ?

– *Colonie de vacances ?* répète Sinead en pouffant de rire. C'est ainsi qu'ils te l'ont vendue ? Désolée de t'ouvrir les yeux, *darling*, mais Redrock est un camp de rééducation spécialisé pour ados asociaux. Si tu es là, c'est que tu dois être un cas désespéré. Comme Kev', comme la grosse brute de devant, comme le zombie d'en face... et comme moi ! »

Un cas désespéré ? Je n'avais jamais envisagé les choses sous cet angle. Mais les parents et Mrs Pickwick, peut-être bien que si. Mes yeux se perdent dans le paysage qui défile sous la bâche agitée par le vent. Après avoir longé la banlieue de Denver sur quelques miles, nous filons droit vers la masse gigantesque des montagnes Rocheuses. De part et d'autre de la route qui commence à serpenter, la plaine désertique fait place à des rangées de conifères, de plus en plus hauts et de plus en plus fournis à mesure que nous prenons de l'altitude. Bientôt nous évoluons au sein d'une forêt épaisse, entre deux murs d'aiguilles vertes d'où émergent de grands blocs de roche effilés.

Je me laisse bercer par le crachotement du vieux moteur en fin de course. Je sens la fatigue monter en moi, marée irrésistible où s'enlisent mes membres et mes pensées. Oui, à bien y regarder, je dois être un cas désespéré. Je devrais m'en désoler, mais curieusement ça ne me fait rien. Je n'ai pas envie de m'apitoyer sur mon sort. Pas aujourd'hui. Pas à côté de Sinead.

La dernière image que je perçois avant de sombrer dans le sommeil est celle de sa chevelure, étendard en fils de cuivre somptueusement soulevé par le vent des montagnes. Elle m'a appelé *darling*...

*

« Jack ! »

HUMMM... « Jack, réveille-toi : on est arrivés ! »

J'ouvre péniblement les yeux. Le visage de Sinead flotte au-dessus de moi, baigné par la lumière dorée de la fin d'après-midi. Est-ce que je suis encore en train de rêver ?

« Hum... Quelle heure est-il ? je demande en grognant.

– 18 h 30, répond Sinead. Mais regarde plutôt ça ! »

Je me redresse sur le banc, et la vision qui s'offre à moi achève de me réveiller tout à fait. Le point de vue est l'un des plus saisissants qu'il m'ait jamais été donné de contempler – même en haut de l'Empire State Building, je n'ai pas ressenti un tel vertige. Le pick-up est garé au sommet d'un promontoire rocheux rouge vif, île surplombant une mer de cimes épineuses, doucement balancées par l'haleine de la nuit qui arrive. Tout autour de cette nappe végétale, les montagnes forment une muraille gigantesque, aux créneaux aussi acérés que des dents de requin.

Derrière le pick-up s'élève une imposante bâtisse de bois sombre à la forme compliquée, une espèce de manoir victorien relooké façon western. Autour, trois bâtiments à un étage, en bois eux aussi, délimitent une vaste cour. Quelques ados – sans doute des pensionnaires arrivés hier – sont occupés à y nettoyer des chevaux, dont chaque piaffement soulève un nuage de poussière pourpre, dense et opaque.

Mais le plus saisissant n'est pas là. Le plus saisissant, c'est que le plateau tout entier est cerné par un épais grillage de fil barbelé, tendu le long des bords abrupts du piton. Seule faille dans cette barricade : la barrière jusqu'à laquelle serpente la route escarpée que la camionnette a empruntée pour monter jusqu'ici. Une tourelle la surmonte, hérissée de barbelés elle aussi. Un mirador, comme on en voit dans les prisons au cinéma, ou à Guantanamo aux actualités du journal télévisé.

« Tout le monde descend ! »

Buffalo se penche dans la benne et saisit les valises, qu'il balance sans ménagement sur le sol. J'aide Sinead et son frangin à poser pied à terre, puis je saute à mon tour.

« Toi là-bas, fait Buffalo à l'intention du suicidé, de sa voix bizarrement désaccordée. Tu descends aussi. »

Aucune réaction.

Le garçon reste prostré sur son banc, les yeux rivés au plancher.

« Si tu n'es pas coopératif, je vais être obligé d'avertir le docteur Krampus ! » menace Buffalo.

Le garçon demeure impassible.

Malgré la brise du soir, la chaleur reste écrasante sur le plateau. Le silence presque palpable, à peine troublé par la respiration pénible des chevaux, semble la rendre plus lourde encore.

« T'es bouché ou quoi ? rugit soudain Doug, le front en sueur. Tu vois pas qu'on cuit pendant que tu fais ta princesse ? Si tu veux pas descendre, c'est moi qui vais venir te chercher ! »

En deux temps trois mouvements, Doug agrippe le rebord de la benne et s'apprête à y grimper. Mais Buffalo est plus rapide encore. Il attrape le caïd par l'épaule et le retourne comme une crêpe.

« Le docteur Krampus ne tolère pas la violence dans ces murs, jeune homme... », dit-il en rentrant les têtes de ses chevalières une à une vers l'intérieur de sa main.

Le pouce... L'index...

« C'est pas ma faute si vous êtes une chiffe molle ! » s'emporte Doug.

Le majeur... L'annulaire...

« Les bornés comme çui-là, y faut les mater fissa, sinon ils se croient tout permis !... »

Et l'auriculaire.

« Ou plus exactement, coupe Buffalo, le docteur Krampus ne tolère pas la violence de la part des pensionnaires. »

SLAPPP !

La gifle qu'il décoche à Doug est si terrible que le garçon s'écroule par terre, assommé par la puissance du coup. Avec horreur, j'aperçois les marques que les cinq bagues ont imprimées dans la chair de la joue, cratères sombres où perlent de grosses gouttes de sang. Un frisson glacial hérisse chacun de mes poils. *Au secours ! Dans quel traquenard suis-je tombé ?*

Je n'ai guère le temps d'y songer : « HIIIIIIIII ! » hurle Sinead d'une voix suraiguë en plantant ses ongles dans mon avant-bras. Comme réveillé par ce cri strident, le garçon au fond de la benne lève les yeux pour la première fois depuis le début du voyage. Deux puits couleur d'aurore – très pâles, presque transparents, couverts d'une rosée brillante.

« Nous sommes arrivés ? » demande-t-il d'une voix blanche, aussi lointaine que les abysses d'où il semble émerger.

Dans la cour, l'incident n'est pas passé inaperçu. Les cavaliers, qui ont suspendu leur pansage, ne peuvent détacher leurs regards du corps inanimé de Doug. Les chevaux eux-mêmes ont l'air de retenir leur souffle.

« Il n'avait pas mérité ça, sanglote Sinead à mon oreille. C'est une brute et un idiot, mais il n'avait pas mérité ça !... »

Non, effectivement, je ne pense pas que quiconque mérite pareil traitement. Ni Doug ni personne. Ce n'est pas possible qu'ils autorisent de tels châtiments. Même si on n'est pas dans une colo normale. Même si on a atterri dans un *camp de rééducation spécialisé*. Ce n'est juste pas possible. Pas en Amérique. Pas au XXIe siècle !

CRiiiIIII !

Rompant le silence horrifié, la porte du manoir s'ouvre en grinçant sur une petite vieille en blouse à fleurs, coiffée d'une imposante choucroute blanche permanentée qui tremble à chaque pas, gigantesque flan sur le point de s'effondrer. Elle se dirige vers nous d'une démarche énergique, ajustant sur son nez pointu une paire d'immenses lunettes serties d'écaille, qui lui mangent la moitié du visage.

« Voyons, voyons, voyons, grommelle-t-elle d'une voix chevrotante. Qu'est-ce qui s'est passé encore ? Vous deux, là, emmenez-moi ce pauvre gars à l'infirmerie. »

Les deux pensionnaires qu'elle a hélés se précipitent aussitôt sur Doug, le saisissent chacun sous une aisselle et le traînent jusqu'au manoir, tel un boxer K.O. hors du ring.

« Bill, ce que vous avez fait est totalement inacceptable !... » gronde la petite vieille en agitant son doigt crochu sous le nez de Buffalo.

Enfin un peu de bon sens ! Je respire : ce tortionnaire va être dénoncé et traduit en justice, il en prendra au moins pour cinq ans !

« ... vous savez bien que le docteur Krampus nous a dit de limiter les frais d'infirmerie, pas comme l'hiver dernier où vous avez démoli la moitié de la colonie. Il faut que cette affaire demeure rentable, que diable !

– Mais..., bredouille Buffalo. Ce jeune homme avait besoin d'une correction...

– Eh bien, la prochaine fois, trouvez une punition moins coûteuse ! Je ne sais pas, moi : attachez-les au radiateur, privez-les d'eau et de nourriture, obligez-les à écouter l'intégralité de votre collection de musique country. Faites preuve d'imagination : c'est vous le surveillant général, pas moi !

– Je ferai attention à l'avenir, miss Lucy, promet Buffalo en baissant les yeux.

– Bien ! conclut la terrible aïeule en se tournant vers nous. Je vais conduire la demoiselle à sa chambre au ranch ; occupez-vous des deux messieurs. Veuillez me suivre, jeune fille ! »

Un ranch.

C'est donc ainsi qu'ils persistent à appeler cette improbable construction : le ranch de Redrock. Ils sont tarés, de toute façon. *Ils sont complètement tarés.*

Je vois bien que Sinead est aussi désemparée que moi. Je voudrais lui crier de ne pas suivre cette affreuse sorcière, mais en même temps, ne vaut-il pas mieux qu'elle s'éloigne le plus possible du bourreau qui a foudroyé Doug ?

« Ne t'en fais pas… »

J'ai vraiment du mal à parler tant ma gorge est serrée, nouée par la peur.

« Tu peux compter sur moi, je veillerai sur Kevin. »

Ce sont les paroles qu'elle attendait : elle saisit sa valise, embrasse son frère sur les deux joues et lui chuchote quelques mots à l'oreille.

« Merci, Jack, me glisse-t-elle en se relevant. Tu sais, je crois qu'on est embarqués dans une sacrée galère. »

Elle a raison, je me dis en la regardant s'éloigner derrière miss Lucy. Il va falloir qu'on se serre les coudes, si l'on veut avoir une chance de passer l'été…

4 Même pas drôle

Kevin, le suicidaire et moi suivons Buffalo jusqu'au bâtiment formant l'aile droite de la cour. Dans sa première moitié, il est constitué de box pour les chevaux, d'où émane une forte odeur de fumier, intensifiée par la chaleur ambiante. À mi-chemin, un double portillon façon saloon laisse apercevoir un local où sont entreposées des selles et des brides sur des supports en bois. Un peu plus loin, une deuxième porte, plus étroite, est percée dans la façade de planches vernies. Là, c'est à nouveau l'angoisse : un squelette de chouette est cloué sur le panneau, les os maintenus entre eux par du fil de fer rouillé, les ailes déployées dans une atroce crucifixion.

« C'est une protection contre les cauchemars, explique machinalement Buffalo, un vieux talisman indien... Le dortoir des garçons est aménagé derrière la sellerie. Les autres pensionnaires y ont déjà installé leurs affaires. »

Contre les *cauchemars*, cette horreur cauchemardesque ? Heureusement que Kevin n'y a pas prêté attention, sinon c'était la fontaine assurée !

Nous nous engouffrons à la suite du surveillant général dans un couloir étroit et sombre. Au moins, ici, il fait plus frais ! Après quelques mètres, nous débouchons dans une vaste pièce, bordée de chaque côté d'une rangée de lits superposés. Les voilages accrochés aux fenêtres entre les lits flottent comme des méduses, mollement agités par les grands ventilateurs à pales qui tournent au plafond. Les coffres en bois disposés au pied de chaque lit achèvent de donner au dortoir une touche complètement surannée.

Buffalo nous désigne les emplacements qui sont libres. Afin d'honorer la promesse que j'ai faite à Sinead, je demande à me mettre en tandem avec Kevin. Je lui cède la place du haut, qu'il réclame avec ardeur, tandis que le suicidaire choisit le seul lit simple de la pièce, tout au bout de la rangée de droite. Celui-là, au moins, il n'a pas volé sa place dans ce camp pour asociaux !

« Rangez rapidement vos affaires dans les coffres, dit Buffalo de sa voix désespérément atone, puis rejoignez le reste du groupe pour le Comité des activités, au rez-de-chaussée du ranch. Vous êtes attendus à 19 heures. Dans vingt minutes. »

Il tourne les talons, nous laissant seuls dans le dortoir hanté par les voilages flottants.

Dès qu'il a quitté la pièce, je sors mon téléphone portable de ma poche. Vite ! Appeler les parents, la police, les pompiers : n'importe qui !

...

Pas de réseau.

Évidemment, ça aurait été trop beau.

Voyons, réfléchissons... Nous avons quitté l'aéroport vers 13 h 30 : ça veut dire qu'on a roulé cinq bonnes heures pendant que je dormais avant d'arriver jusqu'ici. On doit être à des miles de toute ville, perdus en plein cœur des montagnes Rocheuses. Pas si étonnant que je ne capte rien. Il faudra que je trouve un autre moyen de communiquer avec l'extérieur !

Pour l'instant, il s'agit de ne pas vexer Buffalo et d'être à l'heure pour ce fichu Comité des activités. La question est la suivante : comment faire rentrer tout le bazar dont les parents m'ont surchargé dans le petit coffre au pied du lit ? Heureusement, Kevin, avec qui je dois partager le rangement, est moins encombré que moi. Le minuscule sac de sport en toile jaunie qu'il a ouvert sur son lit renferme une garde-robe des plus sommaires : deux bermudas aussi rapiécés que la robe de Sinead, quelques T-shirts aux couleurs passées, une paire de Converse aux semelles à demi décollées, une salopette et un gros pull mité. Décidément, ils ne doivent pas être bien riches, sa sœur et lui...

En forçant un peu, je finis par réussir à caser tous mes habits dans le coffre. Pas moyen d'y fourrer le matériel de camping, en revanche. Je décide de le remettre dans la valise, quitte à l'entreposer sous le lit, à côté du Tupperware percé de trous où j'ai logé Quaker, qui dort d'un profond sommeil. Je remballe le réchaud, la gamelle, la gourde, la lampe-torche 300 watts, la boussole...

Minute : la boussole ?

Je ne l'avais encore jamais examinée – elle est toujours emballée dans son blister transparent – mais vue de près, elle me paraît bizarre. Au lieu de se stabiliser sur un point cardinal, la petite aiguille tourne lentement dans le cadran, sans parvenir à se décider. Ça, c'est la meilleure : Dad était si excité par sa séance de shopping nostalgique qu'il n'a pas percuté qu'on lui refourguait une boussole pourrie ! Les veillées scouts, les feux de bois et les brochettes de Marshmallows, tu parles ! *Dad, Mum, réveillez-vous : vous avez envoyé votre fils au casse-pipe !*

Rester calme.

Surtout, rester calme.

Je mets la boussole dans ma poche en me disant que je vais quand même la réessayer à un autre endroit plus tard – de toute façon, on ne pourra pas la rendre, je suis sûr que dans son exaltation Dad n'a pas gardé le ticket de caisse.

En faisant glisser ma valise sous le sommier d'un coup de pied, j'aperçois le suicidaire à l'autre bout du dortoir. Les habits qu'il extrait un à un de ses bagages sont tous aussi noirs que ceux qu'il a sur le dos. Voir ce pauvre gars comme ça, silhouette noire courbée contre les voilages blancs, ça me fait relativiser. Après tout, mon sort pourrait être pire… Grandpa a coutume de dire qu'il y a toujours plus malheureux que soi.

« Tu viens avec nous ? »

Gagné : il se retourne.

« On va être en retard, camarade. Tu finiras de ranger tout à l'heure… »

Il jette un coup d'œil à sa valise encore à moitié pleine, il semble hésiter une seconde… Puis il se décide à nous rejoindre. Avec son costume impeccablement coupé et sa mèche de cheveux qui lui barre la moitié droite du visage à la manière d'un cache-œil de pirate, il a une certaine classe. L'élégance du désespoir, je présume.

« Joshua, dit-il en me tendant solennellement la main. Joshua Todd. »

Je ne sais pas ce qui me refroidit le plus : l'incongruité de ce salut d'adulte entre deux ados, ou le contact du tulle rêche dont ses poignets sont bandés...

Quand nous ressortons du dortoir, la lumière est plus dorée, plus flamboyante encore que lorsque nous y sommes entrés. Comme si, avant de disparaître derrière les montagnes, le soleil avait décidé d'incendier le monde. Sous ce déluge de feu, la terre rouge de la cour ressemble au sol de la planète Mars – du moins tel que je l'imagine.

À mesure que nous nous approchons du « ranch », j'en perçois plus nettement les détails et les reliefs, creusés par les ombres du jour qui meurt. C'est un effroyable bric-à-brac de fenêtres, de toits et d'ornements greffés les uns aux autres comme les organes de la créature de Frankenstein. Il y a un côté complètement fantasmagorique dans cet étrange édifice de bois, qui semble tout droit sorti d'un décor de la Hammer[1]. Je me souviens notamment d'un film diffusé vers 3 heures du matin sur le câble – *La Chute de la maison Usher*, que ça s'appelait. Je crois que c'était l'adaptation d'un bouquin. Une histoire de vieille maison hantée, en Nouvelle-Angleterre ou quelque part par là, qui finit par s'effondrer sous le poids

1. Vieille maison de production britannique, spécialisée dans les films fantastiques.

de tous les cauchemars qu'elle renferme. Eh ben, la maison Usher, je l'ai devant moi, mais arrangée à la sauce barbecue.

Le rez-de-chaussée par exemple fait très western, avec son vaste porche couvert cerné par une rambarde, et ses bancs installés sous les fenêtres à guillotine garnies de rideaux à carreaux rouges et blancs. Jusqu'ici, on se croirait en pleine conquête de l'Ouest. Mais plus haut, les étages virent au gothique, dans le style de ces vieilles demeures de la côte Est qui essaient de copier les châteaux européens : fenêtres étroites et pointues en forme d'ogives, toiture pentue hérissée de clochetons. Une tour octogonale couronne le tout, telle une bougie fichée au cœur d'un monstrueux pudding. Curieusement, tous ses volets sont clos – j'en déduis qu'elle doit être inhabitée.

Nous gravissons les quelques marches qui permettent d'accéder au porche légèrement surélevé, et nous nous retrouvons face à une porte massive, ornée d'un énorme heurtoir de bronze en forme de poing serré. Pas la peine de l'actionner : la porte est entrouverte. Je pousse le lourd panneau de bois clouté et…

« Attention ! » hurle une voix de fille.

Sinead ?…

SPLASH!

Un déluge d'eau glacée et une avalanche de rires glaçants me tombent conjointement sur la tête.

« YEEEHOOO ! Voilà le traitement qu'on réserve aux retardataires ! » clame une voix enjouée par-dessus les cris et les sifflements.

Le seau en fer qui était en équilibre au-dessus

de la porte roule à mes pieds. Aïe ! Je suis sûr que j'ai une belle bosse !

« Allez, filez rejoindre le groupe ! » siffle l'auteur de la blague en se tenant les côtes.

C'est un grand gars d'une vingtaine d'années à l'épaisse tignasse rousse – un moniteur sans doute, aussi dégénéré que les autres. Il est assis derrière une grande table en U, comme au Moyen Âge. D'ailleurs c'est bien ce qu'évoque l'immense pièce où nous avons pénétré : une salle de banquet médiévale. D'énormes lustres en fer forgé pendent au bout de chaînes suspendues au plafond, dix mètres au-dessus de nos têtes.

Protégée par une balustrade de bois sculpté, une coursive file le long des murs à mi-hauteur, derrière laquelle on aperçoit des portes closes. À l'arrière-plan enfin s'élève une imposante cheminée, dont l'âtre est si large que l'on pourrait sans difficulté y faire rôtir un bœuf entier. Toutes sortes de trophées garnissent son conduit de pierre, qui monte dans les hauteurs du ranch : têtes de cerfs, de caribous, de sangliers et d'un tas de bestioles dont j'ignore le nom.

Cinq autres adultes président la table aux côtés du rouquin, qui paraît être le cadet : Buffalo, miss Lucy, deux hommes et une jeune femme. À l'image du surveillant général, ils sont fichus comme l'as de pique, avec des fripes qui datent au moins des années soixante. Ils portent tous un chapeau de cow-boy relevé sur le front, qui leur donne l'air particulièrement stupide – à l'exception d'un des types, coiffé d'une toque en fourrure encore plus grotesque. Avec son espèce de queue de raton laveur qui pendouille et sa chemise en daim décorée de chevrons, il me rappelle quelqu'un...

« Par ici ! souffle Sinead. Je vous ai gardé des places ! »

Les deux plateaux latéraux accolés à la table des adultes sont occupés par les pensionnaires, une quarantaine d'ados qui semblent avoir entre douze et dix-huit ans. La plupart sont encore pliés en deux de rire, ravis de ma mésaventure. C'est pas pour rien qu'on parle d'âge bête !

Assise au bout de la table de droite, Sinead nous fait signe de rappliquer.

« J'ai essayé de te prévenir, explique-t-elle comme Kevin, Josh et moi la rejoignons, mais tu as ouvert la porte trop vite. Mon pauvre, ça a dû être horrible comme sensation...

– En réalité c'était plutôt agréable, je mens pour ne pas perdre la face. Avec cette chaleur, c'était, comment dire... rafraîchissant. »

VLan!

Je me prends une serviette-éponge en pleine face, accompagnée par une nouvelle salve de rires qui anéantissent mes tentatives de conserver un semblant de dignité.

« Pas de messes basses ! aboie le rouquin. Essuie-toi et ferme-la. »

Il se tourne vers l'assemblée ricanante : « Et fermez-la aussi, vous autres ! La plaisanterie a assez duré ! Passons aux choses sérieuses : le programme de demain – revu et approuvé par le docteur Krampus, bien sûr. »

Il se lève et marche jusqu'à un grand tableau d'ardoise monté sur un chevalet.

« Demain matin – comme tous les matins

jusqu'à la fin des vacances – ce sera Théâtre et Thérapie pour tout le monde. »

Quelques protestations s'élèvent de la masse des pensionnaires, aussitôt réprimées par un tonitruant « Silence ! » hurlé par Buffalo.

« L'après-midi, nous vous proposons plusieurs activités, continue le rouquin en écrivant sur le tableau. Équitation avec Jesse, Couture avec Calamity, Chasse avec Davy ou Jeux en plein air avec moi. »

Davy !

Davy Crockett !

Le mono à la toque, c'est le portrait craché de Davy Crockett ! Quand Dad avait évoqué le trappeur en radotant sur ses souvenirs de boy-scout, j'avais juste trouvé ça ridicule. Mais de voir ce type, là, véritablement déguisé en *Davy Crockett*, à côté de l'autre psychopathe en *Buffalo Bill*, ça me fait froid dans le dos. Le reste coule de source : Jesse, avec ses faux airs de Cary Grant et sa raie sur le côté, c'est *Jesse James*, et Calamity n'est autre que *Calamity Jane*. La fine fleur du Far West, rassemblée pour la plus grande joie des petits et des grands. Pincez-moi, dites-moi que je rêve ! Et le grand rouquin, c'est qui ? Joe Dalton était petit et brun, que je sache ?

« Merci, le Kid », dit miss Lucy.

Billy the Kid, mais c'est bien sûr ! Par pitié, sortez-moi de là...

« Avant de répartir les groupes, continue la vieille dame en posant la main sur son cœur avec ostentation, je tiens à vous le dire du fond du cœur : merci... »

Qu'est-ce que c'est que ce cirque ? Elle se croit à la remise des oscars ou quoi ?

« ... merci d'être venus si nombreux cette année. »

Alors là, c'est la meilleure : comme si on avait choisi !

« Cette affluence record nous pousse à instaurer cet été un atelier Cuisine, pour aider le Chef à préparer le dîner. Deux pensionnaires y participeront chaque semaine, et seront bien entendu dispensés de toute autre activité pour l'après-midi. Nous ferons des roulements. Alors, qui sont les premiers volontaires ? »

Un silence de mort ponctue les paroles de la gouvernante. Il ne semble pas y avoir beaucoup de cordons-bleus dans le groupe.

« Voyons, n'ayez pas peur ! s'exclame miss Lucy après quelques secondes. Le Chef ne va pas vous manger !

– PFFFF !... » s'étouffe la monitrice assise à côté d'elle.

Ben qu'est-ce qui lui arrive, à celle-là ? Elle a avalé quelque chose de travers ? Une cow-girl de sa trempe, je la vois bien mâcher la chique.

Mais non... c'est un fou rire qu'elle réprime ! Tout comme Jesse, Davy et même ce benêt de Buffalo. Et le Kid aussi, accroché à son tableau : ils sont tous morts de rire ! Cette gaieté soudaine gagne jusqu'à miss Lucy, qui semble tout à coup réaliser ce qu'elle a pu dire de si drôle. Elle termine son allocution en pouffant :

« Vous *manger* !... J'ai dit qu'il n'allait pas vous *manger* !... Ah, sacré moi ! Bon, puisque vous êtes si timides, je vais les désigner moi-même, les volontaires. Toi et toi, c'est réglé ! »

Les pensionnaires, eux, ne rigolent plus du tout. La fille et le garçon choisis encore moins que les autres. Il faut dire que l'hilarité du personnel d'encadrement est pour le moins suspecte.

« Ne faites pas cette tête, conclut miss Lucy en adressant un clin d'œil appuyé à ses collègues. Vous n'êtes pas *en sucre*, que je sache ! »

Nouvel éclat de rire tonitruant de la part des moniteurs.

Bande de dingues.

« Bon alors, enchaîne le Kid les larmes aux yeux, entre deux hoquets. Qui veut aller faire du dada ? »

Une forêt de bras se hérisse aussitôt au bout de la table de gauche, où sont rassemblées une dizaine de filles maquillées comme des voitures volées, toutes plus maigres les unes que les autres.

« OK, les mêmes qu'aujourd'hui, commente le Kid en commençant à inscrire les noms sur le tableau.

– Comme vous dites, les mêmes qu'aujourd'hui, coupe une petite boulotte assise à côté de nous. Je croyais que pour les activités aussi, il y avait un roulement ? »

Aussitôt, une rumeur indignée s'élève du groupe des dix cavalières. La plus peinturlurée d'entre elles se redresse sur sa chaise et prend la parole tout en entortillant une mèche de ses longs cheveux blonds entre ses doigts vernis de rose.

« Je croyais que tu aimais les animaux, Brenda,

dit-elle d'une voix désolée. C'est bien comme cela que tu t'appelles, n'est-ce pas ?

– Tu sais très bien que je m'appelle Brandy, Mary-Ashley. Et, oui, j'aime les animaux. Surtout les chevaux !

– Mais alors, *sweetheart*, pourquoi vouloir les faire souffrir ?

– Les faire souffrir ?

– As-tu songé au dos de ces pauvres bêtes, Brenda ? Crois-tu que ce soit à elles d'assumer tes kilos superflus ? »

La petite grosse rougit comme une tomate. Elle grommelle quelques paroles que nul ne comprend, aussitôt couvertes par le ricanement acide du groupe des dix.

« Bien, conclut le Kid. C'est donc une affaire entendue : les mêmes qu'aujourd'hui. Qui est tenté par la Couture ? Je vous rappelle qu'il s'agit de confectionner les costumes pour le spectacle de la fin des vacances. »

Pendant que le Kid inscrit un à un les noms des volontaires, Sinead, Kevin, Josh et moi convenons de postuler ensemble à l'une des deux dernières activités, n'importe laquelle pourvu que l'on reste groupés.

En moins de temps qu'il ne faut pour le dire, la Chasse est prise d'assaut par une bande de grands gaillards à la mine patibulaire, au milieu desquels ce cher Doug ne déparerait pas. Pour nous, ce sera donc les Jeux en plein air avec le Kid…

Après que le dernier nom a été inscrit sur l'ardoise, miss Lucy se lève en jetant un coup d'œil à sa montre.

« Il va faire nuit à 20 h 30, déclare-t-elle. Filez

vous laver et vous habiller ! Je veux voir tout le monde ici, au réfectoire, dans une demi-heure, cheveux peignés, souliers cirés, aisselles désodorisées. Le docteur Krampus dîne à heure fixe… et il a l'odorat sensible ! »

*

Les pensionnaires se dispersent dans le brouhaha général, chacun regagnant son dortoir – les filles au premier étage du ranch, et les garçons derrière la sellerie.

Je pénètre dans le dortoir et là… c'est l'horreur ! Assis sur le lit à côté du mien, Doug est occupé à se curer les ongles, une compresse blanche sur la joue. Et dire que cette grosse brute va être mon voisin de chambre, il ne manquait plus que ça !

La mort dans l'âme, je prends ma trousse de toilette dans le coffre et je vais faire la queue avec les autres devant les douches, au bout du dortoir.

« Salut ! » s'exclame le garçon devant moi.

C'est un Black en jogging d'une quinzaine d'années, déjà aussi grand qu'un basketteur de la NBA.

« Moi, c'est Ti-Jean !

– Et moi Jack ! »

Celui-là au moins, il a l'air sympa. Quoi qu'il faille se méfier des apparences. Kleptomanes, psychopathes, suicidaires : tous les pensionnaires qui viennent ici ont comme qui dirait un vice caché – c'est la condition d'admission à Redrock, après tout !

« Ti-Jean, ça sonne français, non ? je lui demande, histoire de faire plus ample connaissance. Moi, je suis à moitié français. Par ma mère.

– C'est créole. Haïtien plus exactement. Ça veut dire *Petit Jean*.

– Ah, c'est drôle ! Petit Jean, pour un grand type comme toi ! Tu es arrivé hier ?

– Oui, hier matin.

– Et… tu ne la trouves pas un peu bizarre, cette colo ?

– Ça, tu peux le dire !

– Les monos surtout, ils sont bizarres, avec leurs costumes du Far West. Et le camp, il est bizarre aussi : ces barbelés…

– C'est surtout très sale, tranche Ti-Jean.

– Sale ?…

– Oui. Sale. Crade, dégueu, pas clean. La terre battue, là-dehors, ils auraient dû bétonner ça. Un vrai bouillon de culture pour les microbes. Regarde, il y en a jusque dans le dortoir ! »

Ti-Jean pointe le parquet d'un doigt accusateur.

« Euh… je ne vois pas bien…

– Tu ne vois pas ? s'estomaque Ti-Jean en s'accroupissant et en passant son doigt sur les lattes de bois. Et là, tu vois mieux ? »

Il me brandit son index sous le nez. À bien y regarder, je parviens effectivement à déceler quelques grains de poussière rouge, coincés entre les lignes digitales.

« Ah, oui…, j'admets pour ne pas le contrarier.

– Qu'est-ce que je disais ! triomphe Ti-Jean. Un tel manque d'hygiène, c'est criminel : à croire qu'ils veulent notre peau ! »

Il glisse la main dans la poche de son jogging et en sort un flacon-doseur rempli d'un liquide transparent. *Sanitizer Concentré sans rinçage – tue 99,99 % des bactéries*, dit l'étiquette.

« Si j'étais toi, je ferais attention à tout ce que je touche ici », me conseille-t-il en vidant le flacon dans ses mains.

Avant que j'aie le temps de réagir, la porte de la douche s'ouvre dans un nuage de vapeur.

« Ah ! s'exclame Ti-Jean. C'est mon tour ! Pas la peine de fermer la porte derrière toi !... »

Trop tard. Le garçon émergeant de la cabine a déjà refermé. Ti-Jean fourre le flacon de sanitizer dans sa poche avec humeur, et se dirige vers la douche en grommelant. Il s'apprête à saisir la poignée de la porte vitrée… mais au dernier moment il se fige, il hésite, il reste en suspens, comme un robot confronté à un obstacle pour lequel il n'a pas été programmé. En fin de compte, il se résout à s'abaisser pour actionner la poignée du bout du coude, manifestement soucieux de ne pas s'y *salir* les mains. Ce petit numéro serait plutôt comique s'il n'y avait ce coude, justement, que je n'avais pas remarqué jusqu'à présent.

Les croûtes de sang séché qui le recouvrent ne me donnent pas vraiment envie de sourire.

5 *La méthode Krampus*

« Ils disent que j'ai des TOC, explique Ti-Jean. Mais moi, j'essaye juste d'être propre. »

Engoncé dans une chemise blanche fermée jusqu'au dernier bouton, il préside l'aile droite de la table en U, au bout de laquelle notre petit groupe d'amis s'est naturellement constitué.

Il y a Sinead bien sûr, qui a lié sa crinière avec un ruban de velours mauve, assorti au tour de cou noué sur sa gorge blanche. Ces deux morceaux de tissu sont tout son luxe ; pour le reste, elle a revêtu une modeste robe de coton qui a dû être bleu un jour, mais que le temps a délavé en un gris terne. Là comme ça, avec cette robe défraîchie et ces rubans désuets, on dirait une jeune fille d'une autre époque, sortie d'une vieille photographie recolorée à l'acrylique.

Kevin est dans le même ton que sa sœur : salopette usée, T-shirt reprisé, tignasse rebelle temporairement domestiquée par la salive, avec une raie bien plaquée sur le côté ; on se croirait dans le bouquin de Dickens qu'on a étudié l'année passée au collège, *Oliver Twist.* L'histoire d'une bande d'orphelins mendiant dans les rues de Londres, au XIXe siècle. Pas gai.

Joshua n'est pas gai non plus, mais il est super-sapé. En noir, bien sûr. Il a même sorti la cravate pour le dîner !

Brandy, la cavalière frustrée de tout à l'heure, s'est elle aussi jointe à nous. Elle nage dans une tunique vaporeuse trop grande pour elle, les manches retroussées deux fois sur ses poignets : une stratégie pour dissimuler ses rondeurs, sans doute.

Quant à moi, à voir tous les gars du dortoir lisser les plis de leurs pantalons et astiquer leurs chaussures avec frénésie, j'ai compris qu'on aimait les dîners habillés à Redrock, et j'ai enfilé mon unique chemise. Je n'ai pas intérêt à la tacher si je dois la ressortir tous les soirs !

Oui, vraiment, ici on aime les dîners habillés, et on aime les tables bien dressées. C'est le grand jeu : d'immenses nappes blanches brodées ont été tendues sur les plateaux, les assiettes sont en porcelaine et les couverts en argent. Un grand feu flambe dans la cheminée, d'autant plus appréciable que la température extérieure a chuté de 20 °C sitôt la nuit tombée. Les flammes se reflètent dans les yeux de Sinead, attentive aux paroles de Ti-Jean. Elle est vraiment jolie. Après tout, ces vacances ne vont peut-être pas si mal se passer ?

« TOC : T-O-C, continue Ti-Jean. Ça veut dire "troubles obsessionnels compulsifs". Ce sont des choses qu'on ne peut pas s'empêcher de faire. Plus que ça : qu'on n'a même pas conscience de faire.

– Un peu comme moi avec la fauche, complète Sinead.

– Ou moi avec la nourriture ! s'enthousiasme Brandy. À la maison, il m'arrive de manger sans même m'en rendre compte. C'est quand je découvre la poubelle pleine de pots de glace vides et d'emballages de chocolats que je finis par m'en apercevoir. »

Brandy a du coffre : elle a parlé un peu fort. Suffisamment pour que le groupe des garces l'entende, depuis le bout de la table de gauche où elles se sont abattues tel un vol de vautours décharnés.

« Ne t'inquiète pas, les garçons, eux, ils n'ont pas besoin de regarder dans la poubelle pour s'apercevoir de tes extras ! »

Et vlan ! Mary-Ashley ponctue sa pique d'un petit sourire perfide. Elle trône au milieu de ses comparses gloussantes, telle une momie royale en grande tenue d'apparat. Sa poitrine anémiée flotte dans un bustier en satin rose monogrammé Dior. Relevés sur son front en un montage compliqué, ses cheveux sont maintenus par une immense paire de lunettes de soleil Chanel, dont je doute de l'utilité dans la nuit du Colorado. Une grosse couche de maquillage accentue le creux de ses joues maigres, et fait saillir les arêtes de son nez. Oui, c'est tout à fait ça : une momie fardée, jeteuse de malédictions. Dommage pour Brandy, mais c'est sur elle que c'est tombé.

« Laisse-la tranquille, elle ne t'a rien fait ! »

Sinead, par pitié ! Est-ce que tu es vraiment obligée de t'en mêler ?

Je me tourne vers les filles d'en face en décochant

mon meilleur sourire, pour essayer de calmer le jeu avant qu'il ne soit trop tard.

« Ôte-moi d'un doute, *Cosette*, demande Mary-Ashley d'une voix doucereuse. C'est une robe ou une serpillière que tu as sur le dos ? »

En fait, il est *déjà* trop tard...

« Peu importe, mais j'arrive à la remplir, moi. Pas comme certaines. Sac d'os, va ! »

Absolument trop tard...

Oh non, je ne veux pas voir ça !

TINC! TINC! TINC! TINC!

« Silence ! » crie miss Lucy en tapant sur son verre avec sa petite cuiller, coupant court à l'altercation. Elle siège à la table du fond, parmi les moniteurs endimanchés. Les hommes portent des chemises amidonnées au col fermé par ces lanières de cuir à broche que seuls les amateurs de santiags ont encore le mauvais goût d'arborer, et les femmes s'étouffent dans des robes corsetées qui les rendent aussi amènes que les gouvernantes anglaises des films de Hitchcock.

Je remarque qu'une nouvelle dame s'est jointe au personnel, une femme entre deux âges en tenue de nonne, portant la robe et le voile traditionnels. Elle est avachie dans un fauteuil roulant, et ses yeux sont noyés derrière de grosses lunettes à triple foyer. Il ne manquait plus que ça pour compléter le tableau : une religieuse grabataire !

Le *freak show*[1] continue... et il n'est pas prêt de finir, à en juger par les cinq places centrales, juste devant la cheminée, qui demeurent inoccupées.

---

1. *Freak shows* : expositions de monstres itinérantes, à la mode au Far West à la fin du XIXe siècle.

« Silence, répète miss Lucy en consultant sa montre. Il est 20 h 30. La nuit est complètement tombée maintenant. »

POM… POM… POM…

Quel est ce bruit sourd que l'on entend, à présent que tout le monde s'est tu ?

On dirait que ça se rapproche…

« Levez-vous ! » ordonne miss Lucy.

Les deux tiers des pensionnaires se dressent comme un seul homme, avec une discipline étonnante pour une bande d'*asociaux*. Je remarque que ce sont tous ceux qui sont arrivés hier – ils ont dû être sacrément bien briefés. Nous autres, les nouveaux arrivants, nous les imitons avec un temps de retard.

POM… POM… POM…

« Qu'est-ce que…, je commence à demander à Ti-Jean.

– Chut ! coupe-t-il dans un murmure. Les voilà ! »

Tous les yeux convergent vers la porte située à droite de la cheminée, et toutes les poitrines retiennent leur souffle, alors qu'elle s'ouvre sur les personnages les plus étranges, les plus fascinants qu'il m'ait jamais été donné de contempler.

L'homme qui pénètre en premier dans la pièce est à proprement parler gigantesque, si grand qu'à côté Buffalo lui-même ressemble à un nain. J'essaye d'évaluer sa taille mentalement : deux mètres vingt ? Deux mètres trente ? Difficile à dire, d'autant plus que l'aura autoritaire qui émane de sa personne ne semble pas seulement liée à sa stature. Tout, en lui, domine et écrase : sa mâchoire carrée comme une enclume, ses poings lourds comme des mortiers, sa démarche pesante comme une armée. Le paradoxe, c'est que cette masse de force brute, qui pourrait tous nous broyer en un instant, s'orne d'un raffinement extrême. Une foule de petits détails semblent contenir la violence latente du colosse en même temps qu'ils la soulignent, ce sont autant de digues contenant la fureur d'un torrent. Il y a d'abord les petites lunettes rondes cerclées d'argent, minuscule libellule posée au milieu de cette face immense. Il y a aussi cette masse de cheveux blonds presque blancs qui froufroutent tout là-haut, qui me font penser à la perruque du personnage sur le paquet de céréales Quaker. Et le haut col cassé qui encercle ce cou de taureau, avec sa cravate de soie blanche où est épinglée une perle laiteuse. Et l'œillet piqué à la boutonnière, floraison si fragile entre les collines jumelles des épaules, la plaine plate du thorax et le plateau bombé du ventre. Les boutons brillants fermant les manchettes, la chaînette glissée dans la poche du veston, le pli du pantalon parfaitement droit – tout, dans la mise de cet homme, est étudié, agencé, policé avec un soin qui confine à l'obsession.

Tout... sauf ses énormes bottes de cuir noir, des bottes de cheval munies d'une paire d'éperons aussi pointus que des poignards. Dans la lumière du feu qui embrase la cheminée, ces deux bouts de métal m'apparaissent comme le démenti éclatant de tous les gages de civilisation qui les précèdent : seul le plus sanguinaire des barbares peut être capable d'enfoncer de tels dards dans les flancs d'un être vivant.

La femme qui accompagne le colosse n'est pas

moins étrange, ni moins inquiétante. Presque aussi grande que lui, elle arbore un fantastique chignon de nattes du même blond platine, enroulées les unes autour des autres pour former une véritable tour de Babel. Ses sourcils épilés se résument à deux lignes fines qui semblent tracées au scalpel sur sa peau d'un blanc crayeux. Les fards qui alourdissent ses paupières confèrent à son regard la langueur et le mépris d'un regard de chamelle. Pour le reste, elle a tout d'une reine : robe de soirée digne de la cérémonie des Oscars ; pluie de diamants sous les oreilles, sur la gorge, aux poignets et à chacun de ses doigts aux ongles vernis ; escarpins laqués du même rouge sang, jusqu'au bout des talons vertigineux. À l'instar de son compagnon, au-delà du luxe des détails, une grandeur écrasante se dégage de cette femme. Une majesté intransigeante, impérieuse et cruelle.

Trois jeunes filles ferment la marche. Enfin, je dis *jeunes filles*, mais elles ont toutes une tête de plus que Ti-Jean, bien qu'aucune ne paraisse vraiment plus âgée que lui. Quant à leurs cheveux, ils sont aussi fournis que la crinière de Sinead : cascades dorées moutonnant sous de fins diadèmes de platine, jusqu'aux épaules laissées nues par les robes de bal, blanches et polies comme des galets. Belles, c'est sûr, comme peuvent l'être les princesses des contes de fées et les poupées Barbie – c'est-à-dire avec quelque chose de figé, d'artificiel. Et toujours cette impression de puissance, à l'image des deux adultes qui les précèdent, cette projection de volonté irrésistible.

Des murmures fiévreux s'élèvent du coin de table squatté par la bande à Doug.

« Matez un peu la gonzesse ! chuchote un type au nez cassé. Je crois que je suis *in love…* »

Il n'a pas parlé bien fort, et pourtant il semble que l'aînée des filles Krampus l'ait entendu : elle se retourne et lui décoche un sourire ultra-bright qui le fait rougir jusqu'aux oreilles.

« Bonsoir, Herr Doktor ! scande miss Lucy en se raidissant comme un piquet. Bonsoir, Frau von Krampus ! Bonsoir, mesdemoiselles !

– Bonsoir, bonsoir. Ou comme on dit chez moi : *Servus !* »

La voix caverneuse du docteur Krampus suffit à soulever les pans de la nappe qui s'agitent en tous sens, faisant vibrer les assiettes. Elle est marquée par un accent traînant, sans doute germanique, mais tout de même assez différent de l'allemand que j'ai pu entendre à la télévision. Difficile de dire où est le *chez-lui* auquel il fait référence…

« Je vois que nous sommes au complet, continue-t-il. *Gut. Sehr gut.* »

Il s'avance vers les places libres avec sa femme et ses filles, tout le réfectoire tremblant au rythme de son pas d'éléphant.

POM… POM… POM…

Buffalo, Davy et le Kid se bousculent pour tirer les chaises de sous la table et pour les présenter à ces dames, tandis que le maître des lieux continue sa promenade autour de la pièce, les mains croisées dans le dos.

« Bienvenue à ceux qui nous rejoignent ce soir. Pour ceux-là – mais aussi pour les autres, car la pédagogie est l'art de la répétition – je vais réexpliquer les règles de fonctionnement du camp de Redrock. Des règles simples, concises et efficaces.

Des règles qui ont fait le succès de mon approche, et qui vous apporteront la guérison. Des règles qui tiennent en quatre mots, en quatre lettres. C'est l'ABCD de ma Méthode : *Abidance, Boundaries, Curfew, Diet*[1]. »

Qu'est-ce que c'est que ces fadaises ? La *guérison* ? Mais je ne suis pas malade !

« A comme *Abidance*, martèle le docteur Krampus en progressant lentement derrière la table de gauche. La première condition d'une thérapie réussie est la confiance absolue dans le thérapeute. Je dirais même : la confiance aveugle. Durant ces deux mois, vous serez amenés à voir des choses qui vont sûrement vous surprendre, qui vont peut-être vous choquer. Allez au-delà des apparences. Ou plutôt, renoncez aux apparences. Renoncez à votre *regard* pour que nous puissions vous donner une *vision*. Fermez les yeux pour que nous puissions vous les rouvrir. En un mot : livrez-vous à nous corps et âme.

– Je pige pas grand-chose de ce que vous dites, m'sieur, mais ce que je capte, c'est que les histoires de libre arbitre que nous a servies cet enfoiré de Buffalo, c'était du *bullshit* ! »

Doug peut avoir tous les défauts du monde, on ne lui enlèvera pas son unique qualité : le courage. Ou est-ce juste de l'inconscience ? Le docteur Krampus s'arrête dans le dos du jeune homme, le recouvrant entièrement de son ombre himalayenne.

« Te voilà bien amoché, mon jeune ami, dit le colosse. Que t'est-il arrivé ?

1. *Obéissance, Frontières, Couvre-feu, Régime.*

– C'est ce bâtard, je vous dis ! crache rageusement Doug en désignant le surveillant général du menton. Celui qui nous a dit que dans ce bled, c'était la liberté et zéro contrainte. Mon œil ! Dès demain, je téléphone à mes vieux pour leur dire ce qui se passe ici !

– En voilà un langage ! »

Comme le docteur Krampus lève le bras, un frisson parcourt l'assistance. Doug a beau s'être rapidement remis de la gifle de Buffalo, il ne survivrait pas à celle du colosse…

… mais au soulagement général, le docteur Krampus repose doucement sa main sur la nuque du rebelle, dans un geste paternel.

« Je ne tolère pas les gros mots sous mon toit – la prochaine fois, je te ferai nettoyer la bouche au savon. C'EST COMPRIS, *JA* ? »

L'autorité avec laquelle le géant prononce ces derniers mots me glace du bout des orteils à la pointe des cheveux. Une telle injonction ne souffre ni refus ni délai. Nous assistons d'ailleurs à un phénomène des plus étranges. La figure de Doug s'empourpre soudainement, les veines se gonflent sur ses tempes. Il ouvre la bouche pour protester, mais aucun son n'en sort. De grosses gouttes de sueur perlent sur son front, et de petites étoiles rouges fleurissent à la surface du bandage qui recouvre sa joue : sa blessure s'est rouverte. C'est comme si… comme s'il luttait contre lui-même.

« Je n'ai pas bien entendu ? murmure le docteur Krampus d'une voix doucereuse, sans relâcher sa prise.

– C'est… c'est compris, souffle le garçon.

– *Gut!* »

Le colosse retire sa main de la nuque de Doug, qui pousse une longue expiration, à croire qu'il sort d'une course de fond. Punaise, il est livide, plus blanc que la nappe!

Mais le docteur Krampus a déjà repris sa marche, et le fil de son discours :

« Pour répondre à la remarque de notre ami, la méthode Krampus n'entend aucunement nier le libre arbitre des patients. La preuve : vous pourrez toujours choisir de désobéir… auquel cas vous serez sévèrement punis, bien entendu! À Redrock, il n'y a de contrainte que librement consentie. Ah, et pour ce qui est de contacter les parents de votre propre chef, c'est rigoureusement interdit. Ce qui nous amène au point 2 de ma méthode : B comme *Boundaries.* »

Une rumeur angoissée se répand entre les tables. Contacter les parents, rigoureusement interdit? Ils ne peuvent pas faire ça! Ce n'est pas dans leur intérêt! Pour une simple et bonne raison : si nos parents n'ont pas de nouvelles de nous pendant deux mois, ils vont bien finir par se poser des questions sur ce maudit camp, et par alerter les autorités.

« B comme *Boundaries*, répète le docteur Krampus. Ma méthode repose sur l'immersion totale des patients dans la thérapie. Tout contact avec l'extérieur est potentiellement préjudiciable au succès du traitement. Les limites de la zone dans laquelle vous êtes autorisés à aller et venir sont marquées par la clôture qui entoure la propriété. Une fois encore, tout contrevenant sera sévèrement puni. De toute façon il n'irait pas très loin :

comme vous avez pu le constater, le plateau est cerné de ravins abrupts. Ce qui ne veut pas dire que vous ne pourrez pas découvrir le magnifique site qui nous entoure; des parties de chasse sont régulièrement organisées sous la houlette de Davy. Mais là encore, j'insiste : la moindre insubordination durant ces sorties sera impitoyablement sanctionnée.

« Si certaines frontières sont géographiques, d'autres sont psychologiques. Je vous parlais de l'interdiction formelle de contacter les parents par quelque moyen que ce soit – les parents ou n'importe qui d'autre, d'ailleurs. En effet, la méthode exige le confinement des patients. Pour couper les ponts avec le quotidien. Pour penser à soi. Pour guérir. Il n'y a ni téléphone ni connexion Internet à Redrock. Et pour ce qui est des portables, la plupart d'entre vous ont déjà dû se rendre compte qu'ils ne captaient pas ici. Toutefois, il ne s'agit pas de laisser vos familles sans nouvelles. Pour éviter qu'elles ne s'inquiètent inutilement, un atelier Correspondance sera organisé chaque dimanche après-midi. Cet atelier est bien sûr obligatoire, et je relirai personnellement vos lettres une par une avant envoi. »

La rumeur enfle au-dessus des tables. Apparemment le docteur Krampus a durci le ton par rapport à hier, car ceux qui étaient déjà là paraissent tomber des nues.

« Silence ! rugit miss Lucy.

– La troisième règle commence par la lettre C, continue le directeur du camp en poursuivant sa marche derrière notre table. C comme *Curfew*. C'est une règle simple : interdiction absolue de rallumer les lumières après l'extinction des feux, qui a lieu une demi-heure après la fin du dîner. Et interdiction tout aussi absolue de sortir des dortoirs avant le lever du soleil le lendemain matin. Le repos est en effet l'un des piliers de ma Méthode. Je veux vous garantir de bonnes nuits de sommeil pour réparer vos nerfs fatigués. »

Eh ben, en ce qui me concerne, mon gros, tu peux t'accrocher ! Si atroce qu'elle soit, ta méthode vaudra le coup si elle réussit à me faire dormir – ce dont je doute fortement !

« La quatrième et dernière règle, vous l'avez deviné, commence par D… »

Ti-Jean me donne un coup de coude :

« D comme *Death*, vu comment on est parti !

– Tais-toi ! je lui souffle. Il est juste derrière nous ! »

Heureusement, le docteur Krampus ne semble pas avoir entendu, tout absorbé qu'il est par son exposé.

« … D comme *Diet*. Des années de pratique m'ont amené à la conviction que le régime alimentaire joue un rôle crucial dans la correction des comportements asociaux. L'ennemi, c'est le chlorure de sodium. Ou le sel, si vous préférez. On en trouve absolument partout. La société contemporaine est littéralement enfouie sous une avalanche de sel. Les fabricants en rajoutent à tour de bras dans tous leurs produits, sous prétexte de conservation. C'est surtout un moyen bon marché de masquer le goût insipide des aliments préfabriqués ! Accessoirement, sa capacité de rétention d'eau permet de vendre les plats préparés plus cher au kilo. Cerise sur le gâteau : le sel fait boire.

Une aubaine pour les grands groupes agroalimentaires, qui possèdent tous un département Eaux et Boissons.

« Un ingrédient magique de ce calibre, vous pensez bien que ces messieurs les industriels sont prêts à lui pardonner quelques défauts. Celui de tuer, par exemple. Car le sel tue. Chaque année, des dizaines de milliers d'Américains sont sacrifiés sur l'autel du lobby salé. Le diagnostic est classique, tragiquement classique : hypertension conduisant à l'accident cardiovasculaire. Vous avez tous un proche, parent ou ami, qui y est resté. Et vous-mêmes, mes petits agneaux, vous êtes des sujets à risque. Parce que vous êtes des jeunes gens stressés, inquiets, angoissés, mal dans leur peau. Parce que le sel ne peut que vous rendre plus tendus encore, instaurant un véritable cercle vicieux qui mène tout droit au tombeau. »

La voix du docteur Krampus n'a cessé de croître en décibels comme il se laissait emporter par sa diatribe anti-sel ; il prononce le mot *tombeau* si fort que le réfectoire en résonne pendant cinq bonnes secondes après qu'il s'est tu. Charmant.

« C'est pourquoi vous n'absorberez pas un grain de sel pendant votre séjour à Redrock, reprend-il plus calmement. Pas un atome. Le Chef ne cuisine qu'avec des ingrédients garantis sans chlorure de sodium, et en cas de doute les cuisines sont équipées d'un dessaleur chimique dernier cri. Dans ces conditions, vous comprendrez aisément que la possession, le trafic ou la consommation de sel sont considérés comme des crimes majeurs entre ces murs. Quiconque s'en rendra coupable connaîtra un châtiment exemplaire. »

Un murmure de protestation parcourt l'assemblée. Cette interdiction paraît un brin exagérée – le sel, c'est quand même pas de la coke! Cependant, nous avons beau être catalogués asociaux, personne d'autre que Doug n'est assez fou pour remettre en question les ordres du géant…

« Résumons-nous. A – B – C – D : *Abidance – Boundaries – Curfew – Diet*. Voilà les quatre piliers de la fameuse méthode Krampus. Respectez-les scrupuleusement, et vous passerez d'excellentes vacances. Pas de question ? »

Un silence consterné répond au directeur.

« *Gut. Sehr gut.* Maintenant que les choses sont claires, à table ! Je ne sais pas pour vous, mais moi j'ai une faim de loup !… »

Le pas lourd du docteur Krampus résonne si fort, comme il passe derrière nous, que l'eau déborde de nos verres à chaque fois que son talon heurte le sol.

POM… POM… POM…

C'est du joli : la table est trempée maintenant !

POM… POM… POM…

Par réflexe, je saisis mon verre et je vide ce qu'il en reste d'un trait. Ça sera toujours ça de moins sur la nappe.

POM

Oups. Il vient de s'arrêter là, juste derrière moi.

Qu'est-ce que j'ai fait que je n'aurais pas dû ?

Est-ce que l'eau aussi est interdite dans ce goulag ?

À moins que le fait de porter la vaisselle à ses lèvres avant que le maître de maison ait entamé le dîner soit un manquement impardonnable à l'étiquette de Redrock… Je tourne lentement la tête vers le docteur Krampus, Everest menaçant prêt à s'écrouler sur moi. Je cherche son regard, perdu tout là-haut parmi les soleils éblouissants des lustres, mais je ne parviens à percevoir que deux trous noirs frémissants. Deux narines froncées dans un reniflement formidable.

« MFFFFFF..., inspire le docteur Krampus. Qu'est-ce que c'est que je sens là ? »

Oh non ! Je pense aussitôt à Kevin, assis à côté de moi. Avec le stress, si ça se trouve, il s'est encore oublié...

« Gingembre ?... Non, moins amer. Muscade ?... Non, plus épicé. Voyons, quelque chose de doux et de piquant à la fois... MFFFFFF... J'ai trouvé : cannelle ! Excellent choix, *meine Fraulein*, et qui vous sied à merveille.

– Merci, répond Sinead avec aplomb.

– Mais à l'avenir, ayez la main plus légère sur l'eau de toilette. Les parfums trop forts m'incommodent. Et puis, ils ont tendance à masquer l'odeur de... l'odeur de la peau fraîche. »

L'odeur de la « peau » fraîche ? Qu'est-ce que c'est que ce charabia ? Jamais entendu une telle expression. On dirait que le docteur Krampus a buté dessus, que sa langue a fourché, qu'il s'est rattrapé au dernier moment pour masquer le fond de sa pensée. Si je me souviens bien des contes que me lisait Mum quand j'étais petit, l'expression consacrée des ogres et des grands méchants loups, c'est plutôt *l'odeur de la « chair » fraîche*, non ?...

Bzzz !...

Alors que le docteur Krampus nous tourne le dos pour regagner sa place devant l'âtre, je prends soudain conscience d'une vibration contre ma cuisse. Serait-ce par miracle mon téléphone portable qui se remet à fonctionner ? Un appel des parents ? Peut-être même de Grandpa ? Je glisse fébrilement la main dans ma poche... et j'en sors la boussole. C'est elle qui vibre ainsi : l'aiguille tourne sur elle-même comme tout à l'heure dans la chambre, mais si vite à présent que le cadran en tremble. Quel phénomène étrange ! Et qui semble se calmer à mesure que le docteur Krampus s'éloigne. J'ai l'impression que c'est sa présence qui a affolé la boussole. Décidément, c'est à n'y rien comprendre.

Clap-Clap!

Miss Lucy se lève et frappe dans ses mains, m'arrachant à mes réflexions.

Presque aussitôt, la porte à gauche de la cheminée s'ouvre sur un énorme chariot de victuailles poussé par un homme obèse et voûté, aussi large que haut. Sa peau est plus blanche que la blouse dans laquelle il est engoncé, et les lunettes de soleil qui cachent son visage, pour le moins incongrues à présent que la nuit est tombée, lui donnent un faux air de Marlon Brando dans *L'Île du docteur Moreau* (si vous l'avez vu, vous comprendrez que ce n'est pas un compliment !). La toque dont il est coiffé, tour de Pise vacillant entre ses oreilles en chou-fleur, ne laisse pas de doute sur l'identité du personnage : ce ne peut être que le fameux Chef.

Secondé par miss Lucy, il fait le tour de la pièce en versant dans les assiettes et sur la nappe de grandes louchées d'une soupe grumeleuse, en jetant sur les tables des rôtis calcinés et des ragoûts englués de sauce. Son chariot dégomme toutes les chaises qui dépassent sur son passage.

Il va jusqu'à renverser un saladier de purée brûlante sur les genoux de trois pensionnaires qui se lèvent aussitôt en hurlant de douleur. Une telle maladresse, à croire qu'il le fait exprès ! Encore un sadique…

« À la vôtre, mes agneaux ! *Prost !* » clame le docteur Krampus depuis son siège.

Il porte un toast à l'assemblée, levant une coupe remplie d'un liquide vert vaguement fluorescent. Du sirop à la menthe ? Ou quelque préparation thérapeutique préconisée par sa fichue méthode ? Dans ce cas, c'est de l'automédication : seuls les Krampus ont droit à ce breuvage.

« Surtout n'hésitez pas à reprendre de la nourriture, nous encourage-t-il. Certains d'entre vous feraient bien d'engraisser un peu !… »

6 *Couvre-feu*

« Beurk ! s'exclame Ti-Jean. C'était vraiment dégueu ! Jusqu'à ce soir, je ne savais pas à quel point j'aimais le sel. »

Dans le dortoir, les critiques gastronomiques sont unanimes : le dîner était immangeable. Tout le monde s'indigne devant ce tabou alimentaire, peut-être la plus absurde, la plus injustifiée des règles de Redrock. Cette histoire d'hypertension ne tient pas debout ! De l'avis général, l'interdiction du sel n'a été promulguée que pour pourrir un peu plus la vie des pensionnaires. Cependant, la révolte sera pour un autre soir : aujourd'hui personne n'a moufté, le Chef resservant copieusement chaque assiette sitôt vidée. Le tout sous l'œil inquisiteur du docteur Krampus, énorme bonze trônant devant la cheminée.

« Bah, on s'y fait, tu verras. Moi, c'est depuis ma naissance que je suis interdit de sel. Ce n'est pas si terrible, et puis… il reste le sucre !

– Tu parles ! fait Ti-Jean. La tarte aux fraises était infecte : une pâte à tarte sans sel, c'est…

comme une salle de bains sans savon ! D'ailleurs je vais me doucher.

– Encore ? Mais on s'est lavés juste avant le dîner...

– On n'est jamais trop propre ! »

Sur cette sentence définitive, Ti-Jean ouvre le coffre au pied de son lit superposé. Et là, stupeur : le meuble est rempli de produits de toilette jusqu'à ras bord, savons, gels-douche, shampooings en veux-tu en voilà. Sans compter un carton entier de sanitizers comme celui qu'il a vidé dans ses mains tout à l'heure avant le dîner ! Bon, OK, chacun ses obsessions ; je laisse Ti-Jean filer à sa douche adorée sans chercher à le raisonner davantage.

« Moi je suis d'accord avec toi, je trouve que ce n'était pas si mauvais », déclare l'occupant de l'étage inférieur du lit de droite, un petit brun au regard perçant derrière ses lunettes. Il doit avoir dans les douze ans.

« En fait, je pense qu'il y a des sujets de préoccupation bien plus graves que la nourriture, ici, continue-t-il d'un air mystérieux.

– Tu veux parler du docteur Krampus et de son équipe ? je lui demande innocemment.

– Je veux parler de tout : des monos, des barbelés, de ces règles absurdes. Je veux parler du fait qu'on va être sous surveillance rapprochée pendant deux mois. Je veux parler de l'état dans lequel on va sortir de cette prison. Si jamais on en sort !

– Comment ça, *si jamais on en sort* ?

– J'ai un copain à San Diego – ou plutôt dans la banlieue de San Diego, à Littlefield, là où j'habite. Il s'appelle Evan. Evan Turner. Ses parents l'ont envoyé à Redrock, l'été dernier. Pour traiter son hyperactivité qu'ils disaient. Il faut dire qu'Evan dans une salle de classe, c'est un vrai diable de Tasmanie – mais si, tu sais, le diable de Tasmanie, dans les Tex Avery, c'est la bestiole excitée qui tourbillonne dans tous les sens. Sacré Evan ! Entre les bombes à eau colorée à l'encre de stylo, les punaises sur les chaises des profs et les araignées dans les casiers des filles, il nous a bien fait rire. Il ne tient juste pas en place ! Ou plutôt, il ne tenait pas en place, jusqu'à son séjour à Redrock. À la rentrée dernière, ce n'est pas le même Evan qui nous est revenu. Il nous a semblé… changé. Transformé. Lui qui était d'habitude si turbulent, toujours le premier à plaisanter, nous l'avons retrouvé aussi apathique qu'une huître, et avec autant de repartie. Deux de tension, vraiment : on ne pouvait rien en tirer. Comme s'il avait été lobotomisé. Mais ses parents et les profs, eux, étaient ravis du résultat. Ravis d'avoir métamorphosé ce petit démon incontrôlable en marionnette bien élevée.

– Et… qu'est-il devenu ? je demande en baissant involontairement la voix, comme s'il fallait cacher notre échange à je ne sais qui.

– Bof. Il a terminé l'année avec les félicitations du conseil de classe. Un tel succès que mes parents ont aussitôt décidé de m'inscrire à mon tour à Redrock. Mais il n'y avait que les adultes pour s'y laisser prendre, pour ne pas voir le prix de ce changement miraculeux. Nous, les copains d'Evan, on savait qu'il n'allait pas bien. Peut-être qu'il connaissait enfin ses leçons par cœur, mais il avait aussi des moments d'absence. Comme ça, sans prévenir, au milieu des conversations dans la cour de récré. Des moments où son regard se vidait, et où les mots restaient suspendus dans sa bouche en plein milieu d'une phrase. Peut-être qu'il était devenu « sage comme une image », mais cette image n'était pas belle à voir : un masque inexpressif était venu se greffer sur sa bouille rigolarde. Une vraie tête de robot. Ou de zombie.

– Mais qu'est-ce que tu crois qu'ils lui ont fait ? Et comment peux-tu être sûr que c'est lié à Redrock ? Peut-être est-il tombé malade, je ne sais pas...

– Je suis sûr que c'est Redrock qui l'a rendu comme ça, parce que c'est lui qui me l'a dit ! Parfois, Evan sortait de sa léthargie pendant quelques minutes. C'était comme si un éclair de lucidité le traversait ou comme s'il se réveillait d'un profond sommeil... pour y replonger aussitôt. Ces flashes où l'on retrouvait le vrai Evan, l'Evan d'*avant Redrock*, se sont malheureusement faits de plus en plus rares, et de plus en plus courts.

– Mais enfin, qu'est-ce qu'il a bien pu te dire ! »

Je suis au comble de l'excitation.

Le garçon me regarde d'un air pénétrant, comme s'il voulait faire durer le suspense. Soudain, je me demande si toute cette histoire est bien réelle, et s'il n'est pas en train de m'embobiner juste pour se payer ma tête.

« Il m'a dit qu'on lui avait lessivé le cerveau, reprend finalement le garçon. Il m'a dit qu'il se sentait vidé de l'intérieur. Parfois des bribes de son ancienne vie lui revenaient, des lambeaux de souvenirs, juste le temps qu'il se rende compte de ce qu'il avait perdu, avant de retomber dans le néant. Il était persuadé que c'était Redrock qui l'avait rendu ainsi, sans pouvoir expliquer comment. Ce qui s'était exactement passé au camp, il ne se le rappelait pas. Le black-out. Tout ce dont il croyait se souvenir, c'était qu'il y avait plus de pensionnaires à l'*aller* qu'au *retour*. C'est pour ça que j'ai dit *si on en sort*. La question mérite d'être posée.

– Et cet Evan, il n'a pas idée de ce qui a pu arriver à ceux qui sont restés ?

– En tout cas, il ne nous l'a pas dit. Pas avant de fuguer.

– Il a... fugué ?

– Oui, deux jours avant mon départ pour Redrock. Les adultes pensent qu'il n'est pas parti loin. Je suis persuadé qu'ils se trompent. Pour moi, Evan a fini par devenir complètement fou, à force de ressasser ses souvenirs du camp : il a pété les plombs pour de bon. Je sens qu'il s'est passé des choses affreuses ici... Je sens la présence de tous les pensionnaires qui ont péri entre ces murs.

« Des vautours invisibles qui planent au-dessus de cette colo en cercles lents, de plus en plus serrés et qui nous appellent. Tu ne les entends pas ?... »

Je prête l'oreille en frissonnant.

MOOOooooOOOooooOOOOooo...

L'espace d'un instant, je crois percevoir moi aussi la complainte de ces âmes en peine. Mais aussitôt après, je réalise que ce n'est que le vent des montagnes qui siffle sous les portes, et je m'en veux d'avoir gobé les histoires de ce petit baratineur.

« Bon, ben moi, fantômes ou pas, je vais me coucher ! »

J'enfile mon pyjama avec humeur. La sieste de l'après-midi dans le pick-up n'a pas effacé la fatigue de la nuit blanche avant le départ, et je tombe littéralement de sommeil. Je sens mes jambes flageoler sous moi, et des valises de dix tonnes peser sous mes yeux. Alors que je m'apprête à gagner mon lit, je me dis pourtant que je suis en train d'oublier quelque chose… Quelque chose d'important, oui, mais dont je ne parviens pas à me souvenir. Brossage de dents ? C'est fait. Mettre Kevin au lit ? Je l'ai même bordé. Alors quoi ?

Des éclats de voix en provenance du lit de Doug m'empêchent de me concentrer. Un petit attroupement s'est formé autour du héros du jour, occupé à narrer ses exploits. J'y reconnais la plupart des gars qui se sont inscrits à l'activité Chasse : vus de près, ils ont l'air encore moins commodes que cet après-midi dans le réfectoire.

« Je sais pas ce qui m'a pris, on aurait dit que mon corps se rebellait contre ma volonté, explique Doug d'une voix fatiguée. Je voulais pas baisser la tête devant ce gros lard, ça non ! Mais c'était plus fort que moi…

– Peut-être qu'il t'a hypnotisé ? suggère le type au nez de boxeur, celui qui s'est fait remarquer par l'aînée des filles Krampus.

– Ou peut-être que tu as eu peur ?… »

Kevin ! Il est comme sa sœur, celui-là, il faudrait le bâillonner !

Il a quitté son lit, pour mieux participer à la conversation et exposer son point de vue à la chambrée subjuguée par tant de témérité.

« Moi aussi, quand j'ai peur, je fais des choses que je voudrais pas. Même que je suis énurési…

– Ne l'écoutez pas, je coupe en souriant jaune. Il n'a que cinq ans, il est fatigué : il ne sait pas ce qu'il raconte. »

Mais il est déjà trop tard.

« Peur ? PEUR ??? s'étrangle Doug en bondissant de son lit. J'ai jamais peur, morpion, fourre-toi bien ça dans le crâne ! Tu mériterais une bonne correction !... »

Comprenant soudain qu'il aurait mieux fait de se taire, Kevin vient se réfugier derrière moi en couinant.

« Écoute, Doug, oublions ça..., je plaide sans trop y croire.

– Encore toi ! rugit-il. Je ne sais pas ce qui m'a retenu de te casser la figure, tout à l'heure à l'aéroport ! »

Pour tout avouer, je ne le sais pas non plus. C'est vrai qu'il aurait pu me mettre une raclée.

Or il ne l'a pas fait.

Car le cri que j'ai poussé l'a empêché de le faire. *Comment* ? Là, vous m'en demandez trop...

En attendant, cette fois-ci, Doug a l'air décidé à terminer ce qu'il a commencé. Malgré sa confrontation avec le docteur Krampus, qui l'a visiblement épuisé, il est plus prêt que jamais à en découdre.

Ses yeux lancent des éclairs alors qu'il avance vers moi en serrant les poings. Surtout, il sait qu'il ne doit pas décevoir son public : la bande des chasseurs s'est mise à gronder d'excitation autour de lui, on dirait une meute de chiens avant la curée.

« Vas-y, Doug, fais-lui voir ! »

« À ta place j'aurais pas aimé, Doug ! »

« Une baston ! Une baston ! »

Et là...

... là, l'inexplicable se produit à nouveau. Comme dans la cellule de l'aéroport, je sens une source de chaleur naître au creux de mon ventre, puis remonter irrésistiblement depuis mes entrailles, déferler avec la puissance d'une lame de fond

dans mes côtes,

dans ma poitrine,

dans ma gorge.

J'ouvre la bouche pour la libérer dans un cri au moment où Doug lève son poing…

« Laisse-le ! »

Ti-Jean a été plus rapide que moi. Tandis que je me retourne pour le voir émerger de la douche, une serviette autour de la taille, je sens la chaleur quitter mon corps aussi vite qu'elle s'y est répandue. Quelle étrange sensation…

« D'où est-ce qu'il sort, celui-là ? s'exclame Doug.

– C'est un malade, répond son acolyte au nez cassé. Depuis qu'il est arrivé, il passe son temps à se récurer.

– Mon père dit que les négros sentent plus fort que nous, éructe un type obèse affublé d'un appareil dentaire où sont accrochés les restes du dîner. Eh, Bamboula ! T'auras beau frotter, t'en deviendras pas blanc pour autant ! »

Le groupe des affreux est secoué d'un rire gras, tandis que le visage de Ti-Jean se crispe.

« Et toi, tu auras beau brosser la grille d'évier qui te sert de râtelier, tu pueras toujours autant de la bouche. Car ta puanteur à toi vient de l'intérieur : c'est ton cœur qui est pourri. »

Et vlan, dans les dents ! Jamais Joshua n'a aligné autant de mots depuis que j'ai fait sa connaissance. Celui-là, il parle peu, mais il parle fort !

La chambrée reste muette une seconde, puis

quelqu'un éclate de rire, bientôt suivi par tout le dortoir. Le gros garçon raciste devient tout rouge, et ferme les lèvres si fort pour cacher sa dentition honteuse qu'on les dirait cousues l'une à l'autre.

Décontenancé, Doug jette un coup d'œil par-dessus son épaule à droite, puis à gauche : il n'a plus l'assistance avec lui. Il hésite. Il recule. Mais son lieutenant, le type au nez cassé, ne semble pas vouloir battre en retraite aussi vite.

« Regardez-moi cette troupe de bouffons ! s'exclame-t-il à la cantonade. Yeux-de-Blaireau, Monsieur Propre et Costard-Cravate ! Quelle belle brochette de justiciers ! »

Nouvelle vague de rires, cette fois-ci contre nous – décidément, la popularité ne tient pas à grand-chose… Jusqu'à présent, au collège, on ne m'avait jamais comparé à un blaireau. À un raton laveur, à un panda, à un lémurien aux yeux cerclés, oui, mais pas à un blaireau. Voilà qui complète la ménagerie inspirée par mes cernes à mes joyeux camarades…

« Tout le monde au lit ! hurle Buffalo en entrant dans la pièce. Extinction des feux dans deux minutes ! »

Voilà qui coupe court à tout débat. Remue-ménage dans le dortoir, chacun regagnant son lit en quatrième vitesse.

« Plus qu'une minute ! tonne Buffalo. Je vous rappelle qu'une fois les lumières éteintes, il est formellement interdit de les rallumer, et même de quitter votre lit avant le lever du jour. Et pas la peine d'essayer de feinter : la nuit, tout Redrock est sous haute surveillance. Plus que dix secondes ! Dix... Neuf... Huit... »

Sous haute surveillance ? Que veut-il dire par là ? Et sous la surveillance de qui, d'abord ? Ce Buffalo, tout dérangé qu'il est, il faut bien qu'il dorme tout de même !

« Sept... Six... Cinq... »

« PSSST !... » me fait Doug depuis son lit en brandissant un doigt d'honneur. Toujours aussi agréable, celui-là.

« Quatre... Trois... Deux... »

Je décide de l'ignorer. Demain est un autre jour.

« Un... Je ne veux plus entendre un bruit ! »

Le dortoir sombre dans une purée de pois, troublée seulement par quelques rayons de lune qui filtrent à travers les interstices des volets soigneusement fermés. Adossée contre une fenêtre, la silhouette de Buffalo se détache vaguement, évoquant je ne sais quel animal fantastique. Dans le faible contre-jour lunaire, son chapeau prend la forme d'un bec monstrueux, les franges de la veste pendent ainsi qu'une peau de serpent en mue. Son immobilité elle aussi est reptilienne, c'est l'immobilité des crocodiles et des varans. Et s'il restait là, comme ça, toute la nuit ? On dit bien que les chevaux dorment debout, alors pourquoi pas les cow-boys ?

... alors pourquoi pas les cow-boys...

... pourquoi... pas...

...

*

Le couloir s'étend devant moi à perte de vue, plus long, plus inquiétant... plus vrai que jamais, teinté d'une lumière rougeâtre et palpitante semblable à celle des braises qui meurent. Il fait si chaud ! Je cours à en perdre haleine, comme si ma vie en dépendait. Et mon cœur : il n'a jamais battu aussi vite !

BOM-BOM... BOM-BOM... BOM-BOM...

Quel état étrange : je rêve et en même temps je sais que je rêve. Comment est-ce possible ? Peut-on se rendre compte que l'on rêve sans s'éveiller aussitôt ? Et un rêve peut-il vraiment paraître aussi réel ? Jamais encore les murs du couloir ne m'avaient semblé si présents, d'une présence lourde et matérielle, palpable. Ils sont constitués d'une roche rouge, grenue et brillante, comme cristallisée : du granite, peut-être ? Suis-je dans une grotte ou une caverne ? Mais les parois sont tellement lisses, comme si elles avaient été polies, et la voûte est si haute, si lointaine : on dirait presque que tout ceci a été *construit*. Cependant quel peuple, quelle civilisation aurait pu produire une architecture si titanesque ? Les immenses blocs entre lesquels je m'essouffle ne laissent apparaître ni faille ni interstice ; de toute évidence il ne s'agit pas de pierres empilées, mais plutôt d'une galerie creusée à même le roc, d'une galerie haute de cent mètres ou plus !

BOM-BOM... BOM-BOM... BOM-BOM...

Mais... on dirait une silhouette, tout là-bas dans le couloir, une silhouette noire dans la fournaise rougeoyante. Mais oui, c'est une silhouette humaine ! Un fluide glacial court le long de ma colonne vertébrale, mélange de peur et d'excitation. Pendant quinze ans, mes songes ont toujours été des songes solitaires, animés des battements de mon seul cœur, des sifflements de ma seule respiration. Jamais je n'ai rêvé de mes parents, de mes camarades de classe, des filles qui m'avaient ému pendant la journée.

En apercevant cette ombre d'homme, au loin devant moi, je réalise soudain à quel point la solitude de mes nuits m'a pesé depuis mon enfance. Cependant, rien n'est plus terrifiant que l'inespéré, et face à cet autre surgi du néant, je ressens la timidité d'un condamné à perpétuité devant une porte de prison miraculeusement ouverte. Bon sang, j'ai été enfermé dans ma prison de ténèbres pendant quinze ans !

BOM-BOM… BOM-BOM… BOM-BOM…

Reprends-toi. Et cours plus vite encore ! Il faut rattraper ce type coûte que coûte. Peut-être qu'il connaît le sens de tout ça – du couloir, de la chaleur, de cette fuite effrénée. Car il ne semble pas courir, lui, je m'en rends compte maintenant que je me rapproche. Il se contente de marcher, parce qu'il sait qu'il ne sert à rien de s'essouffler dans cet enfer brûlant. Parce qu'il sait qu'il a tout son temps. Oui, c'est ça qu'il va me dire, c'est ça que j'attends depuis toujours : qu'il me dise que j'ai tout mon temps. « Relax, Jack, détends-toi un peu et faisons un bout de chemin ensemble. » Des larmes de joie me montent aux yeux comme j'entrevois enfin, après toutes ces années de souffrance, le visage souriant et calme du Répit. Mais avant, il faut que je mette le turbo, que j'accélère encore une fois : c'est la dernière ligne droite !

BOM-BOM… BOM-BOM… BOM-BOM…

Plus que deux cents mètres… Les contours de la silhouette se précisent. Le gars n'est pas plus grand que moi, un ado sans doute. Sa démarche est lente, son dos légèrement voûté.

« Eh, toi ! je crie entre deux inspirations. Attends-moi ! »

Mais lui, il continue d'avancer comme s'il n'avait pas entendu. Comme s'il était sourd. Une hypothèse atroce me transperce : et si après tout j'étais vraiment en enfer, à m'épuiser derrière un fantôme sans os, en marche vers sa damnation ?

BOM-BOM… BOM-BOM… BOM-BOM…

Plus que cent mètres… Je distingue maintenant les habits dont le gars est vêtu, ou plutôt les guenilles. Il porte un pyjama à moitié effiloché, les jambes du pantalon en lambeaux sur des mollets écorchés et, malgré la chaleur, une doudoune éventrée vomissant son coton.

« EH ! » je fais à nouveau, mais je n'ai plus le cœur de crier. Au moment où je rejoins le vagabond, avant de le dépasser pour le contempler de face, l'espoir est déjà mort dans ma poitrine. Je sais que ce n'est pas cette nuit encore que la malédiction de la solitude sera brisée.

Ça y est.

Je me retourne.

Il s'arrête.

Un visage vide, un visage mort. Un masque de chair plutôt qu'un visage. Livide, déformé par la fatigue, et percé de deux gouffres sombres qui me regardent sans me voir. Un nom est brodé sous le col déchiré du pyjama : EVAN.

Non, ce n'est pas possible ! Ce n'est pas vrai ! Les histoires du petit baratineur du lit d'à côté ne sont pas vraies ! Il m'aura tourné la tête, et maintenant ses mensonges envahissent mes rêves ! Et pourtant... pourtant, le garçon face à moi paraît si réel. Les épaules sur lesquelles je pose mes doigts sont bien solides, la respiration qui sort difficilement de sa poitrine siffle bien dans mes oreilles.

« Evan ! »

Je sens ma gorge se contracter. Le couloir de mes cauchemars existe-t-il vraiment quelque part, et Evan l'a-t-il réellement rejoint ? Ou bien est-ce l'évocation du fugueur par Stuart tout à l'heure qui me fait imaginer sa présence dans mes songes ?

« Que s'est-il passé, Evan ? Que s'est-il passé à Redrock ? Où nous trouvons-nous en ce moment ? »

Rien. Pas un frémissement sur son visage, rien qui montre qu'il me voit ou qu'il m'entend. Juste ses deux yeux grands ouverts au fond de leurs orbites creusées, pareils aux deux billes de verre qu'a Buffalo à la place des yeux. Mais que lui est-il arrivé ? Mais que leur est-il arrivé à tous !

« Qu'est-ce qu'ils t'ont fait ? »

Je l'agrippe à pleines mains, incapable de me contenir plus longtemps.

« QU'EST-CE QU'ILS T'ONT FAIT ??? »

Mais Evan reste inerte. Je sens la colère monter en moi, un moyen d'exorciser l'horreur. Et je secoue Evan de plus belle, je le secoue de toutes mes forces pour l'arracher au sommeil, à l'oubli, à la mort. Sa tête dodeline sur ses épaules, ballon de baudruche dérisoire flottant sur les ténèbres rougeoyantes, de plus en plus sombres, de plus en plus denses.

De plus en plus denses ?...

Mais oui, la portion de couloir d'où je viens est

progressivement envahie par une ombre gigantesque. La panique s'empare de moi quand je réalise que c'est *elle*, que c'est la *Chose* à qui appartient cette ombre que je fuis depuis quinze ans ! Pour la première fois, je me suis arrêté. Pour la première fois je me suis retourné. Et, pour la première fois, elle est sur le point de me rattraper.

« Viens ! » je hurle dans les oreilles d'Evan en le tirant par le bras.

Rien à faire. Il a beau avoir une tête de moins que moi, il paraît peser cent kilos, cent tonnes, le poids d'un univers. Derrière lui, l'ombre s'intensifie encore, projetant sur les murs de hideuses excroissances, des filaments de ténèbres s'agitant comme des milliers de bras…

MOOOoooOOOoooOOOooo…

Le mugissement de la créature qui s'approche me glace le sang. Quelle abomination se dissimule au détour de ce couloir ?

MOOOoooOOOoooOOOooo…

La peur rugit dans mon ventre, dans ma poitrine, dans ma tête. Je lâche les épaules d'Evan, qui glisse comme une poupée de chiffon entre mes doigts et s'effondre à mes pieds.

Je me remets à courir comme je n'ai jamais couru. De tout mon corps, de toute mon âme. Chacune des fibres de mes muscles se tend à craquer.

MOOOoooOOOOOOOOOOOO…

« Non… non… NON !!! »

Qu'est-ce que ?…

7 *Seul dans la nuit*

Je me réveille en prenant une immense inspiration pour hurler, au milieu du dortoir enténébré. Je sens le cri, là, au fond de ma poitrine, telle une boule de feu prête à jaillir. Le silence me vrille les oreilles après les mugissements du couloir, à peine troublé par quelques ronflements sifflants. Le cri veut sortir, brûle, brûle ma gorge comme une braise incandescente.

Mais je me retiens.

Tout autour de moi, le dortoir est plongé dans le sommeil. Buffalo est toujours adossé à la fenêtre à côté de la porte d'entrée, figé dans une immobilité d'épouvantail. En me concentrant de toutes mes forces, je parviens à expirer tout doucement, les lèvres à peine entrouvertes. Je sens refroidir mon larynx, et s'évanouir en moi le hurlement mort-né. Hier après-midi dans la cellule, le soir au coucher et maintenant au milieu de la nuit : ces montées de fièvre commencent à m'inquiéter. Il faudra que j'en parle au docteur Smith, à mon retour de Redrock.

À *mon retour de Redrock...* si j'en reviens jamais. Et quand bien même, tout recommencera comme avant. Quelle folie d'avoir pu croire que ce cauchemar serait le dernier ! Quelle bêtise d'avoir pu imaginer que mes tourments allaient enfin cesser ! Ils ne font que débuter, au contraire. Je sais à présent qu'une abomination plus noire que l'enfer me poursuit chaque nuit, et que je ne pourrai plus m'empêcher de regarder par-dessus mon épaule dans mes songes, d'un regard chargé d'horreur et de culpabilité.

Car j'ai abandonné Evan. Car je l'ai laissé en pâture à la Chose. Car je l'ai vu, une seconde avant de me réveiller, se relever péniblement du sol de pierre où je l'avais laissé choir. Je l'ai vu se faire submerger par l'ombre précédant la Chose. Ses yeux, au moment où il disparaissait dans la nuit, sont redevenus des yeux vivants, et ses lèvres se sont tendues dans un appel au secours auquel je n'ai pas pu répondre. Je l'ai abandonné. Je l'ai abandonné. Je l'ai abandonn...

Quaker !

Je réalise soudain que j'ai complètement oublié mon hamster. Emporté par les événements de la soirée, je l'ai abandonné, lui aussi, le quignon de pain que j'avais pris pour lui est resté dans ma poche. Pauvre Quaker, il doit mourir de faim dans son Tupperware sous mon lit !

Je repousse doucement la couverture et je me lève en me maudissant. Comment ai-je pu oublier Quaker ? Un coup d'œil en direction de Buffalo, toujours parfaitement immobile, me convainc qu'il est bien endormi. Quant à Kevin, il écrase à l'étage supérieur du lit superposé, une bulle de salive au coin des lèvres. Rassuré, je sors le morceau de pain du coffre au pied du lit, ainsi que la boussole – me connaissant, je ne suis pas près de me rendormir : autant faire quelque chose d'utile et tâcher de comprendre ce qui ne fonctionne pas avec cet appareil. Puis je m'accroupis sous le matelas, et je tire à moi le Tupperware dans lequel je sens Quaker s'agiter.

« Du calme, mon vieux. Le dîner arrive. »

Quaker bondit hors de la boîte avant même que j'aie pu y glisser son morceau de pain, et se met à galoper sur le plancher.

« Quaker ! »

C'est qu'il est rapide, l'animal ! Il file à toute allure entre les rangées de lits, passe devant Buffalo assoupi et pénètre dans le couloir à l'entrée du dortoir. Je le suis en courant sur la pointe de mes pieds nus, le plus discrètement possible, comme j'ai appris à le faire à la maison pour ne pas réveiller Dad et Mum. Mais je dois avouer que toutes ces précautions ne m'empêchent pas de frissonner lorsque je frôle Buffalo. Je suis à peu près certain de ne pas survivre à une gifle de la force de celle qu'il a administrée à cette grande brute de Doug !

« Quak… Non ! »

Légèrement surélevé, le panneau de la porte au bout du couloir laisse apparaître un jour de quelques centimètres. C'est suffisant pour que Quaker se faufile dessous. Décidément, je ne sais pas ce qui lui prend. En tout cas, s'il veut me punir de l'avoir oublié, c'est réussi !

Je remarque qu'une grosse clé en fer est

engagée dans la serrure. Bizarre. Mum, qui est un peu parano, fait parfois ça dans les hôtels. Pour condamner le pêne et empêcher qu'on ne l'actionne de l'extérieur – comme si les femmes de chambre allaient venir la dévaliser pendant la nuit !

Et là, pourquoi la clé est-elle restée sur la porte ?...

Buffalo craint-il que l'on vienne égorger les pensionnaires ?...

Pas le temps de penser à ça pour l'instant. Je tourne deux fois la clé dans la serrure et je pousse le panneau, qui s'ouvre avec un léger grincement.

Je reste un instant immobile sur le pas de la porte. Le visage nocturne de Redrock est encore plus étrange, encore plus inquiétant que son visage diurne. Une grosse lune jaune dispense sur tout le plateau ses rayons malades, dans la lumière desquels la terre battue prend une teinte vieille rouille oxydée. La silhouette torturée du ranch se découpe dans la nuit, totem gigantesque tout en griffes, en crocs et en épines tendues, évoquant les esprits indiens qui hantaient ces terres avant que l'homme blanc ne les exorcise. Mais le plus menaçant, c'est la tour qui coiffe le bâtiment, la tour dont quelques heures plus tôt les volets étaient clos, et que j'avais crue inhabitée. Ses fenêtres sont toutes illuminées à présent. Quelqu'un veille là-dedans. Quelqu'un qui dormait pendant la journée... ou qui se cachait.

Je détourne mon regard du ranch en frissonnant, et je balaye la cour du regard. Je me mets à la recherche de ce maudit Quaker.

Oui, j'ouvre grands mes yeux, je tends l'oreille. Tous mes sens sont en éveil. Plus aigus, plus perçants qu'ils ne l'ont jamais été. Je sens le souffle des montagnes invisibles caresser chaque centimètre carré de ma peau. Mes narines sont pleines d'odeurs, qui racontent plein d'histoires : je sens le chemin qu'a emprunté chaque cheval pour regagner son box, et chaque garçon pour regagner le dortoir. Je sens l'odeur du savon sur le chemin de Ti-Jean, l'odeur du talc sur le chemin de Josh et l'odeur de l'antiseptique sur le chemin de Doug. Et ce parfum qui perce entre les volets de la troisième fenêtre du ranch, au premier étage, à l'étage du dortoir des filles, on dirait… on dirait de la cannelle !

Qu'est-ce qui m'arrive enfin ? Qu'est-ce qui se passe ? Mon corps se met à brûler de l'intérieur, mon nez se met à vouloir remplacer mes yeux… Est-ce que je suis vraiment en train de devenir fou ? Quinze années d'insomnies ont-elles fini par avoir raison de ma pauvre cervelle ? Mais alors, si tout cela n'est qu'illusion, comment se fait-il que je sente maintenant la trace de Quaker, que je voie maintenant le sillage de Quaker, écrit sur la terre battue en lettres odorantes et musquées, comme sont écrits les mots sur la page d'un livre ?

Mon hamster est bien là, au bout de cette piste qui me crève les narines, occupé à creuser un trou en plein milieu de la cour.

flap-flap… Flap-Flap… FLAP-FLAP…

Qu'est-ce que c'est ? On dirait une voile qui claque au vent…

Deux points rouges apparaissent dans le ciel

au-dessus de Quaker, qui se rapprochent, qui se rapprochent...

« Non ! »

Je me jette en avant pour arracher Quaker à sa besogne avant que la chauve-souris ne fonde sur lui et ne l'emporte. Celle-ci pousse un sifflement bref et strident, puis elle disparaît dans la nuit.

Une chauve-souris de cette taille, je ne savais pas que ça pouvait exister ! Un vrai monstre, aux ailes aussi larges que celles d'un albatros. Et ces yeux rouges, ces yeux luminescents en forme de diodes, je suis sûr qu'ils m'ont dévisagé ! Je croyais pourtant que ces bêtes-là étaient pratiquement aveugles, et qu'elles ne se guidaient qu'aux ultrasons. Encore une des curiosités de Redrock...

Je remets Quaker à sa place, c'est-à-dire dans la poche de ma chemise de pyjama, et je me hâte vers le dortoir en essayant d'identifier l'odeur qui m'a envahi les narines lorsque je me suis penché pour le ramasser. En effet, l'espace d'une seconde, le nez au ras du sol, j'ai senti un parfum étrange se mêler au parfum âcre de la terre. Une odeur rare, lointaine, mais cependant pas inconnue, une odeur douceâtre et vaguement écœurante, un peu comme celle du sirop d'orgeat – mais différente tout de même, et qui remue en moi des souvenirs confus...

Mais... qu'est-ce que j'entends à nouveau ?...

flap-flap... Flap-Flap... FLAP-FLAP...

Je baisse instinctivement la tête, mais la chauve-souris ne me vise pas : elle passe bien au-dessus de moi et vient s'écraser de tout son poids contre la porte du dortoir qui se referme d'un coup.

CLAC !

Les griffes plantées dans le panneau, la

chauve-souris relève lentement la tête et me contemple un instant de ses yeux diaboliques où brille une méchanceté sans nom. Puis elle tombe inanimée sur le sol, parmi les débris du squelette de la chouette « porte-bonheur », fracassé dans la collision.

La chauve-souris a intentionnellement fermé la porte !

Elle s'est assommée pour me fermer la porte au nez !

Je me précipite sur la poignée, enjambant avec dégoût le tas d'ailes membraneuses et d'os brisés. Mais il est trop tard : le loquet s'est bloqué et je suis enfermé dehors. Je reste un instant immobile devant la porte close, les oreilles remplies par l'écho du choc se répercutant de loin en loin sur les montagnes qui ceignent le plateau. Assez fort pour réveiller Buffalo ?

Avant que j'aie pu décider de ma stratégie, un flot de lumière déferle dans mon dos, projetant mon ombre sur le panneau de bois. Je me retourne d'un bond, tel un cerf pris dans les feux d'une automobile : tout là-bas, au sommet du mirador à l'entrée du camp, un puissant projecteur s'est allumé. Il passe sur moi sans s'arrêter, balayant l'ensemble du plateau comme le rayon d'un phare. Quel que soit le veilleur qui monte la garde là-haut, il ne semble pas m'avoir repéré. Pas encore tout du moins.

Vite ! Trouver un moyen de rentrer dans ce fichu dortoir avant que la lumière ne revienne de ce côté ! Je rase le mur du bâtiment, écartant chaque volet et appuyant ma main sur chaque fenêtre, dans l'espoir que l'une d'entre elles soit restée entrouverte.

Pas celle-là.

Ni celle-là.

Ni celle-ci.

Je jette un regard derrière moi. Après avoir illuminé les écuries à l'autre bout du plateau, voilà que le faisceau reflue vers le dortoir. Pourvu que la prochaine fenêtre ne soit pas fermée !

Elle l'est.

Je m'apprête à me précipiter sur la fenêtre suivante quand un visage apparaît derrière la vitre, d'une pâleur fantomatique. C'est Josh.

« *Ouvre !* » je lui mime avec les lèvres.

Il saisit aussitôt la poignée, et tente de la tourner vigoureusement. Mais manifestement ce n'est pas si facile : la fenêtre semble bel et bien bloquée.

« *Essaye une autre !* » je lui fais en m'élançant vers la fenêtre suivante.

Je le retrouve de l'autre côté de la vitre, déjà aux prises avec la poignée. Des veines bleues apparaissent sur ses tempes comme il essaye de l'actionner de toutes ses forces. Mais il n'y a rien à faire. Il abandonne en levant les mains en signe d'impuissance.

Nouveau coup d'œil par-dessus mon épaule : déjà à mi-parcours, le faisceau repasse sur le ranch, dont il embrase chaque poutre, chaque corniche, chaque encorbellement. Des ombres furtives nichées sous les clochetons s'envolent à son approche en sifflant. Des chauves-souris. Des centaines, des milliers de chauves-souris, qui forment au-dessus de Redrock un nuage bruissant.

TOC-TOC!

Je me retourne vers le carreau, contre lequel cogne Josh. Il articule silencieusement un mot, en pointant du doigt le bout du dortoir. *Les douches?*

Sans chercher à discuter, je cours jusqu'à l'extrémité du bâtiment. Effectivement, la dernière fenêtre est la seule qui ne comporte ni volets ni vitre. Mais elle est condamnée par deux épais barreaux de fer.

«Je ne pourrai jamais passer! je murmure à Josh, qui m'a rejoint derrière les barreaux. Tu ne veux pas plutôt essayer de rouvrir la porte du dortoir? La clé est dans la serrure!

– Buffalo s'est réveillé! Il y a eu un bruit sourd contre la porte, et il est allé voir ce qui se passait. Il ne va sans doute pas tarder à revenir. On n'a pas le choix, il faut que tu essayes de passer. Allez, saute! Je vais te tirer de ce côté!»

Je me tourne une dernière fois vers la cour. Le faisceau achève de balayer le ranch. L'une des fenêtres illuminées, tout en haut de la tour, s'ouvre sur une silhouette noire qui se penche lentement pour scruter la nuit... ou est-ce pour la humer?

Mon sang ne fait qu'un tour. Je saisis les deux barreaux à pleines mains, je fléchis les genoux et je me projette en avant de tout mon poids, de toute ma volonté...

... *WOUAÏE !!!*

Je me mords les lèvres pour ne pas hurler. Tout n'est pas passé, mon épaule gauche est restée coincée contre un barreau. Je ne pourrai jamais franchir cette lucarne, il faut que je le dise à Josh, il faut qu'on trouve une autre solution.

Mais il est déjà trop tard : celui-ci m'a déjà

attrapé la main droite, et il tire de toutes ses forces pour tenter de me faire basculer à l'intérieur.

WOUAÏE !!!

La souffrance est intolérable : j'ai l'impression que mon épaule est en train de se déboîter contre le métal ! Je sens le goût du sang se répandre dans ma bouche. Ma mâchoire est tellement contractée que je ne parviens même pas à la desserrer pour dire à Josh d'arrêter.

« Allez, encore un effort ! croit-il devoir m'encourager. J'entends du bruit dans le dortoir, c'est Buffalo qui arrive ! »

Et il tire de plus belle sur mon bras.

Mes yeux se ferment sur des larmes de douleur. Jamais je n'aurais imaginé que l'on puisse avoir aussi mal !

« SQUIIIIRK ! » s'égosille Quaker de sa voix suraiguë, en plantant ses griffes dans ma chair derrière le tissu du pyjama.

FLap! FLap! FLap! FLap! FLap! FLap! FLap!

Les ailes des chauves-souris qui rappliquent dans mon dos produisent le même bruit qu'une batterie de mitraillettes automatiques.

« Tu y es presque ! » souffle Josh en se balançant de toute sa masse au bout de mon bras à moitié disloqué.

ARRÊTEZ !!!

Je voudrais leur dire à tous d'arrêter ! Mais mes maxillaires sont fermés comme un piège à loup, si étroitement scellés que je ne pourrai sans doute jamais plus les rouvrir. Une pensée fulgurante me traverse, lumineuse et terrible : mon corps est train de se déchirer en deux.

Mais là…

Mais là, je ne sais pas ce qui me prend, je me mets à serrer la main de Josh dans ma main, de toutes mes forces, comme si je voulais la broyer. Une chaleur étrange naît aussitôt au creux de mon estomac, semblable à celle que j'ai ressentie dans ma poitrine et dans ma gorge déjà trois fois en vingt-quatre heures. En une seconde, elle remonte jusqu'au creux de ma paume, et aussitôt je sens la paume de Josh irradier une chaleur intense à son tour, qui se déverse dans mon corps et se mêle à la mienne, qui s'étend telle une onde autour de mon poignet, le long de mon bras, jusqu'à mon épaule droite, puis à mon épaule gauche, effaçant la douleur aussi vite qu'elle était venue.

Ma mâchoire se desserre comme par magie, je rouvre lentement les paupières. Je découvre avec stupeur le visage de Josh sous la lucarne, figé dans une expression spectrale. Sa bouche est entrouverte dans un cri muet, et ses yeux sont écarquillés. Mais le plus impressionnant, ce sont ses cheveux, ses épais cheveux noirs dressés sur sa tête en épines de porc-épic. Son corps ne pèse plus rien au bout de mon bras, j'ai l'impression d'avoir *aspiré* toute sa substance.

« Josh ? »

Mes doigts crispés sur sa main effleurent le bandage entourant son poignet. La chaleur continue de se répandre dans mes membres. Plus elle s'intensifie, plus les yeux de Josh s'ouvrent, plus ses joues se creusent et plus ses cheveux se hérissent.

On dirait… on dirait que mon épaule gauche commence à glisser contre le barreau ! Mais oui, ça y est, ça y est ! Je passe ! Je glisse dans la salle des douches !

J'ai juste le temps de projeter mes deux mains en avant pour me réceptionner. Le contact du sol carrelé est glacé sous mes paumes : la chaleur qui baignait mon corps s'est évanouie à la seconde même où j'ai lâché la main de Josh.

Josh !

Je me précipite sur lui tandis que le faisceau du mirador pénètre dans la salle par la lucarne, illumine le mur au-dessus de nos têtes. Le pauvre garçon est immobile, allongé sur le sol. Ses cheveux sont retombés, sa bouche s'est refermée. Mais ses yeux sont toujours ouverts, fixement ouverts. *Il est mort !* hurle une voix dans ma tête. *Tu l'as tué !*

« Josh... »

Je sens les larmes monter, de désespoir, de colère. Je penche ma tête sur la tête relâchée, renversée... secouée par un imperceptible tremblement.

Il respire !

Il vit !

Vite ! Pas un instant à perdre ! J'entends les pas de Buffalo dans le dortoir, qui se rapprochent dangereusement. Je saisis Josh sous les aisselles et je traîne son corps inerte jusqu'à la douche la plus proche. Je ferme la porte en plastique au moment où Buffalo pénètre dans la salle. Il était moins une !

tap... tap... TAP... TAP...

J'entends résonner les santiags du vieux cow-boy sur le carrelage.

« Où suis-je ? » murmure Josh en m'agrippant le bras.

Je plaque ma main sur sa bouche en priant de toute mon âme pour que Buffalo ne l'ait pas entendu.

« Ah, les saligauds ! » gronde la voix du surveillant général de l'autre côté de la porte.

Ça y est, il nous a repérés ! En l'espace d'une seconde, les punitions les plus atroces défilent dans mon esprit : vont-ils nous laisser moisir dans une cave sans eau ni nourriture ? Nous attacher à l'une des colonnes du ranch et nous fouetter jusqu'au sang ? Nous enterrer en plein soleil dans la cour, avec juste la tête qui dépasse dans la chaleur cuisante de midi ?

« Ils ont osé, les fripouilles ! continue Buffalo. Par la lucarne ! »

À ces mots… il tourne les talons.

TAP… TAP… tap… tap…

Le bruit de ses pas s'éloigne rapidement comme il rejoint le dortoir en hurlant : « Debout ! Debout là-dedans ! »

Je n'y comprends rien, sinon qu'il faut réagir en quatrième vitesse, regagner la pièce commune avant que l'on s'aperçoive de notre absence. Car manifestement, ce n'est pas nous qui avons arraché ces insultes à Buffalo. Il soupçonne quelqu'un d'autre, mais qui ?

J'y réfléchirai plus tard. Pour l'instant, j'ouvre la porte en aidant Josh à se redresser. Les couleurs sont revenues sur ses joues, et il parvient à se maintenir debout.

« Vite, au dortoir ! »

C'est au moment où je relève la tête que mon regard tombe sur la fenêtre de la salle des douches. Et que je vois ce que Buffalo a vu, ce qui a causé sa colère. Les barreaux entre lesquels je suis passé, contre lesquels j'ai manqué de me faire écrabouiller, ces piliers de fer massif, eh bien… eh bien, ils sont tordus!

Que dis-je tordus : *fondus* comme deux bâtons de guimauve!

«Vérifiez que vous êtes au complet! Vérifiez qu'il ne manque personne!» vocifère Buffalo pour couvrir le brouhaha qui règne dans la pièce d'à côté en raison du réveil forcé.

Sans plus attendre, je chasse les idées folles qui m'assaillent l'esprit et je me précipite hors de la salle des douches.

Dans le dortoir règne le désordre le plus total.

Les uns ont sauté au pied de leur lit, tandis que les autres, encore tout comateux, tentent de s'extirper de leurs couvertures en grognant. Les plus âgés exigent à grands cris qu'on leur explique ce qui se passe, tandis que les plus jeunes éclatent en sanglots en réclamant leurs parents. Et au milieu de tout ça, Buffalo s'agite avec de grands moulinets de bras, pareil à un agent de la circulation ou un moulin à vent. Josh et moi n'avons aucune difficulté à nous fondre dans ce chaos.

«Ça va, tu vas tenir le coup? je lui demande.

– Je… je ne sais pas ce qui m'a pris, me répond-il d'une voix tremblante. Un malaise, j'ai senti que mes forces m'abandonnaient d'un seul coup, et que mon corps devenait une passoire incapable de les retenir. Mais ça va un peu mieux, maintenant.

– Bon, alors on fait comme si de rien n'était. On va se coucher et on reparle de tout ça demain matin.»

Je me faufile jusqu'à mon lit en évitant de croiser le regard des autres. Apparemment, personne n'a remarqué mon absence.

« T'étais où ? »

Aïe, j'ai parlé trop vite !

« Euh... aux toilettes ! »

Kevin me regarde avec des yeux ensommeillés du haut du lit superposé.

« Silence ! tonne Buffalo d'une voix de stentor, coupant court à toute discussion. Est-ce que vous êtes tous là ? Est-ce qu'il en manque un ?

– C'est une alerte incendie, m'sieur ? demande Kevin du tac au tac.

– Non ! C'est juste que... il est possible qu'un rôdeur se soit introduit dans le dortoir. Est-ce que l'un d'entre vous a noté quelque chose d'anormal ? »

Une rumeur fiévreuse se propage aussitôt dans la pièce. Un *rôdeur* ? Buffalo ne voulait-il pas plutôt dire un *ravisseur* ? Car enfin, il avait l'air bien inquiet que certains d'entre nous manquent à l'appel, parce qu'ils auraient fugué... ou parce qu'ils auraient été enlevés !

« Moi, je l'ai vu. »

Tous les pensionnaires se retournent vers le lit de mon voisin de droite, celui du petit brun à lunettes qui m'a raconté l'histoire d'Evan.

« Tu t'appelles ? demande Buffalo d'un ton inquisiteur.

– Stuart. Stuart Meadow.

– Et tu as vu quoi, au juste ? »

Après le vacarme du réveil, un silence attentif plane à présent sur le dortoir, chacun des pensionnaires retenant son souffle.

« J'ai le sommeil léger, commence à expliquer Stuart. Un rien me réveille. C'est parce qu'à la crèche, une fois, quand j'étais petit, j'ai rampé derrière une commode où je me suis endormi. Quand mes parents sont venus me chercher, le soir, personne n'a pu me trouver. Ils avaient beau crier, je dormais profondément à cette époque, une vraie pierre. Ils ont cru que je m'étais perdu, ou pire, et ils ont filé au commissariat. Quand je me suis réveillé, la crèche était déserte. J'avais trois ans, j'étais seul, j'avais peur et j'avais froid. Et j'ai passé la nuit comme ça, enfermé, persuadé que mes parents m'avaient abandonné. Depuis ce jour, je n'ai plus jamais réussi à dormir comme avant. Je m'éveille au moindre bruit. Comme si j'avais peur que l'on parte sans moi, que l'on m'abandonne à nouveau.

– Accouche ! lance Doug depuis son lit. On n'en a rien à cirer de tes états d'âme !

– Silence ! gronde Buffalo. Laissez-le continuer. Laissez-le dire ce qu'il a vu.

– Je me suis réveillé, donc, continue Stuart. Ça ronflait tout autour de moi, et j'ai d'abord cru que c'était ça, ces ronflements, qui m'avaient tiré du sommeil. Mais en tendant l'oreille, je me suis rendu compte qu'il y avait autre chose, un autre bruit. Un bruit de pas. J'ai ouvert grands les yeux et j'ai relevé la tête le plus doucement possible…

– Et ? s'impatiente à son tour Buffalo.

– Et j'ai vu une ombre avancer entre les lits.

– C'est tout ? demande le cow-boy. Une ombre ?

– Il faisait très noir…, plaide Stuart.

– Et où est-elle maintenant, cette ombre ?

– Euh…, hésite Stuart. Elle a disparu quand la lumière s'est rallumée. Volatilisée. Évaporée. »

Un silence dubitatif ponctue les paroles de Stuart.

« Mmm…, grommelle Buffalo dans sa barbe. Évaporée, vraiment ? Nous reparlerons de tout ça demain dans le bureau du docteur Krampus. Pour l'heure, retournez tous vous coucher. J'éteins dans une minute, et je ne veux plus entendre un bruit ! »

Les pensionnaires se dispersent, chacun regagnant son lit en quatrième vitesse.

« Oups ! je dis à voix haute en me penchant brutalement sous le lit, à la faveur du remue-ménage. J'ai laissé tomber un truc ! »

Je saisis fébrilement le Tupperware où gît toujours le quignon de pain, j'y fourre Quaker et je referme bien le couvercle.

En me glissant dans mes draps, je me demande pourquoi Stuart a menti. Car je sais que ce n'est pas une ombre vaporeuse qui s'est introduite dans le dortoir. Ce n'est pas une ombre vaporeuse qui a tordu les barreaux par la force de sa volonté, ou par quelque autre pouvoir mystérieux et terrible. Non, ce n'est pas une ombre vaporeuse qui a vidé le pauvre Josh de son énergie, telle une sangsue. Le rôdeur qui semble tant affoler Buffalo, le rôdeur à l'odorat exceptionnel, *c'est moi et moi seul.*

DEUXIÈME PARTIE
CHRYSALIDE

8 Nouvel éveil

Elle descend de la montagne à cheval
Elle descend de la montâââgne à cheval
Elle descend de la montagne – elle descend de la montagne
Elle descend de la montagne à chevâââl!

Sinead... C'est Sinead qui dévale la pente escarpée de Redrock sur une jument blanche, sa longue chevelure cuivrée flottant derrière elle dans le soleil du matin. On dirait une walkyrie qui descend du ciel, qui descend vers moi... et qui me sourit! Par ici, Sinead, par ici!

Elle embrasse son grand-père quand elle descend
Elle embrasse son grand-pêêêre quand elle descend
Elle embrasse son grand-père – elle embrasse son grand-père
Elle embrasse son grand-père quand elle desceeend!

Quelle déception ! Ce n'est pas moi que Sinead s'empressait de rejoindre. Parvenue à la base du piton rocheux, elle saute à terre et se jette dans les bras d'un grand gars coiffé d'une casquette, qui me tourne le dos. Lui, son grand-père ? Avec ce survêtement dans le coup et cette allure sportive, ça m'étonnerait bien ! Je sens la colère monter en moi aussi vite que le lait qui bout. Et je sens également monter la Chaleur, qui envahit mon ventre, ma poitrine, ma gorge. Elle aussi, elle est bouillante !

J'aimerais bien être son grand-père quand elle descend
J'aimerais bien être son grand-pêêêre quand elle descend
J'aimerais bien être son grand-père – j'aimerais bien être son grand-père
J'aimerais bien être son grand-père quand elle desceeend !

Je cours vers le couple enlacé, porté par ma fureur.

« Laisse-la ! »

J'attrape le poignet du type et je le retourne brutalement vers moi.

Ti-Jean.

C'est Ti-Jean, qui me regarde avec de grands yeux étonnés.

Trahison ! Trahison ! crie le sang qui bat à tout rompre dans mes tempes. Mon corps échappe à mon contrôle. Je sens ma main se contracter sur le poignet de Ti-Jean. Je sens la Chaleur de Ti-Jean déferler dans mon bras, s'ajouter à ma propre Chaleur. Ce torrent de lave se jette avec fureur dans la mer de feu que j'abrite en moi.

Mais j'préfère avoir vingt ans et toutes mes dents

Face à moi, le visage de Ti-Jean s'est figé, dans la même expression fantomatique que celui de Josh dans la salle des douches. Et de la même manière, ses yeux s'écarquillent, ses joues se creusent, tous les poils de son visage se hérissent.

Mais j'préfère avoir vingt âââns et toutes mes dents

Une part de moi s'effraye, s'émeut, veut lâcher le poignet de Ti-Jean ; mais une autre part s'excite, s'acharne, exige que je resserre encore mon étreinte. Avec horreur, je constate que c'est ce deuxième moi qui a le dessus. Mes ongles s'enfoncent dans la chair du pauvre garçon, véritable serre de rapace.

La Chaleur de ma proie continue de fuser dans mon bras, mais de plus en plus lentement, comme si sa source s'épuisait peu à peu. La face de Ti-Jean est devenue tellement creuse ! La pulpe de la chair ne parvient plus à remplir l'enveloppe de la peau, qui forme des plis et des rides ; bientôt, son visage n'est plus qu'une vieille pomme flétrie. Le fin duvet sur le crâne tondu et les sourcils au-dessus des yeux virent au gris, au blanc, puis s'envolent en pluie neigeuse. Et les dents ! Je vois trembler les dents de Ti-Jean, à travers sa mâchoire entrouverte, je les vois se déchausser et tomber une à une ! Il est en train de vieillir à vitesse grand V en face de moi, parce que je lui pompe sa jeunesse, son énergie... sa vie !

Mais j'préfère avoir vingt ans – mais j'préfère avoir vingt ans

Lâcher !
Il faut que je lâche le poignet de Ti-Jean !
Je ne suis pas un assassin !
« Jack ! »
Je ne suis pas un... vampire !
« Jack, lève-toi ! »

Hein ? Qu'est-ce que ?...

J'ouvre les yeux sur le dortoir inondé de lumière, le soleil du Colorado se déversant à grands flots à travers les fenêtres aux rideaux ouverts. Assis sur mon matelas, le petit Kevin tire ma manche avec insistance.

« Debout, Jack ! me braille-t-il dans l'oreille. Viens t'amuser avec nous ! »

Je me redresse péniblement contre mon oreiller. Ouille ! Ce mal de tête qui me mine la cervelle ! Et mes jambes, elles sont courbatues comme si j'avais couru un marathon. J'ai dû attraper froid hier soir. La grippe ? Je suis brûlant, à tous les coups j'ai de la fièvre.

Et d'abord, qu'est-ce que c'est que ce tintamarre ? Je balaye le dortoir du regard. Assis sur un tabouret à côté de la porte, Buffalo souffle dans un harmonica aussi large qu'une tranche de pastèque. À ses côtés, Jesse gratte frénétiquement un banjo minuscule, tandis que le Kid prend son inspiration pour la fin de la chanson.

« *Mais j'préfère avoir vingt ans et toutes mes deeents !* chante-t-il à tue-tête, d'une voix aussi puissante que fausse. Allez, bande de feignasses, réveillez-vous ! On reprend depuis le début, tous en chœur ! *Elle descend de la montagne à cheval...* »

Certains pensionnaires, déjà levés, entonnent la chanson en beuglant comme des veaux ; d'autres s'enfouissent sous leurs couvertures pour échapper au vacarme, ou fuient vers la salle des douches sous le prétexte d'un brin de toilette. Doug, toujours rebelle, se bouche ostensiblement les oreilles avec une grimace de dégoût. Mais il est difficile d'ignorer ce tintamarre. Buffalo bat la mesure si fort, avec ses santiags, que le plancher se met à trembler et mon lit à tanguer dangereusement. Je crois que je vais vomir...

« Hey, Jack ! Ça va, bien dormi ? »

Déjà habillé, Ti-Jean m'adresse un grand sourire avant de reprendre la chanson avec les autres. Il se tient à quatre lits d'écart, à plus de dix mètres du mien, et pourtant son odeur de savon et d'eau de Cologne m'emplit les narines comme s'il se trouvait juste sous mon nez...

*

« Nous aufffi, ils nous ont réfffeillées afffec de la mufffique country ! s'exclame Brandy sans renoncer à mâcher sa tartine confiture-miel-beurre de cacahuète. Ffffétait infffuportable !

– Cette Calamity, elle mérite bien son nom,

renchérit Sinead. Une vraie catastrophe acoustique ! »

Le nez plongé dans mon chocolat chaud, je contemple la jeune fille par-dessus mon bol. Elle me paraît plus belle encore que dans mes souvenirs de la veille, plus belle que dans mon rêve. Ses cheveux sont rassemblés en une longue queue-de-cheval qui tourne autour de son cou et retombe sur sa poitrine, à la manière d'un vison. Son teint est plus clair, ses joues plus rouges, ses yeux plus verts qu'ils ne l'ont jamais été. Et son parfum, l'odeur de la cannelle mêlée à l'odeur de sa peau, c'est le plus grisant des alcools !

Depuis cette nuit, mon odorat s'est décuplé. Le réfectoire où les pensionnaires sont rassemblés pour le petit déjeuner est une véritable cathédrale olfactive, les effluves sucrés de la nourriture se mêlant à l'odeur des boiseries cirées et aux parfums des corps, plus ou moins forts selon que leurs propriétaires ont déjà pris leur douche ou pas. Je sens l'odeur sucrée de ceux qui achèvent de se réveiller, je sens leurs yeux humides et le coton tiède des draps où ils ont reposé, dont leur peau se souvient. Je sens aussi l'odeur piquante de ceux qui ont mal dormi, tiraillés par la peur, le stress, le mal du pays : c'est une odeur de sueur froide, acidifiée. Dans ce registre, la nouvelle venue assise entre Brandy et Sinead remporte la palme. C'est une petite Latino au regard fuyant sous un chapeau de paille à larges bords, qui exhale un parfum d'angoisse si violent qu'il m'enflamme les sinus comme de la moutarde extraforte.

À présent, je ne peux plus le nier. Mon corps change. Je change. Je me transforme. En quoi ? En quelle sorte de monstre ? Une créature qui aspire l'énergie de ceux qui l'entourent ; un prédateur dont tous les sens sont affûtés pour la chasse ; un phénomène de foire capable de tordre des barres de fer, avec autant d'aisance que les Monsieur Muscle des cirques itinérants.

Mais il n'y a pas que mon corps. Mon esprit change aussi. Jamais je n'ai regardé une fille comme je regarde Sinead. Jamais je n'ai voulu plaire à une fille comme je voudrais plaire à Sinead. Et je n'ai jamais été prêt à me battre pour une fille comme je suis prêt à me battre pour Sinead.

Au fond, peut-être que toutes ces choses sont normales. Ces sensations bizarres, ces idées étranges : peut-être que c'est ça, la fichue crise d'adolescence dont les adultes nous rebattent les oreilles ?

« C'était une ombre immense ! » s'exclame Stuart, assis à côté de moi.

L'enthousiasme avec lequel il s'applique à narrer ses visions nocturnes m'arrache à mes pensées.

« Grande comme… comme Buffalo. Non, deux fois plus grande que Buffalo ! Ce type mesurait au moins quatre mètres, il avançait à moitié voûté et son dos raclait le plafond !

– Impossible ! s'indigne Ti-Jean. Les plus grands joueurs de la NBA ne dépassent pas deux mètres cinquante, et j'ai lu dans le *Guinness Book* que le record du monde était autour de trois mètres.

– J'ai vu ce que j'ai vu ! Et d'abord, ce n'est pas si impossible que ça. Quand j'étais petit, mes parents m'ont emmené au cirque Barnum, eh ben, il y avait un géant qui…

– Stuart Meadow ? » coupe une voix éraillée dans le dos du garçon.

Absorbés par la conversation, nous n'avons pas vu s'approcher miss Lucy, ni Buffalo derrière elle. Ses besicles chaussées sur le bout de son nez crochu, la gouvernante tient une liasse de papiers à la main.

« Ce n'est pas bien de mentir, Meadow, continue la vieille femme après avoir levé les yeux de sa lecture. Pas bien du tout.

– Mais… je…, balbutie Stuart.

– Tut-tut, pas de mais. Tu n'as pas honte de raconter des sornettes à tes petits camarades ? »

Miss Lucy enlève ses lunettes et se tourne vers nous.

« Le jeune Meadow n'a jamais été au cirque Barnum avec ses parents, et ses parents ne l'ont jamais abandonné à la crèche comme il vous l'a raconté hier soir. Vous savez pourquoi ? »

Un silence gêné répond à la question de la gouvernante. Le pauvre Stuart blanchit à vue d'œil, il devient aussi livide que les revenants avec lesquels il essayait de m'effrayer hier soir.

« Vous donnez votre langue au chat ? reprend la marâtre. Eh bien, pour la simple et bonne raison que le jeune Meadow n'a pas de parents. C'est écrit là, dans son dossier. L'orphelinat d'Atlanta a inscrit ce petit fabulateur ici en désespoir de cause, pour soigner sa mythomanie chronique. Eh bien, nous allons nous y employer ! Debout, jeune homme ! »

Buffalo saisit Stuart par l'oreille et le soulève pratiquement du sol, lui arrachant un cri de douleur. Il le traîne derrière lui sur toute la longueur du réfectoire, jusqu'à la porte à gauche de la cheminée : la porte qui descend vers les cuisines…

« On n'aime pas les menteurs, à Redrock, conclut miss Lucy en nous dévisageant un à un de ses yeux de chouette constipée aux paupières mi-closes. Pas plus que les histoires de fantômes, de spectres et autres balivernes. Nous ne sommes plus au Moyen Âge, que diable ! Si l'un d'entre vous a *vraiment* vu ce qui s'est passé hier soir dans le dortoir des garçons, il est encore temps de le dire… »

Je lève instinctivement les yeux sur Josh, le cœur battant. Nous n'avons guère eu le temps de nous débriefer sur les événements de la nuit : les braillements du réveil nous ont empêchés de communiquer, et en arrivant au réfectoire il s'est jeté sur la nourriture comme s'il n'avait pas mangé depuis une semaine, à tel point que Brandy faisait figure de demi-portion à côté de lui. Maintenant je n'ai qu'une crainte : qu'il craque et qu'il parle.

Mais non, il tient bon. Il se tait.

« MMMRFFF ! » grogne miss Lucy en tournant les talons.

Nous gardons le silence pendant qu'elle regagne sa place à la table du fond, la pièce montée qui lui sert de chevelure vibrant au rythme de sa démarche courroucée.

« Quelle vieille bique ! s'exclame Sinead lorsque miss Lucy est hors de portée de voix. Pour moi, sous ses airs de grand-mère modèle, c'est la pire de toute la troupe. Les autres sont juste stupides : elle, elle est vraiment méchante. Ce matin, dans le dortoir, elle piquait les pieds des filles qui tardaient à se lever avec un chardon séché !

– Moi, c'est la nonne qui m'effraie le plus, confesse Brandy entre deux bouchées de porridge. Parce qu'elle est muette comme une tombe, à croire qu'elle est déjà morte. Regardez-la, agrippée aux accoudoirs de sa chaise roulante : on dirait une momie ! »

Effectivement la bonne sœur assise entre le Kid et Calamity n'est guère engageante. On l'imagine aisément célébrer des messes noires ou se livrer à d'autres diableries de ce genre.

« Eh ben moi, celle qui me fait le plus peur, c'est la fille là-bas ! » déclare Kevin à brûle-pourpoint, en tendant l'index vers la table opposée à la nôtre.

Je ne peux m'empêcher de pouffer en découvrant l'objet de sa crainte : Mary-Ashley au milieu de sa cour, le visage couvert d'une épaisse couche de boue verdâtre ménageant deux trous pour les yeux et un pour la bouche, les lèvres tendues vers sa tasse de thé dans une moue hilarante.

« Quelle horreur ! souffle Sinead en retenant un fou rire. La Créature des Marais[1] est parmi nous !

– Et ils appellent ça un *masque de beauté* ? renchérit Brandy en mimant un haut-le-cœur. Moi je dirais plutôt un masque de laideur ! »

La fille au chapeau de paille (celle à l'odeur acide) laisse échapper un demi-sourire. Il n'en faut pas plus pour illuminer son visage – un beau, un grave visage aux grands yeux noirs mélancoliques.

« C'est moi la plus bêêêlle ! » singe encore

1. *Swamp Thing* ou *La Créature des Marais* : célèbre bande dessinée d'horreur américaine, mettant en scène un monstre couvert de végétaux en décomposition.

Brandy en joignant ses pouces et ses index en cercles autour de ses yeux, et en serrant la bouche en cul de poule.

Je m'apprête à en rajouter une couche quand Mary-Ashley, qui a fini par remarquer notre petit manège, bondit de sa chaise.

Oh-oh... Pas bon...

Comme elle marche vers nous, son masque se craquelle sous l'effet de la fureur, marquant son visage d'une multitude de rides et de crevasses.

Oh-oh-oh... Pas bon du tout!...

« Y a un problème, les morues ? crache-t-elle en se campant devant les filles.

– Non, pas du tout », murmure Sinead.

Mais elle a beau baisser les yeux pour ne pas éclater de rire, Mary-Ashley est déjà la risée de tout le réfectoire.

« On trouve juste que ton teint... Wouââââh ! Éclatant ! s'exclame Brandy. Il faut absôôôlument que tu nous donnes ton secret !

– C'est simple, Brenda chérie... », susurre Mary-Ashley en saisissant le bol de porridge sur la table devant Brandy.

Aïe. C'est mauvais, ça.

C'est très mauvais.

« ... une bonne plâtrée d'argile bien tassée au réveil ! »

SPONCH !

Le contenu du bol vient s'écraser sur le visage de Brandy. La grosse fille reste un instant stupéfaite, la mixture amidonnée s'étirant en longs filaments sur sa bouche béante, les grumeaux d'avoine dégoulinant lamentablement sur ses joues, sous son menton, le long de ses cheveux.

Cependant, cet état d'hébétude ne dure pas longtemps.

« WAAAAAAH ! » hurle-t-elle en se jetant sur Mary-Ashley.

Le choc est terrible, la masse imposante de Brandy emportant le corps frêle de son adversaire dans son élan. Les deux filles roulent à terre au milieu du réfectoire, alors que les premiers cris s'élèvent des rangs des supportrices de Mary-Ashley, et les premiers sifflements de la portion de table occupée par la bande à Doug.

« Grosse baleine ! couine Mary-Ashley en plantant ses ongles manucurés dans les flancs de celle qui l'écrase. Je vais te faire faire du sport, t'en as bien besoin !

– Et moi, je vais te casser tellement de côtes que tu vas encore perdre deux tailles de sous-tif ! » s'exclame Brandy.

Joignant le geste à la parole, elle s'étale de tout son poids sur son ennemie, pareille à un rouleau à pâtisserie sur une pâte à tarte, le porridge de l'une se mélangeant à l'argile verte de l'autre dans une bouillie immonde…

9 *Théâtre et Thérapie*

« Comment ça va, toi, ce matin ? »

Je pose ma main sur l'épaule de Josh : il a l'air plus frais qu'hier soir !

Les catcheuses ont été maîtrisées et envoyées se doucher sous la surveillance de Calamity, au grand dam de Doug et de ses acolytes, qui commençaient juste à se chauffer. Tout autour de nous, les autres pensionnaires démontent les tables à tréteaux suivant les instructions de miss Lucy. Il s'agit de libérer l'espace pour l'atelier Théâtre.

« Ça va. J'avais une faim de loup, à croire que les émotions de la nuit m'ont creusé ! Vraiment, ça ne m'était jamais arrivé, de défaillir comme ça, de me sentir glisser comme ça. Ou plutôt si, une fois. Ça m'est arrivé une fois. Cette fois-là. »

En disant ces mots, Josh baisse lentement les yeux sur ses poignets bandés. Les poignets qu'il a tranchés pour se donner la mort.

« Mais pourquoi ? je demande en baissant la voix, comme pour l'inviter à la confidence. Pourquoi, Josh ?

– Est-ce que je te demande, à toi, ce que tu es allé faire en pleine nuit ? réplique-t-il en relevant brutalement la tête, ses yeux pâles soudainement animés d'un feu glacé. De toute façon, tu ne pourrais pas comprendre. Personne ne peut comprendre. »

Un « Silence ! » plus strident que jamais coupe court à notre échange. Postée devant la cheminée, au bout de la salle débarrassée de ses meubles, la redoutable miss Lucy s'époumone dans un mégaphone en forme d'entonnoir géant. Un tel accessoire me paraît bien inutile car, enfin, la salle du réfectoire n'est pas si grande que l'on ne puisse s'y faire entendre en haussant simplement la voix. Bah, c'est sans doute pour se donner une allure hollywoodienne…

« Nous allons commencer l'atelier Théâtre, tonne la gouvernante. Les matinées y seront consacrées, comme vous l'a annoncé le docteur Krampus hier soir. Pendant que l'ensemble du groupe répétera sous ma direction, chacun d'entre vous sera convoqué à tour de rôle à l'étage pour une séance thérapeutique individuelle. Après quoi il rejoindra l'atelier. Nous procéderons ainsi tous les jours, jusqu'à la fin du séjour, où nous donnerons une représentation de la pièce choisie pour le docteur Krampus et sa famille. J'espère que c'est clair pour tout le monde.

– Et si on n'aime pas le théâtre ? »

L'assemblée se tourne vers celui qui a parlé : Doug, bien entendu.

« Perso, j'ai pas l'intention de faire le guignol pour amuser la galerie, continue Doug.

– Il ne me semble pas avoir mentionné que vous

aviez le choix, crache miss Lucy dans son mégaphone. Mais si tu as peur de monter sur scène, rassure-toi, Biggle : seuls les plus talentueux d'entre vous auront un rôle dans la distribution. Les moins doués – et les moins courageux – s'occuperont de la régie. »

Miss Lucy est peut-être une vieille bique, comme le dit Sinead, mais c'est aussi une fine psychologue. Ses insinuations font mouche instantanément.

« Moi, *peur* ??? s'étrangle Doug. Et peur de qui, d'abord ? De vous ? Des Krampus ? Je vais leur montrer, moi, de quoi je suis capable !

– Bien ! tranche miss Lucy avec un sourire satisfait. Nous sommes donc prêts à commencer le casting. Cet été, nous avons sélectionné une grande pièce du répertoire – tâchez d'en être dignes ! »

Miss Lucy marque une pause, comme pour s'assurer que ses paroles s'impriment bien dans nos esprits demeurés.

« Si je vous dis *amour*, reprend-elle en portant sa main à son cœur avec l'emphase d'une tragédienne. Si je vous dis *amour fou*, *amour impossible*, *amour sacrifié*, vous me répondez ?...

– Euh... *Titanic* ? se risque une grande rousse osseuse de la garde rapprochée de Mary-Ashley, à la dentition chevaline et au strabisme divergent.

– Mais non ! Si je vous dis *rivalité ancestrale*, *familles ennemies*, *guerre fratricide* ?

– Ah, ça c'est *Le Parrain* ! s'écrie Nez-Cassé, le copain de Doug.

– Non !

– *Le Parrain 2* ?

– Non plus ! s'impatiente la gouvernante. Et ni le 3, ni le 4, ni le 10 ! »

Excédée, elle pointe son mégaphone sur l'assistance comme un lance-roquettes.

« *Tragédie !* s'époumone-t-elle. *Destinée ! Destinée fatale !*

– Lady Diiiii ! couine une petite chose à lunettes et jupe écossaise plissée. Lady Diiiii et Dodiiii !

– Non, non et non ! La scène du balcon, enfin, ça doit quand même vous dire quelque chose, bande d'ignares !

– Le balcon ? demande la grande carne rousse. Quand ils sont tous les deux tout seuls en l'air, accrochés à la balustrade, et que c'est si romantique ?

– Oui ! l'encourage miss Lucy, les yeux brillants d'espoir.

– Et alors, c'est bien ce que je disais ! C'est *Titanic* ! Pour votre information, ça se passe pas sur un balcon, mais à la proue d'un paquebot. Je le sais bien, je l'ai vu au moins dix fois. Même que Leonardo, je le trouve trop croquignolet ! »

Sur ce la grande carne déploie ses bras décharnés en hurlant « *King of the world !* » d'une voix hystérique.

C'en est trop pour la gouvernante.

« *Roméo et Juliette !* s'égosille-t-elle dans son mégaphone. Ne me dites pas que vous n'avez jamais entendu parler de *Roméo et Juliette* !

– Ah ben si, rétorque la rouquine. C'est aussi avec Leonardo, d'ailleurs. Ils parlaient tout bizarre dans ce film, en vers ou je sais pas trop comment. Je peux pas dire que j'aie adoré…

– Incultes ! Bande d'incultes ! Évidemment,

qu'il y a eu des dizaines d'adaptations de *Roméo et Juliette* au cinéma ! Parce que c'est un chef-d'œuvre universel ! Parce que c'est l'une des plus grandes pièces de tous les temps ! Parce que Shakespeare l'a écrite au XVIIe siècle et que les gens normaux s'en souviennent encore aujourd'hui !

– XVIe.

– Pardon ? »

Josh s'avance de quelques pas, bravant le regard furieux de la gouvernante.

« Shakespeare a écrit *Roméo et Juliette* en 1595, soit tout à la fin du XVIe siècle. Juste après ses tragédies historiques, et juste avant *Othello*.

– Ah oui ?... réplique miss Lucy après un instant. Est-ce qu'au moins tu as lu ce dont tu parles, monsieur Je-Sais-Tout ?

– Bien sûr ! » répond Josh avec aplomb.

Il se tourne vers nous, et c'est un nouveau Josh que je découvre. Ses yeux apparaissent enfin vivants, enfin dégelés – dégelés par la chaleur de la passion. Pour la première fois, ses joues sont empourprées ; sa voix ne se traîne plus, mais résonne... de joie ?

« Nous sommes à Vérone, en Italie, commence-t-il à décrire comme si la ville s'étendait devant lui. Les Montaigu et les Capulet, deux vieilles familles ennemies, s'y livrent une guerre sans merci depuis des années, provoquant la colère du Prince qui voit mourir chaque jour les plus valeureux de ses sujets. Dans ce contexte, le seigneur Capulet s'apprête à donner un grand bal costumé pour présenter sa fille Juliette au comte Pâris, avec qui il compte la marier, bien qu'elle n'éprouve aucun sentiment pour lui.

« Seulement voilà : histoire de s'amuser, Roméo, le fils du seigneur Montaigu, décide de s'incruster à la soirée avec son ami Mercutio. Et bien sûr, ce qui doit arriver arrive. Au détour d'un couloir, Roméo et Juliette se croisent, se frôlent, tombent les masques... C'est le coup de foudre. Le vrai, celui qui ne pardonne pas.

« La suite est une effroyable tragédie, d'un suspense à faire passer les films de Hitchcock pour des documentaires. Meurtres et trahisons s'enchaînent à un rythme incontrôlé. Tybalt, un cousin de Juliette, provoque Roméo en duel. Notre amoureux veut éviter le grabuge, mais le bouillant Mercutio démarre au quart de tour et se lance dans la bagarre à sa place. En quelques passes il est touché, il est à terre, il est mort. Pour Roméo, c'est la douche froide. Dégringolant de son nuage, il tue Tybalt à son tour, avant de s'exiler loin de Vérone pour échapper à la fureur du Prince. Désespérée, Juliette pense pouvoir échapper à son mariage avec Pâris en simulant la mort : elle absorbe un philtre qui la plonge dans un sommeil sans souffle, si bien qu'elle est mise en terre par sa famille éplorée. Mis au courant, Roméo la rejoint au cimetière, mais il la croit réellement morte ! Il se suicide au-dessus de son corps, juste avant qu'elle ne se réveille ; folle de douleur, la pauvre fille plonge à son tour dans son cœur la dague avec laquelle s'est poignardé son unique amour. Ainsi s'achève, dit le poète, *la très excellente et très pitoyable tragédie de Roméo et de Juliette.* »

Josh s'est arrêté de parler, mais les images s'attardent dans le silence qui suit son envolée. Son récit embaume le réfectoire d'un parfum d'Italie et de citronniers, et…

« Bien ! aboie miss Lucy dans son mégaphone, déchirant brutalement la rêverie. Nous avons donc notre Roméo. Passons au reste de la distribution…

– Non ! coupe Josh. Non… pas Roméo. Je préférerais interpréter Mercutio. S'il vous plaît.

– Ah tiens ? Et pourquoi donc ?

– Parce que Roméo, c'est celui qu'ils voudraient que je sois – mes parents, ma famille, et tous les autres. Mais Mercutio, c'est celui que je suis vraiment. »

Je ne sais pas trop ce que Josh veut dire, mais il le dit avec une émotion, avec une conviction extraordinaires. Ce gars-là, c'est sûr, il est né pour la scène.

« Quel galimatias ! s'exclame miss Lucy. Mais tu as raison, tu es trop frêle pour camper un Roméo vigoureux. Il s'agit tout de même d'escalader un balcon, que diable ! Va donc pour Mercutio. Alors, vous autres : face à notre Mercutio, qui jouera Tybalt ? »

Un bras se lève aussitôt. Il appartient au gros garçon à l'appareil dentaire, celui qui s'est fait rembarrer par Josh hier soir dans le dortoir.

« Tybalt, c'est bien celui qui fait la peau à cette demi-portion, m'dame ? demande-t-il en désignant Josh du menton.

– Oui, enfin, c'est celui qui tue Mercutio, soupire miss Lucy.

– Alors ça me va ! fait le gros avec un sourire mauvais. Vous pouvez m'inscrire : Spencer. Spencer Donohe. Y en a qui vont morfler ! »

Joignant le geste à la parole, il passe son pouce

sur sa gorge en signe de décapitation, tout en dévisageant Josh de ses petits yeux humides et cruels.

« Je serai Roméo !... »

La tête haute, les épaules dégagées, Ti-Jean ressemble à une statue. Une statue au regard de granit fixé sur Spencer.

« ... car c'est Roméo qui tue Tybalt, achève-t-il d'une voix inflexible.

– Euh... Roméo était pas nègre, que je sache ! » lance le gros garçon d'un air faussement décontracté.

En guise de réponse, la mâchoire de Ti-Jean se contracte un peu plus.

Spencer se tourne vers miss Lucy, une lueur de franche panique dans les yeux : « Dites-lui, vous, que Roméo était pas nègre !

– Y a-t-il d'autres candidats pour le rôle principal ? » se contente de demander la metteuse en scène à la cantonade.

Un silence éloquent lui répond, chacun fixant ses pieds pour ne pas croiser son regard.

« Pas question de jouer un sous-fifre, et qui finit par clamser en plus ! grommelle Doug devant moi. Moi, je serai le big boss ou rien ! »

Miss Lucy fait mine de ne pas entendre.

« Personne ? dit-elle finalement. Dans notre version, Roméo sera donc noir – nous dirons qu'il est le fils adoptif de Montaigu. Il faut parfois savoir prendre des libertés avec le texte original. Maintenant, qui jouera notre Juliette ?

– Moi, je veux bien », dit Sinead en rougissant.

En rougissant ! C'est un aveu, le plus éclatant, le plus effroyable des aveux ! Maintenant c'est sûr : elle en pince pour Ti-Jean ! Comme dans mon rêve ! Mon sang ne fait qu'un tour :

« Laissez-moi jouer Pâris ! »

Tous les visages se tournent vers moi. Mais il n'y a que celui de Sinead qui compte, il n'y a que ses grands yeux verts étonnés.

« Bien. Très bien ! se félicite miss Lucy. Toutes ces vocations, ça fait plaisir. Continuez comme ça, et tous les rôles seront bientôt pourvus. »

Je n'en reviens pas. Je me suis poignardé moi-même. J'ai signé ma propre condamnation. Pour me rapprocher de Sinead sur la scène, j'ai choisi d'incarner celui que Juliette déteste par-dessus tout, l'homme à qui on veut la marier de force. Étourdi par ma propre bêtise, j'entends à peine les autres attributions – j'entends à peine la grande carne réclamer un rôle de *lady*, n'importe laquelle, la Montaigu ou la Capulet, pourvu qu'elle ait « de la classe », et Doug exiger que le *Prince* soit promu au titre de *Roi* ou même d'*Empereur* « parce que ça le fait ». Quel abruti j'ai été !

Je ne peux m'empêcher d'observer Sinead et Ti-Jean du coin de l'œil, tandis que Calamity distribue à chacun des acteurs l'intégralité de la pièce sur polycopié. Les voir comme ça, à bavasser comme s'ils étaient les meilleurs amis du monde alors qu'il y a vingt-quatre heures seulement ils ne se connaissaient pas, ça me retourne l'estomac ! D'abord, c'est moi qui ai rencontré Sinead le premier. De quel droit ce détraqué de Ti-Jean s'interpose-t-il entre nous ? Attends un peu, mon coco, qu'elle se rende compte de tes manies ridicules, et on verra si tu lui plais toujours autant ! Parce qu'un maniaque comme toi, ça m'étonnerait que tu embrasses sans te laver aussitôt la bouche, ça m'étonnerait que tu caresses sans te désinfecter aussitôt les mains. Tu n'es qu'un usurpateur, Ti-Jean : le rôle de Roméo, il était pour moi !

Mais qu'est-ce que je dis ? Je m'emporte. Je ne vaux guère mieux que Doug si je me laisse emporter ainsi. Ça ne me ressemble pas, et puis Ti-Jean est mon ami. Peut-être que si je lui expliquais ? Oui, c'est ça, il faut que je lui explique que donner la réplique à Sinead, c'est crucial pour moi, alors que pour lui c'est sans doute sans importance.

Je profite que la jeune fille s'éloigne un instant, appelée par son petit frère qui a écopé d'un rôle de valet, pour fondre sur Ti-Jean.

« S'il te plaît, je lui dis de la voix la plus détendue possible. Il faut que je te parle.

– Oui ?

– C'est à propos du rôle...

– Oui, je sais. C'est difficile pour moi aussi, tu sais. J'aurais préféré éviter ça entre nous. »

Comment ? Il est au courant de mes sentiments pour Sinead ? Il sait à quel point je suis perturbé par leur duo théâtral ?

« Il ne tient qu'à toi de l'éviter ! je lui fais en prenant son poignet comme pour l'implorer.

– Malheureusement, je ne crois pas que ce soit possible, Jack », me répond-il d'un air désolé.

Le salaud ! Bien sûr que c'est possible, il suffit que tu me laisses le rôle ! Mais je vois clair dans ton jeu maintenant, je comprends que toi aussi tu es sous le charme de Sinead ! Si tu crois que je vais laisser faire ça !...

... insidieusement, la Chaleur que je commence

à bien connaître s'est réveillée au fond de mon ventre. Le brasier de colère s'est rallumé et, tel un feu de paille, il enflamme mon dos, mon bras, ma main. Ma main au contact du poignet de Ti-Jean, dans la même posture que dans mon rêve. En un instant, je sens la Chaleur du garçon, son énergie se mêler à la mienne, à l'image d'un fleuve qui se mêle à la mer – *comme attiré par elle.*

« Moi aussi, je trouve ça nul que Roméo doive tuer Pâris, continue Ti-Jean. Tu es mon ami, et je ne veux pas te faire de mal, même pour de faux. Après tout, tu as raison, on peut peut-être demander à miss Lucy de modifier la pièce et d'éviter cet affrontement stupide. Elle l'a déjà changée en me donnant le rôle, pas vrai ? »

Ne pas me faire de mal ? Changer la pièce ? Quel malentendu ! Je prête à Ti-Jean les pires intentions, alors que lui, il est juste désolé que son personnage puisse nuire au mien !

« BRRRR ! fait-il en frissonnant. Tu ne trouves pas qu'il fait froid, tout d'un coup ? Un froid glacial...

– Hein ? Euh... non ! »

Je lâche précipitamment son poignet, et c'est comme si j'arrachais une prise de courant, Ti-Jean étant le générateur et moi la machine. Je réalise au passage que c'est très désagréable pour la machine, d'être brutalement déconnectée d'une source d'énergie chaude et disponible. Sérieux, il faut que je fasse attention : je commence à prendre goût à ce satané phénomène !

« Alors, les garçons, vous arrivez à entrer dans la peau de vos personnages ? »

Sinead nous a rejoints. Elle se tient là, souriante, plus radieuse que jamais.

« Ben justement, dit Ti-Jean, on est un peu gênés. Dans la pièce, Roméo et Pâris ne peuvent pas se sentir. Peut-être que l'on devrait renoncer à jouer ces rôles…

– Vous plaisantez ? coupe Sinead. Je trouve ça trop drôle au contraire, et plutôt flatteur, d'avoir pour prétendants les deux garçons les plus mignons du camp. »

Et elle nous embrasse chacun sur la joue. Sous les effluves entêtants de la cannelle, je sens l'odeur de son épiderme, de ses cheveux lorsqu'ils frôlent mes narines. Miel, pommes cuites, vanille, des souvenirs d'enfance affluent d'un seul coup, reviennent de très loin. Une douce chaleur m'enveloppait alors, qui ne me quittait jamais – non pas la Chaleur sèche et brûlante qui me grille les chairs depuis hier, mais un cocon tiède et parfumé, qui avait pour nom *Éternité*. Si j'osais, je prendrais Sinead dans mes bras, car c'est elle, j'en suis sûr, qui détient la clé de l'espace et du temps.

« Et vous ? reprend-elle en reculant d'un pas. N'êtes-vous pas contents de m'avoir pour fiancée ? »

Le nuage parfumé s'éloigne comme la marée qui reflue, et avec lui les souvenirs d'hier et les promesses de demain.

« Si, bien sûr…

– Alors vous verrez, on va bien s'amuser ! conclut-elle en riant. Après tout, ce n'est pas comme si vous étiez *réellement* amoureux de moi. »

J'acquiesce en me forçant à rire moi aussi. Ainsi, Sinead ne se doute pas des sentiments qu'elle m'inspire. Ce n'est pas encourageant. Mais il y a plus inquiétant : Ti-Jean, j'en mettrais ma main à couper, rit aussi jaune que moi…

*

La première session de l'atelier Théâtre se déroule de la manière la plus monotone qui soit. Chacun des acteurs défile à son tour devant les autres pour déclamer quelques tirades de son personnage et essuyer les critiques de miss Lucy. D'après elle, Ti-Jean campe un Roméo trop timoré, Sinead au contraire une Juliette trop délurée, et moi un Pâris pas assez fier.

« Tiens-toi droit ! Redresse les épaules ! Relève le menton ! me hurle-t-elle dans les oreilles à travers son mégaphone. Tu es censé incarner un comte, que diable, pas une serpillière ! »

Ceux qui n'ont pas eu de rôle se sont retirés avec Calamity au fond du réfectoire, afin de se répartir la confection des décors et le choix des éclairages. Le tout est rythmé par les appels de Buffalo, qui toutes les cinq minutes, par ordre alphabétique, crie le patronyme d'un pensionnaire du haut de la coursive au premier étage. La grande carne rousse, qui répond au doux nom de Mildred Antoniona, est la première à être ainsi convoquée pour sa séance de Thérapie individuelle. Suivent Doug Biggle, Spencer Donohe et Ross Froley – le boxeur au nez cassé. En une heure de temps, un tiers des pensionnaires disparaissent ainsi en haut de l'escalier, générant une tension croissante parmi ceux qui demeurent en bas des marches.

« Où est-ce qu'ils sont tous passés ? finit par demander Kevin avec sa candeur habituelle.

– Ils se reposent un peu avant de nous rejoindre », répond simplement miss Lucy entre deux invectives mégaphoniques.

Effectivement quelques minutes plus tard, raccompagnée par Buffalo, Mildred finit par redescendre l'escalier. Enfin, je dis *redescendre*, mais le terme *dégringoler* serait plus approprié. Je ne sais pas ce qu'ils lui ont fait, mais la pauvre fille est d'une pâleur effrayante, toute grelottante et si frêle sur ses grandes jambes d'échassier qu'elle trébuche à chaque marche, manque de s'étaler, se rattrape à la rampe in extremis. C'est un miracle que ce pantin désarticulé parvienne à nous rejoindre en une seule pièce. Miss Lucy la cueille à l'arrivée, et la traîne par le bras jusqu'à une chaise rangée contre le mur, où elle la fait asseoir – ou plutôt, où elle la laisse tomber.

Nous autres, qui n'avons pas encore été appelés, on peut pas dire que ça nous rassure. Mais ce qui nous fait carrément flipper, c'est de voir Doug redescendre dans le même état, tremblant et titubant comme un ivrogne. En fin de compte, qu'une anorexique de la bande de Mary-Ashley fasse un malaise, cela ne paraît pas si étonnant, pour peu qu'elle se soit fait vomir après le petit déjeuner. Mais qu'un gaillard de la trempe de Doug, capable de survivre à une gifle de Buffalo et d'en redemander, se transforme en loque humaine après cinq malheureuses minutes de Thérapie, voilà qui est assez terrifiant.

Ainsi, quand Buffalo crie « Kevin Flaherty ! » du haut de la balustrade, Sinead ne fait ni une ni deux, elle saute sur son petit frère et le prend dans ses bras dans un réflexe protecteur.

« Qu'est-ce que vous allez lui faire ? rugit-elle. Il ne se sépare jamais de moi !

– Ah, tu es la sœur…, soupire Buffalo. Bah, tu n'as qu'à monter avec lui – de toute façon, tu es la suivante. »

Sinead acquiesce – que pourrait-elle bien faire d'autre ?

À la voir comme ça, gravir une à une les marches de l'escalier en tenant son petit frère par la main, me vient cette image absurde, cette image évidente d'une sainte marchant au martyre. Un murmure m'échappe : « Sinead… »

Ce n'était qu'un souffle, mais pourtant elle l'a entendu, puisqu'elle se retourne à demi. Sans cesser de monter, elle m'adresse un sourire en posant son doigt sur ses lèvres comme pour dire : « Ne t'en fais pas, tout va bien se passer. »

Une demi-heure plus tard, c'est au tour de Ti-Jean Robespierre d'être appelé.

« Allez, allez, on ne se laisse pas distraire ! » gronde miss Lucy comme je m'interromps dans ma lecture pour le regarder s'éloigner.

La gouvernante doit penser que j'appréhende mon tour. Mais en réalité, c'est le fait de devoir attendre qui me stresse : je frémis à l'idée que Ti-Jean va se retrouver seul avec Sinead, là-haut… Heureusement, je suis le suivant sur la liste. À peine Buffalo a-t-il prononcé mon nom que je m'élance vers l'escalier, sautant les marches quatre à quatre.

Parvenu à la coursive du premier étage, je me

retourne pour jeter un dernier coup d'œil au réfectoire. Ils ne sont plus que trois derrière moi à ne pas être passés, dont Josh qui m'adresse un léger signe de la main pour me souhaiter bon courage. Un îlot de survivants au milieu d'une mer de zombies, les corps éparpillés de tous ceux qui sont déjà redescendus…

« Par ici », me dit Buffalo en me prenant par le bras. Nous longeons la balustrade sur une dizaine de mètres, jusqu'à une entrée béante dans le mur du fond, à côté du conduit de cheminée. Derrière l'ouverture s'élève un escalier en colimaçon aux marches usées, faiblement caressées par la lumière qui tombe à travers les meurtrières. *Nous pénétrons dans la tour!* je me dis avec une excitation mêlée d'angoisse. La tour aux volets fermés le jour, ouverts la nuit, entre lesquels se penchent d'étranges silhouettes sombres sous la lune… Un silence humide nous enveloppe aussitôt, comme si l'épaisseur des murs étouffait jusqu'au bruit de nos pas sur la pierre érodée.

Nous passons ainsi sans nous arrêter devant une large porte close. Puis, poursuivant notre ascension, nous parvenons à une deuxième porte plus petite, étroite et vermoulue.

TOC! TOC! TOC!

Buffalo frappe trois coups sur le panneau, avant de tourner la poignée de cuivre.

Pas un rayon de jour ne filtre à travers les volets de la chambre où nous entrons, éclairée seulement par un haut chandelier de fer posé à même le sol, sur lequel sont empalés trois gros cierges à moitié fondus. Pour tout mobilier, la pièce comporte une espèce d'énorme bassine de bois, à l'intérieur plaqué de métal brillant. La lumière dansante des bougies s'y démultiplie, donnant à la bassine l'aspect d'une baignoire infernale remplie de feu – une baignoire pour les âmes damnées et les démons.

« Placez le sujet dans le baquet », murmure une voix éraillée, marquée par un accent germanique qui rappelle celui du docteur Krampus – mais en plus haché, comme celui des méchants dans *Indiana Jones*.

Je sursaute en découvrant le visage de la religieuse en fauteuil roulant, tapie dans l'ombre derrière le baquet, si noyée de ténèbres que je ne l'avais pas remarquée jusqu'alors. Avant que j'aie le temps de comprendre ce qui m'arrive, Buffalo m'empoigne sous les aisselles, m'arrache au sol et me place dans le baquet. Il me force à passer chacune de mes mains sous des arceaux vissés à la paroi de métal, des espèces de menottes qu'il resserre à fond. Puis il quitte la pièce sans un mot, refermant derrière lui la porte du monde des vivants.

Mon premier réflexe est de tenter de me libérer. Je tire sur les arceaux de toutes mes forces, mais rien n'y fait, je ne parviens qu'à meurtrir mes chairs.

« Qu'est-ce que vous allez me faire ? je finis par demander à la nonne, le cœur battant.

– Ça ne sera pas douloureux », se contente-t-elle de marmonner en s'affairant de l'autre côté du baquet, actionnant des boutons et des manivelles invisibles dont je ne perçois que le cliquetis.

Clic... Clic... Clic...

La mâchoire d'un crocodile...

CLIC… CLIC… CLIC…

Les os d'un squelette…

Je sens la panique me gagner. Vite ! Avant que je perde mes esprits, il faut que je réussisse à mobiliser la Chaleur ! La Chaleur qui a fait fondre les barreaux du dortoir, elle seule peut me libérer des fers qui entravent mes poignets ! Je me concentre de toutes mes forces, de toute mon âme, je projette toute ma volonté au creux de mon ventre, là où je sais que la Chaleur peut naître, là où elle est toujours née jusqu'à présent… Là où elle naît à nouveau !

J'exulte en sentant les ondes chaudes irradier sous mon estomac, se répandre dans mon dos et dans ma poitrine. J'exulte car pour la première fois j'ai réussi à susciter consciemment le phénomène : pour la première fois, j'ai réussi à maîtriser la Chaleur !

VrrRRROOOUUU !

Qu'est-ce que ?… Le baquet se met à tourner sur lui-même, panier à salade géant qui gagne très rapidement en vitesse. Est-ce moi qui ai déclenché ce mouvement ? La Chaleur n'est pourtant pas encore parvenue à mes bras ni à mes mains. La nonne, dont le visage revêche tournoie de l'autre côté du baquet, n'a pas l'air surprise par ce qui est en train de se passer.

Beuh… ce tourniquet, c'est pire que le manège des tasses de thé à Disney World ! Je sens que je vais vomir mes tartines !

Mais il n'y a pas que le mal de mer. Le contact des arceaux est affreusement froid contre mes poignets tout d'un coup, comme si le métal s'était subitement changé en glace. Le givre me prend les avant-bras, remonte jusqu'à mes épaules, s'enfonce au plus profond de mon être : en un mot parcourt le même chemin qu'a emprunté jusqu'à présent la Chaleur pour s'emparer de mon corps, mais en sens inverse, à rebours. Celle-ci est submergée sous cette avalanche glacée, recule vers le foyer d'où elle est issue, jusqu'à n'être plus qu'une minuscule flammèche au creux de mon ventre frigorifié.

BOM-BOM... BOM-BOM...

Lorsque la rotation du baquet commence à ralentir, j'entends les battements de mon cœur s'espacer dans mes tempes, l'étreinte du froid achevant de paralyser tous mes organes, d'étouffer toutes mes sensations, jusqu'à celle de la nausée.

BOM-BOM...

Le baquet s'arrête de tourner tout à fait. Derrière un écran de brouillard, je devine la silhouette de la nonne qui s'avance sur son fauteuil roulant, navire fantôme glissant sans bruit sur un lac gelé. Mon cerveau engourdi réalise à peine que le froid est en train de me momifier vivant, avant de se figer à son tour. Et le reste de vie...

... qui chauffait encore mes entrailles...

... s'est éteint dans la tempête.

BOM.

...

...

...

...

Soif

Boire

Boire avec les mains
Comme j'ai bu l'énergie de Josh
Comme j'ai bu la Chaleur de Ti-Jean

Instinctivement, je projette le peu de conscience qui me reste dans mes poignets, dans les quelques centimètres carrés de peau en contact avec les arceaux glacés.

Aspire par chacun de tes pores!
Reprends ce que l'on t'a volé!

Il n'y a plus que cela qui compte, la sensation du métal contre mon épiderme.

La morsure du froid.

Du froid?...

Mais non, ce n'est plus le froid qui m'enflamme les chairs, ce n'est plus le froid!

Les arceaux sont brûlants! En quelques secondes, je sens la Chaleur refluer dans mon corps, dégeler mes organes, ressusciter chaque cellule de mon organisme. L'énergie qui m'a quitté me revient, mais bien plus encore. Bien plus encore! J'ai l'impression d'avoir au bout des bras un réservoir fantastique, un réservoir immense de Chaleur. Rien à voir avec la simple recharge fournie l'autre soir par Josh : dans le baquet, je puise les forces de dix, vingt, quarante pensionnaires! Quel délice, quelle ivresse de plonger mes mains dans cette mer vibrante, mes mains qui se transforment du même coup en pompes, en aspirateurs à énergie.

De l'autre côté du baquet, la nonne gesticule fiévreusement, pareille à une opératrice des téléphones dans les vieux films, pianotant à toute vitesse sur son tableau de commande, branchant des prises, poussant des boutons et des leviers. Manifestement, sa petite expérience ne se déroule pas comme prévu.

« Dehors ! Dehors ! » se met-elle à crier comme une folle.

Elle tourne une clé fichée sur le côté de la machine, et aussitôt les arceaux se soulèvent, libérant mes mains et coupant l'afflux de Chaleur. Elle tourne une autre clé et un portillon s'ouvre dans le flanc du baquet.

« Dehors ! Dehors ! » continue de s'époumoner la religieuse en roulant jusqu'à la porte de la pièce, qu'elle ouvre d'un geste rageur.

« J'ai un problème technique, dit-elle sèchement à Buffalo, qui attendait de l'autre côté. Donnez-moi vingt minutes avant d'amener le prochain. »

Elle m'éjecte à l'extérieur de la pièce d'une grande tape dans le dos, puis elle referme la porte derrière moi avec un claquement sonore.

« Tu veux récupérer un peu avant de redescendre ? me demande machinalement le surveillant général. On a une salle prévue pour ça.

– Non, merci. Ce n'est pas la peine. »

La vérité, c'est que je ne me suis jamais senti aussi solide, aussi reposé, aussi *régénéré* de toute ma vie. Envolée, la fatigue. Envolés, le mal de tête, les courbatures dans les jambes et la vue brouillée. Comme si l'on m'avait connecté à une gigantesque pile électrique qui m'aurait regonflé à bloc.

D'où peut donc venir cette fantastique énergie qui coule à présent dans mon corps, qui en imprègne jusqu'à la moindre parcelle ? Les hypothèses tournoient dans ma tête. Est-ce l'effet du courant électrique ? Le baquet m'aurait-il injecté quelque drogue excitante, par une mystérieuse transfusion cutanée ?

La vérité, je le redoute – je le pressens – est plus étrange encore… et plus terrible.

10 Naissance d'un monstre

Différent.

Pour la première fois de ma vie, je me suis rendu compte ce matin que j'étais intrinsèquement, viscéralement différent des autres.

Oh bien sûr, jusqu'à présent, j'avais bien conscience de ne pas être tout à fait normal – le docteur Smith et Mrs Pickwick nous avaient suffisamment répété, à mes parents et à moi, que j'étais un patient *atypique* et un élève *particulier*. Mais jamais encore je n'avais douté qu'à force de volonté, et l'âge aidant, je puisse surmonter ce qui faisait ma différence pour me fondre dans le moule. Tôt ou tard, j'en étais persuadé au fond de moi, je triompherais de mes insomnies, je réussirais mes études et je deviendrais un homme accompli, avec un emploi prestigieux et une famille modèle. Oui, vraiment, j'étais convaincu qu'un jour je deviendrais un homme comme mon père.

(Étrange. Il me suffit de penser ces mots – *comme mon père* – pour comprendre que j'ai changé. Hier encore, j'aurais dit : *comme Dad*.)

C'est cette illusion qui s'est évanouie ce matin. Je suis un garçon différent, et je deviendrai un homme différent. Je ne serai jamais mon père. Cette certitude nouvelle me libère et me déchire. Me libère, car au bout de quinze années de vie, j'ai enfin l'impression de grandir. Le petit Jack qui est arrivé hier à Redrock me paraît être encore un enfant, quand aujourd'hui je suis déjà presque un adulte. Je sais à présent que mon existence n'appartient qu'à moi et que personne ne saurait me la confisquer. Ni Smith et toute sa médecine. Ni Pickwick et tous ses principes. Ni surtout mes parents et toute leur bienveillance. Quelle ironie : il aura fallu que l'on m'enferme dans une colonie pénitentiaire pour que je sente passer sur mon visage le souffle de la liberté !

Mais la certitude de devenir moi-même me déchire aussi. Car désormais, je nage dans des eaux inconnues. À observer la chenille, qui peut dire la couleur du papillon auquel elle donnera naissance ? En qui suis-je en train de me métamorphoser, ou plutôt en quoi ?

Le baquet contient la réponse, l'odieuse réponse. Après avoir retourné mille fois le problème dans ma tête, j'arrive toujours à la même conclusion : ceux qui m'ont précédé à la Thérapie en sont descendus complètement lessivés, absolument K.O., et moi j'en suis ressorti plus fort et plus vaillant que jamais. *Rien ne se perd, rien ne se crée, tout se transforme* : c'est ce qu'on nous apprend au premier cours de physique, au collège. L'énergie de mes camarades ne s'est pas perdue, ma vigueur nouvelle n'est pas apparue par l'opération du Saint-Esprit. Tout se passe comme si, par l'intermédiaire de cet engin diabolique, j'avais réellement absorbé un peu de la vie de chacun des pensionnaires !

Une créature qui se nourrit de la vie des autres, cela a un nom. Suis-je véritablement devenu un vampire ? Ne l'ai-je pas toujours été ? Un vampire continuellement affamé depuis sa naissance, mais jamais rassasié et toujours agonisant ; un monstre à bout de souffle, à bout de forces jusqu'à ce qu'il absorbe enfin la seule nourriture capable de le sustenter : l'énergie humaine, dont je me repais depuis mon arrivée à Redrock. Josh, Ti-Jean et maintenant ce baquet dans lequel s'épuise toute la colonie : autant de sources auxquelles j'ai étanché ma soif. Comment, après avoir goûté une fois de ce vin-là, pourrai-je jamais m'en passer ? Retourner à une vie de cloporte, écrasé sous le poids d'une fatigue perpétuelle ?

Plutôt mourir !

Plutôt mourir que vivre en rampant !

Mais quelles sont ces idées vénéneuses qui germent dans mon cerveau ?

Moi, un vampire ? Les vampires n'existent que dans les cauchemars des honnêtes gens qui savent dormir, et dans les vieux films d'épouvante devant lesquels pâlissent à longueur de nuit tous les proscrits du sommeil.

Décharges d'électricité statique au contact d'autrui ? Palpitations cardiaques dues à des émotions trop intenses ? Ou, plus simplement encore, hallucinations résultant d'un manque patent de repos : les vagues de Chaleur qui me submergent régulièrement depuis hier peuvent

– que dis-je *peuvent* – *doivent* avoir une explication rationnelle.

En ce moment même, alors que je bêche la terre desséchée de Redrock de toutes mes forces nouvelles, je sens le soleil me cuire la nuque et les bras. Si ça se trouve, ce n'est que cela. Si ça se trouve, je suis victime d'une insolation persistante depuis mon arrivée dans ce fichu pays. Les panneaux touristiques le disaient bien, à l'aéroport de Denver : le Colorado est l'État le plus ensoleillé du territoire fédéral – plus que la Floride elle-même ! Le ciel nuageux du nord de la côte Est et l'ombre des tours new-yorkaises ne m'ont pas habitué à une telle débauche de rayons UV.

« Monsieur, s'il vous plaît ! Je peux m'abriter un peu à l'ombre ? »

Est-ce qu'il m'a entendu ? Affalé sur une chaise à l'ombre du car qui a conduit la majorité des pensionnaires à Redrock, la veille de mon arrivée, le Kid reste immobile, son Stetson renversé sur le visage.

« Monsieur, s'il vous plaît, laissez-moi au moins aller chercher ma crème solaire. Je supporte mal le soleil. Vous pouvez vérifier, ce doit être écrit dans mon dossier...

– Laisse tomber ! me souffle Ti-Jean en tirant son T-shirt vers son visage pour s'éponger le front. Il ne se réveillera pas avant qu'on ait tous crevé ! »

Voilà plus de trois heures en effet que le Kid a commencé sa sieste, après nous avoir distribué pelles et râteaux et donné un sac de graines de navet. Soi-disant pour agrémenter la table du docteur Krampus. Quelle blague ! Même des cactus ne pourraient pas pousser dans cette terre calcinée, craquelée, aussi chauve qu'un crâne ; alors des légumes ! Et c'est ça qu'ils appellent « Jeux en plein air »...

« Tu as raison ! finis-je par admettre en laissant tomber ma pelle. Pas la peine d'attendre sa réponse. »

Je longe le pauvre sillon que nous autres les garçons sommes en train de creuser, jusqu'au large parasol mité sous lequel sont assises les filles. On les a chargées d'une tâche plus absurde encore que la nôtre : coudre ensemble des bouts de tissu défraîchis – les vieilles chemises de nuit des sœurs Krampus – pour former un dais protecteur au-dessus de notre future exploitation agricole...

« Eh, les filles ! »

J'enfonce mes mains dans mes poches en prenant l'air le plus décontracté possible.

« Je passe au dortoir chercher ma crème solaire, vous voulez que je vous rapporte quelque chose ?

– Mais..., balbutie Brandy en me dévisageant d'un air affolé. On n'a pas le droit ! »

Grelottante en plein cagnard, les joues blanches et les lèvres bleues, la pauvre fille est visiblement marquée par la correction qui lui a été administrée pour la punir de sa bagarre avec Mary-Ashley : une séance de baquet deux fois plus longue que les autres. Elle réussit à peine à tenir son aiguille, tant elle est affaiblie. Je songe avec horreur qu'un peu de sa force, sans doute, circule maintenant dans mes veines...

« Moi, je veux bien de l'eau », déclare Sinead en levant sur moi des yeux de braise comme pour me mettre au défi : « *Chiche !* »

Assise comme ça, la jupe déployée en corolle sur ses jambes repliées, et comme prolongée par les flots de tissu en dentelle entre lesquels elle fait courir son aiguille, elle ressemble plus que jamais à une princesse fileuse de l'Ancien Temps. Une princesse elfique, trop facile à désirer, et impossible à saisir.

Je tourne les talons, incapable de prononcer un mot de plus, et je me dirige vers les dortoirs, à cent mètres desquels nous avons entrepris notre folle plantation. Mais comme je passe devant la chaise du Kid, celui-ci étend sa longue jambe pour me barrer la route, aussi rapidement qu'un caméléon déroule sa langue pour attraper une mouche.

« Eh là ! gronde-t-il, le visage toujours dissimulé derrière son Stetson. Où crois-tu aller comme ça ? Retourne bêcher !

– On a chaud, monsieur, je lui fais, trop conscient des regards de tous les colons braqués sur moi. Et on a soif !

– Qu'est-ce que j'entends ! » s'écrie-t-il en faisant claquer la semelle de ses santiags contre la terre brûlée.

Je recule instinctivement de quelques pas comme il se dresse de toute sa hauteur, relevant son chapeau sur son front.

« On n'en peut plus…, je continue bravement.

– Je n'ai pas rêvé, tu as bien dit *monsieur* ? me coupe-t-il. Tu vas finir par me vexer, p'tit gars. Je ne suis pas comme ce vieux croûton de Buffalo. Mince, je pourrais être ton grand frère ! Appelle-moi plutôt le Kid.

– Euh… d'accord, le Kid.

– Tiens, mais ce n'est pas toi qui t'es pris un seau d'eau sur la tête, hier ?

– ...

– Mais si c'est toi, le gars avec les grands cernes noirs autour des yeux : je te reconnais ! Ah, ce qu'on a pu se marrer !

– Question de point de vue...

– C'était trop fendant !

– Bon, c'est pas tout ça, mais est-ce que je peux passer ?

– NON ! rugit le Kid en arrêtant subitement de se gondoler. Tu n'as pas entendu ce qu'a dit le docteur Krampus hier soir ? A comme *Abidance.* Je t'ai dit de bêcher, alors tu bêches.

– Mais...

– RETOURNE BÊCHER IMMÉDIATEMENT ! »

Le Kid pointe un index impérieux vers le sillon que je viens de quitter. Dans mon dos, tout le monde s'est tu. Ce silence assourdissant me paralyse, tandis que je sens naître en moi un feu plus cuisant que le feu du soleil...

Oh non, pas maintenant ! Pas devant tous les autres ! Pas devant Sinead !

Hiiiiiiii !

Je me retourne brusquement vers la source du hennissement, tandis que la Chaleur reflue dans les tréfonds de mon corps. Plusieurs chevaux se rapprochent au grand galop, sur le dos desquels sont juchées Mary-Ashley et sa bande de pimbêches.

Parvenus jusqu'à nous, les canassons pilent dans un grand nuage de poussière rouge, qui recouvre aussitôt notre maigre sillon et le dais de dentelles fanées.

« On s'est dit qu'on allait venir vous faire un petit coucou avant de rentrer à l'écurie, nous lance Mary-Ashley du haut de sa monture, un gigantesque alezan. Oh ! Mais que vous êtes sales, tout barbouillés de terre comme ça ! Surtout les filles sous le parasol : on dirait des truies vautrées dans la boue ! »

Visiblement ravie de sa position surélevée par rapport à nous autres culs-terreux, la garce part d'un petit rire aigu, vite repris par les autres cavalières. Puis elle nous adresse un rictus méprisant du bout de ses lèvres enduites d'un gloss rose pailleté du meilleur genre. De toute évidence, elle n'a pas eu à subir le même châtiment que cette pauvre Brandy, sans quoi elle ne serait pas si vaillante. Tout cela est bien suspect. Il y avait déjà sa mainmise sur la très convoitée activité Équitation, et maintenant cette indulgence inattendue… Mary-Ashley semble être particulièrement chouchoutée par le personnel de Redrock.

« Mais peut-être que vous vous entraînez simplement pour vos rôles, mes chéries ? continue-t-elle d'une voix mielleuse. Après tout, c'est vrai que vous allez jouer des souillons !

– Tu te trompes ! Sinead va jouer Juliette, et moi sa mère, Lady Capulet ! »

En criant ces mots, Brandy s'est dressée sur ses jambes encore flageolantes. Il y a quelque chose de poignant dans le spectacle de cette fille épuisée, écrasée par la masse du cheval qui lui fait face, mais vibrante de fierté, d'un noble orgueil qui, de sa main invisible, la porte et la fait se tenir debout.

« Côôômment ??? feint de s'étonner Mary-Ashley. Ils ne vous ont pas dit ? Mais les rôles ont été changés, ma pauvre petite boulotte ! C'est moi qui serai Juliette, et c'est Gladys qui jouera ma mère. »

À la droite de Mary-Ashley, une fille brune aux sourcils épilés en accents circonflexes acquiesce avec un large sourire. Elle semble encore plus arrogante que son insupportable copine, ce qui n'est pas peu dire !

« Quant à vous, continue Mary-Ashley, vous serez nos boniches. Franchement, je crois que la pièce y gagnera : vous serez beaucoup plus crédibles en gueuses qu'en grandes dames, Cosette et toi.

– Menteuse ! s'écrie Brandy. Sale menteuse !

– Allons, allons, Brenda : un peu de dignité. »

Les cavalières éclatent à nouveau de rire comme Brandy s'empourpre à la mention de ce nom qui n'est pas le sien. Puis elles repartent au galop vers les écuries, nous noyant une deuxième fois sous une pluie de poussière piquante.

Ma première pensée, dans le concert d'éternuements qui s'ensuit, est une pensée triste : je ne jouerai pas le *promis* de Sinead, puisque le rôle de Juliette lui échappe. Mais la pensée qui lui succède me transporte de joie : Ti-Jean ne jouera pas son *élu* !...

*

« Mary-Ashley est la fille d'oune membre dou gouvernement – oune ministre ou quelque chose comme ça. C'est dou moins cé qué jé l'ai entendou raconter à ses amies, hier soir dans lé dortoir. »

À peine la petite Latino a-t-elle prononcé ces

mots qu'elle replonge le nez dans son assiette de potage, disparaissant à nouveau derrière les larges bords de son sombrero. Avec elle, Josh a trouvé son maître en matière de timidité !

Il faut dire que personne n'est très bavard ce soir dans le réfectoire, après cette rude journée – les pensionnaires oubliant même de se plaindre de l'absence de sel. La Thérapie du matin et les activités de l'après-midi les ont épuisés, si bien que la grande salle résonne de bâillements et de soupirs plus que du cliquetis des couverts contre la vaisselle. Je ne fais pas exception : les réserves d'énergie que j'ai puisées dans le baquet infernal de la religieuse semblent s'être totalement consumées, comme si elles n'avaient servi qu'à me faire tenir jusqu'à ce soir. Il est vrai qu'en temps normal, je n'aurais jamais pu supporter l'effort physique, la canicule et la lumière imposés par notre séance de jardinage, moi qui d'ordinaire passe mes journées à fuir le soleil en me traînant d'un coin d'ombre à l'autre. D'ailleurs, même aujourd'hui, mes forces providentielles ne m'ont pas totalement protégé des rayons redoutés. Ma peau à vif me semble trop étroite pour contenir mon visage, elle tiraille au moindre mouvement, à la moindre expression.

« Comment vous croyez que ça marche, leur fichu baquet ? s'interroge Brandy. C'est un machin à base d'électrochocs, ou un truc comme ça ?

– Je ne sais pas, mais en tout cas c'est pas agréable, fait Ti-Jean. Ça m'étonnerait pas que ce soit même illégal…

– Bien sûr que c'est illégal ! s'exclame Sinead. Tu n'as pas encore compris qu'on est dans une zone de non-droit ? Les lois du monde extérieur ne s'appliquent pas ici, elles ne protègent personne. Ou du moins, *presque* personne : il me semble tout de même que Mary-Ashley bénéficie d'un traitement de faveur...

– Ne m'en parle pas ! La manière dont elle a récupéré le rôle de Juliette... Quand je pense que je vais devoir faire la cour à cette petite prétentieuse !

– Bah, ce n'est pas si grave, beau gosse. Mary-Ashley n'est pas trop mal, dans son genre. Je suis sûre que vous formerez un beau couple sur scène. »

Un point pour moi : Sinead ne semble pas traumatisée à l'idée de céder à une autre sa place aux côtés de Ti-Jean. Un point pour lui : elle l'a appelé *beau gosse* (eh oui : *beau gosse !*). Ma cervelle fonctionne à toute vitesse – dois-je me réjouir du point n° 1 ou me lamenter du point n° 2 ?

« Et puis de toute façon j'ai vérifié avec Josh, continue Sinead, sans se douter du trouble dans lequel elle m'a jeté. Mary-Ashley s'est trompée : dans la pièce, Juliette n'a pas de servante, mais une nourrice. Autant dire une gouvernante. Autant dire que je vais la dresser à ma façon, la jouvencelle !

– Et moi, cette Gladys, je vais la servir à ma manière ! renchérit Brandy. Je me prendrai les pieds dans le tapis pour mieux renverser son thé brûlant sur elle, et je lui arracherai les cheveux en la peignant. Peut-être même bien que je l'étoufferai en lui nouant son corset ! »

La tablée s'esclaffe comme Brandy gonfle ses joues en louchant pour mimer la suffocation de sa future victime.

« J'ai hâte de voir ça ! s'exclame Ti-Jean en

essuyant des larmes de rire. En attendant, il va falloir que l'on trouve un moyen de survivre sur cette maudite plantation. Non seulement c'est horriblement salissant, avec toute cette poussière, mais en plus on crame sur place ! J'avoue que cet après-midi, j'aurais bien aimé avoir un chapeau comme celui de... de...

– Consuela ! murmure la petite Latino en baissant les yeux. C'est oune sombrero mexicano...

– C'est vrai que nous, au moins, on avait le parasol, compatit Sinead. Mais vous, les garçons, vous avez pris de sacrées couleurs. Surtout Jack !

– Oh, pas tant que ça... »

J'essaye de toutes mes forces de ne pas rougir. Il ne manquerait plus que ça, par-dessus les coups de soleil !

« Tu plaisantes ! s'exclame Ti-Jean. Une vraie écrevisse ! Même que tu commences à peler, on dirait. Fais voir un peu... »

Je m'efforce de ricaner dans l'espoir de sauver la face, comme Ti-Jean se penche vers moi pour m'examiner. Non mais, de quoi il se mêle, celui-là ! Une *écrevisse* : et puis quoi encore ? Il aurait voulu me ridiculiser devant Sinead qu'il n'aurait pas trouvé mieux !...

« Mais, ma parole..., me chuchote-t-il dans l'oreille, à deux centimètres de mon visage. Ma parole : tu te teins les cheveux !

– Quoi ?... Absolument pas ! »

Alors là, vraiment, il ne sait plus quoi inventer ! Me teindre les cheveux, moi ! On aura tout entendu !

« Allons, admets-le ! Je vois bien que tu as les

racines des cheveux noires, c'est donc que tu as oublié de refaire ta teinture blonde dernièrement. Comme la meilleure amie de ma mère : elle est obligée d'aller chez le coiffeur tous les mois…

– Mais c'est faux! je m'étrangle en essayant de maîtriser ma colère.

– Bah, ne t'inquiète pas, je ne dirai rien aux autres. Mais fais gaffe, parce que ça commence à se voir!»

Ti-Jean se redresse sur sa chaise en déclarant à voix haute : «J'ai de la Biafine au dortoir, je t'en passerai ce soir – ça marche bien sur les brûlures.»

Est-ce qu'il se moque de moi? Il a pourtant l'air sincère, avec cette tentative de cacher aux autres ce qu'il croit être mon secret…

Il faut que j'en aie le cœur net. Entre le fromage et le dessert, je demande la permission d'aller aux toilettes, tout au fond de la salle, pour me regarder dans la glace.

Je ne peux réprimer un frisson en passant derrière la table amirale, où sont installés le docteur Krampus et sa famille. Les dos immenses de ces forces de la nature sont si larges qu'ils bouchent toute la perspective. Leurs corps sont si massifs que les pieds des fauteuils sur lesquels ils sont assis s'incurvent, prêts à rompre à tout instant. Et leurs voix sont si puissantes que j'en ressens les vibrations jusque dans le parquet sous mes pieds. Aussi les bribes de leur conversation me parviennent-elles aussi nettement que les stances de *Roméo et Juliette* déclamées par les pensionnaires lors de l'atelier Théâtre.

«… tu accuses mes invités un peu vite, il me

semble ! dit le docteur Krampus, penché sur l'épaule de Buffalo qui paraît tout rabougri à ses côtés. Je réponds d'eux ! Et puis, nous savons que le petit mythomane n'a rien vu du tout dans le dortoir. Celui-là, je peux t'assurer qu'il ne mentira plus jamais !

– Oui, peut-être, mais les barreaux, Herr Doktor ! plaide le vieux cow-boy. Les barreaux tordus !

– Calme-toi ! Je te rappelle que le Guetteur n'a rien vu, lui non plus ! Et ne me parle pas de cette chauve-souris qui s'est fracassée contre la porte, c'est la faim qui l'aura affolée. Notre cheptel est devenu trop important, nous ne pouvons nourrir toutes ces bêtes, et d'ailleurs nous n'en avons pas besoin d'un si grand nombre pour monter la garde. Il faudra en abattre quelques-unes. Quant aux barreaux… La seule manière d'en avoir le cœur net, c'est de sonder la Veilleuse. L'as-tu apportée ?

– Euh… toutes mes excuses, Herr Doktor, bafouille Buffalo. Dans l'état où elle est, je ne pensais pas qu'elle pourrait encore vous servir…

– Bougre d'imbécile ! Je ne te demande pas de penser, mais d'obéir ! D'obéir, tu entends ! Tu m'apporteras la Veilleuse dès la fin du dîner ! »

Tandis que Buffalo se confond en excuses, je file aux toilettes sans demander mon reste. J'ai comme l'impression que ce Guetteur n'est autre que la mystérieuse vigie du mirador, à laquelle j'ai échappé hier soir. Mais la *Veilleuse* ? De quoi peut-il bien s'agir ? Et que voulait dire le docteur Krampus en affirmant que Stuart ne mentirait plus jamais ?

Toutes ces questions tourbillonnent dans mon esprit tandis que je pénètre dans les toilettes. Elles me taraudent alors que je me penche au-dessus du lavabo. Et puis soudain, je cesse d'y penser : je découvre mon reflet dans le miroir. Mon visage n'est qu'un vaste coup de soleil rouge vif ; ma peau part en lambeaux sur les pommettes, sur les arêtes du nez, sur le haut des oreilles : sur tous les reliefs saillants où les rayons se sont accrochés. Mais surtout… surtout, des racines sombres sont apparues à la base de mes cheveux. Non pas noires, comme le pensait Ti-Jean dans la mauvaise lumière du réfectoire, mais *bleu électrique*…

Je suis le premier à me lever de table à la fin du repas : pas question de laisser à Sinead l'occasion de me voir de plus près, pas dans cet état ! Il faut absolument que je me lave les cheveux, sans quoi elle aussi va croire que je me les teins. La honte ! D'où que vienne cette horrible couleur bleue – une bizarre réaction chimique de la poussière de Redrock avec ma sueur ? une mycose du cuir chevelu ? –, j'espère bien qu'elle partira au premier shampooing !

Je cavale jusqu'au dortoir, laissant les autres pensionnaires se répandre lentement dans la cour enténébrée. Je traverse le couloir en courant, je débouche dans la grande salle aux volets déjà clos et je m'apprête à m'élancer vers les douches, quand un détail arrête mon regard…

Dans la corbeille à papier, à l'entrée de la pièce, gisent les fragments du squelette de chouette qui était cloué sur la porte, et que la chauve-souris a fracassé. À peine ai-je posé les yeux sur ces restes macabres que l'évidence s'impose à moi. Un talisman indien pour chasser les cauchemars, tu parles : la voilà, la mystérieuse *Veilleuse* !

Mon instinct me crie qu'il faut que je fasse disparaître cette pièce à conviction, il faut que je la fasse disparaître avant que le docteur Krampus s'en empare. Dehors, j'entends les pensionnaires se rapprocher à grands pas, et gronder la voix caverneuse de Buffalo : « Allez, allez ! Tout le monde au lit ! » Il n'y a pas une minute à perdre ! Je m'approche de la corbeille en tremblant, et je saisis les os brisés...

... mais à peine ai-je posé la main sur eux qu'une onde de Chaleur m'irradie le bras, fuse jusqu'à mon ventre en un éclair. J'ai juste le temps de penser : *une recharge ! C'est une recharge énergétique !* avant de perdre connaissance.

Quelle douleur intolérable !

Des clous sont fichés dans mes mains et dans mes pieds, qui me maintiennent placardé contre un vaste panneau de bois. Je suis... je suis crucifié à la porte du dortoir !

Je dois me rendre à l'évidence : victime d'un maléfice pervers, d'une atroce sorcellerie, je suis devenu le squelette de la chouette. Je suis devenu la Veilleuse !

Devant moi, Redrock est plongé dans la nuit et dans le silence. Tout à coup, je vois une silhouette en pyjama se précipiter jusqu'au milieu de la cour, se pencher pour ramasser quelque chose.

Mais... c'est moi ! C'est moi qui récupère Quaker ! Je voudrais m'avertir, hurler « Attention ! » tandis qu'une ombre noire descend en piqué sur mon alter ego, mais aucun son ne sort de mon bec mort.

Heureusement, cet autre Jack esquive la chauve-souris une fois, puis deux fois... comme je l'ai moi-même esquivée la nuit dernière. Il n'a que le temps de tourner vers la porte où je suis cloué avant que le monstre volant ne vienne envahir tout mon champ de vision, et s'écraser contre moi.

Black-out.

« Ben alors, Yeux-de-Blaireau, on fait les poubelles ? »

La voix éraillée de Doug m'arrache à mes visions. Il est le premier à avoir pénétré dans le dortoir, précédant Buffalo de quelques pas.

« Euh, non... je bafouille en fourrant les os dans ma poche. Enfin si : j'avais jeté quelques pièces de monnaie en même temps qu'un mouchoir usagé, par inadvertance. Mais c'est bon, je les ai récupérées.

– PFFFF ! Bouffon ! » siffle Doug en passant devant moi.

Ouf ! Il n'a rien vu. Et Buffalo non plus, à en croire la manière fiévreuse dont il fouille à son tour la corbeille après que j'ai regagné mon lit. Il finit par l'emporter avec lui, sans doute pour la vider à l'abri des regards. Le vieux bougre a beau être un odieux tortionnaire, je ne peux m'empêcher d'avoir pitié de lui quand je songe à la manière dont le docteur Krampus l'accueillera quand il lui annoncera qu'il a perdu sa Veilleuse...

11 Rivalité secrète

J-52

À partir d'aujourd'hui, j'ai décidé de compter les jours me séparant de la libération. J'espère pouvoir tenir le coup jusque-là, et ne pas me transformer en Schtroumpf bleu. J'espère aussi que Sinead ne me fendra pas le cœur à tout jamais...

Mes racines ne sont pas parties au shampooing ; au contraire, il m'a semblé ce matin qu'elles étaient plus longues, comme si mes cheveux poussaient dans ce bleu affreux ! Désormais, je vais être obligé de porter une casquette vingt-quatre heures sur vingt-quatre pour cacher cette horreur. Comme Consuela avec son sombrero (d'ailleurs, qu'a-t-elle à cacher, elle ? Des cheveux roses ? Verts ? Orange à pois violets ? Je m'attends à tout à Redrock...).

Face aux moniteurs, j'ai prétexté que c'était mon allergie au soleil qui m'obligeait à garder un couvre-chef, pour m'en protéger – mon visage tout pelé a rendu l'argument assez crédible. Il a aussi fallu que je demande à miss Lucy si mon personnage serait coiffé dans cette maudite pièce ; elle m'a sèchement répondu que pour m'en assurer, je n'avais qu'à confectionner moi-même mon chapeau, et tout mon costume aussi d'ailleurs. Pour ne rien arranger, Sinead a fait un grand sourire à Ti-Jean au petit déjeuner, et on nous a tous recollés aux Jeux en plein air pour l'après-midi. Ajoutez à tout cela le fait que je n'ai pratiquement pas dormi de la nuit, et je vous laisse imaginer l'état dans lequel j'étais ce matin !

Bref, j'avais toutes les raisons du monde d'être de mauvaise humeur. Mais heureusement, la séance de Thérapie m'a remonté le moral. Comme hier, j'ai pu boire à longs traits l'énergie de mes prédécesseurs, sous le regard affolé de la nonne au fauteuil roulant. Ah, ça m'a tout ragaillardi ! En vérité, si je tiens jusqu'au bout de la colo, ce sera bien grâce à ce baquet providentiel.

Pour l'heure, nous voici à nouveau occupés à bêcher la terre ingrate de Redrock, tandis que les filles ont repris leur place sous le grand parasol. Stuart, qui a ressurgi au déjeuner, ramené des hauteurs de la tour par Buffalo, est assis parmi elles. Dieu seul sait ce qu'ils lui ont fait, là-haut, au cours des dernières vingt-quatre heures : le pauvre bougre est si faible qu'il parvient à peine à tenir son aiguille – alors bêcher, garçon ou pas, il ne faut pas y songer ! Mais il y a plus inquiétant encore. Lui qui était si bavard hier encore, il n'a pas décroché la mâchoire depuis le début de l'après-midi. Et son expression vide, et son regard absent... Ce petit bonimenteur n'est plus que l'ombre de lui-même. En fait, j'ai la fâcheuse impression qu'il a subi le même traitement que son ami Evan, ce joyeux cancre transformé en automate docile et silencieux. Je comprends à présent ce que le docteur Krampus voulait dire en affirmant que Stuart ne mentirait plus jamais ; évidemment, s'il ne peut plus parler ! Mais que lui ont-ils fait, bon sang ? Son mutisme est la plus lourde des menaces.

Alors nous bêchons en silence.

Encore et toujours : nous bêchons.

Mais quel est ce nuage de poussière qui rougeoie dans la cour ? Serait-ce Mary-Ashley qui revient nous narguer une seconde fois ? Non, le cavalier qui s'approche de nous est un homme…

C'est ce bellâtre de Jesse, qui tire derrière sa monture deux autres chevaux harnachés. Je ne sais pas pourquoi, mais j'ai un mauvais pressentiment tout à coup. Un très mauvais pressentiment.

« Roméo et Mercutio ? » demande Jesse en pilant devant notre malheureux sillon qui se trouve à nouveau recouvert de terre, réduisant nos efforts à néant. Décidément, cette plantation est maudite et le gros Krampus n'est pas prêt de s'empiffrer de nos navets !

« Qui va jouer Roméo et Mercutio ? » répète Jesse avec impatience.

Ti-Jean et Josh se regardent, puis s'avancent d'un pas.

« À cheval ! ordonne Jesse. Le docteur Krampus a décidé que la pièce serait jouée en plein air, et il veut rajouter une scène de bataille équestre pour évoquer la guerre que se livrent les Montaigu et les Capulet. Tous les deux, vous êtes dorénavant relevés des Jeux en plein air, et intégrés au groupe Équitation. Il faut commencer l'entraînement dès maintenant ! »

AH-AH ! J'avais tort de m'inquiéter : voilà une excellente nouvelle qui illumine la journée. Si cette nouvelle mise en scène peut éloigner Ti-Jean de Sinead, j'applaudis des deux mains !

« C'est impossible, déclare Josh d'une voix sans appel.

– Comment ? s'étrangle Jesse. Je ne crois pas avoir mentionné que tu avais le choix !

– Vous aurez beau me mettre en selle de force, je me laisserai tomber aussitôt, dit calmement Josh.

– Mais que... violation de la règle d'*Abidance* ! Tu en répondras devant le docteur Krampus !

– Alors je refuserai aussi de jouer mon rôle, et vous devrez trouver un autre Mercutio. Bon courage ! »

Jesse ouvre la bouche pour répliquer, mais son visage se tord dans une grimace de muette frustration. Manifestement, miss Lucy l'a mis au courant du talent de Josh, et de tout ce qu'il était susceptible d'apporter à la pièce.

« Moi, je peux peut-être le remplacer ? »

Cette voix... Non, ça ne peut pas être la voix de...

Et pourtant si. Je me retourne vers Sinead, qui s'est levée de sous le parasol et qui s'avance vers le cheval de Jesse.

« Certes, je suis une fille, continue-t-elle. Mais je suis aussi une excellente cavalière, sans vouloir me vanter – nous autres Irlandais, on a ça dans le sang ! Si je suis suffisamment bien déguisée, je pense pouvoir remplacer Josh dans les scènes équestres, en tant que doublure.

– Ça sera violent, sanglant même ! menace Jesse. Et pas question de te ménager plus que les autres !

– Je ne le demande pas, dit calmement Sinead. Simplement, y aurait-il aussi une place pour mon amie Brandy ? Elle et moi, c'est pour monter à cheval que nous nous sommes inscrites à Redrock. »

Elle a tout de même du cran, cette fille. Bien que je doute qu'elle se soit *inscrite* de son plein gré, comme elle le prétend : on ne choisit pas de venir à Redrock.

Manifestement peu habitué aux fortes têtes, Jesse jette un regard furieux à la jeune fille. Mais avant qu'il ait le temps de lui répondre, Brandy se lève à son tour.

« Euh, non, non, je vous assure, ce n'est pas la peine, s'empresse-t-elle de dire.

– Mais..., bredouille Sinead. Je croyais que... Avant-hier, au Comité des activités...

– Oui, j'ai dit que je mourais d'envie de monter à cheval, lui souffle Brandy. Mais je n'ai pas dit que j'avais déjà essayé auparavant ! Franchement, je ne pense pas que ces *batailles équestres* soient la meilleure manière de mettre le pied à l'étrier. C'est sympa d'avoir pensé à moi, mais non merci, sans façon.

– C'est bientôt fini, ces messes basses ? gronde Jesse. De toute façon, il ne me reste que deux chevaux de libres, donc pas question d'intégrer un troisième cavalier. Quant à toi, décide-toi vite : tu nous rejoins ou tu te dégonfles ? »

Pour toute réponse, Sinead saisit la bride de la jument blanche à côté du cheval bai sur lequel Ti-Jean s'est déjà assis et, remontant sa longue jupe sur ses genoux, se hisse jusqu'à la selle avec la légèreté d'une libellule.

« Eh bien alors, à ce soir, Brandy, lance-t-elle du haut de sa monture. Je te confie Kevin. À ce soir, Josh. Et toi, mon petit Jack, protège-toi bien du soleil ! »

Et les voilà qui s'éloignent dans un épais nuage pourpre, Ti-Jean se cramponnant tant bien que mal à la crinière de son cheval, Sinead accompagnant le galop du sien avec souplesse. Sa jupe se soulève en volutes vaporeuses à chaque foulée, comme si elle et sa monture allaient s'envoler dans l'azur strident de Redrock.

Mais ce n'est qu'une illusion. À chaque foulée, les sabots finissent par retomber sur le sol, et j'ai l'impression qu'un pilon s'enfonce dans mon cœur, de plus en plus profondément.

POM

Elle descend de la montagne à cheval

(mon crâne comme une boîte vide où résonne une petite mélodie mélancolique)

POM

Elle descend de la montââgne à cheval

(ma bouche, un four noir où il ne reste que le goût des cendres)

POM

Elle descend de la montagne – elle descend de la montagne

(mes mains, deux poids de plomb qui pendent inutiles à mes côtés)

POM

Elle descend de la montagne à chevâââl!

(mes yeux, deux puits secs où l'eau ne parvient même plus à monter)

POM!

*

J-47

Voilà une semaine maintenant que je suis arrivé à Redrock, une semaine que je me sens revivre, gagnant chaque jour plus de vigueur alors qu'autour de moi mes camarades dépérissent à vue d'œil, progressivement vidés de leurs forces.

Voilà une semaine aussi que mes cheveux se sont mis à pousser en bleu; leurs racines sont clairement visibles à présent, imposant plus que jamais le port de la casquette en toute occasion.

Voilà une semaine surtout que mes yeux ont croisé les yeux verts de Sinead, et que je ne finis pas de m'y noyer.

Voilà une semaine enfin que je bêche, y brûlant l'énergie puisée chaque matin dans le baquet, y jetant la peur accumulée chaque nuit dans mes cauchemars. Mais, si les graines de navet se refusent à germer, les angoisses, elles, repoussent toujours plus fortes, même quand on croit les avoir déracinées.

Si seulement je trouvais quelqu'un à qui me confier, il me semble que tout – la transformation de mon corps, les questions qui hantent mon esprit, la naissance de sentiments jusqu'alors inconnus –, oui, que *tout* serait plus facile à supporter. Moi qui ai grandi dans la solitude, moi que mes insomnies ont habitué au silence de la nuit, voilà que je souffre de n'avoir personne à qui parler.

Il m'est impossible de m'ouvrir à Sinead, bien sûr, quand je dois endosser une armure invisible pour encaisser le moindre de ses regards, quand je dois tendre un bouclier mental pour parer la moindre de ses paroles.

Ti-Jean, avec qui j'ai sympathisé si rapidement à mon arrivée à Redrock, m'apparaît désormais comme un rival ; ce n'est pas lui que je déteste, mais la jalousie qu'il m'inspire et que j'ai horreur de ressentir. Cependant, je ne sais comment la surmonter.

Stuart lui aussi aurait pu être mon confident, mais maintenant que les expériences de Krampus l'ont réduit à un silence prostré, il n'est plus capable de parler et encore moins de répondre à mes doutes.

Quant à Brandy… d'abord c'est une fille, et j'aurais un peu honte sans doute de me mettre à nu devant elle ; et surtout, elle est trop proche de Sinead, bien trop proche ! Ne parlons même pas de Kevin, qui de toute façon est trop jeune, ni de Consuela que je connais à peine. Reste le dernier larron de notre petite bande : Josh. Mais Josh m'intimide. Les épreuves que je traverse actuellement sont sans doute dérisoires à côté de celles qu'il a dû endurer, et qui l'ont décidé, dans un passé pas si lointain, à vouloir cesser d'exister.

Non, vraiment, je n'ai personne à qui parler.

Alors je fais mon lit en silence, ruminant mes idées noires en ce matin resplendissant du septième jour depuis mon arrivée à Redrock.

« Salut, Jack ! Dis, tu n'as pas été réveillé cette nuit ?

– Pas plus que d'habitude ! »

Ça ne loupe pas : je m'en veux aussitôt d'avoir été aussi abrupt avec Ti-Jean. Après tout, il semble normal que ceux qui n'ont jamais connu que des nuits paisibles aient du mal à intégrer le fait que je ne dors pas.

« Oh, excuse ! J'avais oublié tes insomnies ! Mais justement, tu n'as pas entendu des bruits étranges ? Vers 3 heures du matin ?

– Non.

– J'ai dû rêver alors... Bon, je file prendre ma douche : on se retrouve au petit déj ? »

C'est ça, va prendre ta douche. Ça va encore durer trois plombes et il n'y aura plus une goutte d'eau chaude pour les autres. Mais moi, ça m'est égal. La Chaleur dont j'ai besoin est conservée dans un autre réservoir que le chauffe-eau du dortoir...

« Pourquoi lui as-tu menti ? »

Je fais volte-face. Costume noir, cravate noire, cheveux noirs brillants de Gomina : le petit prince des ténèbres se tient devant moi, sur son trente et un comme à son habitude, même au seuil d'une journée où le thermomètre va allégrement dépasser les 40 °C. BRRRR ! Moi, ce type, il me fait froid dans le dos !

« Tu as entendu, toi aussi ? je me contente de lui demander en guise de réponse.

– Oui. Des grincements stridents. Lancinants. Comme si dehors la lune se balançait sur une balançoire rouillée.

– Ce n'est pas la première fois. C'est comme ça toutes les nuits. J'ai déjà essayé de voir ce qui se passait entre les volets, mais pas moyen, ils sont trop serrés. Et depuis qu'ils ont muré la lucarne de la salle des douches… »

Suite à ma petite escapade nocturne en effet, Buffalo a redoublé de vigilance. Il faut dire que ça a dû chauffer pour lui, quand il a avoué au docteur Krampus qu'il avait définitivement égaré la Veilleuse ! On ne l'a pas vu pendant un après-midi entier, et le soir au dîner il était courbé et tremblant, avec ses yeux de chien battu, guère plus vaillant que ce pauvre Stuart. Depuis, il ne passe plus ses nuits dans la salle du dortoir, mais adossé à la porte d'entrée au bout du couloir pour être sûr d'en barrer l'accès.

« Il y a un problème avec Ti-Jean ? me demande Josh sans transition. Vous êtes fâchés ?

– Non…, je réponds, un peu déstabilisé. Enfin, si. En fait, je n'ai pas trop envie d'en parler. »

Mais si justement, imbécile, tu meurs d'envie d'en parler ! C'est l'occasion ou jamais ! Ah vraiment, parfois je me déteste.

« Bon, dit Josh. Une autre fois peut-être. Juste un conseil : ne te laisse pas avoir par le Monstre aux Yeux Verts… »

Le Monstre aux Yeux Verts ?…

Le Monstre aux Yeux Verts !

Ainsi, il sait ! Mais je trouve qu'il y va un peu fort, tout de même. Sinead se montre peut-être indifférente et cruelle à mon égard, mais elle n'en a pas conscience puisqu'elle ignore ce que j'éprouve pour elle : elle n'est pas un monstre ! À vrai dire, ce serait plutôt moi, le monstre, avec mes cheveux bleus et mes fringales vampiriques.

Mais ça, je ne peux pas le dire à Josh.

« Et… depuis quand as-tu deviné ? Je veux dire, pour Sinead ?

– J'ai bien remarqué qu'elle ne te laissait pas indifférent, va ! Tu n'es pas le seul, d'ailleurs…

– Comment ! Toi aussi !

– Oh, moi ! Non… Elle n'est pas mon genre. Mais objectivement, c'est une belle fille. Il est normal qu'elle plaise et…

– Ti-Jean, alors ? »

Josh ne répond pas, se contente de me regarder dans les yeux. Voilà qui confirme mes craintes. Certes, ce n'est pas un scoop, mais ça me déchire néanmoins.

« Il ne sert à rien de t'en faire, dit finalement Josh, qui a dû remarquer la crispation soudaine de mon visage. De toute manière, c'est elle qui choisira. Il serait vraiment dommage que cette histoire détruise votre amitié, à Ti-Jean et à toi.

– Mais Sinead : tu crois qu'elle sait que Ti-Jean en pince pour elle ?

– Je ne sais pas. Je ne crois pas. Voyons, arrête de te tracasser avec ça !

– Et Ti-Jean ? Est-ce qu'il est au courant, pour moi ? Enfin, est-ce qu'il soupçonne que je…

– Il ne m'en a pas parlé, coupe Josh.

– Mais alors, que dois-je faire ? »

En prononçant ces mots, je me rends compte que je suis en train de me livrer comme jamais. J'aperçois un instant mon reflet dans les yeux de Josh, mon image telle qu'elle se présente à lui : c'est l'image tremblante d'un cerf aux abois.

« Parler à Sinead, sans doute, finit-il par dire en détournant le regard. Si tu te sens prêt...

– Plutôt mourir !

– Eh bien, rien ne t'empêche d'attendre. L'été est long, et ne fait que commencer. Quand le moment viendra, tu le sauras : je te le promets ! »

Tandis que Josh s'éloigne vers la salle des douches, je rumine ses paroles. Ainsi, je ne rêve pas. D'autres que moi perçoivent les grincements inquiétants qui filtrent chaque nuit à travers les volets du dortoir. Pour autant, suis-je le seul à distinguer chaque matin les longues traces parallèles qui traversent la cour de Redrock, à demi effacées par la poussière que répand le vent des montagnes ? Il faut que j'en aie le cœur net.

Ce matin-là, je laisse les autres me devancer sur le chemin du réfectoire. Est-ce qu'ils sont encore endormis, ou bien les séances de Thérapie les épuisent-elles au point qu'ils ne voient pas les stries qui balafrent la terre séchée ?

Prenant garde à ce que personne ne m'observe, je bifurque à mi-chemin et je me dirige vers le site de notre plantation, au-dessus de laquelle le dais de vieille dentelle jaunie se soulève comme la voile d'un vaisseau fantôme. À côté s'élève un tas de fumier frais en provenance directe des écuries. Nous avons passé la journée d'hier à nous relayer à la brouette pour l'amonceler, et nous sommes censés consacrer la journée d'aujourd'hui à le répandre sur le sillon. C'est une nouvelle idée du Kid : de l'engrais pour encourager la pousse de nos improbables navets.

C'est là, à moitié ensevelie dans le fumier, que j'ai caché la Veilleuse. Hier, je suis resté enfermé dans les toilettes deux bonnes heures, à la rafistoler tant bien que mal avec une bobine de fil de fer destinée à élaborer des tuteurs pour le potager (après les navets, le Kid envisage de se lancer dans la culture des tomates...). J'ai sans doute interverti pas mal d'os, et je n'ai pas réussi à réassembler tous ceux qui étaient brisés, mais au final j'ai pu reconstituer l'essentiel du squelette. Puis, à la fin des activités de l'après-midi, après que tout le monde eut déserté la plantation, je l'ai placée au sommet de la montagne de crottin, ses orbites creuses tournées vers le milieu de la cour. Pour qu'elle monte la garde toute la nuit. Pour qu'elle voie ce que les volets du dortoir dissimulent.

Je jette un dernier coup d'œil derrière moi pour être certain que les pensionnaires et les moniteurs sont tous rentrés dans le réfectoire...

C'est bon.

Je me tourne vers le petit squelette émergeant du fumier, et je pose ma main sur son crâne blanchi...

La douleur est pire encore que la première fois, pire que la douleur des clous qui me crucifiaient sur la porte du dortoir. C'est comme si tous les os de mon corps étaient disloqués, comme si mes bras, mes jambes, ma nuque étaient cassés : je ne suis plus qu'une gigantesque fracture ouverte.

J'inspire longuement pour surmonter la souffrance, et pour me concentrer sur le spectacle qui s'étend devant moi. À cent mètres, une forme sombre glisse dans la cour illuminée par un pâle clair de lune. Un essaim de chauves-souris palpite tout autour, semblables à ces mouettes qui escortent les navires. Le silence est total.

À mesure que mes yeux s'accoutument à l'obscurité, je réalise que la forme sombre est une charrette, dont les roues métalliques brillent en tournant. Cet étrange véhicule est tracté par une dizaine de bêtes effilées, liées les unes aux autres par des chaînes. Trop petites pour être des chevaux, trop massives pour être des chiens. L'une tourne furtivement la tête vers moi, et je lis l'évidence dans ses yeux jaunes et ronds : des pumas !

Quant aux passagers de la charrette... Ce sont des enfants, si j'en crois leur petite taille, une bonne douzaine d'enfants serrés les uns contre les autres comme des sardines. À cette distance, je ne peux guère distinguer que leurs profils, dont le relief extravagant se découpe dans la lumière lunaire. On dirait qu'ils portent sur le visage des espèces de masques vénitiens aux traits difformes, des masques de Polichinelle et de Guignol : longs nez crochus aussi étirés que des becs de héron, pommettes saillantes, arcades sourcilières froncées autour du puits sombre des yeux.

À quel genre de carnaval se rendent-ils, ces enfants silencieux aux visages cachés, avec leur escorte de bêtes sauvages ? Je ne peux m'empêcher de penser au pauvre Evan de mon rêve : lui aussi était muet, et son visage était fermé comme s'il avait porté un masque. Que leur est-il arrivé, à eux tous ? Les a-t-on drogués, hypnotisés ? Ceux-ci vont-ils terminer comme celui-là : happés par la Chose qui hante mes cauchemars ? À moins qu'on ne les destine aux mystérieux invités du docteur Krampus, les voleurs d'enfants contre lesquels Buffalo barricade le dortoir chaque soir.

Pendant que je me perds en conjectures, un filet d'odeur presque effacé me parvient, dont la trace descend jusqu'à la charrette. Je ne savais pas que les oiseaux pouvaient sentir, je croyais que leur odorat était quasi inexistant.

Mais... en un éclair, je prends conscience que ce n'est pas avec mon bec mort que je hume à présent, mais bien avec mes narines de chair vivante ! Comme si deux réalités se télescopaient : la vision du passé à travers les orbites de la Veilleuse, et l'effluve du présent à travers mon propre nez. Cette odeur date effectivement du passage de la charrette, mais elle reste imprégnée dans le sol de Redrock, si bien que je peux encore la percevoir maintenant. Je peux la percevoir... et je peux la reconnaître !

Oui, je reconnais cette odeur ! C'est l'odeur douceâtre et écœurante que j'ai sentie dans la terre de la cour lorsque j'y ai ramassé Quaker, il y a une semaine ! Ainsi, la charrette avait déjà traversé Redrock cette nuit-là, comme elle l'a traversé toutes les nuits depuis, peuplant les ténèbres de grincements lugubres que la Veilleuse ne peut percevoir, puisqu'elle ne restitue que des images, mais que j'ai bien entendus, moi, derrière les volets du dortoir.

Ah, mais cette odeur ! Ça sent... Ça sent... Je

ne connais qu'elle, et pourtant je ne parviens pas à me souvenir!...

Elle me rappelle le sirop d'orgeat en plus piquant!...

La réglisse en moins amer!...

« Ben alors, Jack, tu ne vas pas petit-déjeuner ? »

Décidément, pas moyen d'entrer en contact avec cette Veilleuse sans être interrompu ! D'abord Doug l'autre jour, puis aujourd'hui Ti-Jean ! C'est ma faute aussi : j'ai oublié que sa douche prenait une éternité, et qu'il était toujours dessous lorsque j'ai quitté le dortoir.

J'enfonce le squelette le plus profondément possible dans le fumier, et je me retourne vers lui avec un grand sourire.

« J'ai perdu ma montre, pendant les activités d'hier je crois. Je vérifiais juste, des fois qu'elle serait tombée dans le fumier.

– BEURK ! Euh... tu veux que je t'aide ? »

À voir la grimace dégoûtée avec laquelle il me propose son aide, j'ai presque envie de répondre *oui*. Mettre la main dans ce tas de crottin serait certainement une épreuve insupportable pour un maniaque comme Ti-Jean. Mais je me raisonne en songeant aux paroles de Josh. Ce dernier a raison, je dois me forcer à ne pas en vouloir à mon rival. Et puis, s'il se mettait à fouiller le fumier, il risquerait de trouver la Veilleuse.

« Non, pas la peine. Je viens de me souvenir que j'ai laissé ma montre dans mon coffre, au dortoir.

– Ah, bonne nouvelle ! s'exclame Ti-Jean avec soulagement. Tiens, pour la peine, prends ça. Je te l'offre. »

Il me tend un flacon de sanitizer du bout des doigts, s'assurant bien de ne pas effleurer ma main crottée.

« Allez viens ! enchaîne-t-il avec entrain. Dépêchons-nous, sinon il ne restera plus rien à manger ! J'ai besoin de prendre des forces aujourd'hui : cet après-midi, c'est la première répétition générale de la bataille équestre. Ah, si tu voyais Sinead, ce qu'elle est capable de faire à cheval ! C'est une sacrée nana ! Une sacrée nana ! »

Le feu qui brille dans les yeux de Ti-Jean au moment où il prononce ces paroles est si vif qu'il consume le moindre doute qui pouvait me rester quant à sa passion pour Sinead. Sans crier gare, la Chaleur s'allume dans mon ventre, enflamme aussitôt tout mon corps, remonte dans ma gorge. Un vrai boulet de canon, comme l'autre jour dans la prison de l'aéroport, quand j'ai rappelé Doug à l'ordre – mais cent fois, mais mille fois plus fort.

Vite ! Trouver une autre cible vers laquelle projeter un tel obus de haine, avant qu'il ne terrasse cet imbécile de Ti-Jean ! Tandis que celui-ci continue de se hâter en direction du réfectoire sans se douter de rien, je me tourne vers la plantation et…

« AAAAAHHHHH ! »

Le cri me brûle les amygdales et déferle devant moi, torrent de magma invisible qui se dirige droit vers le tas de fumier…

Aussitôt, le monticule se met à osciller sur toute sa hauteur, me rappelant la fois où j'ai essayé de réchauffer le riz au lait de Mum au micro-ondes. Le fumier vibre, flageole, s'ébranle jusque dans ses fondements… De la même manière que le riz au lait avait fini par éclater, tapissant tout l'intérieur du four de grumeaux dégoulinants, la montagne de crottin explose au bout de deux secondes – POUF !!! –, puis retombe en pluie fine sur le pauvre dais de dentelle qui n'en demandait pas tant.

« Qu'est-ce qu'il y a ??? s'écrie Ti-Jean en se retournant d'un bond. Pourquoi as-tu crié ?... Oh !

– Une bourrasque de vent, venue de nulle part, je m'empresse d'expliquer, pantelant. C'est incroyable, hein, ce que ça peut faire, le dérèglement climatique...

– Vite, filons ! s'exclame Ti-Jean sans prêter attention à mes élucubrations. Si les monos voient ce désastre, ils vont croire que c'est nous... et ils vont nous obliger à ramasser. Pouah ! »

Il s'élance vers le ranch, sans se douter du sort auquel il vient d'échapper.

Sans se douter du monstre auquel il tourne le dos.

12 *Poste restante*

Ce qui devait arriver est arrivé!

Tout est fini, et je suis perdu!

Il ne me reste plus qu'à me laisser agoniser jusqu'à la fin de l'été...

Ce matin, lorsque j'ai pénétré dans la salle aveugle de la tour pour ma séance de Thérapie quotidienne, j'ai tout de suite compris que quelque chose allait de travers. Sister Edith – c'est ainsi que les moniteurs appellent la religieuse, les rares fois où ils s'adressent à elle –, sister Edith m'est apparue étrangement calme, surtout après tous ces jours à s'acharner sur mon cas, au point d'en tremper son voile de sueur. Après que Buffalo m'eut déposé dans le baquet et qu'il eut refermé les arceaux sur mes poignets, je m'attendais à ce qu'elle mette son manège infernal en route, comme d'habitude. Mais dès que le surveillant général eut quitté la pièce, elle a juste sorti une montre de gousset de sa robe. Et elle s'est mise à attendre en silence, les yeux rivés sur le cadran, comme pour chronométrer le temps passé à ne rien faire.

« HUM… La machine est cassée ? » j'ai fini par me risquer à demander.

Je savais que le pensionnaire suivant n'allait pas tarder à arriver, et je ne voulais pas que mon bain d'énergie soit écourté. J'en avais besoin plus que jamais, pour supporter la connivence croissante de Sinead et de Ti-Jean, rapprochés par leurs activités équestres, et les exigences toujours plus arbitraires du Kid à la plantation.

« Elle n'est pas cassée… pour l'instant, a répondu la nonne sans lever les yeux de sa montre. Mais j'ai comme dans l'idée que si je la mets en marche maintenant, avec toi à l'intérieur, ça ne va pas tarder à être le cas.

– EUH…, j'ai fait, feignant la surprise. Je ne comprends pas…

– Moi non plus, à vrai dire. Tout ce que je sais, c'est que chaque fois que tu passes au baquet, c'est la panne assurée. J'ai bien essayé d'analyser ce phénomène, jour après jour, mais je dois avouer que cela me dépasse. Dorénavant, je préfère te dispenser de Thérapie. On ne dira rien à Buffalo, on attendra juste qu'il amène le patient suivant – ni vu ni connu !

– Mais… ce n'est pas possible ! Mes parents ont payé pour que je la fasse, cette fichue Thérapie ! Je me plaindrai à Buffalo ! Au docteur Krampus lui-même, s'il le faut !

– Tiens, tiens, a fait sister Edith en levant soudain vers moi ses lunettes à triple foyer. Voilà qui est étrange. Le baquet de Mesmer n'est pas une expérience que l'on pourrait qualifier de plaisante, et n'importe quel patient normal serait ravi d'y échapper. Peut-être as-tu trouvé un moyen de la rendre agréable ? Il faut dire que chaque matin après ton passage, j'ai remarqué que… comment dire… »

La bonne sœur a semblé hésiter un instant, comme si elle n'était pas certaine de vouloir partager avec moi ses observations.

« … disons que j'ai remarqué une baisse des stocks électromagnétiques du baquet, a-t-elle fini par lâcher. Comme s'ils s'étaient évaporés… ou comme s'ils avaient été pillés. Or, ces stocks appartiennent au docteur Krampus. Je ne sais pas ce que tu en penses, mais moi j'ai l'impression qu'il n'apprécierait pas, mais alors *pas du tout* l'idée d'être volé ! »

Ainsi, sister Edith n'était pas dupe.

Ainsi, elle en était arrivée à la conclusion qu'en m'introduisant chaque matin dans le baquet, c'était comme si elle introduisait un renard dans un poulailler. Je n'ai pas osé la questionner sur la nature exacte de ces mystérieux *stocks électromagnétiques*, même si la question me brûlait les lèvres, ni sur l'usage que le docteur Krampus en faisait. J'imagine que c'est la forme sous laquelle est conservée l'énergie arrachée aux pensionnaires de Redrock. Et que le directeur s'en délecte au même titre que moi !…

« Tu dois te demander pourquoi je ne t'ai pas encore dénoncé, a continué la nonne en rangeant la montre dans les plis de sa robe et en déverrouillant les arceaux sur mes poignets. J'ai mes raisons de préférer que cette affaire ne remonte pas jusqu'aux oreilles de la Direction. J'ai déjà fort à faire avec trente-neuf patients normaux, pour ne pas avoir à rendre des comptes sur un cas d'école ! Allez, ouste, sors de là ! J'entends Buffalo qui remonte dans l'escalier. Ce sera notre petit secret à tous les deux. »

Ainsi ce matin, pour la première fois depuis mon arrivée à Redrock, j'ai redescendu l'escalier menant au réfectoire plus épuisé que je ne l'avais monté. Pour la première fois, les forces des autres pensionnaires ne coulaient pas dans mes veines. J'ai redécouvert sur mes épaules le poids de la fatigue – j'avais oublié à quel point elle était un fardeau lourd à porter.

Privé de la recharge énergétique à laquelle je m'étais trop vite habitué, je n'ai pas tenu une heure à la plantation, cet après-midi. Je me suis écroulé comme ça, en plein cagnard, si bien que le Kid n'a pas eu d'autre choix que de m'évacuer. Il a été décidé que je serais affecté à l'activité Couture dirigée par Calamity dès le lendemain.

Pas très viril… Mais je me fais une raison en me disant qu'il fallait que j'y passe, de toute façon, pour fabriquer le chapeau destiné à dissimuler mes cheveux pendant la représentation – mes racines atteignent un bon centimètre maintenant, d'un bleu plus intense, plus vibrant que jamais, si bien que je suis contraint de garder ma casquette même pour dormir. L'avantage, c'est que la couture se pratiquant à l'intérieur, je serai bien à l'abri du soleil. Et peut-être aussi plus proche des grands rôles de la pièce, dont nous sommes censés confectionner les costumes : peut-être plus proche de Sinead…

*

En cette fin de journée, l'ensemble des pensionnaires est rassemblé dans le réfectoire pour l'atelier Correspondance hebdomadaire. C'est la deuxième fois depuis le début du séjour que nous sommes contraints d'écrire à nos proches. Avant d'être soumise au docteur Krampus ce soir pour approbation, chaque lettre est passée au crible du comité de lecture qui siège au bout de la salle : miss Lucy, Buffalo, Calamity et Jesse. Davy passe entre les tables pour ramasser les copies, la queue de sa toque de raton battant la mesure entre ses épaules. Quant au Kid, il est parti ce matin à l'aube récupérer le courrier arrivant en poste restante dans un village à des dizaines de miles du ranch – les postiers, en effet, ne s'aventurent pas jusqu'ici...

Pour l'heure, notre prose est passée à la moulinette. La moindre allusion jugée critique envers Redrock est aussitôt pointée par les censeurs, et son auteur sommé de recommencer intégralement sa lettre, aucune rature n'étant tolérée.

« Qu'est-ce que ça veut dire, ça ? marmonne miss Lucy en ajustant ses lunettes pour mieux déchiffrer un courrier. Ces pattes de mouche, c'est illisible !

« Chers parents,

je fais de bons progrès en équitation. C'est sympa le cheval, la nature, tout ça, mais c'est drôlement salissant ! Pourriez-vous SVP m'envoyer :

(a) 15 flacons de sanitizer

(b) 10 gels-douche bactéricides

(c) 1 gant de crin neuf

(d) 2 bons litres de shampooing antiparasite (ça me

démange pas mal sous ma bombe de cheval, je suis un peu inquiet)...

« Ti-Jean Robespierre ! Insinuerais-tu qu'il y a des poux à Redrock ? Et pourquoi pas la gale, tant que tu y es ! »

Tous les regards convergent vers Ti-Jean, qui en rougit jusqu'aux oreilles, tout black qu'il est.

« Ben, justement..., commence-t-il.

– Pas question d'envoyer de telles calomnies ! coupe miss Lucy en déchirant la lettre en petits morceaux. Des poux, n'importe quoi... Ce ranch a une réputation à tenir, que diable ! Et cette liste de produits grotesque, tes parents vont croire qu'on te loge dans une porcherie ! Si tu es à court, adresse-toi à Jesse : il te donnera un peu du savon à la glycérine qui sert à graisser les selles. Ça nettoie bien, même si ça sent un peu fort, et au moins on n'est pas tenté d'en abuser. »

Tandis que Ti-Jean se rassoit, bafouillant quelques paroles inaudibles, un « Chochotte ! » retentissant fuse à l'autre bout du réfectoire, où sont installés Doug et sa bande.

« Le savon à la glycérine, c'est aussi bon pour toi, Biggle ! s'exclame miss Lucy à l'adresse de Doug. Encore une réflexion comme celle-là, et je te fais laver la bouche avec, comme l'avait demandé le docteur Krampus ! Ton vocabulaire ne s'est guère amélioré depuis ton arrivée parmi nous, hélas. Quant à ta lettre... un vrai torchon ! »

Du bout des doigts, elle extrait une feuille froissée du tas devant elle, et elle en entame la lecture avec une moue dégoûtée.

« Ici, c'est grave la zone. Les activités sont foireuses. Les caves sont tarés et la bouffe est à gerber. Mais j'en ai rien à foutre : c'est le panard complet à côté de la maison.

« Qu'est-ce que c'est que ce jargon épouvantable ? Tu m'écriras trois cents fois : *Je dois soigner mon langage*. Et bien sûr, tu recommences ta lettre.

– Mais m'dame ! beugle Doug en se levant d'un bond. J'ai rien écrit de mal, j'ai même dit qu'ici c'était mieux que chez moi !

– NE RÉPONDS PAS À MISS LUCY ! » hurle Calamity d'une voix stridente à fendre toutes les vitres de la pièce.

Elle abat ses deux poings sur la table, ses nattes de cow-girl dansant sur sa tête comme les serpents sur celle de cette sorcière mythologique qu'on a étudiée au collège, là, celle qui paralysait ses victimes du regard : la Pieuvre... ou était-ce la Méduse ? Faudra que je demande à Josh, il sait ce genre de choses.

« On finira par vous apprendre le respect, à toi et à tes semblables, poursuit Calamity en continuant de marteler la pauvre table comme si elle voulait la défoncer. À coups de latte, s'il le faut ! Tous autant que vous êtes, dites-vous bien que vos parents ont mis la main au portefeuille pour que l'on vous inculque la discipline. Notre job, c'est qu'ils en aient pour leur argent. Alors je préfère vous prévenir : si à la lecture de vos lettres il peut y avoir le moindre doute que vous ne passiez pas à Redrock les plus beaux jours de votre vie, et si vous ne vous confondez pas en remerciements pour ceux qui vous ont envoyés ici, nous vous donnerons de vraies raisons de vous plaindre. Je veux que le papier dégouline de gratitude et d'amour filial, à tel point qu'il reste collé aux mains des destinataires ! »

Quelle furie ! Je savais qu'elle était bizarre, celle-là – quel mono ne l'est pas à Redrock ? –, mais hystérique à ce point ! En tout cas, son coup de gueule a fait son effet : dans le réfectoire, on entendrait une mouche voler. Doug lui-même prend garde à ne pas faire grincer sa chaise en se rasseyant.

« Ça, par exemple ! continue-t-elle sur sa lancée en s'emparant d'une lettre. Ça, c'est inacceptable !

« Grand beau temps tous les jours. Le soleil comme un brasier. Comme le bûcher où secrètement vous rêvez de me voir brûler.

« Qu'est-ce que c'est que cette énigme ridicule ? Un *bûcher* ? Et avec ça, pas un *bonjour*, pas un *au revoir* : rien ! L'auteur ne s'est même pas fatigué à signer ! Non mais, vous croyez que ça leur fait plaisir, à vos parents, de recevoir des sornettes pareilles ? Vous croyez que ça leur fait plaisir d'élever des vipères qui mordent la main qui les nourrit ? Quel est le petit ingrat qui a vomi ces lignes ? »

À côté de moi, Josh se lève lentement.

« C'est moi, dit-il.

– Le suicidaire ! s'écrie Calamity. Ça ne m'étonne pas ! Quand on n'est pas fichu de respecter son propre corps, on ne respecte rien ni personne ! Tu ne vaux guère mieux que ce voyou de Biggle. Vous êtes de la même race !

– De la même *race*..., répète Josh en tournant

son regard vers Doug. Ça doit vouloir dire que l'on a les mêmes parents, alors – la même *race* de parents. Les chats ne font pas des chiens, et les parents aimants ne font pas des enfants haineux.

– Assez! tonne Calamity en abattant une nouvelle fois ses poings sur la table. Tous les deux, vous resterez après l'atelier pour faire vos lignes. Toi, tu copieras cent fois : *Je serai un fils affectueux et dévoué.* »

Le reste de l'atelier se déroule sur le même ton, chacun des pensionnaires ou presque étant à son tour pris à partie par l'un des censeurs. Ce petit jeu occasionne parfois des situations absurdes, par exemple lorsque Jesse reproche à Consuela d'écrire en espagnol, qu'il ne sait pas lire, et exige qu'elle recommence sa lettre en anglais – le fait que les parents de la petite Mexicaine ne comprennent pas un mot de la langue de Shakespeare ne semble pas le troubler outre mesure. D'autres scènes sont franchement intolérables : paralysé face à sa page blanche, le pauvre Stuart est bien évidemment incapable d'écrire une ligne positive après ce qu'on lui a fait subir; ce qui n'empêche pas Buffalo de lui lancer : « Tu as peut-être perdu la parole, mais tu n'es pas encore hémiplégique! Alors écris-nous cette lettre à l'orphelinat en vitesse, et que ça pétille de joie de vivre! »

Ma propre copie n'est pas jugée assez enthousiaste, et mes questions sur Grandpa déplacées.

« À quoi cela te sert-il de demander l'adresse de ton grand-père? aboie Calamity. De toute façon, tu n'es autorisé à écrire qu'à tes parents!

– Ben… je n'ai pas eu de ses nouvelles depuis longtemps et…

– Mais ma parole, c'est qu'il répond aussi, celui-là ! coupe la terreur en jupe de cuir à franges. Et d'abord, enlève-moi cette casquette : je ne vois pas tes yeux quand je te parle ! »

Oh non !

Non, par pitié, pas ça ! Pas devant tout le monde ! Pas devant Sinead !

« Je vais recommencer ma lettre tout de suite… »

Je relève légèrement ma visière pour apaiser la monitrice, et je pointe le nez sur ma copie en priant de toute mon âme pour qu'elle m'oublie.

« Ta casquette ! » se contente-t-elle de répéter, ses nattes recommençant à s'agiter de manière menaçante.

Aïe ! C'est mauvais, là ! Très mauvais…

Comme je lève lentement la main à ma tête, mes oreilles résonnent par anticipation des cris que ne manqueront pas de pousser mes camarades quand ils découvriront ma teinte contre nature…

« Bonjour tout le monde ! »

La porte du réfectoire s'ouvre avec fracas sur le Kid, qui traîne derrière lui un énorme sac en toile. Ouf ! Sauvé par le gong !

« Voilà le facteur ! » annonce-t-il en déversant le contenu du sac devant la table où est installé le comité de lecture.

Les pensionnaires se lèvent aussitôt dans un brouhaha épouvantable, et se ruent sur le tas d'enveloppes et de colis comme un essaim de guêpes sur un pot de confiture. Il faut dire que les moniteurs sont moins appliqués à la répartition du courrier entrant qu'ils ne le sont à la vérification du courrier sortant – le docteur Krampus ne leur demande des comptes que sur ce dernier. Au cours des semaines passées, plusieurs missives se sont ainsi « perdues » dans la foire d'empoigne de la « distribution », et maintenant on a tous compris que c'était premier arrivé, premier servi. Mais bon, pour cette fois-ci au moins je ne vais pas me plaindre : l'arrivée providentielle du Kid m'a évité le pire.

Rabaissant la visière de ma casquette sur mon front, je me précipite à mon tour sur l'amas de lettres et de paquets. Non pas que j'attende un pli particulièrement palpitant de la part des parents, mais je me dis qu'en me noyant dans la foule j'échapperai encore mieux aux foudres de Calamity.

Doug et les siens ont vite joué des coudes pour se retrouver au premier rang. Ils piochent sans ménagement dans la masse postale, envoyant valdinguer par-dessus leurs épaules tout ce qui ne les concerne pas.

« Attention, bande de sauvages ! couine Brandy en ramassant un colis défoncé. Vous avez écrabouillé mes Oreo ! Je suis sûre que ce sont les Oreo que j'ai demandés aux parents ! »

Pendant que Brandy déballe son colis, découvrant avec horreur qu'il ne s'agit pas des friandises désirées, mais de répugnants biscuits coupe-faim au son, je remarque que Sinead et Kevin se sont mis à quatre pattes pour mieux fouiller dans les lettres.

« Tu attends un courrier important ? je demande à Sinead en la rejoignant sur le sol.

– Plutôt, oui ! me répond-elle sans cesser ses recherches. Tu veux bien m'aider ?

– Bien sûr ! je m'empresse d'acquiescer.

– Tu es un amour ! Simplement, ce n'est pas la peine de chercher mon nom. Essaye plutôt de trouver une lettre adressée à Paul et Mary Flaherty.

– Quoi ? Flaherty ?

– Ce sont mes parents. Mais je t'expliquerai plus tard. Pour l'instant, il ne faut absolument pas que cette lettre nous échappe ! »

Sans discuter davantage, je me mets à chercher, trop heureux de pouvoir être utile à Sinead. Tout à ma tâche, je remarque à peine le Kid apporter un autre sac dans la salle, aussi gros que le premier, mais dont le contenu revient entièrement à Mary-Ashley.

« Ah, j'ai eu peur que Daddy m'ait oublié ! soupire cette dernière en déballant avec ostentation chaussures, robes et accessoires tous plus luxueux les uns que les autres. Je n'avais vraiment plus rien à me mettre ! »

Tandis que Mary-Ashley essaye ses nouvelles fripes sous les roucoulements mi-admiratifs, mi-envieux de sa cour de dindes, mes yeux tombent enfin sur la lettre recherchée :

Paul et Mary Flaherty
17 Park Street
Chicago, ILLINOIS

L'enveloppe est barrée d'un tampon rouge : *N'HABITE PAS À L'ADRESSE INDIQUÉE / RETOUR À L'EXPÉDITEUR*. Je la retourne machinalement ;

au verso, dans l'encadré réservé à l'expéditeur, il est simplement inscrit :

Camp de vacances de Redrock
Parc national des montagnes Rocheuses
COLORADO

« Tiens – je tends la lettre à Sinead.

– Formidable ! murmure-t-elle en la glissant dans la poche de sa robe. Tu es un as, Jack ! Depuis notre petite aventure à l'aéroport, j'ai toujours pu compter sur toi. Je crois que je te dois des explications. »

Elle pose sa main sur mon bras, et plonge ses yeux dans les miens. Aussitôt la cohue, les cris, le papier froissé, tout l'univers disparaît comme par enchantement.

Il n'y a plus que nous deux, et le reste ne compte plus.

« Il faut que tu saches que Kevin et moi, on n'a pas été envoyés ici par nos parents, me confie-t-elle.

– Tu veux dire que… comme Stuart…

– Non, non ! Nous ne sommes pas orphelins ! Nos parents sont toujours vivants, du moins pour ce que j'en sais. À vrai dire, c'est difficile d'avoir des nouvelles régulières de ses parents quand l'un a disparu dans la nature, que l'autre passe la moitié de son temps en désintox et que l'on est soi-même en cavale. Mais mettons-nous un peu à l'écart, si tu le veux bien : je me méfie des oreilles indiscrètes… »

Tandis que Sinead m'entraîne à quelques pas de la curée épistolaire, les mots tourbillonnent dans ma tête . *désintox*... *en cavale*... Je réalise soudain que je ne sais à peu près rien de Sinead, ni de son passé. Qui est vraiment cette fille dont le seul regard me fait frissonner ?

13 Sinead Flaherty

« Tu peux penser que Redrock, c'est l'enfer, commence Sinead. Mais crois-moi, là d'où on vient Kevin et moi, l'Assistance publique de Boston, c'était pire qu'ici. C'était pire que tout. Les visites médicales à la chaîne où le patient n'est que du bétail... La condescendance des éducateurs qui vous prédisent que vous finirez de la même façon que vos parents alors qu'ils ne savent même pas *qui* sont vos parents... Le mépris de la famille d'accueil où vous êtes finalement placé, car seul l'intéresse le montant du chèque que votre garde rapporte en fin de mois... Les Jones, un vieux couple sans enfants chez qui nous sommes tombés, se spécialisaient ainsi dans les cas dits *difficiles*, qui donnent droit à une prime. Or, le rapport du médecin de l'Assistance m'avait cataloguée kleptomane pour avoir dérobé du pain à la cantine, et Kevin, comme tu le sais, est diagnostiqué énurétique. Ajoute à cela nos origines nomades – avant que ma mère sombre dans l'alcoolisme et que mon père se fasse la malle, ils étaient écuyers dans un cirque itinérant –, et autant dire que pour les Jones, confits dans leur intérieur aux meubles cirés, couverts de napperons de dentelle et d'angelots en faïence peinte, nous étions du gibier de potence. »

Le visage de la jeune fille tremble à l'évocation de ces épreuves. Je découvre avec stupeur que la fière, que l'indestructible Sinead a sans doute souffert plus qu'aucun de nous à Redrock. Comme jamais, je ressens le besoin de la serrer dans mes bras, de faire de mon corps une armure contre son corps, pour que personne ne puisse plus lui faire de mal, jamais.

« Le mois dernier, j'ai décidé que l'on n'avait pas besoin de tout ça, reprend-elle subitement au moment où je m'apprêtais à l'enlacer. Et on est partis. Avec les économies que les Jones s'étaient faites sur notre dos – là-dessus le toubib de l'Assistance avait vu juste : je suis plutôt douée pour la rapine. Oh, il n'y avait pas grand-chose dans la boîte à chaussures sous le matelas de ces grippe-sous. Mais suffisamment toutefois pour régler notre inscription à Redrock, payer le billet d'avion pour Denver et assurer nos frais jusqu'au départ, en changeant d'hôtel tous les soirs et d'État toutes les semaines. De toute manière je savais qu'il fallait que je trouve plus d'argent, beaucoup plus, pour échapper aux limiers de l'Assistance et financer notre vie, à Kevin et à moi, jusqu'à ma majorité, jusqu'à l'âge où les éducateurs ne pourraient plus prétendre régenter notre existence. Et je savais que cet argent, c'était à Redrock qu'il m'attendait.

« C'est au foyer de l'Assistance publique de

Boston, là où transitent tous les enfants abandonnés de la région avant d'être placés en familles, que j'ai entendu parler de Redrock pour la première fois. Il y avait cette fille, Alison, que tout le monde appelait « le Fantôme ». Il faut dire qu'elle était d'une pâleur cadavérique et ne disait pas un mot, si maigre qu'à côté d'elle Mary-Ashley paraîtrait presque grosse. Tous, ils pensaient que c'était une junkie camée jusqu'à l'os, pour être dans un tel état à son âge. Et moi aussi je le croyais, jusqu'au jour où elle a enfin ouvert la bouche et où elle m'a avoué qu'elle revenait du camp de Redrock, où son père l'avait envoyée pour corriger sa fâcheuse tendance à sécher les cours...

« Elle n'a pas trop décrit des détails quotidiens de son séjour. Tout au plus a-t-elle mentionné le baquet dont elle sortait chaque jour plus épuisée, au point de n'être plus qu'une loque à la fin de l'hiver. Au moment même où elle me parlait, plusieurs mois après son retour, elle était loin de s'en être complètement remise. À l'époque, je mis la fatigue dont elle se plaignait sur le compte d'une fragilité des nerfs, d'une faiblesse de naissance. Mais maintenant que je suis à mon tour à Redrock, maintenant que je subis moi aussi leurs maudites expériences, je comprends que les constitutions les plus vigoureuses y laisseraient leurs forces et leur santé. C'est étrange, n'est-ce pas, ces frissons qui te prennent dès que ça commence à tourner... Ça me fait l'effet d'un four à micro-ondes à l'envers, qui refroidirait de l'intérieur au lieu de réchauffer. Ça te fait ça, à toi aussi ?

– EUH..., je balbutie, pris de court. Oui, oui, c'est tout à fait ça ! »

Si tu savais, Sinead, que le baquet peut rendre la Chaleur aussi bien qu'il peut la voler ! Si tu savais quel délice c'est, de la sentir infuser chaque cellule de ton corps ! Mais pour connaître tout cela, sans doute faut-il être un monstre comme moi...

« Je dois avouer que toutes ces expériences me font peur, continue-t-elle. Chaque fois que je monte dans ce machin, je crains d'y laisser ma peau. Sans parler de Kevin : il est si jeune, si fragile ! Quand je pense qu'ils osent prétendre que c'est pour notre bien...

« Alison, elle, a bien failli y succomber. À son retour de Redrock, elle était si crevée qu'elle n'avait même plus la force de faire l'école buissonnière. Elle passait ses journées à somnoler sur son pupitre, et ses soirées à s'endormir sur ses devoirs. Mais bizarrement, si peu d'énergie qu'elle y consacrât, les leçons semblaient désormais entrer dans son esprit aussi facilement que de l'eau dans une éponge. Son père s'est déclaré ravi du résultat de la méthode Krampus, puisqu'il avait désormais la paix, et ses professeurs se sont félicités d'avoir récupéré une élève docile et studieuse. Du moins jusqu'à ce qu'elle fugue...

– Comme Evan !

– Evan ? répète Sinead.

– Oui, un ami de Stuart qui est aussi passé par Redrock et qui en est sorti dans le même état. Le cerveau vidé. Capable de retenir ses cours par cœur, mais pas de tenir une conversation normale. Lui aussi a fugué ! Si ça se trouve, on va tous finir comme ça... »

J'ai l'impression que ma voix a tremblé en prononçant ces derniers mots. Tous, vraiment ? Que penserait Sinead si elle apprenait qu'à partir d'aujourd'hui et jusqu'à nouvel ordre, je suis le seul pensionnaire de Redrock à être dispensé de baquet ?

« Faible comme elle était, elle n'est pas allée bien loin avant d'être repêchée et expédiée à l'Assistance, où je l'ai rencontrée. Elle y est restée quelques jours, le temps qu'on l'identifie et qu'on prévienne son père. Celui-ci a fini par venir la chercher, pour la ramener à l'existence qu'elle avait tenté de fuir.

« C'est comme ça qu'Alison est sortie de ma vie, aussi furtivement qu'elle y était entrée. Elle ne m'a pas dit grand-chose sur Redrock, mais suffisamment pour que je veuille marcher sur ses pas et, un an après elle, venir ici. Jack, peux-tu garder un secret ? »

Sinead pose sa main sur mon épaule en prononçant ces mots. Jamais son visage n'a été aussi proche du mien ; ses boucles de cheveux caressent mon visage ; il me suffirait de tendre les lèvres pour…

« Oui, je murmure dans un souffle.

– Il y a un trésor dans ces murs. Un formidable, un incommensurable trésor. Des pièces d'or, des bijoux et des lingots, en quantité telle que personne ne s'apercevrait de rien si je prélevais de quoi garantir notre liberté, à Kevin et à moi, pour les quatre années à venir. Alison a vu tout cela. Un jour, après sa séance de baquet, elle était si chamboulée qu'elle a pris le mauvais chemin pour redescendre. Elle s'est égarée, jusqu'à tomber sur une porte entrouverte, quelque part dans le ranch ; elle n'était plus capable de me dire où, mais elle se souvenait parfaitement, elle se souvenait d'avoir poussé la porte et d'avoir vu miss Lucy se parer de ces bagues, de ces colliers et de ces bracelets par dizaines, captivée par son reflet dans le miroir d'une coiffeuse. La vue de tant de richesses a dégrisé Alison d'un seul coup, et la crainte aussi de se faire surprendre par la gouvernante. Elle s'est enfuie à l'aveuglette à travers les couloirs et les escaliers, jusqu'à ce qu'elle retrouve le chemin du réfectoire.

« Je n'avais aucune raison de douter des paroles d'Alison. Elle m'avait donné sa confiance en me racontant son histoire, et je devais lui faire confiance à mon tour en lui accordant crédit. Dès lors, j'ai tenté le tout pour le tout. Alors que nous logions encore chez les Jones, j'ai envoyé notre candidature, à Kevin et à moi, pour le prochain camp d'été à Redrock. Oh, ça n'a pas été bien compliqué : j'ai écrit une lettre au nom de mes parents en falsifiant leur signature et j'ai joint des rapports du médecin de l'Assistance, photocopiés en douce. Intercepter la réponse du ranch a été un jeu d'enfant : entre autres tâches, j'étais chargée de relever le courrier de nos hôtes. C'était *oui*. J'ai aussitôt envoyé la moitié de la cagnotte des Jones à Redrock par mandat postal, puis on a filé avec l'autre moitié. Et me voilà devant toi, à l'atelier Correspondance !

« Il va sans dire que la lettre que j'ai écrite à mes parents lors de l'atelier de la semaine dernière ne leur est jamais parvenue. Comment aurait-elle pu, alors que je ne sais même pas où ils se trouvent à l'heure qu'il est ? Je me suis contentée, dans le dossier d'inscription, de signaler qu'ils étaient sur le point de déménager à une nouvelle adresse, le 117 Park Street à Boston. Une adresse qui bien sûr n'existe pas. Toutes les lettres qu'on m'obligera à envoyer pendant le séjour reviendront donc à l'envoyeur. Il faudra juste que je les intercepte avant qu'ils ne s'en aperçoivent : pour aujourd'hui, grâce à toi, c'est chose faite !

– Mais, Sinead..., je cherche mes mots pour ne pas la blesser, pour ne pas la braquer. Ce que tu as fait aux Jones, c'est du vol caractérisé ! C'est plus grave qu'un collier de pacotille "emprunté" dans une bijouterie fantaisie. Et tu t'apprêtes à faire pire encore, à commettre un véritable cambriolage ! »

Le sourire radieux qui illuminait le visage de mon adorable voleuse disparaît d'un coup. Il faut que tu apprennes à être plus diplomate, mon vieux Jack...

« Ce que j'ai fait aux Jones ? s'exclame-t-elle en colère. C'est plutôt ce qu'ils nous ont fait, eux ! Je n'étais rien que leur boniche, et Kev ne valait pas plus à leurs yeux qu'un animal de compagnie encombrant ! Cet argent n'a servi qu'à rémunérer notre malheur : c'est le nôtre, pas le leur !

– Oui, pour les Jones peut-être, après tout, tu dois avoir raison, mais ici..., je tente de tempérer.

– Ici ce n'est pas mieux ! me coupe-t-elle. Je t'ai dit ce qu'ils ont fait endurer à cette pauvre Alison. Et le gars dont tu parlais, là, l'ami de Stuart : pareil ! Il n'y a qu'à voir comment ils nous traitent, toi, moi, nous tous. Pire que des chiens ! Ce Krampus, il mérite d'être volé. Ce n'est que justice. C'est même un devoir ! »

MOUAIS... Quelle tête de mule, tout de même.

Pas la peine de lui faire la morale, elle est certaine de son bon droit et elle n'en démordra pas. Je serais sans doute mieux inspiré de lui faire entrevoir le danger de cette folle entreprise.

« Mais justement, des gens pareils, ils ne reculent devant rien – rappelle-toi la baffe que s'est mangée Doug, ils auraient pu le tuer. Et Stuart, regarde ce qu'ils ont fait à Stuart ! Imagine, s'ils te prenaient la main dans le sac…

– C'est un risque que je suis prête à courir. Ce trésor, c'est ma seule chance d'échapper à l'Assistance publique. Et puis, les chances de me faire prendre sont infimes. Souviens-toi du récit d'Alison, Jack : rien ne sécurisait la caverne d'Ali Baba, pas de coffre, pas d'alarme, rien, rien qu'une porte en bois ! Et je n'ai besoin que d'un centième – que dis-je –, d'un millième du butin ! Je suis convaincue que ma ponction passera complètement inaperçue. Oui, vraiment, ma résolution est inébranlable. D'ailleurs, j'ai déjà subtilisé un double de la clé du dortoir des filles sur le trousseau de Calamity, assez habilement pour qu'elle croie l'avoir perdue. Cela fait trois nuits maintenant que j'explore le ranch, et je ne compte m'arrêter que lorsque j'aurai trouvé le trésor ! »

Comment répondre à cela ? Il n'y a que deux options : soit par un silence consterné, soit par une déclaration d'amour pour le meilleur et pour le pire.

« Sinead, je voulais te dire…

– WOUAH ! Trop cool ! » La voix tonitruante de Doug me brise dans mon élan. Je jette un coup d'œil agacé en direction de la montagne de courrier, puis je me retourne vers Sinead en reprenant ma respiration. Où en étais-je, déjà ?...

... mais...

... est-ce que j'ai bien vu ce que j'ai vu ??? Et cette odeur !!!

« DOUG !!! »

Je fais volte-face vers le misérable, en train de s'empiffrer d'un opéra café-chocolat dont l'arôme reconnaissable entre mille sature mes narines hypersensibles.

C'est l'odeur de l'opéra de Grandpa !

De même que l'éclair à la mangue qui dégouline de la bouche de Spencer, et le mille-feuille qui s'éparpille sur le T-shirt de Ross : toutes ces merveilles ont été confectionnées par mon grand-père ! Un colis éventré gît au pied du trio infernal, où l'on aperçoit tout un tas de bonnes choses encore, qui m'étaient destinées !

« Qu'est-ce qu'il y a, Yeux-de-Blaireau ? braille Doug en s'essuyant la bouche du revers de la main. Tu voulais te taper tout ça tout seul, sans partager avec les copains ? Petit égoïste, va !

– Écoutez plutôt ça, les mecs ! s'écrie Spencer en extirpant une feuille de papier du colis avec ses doigts pleins de crème pâtissière. C'est Papi Blaireau qui écrit à son petit-fils !... »

Et voilà que ce gros porc commence à lire la lettre à voix haute, en imitant la voix chevrotante d'un vieillard sénile !

« Mon cher Jack, trouver ton adresse n'a pas été facile tu connais ta mère mais j'y suis finalement parvenu. Excuse-moi de n'avoir pu te donner de nouvelles avant ton départ en vacances. C'est que j'ai eu

fort à faire, avec cette maison de retraite où ils ont voulu me coller. Penser que j'allais me laisser faire comme ça, sans rien dire, c'était mal me connaître ! Mais je te raconterai tout cela plus tard. Parlons plutôt de toi...

– Rends-moi cette lettre immédiatement ! »

Je fonce sur Spencer tête baissée.

Mais au moment où je vais lui rentrer dans le lard, il chiffonne la feuille en boule et l'envoie à Ross. Je change aussitôt de cap pour me précipiter sur le boxeur au nez cassé, me prenant les pieds dans les emballages et les enveloppes qui jonchent le sol tandis qu'il poursuit la lecture de la lettre.

« Ah, les colonies de vacances ! J'ai connu les premières d'entre elles, tu sais, en France à l'époque du Front populaire. Le grand air, la camaraderie : que tout cela forme la jeunesse ! Mais l'on a parfois aussi besoin d'un peu de réconfort, lorsque l'on est loin des siens. Tu trouveras dans ce colis mes grands classiques, et aussi quelques nouveautés dont tu me diras des nouvelles (macaron à la fleur d'oranger, paris-brest à la pistache, et mon favori : le cannelé à ma façon dans son sarcophage de nougatine le tout sans sel, bien entendu !)...

– RHAAAA !!! »

Je saute sur la lettre en hurlant, mais je ne parviens qu'à en arracher un coin avant que Ross l'envoie à Doug.

Brandy, dont l'œil s'est allumé à la vue des pâtisseries, lâche son paquet de biscuits coupe-faim. Elle se rue avec moi sur le chef des affreux, sous les hurlements des moniteurs qui s'empêtrent à leur tour dans le courrier. Je sens que tout cela va mal se terminer…

« Ah ouais, c'est sans sel ! s'écrie Doug à tue-tête pour couvrir le vacarme. Je me disais bien que ça avait un petit goût bizarre. Yeux-de-Blaireau a dû demander ça au pépé pour être sûr que son dessert passe la douane de ce foutu camp. Voyons ce qu'il raconte encore…

« N'hésite pas à m'écrire ce que tu souhaites que je t'envoie la prochaine fois. Je connais tes goûts à toi, mais peut-être as-tu une petite amie à régaler après tout, la colo, ça sert aussi à faire des rencontres, pas vrai ? »

Hilare, Doug redresse la tête pour commenter ces dernières lignes.

« Yeux-de-Blaireau, une petite amie ? Il ne manquerait plus que… OUCH !!! »

Tel un boulet de canon, Brandy lui est rentrée en plein ventre. Tout gaillard qu'il est, Doug se plie en deux, vacille… et s'étale dans les enveloppes en tentant de se raccrocher à ce qu'il peut, en l'occurrence le sombrero de Consuela.

« *Madre de Diiiiios !* » s'écrie la petite Mexicaine en portant ses mains à son crâne à moitié chauve, d'où émergent çà et là quelques touffes de cheveux.

« NOOON ! » vagit Brandy, moins épouvantée par la calvitie de Consuela que par la chute de Doug, qui s'est effondré à deux centimètres du colis renfermant le reste des pâtisseries.

« Faites un pas de plus, et j'écrabouille ce qui

reste là-dedans, me menace-t-il d'une voix haletante en s'emparant du colis.

– Repose ça immédiatement ! »

J'essaye de garder la voix la plus calme possible.

Mais il est trop tard déjà, je le sais.

La Chaleur me brûle l'estomac.

Déjà, elle se répand dans mon corps tel un fleuve de feu.

« Pour qui tu te prends, Yeux-de-Blaireau ? ricane Doug en se relevant, le colis serré contre sa poitrine. Ces gâteaux sont à moi, et tu n'en auras pas une miette, tu m'entends ? Pas une miette ! »

Sur ce il plonge sa main dans l'ouverture du colis, et en sort une forme oblongue dans laquelle il mord à pleines dents... le fameux cannelé en sarcophage !

« De toute fafon je fois pas afec qui t'aurais pu partager fa, bafouille-t-il la bouche pleine. Quelle fille pourrait fouloir d'un bouffon comme toi ?

– Ah oui ? On va voir qui est le bouffon ! Retire ça de ta bouche immédiatement ! »

J'attrape le poignet de Doug à la volée. Aussitôt, je sens sa Chaleur passer en moi, comme si ma propre Chaleur n'était remontée dans mes membres que pour lui servir d'appât, pour la capter à la manière d'un aimant. Mais il y a quelque chose d'autre aussi, quelque chose que je n'avais pas ressenti en absorbant l'énergie de Josh le soir de mon escapade, ou celle de Ti-Jean, furtivement, le matin de la distribution des rôles. Est-ce que le fait d'utiliser la Veilleuse a développé de nouvelles capacités en moi ?

En un instant, je me sens tout entier aspiré dans le corps de Doug ; ses jambes deviennent mes jambes, ses bras deviennent mes bras, et je me vois à travers ses yeux : petit blondinet teigneux agrippé à lui à toute force. C'est dingue : je deviens Doug de la même manière que j'étais devenu le squelette de la chouette! À ceci près que la Veilleuse était un réceptacle passif, alors que là je sens une résistance active, je sens l'esprit de Doug qui lutte pour m'empêcher de prendre possession de son corps.

Ah, il veut jouer? Eh bien, nous allons jouer! Je sens tout son être qui se cabre quand j'ordonne à sa main de retirer le cannelé de sa bouche. C'est une sorte de bras de fer qui oppose sa volonté à la mienne. Toutes ses veines saillent tandis que je le contrains à écarter petit à petit la pâtisserie de son visage, centimètre après centimètre. Et puis, tout d'un coup, je relâche la pression : aussitôt, comme si j'avais brutalement coupé l'élastique qui la retenait, sa main s'abat sur son menton, y écrasant le cannelé dont les fragments de nougatine s'incrustent dans la peau.

Devant une telle maladresse, le réfectoire éclate de rire, ce qui a pour effet de redoubler ma férocité. Je profite que Doug soit sonné par le coup de poing qu'il s'est lui-même envoyé pour l'obliger à piocher une autre pâtisserie dans le colis. Un chou à la crème : voilà qui est parfait! Avec jubilation, je lui tords le poignet jusqu'à ce que le chou ne soit plus qu'une bouillie informe entre ses doigts crispés, puis je le force à s'en barbouiller le front.

« Biggle! s'égosille miss Lucy, sans parvenir à couvrir le rire du public surexcité. C'est répugnant! Cesse immédiatement ces pitreries! »

Ce que la gouvernante ne sait pas, c'est que c'est

à moi qu'elle devrait dire d'arrêter ! En proie à une jubilation maligne, je n'ai qu'un désir : continuer d'humilier l'imbécile qui a osé me défier.

Voyons, voyons, qu'est-ce qu'il y a encore dans la pochette surprise pour ce cher Doug ? Oh ! Une tartelette aux myrtilles bien juteuses ! Je vais lui faire un shampooing à ma façon, comme ça au moins, je ne serai plus le seul à avoir les cheveux bleus ! Sitôt dit, sitôt fait : le grand dadais écrase la tartelette sur son crâne et se met à le frictionner vigoureusement, arrachant des hurlements hystériques aux moniteurs et des larmes d'hilarité aux pensionnaires.

« La ferme !!! La ferme !!! » hurle Buffalo en gesticulant au milieu de la foule déchaînée, aussi inefficace que Don Quichotte au milieu des moulins à vent. Il finit par glisser sur un papier et s'étale à son tour, envoyant voler un nuage d'enveloppes à travers le réfectoire. C'est l'apothéose, le bouquet final.

Ma soif de vengeance enfin étanchée, je sens la Chaleur redescendre lentement en moi – de toute façon, il n'y a plus de pâtisseries à massacrer dans le colis. Je lâche le poignet de ma victime, et aussitôt tous mes sens refluent dans mon propre corps, je redeviens tout à fait moi-même. Je profite que Doug est encore sonné pour lui arracher la lettre des mains, tandis que Jesse et Davy se jettent sur lui et le ceinturent. C'est horrible à dire, mais je n'ai jamais été aussi content de moi…

« Jack, est-ce qué tou peux me prêter ta casquette ? »

Les mains toujours sur la tête, les lèvres tremblant de honte, Consuela m'implore dans un filet de voix : « Pour l'amour dé Dios… »

Qu'est-ce qu'il lui est arrivé, au juste ? A-t-elle dû subir ce traitement anti-cancer qui fait tomber les cheveux, une chimiothérapie ? On dirait plutôt qu'on les lui a arrachés par poignées entières, pour ne laisser que quelques épis clairsemés…

Mon premier réflexe est d'ôter ma casquette pour la lui donner, mais aussitôt je me ravise : moi aussi j'ai quelque chose à cacher.

« Je ne peux pas. Mais où est ton sombrero ?…

– Il est fichou ! » sanglote la pauvre fille en désignant l'emplacement où Buffalo s'est effondré.

Le chapeau de paille y gît lamentablement, aussi aplati qu'un dessous-de-plat.

« Jé t'en prie…

– Désolé.

– Jack, voyons ! »

Les mains sur les hanches, Sinead me foudroie du regard. Alerte rouge ! Pas question qu'elle découvre mon secret capillaire, pas maintenant que ça commence à accrocher entre nous !

« Tu peux bien prêter ta casquette à Consuela, elle n'a pas la gale !

– C'est que… »

Dépêche-toi ! Trouve une raison pour ne pas enlever cette maudite casquette ! Une raison *crédible* !

« C'est que j'ai pris froid la nuit dernière, et je préfère rester bien couvert pour éviter un rhume. Tu savais que c'est par la tête que l'on se refroidit le plus vite ?

– *Éviter un rhume ?* répète Sinead. C'est un traumatisme psychologique que Consuela essaye d'éviter, elle ! Ce crétin de Doug avait raison, après tout : tu n'es qu'un égoïste ! »

Sans y réfléchir à deux fois, elle se penche et déchire le bas de sa robe, qu'elle noue en fichu autour de la tête de Consuela. J'ouvre la bouche pour m'expliquer mais…

« Jack Spark ! Brandy Jerkins ! tonne Buffalo. Je vous ai vus, c'est vous qui avez excité Biggle avec ces pâtisseries ! Vous prendrez vos repas à l'écart, aux cuisines, pendant une semaine, et vous aiderez le Chef à préparer le dîner par la même occasion. Voilà qui vous apprendra à amuser la galerie !

– Mais Monsieur, c'est injuste ! nous défend Josh. C'est Doug qui a commencé en ouvrant un paquet qui ne lui était pas destiné et…

– Tiens, tu n'es pas en train de faire tes lignes, toi ? Peut-être parviendras-tu à mieux te concentrer aux cuisines. Même régime pour toi ! Une semaine au trou ! Et c'est valable dès ce soir ! »

Buffalo nous attrape tous les trois par le col et nous traîne jusqu'à la porte à gauche de la cheminée de pierre, qui s'ouvre sur l'escalier descendant aux cuisines. Je me retourne une dernière fois vers Sinead, avant de plonger dans les profondeurs de Redrock. La main sur les épaules de Consuela, elle me fixe de ses yeux couleur tempête, qui semblent me crier « Pourquoi donc ai-je fait confiance à un pauvre type comme toi ? »

Josh m'avait mis en garde contre le Monstre aux Yeux Verts.

C'est avec des regards comme celui-ci qu'il assassine ses victimes…

14 La cuisine du diable

Tandis que je descends les marches aux arêtes émoussées par le temps qui mènent aux fondations de Redrock, les sentiments les plus contradictoires m'assaillent. Mon cœur exulte d'avoir reçu les confidences de Sinead, mais il saigne qu'elle regrette de me les avoir faites. Quelle idée doit-elle avoir de moi à présent ? M'imagine-t-elle avare, cruel ou simplement stupide pour avoir refusé d'ôter ma casquette et de la prêter à la pauvre Consuela ? Comment lui expliquer que je n'avais pas le choix, sans lui avouer l'inavouable secret que je porte sur la tête ?

Si Sinead écartèle mon cœur, c'est ma conscience morale que cette vieille fripouille de Doug déchire en deux. Tout en jubilant de l'avoir ridiculisé – il l'avait vraiment cherché –, je me rends compte qu'une nouvelle facette de mes étranges pouvoirs vient de se manifester… Une facette inquiétante, perverse, qui me ramène irrésistiblement au soir de mon arrivée à Redrock, lorsque le docteur Krampus, en posant simplement sa main sur la nuque de Doug, l'avait contraint à se soumettre. Si j'ai réussi à manipuler la même victime de la même manière, c'est peut-être que je partage la même nature ?

Sitôt évoquée, une telle idée me paraît insupportable et je m'efforce de la chasser de mon esprit. Moi qui suis si petit, semblable à cette montagne de chair, de muscles et de tendons ? Moi qui ne ferais pas de mal à une mouche, pareil à ce tortionnaire en bottes à éperons ? Rien ne semble plus absurde, et pourtant… pourtant, je me suis abreuvé au baquet où le maître de Redrock emmagasine la vie qu'il arrache à ses hôtes. Sister Edith l'a bien dit, que c'était comme si je lui volais son pain. Un pain auquel j'ai moi-même goûté – ou, disons-le plus franchement : dont je me suis moi-même gavé ! Malgré les apparences, se pourrait-il donc qu'il y ait quelque chose de commun entre le directeur et moi ?

« Chef, voici vos marmitons pour cette semaine ! » s'exclame Buffalo, m'arrachant à mes conjectures.

PLOC… PLOC… PLOC…

La cave où nous avons pénétré ressemble plus à une crypte qu'à des cuisines, avec ses murs de pierre suintants d'humidité, où pendent des couteaux aussi larges que des scies, des pics qui ressemblent davantage à des lances qu'à des broches, et toutes sortes d'ustensiles aux formes baroques et aiguisées.

PLOC… PLOC… PLOC…

La batterie de casseroles qui tressautent sur la gazinière de fonte me fait bizarrement penser à ces bassines d'huile bouillante avec lesquelles les habitants des châteaux forts accueillaient les visiteurs inopportuns. Et cette espèce d'énorme four, bardé de cadrans et de tuyaux, qu'est-ce que ça peut bien être ? Un robot ménager multifonction d'avant-guerre ?

PLOC… PLOC… PLOC…

Mais le moins rassurant est encore la vieille baignoire à l'émail écaillé, au fond de la pièce. À quoi peut bien servir une baignoire dans une cuisine, je vous le demande ? Et d'abord, n'est-ce pas de ce coin-là que provient ce bruit agaçant, ce bruit de robinet qui fuit ?

PLOC…

Instinctivement, mon regard remonte de la baignoire jusqu'à la forme sombre qui tourne lentement au-dessus d'elle.

PLOC…

Une carcasse de quadrupède. Une biche, ou quelque chose comme ça. Entièrement dépecée. Suspendue au plafond par une chaîne rouillée. Et qui achève de se vider des dernières gouttes de son sang.

PLOC…

Cette charmante scène est éclairée par la lumière dansante du feu couvant sous la marmite accrochée à la crémaillère de la cheminée ; à sa surface, de grosses bulles noirâtres éclatent de temps à autre. La silhouette du Chef se détache dans la pénombre, tout à fait raccord avec le reste de ce décor de film d'horreur. Emmailloté dans son tablier maculé de sang séché, un mortier dans une main et un hachoir dans l'autre, il a tout du bourreau moyenâgeux. Seul détail incongru dans cette sinistre panoplie : sa toque de cuisinier, qui gratte le salpêtre accumulé au plafond de la cave – je ne m'en étais pas rendu compte lors de ses apparitions au dîner, plié comme il était sur son chariot de victuailles, mais le Chef est presque aussi grand que le docteur Krampus, et deux fois plus gros.

« Trrrois ? » aboie-t-il d'une voix profonde, marquée par un accent roucoulant, différent de l'accent germanique du docteur Krampus. Slave, peut-être… Russe ?

« D'habitude, c'est deux ! C'est pourquoi, le trrroisième ? Pour tenir compagnie au pendu là-derrière ? »

Comme il renverse la tête vers la carcasse écorchée en partant d'un rire à en ébranler les murs, les flammes de la cheminée illuminent son visage de papier mâché. Je réalise ainsi que, pour la première fois, il a déchaussé les lunettes de soleil sans lesquelles on ne l'a jamais vu au dîner – et, pour la première fois, je découvre les deux globes laiteux habituellement cachés par les verres fumés. Deux boules blanches sans iris et sans pupille, pareilles à deux œufs de caille bouillis. *Ainsi donc, le Chef est aveugle.* Voilà qui explique sa maladresse au réfectoire, les collisions répétées du chariot avec le dossier des chaises, les louches de soupe versées sur la nappe et les rôtis atterrissant sur les genoux des pensionnaires.

Mais au fait, s'il n'y voit rien… comment a-t-il pu deviner qu'on lui amenait trois assistants cette fois-ci ?

« Ils sont punis tous les trois, voilà pourquoi, dit Buffalo. Vous connaissez la règle : corvéables à merci, tant que vous nous les rendez entiers.

– Du balai, sous-fifrrre ! tonne le Chef. Ce n'est pas un vulgaire Changelin comme toi qui va me dicter ce que je dois faire ! Je sais encore me tenir… Et je sais que l'on doit attendre, que l'heure n'est pas venue. Mais quand elle sonnera, je peux te dire que je fêterai ça avec une viande autrrrement plus goûteuse que ces vieilles carnes que l'on m'oblige à cuisiner tous les jours, en rôti, en daube et en ragoût ! Je n'en peux plus, moi, du wapiti[1] ! Si encore on m'apportait de jeunes daims bien tendrrres… Mais non, il faut toujours que ce soit des bêtes grrrabataires qui ont le cuir dur et corrriace. Dis-leur, là-haut, à Davy et à sa bande de frrreluquets, de m'apporter quelque chose de plus tendrrre, de plus frrrais. Quelque chose de plus délicat. Des marcassins, par exemple, ou bien des petits lapereaux fondants…

– C'est noté, Chef, murmure Buffalo en s'éclipsant dans l'escalier. Je leur dirai. »

Si l'on m'avait dit un jour que je regretterais le départ du surveillant général, je ne l'aurais sans doute pas cru. C'est pourtant bien du regret que je ressens maintenant en entendant ses pas s'éloigner, un regret qui me prend aux tripes et qui les tord cruellement. Nous voilà seuls avec le terrible cuisinier de Redrock. Celui-là même – je m'en souviens à présent – dont miss Lucy s'amusait à nous menacer le jour de notre arrivée au camp, affirmant d'une voix lourde de sous-entendus *qu'il n'irait pas jusqu'à nous manger.* Quelle était la part de moquerie dans ces allu-

1. Le wapiti est une espèce de grand cerf que l'on trouve en Amérique du Nord et en Sibérie.

sions qui avaient déclenché l'hilarité de tout le personnel d'encadrement, et quelle était la part de vérité ? Je me demande à quelle viande *autrement plus goûteuse* le Chef a fait allusion en salivant. Et ce terme bizarre qu'il a employé…

« Comment il a appelé Buffalo, déjà ? *Changelin* ? Josh, toi qui as du vocabulaire : tu sais ce que ça veut dire ?

– Première fois que j'entends ce mot, répond-il. Mais chut, il arrive ! »

Le terrible cuisinier penche vers nous sa grosse face blanche et flasque, tout en bosses et en creux. On dirait une boule de pâte à pain crue que le boulanger, appelé à une autre tâche, aurait laissée là à moitié malaxée, creusée des puits de ses pouces au niveau des orbites.

« Voyons, voyons ce que nous avons là », susurre le Chef à quelques centimètres de nos visages, en exhalant une odeur qui réussit le répugnant exploit d'évoquer à la fois les escargots à l'ail, la tête de veau sauce gribiche et l'œuf pourri.

Voyons, a-t-il dit, mais que pourrait-il bien voir avec ses yeux morts ? Il aurait plutôt dû dire *sentons* : les ailes de son nez se soulèvent pour mieux se gonfler de nos odeurs !

« MFFFFFF… ! C'est bien, ma fille ! postillonne-t-il dans le cou de Brandy. Il faut continuer à manger comme ça ! Tu respires l'abondance, la générosité, c'est un vrrrai plaisir. Ça change des planches à pain d'aujourd'hui, avec leurs régimes ridicules qui font fondrrre les formes, qui assèchent les chairs et qui donnent à la peau une sale odeur d'aspartame. Quand j'y repense, cette grande asperge qu'ils m'ont envoyée la semaine dernière : une misère ! »

Je me souviens que Mildred, la grande rousse osseuse de la bande à Mary-Ashley, était préposée aux cuisines avec Ross juste avant nous. Je crois qu'elle s'était plainte de son rôle dans la pièce, estimant que Lady Montaigu était trop effacée et refusant de déclamer ses deux tirades. Sa rébellion lui avait valu le courroux de miss Lucy, et une semaine de corvée culinaire. Quant à Ross, c'est son insubordination lors d'une virée en forêt avec Davy qui l'avait conduit aux cuisines la semaine dernière. Il prétendait s'être égaré, d'après ce que j'en avais compris, mais les moniteurs pensaient plutôt qu'il avait essayé de fausser compagnie au groupe et de se faire la malle.

« Tes petits copains feraient bien de prendrrre exemple sur toi ! » grogne le Chef en tournant vers Josh et moi son visage grimaçant.

De là où je suis, j'ai une vue imprenable sur ses deux narines immenses, aux ailes soulevées dans une interminable inspiration.

« MFFFFFF... ! »

La mémoire me revient brusquement, le souvenir des narines du docteur Krampus qui s'étaient soulevées de la même façon, au soir de mon arrivée à Redrock, lorsqu'elles avaient humé la cannelle dont Sinead aime à se parfumer. Oui, de la même façon, ses narines s'étaient creusées en deux caveaux sombres, deux fosses mortuaires envahies de poils épais comme des racines. À l'époque, le docteur Krampus avait reproché au parfum de Sinead de masquer *l'odeur de la peau fraîche*, mais il était évident qu'il s'était rattrapé de justesse pour ne pas dire *l'odeur de la chair fraîche*. Et aujourd'hui le Chef, après avoir déploré l'interdiction de servir des *viandes autrement plus goûteuses* que celles qu'on l'autorise à cuisiner, se plaint des régimes des adolescentes qui *assèchent les chairs*. Tout de même, sans vouloir me la jouer parano, il y a de quoi s'inquiéter ! Les dirigeants de Redrock sont-ils cannibales ? Et moi, qui comme le docteur Krampus suis capable d'aspirer l'énergie vitale des gens, n'ai-je pas aussi noté ces dernières semaines une amélioration phénoménale de mon odorat ? Un développement extraordinaire de ce sens, tel que je peux désormais retracer le sillage olfactif de chaque pensionnaire du camp, tel que je peux reconnaître l'arôme exact de l'opéra de Grandpa à dix mètres, et le parfum de Sinead à cent mètres, à travers les volets du dortoir...

À ce stade le terme même d'*odorat* n'est plus approprié, il ne suffit plus à désigner un sens qui a dépassé les limites de la perception humaine. Il faut parler de *flair*. Oui, c'est ça, j'ai développé un flair comparable à celui des chiens et des créatures anthropophages qui gouvernent Redrock. Est-ce cela, la prochaine étape de ma monstrueuse transformation : l'anthropophagie ? Après m'être nourri des forces de mes camarades, va-t-il falloir que je me repaisse de leur chair ?

« Toi, surtout, continue le Chef en tâtant l'épaule de Josh, tu n'as que la peau sur les os. Et toi, le trrroisième, tu m'as l'air bien nerveux. Tu trrremblotes comme un agnelet arraché à sa mère. Et tu sens l'adrrrénaline à plein nez, c'est une véritable infection ! »

Oui, je sais que la peur a une odeur pour ceux

qui savent la sentir. C'est l'odeur acide qu'exhale Consuela depuis le premier jour où je l'ai rencontrée, une odeur dont l'intensité s'est décuplée lorsque Doug lui a arraché son chapeau tout à l'heure dans le réfectoire. C'est l'odeur que je sens transpirer à travers chacun de mes pores en ce moment même, à mesure que se précise en moi l'idée de ce que je suis en train de devenir. Elle se mêle à l'haleine fétide du cuisinier, et à une autre fragrance moins violente derrière elle : l'odeur de sa propre peau à lui, l'odeur de la peau du Chef.

Je la connais.

Je la reconnais.

Douceâtre.

Écœurante.

Entre l'orgeat et la réglisse.

C'est l'odeur de la charrette qui traverse chaque nuit la cour de Redrock, chargée de sa cargaison d'enfants masqués. Le Chef devait se cacher parmi eux à n'en pas douter, il devait se cacher parmi les corps drogués et déguisés, laissant derrière lui ce sillage douceâtre que j'avais senti une première fois lors de mon escapade nocturne, le soir de mon arrivée, puis de nouveau à travers le bec de la Veilleuse. Il ne faut pas la chercher plus loin, la chair fraîche qui fait bafouiller le docteur Krampus et saliver le Chef ! Ces pauvres enfants ! Vers quelle boucherie cette charrette de malheur les emmène-t-elle chaque soir !

Calme-toi, Jack.

Respire.

Oublie cette odeur de mort qui te remplit les narines. Le Chef a laissé entendre qu'il n'avait pas le droit de cuisiner la chair humaine. En tout cas pas pour l'instant. Il a dit à Buffalo qu'*il savait encore se tenir* et que *l'heure n'était pas venue*. Ces enfants doivent être toujours vivants, enfermés quelque part dans les entrailles du rocher. Loin en dessous des cuisines, peut-être à côté de la salle où Alison a aperçu le trésor qui fait rêver Sinead. Il faut que tu les retrouves, et que tu les libères. Pour leur prouver à tous que tu n'es pas un monstre – et surtout pour *te* prouver que tu n'appartiens pas à la même race que les maîtres de Redrock.

« Toi, agnelet, est-ce que tu peux tourner une sauce sans trembler ? me crache le Chef après avoir affecté Brandy à l'épluchage des pommes de terre et Josh à l'écossage des petits pois.

– Je ferai de mon mieux, monsieur. »

Et surtout, je ferai de mon mieux pour mettre fin à l'infâme trafic humain qui se trame derrière ces murs.

*

J-34

Rien.

C'est mon dernier soir aux cuisines, et après une semaine de corvée, je n'ai rien trouvé.

Je n'ai pas le moindre indice sur l'endroit où les enfants kidnappés sont retenus. Pourtant, je n'ai pas ménagé ma peine. J'ai profité de chaque instant d'inattention du Chef, de chaque aller-retour vers le réfectoire lors du service du soir pour explorer les fondations du ranch, sans succès. À l'étage intermédiaire entre le rez-de-chaussée et les cuisines, je n'ai trouvé qu'une succession de pièces étroites où étaient stockées des réserves alimentaires suffisantes pour tenir un siège, ainsi que les panneaux de décor en carton peint auxquels Calamity et ses ouailles travaillent en prévision de la représentation. Le troisième sous-sol, où le Chef m'envoyait parfois chercher un grand cru pour agrémenter le dîner du docteur Krampus, faisait office de gigantesque cave à vin. Quant au dernier sous-sol, ce n'était qu'une grande pièce vide et humide au sol de terre battue, dans les murs de laquelle s'ouvraient quelques niches accueillant des balais, des râteaux et d'autres outils de jardinage.

De toute évidence, les enfants n'étaient pas ici. Pourtant, ils continuaient d'arriver par fourgons entiers, si j'en croyais les sinistres grincements de la charrette qui me parvenaient à travers les volets du dortoir, nuit après nuit. Peut-être les gardait-on enfermés dans la tour ? Mais cela je ne pouvais le vérifier par moi-même, sister Edith me couvant du regard aussi attentivement qu'une casserole de lait sur le feu à chacun de mes passages dans son antre, en attendant que Buffalo amène le pensionnaire suivant. Ça, croyez-moi, c'était une vraie torture, de rester là dans le baquet inactivé, à regarder la religieuse en chien de faïence tout en sachant le formidable bassin d'énergie qui était à portée de main… Quant à explorer la tour au sortir de la Thérapie, il ne fallait pas y songer. Le surveillant général m'escortait systématiquement jusqu'au réfectoire, la charitable nonne lui ayant affirmé que j'étais de bonne constitution, et que je n'avais absolument pas besoin de séjourner en salle de repos, contrairement aux autres pensionnaires.

Toutefois, même si la privation de baquet était très pénible, la distance que Sinead s'appliquait à conserver avec moi constituait un supplice bien pire encore. C'est à elle entre tous que j'aurais voulu confier mes terribles soupçons sur la nature des dirigeants de Redrock, et sur l'effroyable commerce auquel ils se livraient. Nous aurions pu confronter les observations de ses chasses au trésor nocturnes et de mes propres recherches. Mais il n'y avait pas moyen de conduire avec elle une conversation de plus de quelques mots, comme si elle voulait, par l'économie de ses paroles, rattraper la débauche de confessions qu'elle regrettait de m'avoir faites. Mon refus de prêter ma casquette à Consuela l'avait profondément choquée. Il faut dire qu'il y avait de quoi. Lors de nos longs après-midi à discuter en cuisine au-dessus des épluchures de patates, Brandy m'avait expliqué que la petite Mexicaine était atteinte d'un TOC particulièrement handicapant, la trichotillomanie. Les trichotillomaniaques sont sujets à des accès de frénésie lors desquels ils ne peuvent s'empêcher d'arracher leurs propres cheveux par poignées entières ; et en même temps ils ont tellement honte de cette manie qu'ils font tout pour cacher à leur entourage l'état de leur cuir chevelu ravagé. Si j'avais senti si fort l'odeur de la peur chez Consuela, c'est qu'elle était terrorisée à l'idée que sa condition puisse être découverte par les autres pensionnaires – elle ne s'en était ouverte qu'auprès de Sinead, qui telle une grande sœur l'avait prise sous son aile. Et c'est en grande sœur qu'elle réagissait à présent, révoltée par l'égoïsme cruel qui, croyait-elle, m'avait conduit à négliger sa protégée…

De toute façon, même si j'avais pu parler à Sinead, comment lui raconter mes craintes sans qu'elle me prenne pour un menteur ou pour un fou ? Je n'allais tout de même pas lui dire que moi aussi je redoutais d'être un monstre, que j'avais vu la charrette à travers les yeux d'une chouette morte, et que mon flair surdéveloppé m'avait permis de rapprocher l'odeur du véhicule de celle du Chef... Aucun pensionnaire ne serait prêt à avaler de telles salades. Pour mes camarades, le baquet de sister Edith n'était qu'une forme de traitement archaïque aux électrochocs, qu'ils promettaient tous de dénoncer à leur retour de vacances, au ministère de la Santé, aux associations de protection de l'enfance, ou même à Oprah Winfrey[1]. Mais pour le moment, de l'avis général, il ne fallait pas faire de vagues et supporter sans broncher jusqu'à l'insupportable, sans s'attirer les foudres du personnel d'encadrement. Quant à Stuart, qui seul aurait pu appuyer mon discours en témoignant du cas d'Evan, il était comme vous le savez muré dans son silence, et il ne paraissait pas près d'en sortir.

Non, vraiment, personne ne m'aurait suivi sur ce coup-là. Alors que nous approchions du milieu de l'été, chacun semblait plutôt occupé à ménager au maximum le peu d'énergie que lui laissait la Thérapie, afin de tenir bon jusqu'à l'automne. Le rythme des activités avait considérablement

1. L'animatrice de talk-shows la plus célèbre des États-Unis. Elle est aussi actrice, écrivain, directrice de magazines. Très écoutée, elle est considérée comme l'une des femmes les plus influentes du pays.

ralenti sur le plateau de Redrock, la canicule se conjuguant à la fatigue. Les cultivateurs du Kid s'endormaient sur leurs plans de navets calcinés, les cavalières de Jesse passaient plus de temps à se prélasser dans les meules de foin qu'à cheval, et les trappeurs de Davy ramenaient un gibier chaque jour plus rare et plus malingre, au grand dam du Chef. L'atelier Couture de Calamity, où je passais les débuts d'après-midi avant de descendre en cuisine, ressemblait à la cour de la Belle au bois dormant, les garçons et les filles somnolant parmi les costumes d'époque. Moi-même, exténué par mes nuits sans sommeil que ne compensaient plus les perfusions d'énergie du baquet, je sentais que je m'enlisais dans une torpeur reptilienne. J'en venais presque par moments à souhaiter une nouvelle provocation de Doug ou de ses sbires, qui m'aurait donné un prétexte pour pomper un peu de leur énergie sans que je me sente trop coupable. Mais les caïds eux-mêmes semblaient épuisés, et les insultes ne venaient pas – il faut dire qu'après sa bouffonnerie pâtissière, leur malheureux chef avait eu droit à trois séances quotidiennes de Thérapie pendant une semaine, qui l'avaient laissé plus mort que vif.

Dans ces conditions, que pouvais-je faire d'autre que continuer à chercher seul de mon côté l'emplacement de la mystérieuse prison où l'on retenait les enfants, en croisant les doigts pour que la Providence m'envoie un signe ? Mon seul réconfort, outre la présence de Quaker à qui je rapportais chaque soir une carotte ou une biscotte volée en cuisine, restait la lettre de Grandpa, arrachée de justesse à Doug au cours de la bagarre, et dont j'avais achevé la lecture le soir même au dortoir. Grandpa m'y racontait comment il avait pu transférer in extremis le fruit de la vente de sa maison de San Francisco, depuis le compte que Mum avait créé pour financer son séjour en maison de retraite vers celui d'une vieille amie vivant à New Orleans, qui avait accepté de l'héberger le temps qu'il puisse se retourner. De fait, il n'avait jamais mis les pieds dans la cage dorée qu'on lui avait préparée en Floride, et il se terrait depuis bientôt un mois chez cette connaissance. Mes parents, bien sûr, ignoraient où il se trouvait, et il comptait sur moi pour ne pas le leur révéler. Son idée était de se lancer dans un tour du monde de plusieurs années, il pouvait se le permettre avec le pactole dont il disposait désormais. Il avait le projet de goûter une dernière fois à toutes les pâtisseries qui l'avaient décidé à choisir sa noble profession, et qui l'avaient enchanté par la suite au gré de ses voyages et de ses rencontres, tout au long de sa vie. Il voulait déguster à nouveau le strudel de Vienne, le baklava d'Athènes, le flan thaï de Bangkok et les cigarettes russes de Vladivostok. Alors seulement serait-il capable de s'effacer, et encore, dans un mausolée en forme de pièce montée géante, plutôt que dans un insipide mouroir californien.

Le plus beau, c'était que Grandpa me proposait de l'accompagner dans son périple culinaire. Parce que les voyages forment la jeunesse. Et peut-être aussi – qui sait ? – parce que la vocation me viendrait à côtoyer avec lui les plus illustres experts de la nougatine et de la chouquette.

Ça ne serait pas si mal, si tu reprenais le flambeau. On a le tour de main dans la famille, et il serait dommage que ça se perde. Bah, je ne compte guère sur ta mère pour en faire bon usage, avec ses crèmes Chantilly 0 % et ses caramels sans sucre. Pouah ! Ma pauvre fille a gâché son talent, cette terrible mode de l'allégé lui a aussi allégé la cervelle. Mais toi, Jack, toi tu sais ce qui est bon. Et tu es doué. Je le sais, je le devine.

Oui, c'est décidé. Si je réchappe de ce camp, je pars avec Grandpa. Loin des parents, loin de Redrock, de ses monstres et de ses cauchemars.

Et loin de Sinead ?...

15 *Grands mystères et petites cachotteries*

« Arrête de rêver, Agnelet ! Tu crrrois que ces blancs vont monter en neige par l'opération du Saint-Esprrrrit ? Tu as de la guimauve dans les brrras ou quoi !

– Excusez-moi, monsieur ! »

Je m'active de plus belle sur le fait-tout auquel le Chef m'a consigné.

Il a raison, ce gros plein de soupe : il faut que j'arrête de rêver. Et que j'agisse.

Que je trouve où sont enfermés les enfants avant qu'il ne soit trop tard. La semaine prochaine aura lieu la répétition du premier acte de *Roméo et Juliette*. En nocturne. Le ranch sera sens dessus dessous pendant toute la soirée. Ce sera l'occasion ou jamais de me glisser dans la tour et d'en explorer tous les recoins, sans avoir sister Edith et Buffalo sur le dos.

Tandis que j'élabore ce dangereux projet, on toque à la porte des cuisines.

« Oui ? » gronde le Chef en laissant retomber dans la baignoire le quartier de viande qu'il était en train de tronçonner à la scie électrique pour pouvoir le passer au dessaleur.

Car c'est bien cela, la grosse machine pleine de tuyaux que j'avais prise pour un robot ménager archaïque : un dessaleur chimique, au travers duquel le Chef passe systématiquement chaque morceau de viande, afin de le vider de tout résidu de sel organique. On ne plaisante pas avec le chlorure de sodium sous le toit du docteur Krampus !

Soit dit en passant, je dois avouer que la manière dont la diète imposée à Redrock colle à mon propre régime m'inquiète beaucoup. La coïncidence est juste trop... étrange. Et les suppositions qu'elle fait naître sont trop horribles. De toute évidence, le sel n'est pas un poison pour les autres pensionnaires comme il l'est pour moi. Son interdiction ne vise pas à les protéger *eux* – et si ce n'est eux, qui d'autre ?... la famille Krampus ? Se pourrait-il que je partage avec les maîtres de Redrock cette curieuse intolérance alimentaire ?

« Voilà la chasse du jour, Chef ! »

Davy pénètre dans la pièce, suivi de Doug, Spencer, Ross et un autre gars, qui portent à bout de bras une carcasse ensanglantée. Doug grimace en m'apercevant, et détourne la tête. Il n'ose plus trop me chercher, depuis l'autre jour : ça me fait des vacances.

« Encore du wapiti ! s'écrie le Chef. Mais ce n'est pas possible ! Mais vous le faites exprrrès ! Du lapereau, je vous dis ! Du daim ou du marcassin !

– C'est qu'il n'y a plus guère de petit gibier... » s'excuse Davy.

Il s'approche du Chef tandis que son équipe dépose le wapiti au pied de la baignoire, et lui chuchote quelques mots à l'oreille après avoir vérifié que personne d'autre ne pouvait l'entendre. Sauf de mon côté, caché comme je suis derrière le dos immense du cuisinier.

« ... avec ce qui se passe actuellement dans la forêt. Les invités du docteur Krampus sont de plus en plus nombreux, et de plus en plus voraces. Bientôt, ils s'attaqueront aussi aux wapitis, puis aux élans et aux caribous. Heureusement, nous avons été prévoyants, nous avons fait des réserves...

– Du wapiti séché ! s'étrangle le Chef en essayant de mettre sa fureur en sourdine. Dis au Krrrampus que si ça continue, il va arriver un malheur. Je ne peux pas éternellement refrrréner ma nature, et les autrrres dans la forêt non plus d'ailleurs. Si le Krrrampus ne tient pas les prrromesses qu'il nous a faites, ses pensionnaires vont trrrinquer. Cette effrrraction dans le dortoir des garçons, il y a quelques semaines, c'était un prrremier signe. Et quand nous en aurons fini avec les marmots, ce sera votrrre tour à vous, les Changelins !

– Je... je suis sûr que le docteur Krampus tiendra parole, bafouille Davy. Juste un peu de patience... et vous ne serez pas déçus. »

Le Chef grommelle quelques injures inarticulées tandis que Davy rassemble ses chasseurs et s'enfuit dans l'escalier.

Moi, je recommence à fouetter mes blancs d'œufs à toute vitesse, mais pas aussi vite que les pensées qui fusent dans ma tête. Cette conversation confirme mes pires craintes ! Et elle en fait naître de nouvelles, plus noires encore. Les enfants masqués ne sont pas les seuls à être en danger de mort, l'ensemble des pensionnaires est concerné. Une fois de plus, il est question de ces terribles invités contre lesquels on barricade les portes des dortoirs, et qui vident les forêts de leur gibier. Je commence à avoir la désagréable impression que Redrock n'est pas juste entouré de nature sauvage et rude, mais d'une mer de présences affamées, de prédateurs invisibles qui aiguisent leurs crocs dans l'ombre des grands pins centenaires. Quelle inavouable promesse le docteur Krampus a-t-il pu leur faire pour les contenir, et les empêcher de déferler sur le ranch ? Et encore ce terme bizarre, *Changelin*, que le Chef a déjà utilisé pour s'adresser à Buffalo…

J'y réfléchirai plus tard. Pour le moment, il faut profiter d'un éphémère répit : s'apercevant qu'il lui manque je ne sais quelle épice pour relever son ragoût, le Chef s'ébranle et monte à la réserve en grognant. Instinctivement, je me précipite vers Josh et Brandy – pour leur dire quoi au juste, qui ne les fasse pas immédiatement éclater de rire ?

Mais eux, tout occupés à dénoyauter des olives, juchés sur deux tabourets de cuisine, ne me voient pas venir et continuent leur conversation : « La Thérapie, la plantation, et leurs fichus réveils en fanfare : c'est vrai que ces vacances sont pourries, dit Brandy. Mais pour moi le pire, c'est de ne pas pouvoir monter à cheval alors que j'en ai tellement envie.

– Bah, tu auras d'autres occasions, la console Josh. Et puis franchement, entre nous, tu ne perds pas grand-chose : leurs chevaux sont de vraies carnes, à la bouche massacrée par ces pimbêches qui se croient grandes cavalières...

– Qu'est-ce que tu en sais, Josh ? Je croyais que tu ne savais pas monter.

– Je n'ai jamais dit ça. Au contraire, c'est comme si j'étais né à cheval : mon père a un haras, au Texas, et il m'a mis en selle dès l'âge de trois ans. Pour lui, on n'est pas un homme si on ne sait pas monter. Cela dit, savoir monter n'est pas assez, et gagner tous les concours de jumping de l'État n'a pas suffi à le satisfaire... Non, tout ce que j'ai dit, c'est que je refusais de participer à leurs batailles équestres.

– Mais pourquoi ? s'étonne Brandy en interrompant son activité, la curiosité piquée au vif. Ne me dis pas que tu préfères cramer sur la plantation ?

– Peut-être que si...

– Mais enfin, il n'y a rien de plus barbant que la plantation !

– Peut-être pas pour moi... »

J'en ai trop entendu.

Les allégations du Chef, la menace des invités du docteur Krampus, le sort des enfants kidnappés, tout cela part en fumée quand je réalise que Josh a laissé Sinead prendre sa place aux répétitions équestres *pour rien du tout*. Car enfin, moi aussi je croyais comme Brandy qu'il avait une peur bleue des chevaux ! Qu'est-ce qui lui a pris, à ce petit manipulateur, de laisser partir ma Sinead loin de moi, de la laisser partir avec Ti-Jean !

« Je croyais que tu étais dans mon camp, faux cul ! »

Josh est si surpris qu'il en laisse tomber son dénoyauteur. Comme il réalise ma présence, je vois la panique passer sur son visage d'ordinaire impassible, ses yeux gris pâle trembler, pareils à la surface d'un lac secouée par le vent.

« Ce n'est pas ce que tu crois ! se justifie-t-il avec le naturel d'un voleur pris la main dans le sac.

– Je ne crois rien du tout : je constate juste que je me suis fait avoir en beauté. Tu aurais au moins pu me le dire, quand je me suis confié à toi, que tu roulais pour Ti-Jean ! Y a rien à dire, t'es un sacré faux cul !

– Hein ? s'affole Brandy. Quoi ? Qu'est-ce que vous racontez ? »

J'agrippe Josh par le revers de sa veste – même aux cuisines, ce petit snobinard s'habille en costume – et je le fais dégringoler de son tabouret. Je sens bouillir en moi la Chaleur, tandis que je le secoue pour le faire réagir, pour lui faire avouer sa trahison. Mais il ne m'oppose aucune résistance, il se laisse malmener sans réagir.

Encore quelques secondes et la Chaleur va affleurer au bout de mes doigts ; encore quelques secondes et les forces de Josh vont être aspirées hors de lui.

Avoue donc, malheureux, avant qu'il ne soit trop tard ! Donne-moi une raison de te lâcher, car je ne contrôle plus mon propre corps qui trépigne d'impatience comme une meute de chiens affamés salivant à l'idée du festin d'énergie qu'ils vont s'offrir ! *Quel monstre suis-je devenu !*

Et je secoue Josh de plus belle, non plus pour le maltraiter, mais pour me forcer à le lâcher. Ce n'est plus tant lui que je secoue à vrai dire, mais mes propres mains, comme pour me débarrasser d'un insecte qui s'y serait agrippé.

CrrRRR !

Un craquement résonne dans l'escalier, déclenchant le réflexe providentiel qui me fait enfin lâcher Josh.

« Vite ! s'exclame Brandy. Retournez à vos postes ! »

J'ai juste le temps de sauter sur mon fait-tout avant que le Chef ne pénètre dans la pièce.

DONG ! DONG ! DONG !

Les tintements de la cloche annonçant le dîner retentissent, vibrent jusqu'au ventre du ranch. Nous relevant de nos tâches, le Chef nous ordonne de monter les aliments au chariot qui attend, derrière la porte du rez-de-chaussée. Josh et moi nous saisissons d'une énorme soupière pleine de velouté de potiron, et nous nous engageons dans l'escalier.

« Jack... tu as entendu tout ce que j'ai dit à Brandy ? » me demande-t-il à mi-voix.

Pas question que je réponde à ce traître. Qu'il s'étouffe avec ses remords !

« Je te promets que je n'ai rien convenu avec Ti-Jean, continue-t-il. Je ne lui ai jamais parlé de Sinead, et il ne m'en a jamais parlé. Tout ce que tu m'as confié est resté strictement entre nous. Tu me crois, pas vrai ? »

C'est ça, cause toujours ! Et pourquoi tu as cédé ta place à Sinead, alors, monsieur j'ai-gagné-tous-les-concours-de-jumping-du-Texas ? Tu ne savais pas trop quoi répondre à Brandy quand elle t'a demandé ça, hein ?

« Tu ne me crois pas, se désole Josh alors que

nous posons la soupière sur le chariot. Comment te convaincre… Comment t'expliquer… Je voudrais te dire… Enfin, j'aurais voulu te dire… »

Mon pauvre Josh, toi qui as d'habitude la langue si bien pendue, tu sembles avoir perdu tous tes moyens : plus tu parles, plus tu t'empêtres. J'en ai assez entendu. J'ouvre la porte qui donne sur le réfectoire et je pousse le chariot, laissant le misérable s'enliser dans ses bafouillages.

La table amirale est au complet, à l'exception du Kid et de Calamity. Mais comme le docteur Krampus et sa famille ont déjà pris place, les pensionnaires ont été autorisés à s'asseoir. Chacun s'est positionné selon ses affinités habituelles : on identifie facilement le groupe de Mary-Ashley aux petits rires pincés qui en émanent, et celui de Doug à ses gras ricanements. Au bout de l'aile droite de la table en U, les places que Brandy, Josh et moi occupons en temps normal sont prises par une fille et deux garçons, des seconds rôles dans la pièce, je crois. Consuela a agrémenté son turban avec des chutes de tissu de l'atelier Couture. Elle joue gaiement avec le petit Kevin, revêtu de son unique salopette, sa tignasse rebelle plaquée tant bien que mal sur le côté. Stuart lui-même semble momentanément sorti de sa torpeur, il essaie de discuter avec ses voisins dans un langage des signes improvisé. Quant à Sinead et Ti-Jean, en bout de table, ils sont absorbés par leur propre conversation. Ah, je donnerais cher pour savoir ce qu'ils se disent, ces deux-là !

Mais lorsque je passe derrière eux pour distribuer le velouté, ils s'arrêtent comme par hasard de parler, et restent cois jusqu'à ce que je me sois éloigné.

Quel tact ! Me crieraient-ils que je ne suis pas le bienvenu, le message n'en serait pas plus clair !

Je termine le service de la soupe avec fureur, et une maladresse digne du Chef : des jets de velouté au potiron giclent entre les pensionnaires, marquant les habits du soir de longs filets orange, striant les nappes et brûlant les peaux.

« Eh ! Tu pourrais faire attention, Yeux-de-Blaireau ! » glapit le gros Spencer après s'être pris une goutte de potage dans l'œil.

En guise de réponse, je lui ressers une louche avec une telle violence que son assiette se brise au contact du métal. Bon, j'ai compris. Mieux vaut que j'aille passer ma rage en cuisine avant de causer une catastrophe. Je refile le chariot à Josh, qui me suit en se tordant les mains depuis le début du service, et je m'enfonce dans l'escalier.

Cependant, au lieu de m'apaiser, l'éloignement ne fait qu'accroître ma colère. À mesure que je descends les marches, mon esprit s'emballe, imaginant entre Ti-Jean et Sinead les paroles les plus coupables ; c'est déjà assez vache qu'ils s'aiment, mais c'est encore pire de savoir qu'ils font tout pour me le cacher et qu'ils se payent ma tête dès que j'ai le dos tourné ! Mon exaspération est telle que la Chaleur se rallume dans mon estomac avant même que je foule les dalles des cuisines. Je la sens prendre possession de mon corps, remonter dans ma gorge aussi vite qu'un feu de brousse.

Devant moi, dans les cuisines heureusement désertes, se dresse la gazinière de fonte sur laquelle mijote la sauce censée accommoder la suite du dîner. Il faut que je me retienne de hurler, il le faut absolument si je veux éviter le drame! Je me concentre de toutes mes forces pour refréner le cri, quitte à ce que la Chaleur me brûle la langue et l'intérieur des joues. Je me concentre en imaginant le désastre que ce serait si je faisais exploser la gazinière comme j'ai fait exploser le tas de fumier l'autre jour.

Au moment où je sens que je vais craquer et desserrer mes lèvres enflammées, la Chaleur redescend miraculeusement le long de mon œsophage. Il est cependant trop tôt pour crier victoire, car je sens bien qu'elle est toujours là, repliée momentanément dans mon ventre, comme un incendie de forêt qui se replie sur son foyer avant de repartir de plus belle...

Et effectivement, en quelques secondes la Chaleur se redéploie avec plus de force que jamais, fusant à présent dans mes bras, dans mes mains, jusqu'au bout de mes doigts. Il lui faut absolument sortir de mon corps, et elle a trouvé ce nouvel exutoire. Pris de court, je ne réussis pas cette fois-ci à la contenir. Je vois avec stupeur mes phalanges se raidir comme sous l'effet d'un courant électrique, se tendre vers la batterie de casseroles en cuivre qui reposent sur le feu...

... ou plutôt qui *reposaient*, car voilà qu'elles se soulèvent!

Voilà qu'elles entrent littéralement en lévitation au-dessus de la gazinière!

Horrifié, je tente de replier mes doigts, mais pas moyen, on dirait qu'ils sont aimantés par les casseroles, braqués sur elles comme l'aiguille d'une boussole!

Pendant de longues secondes, je reste le spectateur impuissant des casseroles qui s'élèvent toujours plus haut, qui montent lentement dans les airs, pareilles à des ballons gonflés à l'hélium. Je dois attendre que leurs couvercles effleurent le plafond, pour sentir enfin la Chaleur se tarir dans mes doigts. Le problème, c'est que celle-ci disparaît de la même manière qu'elle s'est manifestée, brutalement, sans transition. En moins de temps qu'il ne faut pour le dire, mes mains reprennent leur température normale – et les casseroles, après avoir oscillé un instant entre les poutres telles des soucoupes volantes, se laissent tomber à pic.

CLING-CLING-CLING-CLING-CLING!

Elles font un bruit d'enfer en percutant de plein fouet la gazinière, sur laquelle elles répandent leur odorant contenu.

Quelle catastrophe!

«Jack, tu es là? demande Josh, qui rapporte la soupière vide aux cuisines. Oh!

– Euh, oui, je tente d'expliquer. Le feu devait être trop fort, ça a débordé...»

Josh me jette un regard dubitatif, du genre : tu me prends vraiment pour un imbécile?

«Tu considères que je suis un menteur, mais je te crois, *moi*, dit-il finalement en posant la soupière et en se saisissant d'une serpillière qui traîne dans un seau. Si tu veux mon avis, on ferait mieux de rattraper le coup avant que le Chef ne redescende. Remettons les casseroles en place!»

Il se précipite sur la gazinière pour éponger les dégâts.

«Mais... le Chef va bien s'apercevoir qu'il n'y a plus de sauce pour aller avec le gigot...

– Pas si on est assez rapide ! » me fait Josh avec un clin d'œil.

Joignant le geste à la parole, il essore sa serpillière au-dessus d'une casserole, la remplissant d'un liquide trouble.

« Allez, dépêche-toi ! Ils ne verront pas la différence, là-haut. Peut-être même que ça donnera plus de goût au gigot ! »

Sans discuter plus longtemps, j'attrape une deuxième serpillière et je me jette à genoux pour imiter Josh. J'éponge et j'essore, j'essore et j'éponge les grosses flaques de sauce brune. Une sauce Robert en l'occurrence. Oignon, beurre fondu, farine, vin blanc, moutarde : un grand classique français. Même qu'elle figure en bonne place dans la *Fast French Formula*© de Mum, avec de la gélatine à la place du beurre et de la lécithine de soja en guise de farine.

À ce rythme-là, en moins de deux minutes les casseroles ont repris leur place sur le feu, comme s'il ne s'était rien passé. Alors que je passe un dernier coup sous le rebord de la gazinière, où un peu de sauce a coulé, la serpillière s'accroche à quelque chose. Tiens, qu'est-ce que c'est ?

Je ramène la serpillière à moi tel un filet de pêche, et j'en extrais du bout des doigts une enveloppe toute gluante. Un résidu de la dernière « distribution » de courrier, qui aurait volé depuis le réfectoire jusqu'ici ? Cela paraît peu probable, d'autant que l'enveloppe ne comporte ni nom ni adresse.

« Vite ! me crie Josh, déjà debout. J'entends les pas du Chef dans l'escalier ! »

J'essuie rapidement l'enveloppe contre la

serpillière, puis je la glisse dans ma poche avant de me relever à mon tour.

« Qu'est-ce que vous attendez, bande de fainéants ! tonne le Chef en entrant dans la pièce. Montez-moi cette sauce dare-dare, avant que la viande du docteur Krrrampus ne refrrroidisse ! »

Nous nous exécutons aussitôt, versant dans de fines saucières de porcelaine le jus brûlant où flottent miettes de pain rassis, cheveux frisottants, moucherons desséchés, et mille autres petites choses guère plus ragoûtantes. Manifestement, la serpillière n'avait pas été passée depuis un moment sur le sol de la cuisine ! Il est hors de question que le Chef s'aperçoive de la manière dont nous avons amélioré sa recette : nous nous empressons d'aligner les saucières sur deux plateaux laqués, que nous emportons vers l'escalier en quatrième vitesse.

« Halte-là, misérables ! » glapit le cuisinier en mettant son bras en travers de la porte.

Malheur ! Il a deviné notre entourloupe, tout aveugle qu'il est !

« Vous savez pourtant bien que je ne laisse jamais monter une sauce destinée à la table du docteur Krrrampus sans la goûter personnellement ! Il y va de ma réputation ! »

Horrifié, je vois le Chef se saisir d'une cuiller en argent et la plonger sans hésitation dans l'une des saucières de mon plateau.

Aïe !

En ressortant de la saucière, la cuiller passe juste sous mon nez, assez près pour que j'y distingue une forme remuant péniblement... C'est une araignée qui se débat dans le liquide visqueux, ses longues pattes dégoulinant de mélasse.

Re-aïe !

Mais en matière d'horreur, ce que je vois ensuite éclipse tout le reste.

Ce que je vois ensuite, c'est la bouche du Chef, grande ouverte pour engloutir le contenu de la cuiller.

Une bouche aussi large qu'un hall de gare, aussi noire qu'une grotte, avec des poignards aiguisés en guise de dents…

Mais ce ne sont pas tant ces crocs de bête féroce qui me subjuguent. C'est le fait qu'ils sont plantés *en trois rangées successives*. Ce que je veux dire, c'est que chaque incisive, chaque canine, chaque molaire cache derrière elle deux doublures identiques, profondément enfoncées dans le palais du Chef…

Les images d'un documentaire de la chaîne Planet me reviennent aussitôt, un reportage fascinant sur les squales. C'est-à-dire sur les requins. Le présentateur expliquait que ces animaux sont les seuls de la Création à disposer de dents de rechange une fois adulte, afin que celles qui se brisent sur des proies trop coriaces soient aussitôt remplacées.

Eh bien, le Chef a la même mâchoire qu'un grand requin blanc, une mâchoire digne des *Dents de la mer* : terrifiant !

La terreur cependant cède vite la place à l'angoisse. Je passe trois fois ma langue dans ma bouche, explorant le moindre recoin de ma cavité buccale et comptant mentalement combien de dents elle comporte. Vingt-huit… Vingt-neuf… Trente. Ouf ! En ajoutant mes deux dents de sagesse du bas, qui ne sont pas encore sorties, le compte y est, et rien que le compte : trente-deux dents. Le même nombre que mon père et ma mère, que Josh, que Brandy, que n'importe lequel des pensionnaires de Redrock.

Un sentiment de soulagement intense m'en-vahit.

Bien que tout mon univers vienne de se renverser.

Bien que mes pires suppositions, qu'il y a une minute encore je pouvais attribuer à mon imagination, à des scènes mal interprétées ou à des fragments de conversation mal compris, se soient en un instant hideusement confirmées.

Malgré la preuve matérielle, tangible et irréfutable qui vient de m'être apportée de la nature monstrueuse du Chef.

Car enfin, je ne suis pas si semblable aux créatures de Redrock, puisque j'ai une dentition humaine, moi ! Je suis différent des autres, peut-être – ou même certainement – mais je reste un humain à trente dents !

« MMMM..., fait le Chef avec un sourire de contentement. Je m'améliore. Jamais ma sauce Robert n'a été aussi goûteuse, aussi parfumée... Dépêchez-vous de la monter au docteur Krrrampus avant qu'elle ne refrrroidisse ! »

Nous filons dans l'escalier sans demander notre reste.

« Il n'y a vu que du feu ! murmure Josh à mi-chemin. Enfin, façon de parler, pour un aveugle...

– Et toi, qu'est-ce que tu as vu exactement ?

– Comment ça, qu'est-ce que j'ai vu ? Ben comme toi, voyons : la mouche dans la cuiller ! Vraiment répugnant !

– C'était une araignée, mais passons. Je veux dire… tu n'as rien remarqué d'autre ?…

– Tu commences à m'intriguer. De quoi tu veux parler ? »

C'est bien ce que je craignais. De là où il était, derrière moi dans la cuisine, Josh n'a pu apercevoir la mâchoire du Chef. Je reste donc le seul témoin du terrible danger qui nous menace.

« J'ai zappé quelque chose ? insiste Josh.

– Laisse tomber. »

Je pousse brutalement la porte du réfectoire. Josh m'a peut-être sauvé la mise sur le coup des casseroles, mais ce n'est pas pour ça que je vais lui pardonner sa trahison ! Je l'entends qui commence à protester dans mon dos, mais ses plaintes restent coincées en travers de sa gorge comme nous pénétrons dans le réfectoire.

Au lieu du brouhaha habituel, un silence assourdissant règne dans la pièce. Les pensionnaires sont tous debout derrière leurs chaises, têtes baissées vers leurs assiettes où le gigot achève de refroidir. Brandy elle-même se tient immobile à côté du buffet où nous l'avions laissée occupée à trancher du pain. Le personnel est debout lui aussi, autour du docteur Krampus au visage empourpré par la colère.

« … je ne tolérerai pas un tel comportement sous mon toit ! gronde-t-il d'une voix à en faire trembler les murs. Que celui ou celle qui a commis cet acte inqualifiable se dénonce sur-le-champ ! »

Apparemment nous arrivons au mauvais moment, Josh et moi. Depuis la table amirale, miss Lucy nous fait néanmoins signe de procéder au service.

« Ah, c'est comme ça ? murmure le directeur tandis que je dépose une saucière devant lui en tremblant. Vous voulez me faire croire qu'ils ont disparu tout seuls ? Nous allons voir qui est le plus malin. Mary-Ashley !

– Oui, monsieur, dit la bimbo d'une voix faussement assurée.

– Où les avais-tu rangés ?

– Comme je l'ai dit à miss Lucy, monsieur : dans le coffre au pied de mon lit.

– Comme tu l'as dit à miss Lucy, et comme elle me l'a répété. Tout à l'heure, je me suis permis d'envoyer Calamity et le Kid explorer les dortoirs. Alors, résultat des recherches ?... »

Je remarque qu'effectivement les deux moniteurs qui manquaient au début du dîner ont regagné leurs places à la table amirale.

« Alors, rien chez les filles, fait Calamity.

– Rien non plus chez les garçons, dit le Kid.

– Bien ! continue le docteur Krampus. Il y a donc de fortes chances pour que le voleur ait gardé son butin avec lui. Nous allons donc devoir fouiller chacun d'entre vous. Tout de suite. Calamity et le Kid, vous prendrez l'aile gauche ; Jesse et Davy, occupez-vous de l'aile droite. »

Les moniteurs désignés commencent aussitôt leur besogne, procédant à une fouille en bonne et due forme de chacun des pensionnaires tandis que nous continuons à distribuer les saucières. Mais que peuvent-ils bien chercher ?

« Quand nous les aurons retrouvés, nous les mettrons en lieu sûr et nous te les rendrons à la fin du séjour, dit le docteur Krampus à Mary-Ashley. De toute façon, tu n'as pas besoin de porter des bijoux ici, à Redrock, n'est-ce pas ?»

Des *bijoux* ? Quelqu'un a volé les bijoux de Mary-Ashley ? Instinctivement, je tourne mon regard vers le bout de la table de droite, où Sinead n'a jamais été aussi livide.

Oh non, ne me dites pas que...

«Je n'aimerais pas être à la place du voleur en ce moment, susurre le docteur Krampus en portant à ses lèvres un verre rempli de cet étrange liquide vert dont lui et les siens s'abreuvent tous les soirs. Quand je pense au sort qui l'attend, ça me fait froid dans le dos ! Brrrrr !»

Distribuant les saucières au hasard, je me hâte vers le bout de la table pour y parvenir avant les moniteurs. Bon sang, Jesse est déjà en train de fouiller Stuart, et Davy tâte le turban de Consuela !

Pour couronner le tout, à mesure que la panique me gagne, je sens la Chaleur se réveiller dans mon estomac. *Ça ne cessera donc jamais !* Je voudrais me détourner, fuir à nouveau en cuisine pour libérer cette maudite énergie à l'abri des regards... mais je ne peux pas abandonner Sinead à son sort !

Plus je me rapproche d'elle, plus mes craintes se confirment et plus la Chaleur s'intensifie : assise en équilibre sur le bord de sa chaise, les poings crispés, l'œil inquiet, elle respire la culpabilité à plein nez. Où a-t-elle bien pu cacher l'objet de son larcin, cette petite chapardeuse ? Je scrute chaque centimètre carré de sa silhouette, à la recherche de la moindre excroissance dans le tissu de sa robe rapiécée, du plus petit indice indiquant la planque de ces maudits bijoux. Oui, vraiment, je regarde

Sinead comme je ne me suis jamais permis de la regarder, la déshabillant du regard…

… *littéralement* !

Avec un frisson d'effroi – mais d'autre chose aussi – je m'aperçois que la jeune fille est totalement nue sous mes yeux, comme si ses vêtements étaient devenus invisibles ! Je réalise du même coup que la Chaleur s'est concentrée dans ma tête cette fois-ci, enveloppant mes globes oculaires d'une aura brûlante. Après mes doigts, voici donc un autre organe transformé par la mystérieuse énergie…

Je ne saurais m'en plaindre. Le corps de Sinead est le spectacle le plus fascinant qu'il m'ait jamais été donné de voir. Un miracle de chair laiteuse, au velouté incroyable : une *fille*, de la pointe des cheveux jusqu'au bout des orteils. Un seul détail tranche sur cette peau d'albâtre, un amas de métal doré contre la cuisse droite, à l'endroit où doit se situer la poche de la robe.

Le problème des apparitions, c'est qu'elles ne durent guère. Le temps de battre des paupières pour me persuader que je ne rêve pas, et déjà je sens mes yeux refroidir, et déjà Sinead m'apparaît de nouveau habillée.

« Ne bouge surtout pas ! » je lui souffle à l'oreille en me penchant au-dessus de son épaule pour déposer une saucière devant elle.

Je glisse ma main dans les plis de tissu, d'un geste sûr, chirurgical, jusqu'à ce qu'elle se referme sur le métal tiédi par la chaleur corporelle. Je la ressors au moment précis où Jesse commence à fouiller Sinead, en serrant bien fort le butin entre mes doigts. Puis je me dirige vers la deuxième aile de la table en faisant mine de continuer la distribution de sauce Robert.

Arrivé au niveau du groupe des cavalières, je fourre mon poing dans le sac à main Lancel de Mary-Ashley, accroché au dossier de sa chaise, et j'y laisse tomber les bijoux. Alors seulement je m'autorise à respirer.

« Eh, vous deux ! hèle Buffalo depuis la table amirale. Personne ne vous a fouillés, que je sache ? Venez un peu par ici que je m'en occupe ! »

Tandis qu'il nous palpe, Josh et moi, mon regard reste fixé sur celui de Sinead, que je sens frémir à chaque geste du surveillant général. Manifestement, elle ne m'a pas vu me délester des bijoux dans le sac de leur propriétaire, et elle doit être persuadée que je les ai conservés. Rien n'est plus délectable que de la sentir trembler ainsi pour moi, qui pensais ne plus jamais pouvoir l'émouvoir.

Et moi, aurais-je jamais cru que Sinead pourrait m'émouvoir à ce point ?

Sans que je le décide, mes yeux s'embrasent à nouveau et les habits de la jeune fille s'évaporent une deuxième fois, dissipés par le soleil de sa nudité triomphante.

16 Supplice en coulisses

J-29

Je traverse le réfectoire à grands pas, les manches de ma chemise à jabot gonflées comme des voiles un jour de tempête. Si vous ajoutez les souliers enrubannés, les collants jaune vif et les culottes bouffantes, cela vous donne une idée de mon désespoir : j'ai l'impression de ressembler à un mix de Superman et de Blanche-Neige version Walt Disney…

Je me console en me disant que le ridicule ne tue pas, surtout ce soir : tout le monde va y passer. Effectivement, depuis que l'on a replié la table du dîner, le réfectoire s'est transformé en vaste studio, où l'ensemble des comédiens enfile les panoplies fabriquées par Calamity et ses petites mains de l'atelier Couture – dont votre serviteur. La pièce résonne d'éclats de rire et de jurons étouffés, chacun se moquant du costume d'autrui, puis découvrant à son tour dans le miroir à quel point il est lui-même pathétique. Au moins ai-je eu la chance de réaliser mon propre vêtement, et de l'ajuster à mes mesures. Tout le monde n'est pas aussi gâté, et le spectacle des bas trop courts arrivant aux genoux de Doug, ou celui du pourpoint trop serré compressant la bedaine de Spencer valent leur pesant de cacahuètes.

Quant à moi, il ne me reste plus pour compléter ma tenue qu'à ôter ma casquette et à coiffer le chapeau empanaché que je me suis confectionné. Mais bien sûr, il n'est pas question de le faire en public... Cinq jours se sont encore écoulés depuis que j'ai quitté les cuisines, au cours desquels mes cheveux ont fini de bleuir sur toute leur longueur, de la racine aux pointes.

Cinq jours aussi à me demander si je devais partager mes terribles observations sur la dentition du Chef avec les autres ; cinq jours à m'y résoudre, puis à changer d'avis aussitôt, pour y songer à nouveau la minute d'après. Comment supporter seul ce fardeau, l'abominable révélation que l'Homme n'est pas la seule espèce évoluée sur cette planète, qu'il la partage sans le savoir avec une race de prédateurs intelligents pour qui il n'est qu'un vulgaire gibier ? Mais en même temps, comment faire confiance à vos prétendus amis, quand le plus proche d'entre eux vous trahit à la première occasion ?

Après maintes tergiversations, j'en suis arrivé à la conclusion qu'il valait mieux m'en tenir à mon plan initial : localiser les enfants prisonniers d'abord, dévoiler ce que je sais ensuite. Avec un peu de chance, la libération des petits captifs fournira aux yeux de tous les pensionnaires la preuve du danger qu'ils courent. En nous révoltant tous, j'ai bon espoir que nous parviendrons à renverser l'*establishment* de Redrock, et à alerter la police. Le docteur Krampus, le Chef et tous les autres seront expédiés dans un pénitencier secret où on les soumettra à une batterie de tests biologiques et chimiques, afin de déterminer leur vraie nature et la manière de la combattre. Quant à moi, je serai confié aux meilleurs médecins pour qu'ils me guérissent de l'influence néfaste de Redrock, et pour qu'ils m'aident à redevenir normal.

Car *il faut* que je guérisse.

Et dans l'immédiat, que j'apprenne à être très zen, pour maîtriser cette Chaleur qui démarre au quart de tour à la moindre émotion forte. Je me vois mal terminer mon existence à faire exploser des kilos de fumier ou léviter des litres de sauce Robert chaque fois que je suis un peu énervé – Dieu seul sait quel cataclysme je vais déclencher à la prochaine contrariété !

Mais en même temps…

En même temps, pour la première fois la semaine dernière, mes étranges pouvoirs m'ont été vraiment utiles. En effet, sans le flash providentiel qui m'a révélé l'endroit où Sinead cachait les bijoux volés, je n'ose imaginer le châtiment qui lui aurait été infligé. Au lieu de quoi Mary-Ashley s'est tapé la honte lorsque, après avoir personnellement fouillé l'ensemble des pensionnaires à deux reprises, le docteur Krampus excédé s'est avisé de regarder dans son sac à main pour y découvrir le butin.

(Au passage, nous avons tous noté que, malgré sa colère évidente, le directeur s'est abstenu de corriger la pauvre petite fille riche trop sévèrement. Privée de dessert ! Tu parles d'une punition, dans un endroit où l'on vous envoie dans le coma à la moindre impertinence, où l'on vous cloue définitivement le bec au moindre mensonge. Maintenant c'est sûr : Mary-Ashley est bien la petite favorite du docteur Krampus.)

Oui, pour la première fois la semaine dernière mes pouvoirs m'ont été utiles – et puis, n'oublions pas que ma double vision m'a dévoilé les charmes de Sinead, au sens propre. Rien que d'y penser, j'en rougis encore ! Savez-vous qu'elle a sur sa poitrine une minuscule tache de naissance rose en forme de croissant de lune, et qu'en reliant les grains de beauté qui ornent son ventre blanc, on pourrait reconstituer une étoile à cinq branches dont son nombril serait le centre exact ?

Perdu dans ces étourdissantes spéculations astronomiques, je pénètre dans les toilettes et j'ôte machinalement ma casquette pour la remplacer par ma coiffe de spectacle.

L'image que me renvoie le miroir au-dessus du lavabo me ramène violemment sur terre. Décidément, je ne m'habitue pas à mon nouveau look, cette tignasse bleu électrique qui rend ma peau plus pâle encore par contraste, dont la teinte agressive renforce les cernes sombres qui cerclent mes yeux.

Tiens d'ailleurs, en parlant de mes yeux...

Je rapproche lentement mon visage de la glace, incrédule. Il faut pourtant bien que je me rende à l'évidence : après mes cheveux, voilà que mes sourcils se mettent à virer au bleu à leur tour ! Pris de panique, je baisse mon pantalon et je découvre avec horreur que le duvet qui me couvre les jambes a commencé à bleuir lui aussi, jusque dans mon slip. Une petite voix ironique résonne dans ma tête tandis que je me reculotte : *Estime-toi heureux de ne pas encore avoir de poil au menton – imagine, si tu avais en plus une barbe bleue !*

Barbe ou pas, ça ne change rien. Dans moins d'une heure, ce sera mon tour de monter sur scène, exhibant ma pilosité scandaleuse au vu et au su de tous. Et quand bien même les spectateurs ne distingueraient pas bien la couleur de mes sourcils avec la distance, elle éclatera aux yeux de Sinead dans la scène 2 de l'acte I, où nos personnages se dévisagent le temps d'une tirade. Ah, c'est vraiment trop bête, au moment où il me semblait que je regagnais enfin son estime ! Au moment où j'avais enfin décidé de lui confier mes sentiments !...

Parfaitement, vous avez bien compris.

J'avais l'intention de parler à Sinead ce soir même, avant la répétition. Avec leur stupide couvre-feu, les occasions où une fille et un garçon peuvent se retrouver au clair de lune sont rares, et je comptais bien profiter de celle-ci. Ce n'est certes pas des horreurs de Redrock que j'avais prévu de l'entretenir. Ni des enfants kidnappés, que je projetais d'aller libérer sans délai. Ni du vol des bijoux de Mary-Ashley, qui avait failli la perdre.

Non, je voulais juste lui parler de nous deux, comme si le reste du monde – y compris Ti-Jean ! – n'existait pas. Pour savoir si elle me donnerait ma chance, malgré les sombres manigances de Josh, ou si je devais me préparer à me morfondre à tout jamais.

Je peux bien vous l'avouer : pour être agréable

à Sinead, j'ai même récupéré la robe qu'elle avait déchirée pour couvrir la tête nue de Consuela, et qui, mise au rebut, avait échoué sur la plantation avec les vieilles chemises de nuit des filles du docteur Krampus. Depuis une semaine que j'ai terminé mon costume, j'ai mis à profit l'atelier Couture pour raccommoder secrètement la robe, sélectionnant les plus belles chutes de tissu, les fils les plus précieux.

Moi, jouer les couturières, tu parles d'une blague ! Qui l'eût cru ! Pourtant je n'ai pas honte. Parce que j'y ai mis tout mon cœur. Parce que c'est pour Sinead. Et parce que j'ai vu naître sous mes doigts tout un peuple de motifs fascinants : papillons, oiseaux, poissons enchevêtrés, une vraie jungle cousue dans l'étoffe, aussi mystérieuse et envoûtante que celle qui l'a inspirée.

Mais comment faire ma déclaration sérieusement, à présent que ces maudits sourcils me défigurent ? Je ne peux tout de même pas les raser ! Et s'il m'était jusqu'à maintenant possible de dissimuler ma chevelure derrière divers couvre-chefs, je me vois mal arborer des lunettes de soleil en pleine nuit pour cacher mes yeux !

Non, il faut que je prévienne Sinead des troubles qui m'affectent avant qu'elle ne les découvre par elle-même. Mais je ne me sens pas le courage de le lui dire en face, je dois donc lui écrire. Oui, c'est ça : il faut que j'écrive à Sinead !

Sitôt ma résolution prise, j'arrache une page du script récapitulant mes tirades, je la retourne sur sa face vierge et je commence à rédiger ma première lettre d'amour...

Sinead,

J'espère que la manière dont j'ai raccommodé ta robe te plaît. Et que tu me pardonnes de t'avoir obligés à la déchirer pour protéger Consuela. Tu dois penser que j'ai été un beau salaud de ne pas vouloir lui prêter ma casquette.

AÏE ! En relisant fébrilement les premières lignes, je réalise que les gros mots, ça le fait pas vraiment, dans le genre romantique. Mais la pièce va débuter d'une minute à l'autre, et je n'ai pas le temps de recommencer.

Bref, tu dois penser que j'ai été égoïste. Mais ce n'est pas vrai. J'étais aussi terrorisé que Consuela. Car moi aussi, j'ai quelque chose à cacher. Mes cheveux sont bleus.

Alors là, bravo ! J'aurais voulu me ridiculiser que je n'aurais pas fait mieux ! *Mes cheveux sont bleus.* Dit de cette manière, ça ressemble à une plaisanterie. *Eh, Sinead, devine quoi : mes cheveux sont bleus ! Trop cool, non ?* Quel abruti je fais…

Ce que je veux dire, c'est qu'ils sont devenus bleus depuis mon arrivée à Redrock. Et maintenant c'est au tour de mes sourcils, comme tu t'en apercevras par toi-même. Je ne sais pas ce qui m'arrive, mais je t'assure que je n'ai pas l'intention de rester ainsi. Je sais bien qu'il y a des gens qui se teignent dans des couleurs encore plus extravagantes pour se faire remarquer, mais je ne crois pas que ce soit mon style. Franchement, tu penserais quoi, toi, d'un garçon aux cheveux bleus ? Ça te plairait pas trop, non ?

Bon allez, accouche, Jacquot ! Tu entends miss Lucy qui sonne le rassemblement avec son mégaphone, tâche de conclure avec grâce et légèreté.

En tout cas, je suis sûr que je ne suis pas contagieux, puisque je suis le seul du dortoir à avoir bleui. Donc pas de risque si tu acceptes de sortir avec moi.

« Il y a quelqu'un, là-dedans ? »

J'ai juste le temps de plier la lettre et d'enfoncer mon chapeau à plumes sur la tête avant que la porte des toilettes ne s'ouvre brutalement sur Buffalo.

« Qu'est-ce que tu fais là ? Tu n'as pas entendu les appels ? File dehors rejoindre les autres ! »

Je traverse le réfectoire à grandes enjambées sous le regard du surveillant général, attrapant au passage le sac en plastique où j'ai soigneusement plié la robe de Sinead. J'y glisse le pli et je sors dans la nuit étoilée.

*

Curieusement, la scène n'a pas été montée dans la cour principale, mais derrière le ranch, sur le terrain vague qui le sépare de la plantation. Il s'agit d'une estrade haute d'un mètre, autour de laquelle se dresse un cadre en bois où pend un lourd rideau de velours rouge. L'éclairage à l'ancienne est assuré par de grands flambeaux fichés dans le sol de chaque côté des planches, et par des lampes à huile suspendues à des potences. En toile de fond s'étend l'immensité sauvage des montagnes Rocheuses, baignée par un pâle clair de lune.

Assise dans une chaise pliante d'imprésario tout droit sortie des studios d'Hollywood, miss Lucy est plus déchaînée que jamais. Houspillant les uns, critiquant les autres, elle hurle si fort dans son mégaphone que l'amplificateur sature, ne parvient à restituer qu'une bouillie indifférenciée d'insultes grésillantes et de larsens indignés. De toute manière, personne ne semble l'écouter, entre les coquettes qui mettent la dernière touche à leur maquillage, les angoissés qui ânonnent pour la millième fois leurs répliques, et les rieurs qui n'ont toujours pas fini de se moquer de l'accoutrement de leurs congénères. Derrière le rideau jaillissent encore les hurlements de Calamity, qui exige des ajustements de décor de dernière minute, et les ordres secs de Jessy mêlés aux hennissements fiévreux des chevaux. En résumé, c'est le chaos le plus total : l'excitation et le trac ont l'air d'avoir dissipé les brumes de lassitude qui s'amoncellent sur le camp depuis des semaines.

Où trouver Sinead dans ce bazar ?

Je me précipite en coulisses, en fait de simples portants à roulettes chargés de costumes et d'accessoires, alignés derrière l'estrade. Les chevaux y sont parqués en attendant la fameuse bataille équestre qui doit ouvrir la pièce. La plupart des cavaliers sont déjà montés sur leurs destriers caparaçonnés de feutrine colorée. Mais pas Sinead.

Je fais aussitôt demi-tour et je retourne de l'autre côté de l'estrade. Des chaises ont été apportées du réfectoire, ainsi que les lourds fauteuils de la famille Krampus. Frôlant le lumbago, Buffalo achève de les positionner face à la scène. Je balaye l'ensemble du plateau du regard, à la recherche d'un costume de nourrice. Mais pas moyen de localiser la robe à corset lacé du personnage de Sinead… Peut-être s'est-elle isolée dans la cour devant le ranch, pour répéter son rôle ? Après avoir vérifié que personne ne me voit, je contourne le bâtiment et je pénètre dans l'enceinte déserte.

Pan!

Le coup de feu me fait sursauter.

Pan!

Posté au milieu de la cour, Davy pointe son fusil vers le ciel. À ses côtés, le Kid lève aussi les yeux, tenant la brouette qui sert habituellement sur la plantation. Mon regard remonte le long de la tour octogonale aux volets fermés, suivant la ligne de mire du tireur : tout là-haut, autour du toit pointu, les chauves-souris tourbillonnent plus vite que jamais.

Pan!

Une masse noire se détache de la nuée vrombissante et vient s'écraser au sol. Aussitôt, le Kid se précipite pour ramasser le cadavre de l'animal, et le balance sur le tas d'ailes membraneuses froissées qui s'accumule dans la brouette. Les instructions adressées par le docteur Krampus à Buffalo, lors de la conversation que j'avais surprise au réfectoire, me reviennent en mémoire : il avait dit que le *cheptel était devenu trop nombreux, qu'il n'y avait pas besoin de tant de bêtes pour monter la garde et qu'il faudrait en abattre quelques-unes.*

Tout occupés à leur tâche, les deux moniteurs ne m'ont pas vu. Je m'éclipse discrètement. Il n'y a pas trace de Sinead ici. Mais il y règne cette terrible odeur en revanche, cette odeur écœurante de réglisse et d'orgeat, aussi vive, aussi puissante que la nuit où je m'étais aventuré hors du dortoir. De toute évidence, la funeste charrette vient de traverser la cour, pendant que nous étions tous de l'autre côté. Une nouvelle fournée d'enfants vient d'arriver à Redrock, et ils ne doivent pas être loin !

Pétri d'angoisse et d'excitation, je redéboule à l'arrière du ranch. Mille plans s'échafaudent dans ma tête : dois-je agir maintenant, ou bien dois-je attendre d'avoir sorti ma réplique avant de m'éclipser sans éveiller les soupçons ? Si je pénètre dans le ranch tout de suite, l'odeur sera assez fraîche pour me guider jusqu'aux enfants et à leurs ravisseurs. Mais l'on s'apercevra vite de mon absence sur scène. Si j'attends la fin de la scène 2, la seule où j'apparais, il me sera plus facile de m'effacer. Mais le sillage douceâtre se sera sans doute en partie évanoui, rendant le pistage plus difficile.

Le cours de mes pensées s'interrompt brutalement quand je réalise que Sinead est là, à trente mètres devant moi, et qu'elle y a toujours été. Je ne l'avais pas repérée, tout entêté que j'étais à courir après une *nourrice*, quand j'aurais dû rechercher un *chevalier*.

Comment ai-je pu oublier la trahison de Josh, à cause de laquelle Sinead va jouer la doublure de Mercutio dans la bataille équestre imminente ! Il faut dire qu'elle a fière allure, avec son pourpoint à carreaux, ses cuissardes montantes et sa longue cape plissée. Curieusement, ces atours masculins font ressortir sa féminité naissante : les hauts-de-chausses ajustés soulignent la grâce de ses hanches, et son petit visage triangulaire, libéré pour la première fois de l'épaisse chevelure qu'elle a rassemblée en chignon sous son chapeau, apparaît dans toute sa finesse et sa fragilité.

Le problème c'est que Ti-Jean, avec qui elle paraît être en grande conversation, porte lui aussi le costume d'époque avec une certaine prestance. Face à ces deux guerriers habillés pour le combat, je me sens plus ridicule que jamais, avec mes souliers de cour à rubans et mes culottes à pompons.

« Pas encore en selle ? »

Je m'avance vers eux de ma démarche la plus assurée.

Je jurerais qu'ils sursautent en me voyant, interrompant net leurs coupables conciliabules, de la même façon que le soir où je les avais surpris au réfectoire.

« Euh, eh bien justement, on y allait, bafouille Ti-Jean. Sinead, tu n'as qu'à me rejoindre ! »

Il ponctue sa phrase d'un regard appuyé dans les yeux de la jeune fille, lourd de sous-entendus, puis il s'esquive sans se retourner.

« Tu es prêt pour ta scène ? me demande Sinead, visiblement mal à l'aise.

– Tu sais, je n'ai que deux phrases.

– Ah oui, c'est vrai, fait-elle d'une voix hésitante. Et… dis-moi, tu as un costume magnifique… »

Ça va, pas la peine de te fatiguer à me faire la conversation, surtout pour dire des choses aussi ridicules. Arrêtons là le massacre !

« J'ai ça pour toi. »

Je lui tends brutalement le sac chiffonné renfermant mon cadeau dérisoire.

Quel imbécile j'ai été, de passer toutes ces heures à repriser cette fichue robe !

« Bon, il faut que j'y aille, j'ai encore quelques retouches à apporter à mon *costume magnifique.* »

Sur ce je tourne les talons en feignant le détachement, alors qu'en réalité je sens mes tripes se tordre dans mon ventre.

Purée, ce que ça fait mal !

Je m'éloigne à grands pas en mordant l'intérieur de mes joues de toutes mes forces. Mon nez me pique horriblement, c'est pire que si j'avais avalé un pot entier de moutarde extraforte. Plus vite, plus vite : m'enfoncer dans la nuit avant que Sinead ne me voie pleurer !

17 Répétition générale

« Deux maisons l'une et l'autre égales en dignité,
Dans la belle Vérone où se tient notre scène,
Se déchirent à nouveau pour d'anciennes querelles,
Souillant leurs mains du sang qu'elles font couler. »

Le rideau rouge flamboie à travers mes yeux embués de larmes. Devant lui est réuni l'ensemble des pensionnaires n'ayant pas de rôle dans la pièce. Constitués en chœur, ils sont chargés de réciter les prologues ouvrant les différents actes :

« Des fatales entrailles de ces races rivales
Sont nés deux amants sous une mauvaise étoile ;
Leur chute infortunée autant que pitoyable
Enterre avec leur mort les haines ancestrales. »

Oui, Sinead et moi sommes nés sous une mauvaise étoile. Et la manière dont nous nous sommes manqués est vraiment pitoyable. Il aurait peut-être suffi que je lui dise, dès le premier jour où je l'ai vue, que j'étais prêt à tout pour elle.

Mais maintenant il est trop tard.

J'ai tout gâché.

J'ai tout perdu.

Je détourne la tête comme je sens un nouveau sanglot monter dans ma gorge. Que diable, Jacquot, reprends-toi, tu n'es plus un enfant, et un mec ne pleure pas comme ça !

J'essaye de penser à autre chose, de scruter la pénombre pour dévisager les spectateurs qui ont pris place sur la rangée de sièges devant laquelle on nous a fait asseoir avant notre entrée en scène, tel un troupeau d'esclaves aux pieds d'un empereur romain et de sa cour. Ainsi vus en contre-plongée, les membres de la famille Krampus paraissent encore plus imposants que d'habitude, leurs yeux brillant à la lumière des flambeaux. Tout le personnel d'encadrement est là lui aussi – à l'exception de sister Edith. Le Chef lui-même a fait le déplacement, délaissant pour la première fois ses cuisines. Il empeste plus que jamais !

MFFFFF ! Mais il n'y a pas que lui qui sente si fort, ma parole ! N'ayant jamais été si proche du directeur et des siens, je n'avais pas prêté attention à leur odeur corporelle, jusqu'à ce soir où elle me saute aux narines. Douceâtre et écœurante, bien sûr. L'orgeat et la réglisse, évidemment.

Ainsi, tous les monstres de Redrock partagent la même signature olfactive, preuve supplémentaire qu'ils appartiennent à la même race maudite. Ce qui veut dire aussi que n'importe lequel d'entre eux peut avoir conduit la charrette durant toutes ces nuits, et lui avoir imprimé son parfum… les filles Krampus par exemple, que j'imagine si bien amadouer les enfants avec des sourires et des caresses, pour mieux les embarquer vers leur horrible destin !

« (…) *Et si vous nous prêtez une oreille attentive,*
Notre zèle essaiera d'en effacer les fautes. »

À peine le chœur a-t-il terminé sa tirade que des chevaux jaillissent de derrière l'estrade dans un grand fracas de sabots, répercuté à l'infini par l'écho des montagnes. À droite, ce sont les Capulet menés par Ross et son énorme cheval de trait, aussi massif et peu gracieux que lui malgré les ornements dont on l'a paré – pour vous faire une idée, pensez à des guirlandes de crépon sur un bulldozer. Je reconnais aussi Spencer, cramponné à l'encolure de sa monture avec autant d'élégance qu'un koala à sa branche d'eucalyptus, et un autre type de la bande à Doug. À gauche, les Montaigu sont conduits par l'un des pensionnaires les plus âgés du camp – William, je crois. Derrière lui caracolent Ti-Jean, juché sur un cheval à sa taille, et Sinead, qui m'apparaît aussitôt comme la cavalière la plus à l'aise des six. Entre ses origines irlandaises et ses parents écuyers, c'est comme si elle était née à cheval !

La première joute s'engage au signal du docteur Krampus : Ross contre William, le seigneur Capulet contre le seigneur Montaigu.

BanG!

Les épées de bois se cognent si fort au moment

où les destriers se croisent, que celle de William se brise en deux sous la violence du choc.

« Bravo Rossie ! » s'exclame la plus grande des filles du directeur en battant des mains.

Les œillades que ces deux-là s'échangent au dîner depuis le premier jour n'ont échappé à personne. Il faut dire qu'avec ses deux mètres sans talons et ses épaules de nageuse est-allemande, l'aînée Krampus a raison de se chercher un petit ami qui fasse le poids. Reste que les baisers prodigués par une bouche dotée de trois rangées de dents acérées ne doivent pas être particulièrement agréables…

Tandis que Tybalt/Spencer et Roméo/Ti-Jean entrent à leur tour en lice, la jeune géante, qui s'est coiffée pour l'occasion d'un immense chapeau à voilette comme seule la reine d'Angleterre ose encore en porter, laisse négligemment tomber son mouchoir avec un petit rire de jouvencelle effarouchée. Ross, gonflé de fierté, arrête sa monture devant les spectateurs et se penche du haut de sa selle pour ramasser le bout de tissu, à la manière des anciens chevaliers servants. Malheureusement, râblé comme il est, il a le bras trop court. Emporté par son propre poids, il vacille, il glisse… et il s'écrase sur le sol avec autant de grâce qu'un sac à patates, arrachant à son roussin une poignée de crins et un hennissement furieux.

Spencer n'est guère plus brillant. Serrant le cou de son cheval de toutes ses forces, au point d'étouffer à moitié la pauvre bête, il pousse de petits glapissements terrorisés en tentant d'esquiver les moulinets de Ti-Jean.

Mais soudain, sans prévenir et sans que la

troisième joute ait été annoncée, le dernier Capulet s'élance dans le dos de Ti-Jean…

Vlan!

Il lui assène un violent coup d'épée derrière la nuque. Ouch! Voilà qui n'est pas fair-play! Je tourne instinctivement mon regard vers le docteur Krampus en même temps que la plupart des pensionnaires, certain qu'il va faire cesser le combat pour punir le félon. Mais pas du tout. Son visage est barré d'un large sourire, et ses petits yeux cruels brillent d'excitation derrière ses lunettes cerclées d'argent.

Vlan!

Le troisième Capulet profite que Ti-Jean n'a pas recouvré ses esprits pour renouveler son coup, en plus fort encore : selon toute évidence, il frappe pour assommer. Rassuré de voir son ennemi si mal en point, le gros Spencer reprend confiance et ose enfin lâcher l'encolure de son cheval pour lever son épée à son tour.

« YAAAAAAAA !!! »

Poussant un cri sauvage, Sinead éperonne son petit alezan et se jette dans la mêlée. Avec une agilité remarquable, elle se baisse pour esquiver l'arme de Spencer et lui enfonce son épée dans le gras du ventre, lui arrachant un hurlement de surprise et de douleur. La seconde d'après, il roule à terre en se tenant les côtes.

Mais Sinead, elle, est déjà passée à son deuxième adversaire. Profitant de ce que sa monture est plus fine et plus maniable, elle trotte en cercles concentriques autour du félon. Celui-ci fouette l'air de grands mouvements d'épée désordonnés, se tournant et se retournant sur sa selle pour ne pas perdre de vue la redoutable amazone. Au moment où il se renverse complètement en arrière, croyant enfin l'atteindre, Sinead lui attrape l'épaule et, d'un geste sec, le désarçonne.

Ce sagouin de Ti-Jean a raison : c'est vraiment une sacrée nana!

Elle ne mérite pas que je pleure pour elle, ça non.

Elle mérite mieux; elle mérite que je me batte pour elle!

Je sais que ma tentative de libération des enfants risque de mal tourner pour moi – peut-être même vais-je y laisser ma peau. Mais si j'en ressors vivant, c'est décidé : j'avouerai ma flamme à Sinead de vive voix! Et je la serrerai dans mes bras s'il le faut, je la serrerai de toutes mes forces pour qu'elle m'écoute jusqu'au bout avant de décider à qui elle veut donner son cœur! De toute façon, je n'ai rien à perdre, ça ne pourra pas être pire que ce que je lui ai écrit. Comment j'ai dit, déjà? *Pas de risque de contagion si tu acceptes de sortir avec moi*? Bah, j'ai toujours été meilleur à l'oral qu'à l'écrit…

La bataille équestre achevée, le rideau s'ouvre sur un décor de tours crénelées et de toits pentus, découpés dans du carton peint : une Vérone en deux dimensions, illuminée par la lune du Colorado. Les seigneurs et leurs épouses montent sur les planches : précédant William, la rousse Mildred s'avance en tendant le cou à chaque foulée à la manière d'un dindon, pour le dégager de l'immense fraise flottante qui l'étrangle; aux côtés de Ross encore rouge de honte après sa chute, la fière Gladys lève le menton si haut qu'on aperçoit à peine ses yeux cernés de khôl. Tout ce beau monde s'insulte copieusement à travers les vers de Shakespeare, puis Doug fait son entrée. Il est enveloppé dans une peau de mouton puant le suif, ponctuée de losanges gribouillés au marqueur noir : un manteau d'hermine aussi royal que celui qui le porte, en somme...

Mon tour ne tarde pas à arriver. Je me lève et je me dirige vers les coulisses.

Sinead est là. Elle a troqué ses atours masculins pour un corset pigeonnant, que Consuela achève de lacer dans son dos. A-t-elle déballé la robe ? Et surtout, a-t-elle lu la lettre ?

« Allez, allez ! En scène ! » piaffe Calamity en poussant Sinead vers les planches, d'où descendent les protagonistes de la première scène. Je m'élance aussitôt derrière elle, le cœur battant.

« Eh ! Attention ! » s'écrie une voix pincée.

Gladys. J'ai manqué de la renverser, avec sa robe noire qui se fond dans la pénombre des coulisses.

« Tu pourrais regarder où tu marches !

– Excuse-moi, il faut que j'y aille...

– Ton costume est absolument grotesque. Mais dis-moi : je rêve ou tu es maquillé ? C'est pour la pièce ?

– Hein ?

– On t'a jamais dit que le mascara ça se mettait sur les cils, pas sur les sourcils ? »

Maudits sourcils ! Il faut vraiment que je fasse gaffe à ce que Sinead ne me voie pas de trop près : que penserait-elle d'un mec qui se maquille ?

« Oui, oui : c'est pour la pièce, je marmonne. Je me suis dit que ça donnerait un côté plus... intense au personnage.

– PFFF !... Ça te donne surtout un côté bouffon ! »

Je pourrais lui rétorquer qu'avec ses sourcils *à elle*, épilés en accents circonflexes, elle ressemble au croisement de Jack Nicholson et de Monsieur Spock. Mais je n'ai pas de temps à perdre avec cette garce : je saute sur scène sans demander mon reste.

« *Mais-Montaigu-est-comme-moi-condamné-à-une-même-peine*, déclame Ross à toute vitesse en me voyant apparaître, son large front taurin barré par une ride de concentration.

Il-n'est-pas-difficile-je-pense

Pour-des-gens-de-notre-âge-de-maintenir-la-paix.

– *Vous êtes l'un et l'autre honorés, estimés*, je réponds en prenant la scène au vol,

Et il est dommage d'être si longtemps brouillés.

Mais au fait, monseigneur, quelle suite à ma requête ? »

Tandis que Ross entreprend de me répondre d'une traite, sans reprendre sa respiration, je jette un coup d'œil au fond de la scène. Sinead y attend humblement, tête baissée, parmi les autres domestiques de la maison Capulet. Si la tenue de chevalier laissait deviner ses formes, son décolleté de nourrice les expose violemment. S'il était seulement un peu plus plongeant, je pourrais revoir la tache de naissance en forme de croissant de lune qui depuis une semaine illumine toutes mes rêveries.

« ... *elle-n'a-pas-encore-atteint-ses-quatorze-ans*, souffle Ross, à moitié asphyxié,

Laissons-donc-deux-étés-se-flétrir-en-leur-éclat

Avant-qu'elle-soit-mûre-pour-une-bague-au-doigt.

– *De plus jeunes qu'elle ont fait d'heureuses mères,* je lui réponds distraitement.

– *Mais-elles-se-fanent-trop-vite-ces-mères-trop-précoces...* », se remet à mitrailler le pauvre bougre, le visage baigné de sueur alors qu'il s'engouffre dans un nouveau tunnel oratoire.

Je le laisse s'y noyer et je reporte toute mon attention sur Sinead, qui vient de lever les yeux.

« *... mais-courtisez-la-Pâris-gagnez-son-cœur...* » continue le père de Juliette sans se douter que c'est vers la nourrice et non vers la fille que ses encouragements me portent. Que ces yeux sont verts ! J'ignorais qu'il pouvait exister des nuances de vert si intenses – tous les arbres de l'Amazonie, toutes les émeraudes de l'Afrique ne sont pas si verts que ces yeux-là.

« *... et-si-elle-dit-oui-sachez-que-son-libre-choix*

Aura-aussi-mon-accord-et-mon-consentement... »

Et si elle dit oui...

Et si elle dit oui...

Cette hypothèse me fait tourner la tête.

« *... venez-donc-avec-moi !* »

Et voilà, c'est fini pour aujourd'hui. À contrecœur, j'emboîte le pas d'un Ross râlant et soufflant comme s'il avait couru un marathon. À présent que je suis libéré de mes obligations théâtrales, il me faut aller sauver les enfants.

Mon dernier regard comme je quitte la scène est pour Sinead, pour les yeux de Sinead qui me suivent silencieusement jusqu'au bout des planches. Avec une pointe de défi – ou est-ce de la pitié ? Je fais le serment intérieur de les affronter en face sitôt ma mission accomplie.

18 *Les enfants de la tour*

Je saute en bas des planches.

À partir de maintenant, le temps m'est compté : d'après les répétitions auxquelles j'ai déjà assisté, il me reste vingt minutes avant la fin de l'acte I. Vingt minutes pour localiser les enfants, les libérer, et soulever l'ensemble des pensionnaires de Redrock.

Je fais mine de rejoindre les spectateurs, qui paraissent complètement médusés par la scène 3, en l'occurrence la première apparition de la délicieuse Mary-Ashley dans le rôle de Juliette. Sans me retourner, rien qu'à l'entendre, je devine qu'elle en fait des tonnes.

« Eh bien ? Qui m'appêêêlle ainsi ? » déclame-t-elle en poussant son insupportable voix de crécelle dans des notes suraiguës, qu'elle trouve sans doute très distinguées.

Je profite du fait que l'auditoire est captivé pour contourner la rangée de chaises et m'éloigner loin de la lueur des flambeaux, dans la nuit qui cerne le ranch. Je lève instinctivement les yeux avant d'y pénétrer, comme pour jauger l'ennemi auquel je m'apprête à me confronter.

Et là, stupeur.

Dans les hauteurs enténébrées de la tour, je jurerais que les volets sont ouverts ! Pourtant, la dernière fois que je les ai regardés, juste avant de rejoindre la troupe, ils étaient tous fermés. Et tout le monde était déjà descendu pour le spectacle, j'en mettrais ma main à couper. Tout le monde… sauf sister Edith.

Écarquillant les yeux de toutes mes forces, je scrute les ouvertures béantes des fenêtres. Je parviens à distinguer de petites silhouettes noires qui s'y penchent.

Des ombres chinoises d'où émergent des nez longs et crochus…

Des pommettes saillantes…

Des arcades sourcilières froncées…

Pas de doute, ce sont les enfants, toujours munis de leurs masques ! Et cette odeur qui me chatouille à nouveau les narines, descendant en cascades capiteuses depuis les fenêtres…

L'orgeat et la réglisse.

Décidément, je ne suis pas au bout de mes surprises ! Redrock doit cacher d'autres monstres que je n'ai encore jamais vus, puisque tous ceux que je connais sont en train de regarder la représentation, cent mètres derrière moi. Oui, Redrock doit renfermer une armée de monstres puant l'orgeat et la réglisse, pour torturer un peuple d'enfants !

Il n'y a pas une minute à perdre : je me jette dans les ténèbres du ranch, tandis que retentissent dans mon dos les applaudissements marquant la fin de la scène 3.

Le réfectoire est plongé dans l'obscurité la plus totale, mais cela ne me gêne pas pour trouver mon chemin jusqu'à l'escalier qui conduit à la coursive du premier étage et, au-delà, à la tour : je me fie simplement à mon flair, chacune des marches étant imprégnée d'empreintes odorantes. Tandis que je les gravis quatre à quatre, je ne peux empêcher mon esprit de s'échauffer comme un alambic, distillant l'odeur à travers le filtre de ma mémoire. Dès la première fois que je l'ai sentie, en ramassant Quaker sur le sol de la cour, j'ai su que je la connaissais. Mais où, mais quand ai-je déjà été confronté à ce parfum ?

Sans parvenir à trouver une réponse, je pénètre dans la tour et je monte jusqu'à la première porte, devant laquelle je passe tous les matins avec Buffalo pour gagner la salle de Thérapie. Là, la piste olfactive se sépare en deux branches, la première glissant sous le panneau tandis que la seconde continue de monter en s'enroulant autour de l'escalier en colimaçon. Je pose une main hésitante sur la poignée de cuivre, sans trop y croire.

Crriiiiii...

Contre toute attente, la porte s'ouvre en grinçant ! Derrière elle, j'aperçois une vaste pièce circulaire, qui s'étend sur toute la superficie de la tour. Ici, les volets sont fermés sur les fenêtres – celles où j'ai vu les enfants se situaient plus en hauteur –, mais le clair de lune qui filtre à travers les persiennes est suffisant pour que je puisse distinguer le mobilier. Deux immenses lits à baldaquin se détachent du mur, où sont pendues de lourdes tapisseries aux motifs indiscernables. Je m'approche du premier d'entre eux. La fameuse odeur douceâtre imprègne si fortement les draps que je suis pris d'un haut-le-cœur, et que je dois me retenir au montant de bois pour ne pas vomir.

Après quelques secondes cependant, je surmonte mon écœurement et je reprends mon exploration. Cette couche monumentale est celle des époux Krampus, comme en témoignent les bijoux éparpillés sur la table de nuit du côté de Madame, et les petites lunettes de rechange sur celle de Monsieur. Mais il n'y a pas que ça. Sur chacune des tablettes se dresse une espèce de pilier en acajou sculpté, se terminant par une boule. Étrange...

Le deuxième lit, encore plus large que le premier, ne compte pas deux, mais trois oreillers sur lesquels sont posés trois diadèmes de platine. Ainsi les sœurs Krampus dorment-elles ensemble, à la mode du Moyen Âge, lorsque les fratries se serraient sous les mêmes draps pour se tenir chaud... À côté du lit, une table basse supporte elle aussi son lot de bijoux épars, que ces demoiselles auront nonchalamment essayés avant de se décider pour d'autres parures. Et également, trois colonnes d'acajou. La dernière me glace d'horreur.

Je crois d'abord à une tête décapitée, avant de comprendre que la crinière blonde qui moutonne jusqu'au plateau de la table est en réalité *une perruque*. Aussitôt, je me rappelle le ridicule chapeau à voilette arboré par l'aînée des Krampus ce soir au spectacle – pour une fois, elle n'avait pas besoin de cacher sa *véritable* chevelure, et elle a laissé son étouffante toison au vestiaire !

Je m'approche en tremblant de la tablette et je décroche la chevelure du porte-perruque d'acajou.

Je la retourne comme un animal mort, exposant aux rayons de lune le filet censé enserrer le crâne de la porteuse. De vrais cheveux s'y sont accrochés au fil des utilisations... bleus, bien évidemment! Ainsi toute la famille Krampus partage-t-elle ma condition capillaire, qu'elle s'applique à dissimuler comme je le fais. La chevelure froufroutante du directeur ne m'avait-elle pas semblé fausse la première fois que je l'avais vue, trop semblable à la perruque du quaker sur les paquets de céréales? Je comprends aussi maintenant pourquoi le Chef ne se sépare jamais de sa toque, que ce soit pour servir le dîner ou pour assister au spectacle. Et leurs sourcils « à eux tous », maintenant que j'y pense, ils sont noirs de jais, comme si d'un coup de maquillage on avait voulu masquer leur véritable couleur...

Une clameur retentit derrière les volets, m'arrachant à mes pensées : la scène 4 s'achève; il ne reste donc plus qu'une scène avant la fin de la représentation. Je repose la perruque sur son support et je quitte la pièce en tremblant. Peut-être que j'ai les cheveux bleus *comme eux*, me dis-je en reprenant mon ascension vers le sommet de la tour, mais j'ai encore des dents normales, en une rangée simple – n'est-ce pas? Je tourne frénétiquement ma langue dans ma bouche pour m'en assurer : vingt-six... vingt-sept... vingt-huit...

Mais chut! plus un bruit. Il me semble que j'entends une rumeur, plus haut dans les escaliers...

Oui, c'est bien ça : une conversation étouffée par les pierres couvertes de lichen, mais dont les échos me parviennent plus fortement marche après marche. Des petites voix haut perchées, aiguës et fragiles, des voix de fausset... des voix d'enfants, qui résonnent derrière la porte de la salle de Thérapie.

J'aurais dû m'en douter! Si sister Edith n'a pas assisté à la représentation, c'est pour mieux s'occuper de ses petits captifs, profitant du fait que les pensionnaires sont trop éloignés pour percevoir leurs cris et leurs supplications. Car je les entends crier, les malheureux, je les entends supplier de toutes leurs pauvres forces. Ils doivent être épuisés par des jours, par des semaines de tortures et de privations pour que leurs voix soient si faibles, leurs plaintes si chevrotantes. Sans doute la religieuse diabolique les passe-t-elle un par un au baquet en ce moment même, achevant de les vider de leur énergie et d'extraire de leurs petits corps exténués les dernières gouttes de vie!...

Le cœur battant, je colle mon oreille à la porte tout en essayant de réfléchir à un plan d'attaque. Certes, la nonne est handicapée et il serait facile d'avoir le dessus si elle était seule dans la pièce avec les enfants. Le problème, c'est l'odeur. Suppurant sous le pas de la porte, elle indique clairement la présence d'un ou plusieurs monstres du même acabit que les Krampus.

« Non! Je vous en conjure! implore une petite voix stridente, avec un accent que je reconnais immédiatement comme celui de mes ancêtres : l'accent français. Prenez pitié! Accordez-moi encore un instant! Ne serait-ce qu'une minute... Rien qu'une minute...

– Je regrette, mais c'est impossible, répond sèchement sister Edith. J'ai des consignes. »

Dire que cette femme ose porter l'habit de

l'Église ! Elle est sur le point d'achever un être sans défense, et rien dans sa voix ne trahit la moindre faiblesse, la moindre hésitation. Monstre elle aussi, digne de ses monstrueux employeurs ! Mon sang bout dans mes veines, mes jambes fourmillent d'impatience, et mes yeux fixent la planche de bois vermoulu comme pour la transpercer...

... et ils la transpercent !

Une fois encore, la Chaleur s'empare de mon regard, et le miracle de l'autre soir se reproduit : je vois au-delà de la porte ! Certes, le spectacle n'est pas aussi net qu'à travers la fine couche de tissu couvrant la peau de Sinead, et les formes derrière l'épaisseur du panneau sont d'autant plus floues et imprécises que la pièce est plongée dans la pénombre, éclairée par un unique chandelier. Mais tout de même, je parviens à distinguer le baquet où une petite silhouette se débat, ainsi que le sinistre fauteuil roulant de la religieuse, à côté du tableau de commande. Quant aux autres enfants, toujours cachés derrière leurs étranges masques vénitiens, ils sont massés à la fenêtre où je les ai aperçus tout à l'heure, pétrifiés par la peur. En revanche, pas de trace des monstres exhalant l'odeur douceâtre... Peut-être ont-ils quitté la pièce après tout, leur sillage restant perceptible derrière eux à l'instar de celui des Krampus dans leur chambre ?

« Voyez celui-là, ce qu'il est potelé ! » s'écrie soudain l'un des prisonniers à la fenêtre, d'une voix horriblement éraillée, à bout de souffle.

Asthmatique ?

C'est étrange, mais ce timbre ne me paraît finalement pas si juvénile que ça ; à bien l'écouter, on dirait une voix de vieillard plutôt qu'une voix d'enfant. Et toujours ce tenace accent, étrangement chantant, comme du québécois ou de l'ancien français…

« Oui, c'est un morceau alléchant, taillé pour la broche, commente un autre captif dans un jacassement grinçant. Il suffirait pour l'accommoder de quelques herbes et d'une poignée d'épices. Quand ils ont de l'embonpoint comme cela, il ne faut point ajouter d'huile : ils nous font la bonne grâce de cuire dans leur propre graisse. »

PATaratarATARA!!!

Une gerbe flamboyante incendie la nuit à travers la fenêtre de la tour : ce sont les feux d'artifice marquant la fin de la répétition.

L'espace d'un instant, à la lumière des pétards, les occupants de la pièce m'apparaissent dans toute leur horreur. Certes, je les avais déjà vus par les yeux de la Veilleuse, ces visages déformés. Mais je les avais vus à distance, suffisamment loin pour que je les identifie à des masques, à des effigies fabriquées.

Jamais je n'aurais pu imaginer qu'ils étaient faits de *chair vivante* !

« Ne m'obligez pas à faire un rapport au docteur Krampus, menace sister Edith depuis le tableau de commande. Vous avez eu votre part, laissez la place au suivant. »

PATaratarATARA!!!

Une nouvelle salve enflamme la pièce, illuminant le baquet et son étrange passager.

Celui que j'avais pris pour un enfant torturé n'a d'un enfant que la taille, et son expression évoque plus le bourreau que le martyr. La bouche n'est qu'une déchirure cruelle d'où émergent çà et là des dents de piranha pointant dans toutes les directions ; le nez qui la barre ressemble à un bout de bois noueux, parsemé de kystes ou de verrues en forme de champignons ; et les yeux – les yeux ! Deux petites billes blanches mangées par une pupille démesurément dilatée, enchâssées dans un réseau de rides, pareilles à deux araignées cramponnées au centre de leurs toiles. Quant à son corps, rabougri et tordu, il est enveloppé dans des haillons jaunis, à moitié déchirés sur les arêtes formées par les clavicules, les épaules, les vertèbres saillantes du dos bossu. Comble du grotesque, cette silhouette de Quasimodo est couronnée par une extravagante perruque bouclée comme on en voit sur les tableaux anciens, les mèches blanches et lustrées froufroutant jusqu'au bas des reins dans une cascade aussi vaniteuse que ridicule.

« La paix, femme ! siffle la créature, redevenue simple silhouette dans l'ombre de la salle. Krampus l'ambitieux ne nous satisfera pas éternellement avec son Flux en conserve. C'est tenter le diable que de tenir toute cette chair fraîche à la portée de nos mains – et le diable, femme, c'est nous !

– Nulle n'est mieux placée que moi pour le savoir... », murmure sister Edith en saisissant la créature sous les aisselles, dans une étreinte qui me fait horriblement penser à celle d'une mère et de son enfant.

Elle la dépose à terre et la laisse s'éloigner en titubant, tandis qu'un autre nain difforme s'avance d'une démarche claudicante pour prendre sa place.

PATaratarATARA!!!

Dans la lumière de la troisième salve, le faciès du nouvel occupant du baquet m'apparaît, plus abominable encore que le précédent. Il s'agit cette fois-ci d'une femelle, si j'en crois sa grotesque toilette : le rouge qui barbouille les lèvres en bec-de-lièvre et qui déborde sur les dents pointues derrière elles ; la poudre incrustée sur les joues ravinées de rides ; la charlotte de dentelle où est épinglée une macabre composition de fleurs fanées et de papillons morts. Mais le plus horrible reste les bijoux dont elle est couverte, les énormes bracelets qui enserrent ses poignets décharnés, les perles qui roulent sur sa poitrine osseuse et les lourds pendants à ses lobes démesurément étirés. Tout cela me rappelle la momie que j'avais vue au musée de Brooklyn quand j'avais dix ans. Le contraste du corps décharné et des parures trop lourdes pour lui m'avait ému alors, et m'avait aidé à appréhender la finitude inéluctable de la condition humaine. Aujourd'hui ce même contraste me terrorise, comme je réalise que rien n'est inéluctable, puisque des créatures comme celle que j'ai sous les yeux s'acharnent à exister, envers et contre la Mort elle-même !

« Enfin ! » murmure la naine tandis que la machine s'ébranle. Agrippée aux arceaux de ses longs doigts couverts de bagues, elle renverse la tête en arrière et s'abandonne à l'extase du baquet en poussant un long soupir.

PATaratarATARA!!!

PATaratarATARA!!!

PATaratarATARA!!!

À la lumière du bouquet final, la scène m'apparaît dans toute son obscénité. Je distingue nettement les veines de la créature se gonfler par intermittence le long de ses bras osseux, pareilles à des pompes vivantes et palpitantes. Oh, je sais bien ce qu'elle aspire ainsi, la vieille sangsue, puisque j'y ai goûté avant elle ! Elle aspire l'énergie des pensionnaires de Redrock, stockée là, dans cette pile géante que constitue le baquet, pour maintenir en vie cette poignée de gnomes grabataires ratatinés par les siècles. Un réservoir de vie, une fontaine de Jouvence où ils puisent de quoi défier la Mort quelques jours, quelques années de plus.

Car c'est bien une lueur de défi qui s'est allumée dans les yeux de la créature, une lueur qui croît en feu nourri à mesure que la rotation du baquet s'accélère, à mesure que les rides se comblent de l'intérieur, comme remplies d'une chair plus dense et plus juteuse : plus jeune.

« AAAAAAAAAAAAAAH !... »

Sous l'effet de la force centrifuge, les fleurs et les insectes garnissant la charlotte s'envolent un par un, jusqu'à ce que la coiffe elle-même soit projetée à l'extérieur du baquet, révélant un crâne pointu où s'étiole une maigre chevelure.

Bleue, bien sûr.

À la voir ainsi dévoilée, je prends conscience que tous les nains penchés à la fenêtre dissimulent pareillement leurs véritables cheveux – la plupart sous d'invraisemblables perruques, les autres derrière des coiffes ou des chapeaux précieux et démodés. Tout comme les Krampus... et tout comme moi.

« ... voyez ces deux-là encore, le garçon et la fille ! s'écrie le monstre aux dents de piranha en pointant son doigt crochu dans la nuit. Voyez-les qui filent à l'anglaise, tandis que leurs compagnons sont affairés à ranger. Voilà qui n'est point une manière correcte de se comporter.

– Vous êtes dans le vrai, Marquis, s'empresse d'acquiescer avec le plus pur accent d'Oxford un affreux lutin à monocle perruqué de blanc, engoncé dans un vieux costume militaire élimé, à la poitrine chargée de médailles rouillées. Ils croient que personne ne les a vus fausser compagnie à leurs camarades, et les voilà qui se faufilent dans le ranch, les misérables, sans doute pour se lutiner à l'abri des regards !

– Mais c'est dégoûtant ! couine une petite chose affublée d'un chapeau festonné de résille, d'où émerge un appendice nasal boursouflé, en forme de champignon de Paris. Nous ne pouvons point laisser faire cela !

– Certainement pas, baronne, reprend Dents-de-Piranha en se détachant de la fenêtre. Puisque le Krampus n'est point capable de faire régner l'ordre sous son propre toit, allons-nous-en donc leur apprendre nous-mêmes ce qui arrive aux jeunes gens indisciplinés. Au sang, mes chers ! »

La meute de gnomes se précipite vers la porte de la salle dans une clameur sauvage, les uns boitant, les autres sautillant, certains se jetant même à quatre pattes pour soulager de leurs bras malingres leurs jambes atrophiées.

Saisi d'horreur, je ne peux m'empêcher de reculer d'un pas.

Aussitôt, ma vision se brouille et le panneau de bois redevient opaque. L'espace d'un instant, la pensée m'effleure que j'ai peut-être rêvé toute la scène ; malheureusement, la rumeur claudicante se rapproche bel et bien.

Quand je pense que j'ai pris ces abominations pour des enfants !

Quand je pense que j'ai confondu ces prédateurs avec leurs proies !

J'ai cru qu'on les menait à l'abattoir pieds et poings liés, à les voir immobiles dans cette maudite charrette – pétrifiés non par la peur, je le comprends à présent, mais par la faim ! Combien d'entre eux, dans combien de convois, sont-ils ainsi venus se repaître de la jeunesse des pensionnaires, stockée dans le baquet ? Depuis combien de temps le docteur Krampus régale-t-il ses terribles invités ? Car c'est bien d'eux qu'il s'agit : les mystérieux hôtes de la forêt, qui vident les bois de leur gibier, contre lesquels Buffalo barricade le dortoir tous les soirs, et dont le Chef a prédit qu'ils envahiraient le ranch si le maître de Redrock ne tenait pas ses terribles promesses…

« Arrêtez ! »

Le cri de sister Edith s'élève par-dessus le vacarme des dizaines de petits poings tambourinant contre la porte.

« Vous connaissez les règles : vous ne pouvez pas sortir de cette pièce, pas avant que les pensionnaires soient couchés ! »

En guise de réponse, un effroyable hululement retentit derrière la porte, repris par vingt gorges ivres de meurtre :

« AU SANG ! AU SANG ! AU SANG ! »

Pris de panique, je recule encore, manquant de tomber à la renverse dans l'escalier. Je me rattrape de justesse au mur poisseux d'humidité, et je dévale les marches en courant le plus vite possible.

« AU SANG ! AU SANG ! AU SANG !

– Je ferai un rapport ! s'époumone sister Edith. Vous serez exclus du baquet ! De toute façon, la porte est fermée à double tour ! »

Mon cœur bat à tout rompre, sa mesure se confond avec le claquement de mes talons trop hauts sur les marches glissantes. Maudit costume ! Comme dans les courses-poursuites de mes cauchemars, je sens mon estomac se nouer un peu plus à chaque foulée.

« AU SANG ! AU SANG ! AU SANG !

– Non ! Pas par la fenêtre ! Nooooon !... »

Ce cri !

Les nains ont-ils fini par défenestrer la nonne ? Pourvu que la porte tienne bon !

Parvenu à la base de la tour, je déboule sur la coursive qui file le long du premier étage. Horreur ! À travers les vitres du réfectoire au rez-de-chaussée, la nuit est déchirée par le faisceau des lampes-torches : je suis resté trop de temps là-haut, hypnotisé par le spectacle des nains grimaçants, et maintenant pensionnaires et moniteurs sont sur le point de rentrer dans le ranch ! Je n'ose imaginer les sanctions, si l'on apprend que j'ai pénétré dans la tour de nuit, enfreignant d'un seul coup trois des sacro-saintes règles de Redrock : *Abidance, Boundaries* et *Curfew.*

Je dévale à toute allure l'escalier de bois qui descend à la salle commune, et je me précipite dans les toilettes tandis que la porte du ranch s'ouvre en grinçant :

Crriiiiiii...

Ouf ! Il était moins une !

19 Mort d'un monstre

Je n'ai qu'à attendre ici que le bâtiment se remplisse, avant de sortir me fondre dans la masse. Je passerai facilement inaperçu et je…

Mais… je ne suis pas seul dans les toilettes ! J'entends chuchoter, là, devant moi, au fond de la pièce. Le grognement des nains, échappés de la tour ?

Non.

C'est bien pire.

Ce sont des voix humaines, trop humaines, qui filtrent derrière le pan de mur séparant les urinoirs des lavabos.

Et trop reconnaissables.

D'un seul coup, je ne me sens plus du tout gibier.

D'un seul coup, je me transforme en prédateur, plus féroce à mesure que je me rapproche de la source de la conversation. Une conversation entre une fille et un garçon, entre les deux amoureux que les horribles gnomes ont vus se faufiler dans le ranch, depuis leur perchoir tout là-haut dans la tour.

«Je ne suis pas sûr d'être prêt…», chuchote Ti-Jean d'une voix angoissée.

Mon souffle se fige dans ma poitrine, comme si l'on venait d'y couler une chape de béton frais.

«Mais bien sûr que tu es prêt», répond la voix douce, la voix déchirante de Sinead.

Immobile derrière la cloison carrelée, je suis incapable d'inspirer la moindre molécule d'oxygène, d'expirer la moindre molécule de carbone. Les paroles de l'affreux lutin à monocle repassent en boucle dans ma tête : *Les voilà qui se faufilent dans le ranch, les misérables, sans doute pour se lutiner à l'abri des regards!*

«Tout va bien se passer, tu verras, poursuit Sinead. Toi au moins, tu oses faire le premier pas. Contrairement à certains. Contrairement à Jack. Celui-là, même si je lui plaisais, il n'aurait jamais le cran de me le dire.»

Comment?

Comment???

J'ai l'impression qu'après mes poumons, c'est tout mon corps qui se pétrifie, que mon cœur s'arrête de battre, que mon sang cesse de couler, et que mon cerveau, derrière mes yeux vides, reste bloqué sur cette idée fixe : *Tout ce temps, Sinead n'attendait qu'un geste, qu'un signe de ma part, mais c'est Ti-Jean qui a eu le courage de se risquer le premier. Et maintenant, elle l'incite à lui donner son premier baiser… ou pire!*

Il m'a volé ma place.

Il m'a volé ma place.

Il m'a volé ma…

Minute!

La lettre!

La lettre que j'ai remise à Sinead avant la représentation, avant qu'elle ne vienne se cacher dans les toilettes avec Ti-Jean ! C'est la preuve que je ne suis pas un lâche, que moi aussi j'ai osé me mettre à nu : que j'ai été le premier à me déclarer !

« Tu n'imagines pas combien tu seras soulagé après l'avoir fait et… »

Comme je jaillis de derrière la cloison, Sinead s'arrête en plein milieu de sa phrase, sa mâchoire restant entrouverte sous l'effet de la surprise. À ses côtés, Ti-Jean tout aussi stupéfait écarquille des yeux où je devine un mélange d'appréhension et d'agacement. Par terre, à leurs pieds, gît le sac dans lequel la robe est toujours emballée : manifestement la lettre n'a pas encore été lue.

J'ai envie de leur crier mon désespoir, mais ma langue semble peser des tonnes et je suis incapable de prononcer le moindre mot. Leur silence consterné me muselle, me crucifie. À les voir aussi muets et immobiles que des statues, comme le soir où j'ai surpris leurs conciliabules au réfectoire, je sens l'horrible Chaleur se réveiller dans mon ventre. Oh non, par pitié ! Pas ça ! Pas maintenant !

Mais il est trop tard déjà, je le sais.

Mû par un instinct irrésistible, je marche sur Ti-Jean et je lui agrippe le poignet comme je l'avais fait le matin de la distribution des rôles, il y a maintenant un mois. À l'époque, je n'avais prélevé qu'une fraction infime de sa Chaleur, et je m'étais arraché à l'étreinte sans qu'il ressente rien de plus qu'un léger refroidissement. Mais depuis, mes redoutables pouvoirs n'ont cessé de croître en puissance et en brutalité ; tout comme s'est accrue ma frustration de voir Sinead m'échapper, et mon ressentiment envers celui qui me la ravissait. Maintenant qu'elle s'écroule, je réalise avec effroi quelle montagne de haine j'ai laissée s'accumuler en moi, dans le silence des confidences éludées, des déclarations reportées et des aveux décalés.

Ma main chauffe à blanc contre le poignet de Ti-Jean. Pour l'avoir déjà expérimentée sur lui, mais aussi sur Josh et sur Doug, je sais que cette manifestation de ma propre Chaleur n'est qu'un leurre, qu'un piège pour attirer la Chaleur de l'autre à l'extérieur de son corps, et pour l'en vider. Cette fois-ci non plus, ça ne loupe pas : quelques secondes à peine après que j'ai touché Ti-Jean, je sens sa vie se transfuser dans mes veines avec une fureur inouïe : c'est un torrent, c'est une avalanche, c'est un tsunami de Chaleur brute !

Mon chapeau tombe avec la grâce d'un oiseau mort, ses grandes plumes vibrant mollement dans l'air, tandis que je me tords le cou en quête d'un point d'ancrage, de n'importe quoi qui puisse accrocher mon attention et m'aider à me détacher de Ti-Jean. Mais mon regard glisse sur les carreaux brillants, sur la faïence des lavabos, ne s'arrêtant que sur mon reflet dans le miroir des toilettes. Je m'y découvre plus grand, plus fort que je ne me suis jamais vu, comme haussé au-dessus de moi-même par l'énergie qui m'irradie. Mes cheveux se sont hérissés sur ma tête, des ondes de lumière bleue, fluorescente, les traversent à chaque vague de Chaleur qui déferle dans mon corps. C'est comme… c'est comme si le cœur de Ti-Jean battait dans mon crâne !

Alors qu'il se vide en moi de tout son suc, je

sens mes nerfs pénétrer en lui, comme des lierres étendant leurs ramifications sur un mur voisin. Je sens mon esprit prendre possession de son être, de la même manière qu'il avait pris le contrôle de Doug, lors de la distribution du courrier.

Mon dernier regard, avant de plonger tout entier en Ti-Jean, est pour celle sans qui tout cela ne serait pas arrivé. Sinead me contemple de ses grands yeux d'émeraude, où alternent la fascination et l'horreur, tandis que je tue celui qui s'est interposé entre elle et moi.

Innocente et coupable.

Ravissante et vénéneuse.

Maudit soit le jour où mon regard a croisé celle que Josh a si justement nommée le *Monstre aux Yeux Verts* !

Aspiré.

Corps et âme.

Fondu tout entier en Ti-Jean.

Je ressens le frémissement de chacun de ses tendons, la contraction du moindre de ses muscles. Comme si j'étais lui. Mieux que si j'étais lui. Je me souviens d'avoir lutté pour actionner le corps de Doug à la manière d'un pantin ; cette fois-ci, je ne rencontre aucune résistance dans le corps de Ti-Jean, préalablement vidé de toute force, de toute volonté. Je m'immisce dans son cerveau, j'entre dans son esprit comme dans du beurre, effaré par la férocité avec laquelle une partie de moi-même veut absolument savoir ce qui s'est passé dans les toilettes avant mon arrivée, ce qui s'est dit à la table du réfectoire le soir où j'ai été si ostensiblement exclu de la conversation.

C'est d'ailleurs exactement ce qui se passe : je revis chacun de ces souvenirs à travers les sens de Ti-Jean, véritable Veilleuse vivante dont la mémoire a enregistré non seulement les images – comme l'avait fait le squelette de la chouette –, mais aussi les sons, les odeurs et les goûts.

Je me prends ainsi à humer le fumet du velouté de potiron qui n'a pas encore été servi, qu'un autre moi est en train de remonter depuis les profondeurs des cuisines. Cependant je ne peux pas le voir venir, car toute mon attention est accaparée par le buffet au fond du réfectoire, où Brandy est occupée à remplir des corbeilles de pain. La beauté est dans l'œil de celui qui regarde, m'avait dit Mum un jour que nous visitions une exposition de peinture à New York, devant une toile abstraite dont je ne comprenais pas le sens. À travers les yeux de Ti-Jean, la silhouette de la jeune fille ronde et pétulante, en qui je n'avais jamais vu qu'une amie rigolarde et un peu garçon manqué, m'émeut étrangement. La courbe de ses hanches me donne le vertige, l'élégance de sa cambrure me coupe le souffle; tout en elle n'est que douceur et générosité.

« Non, bien entendu, je ne peux pas être sûre à cent pour cent, dit Sinead, assise à mes côtés. Mais je lui ai posé deux ou trois questions détournées, et je crois vraiment qu'elle serait intéressée.

— Mais si elle dit non ? je m'entends murmurer avec la voix de Ti-Jean. Ce serait trop la honte, si elle dit non !

— Eh bien, au moins tu auras essayé ! Ah, vous les garçons, sous vos airs de gros durs, quels timides vous faites ! »

Un grincement attire soudain mon attention,

m'arrache à la contemplation de Brandy. C'est le chariot qui approche, chargé de soupe fumante.

« Chut ! chuchotent les lèvres de Ti-Jean. Voilà Jack ! Plus un mot. S'il venait à se douter de quelque chose, j'aurais trop peur qu'il lâche le morceau à Brandy sans même s'en rendre compte, maintenant qu'ils passent leurs après-midi ensemble aux cuisines. Ah, quelle chance il a, ce petit veinard ! »

Quelle ironie !

Quelle absurde, quelle sinistre ironie !

J'avais deviné que Ti-Jean était amoureux, il ne m'en a pas fallu davantage pour me rendre malade de jalousie – pas un seul instant je n'ai imaginé qu'il puisse être épris d'une autre que Sinead !

Pris d'une folle rage contre moi-même, j'enfonce mes dents le plus profondément possible dans mes joues, pour que la douleur me force à quitter le corps de ma victime et me ramène au mien. Un goût de sang envahit ma bouche, se mêlant au goût de la soupe que, dans le temps de la mémoire, Ti-Jean a commencé à boire.

Durant quelques secondes, j'éprouve la sensation atroce d'être écartelé entre deux corps, n'étant ni tout à fait dans l'un, ni tout à fait dans l'autre. Une moitié de mon être essaye de revenir à son réceptacle habituel, de mettre fin au supplice de Ti-Jean, de le sauver s'il est encore temps ; mais l'autre se cabre, rue, s'acharne, ne veut pas lâcher sa proie avant de l'avoir vidée de toute sa substance, de tous ses souvenirs. Cette deuxième moitié de moi-même me terrorise. J'ignorais jusqu'à ce jour son existence. J'ignorais cette bête sauvage tapie dans les recoins les plus sombres de mon âme, jusqu'à ce qu'elle se déchaîne ce soir. Elle feint de croire que Ti-Jean est coupable de je ne sais quelle trahison, et elle continue d'exiger sa mise à mort !

Pour la museler, je serre un peu plus ma mâchoire sur la pulpe de mes joues.

Je serre et je resserre encore, de toutes mes forces, jusqu'à ce que je sente mes dents perforer ma chair.

En quatre-vingt-seize points.

Trois fois trente-deux.

Comment décrire la détresse qui me submerge au moment où je réalise qu'en l'espace de quelques secondes, deux rangées de dents supplémentaires ont percé dans mon palais ? Elles aussi étaient là tout ce temps, tapies dans les profondeurs de ma bouche, prêtes à jaillir le moment venu ! Désormais, plus rien ne me différencie des créatures de Redrock.

Plus rien ne me retient d'être tout à fait monstrueux...

Anéanti par cette pensée, je relâche mes muscles maxillaires, et par la même occasion la bride de mon fauve intérieur, qui s'enfouit dans les entrailles de Ti-Jean en hurlant de victoire.

« Vite, Ti-Jean, avant qu'ils ne nous voient ! »

Je nage à nouveau dans les souvenirs de mon hôte, occupé à courir derrière Sinead vers le ranch illuminé par l'éclat du feu d'artifice. Pauvres fuyards qui franchissent la porte du réfectoire en croyant passer inaperçus – s'ils levaient seulement la tête, quelles horribles gargouilles ils verraient saliver à la fenêtre de la tour !

« Par là ! » dit Sinead, ombre flottant devant moi.

Je la suis dans les ténèbres de la vaste pièce, jusqu'aux toilettes.

« Voilà, dit-elle une fois que nous y sommes parvenus. Il ne nous reste plus qu'à attendre la fin des feux d'artifice. Les garçons regagneront leur dortoir derrière la sellerie, et les filles remonteront au premier étage du ranch. Sauf Brandy, qui nous rejoindra ici, aux toilettes. Et je vous laisserai seuls, tous les deux.

– Je... je ne suis plus trop sûr que ce soit une bonne idée, murmure Ti-Jean. Peut-être faudrait-il mieux attendre demain...

– Demain ? s'écrie Sinead. Mais tu sais bien que c'est impossible ! Les monos sont toujours sur notre dos. Avec le Théâtre et la Thérapie du matin, et les activités de l'après-midi, vous ne vous croisez qu'aux repas, Brandy et toi ! Entre les combats de purée et les aboiements de Buffalo, avoue que ce n'est pas le cadre le plus intime pour commencer un flirt. Non, le mieux c'est que vous vous voyiez en privé. Je lui ai dit qu'un admirateur secret souhaitait la rencontrer en tête à tête après la représentation.

– Je ne suis pas certain d'être prêt...

– Mais bien sûr que tu es prêt, mon grand ! »

Ainsi la boucle est bouclée, me voici revenu à la bribe de conversation que j'ai si bien perçue en entrant tout à l'heure dans les toilettes, et si mal interprétée. J'ai été, d'un bout à l'autre, le jouet de mon imagination. Je m'en suis pris à Ti-Jean pour rien – et puis, même s'il s'était vraiment déclaré à Sinead, il ne mériterait pas de mourir pour autant !

« Salut ! Ce n'est que moi. Brandy est retenue par miss Lucy et elle m'a envoyé vous prévenir que... Mais ?... Que se passe-t-il ici ? Jack, qu'est-ce que tu as fait à tes cheveux ? Et qu'est-il arrivé à Ti-Jean ? Jack ? JACK !!! »

Voix lointaine, si lointaine. Comme venant d'une autre vie.

Au bout de mes doigts, je sens la Chaleur se tarir peu à peu. On touche à la fin.

À la fin...

« Il est devenu fou ! Je ne sais pas ce qu'il fait à Ti-Jean, mais j'ai l'impression qu'il est en train de le tuer. Oh mon Dieu, Josh, il est en train de le tuer ! »

Du fond de ma nuit, je perçois des ombres très vagues, des fantômes qui se pendent à ma taille, à mes bras pour me détacher de ma proie. Peine perdue : ils sont aussi légers que des fétus de paille.

Comme les dernières ondes de Chaleur remontent en moi, je sens le corps de Ti-Jean s'affaisser doucement entre mes mains, pareil à un épouvantail sans tuteur.

« Lâche-le, Jack ! Lâche-le !

– Ça fait trois minutes que j'essaye de le faire céder, mais rien à faire : c'est comme s'il s'était changé en statue de pierre !

– En statue de pierre, tu dis ? On peut toujours essayer de le renverser ! Allez, aide-moi ! Un... Deux... Trois ! »

D'abord ce n'est qu'une brise, puis la pression des fantômes sur mon flanc droit se fait plus pressante, plus sensible, jusqu'à devenir une bourrasque qui me fait vaciller.

« Encore ! Plus fort ! Un... Deux... Trois ! »

BadaBOUM !

Rendu brutalement à la réalité, mon corps est renversé par la violence du coup. Sous le choc, je lâche le poignet de ma victime, qui s'effondre avec moi sur le carrelage des toilettes. Sinead et Josh, emportés par leur élan, roulent également au sol.

La jeune fille est la première à se relever, pour se précipiter aussitôt sur Ti-Jean. Elle pose doucement sa tête inerte sur ses cuisses.

« Ti-Jean !... Accroche-toi, je t'en supplie !... » murmure-t-elle entre deux sanglots.

Campé devant cette terrible Pietà avec la fermeté d'un rempart, Josh me fixe sans ciller, comme on fixe un chien enragé en espérant le repousser du regard.

« Tu avais tort, lui dis-je en haletant. Le Monstre aux Yeux Verts, ce n'est pas Sinead. C'est moi. C'est moi et moi seul ! »

La silhouette de Josh se brouille entre mes larmes, fins ruisseaux s'évaporant le long de mes joues encore brûlantes de la Chaleur volée à Ti-Jean.

« Le *Monstre aux Yeux Verts* ?... répète Josh d'une voix vacillante. Oh, Jack ! Ce n'est ni Sinead, ni toi ! Ni aucun être de chair et de sang. Mais une créature diaphane, un parasite invisible qui menace chacun de nous si nous n'y prenons garde.

C'est Shakespeare qui lui a donné son nom, dans *Othello.* Il y a cette phrase, à un moment, cet avertissement : *Prenez garde à la Jalousie ! C'est le Monstre aux Yeux Verts qui produit l'aliment dont il se nourrit.* La Jalousie, Jack : voilà le seul, voilà l'unique monstre ! »

La Jalousie ?...

Le Monstre aux Yeux Verts qui produit l'aliment dont il se nourrit ?...

Ça sonne horriblement juste ! Mes doutes, mes soupçons, mes craintes : des aliments fictifs, aussi inconsistants que des songes, dont s'est nourrie ma jalousie pendant des semaines ! J'ai eu faux sur toute la ligne, sur les sentiments de Ti-Jean, sur ceux de Sinead, et sans doute aussi sur les intentions de Josh, dont le désistement du cours d'équitation a été l'un des principaux carburants de ma folie. Que suis-je allé imaginer !

« Tu voulais me dire, pour la bataille équestre..., je m'efforce d'articuler en levant vers Josh mon visage baigné de larmes. Je ne t'ai jamais laissé une chance de m'expliquer pourquoi tu avais laissé Sinead prendre ta place et...

– Je l'ai laissée partir pour pouvoir rester ! coupe Josh d'une voix tremblante. Pour pouvoir rester... avec toi. »

CLIIIIIING ! CLIIIIIING ! CLIIIIIING !

Au moment où j'ouvre la bouche pour répliquer, un bruit de verre brisé retentit au fond des toilettes. Je tourne la tête vers la fenêtre ; pourvu que ce ne soit pas...

... oh non ! Les nains !

Les horribles nains de la tour !

Ils ont commencé à pénétrer dans la pièce à

travers la vitre fracassée, leurs petits yeux cruels cillant dans la lumière des toilettes. Je remarque qu'une corde de tissus noués pend derrière eux dans la nuit, et aussitôt le cri de sister Edith me revient – *Pas par la fenêtre !* avait-elle hurlé, non pour les supplier de ne pas l'y précipiter, mais pour leur interdire de la franchir…

« Je n'ai point l'honneur de vous connaître, monsieur, me dit Dents-de-Piranha en agitant la tête pour remettre en ordre les boucles de sa perruque. Êtes-vous récemment arrivé dans la région ? Quoi qu'il en soit, permettez-moi de vous féliciter pour votre chasse. »

Derrière moi, Sinead ne peut réprimer un petit cri de terreur comme la créature m'adresse un large sourire qui dévoile toute l'horreur de sa bouche. Josh recule d'un pas et se signe trois fois tout en bafouillant des paroles incompréhensibles – des prières ?

« Je suis le marquis de Carabas. Originaire de France, ainsi que la comtesse Brayère et la baronne de Mâchecroute, que voici. Lord Fungus, quant à lui, nous vient d'Angleterre. »

Pareilles à deux guenons savantes, la naine coiffée de la charlotte aux papillons et sa comparse au nez en forme de champignon esquissent une révérence bancale, soulevant les pans de leurs jupons mités sur des jambes semblables à des racines sèches et tordues. Derrière elles, l'affreux lutin médaillé incline légèrement la tête en rajustant son monocle.

« Je vois que vous vous régalez, continue le marquis de Carabas en désignant du regard le corps inanimé de Ti-Jean. Un gentilhomme comme vous accepterait-il de partager le reste de son repas avec des gens de qualité ? À nous quatre, nous aurons tôt fait de transporter ces humains jusque dans la forêt, avant que le Krampus ne s'aperçoive de quoi que ce soit. Nous les viderons de leur Flux, puis nous les cuirons au feu de bois, avec des champignons et des baies sauvages – vous verrez, la comtesse est un véritable cordon-bleu ! »

Visiblement flattée par le compliment, la naine à la charlotte étouffe un petit rire fêlé en déployant sur son visage un éventail couvert de moisissures.

« *Crux sancta sit mihi lux ! Non draco sit mihi dux !...* »[1]

Le cri de Josh est un pavé jeté dans la mare, un coup de fusil qui rompt la prostration incrédule dans laquelle nous a plongés l'apparition des gnomes. Il s'avance devant nous d'un pas ferme, résolu, il se dresse au-devant des créatures en serrant entre ses doigts crispés le crucifix accroché à sa poitrine.

« ... *Vade retro Satanas ! Nunquam suade mihi vana !...* »[2]

Abandonnant sa grotesque posture de nymphe effarouchée, la comtesse laisse tomber son éventail. Elle pousse un sifflement atroce en crachant grossièrement sur le sol.

« Je vais te faire changer de chanson, paltoquet ! » vocifère-t-elle en levant ses doigts crochus.

Ses ongles de mandarin s'entrechoquent dans

1. « Sainte Croix, sois ma lumière ! Démon, ne sois pas mon chef ! »
2. « Arrière, Satan ! Ne me tente jamais par la vanité ! »

l'air, pareils à des aiguilles à tricoter. On dirait qu'elle tisse une toile invisible, l'ignoble araignée…

Aussitôt, Josh cesse sa litanie et lâche son crucifix. Comme victime d'une crise cardiaque, il porte la main à sa poitrine et se recroqueville sur lui-même à la manière d'un insecte. Avec horreur, je vois une tache brune apparaître sur sa tempe, d'abord pas plus grosse qu'une tête d'épingle, puis de plus en plus étendue.

« Josh ! » s'écrie Sinead en reposant la tête de Ti-Jean sur le sol. Elle se relève d'un bond, s'apprête à voler au secours de son ami. Moi aussi je voudrais me relever, mais mes muscles ne me répondent pas, ils sont ankylosés comme si j'avais dormi cent ans – et mon esprit, il est tout embrumé encore, noyé dans les vapeurs du trop-plein de Chaleur qui l'a traversé. Ah, si seulement je pouvais rendre à Ti-Jean ce que je lui ai arraché ! Dites-moi que ce n'est pas vrai, que je ne l'ai pas tué !

« Reste où tu es ! » rugit Lord Fungus à l'intention de la jeune fille.

Il dirige son index vers le sac contenant la robe que j'ai confectionnée, et qui gît sur le sol à mi-chemin entre Sinead et lui. En quelques secondes, le paquet prend feu, il s'enflamme aussi facilement qu'un ballot de paille.

« Encore un pas, et je te fais brûler les habits sur la peau, sale petite humaine ! » gronde le gnome en agitant son index.

Une telle menace aurait tétanisé n'importe quelle fille normale. Mais Sinead n'est pas une fille normale : c'est mon héroïne. Plus rapide que l'éclair, elle saute par-dessus le balluchon enflammé et court jusqu'à la porte des toilettes en hurlant « À l'aide ! ».

« Pas si vite, ma jolie ! » murmure la quatrième créature, celle que le marquis a présentée sous le nom de « baronne de Mâchecroute ».

Elle serre son poing osseux comme si elle voulait y broyer un œuf au moment précis où Sinead pose sa main sur la poignée de la porte, et...

CLIC !

Le verrou tourne dans la serrure, comme actionné par une clé invisible. Ou comme si la naine l'avait fermé *à distance*.

« À nous deux, péronnelle... », siffle le marquis en se ruant sur la jeune fille.

Voir cet ignoble avorton marcher sur Sinead en faisant claquer ses crocs acérés, les yeux brillants de convoitise, contribue fortement à me dessoûler.

« Laissez-la ! »

Je me relève péniblement, un goût de sang dans la bouche.

Le chef des nains s'arrête aussitôt.

Il me fixe un instant de son regard noir, comme s'il tentait de percer le fond de mon cœur.

« Ai-je donc perdu le sens ? s'exclame-t-il finalement. Je serais bien discourtois de ravir au chasseur le plaisir de la première ponction. Après vous, monsieur... monsieur ?...

– EUH... Doe ! »

Le marquis fronce légèrement ses sourcils bleu acier, un feu qui ne présage rien de bon s'allume subitement au fond de ses orbites caverneuses.

« *Il ment, je le sens à son odeur* », déclare-t-il finalement en français à la cantonade, sans me quitter du regard.

Sans doute pense-t-il que je ne comprends pas la langue de Molière, et compte-t-il s'en servir pour communiquer à mon insu avec ses acolytes.

« *Doe ?* crache la baronne de Mâchecroute. *C'est d'un commun ! Et cela sonne effroyablement humain, ne trouvez-vous pas ?*

– *Qu'allons-nous faire de lui ?* demande Lord Fungus dans le même français suranné, sans se départir de son accent britannique.

– *Est-il seulement fé, à vrai dire ?* renchérit la comtesse Brayère. *Si l'on ne prend garde à la couleur de ses cheveux, avouez qu'il ne nous ressemble guère. Peut-être est-il à la solde des Krampus ?* »

Quatre paires d'yeux aussi lumineux que des diodes me dévisagent désormais. Qui qu'elles soient, les créatures commettent une grave erreur en me laissant mariner ainsi : le répit qu'elles m'accordent pourrait bien me suffire pour reprendre tout à fait mes esprits. Mon cœur tourbillonne dans ma poitrine où la peur et la colère se mélangent à gros bouillons – peur de ce que je suis, de ce que j'ai fait à Ti-Jean ; colère contre ces créatures, contre l'image qu'elles me renvoient de moi-même.

Peur et colère : il n'y a pas cocktail plus détonant… Et il n'y a pas carburant plus combustible que la Chaleur qui s'est rallumée au creux de mon ventre, plus vive que jamais à présent que les forces de Ti-Jean sont en moi.

« *Nous ne pouvons courir le risque qu'il nous dénonce au Krampus*, murmure le marquis d'une voix calme. *Débarrassons-nous d'abord de lui, nous nous occuperons des humains ensuite. Je vais compter jusqu'à trois, et nous concentrerons nos ondes sur lui. Ne craignez point de tout livrer, tout ce que vous avez puisé au baquet de Mesmer – nous aurons de quoi nous sustenter amplement avec les deux humains encore vaillants.»*

Sans me quitter une seconde des yeux, les quatre créatures se déplacent furtivement tout autour de la pièce, jusqu'à m'encercler tout à fait.

«J'espère que vous excuserez ces messes basses, reprend le marquis de Carabas en anglais. Mes amis parlent mal votre langue, aussi doivent-ils recourir à mon truchement. Ils vous proposent galamment de tenir les proies pendant que vous les ponctionnez, afin de rendre votre souper plus agréable.»

Les proies...

À genoux sur le carrelage, Josh tente maladroitement de se relever. Je ne sais pas ce que l'abominable comtesse lui a fait, mais il en porte le stigmate sur le visage : la tache que j'ai vue apparaître sur sa tempe blanche semble s'y être durablement imprimée. Sinead de son côté grelotte contre la porte des toilettes, son regard de lionne blessée passant alternativement des nains à moi, comme si elle essayait de nous trouver le plus de points communs possible. Quant à Ti-Jean, il est toujours immobile sur le sol. S'il est vrai que je l'ai tué, alors je veux mourir à mon tour, et entraîner les quatre monstres avec moi dans la mort.

«*À mon commandement...*» susurre le marquis en français, tout en écarquillant ses yeux, dont les prunelles, je m'en aperçois maintenant, rougeoient comme des braises.

«*Un...*»

J'incline imperceptiblement la tête. À ma droite,

la comtesse lève ses longues serres bagousées, comme elle l'avait fait pour frapper Josh de l'étrange mal qui l'a fait ployer. À ma gauche, Lord Fungus dresse son index pyromane dans ma direction.

« *Deux...* »

Pas besoin d'être extra-lucide pour savoir que dans mon dos, la baronne au nez patatoïde a commencé à serrer les poings.

« *TROIS !!!* »

Au moment même où le marquis éructe son ordre, je me jette à plat ventre sur le sol.

Du coup, il se prend de plein fouet le maléfice que la baronne de Mâchecroute tramait dans mon dos : il est projeté à deux mètres en l'air, puis retombe pesamment sur le carrelage.

« Oh ! Pardon marquis ! s'exclame la naine. Je suis confuse !... »

Elle n'a pas le temps d'en dire plus : ses excuses fébriles sont couvertes par les hurlements de la comtesse Brayère, dont l'affreuse charlotte a pris feu.

« Maladroit ! glapit-elle à l'intention de Lord Fungus en tentant d'étouffer les flammes. Moule à gaufre ! Emmanché !

– Et vous, vieille chouette ! réplique le gnome en passant une main fébrile sur ses joues. Trouviez-vous que je n'avais point assez de rides, pour m'en infliger davantage ! »

Effectivement, le visage de Lord Fungus me semble soudain plus raviné, creusé de sillons plus profonds, comme si en quelques secondes il avait vieilli de plusieurs années ; des taches semblables à celle de Josh achèvent de s'imprimer sur sa peau parcheminée, on dirait des gouttes d'encre sur du papier buvard.

« Assez ! » coupe le marquis d'une voix rauque en se relevant péniblement.

Sa perruque n'est plus qu'un tas d'algues emmêlées, dont les boucles s'accrochent à son nez, à ses crocs, à son menton pointu. Il les écarte d'une main tremblante de rage pour dégager ses yeux plus rouges que jamais, et il fond sur moi en poussant un grognement sauvage, aussitôt imité par ses sbires.

Venez, mes amis, venez...

Je demeure immobile contre le sol, feignant d'être étourdi par ma chute : une pâture offerte aux monstres déchaînés, en expiation de mon crime. En quelques secondes, je sens huit mains osseuses m'enserrer les poignets et les chevilles.

« N'ayez crainte, monsieur, votre chasse ne sera pas perdue, souffle le marquis dans ma nuque en exhalant une haleine fétide. Nous dégusterons les humains en buvant à votre mémoire ! »

Au même moment, quatre aiguilles de glace s'enfoncent dans mes chairs, aux quatre endroits où les nains m'ont saisi. La douleur a beau être cuisante, elle ne dure guère. En quelques secondes elle s'efface, et avec elle toutes sensations, submergées par une vague silencieuse. D'un seul coup, je sens mes forces abandonner mes bras, mes jambes, tous mes muscles. Mon seul réconfort, tandis que la paralysie s'empare de mon corps, c'est la certitude que Ti-Jean n'a pas souffert : à se vider de sa Chaleur on meurt comme on s'endort, après une longue, une très longue journée.

Cependant je suis loin d'être totalement refroidi.

Les aiguilles de glace n'ont pour l'instant aspiré que mon énergie périphérique, la plus extérieure. Tandis qu'elles pénètrent plus avant jusqu'aux tréfonds de mon être, je les sens presser contre l'énorme poche de Chaleur qui s'est formée dans mon ventre, pareilles à quatre épingles appuyant sur un gigantesque ballon de baudruche, rempli à craquer.

Et qui craque.

L'explosion de Chaleur est d'autant plus brutale que je l'ai contenue jusqu'à cet instant, jusqu'à ce que les monstres soient en contact physique avec moi. Son flot rugissant balaye tout sur son passage – la peur, le doute, la souffrance – pour jaillir tels quatre geysers aux quatre points où les nains m'ont saisi :

dans ma cheville gauche broyée entre les pattes de Lord Fungus ;

dans ma hanche droite où la baronne de Mâchecroute a enfoncé ses ongles pointus ;

dans ma poitrine que les griffes de la comtesse Brayère labourent cruellement ;

dans mon cou qui palpite entre les serres du marquis de Carabas.

Je sens mes bourreaux sursauter, surpris que mon corps renferme encore une telle réserve d'énergie – surpris surtout que je la leur livre sans résister, que je la pousse vers eux de toute mon âme, au lieu de m'y agripper comme un avare à son or, de la retenir pour me maintenir en vie le plus longtemps possible. Comment pourraient-ils imaginer une seule seconde que je puisse vouloir me sacrifier pour sauver mes amis, eux qui ne sont qu'égoïsme et voracité ? Comment pourraient-ils deviner que si je veux geler plus vite, c'est pour qu'ils se noient, qu'ils se consument dans une crue de lave en fusion ?

Sans se douter du piège que je leur tends, ils ne font que resserrer leur étreinte mortelle, excités et ravis par ce surplus inespéré. Et ils aspirent plus fort encore pour être certains de ne pas en perdre une goutte, de ne pas en avoir moins que leurs voisins.

Je sens leurs quatre petits corps difformes chauffer contre mon corps à mesure que celui-ci se glace : chauffer et surchauffer.

Voilà qu'ils veulent reprendre leur respiration, ralentir un instant le torrent brûlant.

Mais il est trop tard.

La pression est trop puissante à présent, le flux trop violent pour qu'ils puissent le ralentir ou le dévier.

Ils voudraient bien me lâcher, mais leurs pattes sont trop solidement crispées sur ma chair, comme paralysées à leur tour, ou plutôt aimantées à mon corps.

« Oh non, non... », murmure la baronne de Mâchecroute.

Mobilisant toute ma volonté, j'entrouvre mes paupières à demi mortes. Tout là-bas, contre la hanche qui ne m'appartient déjà plus, qui n'est plus qu'un morceau de viande entre ses griffes, la naine gémit doucement.

« ...noooOOON... »

Le gémissement de la créature s'intensifie alors que son sang entre en ébullition, colorant son visage, ses mains, toute sa peau d'une teinte rouge vif.

« ... NOOOOON !!! »

Je voudrais me boucher les oreilles pour ne pas entendre cette horrible stridence, mais mes membres ne me répondent plus. Il me semble que seules mes pupilles sont encore vivantes, encore mobiles, tandis que je les promène sur mon corps inerte et sur les quatre silhouettes tordues qui s'y agrippent.

Qui s'y consument.

Un nuage humide s'élève au-dessus des nains écarlates, comme s'ils suaient de la vapeur, et une odeur de brûlé envahit mes narines. C'est la perruque du marquis de Carabas, dont les boucles ont commencé à roussir.

« Mais qui… qui êtes-vous ?… » lâche Lord Fungus d'une voix gutturale, comme si le grésillement de ses boyaux lui remontait dans la gorge.

Il vire au violet, puis à un pourpre de plus en plus sombre ; sa peau se craquelle, laissant échapper des filets de fumée qui en quelques instants noircissent ses boucles blanches.

Ah, tu voulais faire rôtir Sinead, monstre ? Eh bien, c'est toi qui rôtis à présent !

Je m'arrache le cœur pour envoyer encore plus de Chaleur, encore plus vite, encore plus loin. Oui, c'est une belle et digne fin que de mourir pour sauver ceux que l'on aime. Je suis gelé jusqu'à l'os à présent, et pourtant je sens qu'en immolant mes agresseurs c'est une moitié de moi-même que je brûle. C'est la moitié jalouse qui m'a torturé pendant des semaines, c'est la moitié vorace qui m'a empêché de lâcher Ti-Jean quand il en était encore temps. Josh avait raison : je ne suis pas un monstre, ou pas complètement – et je ne le serai plus du tout quand ma part monstrueuse aura complètement brûlé. Peu importe que je laisse derrière moi un cadavre difforme, aux cheveux bleus, aux dents trop nombreuses : ce sera un cadavre serein, réconcilié avec lui-même.

Dans un ultime effort, j'élève mon regard au-dessus du misérable Lord Fungus, dont la peau noire se détache à présent en lambeaux grillés. Je ne veux pas qu'il soit ma dernière vision du monde où j'ai vécu, souffert, rêvé… aimé.

À une année-lumière de moi, au fond de la pièce, Sinead m'apparaît plus éclatante que jamais.

Son corps d'une blancheur immaculée au-dessus de la créature calcinée.

Un ange qui me regarde en pleurant…

… des larmes d'amour ?

20 Convalescence

Il fait chaud.

Il fait sombre.

N'est-ce que cela, la mort ?

Le cercueil où l'on m'a couché est aussi moelleux qu'un lit.

À travers son couvercle descellé, je perçois les contours incertains d'un caveau aussi douillet qu'une chambre d'enfant, peuplée d'ombres en forme de tricycle ou de cheval à bascule, de luisances subtiles sur la surface polie d'un ballon, sur les rails d'un train électrique.

« Bonnes gens qui moissonnez, si vous ne dites pas que tous ces blés appartiennent à monsieur le marquis de Carabas, vous serez tous hachés menu comme chair à pâté ! »

Je sursaute dans le linceul, qui m'emmaillote.

Une silhouette sombre est penchée à mon chevet, dont je ne perçois que les bijoux brillant dans l'obscurité, deux boucles d'oreilles en nacre et un petit pendentif doré : la Mort elle-même ? La Mort qui vient troubler mon sommeil éternel pour me rappeler l'horreur de mes dernières minutes, le souvenir abominable du marquis et des siens ? La Mort qui s'adresse à moi dans la langue de ma mère, dans ce français qui a bercé mes nuits d'enfance et qui me touche au plus profond ?

« On m'a assuré, dit le chat, mais je ne saurais le croire, que vous aviez le pouvoir de prendre la forme des plus petits animaux, par exemple de vous changer en rat ou en souris ; je vous avoue que je tiens cela pour tout à fait impossible. »

Mais... je connais cette histoire ! Le Chat botté ! L'histoire du Chat botté !

De même que certaines épaves réapparaissent, des siècles après leur naufrage, à la surface de l'océan, le conte resurgit brusquement de ma mémoire. Suffoqué, je prends une profonde inspiration...

... et l'odeur envahit mes narines.

Plus puissante, plus capiteuse que jamais : l'odeur de la charrette, l'odeur de la chambre des Krampus, l'odeur de la salle de Thérapie remplie de nains.

Anis !

Ni tout à fait la douceur de l'orgeat, ni tout à fait l'amertume de la réglisse, mais ce compromis parfait : le parfum enivrant de l'anis !

J'ai le nez dessus, le nez sur un mouchoir imprégné d'anis, et qui repose là, juste là, sur mon oreiller. Le cœur des morts bat-il encore ? Le mien bondit dans ma poitrine comme je reconnais le doudou de mon enfance, le morceau de tissu qui a accompagné mes premiers mois et que je croyais oublié à jamais. Mes yeux fascinés détaillent dans la pénombre les motifs de dentelle qui ornent le tissu, des roses et des ronces entremêlées autour d'un M majuscule.

Et si…

Et si j'étais toujours l'enfant qui dort au creux de ce berceau ?

Et si mon existence d'adolescent n'avait été qu'un songe, rêvé depuis cette chambre ?

Mon allergie au sel, ma fatigue perpétuelle, le calvaire du collège, l'enfer de Redrock : des fantasmes.

Le docteur Smith, Mrs Pickwick, Buffalo, le docteur Krampus, l'horrible marquis de Carabas et sa cour : des fantômes.

Et jusqu'à Sinead : le plus beau, le plus chatoyant des mirages, mais pas plus consistant qu'un arc-en-ciel.

Des années imaginées en quelques heures.

En quelques secondes peut-être, entre deux phrases de la conteuse penchée à mon chevet, entendues à travers les brumes du sommeil qui s'avance.

Retrouvant les réflexes de la petite enfance, je porte machinalement mon pouce à ma bouche.

Il se heurte contre trois rangées de dents pointues.

« NON ! »

Je rouvre les yeux en criant. Tout autour de moi, la chambre d'enfant a laissé place au décor aseptisé d'une infirmerie. Je suis couché dans un lit de fer encadré par deux paravents de toile blanche.

Mon oreiller ne sent que la lessive, et le mouchoir de dentelle a disparu.

La porte de la pièce s'ouvre sur le fauteuil roulant de sister Edith.

« Te voilà réveillé… », dit-elle avec son accent germanique en glissant jusqu'à moi.

Elle me saisit le bras. Par réflexe, j'essaye de lutter, mais mon corps est si faible que je ne parviens à lui opposer aucune résistance. Sans prêter attention à mes efforts, la nonne serre fermement mon poignet tout en regardant sa montre.

« Le pouls est plus régulier », murmure-t-elle dans sa barbe, sans que je sache si ses paroles s'adressent à moi ou si elle pense à voix haute.

Elle glisse la main dans la poche de sa robe et en sort une boule ronde et blanche. Avant que j'aie le temps d'identifier la nature de l'objet, elle le brandit sous mon nez. Affolé, j'essaye mollement de me détourner, mais elle m'attrape par les cheveux et me maintient la tête en place. Aussitôt, une odeur piquante remonte dans mes narines, enflammant mes sinus. Un oignon ! La religieuse est en train d'écraser un oignon pelé sur mon visage !

En quelques secondes, mes yeux se remplissent de larmes, qui déferlent abondamment le long de mon visage. Sister Edith me lâche alors les cheveux et passe son index sur ma joue trempée… avant de le porter à sa bouche !

« Mmmm… C'est bien ce que je pensais ! » dit-elle en me jetant un regard terrible.

Puis elle me tourne le dos, m'abandonnant sur mon oreiller trempé de larmes, et ferme la porte à double tour derrière elle :

CLIC-CLIC !

*

Les heures passent, inexorables.

Les larmes sèchent sur ma peau.

La lumière qui filtre à travers la haute lucarne de l'infirmerie change de couleur plusieurs fois.

Sur le mur nu en face de moi, un miroir rond en œil-de-bœuf me contemple d'un regard vide.

Ainsi, je ne suis pas mort.

Ainsi, Redrock n'est pas un rêve.

L'îlot de mes certitudes s'arrête là, et là commence l'océan de mes doutes. Qui est vraiment sister Edith ? Les horribles nains ont-ils disparu ? Où sont mes amis, où est Sinead ? Savent-ils que je suis vivant ?

Les heures passent, inexorables.

Le silence ouaté de l'infirmerie n'est troublé que par ma respiration, et par celle, très lente, d'un patient invisible derrière le paravent à droite de mon lit. J'aimerais me lever pour le voir, pour m'assurer qu'il ne s'agit pas d'un des lutins sauvé par la nonne infernale, entouré des bandelettes avec lesquelles on momifie les grands brûlés. Mais mes muscles ne me répondent pas, sont aussi mous que des rubans de guimauve.

Alors j'attends.

J'attends que passent les heures, inexorablement.

Lorsque, au terme de multiples métamorphoses, la lumière finit par se transmuter en or cascadant du haut de la lucarne, la porte s'ouvre à nouveau sur sister Edith. Elle porte un plateau sur ses genoux, dont le contenu tremble à chaque mouvement des roues de son fauteuil : deux bols, une grande cuiller, un pinceau et un rouleau de papier d'aluminium.

« À nous deux, dit-elle en posant le plateau sur la table de chevet à côté du lit. À défaut de savoir *qui* tu es, je sais au moins *ce que* tu es. À présent, le dysfonctionnement du baquet de Mesmer s'explique ! C'est pour cela que tu t'es introduit à Redrock, avoue-le : pour profiter du Flux stocké dans le baquet ? Ou bien te nourris-tu directement sur les autres pensionnaires, sur les pensionnaires *normaux* ?

– Je suis normal ! je proteste avec toute la vigueur dont je suis capable. Ou plutôt : j'étais normal jusqu'à mon arrivée à Redrock. S'il n'avait tenu qu'à moi, je n'y serais jamais venu, croyez-moi ! C'est Mrs Pickwick qui a convaincu mes parents de m'y envoyer, avant le passage au lycée...

– Voyons, voyons ! coupe la bonne sœur en mélangeant une mixture à l'odeur âcre dans l'un des deux bols. Tu ne vas pas me faire avaler de telles balivernes. Il y a la couleur de tes cheveux, il y a tes dents... et il y a le test de l'oignon, qui ne trompe pas. Un conseil : mieux vaut que tu joues cartes sur table avec moi. As-tu seulement idée du châtiment que tu encours si le docteur Krampus s'aperçoit de quoi que ce soit ? Dis-moi la vérité.

– Mais puisque je vous dis que je n'ai aucune idée de ce qui m'arrive ! »

Je me redresse brusquement contre le dossier du lit.

Aussitôt ma tête se met à tourner si fort que j'ai l'impression d'être dans des montagnes russes; l'infirmerie vacille tout autour de moi, le visage sévère de sister Edith montant et descendant à la manière d'un Yo-Yo. Je m'effondre sur mon oreiller, terrassé.

« Du calme ! ordonne la nonne. Tu es encore très faible. Je ne sais pas si tu mens ou si tu es sincère… Peut-être as-tu perdu la mémoire lors du combat avec tes semblables ? Il faut dire qu'ils t'ont laissé dans un sale état. Cela dit, tu as dû pas mal les amocher, à voir ces perruques brûlées et cette odeur de chair carbonisée. Pouah !

– Ils… ils ne sont pas morts ? je balbutie.

– Pas dans le ranch en tout cas ! Peut-être se sont-ils traînés jusque dans la forêt pour y expirer loin de la colère du docteur Krampus ? De toute façon, ils l'ont bien mérité. Songe un peu qu'ils ont bloqué mon fauteuil, les monstres, pour pouvoir s'enfuir par la fenêtre ! Il m'a fallu vingt minutes pour extirper la canne que ce satané marquis avait coincée dans mes roues !

– Et les autres ? Je veux dire : et les autres pensionnaires, Sinead, Josh et Ti-Jean. Sont-ils sains et saufs ?

– Quel toupet ! Faire semblant de t'inquiéter pour ceux que tu voulais assassiner ! Encore heureux qu'ils vous aient échappé, à toi et aux autres affreux, sinon toute cette affaire serait immanquablement remontée jusqu'au docteur Krampus, et ce serait encore moi qui aurais trinqué. Ils sont très certainement terrifiés par ce qui leur est arrivé, les pauvres petits, mais je suis certaine qu'ils tremblent encore plus à la seule idée d'en parler au docteur Krampus. Comment lui expliquer qu'ils se trouvaient dans les toilettes du ranch quand ils ont été attaqués, au lieu d'être dehors avec les autres ? Le mieux, c'est que tout cela reste entre nous : je leur ai promis ma protection jusqu'à la fin du séjour en échange de leur silence. Et toi, tu ne toucheras pas à un seul de leurs cheveux, tu m'entends !

– Mais... ce sont mes amis !

– Tes amis ? répète la religieuse en me lorgnant derrière ses lunettes à triple foyer. Comme je te l'ai dit, je n'ai aucun moyen de savoir si tu es sincère. Je n'ai aucun moyen de savoir si tu te payes ma tête, si tu t'appelles Jack Spark comme il est écrit dans ton dossier d'inscription et si tu es vraiment persuadé que ces pensionnaires sont tes amis. Mais ce dont je suis certaine, c'est que tu es un Fé. Et les Fés ne sont pas, ne sont jamais amis avec les humains ! »

Un Fé ? Les fées ne sont-elles pas toujours des créatures féminines, et surtout des créatures mythiques, qui n'existent que dans les contes pour enfants ? Cependant, je me souviens que la comtesse Brayère a employé ce mot à mon sujet, lorsqu'elle échangeait en français avec les autres nains : *Est-il seulement fé ?* avait-elle alors demandé.

« Bref, reprend sister Edith en saisissant le bol où elle a réalisé son mélange. J'avoue que tu m'intrigues beaucoup : tu n'es pas monstrueux, contrairement aux Fés de la forêt, et tu n'as pas les proportions ogresques des Krampus. Est-ce le Flux que tu as pompé au baquet, et ensuite sur tes petits camarades, qui te permet d'avoir ce physique presque humain ? En tout cas tu ne figures pas sur la liste des invités, et je me demande vraiment d'où tu sors. Aussi n'ai-je pas encore décidé de ce que j'allais faire de toi – le mieux est que nous attendions que tu retrouves la mémoire, ou que le manque de Flux t'oblige à reprendre ta forme véritable.

« D'ici là, il est bien sûr hors de question que tu quittes cette pièce. De leur côté, les Fés de la forêt n'ont aucun intérêt à avertir le docteur de leur mésaventure, et comme je te l'ai dit il terrorise bien trop les pensionnaires pour que ceux-ci se confient à lui. Toi ici, je suis certaine que cet accident ne sera pas ébruité. Je vais même te décolorer les cheveux pour cacher ce vilain bleu : simple précaution en cas de visite du personnel encadrant, à qui j'ai raconté que tu avais fait une mauvaise chute dans l'escalier. »

La religieuse se munit du pinceau et commence à badigeonner mes cheveux avec sa préparation ammoniaquée. Ignorant mes faibles protestations, elle étale la pâte jusque sur mes sourcils, puis elle m'enveloppe la tête d'une double couche de papier d'aluminium.

« Pour que le cheveu se décolore plus vite », précise-t-elle.

Une fois son dispositif installé, elle me relève la tête contre l'oreiller et, s'armant de la cuiller, commence à m'abreuver avec le brouet qui fume dans le deuxième bol. Comme le liquide chaud et insipide pénètre dans mon estomac, je réalise que je suis affamé – sans doute suis-je resté plusieurs jours dans le coma.

« Et n'espère pas avoir de la viande, ni la moindre

particule de Flux, prévient la bonne Samaritaine. Je ne tiens pas non plus à ce que tu te rétablisses *trop* rapidement. »

*

« Eh bien, comment vont nos malades ? »

Je ne saurais dire combien d'heures ont passé depuis la dernière visite de sister Edith, depuis qu'elle m'a rincé les cheveux et les sourcils.

J'ouvre péniblement les yeux.

« Oh, pour celui-ci, je ne me fais pas trop de souci, répond la nonne à miss Lucy en me désignant du menton. Mais pour l'autre… il est toujours dans le coma. »

La gouvernante me jette un regard rapide, puis elle passe de l'autre côté du paravent, du côté d'où vient la lente respiration. Sister Edith la suit, si bien que je ne perçois plus que leurs voix derrière la toile tendue.

« Alors comme ça, il est tombé dans les escaliers, lui aussi ? demande miss Lucy.

– Oui, ils ont trébuché en allant ranger une partie du décor au sous-sol, après la représentation. Leurs camarades les ont aussitôt amenés à l'infirmerie. Jack Spark et Ti-Jean Robespierre : ils sont arrivés tous les deux inconscients. »

Mon cœur bondit sous mes côtes. Ti-Jean ! C'est Ti-Jean qui est à côté, et toujours vivant !

« Quels petits maladroits ! s'exclame miss Lucy. Quoi qu'il en soit, nous ne pouvons pas nous permettre de les perdre.

– Dites au docteur Krampus que je fais de mon mieux. Il me faut du temps.

– Bien. »

Sur ces paroles, les deux femmes quittent la pièce en silence, me laissant seul, tremblant d'excitation. Le garçon que je pensais avoir tué est là, qui respire à quelques mètres de moi ! Dès lors, je n'ai plus qu'une idée : le rejoindre pour lui demander pardon, en priant pour qu'il m'entende à travers les brumes du coma.

Un laps de temps interminable s'écoule encore avant que je trouve en moi le courage de me lever. Cela me rassure aussi d'attendre la nuit, durant laquelle je me dis que sister Edith a moins de chances de surgir à l'improviste. Ainsi, six heures après la fin du jour, j'entreprends de remuer mes jambes pour la première fois depuis l'attaque des nains.

OUCH ! J'ai l'impression qu'elles pèsent une tonne chacune !

Comme si, durant mon sommeil, sister Edith avait coulé sur elles une chape de béton. Je soulève lentement le drap de mon bras chétif, et je constate avec soulagement que mes jambes sont libres, simplement vêtues d'un pantalon de pyjama. Ce ne sont pas elles qui se sont alourdies : ce sont mes muscles qui se sont atrophiés.

Rassemblant toutes mes forces, je me redresse contre mon oreiller. Le plus doucement possible cette fois-ci, pour éviter d'être à nouveau saisi de vertiges. Puis je m'accroche à la tête de lit, prenant ce point d'appui pour faire pivoter mes hanches vers l'extérieur du matelas.

Après de longues minutes d'efforts ininterrompus, ma chemise de pyjama trempée de sueur, je parviens à faire descendre mes jambes jusqu'à terre. Le contact du plancher froid sous mes pieds nus me fait frissonner, après tout ce temps passé dans le cocon tiède des draps. Je prends une grande inspiration, puis je lâche la tête de lit, me laissant glisser vers le sol.

Mais mes jambes sont trop frêles pour supporter d'un coup tout mon corps. Elles plient sous son poids et me voilà à quatre pattes sur le plancher, essoufflé. Tout en essayant de reprendre ma respiration, je me dis que ce ne doit pas être facile d'être handicapé, de sentir une masse inerte à la place de ses membres. Non, vraiment, je me dis que la vie de sister Edith ne doit pas être drôle tous les jours…

Une fois que j'ai retrouvé mon souffle, je tente de me relever. Mes mains s'accrochent au cadre métallique sur lequel est tendue la toile du paravent. Je me hisse lentement, faisant progresser mes prises le long du montant, avec des pauses régulières pour que mes jambes se réhabituent à me porter. Je parviens ainsi à me tenir à peu près debout, tout en restant fermement agrippé au paravent.

Alors que je contourne la cloison de toile à petits pas, j'aperçois mon reflet dans l'œil-de-bœuf. Ma silhouette est étrangement déformée, écartelée par la surface convexe du miroir. Mais mes cheveux ont retrouvé leur teinte naturelle, le blond très clair que je ne pensais plus jamais revoir de ma vie. Ragaillardi par cette vision, je passe de l'autre côté du paravent.

Ti-Jean est bien là, reposant dans un lit de fer, semblable à un gisant de marbre noir. Lâchant le paravent pour me rattraper au matelas, je me traîne jusqu'à l'avant du lit. La poitrine du garçon bouge à peine sous les draps, se soulève si lentement qu'il ne doit guère inspirer plus d'une bouffée d'air par minute. Des ombres profondes creusent ses tempes et ses joues décharnées – manifestement, la perfusion fichée dans son bras gauche ne suffit pas à l'alimenter. Quant à ses lèvres exsangues, elles sont aussi blanches que les ailes d'un phalène, qui se serait posé là sur ce visage abandonné.

« Pardon… », je murmure en me penchant sur son oreille sourde.

Mais en même temps, je prends conscience de l'absurdité de ma démarche. Le corps de Ti-Jean est peut-être maintenu en vie, mais en vie végétative, purement mécanique, vidée de tout esprit. Il n'est plus qu'un légume. La main de fer de la culpabilité m'empoigne les entrailles, et les presse atrocement, comme pour en extraire le jus du repentir.

Cependant la douleur ne suffit pas.

Le regret ne suffit pas.

Je peux bien pleurer toutes les larmes de mon corps, me vider de tout mon sang, ce n'est pas ça qui fera revenir Ti-Jean à lui-même.

Ce n'est pas ça… mais peut-être y a-t-il un autre moyen.

Ça vaut la peine d'essayer ! Je pose une main fébrile sur le front de mon ami. Il est froid comme la pierre. Je me concentre sur cette zone gelée, sur les quelques centimètres carrés où nos peaux se rejoignent, et j'invoque la Chaleur au creux de mon ventre. Je sens l'onde tiède remonter docilement dans ma poitrine, dans mon bras, jusque dans ma paume – comment sister Edith l'a-t-elle appelée déjà ? Le Flux ? C'est vrai que la Chaleur se propage dans mon corps à la manière d'un flux à travers une multitude de canaux.

Mais lorsqu'elle parvient au contact de la peau de Ti-Jean, je la sens qui se rétracte, qui veut faire marche arrière. On dirait que la Chaleur a senti qu'il n'y a plus rien à aspirer dans ce corps-légume, dans ce corps sans âme. Cependant je l'oblige à continuer plus avant, à se déverser dans le crâne de Ti-Jean.

Elle proteste, elle résiste, elle refuse de m'obéir, mais j'insiste d'autant plus, je presse ma paume plus fort contre le front du garçon. Je sens bien qu'il y a quelque chose de complètement contre nature dans ce geste, j'ai l'impression d'appuyer ma main sur un fer à repasser chauffé à blanc, et tous mes instincts, tous mes réflexes m'ordonnent de la retirer immédiatement. Mais ma volonté est plus forte.

Ma volonté de sauver Ti-Jean.

BanG!

Au moment où le Flux finit par céder et par passer dans le corps du garçon, la porte de l'infirmerie s'ouvre brusquement.

« Lâche-le immédiatement, sale petit menteur ! » hurle sister Edith.

Son visage est déformé par la colère. Elle tient un fusil fermement calé contre son épaule.

« Lâche-le ou je tire ! » répète-t-elle en agitant le canon.

Mais moi, je n'ai plus la force de faire le moindre

geste, même plus la force de lâcher Ti-Jean : à peine ai-je commencé la transfusion que j'ai senti son corps aspirer mon énergie avec l'avidité dont un sol aride aspire la pluie. Je suis pareil à un minuscule satellite pris dans le champ gravitationnel d'une planète géante, dont il m'est impossible de me détacher.

« Tu l'auras voulu ! » crie sister Edith en levant le cran de sûreté.

La tête me tourne à nouveau, je sens mes jambes s'affaisser à nouveau sous mon corps atone. Ça y est, ai-je à peine la force de penser : cette fois-ci c'est vraiment la fin…

« Où… où suis-je ? »

Pan !

Sister Edith dévie son fusil au dernier moment, la balle transperçant le paravent de toile derrière moi.

« Où suis-je ? » Au moment où Ti-Jean répète sa question, je sens mes dernières forces m'abandonner, et je m'écroule inconscient sur le plancher de l'infirmerie.

21 L'envers des contes

« Dieu soit loué, tu te réveilles enfin ! Comment ça va, mon gars ? »

J'ouvre les yeux sur le plafond blanc de l'infirmerie.

Je suis à nouveau bordé dans mon lit, aussi vulnérable qu'un nouveau-né. Dans un premier temps, je ne reconnais pas le visage de sister Edith penché au-dessus de moi. Il est si différent, si… bienveillant. Les rides soucieuses du front semblent s'être effacées, comme s'est effacé le froncement sévère des sourcils au-dessus des lunettes. Pour la première fois, j'aperçois les yeux de la vieille femme à travers le verre épais. Je découvre avec surprise qu'ils sont doux et mélancoliques, débordants de compassion.

« L'œil-de-bœuf est une glace sans tain, explique-t-elle. Je m'étais postée derrière, attendant que tu reprennes assez de forces pour ramper jusqu'au lit de ce pauvre garçon et aspirer le peu de Flux qui coule encore en lui. N'importe quel Fé aurait fait ça : des prédateurs sans pitié, voilà ce qu'ils sont ! Je voulais te prendre sur le fait pour prouver que tes histoires de parents, de lycée et d'amitié avec les humains n'étaient que des mensonges. Mais j'avais tort. Ce n'est pas pour voler le Flux de Ti-Jean que tu l'as rejoint, mais pour lui offrir le tien !

Incapable de parler, je me contente de hocher légèrement la tête.

« Grâce à toi, il est tiré d'affaire désormais, continue la nonne. Je l'ai renvoyé se reposer au dortoir, avec une dispense d'activité pour une semaine. Je n'ai pas pris un grand risque en ce qui concerne notre petit secret : il ne se souvient de rien dans une plage de vingt-quatre heures avant l'accident, et tout le monde a l'air de croire à cette histoire de chute dans les escaliers. »

Sister Edith me relève doucement la tête et fait couler dans ma gorge une cuiller de liquide chaud et parfumé.

« C'est du bon bouillon de poule plein de protéines, murmure-t-elle, pas un brouet d'eau bouillie comme l'autre jour. Après ce que tu as fait, après ce que j'ai vu, il n'est plus question de te rationner ! »

Je parviens à absorber quelques gorgées, puis je ferme les yeux. Je n'ai jamais connu Grandma, qui est morte plusieurs années avant ma naissance ; mais je crois que j'aurais aimé qu'elle ressemble à sister Edith.

Je rouvre les yeux. Combien de temps a passé depuis que mes paupières se sont fermées ? La lumière à travers la lucarne est complètement différente : j'ai dû dormir de nombreuses heures.

Cependant sister Edith est toujours là, souriante à mon chevet.

« Je suis désolée de ne pas t'avoir cru sur parole depuis le début, dit-elle. Cette histoire est si... étrange. Tout indique que tu es un Fé : la couleur de tes cheveux, la conformation de ta mâchoire... Seul un Fé peut être capable comme tu l'as fait d'inverser le courant du baquet de Mesmer et d'en aspirer le Flux. Et puis il y a tes larmes, tes larmes que j'ai goûtées : elles n'étaient pas salées. C'est la preuve la plus infaillible, le signe qui ne trompe jamais. Au cours de l'Histoire, les Fés ont souvent essayé de cacher leur véritable nature aux yeux des humains, en teignant ou en couvrant leurs cheveux, parfois même en faisant arracher leurs dents ; mais leurs larmes sont toujours restées aussi douces que de l'eau de source. Car le corps des Fés ne contient pas un gramme de sel. Ça non plus, tu ne le sais pas ? »

Je parviens à déglutir avec difficulté et j'essaye d'aligner quelques mots. Ma langue me semble molle et lourde, une vraie limace !

« Tout ce que je sais, c'est que je suis allergique au sel. Depuis tout petit. J'ai même eu une crise grave, à la cantine, en maternelle. »

J'expire longuement, épuisé par ces paroles.

« À la cantine !... répète sister Edith, abasourdie. En maternelle !... Serait-ce donc vrai que tu as été élevé comme un humain ? Quelle étrange idée ! Comment tu as pu survivre jusqu'aujourd'hui, ça je l'ignore. Les enfants fés confiés aux humains meurent habituellement en quelques semaines. C'est le principe même de l'Échange... »

Confiés aux humains ? Que veut-elle dire ? Les

visages de Mum et de Dad surgissent dans mon esprit, et pour la première fois ils me paraissent étrangers. Je rassemble mes dernières forces pour actionner encore une fois ma langue :

« Les fées… ça n'existe pas ! »

La vieille femme me contemple un instant en silence, le regard empreint d'une infinie tristesse.

« Tu ne te souviens de rien, n'est-ce pas ? finit-elle par dire. Les Fés… »

Elle s'arrête au milieu de sa phrase pour prendre une profonde inspiration, tel un plongeur se préparant à une longue apnée. Du fond de mon lit, je sens un frisson me parcourir l'échine. Comme à la fin de l'année scolaire, lorsque Mrs Pickwick rajuste ses lunettes sur son nez pointu avant de lire la liste des redoublants. Pour le meilleur et pour le pire, *je vais enfin savoir*.

« Les Fés, reprend sister Edith, sont le fléau de l'Humanité, une engeance maudite destinée à nous torturer ici-bas, afin que nous n'oublions pas que la vie terrestre est une vallée de larmes. Quelques vieux auteurs, au sein même de l'Église catholique romaine, à laquelle j'appartiens, ont prétendu que le Créateur les avait volontairement laissés prospérer ici-bas au détriment de la descendance d'Ève et d'Adam, ne leur fermant que la porte des cieux. Leur fonction aurait été d'inciter les croyants à la prière, à placer entièrement en Christ leur salut. Cependant cette théorie selon laquelle les Fés auraient envahi la Terre par décret divin est toujours restée marginale, pour ne pas dire hérétique. De toute façon l'Église d'aujourd'hui, dans son immense majorité, ne croit plus à l'existence des Fés. Quant aux rares prêtres exorcistes qui ne la remettent pas en cause, ils la font remonter à la révolte de Lucifer contre le Père. Exilés loin du Paradis, les anges déchus auraient été contraints de s'incarner dans des corps de chair et de sang. Et ils auraient gardé de leur rébellion une aversion atavique pour la lumière du Seigneur, les forçant à vivre éternellement dans les ténèbres.

« Leurs corps, nous disent les anciens textes, étaient à l'origine des modèles de beauté, de force et d'endurance, des habitacles quasiment indestructibles pour les esprits qui y avaient élu domicile. Les premiers hommes les prirent pour des dieux, érigèrent des statues à leur effigie, leur dédièrent offrandes et sacrifices. Nymphes ou tritons, dryades ou sylvains : derrière tous les noms que leur donnèrent les anciennes religions se cachent encore et toujours les Fés.

« Ainsi l'Antiquité fut-elle marquée par une multitude de cultes rendus à une multitude de divinités tantôt indifférentes, tantôt malveillantes, mais toujours insatiables. Car c'est la première caractéristique des Fés que de n'être jamais rassasiés. De là la férocité qui fait leur force, de là aussi l'impatience qui est leur principale faiblesse.

« Oui, les Fés ont toujours faim, et deviennent de plus en plus affamés à mesure qu'ils vieillissent – de la même manière qu'un feu nécessite de plus en plus de combustible pour se perpétuer à mesure qu'il grandit. Les Fés ont faim de nourritures terrestres bien sûr, de chère, de boisson et de plaisirs, auxquels les cérémonies païennes de jadis les ont habitués ; mais plus encore ils ont faim de vie.

« Parce que les Fés ne sont pas de ce monde, parce qu'ils sont de purs esprits artificiellement rattachés à la matière, ils ne peuvent survivre par eux-mêmes. Pour maintenir leurs corps parfaits en état de fonctionnement, ils ont impérativement besoin de l'énergie des créatures terrestres. Plus précisément, ils ont besoin de la force vitale des hommes, la seule qu'ils puissent véritablement et complètement assimiler. Ils ont besoin du Flux humain. »

Sister Edith marque une pause dans son récit, le temps de me faire avaler deux cuillers de bouillon. Mais moi, je suis tellement excité que je ne sens même pas le goût du breuvage. La force vitale dont parle la nonne, c'est l'énergie que j'ai intuitivement baptisée *Chaleur*, et qu'elle nomme *Flux*. Ce terme décrit parfaitement la nature du phénomène, la manière dont il se propage dans l'organisme, flux continu pulsant depuis le ventre et déferlant vers les extrémités du corps.

« Avant l'avènement du Sauveur, continue la religieuse après avoir reposé la cuiller dans le bol, les Fés n'avaient guère de mal à détourner le Flux nécessaire à leur subsistance, et même bien plus. Les prêtres et les prêtresses se laissaient ponctionner par leurs idoles à l'occasion de rituels secrets. Ils attribuaient la fièvre de l'étreinte divine à une transe, l'état de faiblesse dans lequel elle les laissait à un état de grâce. Parfois – souvent même – ils mouraient, *ravis par les dieux*. Mais le Christ, en défiant Satan dans le désert, a en même temps défié l'ensemble de la race fée, a exposé au grand jour son imposture.

« Les premiers exorcistes apparurent ainsi avec

les premiers chrétiens. Ils refusèrent de continuer à payer le tribut que les générations passées avaient toujours versé aux Fés ; bien plus, ils entreprirent de les combattre. En se barricadant dans des églises en forme de forteresses, en apprenant à manipuler le Flux à leur manière, en écrivant des grimoires et des traités décortiquant les faiblesses de l'Ennemi. Ainsi saint Antoine et saint Jérôme parvinrent-ils à repousser par la seule force de leur volonté des bataillons de Fés venus les troubler dans leurs retraites d'ermites. Quant à saint Augustin, son œuvre immense compte de nombreuses pages consacrées à la nature des Fés et à la manière de les anéantir, même si les théologiens modernes ne font pas toujours le rapprochement.

« Le *désir*, par exemple, est un thème central du corpus augustinien, et c'est aussi la clef de la condition fée. Le saint homme distingue ainsi trois catégories de désir, ou de *libido* pour citer le latin dans lequel il écrit. La première est la *libido sentiendi*, soit le désir des sens, de tous les sens, jusqu'à l'excès, jusqu'à la débauche. La deuxième est la *libido sciendi*, soit le désir de connaissance à tout prix, par-delà les lois de la morale et de la nature. La troisième est la *libido dominandi*, c'est-à-dire le désir de puissance, le besoin de soumettre ou d'écraser son prochain. Certes, les hommes ne sont pas en reste en matière de désirs diaboliques, et leur histoire regorge de violeurs vautrés dans leur concupiscence, de savants mégalomanes poursuivant des recherches iniques sans souci de leurs conséquences, ou de despotes sanguinaires collectionnant les crimes contre l'Humanité. Cependant, la folie du pire des criminels n'est rien face à celle qui anime les Fés. Chez ces créatures, en effet, les trois libidos sont simultanément poussées à leur point maximal, au-delà de tout espoir de jamais les satisfaire. Un Fé n'est rien qu'un abîme de désir hurlant, un concentré d'égoïsme pur.

« Souviens-toi : je t'ai dit que si le désir inouï des Fés fait leur force, il constitue aussi leur principale faiblesse. Car leur quête d'assouvissement est forcément une quête personnelle, et jamais rien de plus. Ces êtres ignorent tout altruisme, toute générosité, tout sentiment qui leur permettrait de se hisser au-dessus d'eux-mêmes et, peut-être, d'échapper à leur désir. Ils ignorent tout amour. Aussi sont-ils condamnés à errer seuls dans ce monde, pour l'éternité, n'étant l'ami de personne, étant l'ennemi de tous, y compris de leurs congénères. *Surtout de leurs congénères.*

« Là est la malédiction des Fés : les alliances qu'ils concluent sont condamnées à se briser, les foyers qu'ils fondent sont voués à s'effondrer, les armées qu'ils constituent se déchirent avant de livrer bataille. Toutes leurs tentatives pour se rassembler : des châteaux de cartes balayés par le vent de l'égoïsme. Sans quoi, il y a belle lurette qu'ils domineraient le monde, et qu'ils nous auraient réduits en esclavage. Le vieil Érasme a écrit que l'homme était un loup pour l'homme – dans ce cas, ce n'est pas trop dire que le Fé est un tigre enragé pour le Fé !

« Dans le sillage de saint Augustin, le clergé médiéval a compris tout le parti que les hommes pouvaient tirer des dissensions endémiques qui déchiraient les Fés. Durant le haut Moyen Âge surtout, prêtres et moines n'ont pas hésité à conclure des traités avec certains clans fés pour mieux les aider à exterminer leurs rivaux, avant de les laisser s'entretuer entre eux. Merlin, Viviane, Mélusine, Morgane : autant de traîtres à la race fée, qui ont un temps pactisé avec les humains et s'en sont mordu les doigts !

« Mais je vois que tu tombes de sommeil. Mieux vaut en rester là pour aujourd'hui. L'histoire fée est complexe et longue. Si complexe qu'il m'a fallu toute une vie pour l'entrevoir, et trop longue pour être dite en une seule fois. »

Comme sister Edith se lève avec le plateau, j'essaye de protester, de lui demander de rester pour m'en dire plus, mais aucun son ne sort de ma gorge. Sans doute a-t-elle raison, et suis-je véritablement exténué. Je ferme les yeux avec résignation, sombrant aussitôt dans un profond sommeil.

*

« Regardez !... Il a bougé !... »

Le souffle court, j'ouvre grands les yeux, puis je les referme aussitôt, ébloui par la blancheur de l'infirmerie.

« Jack ! »

« Oh, j'ai eu si peur ! »

« Tu nous entends, Jack ? »

Je rouvre doucement les paupières, le temps que mes pupilles s'acclimatent à la lumière ambiante. Quatre ombres sont penchées au-dessus de mon lit. L'espace d'un instant, je me dis : comme sont penchées les bonnes fées au-dessus des berceaux, dans les contes. Mais aussitôt après, je me rappelle les paroles de sister Edith. Il n'y a pas, il n'y a jamais eu de *bonnes* fées.

Une main se pose doucement sur mon épaule.

Comme à travers un appareil photo dont on règle progressivement le focus, la silhouette la plus proche se précise peu à peu, se dessine dans le contre-jour. J'ai une impression bizarre, une impression délicieuse de déjà-vu – l'impression de me réveiller une nouvelle fois sur le banc du pick-up qui m'a amené à Redrock au début de l'été, les cheveux de Sinead dégringolant en cascade jusqu'à mon visage alors qu'elle me murmurait : *Jack, réveille-toi…*

« Jack, réveille-toi… »

Elle est là de nouveau, assise au bord du matelas, et la main qui s'est posée sur ma peau, c'est la sienne. Étrange mélange d'exultation et d'angoisse : alors que mon cœur explose dans un big-bang de joie, les muscles de ma mâchoire se contractent à la seule idée que Sinead puisse percevoir l'abjection de ma dentition si je prononce ne serait-ce qu'une parole.

« Tu récupères, mon vieux ? me fait Ti-Jean en feignant de me donner un petit coup de poing sur l'épaule. On a fait une sacrée chute dans les escaliers, tous les deux, d'après ce qu'on m'a raconté ! »

Comme sister Edith l'avait prédit, il ne se souvient de rien. Et Brandy ne doit pas connaître la vérité non plus, à en juger par le grand sourire épanoui qu'elle arbore. Ils se tiennent là tous les deux, enlacés au pied du lit, l'image vivante du bonheur. Ti-Jean s'est donc résolu à avouer sa flamme…

L'insouciance des deux amoureux contraste avec le visage de Sinead, véritable champ de bataille où les sentiments les plus opposés se livrent une guerre sans merci : la confiance et la peur, l'espoir et la détresse... la tendresse et le dégoût. Ses insondables yeux verts sont pour moi le plus cruel des miroirs. Je m'y vois tel qu'elle m'a vu lorsque j'ai attaqué Ti-Jean. Un animal. Une bête manipulée par ses pulsions. En un mot, un être entièrement à la merci de son désir.

Un être consumé par le feu de ses sens adolescents, embrasé par la nudité entraperçue d'un corps, et brûlant du besoin de caresser sa peau, ses cheveux, jusqu'à son ombre glissante.

Libido sentiendi..., chuchote une petite voix dans ma tête.

Un être gelé dans sa jalousie, crucifié de soupçons et de doutes, essayant désespérément de plaquer sa froide logique sur la réalité, mais ne parvenant qu'à la déformer dans un miroir de glace.

Libido sciendi..., murmure encore la voix, un peu plus fort.

Un être ivre de colère et d'orgueil, furieux de voir lui échapper celle qu'il voudrait séduire, choisissant de détruire son rival, et avec lui tout espoir d'être aimé.

Libido dominandi !..., ricane la voix en partant d'un rire démoniaque qui résonne dans mon crâne.

Damné ! Je ne peux plus nier que je sois fé, et damné pour l'éternité !

« Je ne sais pas ce qui s'est passé, murmure Sinead en se penchant un peu plus vers moi, pour que les autres n'entendent pas. J'ignore qui tu es vraiment. Mais ce que je sais, c'est que tu t'es sacrifié pour nous... pour moi. »

Dans la continuité de son mouvement, elle s'incline jusqu'à mon visage, ses cheveux lustrés balayant mon visage et mon cou… et elle dépose un baiser sur mes lèvres que je maintiens bien serrées, de peur que Sinead ne découvre les deux rangées de dents supplémentaires qui ont poussé au fond de mon palais.

Aussitôt, comme par enchantement, le rire sardonique cesse de rouler dans ma tête. Tandis que j'ouvre grands mes yeux pour plonger dans les yeux de Sinead, les paroles de sister Edith me reviennent. *Les Fés ignorent tout altruisme, toute générosité, tout sentiment qui leur permettrait de se hisser au-dessus d'eux-mêmes et, peut-être, d'échapper à leur désir : ils ignorent tout amour.*

Mais moi… moi, je connais l'amour !

Alors que Sinead se relève, ses longues mèches se retirant de mon oreiller, un sentiment de gratitude infinie m'envahit. Parce qu'elle a choisi la confiance plutôt que la peur, l'espoir plutôt que la détresse, la tendresse plutôt que le dégoût. Parce qu'elle m'a prouvé que j'étais plus humain que fé. Ou plutôt que, même si je suis fé, ma nature n'est pas une fatalité, que je peux la combattre chaque jour de ma vie comme je l'ai combattue le soir où j'ai mis le marquis de Carabas en déroute.

« Ce n'était pas une chute dans l'escalier… »

Je me tourne vers Ti-Jean et Brandy, essayant de parler de la voix la plus ferme possible compte tenu de ma faiblesse.

Je ne veux plus mentir.

L'amour de Sinead m'a donné assez de force pour refuser le mensonge, et dévoiler la vérité nue à celui que j'ai failli tuer.

Dans l'infirmerie, la tension est palpable. Une ombre frémit dans le dos de Sinead. C'est Josh, revêtu de son éternel costume noir, dont le regard fuyant m'a évité jusqu'à présent. Comme il relève fébrilement la tête, je vois briller une lueur farouche dans ses iris délavés, entre le défi et la supplication. Quel inavouable mystère brûle donc dans ce garçon-là, et quelle part m'en a-t-il avouée, déjà, le soir où j'ai cru mourir ?... Je n'ai pas le temps de m'en souvenir que déjà il a baissé les yeux.

Sister Edith, en revanche, soutient mon regard. Assise au pied du lit, elle s'est redressée dès que j'ai pris la parole. Cependant, elle n'a pas le temps de m'empêcher de continuer :

« C'est moi, Ti-Jean. C'est moi qui t'ai précipité dans le coma.

– Ça suffit ! tranche la religieuse d'une voix blanche, les mains crispées sur les roues de son fauteuil. J'ai autorisé cette visite en espérant qu'elle t'aiderait à te rétablir, pas pour que tu te mettes à divaguer ! »

À la voir trembler de la sorte, je m'attendrais presque à un miracle, à ce qu'elle se lève et marche sur moi pour me faire taire.

Mais je veux parler.

Mais je veux tout dire.

Mais je veux n'avoir aucun secret pour ceux dont j'ai risqué la vie, pour ceux dont j'ai sauvé la vie. Je sais que c'est à cette transparence aussi que tient mon humanité : on ne peut pas être vraiment un monstre si l'on n'a rien à cacher.

« Racontez-leur, vous, je lance à sister Edith. Redites-leur ce que vous m'avez dit. De toute façon, il faut qu'ils sachent, et vous leur expliquerez certainement mieux que moi.

– Mais..., proteste la nonne.

– Vous ne comprenez pas ? je la coupe. Vous ne comprenez pas que c'est grâce à eux que je suis différent des autres Fés, de ces abominations vivantes que vous m'avez décrites ? Vous ne comprenez pas que ce sont eux qui me font humain, qui me gardent humain ? Quoi qu'il advienne, mon destin est désormais lié au leur. »

Tous les regards sont braqués sur moi à présent, y compris celui de Josh. Et toutes les respirations semblent suspendues.

« Tu ne me laisses donc pas le choix... », souffle finalement sister Edith.

Elle retombe lourdement dans le creux de son fauteuil, toute ratatinée, vieillie de vingt ans. Puis, d'une voix chevrotante, elle entreprend de révéler à mes amis le secret de ma nature véritable...

22 *Réconciliation*

Quel spectacle étrange que ces quatre visages penchés au-dessus de moi comme quatre tableaux vivants, dont les traits changent à mesure que la religieuse progresse dans son récit ! J'y contemple d'abord l'incrédulité, esquissée par petites touches narquoises, sourires en coin et sourcils haussés.

Puis vient l'effroi, d'expression plus franche et plus ample, tout en courbes et en cercles, depuis les yeux écarquillés jusqu'aux bouches béantes.

La colère qui lui succède se dessine plutôt par une succession d'angles aigus et coupants : des rides en forme d'éclairs se creusent sur les fronts, les dents, en se serrant, révèlent la structure des muscles maxillaires, et les nez semblent sur le point de se changer en becs, prêts à me picorer le cœur.

Mais la peinture la plus forte est la dernière, la synthèse de toutes celles qui la précèdent. C'est le portrait poignant et complexe de la compassion, dans laquelle les visages se détendent tout en gardant les plis des émotions qu'ils ont traversées.

Peut-être faut-il avoir soi-même vécu, peut-être faut-il avoir soi-même souffert, pour comprendre la vie et la souffrance de l'autre ?

« Mais..., murmure finalement Brandy, après que la religieuse s'est tue. Et les fées des contes ? On rabâche aux enfants que les fées sont gentilles et dévouées. Et d'abord, ce sont toujours des femmes – enfin, je veux dire qu'elles sont toujours de sexe féminin, non ? La marraine de Cendrillon, les trois fées au baptême de la Belle au bois dormant, et jusqu'à la copine de Peter Pan, là, la Fée Clochette : dans les Disney, y a pas photo, elles sont toutes en jupes !

– Propagande ! s'exclame sister Edith. Ces balivernes ne sont que propagande et désinformation, une mascarade organisée par les Fés eux-mêmes et colportée par les conteurs de tous les pays. Leur stratégie a toujours été d'avancer masqués, sous le vernis de la religion à l'époque païenne, puis sous celui de la légende après l'avènement du Dieu vivant. Sous le règne de Notre-Seigneur particulièrement, les Fés se sont attachés à présenter un visage aimable et bienveillant, mettant volontiers en avant leurs compagnes, d'apparence plus douce et inoffensive. À une époque où les mystères antiques étaient balayés par la lumière de la vraie foi, les Fées femelles ont donné le change en accomplissant quelques faux miracles, en réalité d'astucieuses manipulations du Flux. De la magie blanche en apparence, mais pour servir de noirs desseins ! Cette poudre de perlimpinpin a suffi pour éblouir l'homme du peuple, l'entretenant dans l'espoir d'un merveilleux facile, à portée de main, bien plus accessible que la promesse d'une félicité céleste et lointaine réservée aux plus vertueux.

« Ainsi a-t-on vu de hautes dames à la peau plus blanche que l'ivoire, la chevelure dissimulée sous d'incroyables coiffes tout en satin, en perles et en pierres précieuses, se glisser dans les couloirs des châteaux à la naissance des grands de ce monde, se pencher sur les berceaux princiers pour ânonner un simulacre de bénédiction. Hypocrisie que tout cela ! Hypocrisie des Fées bien entendu, qui n'ont jamais éprouvé pour les humains que mépris et dédain ; mais hypocrisie aussi des seigneurs qui invitaient ces créatures sous leur toit, malgré les sermons désespérés de leurs pauvres chapelains, leur réservant leur plus belle vaisselle et leurs mets les plus fins. Savaient-ils qu'à chaque visite, qu'à chaque baptême, après avoir feint de dispenser des dons à l'enfant bien né, ces étranges marraines descendaient aux cuisines, à la buanderie, à l'étable, là où trime et s'épuise le petit peuple ? Là où vaquent les mères-courage à longueur de journée, laissant derrière elles leurs bébés soigneusement langés sur une table, ou sur une meule de foin. Quelles proies faciles pour les terribles invitées de leurs maîtres !

« Depuis le fond des âges en effet, les Fées ont l'habitude de ravir les enfants des humains. La plupart du temps pour absorber leur Flux vibrant. Et puis – oserai-je le dire ? – pour dévorer leur chair fraîche et tendre. Mais aussi parfois pour en faire des esclaves accomplissant leurs moindres désirs, des automates vivants destinés à grandir et à vieillir dans la servitude : des Changelins.

– *Changelins* ? je répète du fond de mon lit.

J'ai déjà entendu ce mot ! Le Chef l'a utilisé pour s'adresser à Buffalo et à Davy !

– Vraiment ? Il a prononcé ce terme en présence des pensionnaires ? Voilà qui est contraire aux règles de Redrock, et qui déplairait fortement au docteur Krampus ! Les Fés appellent *Changelins* ces humains qu'ils enlèvent pour les asservir. Cette expression fait référence à l'Échange sous la forme duquel se déroule l'enlèvement. En effet, la plupart du temps, la Fée laisse derrière elle un objet, une pierre ou un morceau de bois emmailloté dans les couches de l'enfant qu'elle emporte. Est-ce pour faire diversion, ou simplement pour se moquer de la détresse des géniteurs éplorés ? Nul ne le sait.

« Plus rarement, la ravisseuse peut décider de substituer son propre rejeton au Changelin. Je dis *plus rarement* car les Fées, ces créatures aux ventres arides comme des déserts, ont une piètre fécondité, et ne mettent au monde qu'un petit Fé par siècle tout au plus. Et encore, un sur dix seulement est appelé à survivre, les Fées ne manifestant aucun instinct maternel. Les neuf autres sont simplement abandonnés aux mains des hommes, entre lesquelles les attend une mort certaine. En effet, tout dans le mode de vie humain leur est fatal, depuis le sel qui constitue pour les Fés le plus redoutable des poisons, jusqu'au soleil qui grille leur peau et brûle leurs yeux. Imaginez le désespoir de jeunes parents qui voient se faner en quelques jours ce qu'ils croient être leur progéniture, malgré les soins des médecins et les prières des prêtres ! Je ne connais pas pire torture…

– Mais alors, s'enflamme Sinead, si Buffalo et

Davy sont vraiment des Changelins, cela veut dire qu'ils sont des orphelins qui n'ont jamais connu leur famille ! Ça veut dire qu'ils ont été enlevés à la naissance par… Frau Krampus ? »

Sister Edith hoche gravement la tête.

« Non seulement ces deux-là, dit-elle, mais aussi tous les autres moniteurs. Car le docteur Krampus et sa famille sont bien des Fés, même s'ils ne ressemblent guère aux quatre monstres qui vous ont attaqués. Disons qu'ils ont conservé la forme originelle et colossale des Fés du Moyen Âge, alors que le reste de leur race, peu à peu refoulée par les hommes, s'est ratatinée au cours des siècles. Je pensais que leur situation était unique au monde, jusqu'à ce que je rencontre Jack, qui n'est certes pas un géant, mais qui est tout de même plus grand que…

– Je… j'ai été échangé par une Fée qui ne voulait pas de moi, pas vrai ? »

Un silence gêné ponctue mes paroles, les regards tombant sur le sol pour éviter de croiser le mien. Même celui de sister Edith, qui cille pour la première fois derrière ses épaisses lunettes. Je comprends à présent pourquoi elle s'extasiait sur mes souvenirs d'enfance apparemment si normaux, et sur le fait que j'aie pu prospérer si longtemps dans un environnement humain.

J'aurais dû mourir, mais j'ai survécu.

Les visages de ceux que j'hésite encore à appeler *mes parents* surgissent dans ma tête, plus familiers et plus mystérieux que jamais. Connaissaient-ils dès le début ma nature secrète, ou bien étaient-ils aussi dupes que les autres couples chez qui les

Fées abandonnent leur progéniture indésirable ? Mais dans ce cas, comment ont-ils su qu'il fallait me préserver de toute consommation saline ? Comment ont-ils pu être vigilants au point qu'en quinze ans de vie un seul accident soit survenu, lorsqu'en maternelle cette nouvelle dame de service a salé par inadvertance ma purée ? Quelle intuition leur a suggéré de m'enduire chaque matin de crème solaire à écran total, depuis le premier jour où j'ai mis le nez dehors ? Je ne crois pas que le pauvre docteur Smith, qui n'a jamais été capable de diagnostiquer la cause de mes insomnies, ait pu aider mes parents en quoi que ce soit.

Eux en revanche, qui étaient mystérieusement au courant pour le sel et pour le soleil, peut-être savaient-ils aussi secrètement que si je ne parvenais pas à trouver le sommeil le soir venu, c'est parce qu'*il était dans ma nature de vivre la nuit et de dormir le jour* ! Mais de tous les doutes, mais de toutes les questions qui fusent dans mon esprit, celle-ci est la plus terrible : en m'inscrivant à Redrock, ceux qui m'ont élevé avaient-ils conscience de m'envoyer dans un Nid de Fés, où j'avais toutes les chances de découvrir ma condition véritable ?

« Tout me porte effectivement à croire que tu es un enfant de Fée, Jack, reprend finalement sister Edith. Un enfant de Fée miraculeusement élevé par une famille humaine : du jamais vu ! Le mode de vie ultra-préventif que t'ont inculqué tes parents t'aura sans doute aidé à survivre jusqu'aujourd'hui. Mais je crois aussi que tu as développé tes propres résistances au fil de toutes ces années parmi les hommes, à vivre presque comme eux. Certes, tu prends garde d'éviter tout aliment contenant du sel; mais la plupart en renferment des traces, bien que leurs étiquettes omettent de le mentionner. Cela ne t'empêche pas de les consommer, tu n'as pas besoin d'un dessalage chimique, contrairement aux autres Fés. Même chose pour les rayons du soleil : la protection des crèmes et des vêtements te suffit, et tu parviens à supporter la lumière du jour, suffisamment du moins pour mener une existence à peu près normale. Je le répète : c'est du jamais vu !

– Peut-être Jack n'est-il pas complètement ce que vous dites..., se hasarde Brandy. Enfin je veux dire : peut-être ne l'est-il qu'à moitié. Imaginons qu'un seul de ses deux parents véritables soit Fé, et que l'autre soit humain...

– Impossible ! coupe sister Edith. Il est vrai qu'au cours des âges, les Fés ont parfois pu s'amouracher d'hommes ou de femmes, mais de telles unions sont toujours restées stériles. Ces deux espèces ne peuvent procréer ensemble, quoi qu'en disent les légendes. Là encore, il s'agit de pures affabulations. Mélusine, nous dit-on, serait l'aïeule des seigneurs de Lusignan ? Mensonge ! Mensonge inventé par le biographe de cette vieille famille française, pour lui donner une origine mythique. On veut nous faire croire que c'est une religieuse violée par un diable qui a donné naissance à Merlin ? Mensonge encore ! Ce maître-intrigant, peut-être le plus menteur d'entre les Fés, aurait vraiment raconté n'importe quoi pour se faire accepter des humains et s'immiscer dans leurs affaires.

« Non, en réalité, la race fée et la race humaine sont bien trop différentes pour pouvoir fusionner. Du reste, les mariages contre nature qui les ont parfois unies ont systématiquement abouti à des drames, toujours au détriment du conjoint le plus faible : le conjoint humain. Car les Fés, une fois encore, sont incapables d'aimer. Ils ne peuvent que désirer – éperdument, passionnément, avec fureur. Demander toujours plus sans jamais rien donner, exiger toujours davantage sans jamais rien céder, posséder l'autre comme on possède un objet : voilà ce qu'est l'amour fé. C'est la pire des malédictions qui puisse s'abattre sur un être humain. »

Emportée par son sujet, sister Edith n'a pas remarqué le trouble dans lequel il nous a jetés, Sinead et moi. À la manière dont la jeune fille évite de croiser mon regard, je devine qu'elle se pose la même question que moi : serons-nous assez forts pour briser une telle malédiction ?

« Et au fait : le sel ?... demande Ti-Jean précipitamment, comme pour faire diversion. Pourquoi le sel est-il un tel poison pour les Fés ?

– Difficile de te donner une réponse précise, répond la nonne. Une nuit, dans mon ancienne vie, dans ma vie d'avant Redrock, j'ai eu l'occasion d'assister à un événement extrêmement rare : la dissection d'un Fé. Réalisée dans la crypte de la cathédrale de Cologne par l'un des plus grands exorcistes de notre époque, le padre Ignacio Da Silva. Certes, la peau des Fés peut paraître assez semblable à la peau humaine, mais en matière d'anatomie les similitudes s'arrêtent là. Il suffit en effet de soulever l'épiderme pour s'apercevoir que derrière se cache un organisme qui n'est pas de ce monde, qui n'a pas pu entrer dans le plan initial du Créateur. Ainsi, sous chaque pore, se dissimule un petit tube transparent rempli d'une gelée visqueuse. Chacun de ces milliers de tubes est lui-même relié à des milliers de nerfs, qui viennent se surajouter au réseau primaire innervant les muscles, si bien qu'un écorché de Fé ressemble à une pelote de fils inextricablement emmêlés, à un gigantesque et filandreux nœud de vipères. »

Tandis que la bonne sœur poursuit son explication, je ne peux m'empêcher de toucher la peau de mon bras. Les vipères dont elle parle avec tant de dégoût rampent-elles aussi là-dessous ?

« Bref. Au bout d'une vie de recherche, le padre Da Silva a bâti une théorie selon laquelle ce sont ces organes, ces petits tubes élastiques, qui permettent aux Fés de percevoir et d'absorber le Flux, et d'en rediffuser une partie sous forme d'ondes électromagnétiques. Sans parvenir à identifier la composition chimique exacte de la gelée qui les remplit, il a néanmoins pu mesurer son équilibre ionique, très subtil et très précaire. La moindre perturbation de cet équilibre pouvant de fait causer d'importants dégâts nerveux dans l'organisme fé, et un grave dérèglement dans les courants de Flux qui le parcourent en permanence.

– Excusez-moi, mais j'y comprends rien, dit poliment Brandy. Quel est le rapport avec le sel ?

– J'y viens, justement ! Chez tous les animaux, et y compris chez l'homme, le sel est un nutriment indispensable à la santé. Bien sûr, sa surconsommation peut entraîner des problèmes de tension. Mais en quantité raisonnable, ses ions assurent la transmission des messages nerveux dans le corps. Sans sel, nous serions paralysés ! Chez les Fés, la réalité est tout autre. Parce que ces créatures ont *littéralement* les nerfs à fleur de peau. Parce que leur organisme renferme déjà naturellement, dans ces fameux petits tubes, les ions nécessaires à son fonctionnement. Dans de telles conditions, le moindre gramme de sel peut affoler la machine et déclencher une véritable tempête nerveuse !

« J'en veux pour preuve le corps autopsié ce jour-là par le padre Da Silva. Avant de mettre à mort la misérable créature qu'il avait capturée, l'exorciste avait essayé de lui faire avouer où se cachaient ses comparses – au terme d'une longue enquête, il avait en effet acquis la certitude qu'un Nid de Fés s'était formé dans la région. En grand professionnel, le bon père était parfaitement équipé pour l'interrogatoire : coiffé d'une tiare en forme de ruche à la mode des anciens papes, il portait une chasuble d'argent sur le corps, chacune jouant le rôle de véritable cage de Faraday – de même que les revêtements métalliques dont on garnit les fours à micro-ondes, ou tout simplement la carrosserie d'une voiture qui protège ses occupants lorsqu'elle est frappée par la foudre. Ainsi était-il à l'abri des ondes émises par le Fé, sur l'épiderme duquel il appliquait une compresse imbibée de solution saline après chaque question, la maintenant fermement en place avec trois tours de sparadrap.

« Eh bien, aux endroits où le sel entrait en contact avec la peau, celle-ci se mettait à frissonner, puis à trembler comme tremble la peau des chevaux lorsqu'ils veulent éloigner les mouches qui les tourmentent. En quelques secondes, l'organe situé sous la compresse était touché à son tour, et pris de convulsions incontrôlables : les membres donnaient de violentes ruades en tous sens, la cage thoracique se contractait en émettant des sifflements rauques, les paupières sous la compresse frontale clignaient à toute allure, aussi vite que des obturateurs d'appareil photographique. Mais le plus impressionnant restait les manifestations du Flux aux pourtours des compresses. En temps normal, celui-ci reste invisible aux yeux des humains ; mais là, il nous apparaissait par intermittence, sous la forme de longs filaments lumineux jaillissant du tulle humide comme jaillissent les vers d'une pomme gâtée, puis ondulant furieusement jusqu'aux zones de peau épargnée, à travers les pores desquelles ils s'enfouissaient à nouveau. En observant le Fé ainsi parcouru de courants grésillant, on l'aurait cru assis sur une chaise électrique !

– Mais..., murmure Ti-Jean. C'est de la torture !

– Ah, tout de suite les grands mots ! s'exclame la nonne en balayant l'accusation d'un revers de la main. Je ne connais pas d'autre moyen de parler avec les Fés, sans qu'ils vous mentent et qu'ils vous trompent. Et puis, crois-tu qu'ils ne font pas la même chose, et même bien pire, avec les humains qu'ils capturent ? Crois-tu qu'ils vous auraient épargnés, si Jack ne vous avait pas sauvés ? Ne vous méprenez pas : c'est d'une guerre dont je vous parle. La plus longue et la plus féroce des guerres, que l'Humanité, après tant de siècles, est sur le point de gagner. Ou plutôt, *était* sur le point, avant que le docteur Krampus se lance dans ses manigances... Mais nous aurons l'occasion de revenir sur ce sujet.

« Où en étais-je ? Ah oui, l'affaire de Cologne.

Après avoir obtenu les renseignements qu'il désirait, le padre Da Silva a généreusement achevé son prisonnier, puis il a procédé à l'examen du cadavre. Il ne perdait jamais une occasion de s'instruire, surtout s'agissant de la nature des démons qu'il combattait ; et puis c'était l'occasion de faire l'éducation de la novice qui l'assistait cette nuit-là, et j'avais la chance que ce soit moi.

« Eh bien, au revers de la peau, à l'emplacement de chaque compresse, les petits tubes transparents étaient complètement dilatés comme des ballons de baudruche... On aurait dit que la gelée qu'ils contenaient était entrée en ébullition et s'était gazéifiée, les distordant de l'intérieur. Je vous prie de croire que ce n'était pas bien joli à voir, toutes ces ampoules boursouflées, enkystées dans la chair sanguinolente. Mais cela venait confirmer la théorie de l'exorciste : il s'agissait bien là de catalyseurs de Flux biologiques, grâce auxquels les Fés absorbent l'énergie de leurs proies, et la convertissent en rayonnement électromagnétique rediffusé vers l'extérieur – des organes redoutables mais fragiles, corruptibles au contact du sel. »

Je dois avouer que cette leçon d'anatomie fée me met franchement mal à l'aise. Je sens mon estomac se soulever au souvenir de toutes les fois où j'ai failli enfreindre mon régime, de toutes les fois où j'ai failli plonger ma main dans un paquet de chips tendu par un camarade. Je me souviens aussi que je ne me suis jamais baigné dans l'océan, et que Mum a refusé que je participe à la classe de mer de Mrs Goodman, en cinquième. Je n'ose faire la somme de toutes les occasions où j'ai ainsi frôlé la mort !

« Pas étonnant que le sel soit interdit à Redrock…, conclut Brandy. Quand je pense qu'ils essayent de nous faire croire que c'est pour notre santé !

– Il n'est pas seulement interdit ! s'exclame sister Edith. Il est pourchassé jusqu'à l'obsession ! Ceux d'entre vous qui ont été préposés aux cuisines savent que le Chef dessale personnellement chaque morceau de viande avant de le cuire et de l'accommoder. Et dès la nuit de votre arrivée à Redrock, tandis que vous dormiez à poings fermés, les filles Krampus ont fait le tour de vos dortoirs pour renifler vos bagages et s'assurer que pas un gramme de sel n'avait franchi les enceintes avec vous. »

La nuit de notre arrivée ?

Ce devait être avant que je me lève et que je libère…

« Quaker ! J'ai encore oublié Quaker ! Il doit être mort de faim à l'heure qu'il est !

– Ne t'inquiète pas, dit Josh en sortant de l'ombre de Sinead pour la première fois depuis mon réveil. Je m'en suis occupé. Pain sec et carottes, c'est bien ça ? »

Et il s'avance vers moi, me tendant le Tupperware troué dans lequel s'agite la petite forme de mon hamster.

« Mais… comment savais-tu ?…

– La nuit où tu t'es sauvé du dortoir, j'avais du mal à dormir moi aussi. Avant que je t'aide à franchir les barreaux de la salle des douches, j'ai passé un moment à la fenêtre. C'est comme ça que je t'ai vu courir après ton hamster dans la cour, et le cacher dans la poche de ton pyjama. »

Je murmure un « merci » du bout des lèvres en saisissant la boîte.

Ainsi, dès ma première nuit à Redrock, Josh a commencé à m'espionner. Toutes les fois où je l'ai surpris à m'épier me reviennent à l'esprit comme autant d'évidences. Lorsque je bêchais à la plantation, lorsque je répétais à l'atelier Théâtre, lorsque je tournais des sauces en cuisine, il était là tout le temps, tapi dans l'ombre avec son costume noir et son regard brillant.

« Bien ! déclare sister Edith en faisant claquer ses mains sur ses cuisses. Il est tard. Tout Fé qu'il est, notre convalescent doit se reposer. Par ailleurs, le dîner ne va pas tarder à être servi au réfectoire, et je ne voudrais pas que l'on remarque notre absence. Je vous propose de continuer notre conversation demain à la même heure, après vos activités de l'après-midi. Vous les aborderez certainement avec entrain dorénavant, car je vous dispense tous de baquet jusqu'à la fin du séjour ! »

À ces mots, Ti-Jean lance un « hourra » aussitôt repris par les autres. Nous sommes vraiment tous dans la même barque à présent, et sister Edith semble en être le capitaine.

« Du calme, du calme ! fait-elle en riant. Vous continuerez tout de même de monter dans la tour chaque matin, pour tromper l'ennemi, comme nous l'avons fait avec Jack. Nous nous contenterons de discuter en attendant le pensionnaire suivant. Et bien sûr, pas un mot de tout ceci à vos petits camarades : motus et bouche cousue, n'est-ce pas ? »

Chacun promet de respecter le secret qui

nous unit tous désormais, avant de remonter au réfectoire.

En partant, Brandy me fait une bise sur la joue et Ti-Jean me serre chaleureusement le bras. De la part de Sinead je n'ai droit qu'à un sourire, mais il n'en faut pas plus pour raviver le souvenir de ses lèvres contre les miennes, et enflammer aussitôt tout mon corps. Quant à Josh, il me lance à la dérobée un regard sauvage.

Le même regard, je le sais à présent, qui me poursuit depuis mon arrivée à Redrock.

23 *Les Changelins*

« Eh bien, le voilà bien amoché ! Que lui est-il arrivé ?

– Un accident. Les freins du pick-up ont lâché alors qu'il rapportait le courrier de la semaine, et il s'est écrasé contre un arbre. Depuis le temps que j'implore le docteur Krampus de remplacer ce maudit engin, ou au moins de le faire réviser !

– Voyons, voyons... il semble qu'il n'ait rien de cassé, mais il est sonné par le choc. Vous, Jesse, installez-le là, sur le deuxième lit.

– Mais le pensionnaire, sister Edith, il ne risque pas de...

– Ne craignez rien : il est dans le coma. »

J'ai compris le message de la religieuse : garder les yeux bien fermés pour faire croire à nos visiteurs impromptus que je suis toujours inconscient. Quelle heure peut-il bien être, au fait ? Il me semble que j'ai dormi plus que de raison, mais sans ce réveil fracassant j'aurais pu sommeiller encore de longues heures.

« Si vous nous le dites… », fait la deuxième voix, celle de miss Lucy, j'en mettrais ma main à couper.

S'ensuit un remue-ménage, tandis que l'on allonge le blessé sur le lit qui, quelques jours plus tôt, accueillait Ti-Jean. La gouvernante a bien dit qu'il rapportait le courrier de la semaine, n'est-ce pas ? – ce ne peut être que le Kid. Quant à celui qui l'installe sur le matelas, il me semble qu'il s'agit de Jesse.

« Ce n'est pas comme si nous manquions de fonds, continue miss Lucy. Avec tout l'or que renferment ces murs ! Je comprends que le docteur nous impose de tenir une comptabilité minutieuse, je ne peux qu'adhérer aux consignes antigaspillage, mais tout de même : il y a certaines dépenses que l'on ne peut différer sans danger.

– Je vous trouve d'humeur bien rebelle, murmure sister Edith d'un ton narquois. Je veux dire : pour la gouvernante de Redrock, et la première ambassadrice de son maître parmi nous. De toute façon, vous savez bien que jamais il ne puisera dans son trésor pour venir en aide à l'un des nôtres. Nous ne sommes que du vulgaire bétail à ses yeux ! »

Je dois lutter pour garder les paupières bien fermées, à la mention du butin qui fait rêver Sinead. Ainsi, elle avait raison. Ainsi, cette pauvre Alison lui avait dit la vérité. *Tout l'or que renferment ces murs* : il existe bien, quelque part à Redrock, un fabuleux trésor – mais où ?

« Vous êtes dans le vrai, dit tristement miss Lucy. Mais je dois avouer que parfois lorsque Madame m'envoie astiquer son argenterie et ses bijoux, tout là-haut dans la tour, je suis tentée de glisser dans la poche de ma blouse une cuiller en or, ou l'un de ces gros ducats anciens. Pour payer à notre vieux Buffalo l'opération du dos dont il a besoin depuis si longtemps. Songez que depuis dix ans qu'il est tombé de cette échelle où l'avait fait grimper Frau Aglaé, il a oublié ce que c'était que de dormir dans un lit : la position allongée lui étant trop douloureuse, il doit passer ses nuits debout. Tout ça pour récupérer un volant de badminton envoyé sur le toit ! Il faut dire que l'échelle était toute rouillée, aussi défectueuse que ce vieux pick-up. Dieu sait quelle sera la prochaine catastrophe ! Il suffirait pourtant de quelques ducats pour remplacer ce matériel vétuste…

– Tout de même, voler le docteur Krampus ! s'effraie Jesse. Vous n'y pensez pas, miss Lucy. Vous savez bien que votre larcin ne passerait pas inaperçu. Dès la Sonde du soir, il serait au courant, et le châtiment…

– Tu as raison, mon pauvre Jesse, et c'est pourquoi je ne suis jamais passée à l'acte. C'est pourquoi je ne passerai jamais à l'acte. Pour nous autres Changelins, cette vie n'est qu'une longue renonciation. Le détachement : là est notre vertu et, peut-être, notre Salut. »

Les trois adultes échangent encore quelques paroles résignées, puis Jesse et miss Lucy quittent la pièce.

« Tu ne peux pas rester ici, Jack, me dit sister Edith dès que la porte de l'infirmerie s'est refermée. Le Kid est encore sous le choc, mais il ne va pas tarder à émerger. Dès ce soir, le docteur Krampus va descendre ici pour le sonder et tenter d'en savoir plus sur cet accident. Or il ne faut à aucun prix que tu attires son attention. S'il découvrait que tu es Fé, et hébergé à Redrock sans son autorisation, c'en serait fait de toi – et de moi !...

– Pour le *sonder* ? je répète. Jesse aussi a employé ce terme : qu'est-ce que cela veut dire ?

– Je crois que tu le sais sans le savoir, mon pauvre Jack. Ne m'as-tu pas dit que tu avais toi-même pénétré l'esprit de Ti-Jean, le soir de l'attaque, que tu avais exploré sa mémoire ? Vois-tu, en même temps qu'ils aspirent l'énergie des humains, les Fés ont la capacité d'entrer en eux, et d'y lire comme dans un livre ouvert : ils ont le pouvoir de les sonder. Cependant, pour que la Sonde soit efficace, il faut que la victime soit entièrement vidée de son Flux, et de toute résistance morale capable de s'opposer à l'intrusion d'une volonté étrangère : il faut qu'elle soit à bout de forces. Aussi, en temps normal, une Sonde s'achève-t-elle généralement par le décès du sondé – de fait, Ti-Jean a bien failli y rester. Mais les choses sont différentes lorsqu'il s'agit d'un Changelin.

« En effet, dès ses premières semaines d'existence, juste après qu'il a été arraché à ses parents, le malheureux bébé est soumis à une irradiation électromagnétique intense et quotidienne, afin de créer un lien indestructible avec le maître au service duquel il est destiné, lien qui ne se dissoudra qu'à l'heure de sa mort. À un âge où le système nerveux humain est encore en phase de formation, où les neurones établissent chaque jour de nouvelles connexions, de nouvelles synapses, les Fés ont en effet la possibilité de le configurer à leur guise. Voilà pourquoi les Changelins doivent être enlevés dès leur naissance : après le sevrage, il est trop tard pour les modeler.

« Au terme de sept semaines d'irradiation, le petit humain est *enfété*. Devenu la chose de son maître, il est obligé d'obéir à tous ses ordres et ne peut s'en éloigner sans autorisation. Pire encore : envoyé en mission loin de celui qui le commande, il perd son libre arbitre à mesure que s'accroît la distance les séparant, pour ne plus être qu'une poupée mécanique programmée par le Fé. »

Ces nouvelles révélations me font tourner la tête. Je comprends à présent pourquoi Buffalo m'avait paru si étrange, avec ses mouvements saccadés et sa voix de robot, lorsqu'il était venu nous chercher à l'aéroport de Denver. Si loin de ses maîtres, il n'était plus qu'une marionnette, un somnambule manipulé à distance, ayant pour seule tâche de nous rapatrier au camp aussi vite que possible.

« Bref, continue sister Edith. En modifiant le système nerveux des Changelins pour se les attacher à jamais, les Fés s'y ménagent un port d'accès rapide : un Puits. Afin de pouvoir les sonder et lire dans leur esprit sans les mettre à mort. Oh, pas par pitié, mais dans un souci d'économie : l'Enfétage est long et fastidieux, il requiert une grande dépense d'énergie de la part des Fés, qui ne vaut la peine que si le Changelin survit suffisamment longtemps.

– *Port d'accès ? Puits ?* Mais de quoi parlez-vous ? »

En guise de réponse, sister Edith roule jusqu'au paravent qui sépare les deux lits, et l'écarte suffisamment pour que j'aperçoive le blessé.

Torse nu, il est recroquevillé sur lui-même en position fœtale et nous tourne le dos. Une étrange excroissance bourgeonne entre ses omoplates. Un cratère aux bords violacés, du diamètre d'une pièce de vingt-cinq cents, qui s'enroule autour d'un trou noir. Juste en dessous, la peau est tatouée d'un signe, ou plutôt marquée au fer rouge :

KVK

« Les initiales de Klaus von Krampus, propriétaire du Kid depuis sa naissance et jusqu'à sa mort, commente tristement sister Edith. Miss Lucy a raison : seul le détachement peut permettre aux esclaves des Fés d'oublier leur misérable condition et, tout en accomplissant mécaniquement les volontés de leurs impitoyables maîtres, d'espérer qu'ils seront plus heureux dans une prochaine vie.

« Mais assez parlé de ces pauvres bougres. Le temps presse, il faut te sortir d'ici avant la tombée de la nuit, avant l'arrivée du docteur Krampus. Je ne vois pour cela qu'une solution. Accroche-toi à mon fauteuil, et tâche de me suivre. »

Je suis trop accablé de chagrin pour protester, ou demander des explications à sister Edith sur ce qu'elle compte faire de moi. La vue du Kid replié sur lui-même comme lorsqu'il était enfant, le soir où les Fés l'ont ravi à son foyer pour le jeter dans une vie de servitude, me déchire le cœur. Et je souffre de voir l'horrible trou s'enfoncer dans sa colonne vertébrale, je ressens sa blessure dans ma propre chair.

« Allez, viens, m'encourage la bonne sœur. Je sais que c'est un triste spectacle, mais tu ne peux rien y faire, ni moi non plus. »

Alors que je me lève en m'appuyant sur le dossier du fauteuil roulant, je me dis que si, justement, je peux y faire quelque chose. Qu'il faut que je trouve un moyen d'y faire quelque chose. Mais quel moyen ? Ça, je ne le sais pas encore…

Pour la première fois depuis le début de ma convalescence, je franchis la porte de l'infirmerie et je pénètre dans l'étroit couloir qui s'étend derrière elle. Je n'ai fait que quelques pas, et pourtant mon souffle est court, je me sens aussi épuisé qu'après un marathon. Chaque pas me coûte un effort considérable, j'ai l'impression d'être chaussé des mêmes semelles de plomb que les anciens scaphandriers.

Au bout d'une vingtaine de mètres, le couloir aboutit à un escalier, sous lequel brille une porte de métal à double battant. Sister Edith sort une carte magnétique des plis de sa robe, et l'introduit dans une fente à gauche de la porte.

« Un ascenseur ? je m'étonne. Dans un si vieux bâtiment ?

– Et comment crois-tu donc que je me déplace entre les étages, avec ce maudit fauteuil ? Il a bien fallu que le maître des lieux trouve un moyen de me faire transiter entre l'infirmerie et la salle de Thérapie.

– Vous voulez dire qu'il a fait installer un ascenseur à Redrock uniquement pour vous ? Mais miss Lucy a dit… enfin, je croyais qu'il rechignait à la moindre dépense, surtout pour les Changelins…

– Mais qui t'a dit que j'étais un Changelin, jeune homme ? J'ai eu une vie avant Redrock, contrairement à la pauvre Lucy et à son équipe. Et puis, le docteur Krampus a tout intérêt à ce que je conserve une mobilité contrôlée, à ce que je me hisse tout du moins chaque matin jusqu'au baquet de Mesmer. Mais nous parlerons de moi une autre fois. Pour l'instant, si tu veux bien me suivre. »

DING!

La porte de l'ascenseur s'ouvre avec une petite sonnerie digitale. Je suis pratiquement obligé de m'asseoir sur les genoux de sister Edith pour pénétrer avec elle dans la cabine, tant celle-ci est exiguë. Lorsque nous sommes à peu près casés, la nonne appuie sur la troisième touche d'un clavier qui en compte quatre :

+4	BIBLIOTHÈQUE
+3	THÉRAPIE
RdC	RÉFECTOIRE
-1	INFIRMERIE

Une *mobilité contrôlée* a dit sister Edith. Effectivement, l'ascenseur n'offre pas la possibilité d'accéder à chaque niveau, il ne s'arrête ni aux cuisines, ni au dortoir des filles, ni à la chambre des Krampus. Mais il permet d'accéder au dernier étage du ranch, le seul que je n'aie pas encore exploré…

« Je ne savais pas qu'il y avait une bibliothèque à Redrock… »

Mais ce que je sais en revanche, ce que j'ai parfaitement retenu, c'est que miss Lucy fait reluire le trésor de ses maîtres *tout là-haut dans la tour.*

« Et pourquoi le saurais-tu ? me répond sister Edith. Cette bibliothèque n'a rien d'une bibliothèque d'agrément, on n'y trouve ni romans d'aventures, ni bandes dessinées, ni aucun de ces affreux mangas dont les jeunes d'aujourd'hui semblent si friands. Les lectures des Fés ne sont guère adaptées à des yeux adolescents, entre les assommantes chroniques de leurs guerres picrocholines, et leurs livres de recettes détaillant mille et une façons d'accommoder la viande humaine ! Quant aux ouvrages que le docteur Krampus a fait venir pour mes recherches, ils te paraîtraient bien ennuyeux.

– Pour… vos recherches ?

– Oui, répond sister Edith tandis que la porte de l'ascenseur s'ouvre sur la salle de Thérapie, dans un recoin caché derrière le tableau de commande que je n'avais jamais remarqué jusqu'à présent. Pour les recherches qui m'ont permis de construire le baquet de Mesmer. »

Un sentiment de panique m'envahit tandis que sister Edith allume les bougies du grand chandelier, puis roule jusqu'au baquet. Elle vient de m'avouer que c'est sur l'ordre du docteur Krampus qu'elle a construit cette machine infernale, cette sangsue mécanique qui chaque jour épuise la colonie tout entière, qui peut-être finira par la décimer – et elle fait comme si de rien n'était ?

« Allez, monte là-dedans, dit-elle en ouvrant le portillon qui permet d'accéder au baquet.

– Non. »

L'espace d'un instant, je vois le visage de la nonne se crisper dans une grimace sévère, retrouver le masque amer et dur dont elle ne s'est jamais départie jusqu'à ce qu'elle me prenne sous son aile. Et si elle avait brusquement changé d'avis, décidant qu'elle courait un risque trop important à cacher ma nature aux yeux du docteur Krampus ? Et si l'accident du Kid n'était que du bluff, pour me pousser à monter avec elle sans méfiance dans la tour ? Et si elle avait décidé d'en finir avec moi là, maintenant, en me saignant de toute mon énergie – de tout mon Flux – au creux du baquet ?

« Voyons, Jack, reprend sister Edith. Tu sais que c'est pour ton bien. Pour recharger tes batteries et hâter ta guérison. Il faut que ce soir tu sois suffisamment rétabli pour regagner le dortoir ! »

En prononçant ces mots, je sens qu'elle fait un effort pour relâcher les muscles de son visage et retrouver son sourire de grand-mère. Pas question de me faire avoir par ce numéro.

« Pourquoi avez-vous construit cette chose ? je demande en reculant de quelques pas jusqu'à la porte de la salle. Vous êtes de mèche avec le docteur Krampus, pas vrai ? Vous avez tout manigancé avec lui, et maintenant vous regrettez de m'en avoir trop dit !

– Mais... que vas-tu t'imaginer !

– Peut-être avez-vous combattu les Fés dans votre jeunesse comme vous le prétendez, mais depuis vous avez retourné votre veste, vous avez changé de camp. Sinon, pourquoi être venue à Redrock ? Pourquoi avoir fabriqué cette machine de torture ???

– C'est une longue histoire, crois-moi. Pour l'instant, tu dois reprendre des forces et...

– Longue ou pas, il est hors de question que je monte dans cet appareil avant que vous m'ayez raconté cette histoire – *toute* cette histoire ! »

Sister Edith me jauge sans rien dire durant quelques secondes, la lumière dansante des bougies se reflétant dans les verres de ses lunettes, creusant chaque ride de son visage.

« Je suis peut-être affaibli, je la préviens, mais je saurai me défendre si vous essayez de me forcer ! »

En vérité, le trajet jusqu'à la salle de Thérapie m'a tellement fatigué qu'il me paraît miraculeux de tenir encore debout. Je suis vraiment à la merci de la religieuse !

« Bien, soupire-t-elle finalement. Je suppose que tu ne me laisses pas le choix. Sache seulement que la nuit ne va pas tarder à tomber. Dans une heure tout au plus les Fés de Redrock vont se réveiller dans leur chambre, à l'étage du dessous. Et la première chose qu'ils vont faire, avant de descendre au réfectoire pour le dîner, c'est de monter au baquet pour goûter le Flux frais pompé sur les pensionnaires ce matin. Si le docteur Krampus te découvre ici, c'en est fait de nous deux. Alors s'il te plaît, écoute-moi sans m'interrompre… »

24 Sister Edith

« Avant d'arriver à Redrock, commence sister Edith, j'appartenais au Conseil de Conjuration, la branche de l'Église assignée à la lutte contre les cas de possession démoniaque. Il s'agit d'une instance presque oubliée, rendue secrète à force de discrétion ; les quelques prélats qui en connaissent encore l'existence y voient le vestige curieux et un peu gênant d'un âge révolu. Aussi opère-t-elle la plupart du temps de son propre gré, cachant sous le voile d'ignorance où veulent la maintenir les princes de l'Église ses orientations et ses agissements.

« Basée au carmel de Cologne, en Allemagne, j'étais pour ma part spécialisée dans la documentation scientifique relative à la chose fée : vois-tu, j'ai longuement étudié la physique à l'université, avant de prendre le voile pour embrasser la métaphysique. Mon activité consistait à compiler les archives que m'envoyaient mes confrères et consœurs du monde entier, et à rendre le cas échéant mon avis d'expert.

Cloîtrée dans l'enceinte silencieuse du couvent, je passais ainsi mes journées à décrypter les grimoires les plus vieux et à les croiser avec les traités scientifiques les plus récents, pour tenter de mieux comprendre le secret de la nature fée. À l'époque, un sujet me passionnait particulièrement : le destin de Franz Anton Mesmer, figure historique de l'histoire des sciences, derrière laquelle je devinais l'empreinte des Fés.

« C'est au début de la vertigineuse décadence fée, dans la seconde moitié du XVIIIe siècle, que le docteur Mesmer a inventé son fameux baquet. L'histoire officielle présente généralement Franz Anton Mesmer comme un doux illuminé, et comme le père de l'hypnotisme[1]. Allemand de naissance, il aurait passé les quarante premières années de sa vie à parfaire une théorie aujourd'hui jugée farfelue, la théorie du *magnétisme animal*, qui postule l'existence d'un fluide magnétique parcourant les organismes vivants, et dont il affirme pouvoir faire un usage thérapeutique en délestant les malades du trop-plein d'énergie qui les fait souffrir. Il tente d'imposer sa vision à Vienne, mais on ne le prend pas au sérieux. Il décide d'émigrer à Paris. C'est un bon choix : lassés par la froide raison des philosophes, les Français sont alors en quête de frissons mystiques, et Paris sera la ville de son triomphe. Très vite, les patients se bousculent par centaines dans son cabinet pour qu'il leur impose les mains. Curieusement, les prétendus malades y entrent surexcités et pleins de vie,

1. En anglais, le verbe *hypnotiser* peut se traduire par *to mesmerize*, en référence aux travaux de Mesmer.

et en ressortent complètement laminés. Certains même, chuchote-t-on, n'en ressortent pas du tout ; mais cela ne fait qu'ajouter du piment à la chose, et attirer des foules toujours plus importantes chez le bon docteur Mesmer. Si je te dis qu'il ne consulte qu'entre le crépuscule et l'aurore, tu comprendras que notre prétendu guérisseur était en réalité un Fé, pas plus médecin que le docteur Krampus...

« Bientôt, la quantité de patients à « traiter » est telle que les nuits de Mesmer n'y suffisent plus. C'est alors qu'il a sa grande idée : l'idée du baquet. Une sorte de pile géante capable d'emmagasiner tout le Flux qu'il ne peut consommer directement lui-même. Le dispositif lui permet d'amasser ainsi d'énormes quantités d'énergie, qu'il revend ensuite aux Fés parisiens moins chanceux que lui. Voilà l'origine de son fulgurant enrichissement, mais aussi de sa chute non moins fulgurante.

« Mesmer aurait dû le savoir : nul ne peut faire confiance aux Fés. Jalousé par ceux-là mêmes qui lui achetaient sa marchandise, il fut accusé de charlatanisme. Pour en avoir le cœur net, Louis XVI chargea deux commissions d'étudier la pratique du magnétisme animal et ses prétendues vertus curatives. Verdict : Mesmer fut déclaré menteur. Discrédité et humilié, il dut quitter la France. Les dictionnaires prétendent qu'il est mort complètement oublié de tous vers 1815, sur les rives du lac de Constance, aux confins de la Confédération germanique et de l'empire d'Autriche. La vérité, c'est qu'il fut assassiné par des Fés du cru qui, ayant entendu les échos de ses exploits parisiens, voulurent lui soutirer le secret du baquet.

« D'après les archives secrètes du Conseil de conjuration, le principal Nid de Fés qui sévissait aux alentours du lac de Constance à l'époque était dirigé par un certain Krampus, sorte de père Fouettard déjà à moitié dégénéré, guère plus effrayant qu'un épouvantail. Par tradition, les familles autrichiennes le laissaient encore corriger les marmots turbulents et indisciplinés à la veille de Noël ; de fait, il suffisait qu'il les étreigne dans ses mains calleuses pour qu'ils deviennent doux comme des agneaux – ou plutôt, mous comme des chiffes. Mais l'époque était bien révolue où le seigneur Krampus emportait chaque jour des enfants et des jeunes gens pour les dévorer dans son manoir au cœur de la forêt. Les villageois avaient appris à déjouer ses pièges, et ne toléraient plus sa présence qu'au soir du 24 décembre. Et encore, on attendait de lui qu'il calme les enfants, pas qu'il les mange ! De fait, il n'était déjà plus que l'ombre de lui même, une espèce de diable voûté et tremblant, s'attaquant seulement aux faibles d'entre les faibles – les vieillards, les mendiants –, véritablement repu de Flux une fois l'an. Trois cent soixante-quatre jours de disette pour une seule soirée de festin ! On comprend tout le parti qu'il aurait pu tirer du baquet, toute l'énergie qu'il aurait pu y emmagasiner lors de sa tournée annuelle, pour la déguster lentement jusqu'à la prochaine !

« Ayant lu tous ces faits dans des livres et des registres, envoyés pour la plupart par mes confrères français, j'ai bien vite ressenti le besoin d'aller moi-même sur place pour tenter de retrouver les plans de ce mystérieux baquet. J'avais en effet l'intuition qu'en comprenant le fonctionnement de cet engin infernal, nous percerions un peu plus le secret du Flux et de la condition fée. Ce pourrait être un atout décisif dans les dernières batailles qu'auraient à livrer les hommes pour se débarrasser définitivement de leurs oppresseurs d'hier.

« Un jour de novembre, je me suis ainsi rendue au lac de Constance. Ne trouvant rien d'intéressant dans les archives de Meersburg, bourgade de la rive allemande où Mesmer était décédé, j'ai poussé jusqu'à Innsbruck et sa vénérable bibliothèque, du côté autrichien. Mais là non plus, malgré des jours de recherche, je ne suis pas arrivée à mes fins. Certes, j'ai pu consulter tous les textes que le prétendu médecin avait publiés de son vivant, et notamment l'édition originale de son fameux *Précis historique des faits relatifs au magnétisme animal*, datée de 1781, mais les descriptions du baquet restaient toujours imprécises et lacunaires, à croire que l'auteur essayait de cacher l'essentiel – ce qui était normal après tout : Mesmer n'allait tout de même pas révéler à ses lecteurs qu'il les faisait mourir à petit feu ! Déçue de ne rien trouver de plus solide à me mettre sous la dent, j'ai laissé mon attention se disperser sur d'autres sujets approchant de près ou de loin celui qui m'intéressait. J'ai notamment exploré la biographie des patients de Mesmer, la manière dont ses théories avaient influencé la psychanalyse et la sophrologie, ou encore le folklore autrichien. C'est ainsi que j'ai fini par demander au bibliothécaire excédé par mes demandes farfelues de me sortir tout ce qu'il avait en rayon sur le Krampus de Noël. *Le personnage des contes ?* a-t-il soupiré en compulsant ses fiches d'un air blasé. *Celui qui fait peur aux petits enfants ?* Je m'apprêtais à acquiescer quand il a ajouté : *Ah, j'ai aussi une autre entrée. Klaus von Krampus. Il s'agit des minutes d'un procès par contumace de 1946. Celui d'un directeur d'hôpital militaire situé sur la rive du lac de Constance.*

« L'information m'a percutée aussi violemment qu'un coup de poing. J'ai bafouillé que oui, c'était de ce Krampus-là que je voulais parler, et le bibliothécaire m'a remis un microfilm en me désignant du menton une visionneuse, au fond de la salle. J'ai fait fébrilement défiler les pages du procès sur l'écran rétroéclairé, abasourdie. Pendant la Seconde Guerre mondiale, l'hôpital militaire en question avait accueilli des soldats allemands et autrichiens évacués du front. Ce n'est qu'après la capitulation que les statistiques médicales de l'établissement avaient été examinées, révélant un taux de mortalité des patients dix fois supérieur à la normale : cet hôpital ressemblait plutôt à un abattoir, où l'on aurait achevé les rescapés du champ de bataille !

« Le responsable de ce mouroir, un mystérieux médecin nommé par les nazis, s'appelait Klaus von Krampus. On ne peut pas dire qu'il ait contribué à remettre sur pied les soldats de la Wehrmacht. Mais il ne s'agit pas d'en faire un résistant pour autant : de nombreux officiers alliés échouèrent également dans ce piège, et ils n'eurent droit à aucun traitement de faveur ! Le gouvernement autrichien d'après-guerre condamna l'ex-directeur à la réclusion perpétuelle. Mais à la vérité, la sentence ne fut jamais exécutée : profitant de la confusion de la débâcle, il disparut tout bonnement...

« Dès lors, mon obsession s'est déplacée du baquet à ce mystérieux docteur Krampus sorti de nulle part et envolé dans la nature, dont la seule existence tangible se résumait à ce microfilm jauni. J'avais l'intuition irrésistible qu'il ne faisait qu'un avec le Krampus folklorique qui avait terrorisé des générations de petits Autrichiens, et qui avait sans doute assassiné le Fé Mesmer.

« J'ai aussitôt appelé le correspondant du Conseil de conjuration de la région du lac de Constance, un vieux prêtre à la voix chevrotante qui m'a assuré que l'on n'avait plus entendu parler du terrible Krampus de Noël en Autriche depuis au moins deux générations. Cette région du pays avait été intensivement exorcisée, et il ne restait officiellement plus aucun Fé sur l'ensemble de son territoire. Le vieillard a fini par me confier en radotant qu'il était le dernier exorciste actif du Land[1], et qu'il désespérait de jamais se trouver un successeur...

« Le Krampus avait donc fui après la guerre. Mais où ? J'ai prolongé mon séjour à Innsbruck, pour écumer tous les ouvrages traitant des filières de reconversion des criminels nazis. Comme tu le sais peut-être, la plupart de ceux qui sont parvenus

1. État fédéral de la république d'Autriche : ici, le Land du Vorarlberg.

à échapper à la justice ont gagné l'Amérique du Sud. J'ai donc appelé chacune des branches latino-américaines du Conseil de conjuration, leur demandant s'ils avaient eu affaire à un Fé nommé Krampus, si au moins ils pouvaient compulser leur annuaire national à la recherche de ce patronyme... Peine perdue. J'ai été tellement insistante que mon obstination a fini par remonter aux oreilles du responsable du Conseil de conjuration, le Grand Exorciste en personne, qui m'a envoyé un télégramme pour m'inviter à plus de sérénité, et à ne pas me laisser entraîner dans un combat contre une chimère. L'Humanité avait pratiquement gagné sa guerre contre les Fés, me rappelait-il en substance, et les derniers d'entre eux s'éteignaient comme des mouches, affamés de Flux et de chair, quand ils ne s'entretuaient pas pour une proie qui finalement leur échappait. Le Krampus était certainement mort à l'heure qu'il était, et je ferais mieux de ne plus y penser. Si je m'ennuyais vraiment, il m'invitait à me joindre à lui lors de son prochain voyage, pour résoudre un cas de vampirisme à Athènes, sur invitation de l'archevêque de Grèce.

« Mais mon intérêt était trop vif pour que j'abandonne ainsi mes recherches. Il *fallait* que je sache coûte que coûte ce qu'était devenu le Krampus. J'ai décidé de rester à Innsbruck encore quelques jours. À force de persévérance je suis parvenue à sympathiser avec le bibliothécaire grognon, qui n'était pas un mauvais bougre dans le fond. Quand il a compris à quel point cette question me travaillait, je crois que cela a fait vibrer une corde en lui, le nerf de la curiosité sans doute, si hypertrophié chez nous autres rats de bibliothèque. Aussi m'a-t-il promis de glisser ma requête au service de Documentation, qui épluchait chaque jour la plupart des journaux du monde entier, pour constituer la revue de presse de grandes entreprises payant ce service à prix d'or. *Quant à vous*, m'assura le bibliothécaire, *vous n'aurez rien à payer – avec quoi, d'abord ? avec le denier du culte ? Une recherche permanente sera simplement lancée sur le nom de « Krampus », et l'on vous enverra par courrier les éventuelles coupures de presse concernées.*

« C'est avec cette promesse, c'est avec cet espoir que je suis rentrée à Cologne. La vie a repris son cours au carmel, les semaines succédant aux semaines, les saisons aux saisons. Chaque matin, je me rendais en hâte à la salle commune où l'on triait le courrier. Mais il ne m'arrivait rien que des rapports d'exorcisme envoyés des différents coins du globe, pour lesquels on me demandait de donner mon avis de physicienne. Il me semblait en effet que j'étais la dernière scientifique au sein de ce Conseil de conjuration moribond, constitué d'une poignée d'octogénaires désabusés et sans descendance. Les derniers Fés disparaissant, l'organisation vouée à les combattre allait disparaître à son tour, ignorée de l'Humanité ingrate qu'elle avait si fortement contribué à sauver. Et après ? J'étais encore jeune, moi. Faudrait-il que je finisse par me contenter du rythme répétitif et lénifiant du carmel, la lente ronde des *Ave Maria* et des *Pater Noster*, après avoir connu l'excitation du surnaturel ? Je crois qu'à cette époque j'ai commencé à m'enfoncer dans une espèce de dépression. D'un côté je n'avais rien à dire sur les rapports d'exorcisme que l'on m'adressait, et de l'autre je ne parvenais pas à m'enthousiasmer pour les prières de mes consœurs, qui me paraissaient désespérément ingénues dans leur ignorance de l'envers des choses.

« Car enfin, que signifiait donc la victoire prochaine et annoncée des hommes sur les Fés, ces anges déchus ? Cela voulait-il dire que Dieu nous avait pardonné le péché originel, et que nous allions enfin établir sur terre la Jérusalem céleste ? Cela voulait-il dire qu'Il s'apprêtait à sceller une nouvelle Alliance avec la race humaine, ou au contraire que le Jugement dernier était pour demain ? Pourquoi ne nous envoyait-Il pas un signe ! Pourquoi ne m'envoyait-Il pas un signe, *à moi* tout du moins…

« Quelques jours avant mon quarantième anniversaire, ce signe tant attendu est finalement arrivé. Par la voie postale, à défaut de la voie des Cieux. Mes mains tremblaient en ouvrant l'enveloppe marquée du tampon de la bibliothèque de Munich. À l'intérieur, une coupure de journal américain, le *New York Times*. Je suis d'abord restée perplexe en parcourant un bout d'article décrivant la nouvelle politique fiscale du président Reagan – nous étions en 1985, le déficit des États-Unis se creusait dangereusement. Était-ce une plaisanterie ? Mais au bout d'un moment, j'ai remarqué un encart publicitaire en marge de l'article, un simple encadré dont je me rappelle encore aujourd'hui le texte mot pour mot : *Vous n'êtes pas les seuls à souffrir de la Crise. Vos enfants aussi connaissent le stress de la compétition et la peur de l'échec. C'est pourquoi ils sont si turbulents, et qu'ils vous répondent si mal. Cet été, confiez-les au docteur Krampus, Ph. D.*[1] *ès psychologie, pour un stage de motivation personnelle dans le cadre idyllique du Colorado. Pour une famille réunie, pour une rentrée réussie : offrez-leur des vacances au camp de Redrock !*

« J'en ai eu le souffle coupé. Telle était donc la nouvelle incarnation de l'ancestral Krampus de Noël : pédopsychologue ! Quelle ironie – le monstre qui avait terrorisé des milliers d'enfants prétendait à présent soigner leurs peurs intimes !

« Dès lors, tout est allé très vite dans ma tête. Je ne pouvais pas compter sur l'aide du Conseil de conjuration, pas après les remontrances du Grand Exorciste. À ce stade, rien ne me permettait de prouver que le docteur Krampus de l'annonce était le même que celui de l'hôpital militaire du lac de Constance, bien que j'en eusse l'intime conviction. Par ailleurs, la localisation du camp de Redrock ne figurait pas sur l'annonce, mais seulement une adresse en poste restante pour envoyer les dossiers de candidature. Une action en force n'était donc pas envisageable. Alors, je me suis contentée de remplir un dossier à mon nom, me rajeunissant de trente ans...

« Trois semaines plus tard, j'ai reçu la confirmation que la candidature avait été acceptée, avec les détails pratiques. Il fallait que l'enfant se présente à l'aéroport de Denver un certain samedi de juillet

---

1. Littéralement *doctorate of philosophy*, équivalent américain du doctorat de recherche français.

pour être récupéré par le car du camp. J'ai réservé le jour même un billet d'avion pour le Colorado.

« Lorsque l'été est venu, je me suis donc envolée pour le Nouveau Monde, le cœur plein d'angoisse et plein d'excitation. Mes valises étaient remplies de sel, et j'avais emprunté un crucifix de procession dans le trésor du carmel, un modèle en argent massif capable de dévier les ondes électromagnétiques à la manière d'un paratonnerre. J'étais parvenue à le dissimuler dans un étui à skis, qui n'éveilla pas les soupçons des douaniers américains : après tout, je me rendais dans une région de montagnes, où les neiges éternelles autorisaient la pratique des sports d'hiver toute l'année.

« Sitôt la douane franchie, j'ai loué une voiture et je me suis garée sur le parking de l'aéroport, non loin du point de rendez-vous mentionné dans le courrier accompagnant la confirmation d'inscription. C'est ainsi que je les ai vus arriver, un par un, les enfants et les adolescents inscrits au camp de vacances... Dieu m'est témoin, j'aurais voulu sauter de l'habitacle et leur crier de déguerpir tant qu'il en était encore temps ! Mais si j'avais fait cela, je me serais privée à tout jamais de la possibilité de rencontrer le Krampus, et d'éradiquer le mal à sa source. Aussi me suis-je tue quand Davy est arrivé au volant du vieux car qui sert chaque saison à convoyer les pensionnaires jusqu'à Redrock, puis à les en ramener. Davy était un tout jeune homme à l'époque, mais déjà il était coiffé de son insupportable toque, et ses mouvements saccadés, machinaux ne m'ont pas trompée : il s'agissait là d'un Changelin envoyé en mission, d'un être humain enfété. J'étais sur la bonne voie.

« Lorsque le car a démarré, j'ai embrayé à mon tour. Je l'ai suivi pendant des centaines de miles, pendant des heures et des heures. Je l'ai suivi à travers les plaines desséchées, à travers les forêts sombres et touffues. Un homme normal aurait sans doute fini par remarquer ma présence dans le rétroviseur, mais un Changelin n'est pas un homme normal, surtout quand il est détaché loin de son maître : il n'est qu'une machine programmée pour accomplir une tâche, aveugle et sourd à tout le reste. C'est ainsi que je suis parvenue au pied du rocher accueillant le camp de Redrock.

« Je te passe ma surprise à la vue de cet énorme promontoire rouge érigé au milieu des sapins centenaires, car je pense que tous ceux qui découvrent Redrock sont saisis du même frisson. Il y a, n'est-ce pas, quelque chose d'irréel dans ce site que l'on n'ose qualifier de naturel. Quels événements géologiques auraient bien pu causer un tel paysage ? Quelle est l'origine de cette roche pourpre, presque sanglante, qui se dresse contre le granite des montagnes ? Aujourd'hui encore, je n'ai pas la réponse à ces questions…

« Par mesure de précaution, j'ai garé la voiture en bas, à l'abri de la forêt épaisse. Puis je suis montée à pied le long du chemin abrupt serpentant jusqu'à la barrière au sommet du rocher, traînant derrière moi dans la fournaise de midi mes kilos de sel et mon étui à skis. Je ne saurais te dire mon horreur à mesure que la silhouette du camp se précisait : le mirador hérissé d'épieux, le grillage de fil barbelé… Ce camp de vacances était conçu sur le même modèle qu'un camp de détention, et dirigé par un ancien criminel de guerre!

« Quel était mon plan, au juste ? Je n'en étais pas bien sûre. Je crois que je m'attendais à trouver un Fé pleurnichard et affaibli, semblable à tous ceux qui peuplaient les rapports d'exorcisme que j'avais lus. Une créature misérable qu'il m'aurait été facile de maîtriser, de questionner et sans doute d'éliminer une fois qu'elle m'aurait avoué tout ce qu'elle savait sur le baquet de Mesmer, si elle savait quoi que ce fût. Quant aux Changelins, je ne les redoutais pas trop : je savais que sitôt leur maître disparu, ils deviendraient inoffensifs – détruits intérieurement et incapables de la moindre décision. Quant à la possibilité que le Krampus ne soit pas le seul Fé du lieu… je dois avouer que, dans ma folle témérité, je n'y avais même pas pensé.

« À l'époque, l'exploitation de Redrock comme camp de vacances commençait à peine, la sellerie et les écuries n'étaient pas encore construites, et il n'y avait pas de chevaux. Le seul bâtiment qui existait, outre le mirador en haut du chemin, était le ranch. Il n'est pas si vieux qu'il en a l'air, tu sais. J'ai appris depuis que c'était le Krampus qui l'avait fait construire lorsqu'il était arrivé dans la région, au début des années 1970. As-tu déjà vu un mélange de styles plus tordu ? Cela donne une idée du chaos qui doit régner dans l'esprit de ce monstre pervers.

« Bref. C'était seulement la troisième année que Redrock accueillait des pensionnaires, et les promotions se réduisaient encore à une dizaine de sujets. Tous étaient logés dans le ranch, les garçons comme les filles, et on les menait à leur dortoir à leur arrivée. Dès que la voie a été libre, j'ai passé à mon tour la barrière derrière laquelle je me cachais, et j'ai couru jusqu'à l'arrière du bâtiment. Si j'avais su alors que c'était la dernière fois que je franchirais l'enceinte de Redrock! J'ai vite repéré la porte de service, par laquelle je me suis faufilée dans le réfectoire désert. Profitant de ce que les moniteurs étaient occupés à expliquer le fonctionnement du camp dans le dortoir, j'ai gravi sur la pointe des pieds l'escalier jusqu'à la coursive du premier étage, puis je me suis engouffrée dans la tour. Je savais exactement où trouver le Krampus, grâce à la boussole dont je m'étais équipée – tu m'as dit toi-même avoir constaté que les aiguilles s'affolent en présence des Fés, conséquence directe du champ magnétique généré par le Flux intense qui circule en eux. J'étais persuadée qu'en mettant la main sur la créature avant la tombée de la nuit, je pourrais d'autant plus facilement la soumettre. Une fois encore, les Fés que j'avais croisés jusqu'alors, dans la vie réelle ou bien dans les rapports, étaient si amoindris que le moindre rayon de soleil les aurait grillés sur place. L'époque était bien révolue où, puissants et majestueux, ils pouvaient braver pendant de longues minutes l'astre diurne et le regard de Dieu sans coup férir. En attaquant le Krampus de jour, j'étais convaincue de mettre toutes les chances de mon côté.

« C'est ainsi que je suis parvenue à la porte que tu connais, à mi-hauteur dans la tour, qui donne sur les appartements des Fés. Une épingle à cheveux tirée de mon chignon a vite eu raison de la serrure, et j'ai pénétré dans la pièce où m'attendait mon destin…

« Dois-je vraiment te décrire ma débâcle ? Ils étaient tous là à m'attendre, toute la famille. Le Krampus n'était certes pas aussi grand et fort qu'il l'est aujourd'hui, après des années et des années à se gaver du Flux des pensionnaires, mais il était tout de même beaucoup plus imposant que tous ceux de son espèce que j'avais eu à affronter dans le passé. Les quatre femelles qui l'accompagnaient étaient tordues et disgracieuses, mais point si tordues ni si disgracieuses que je l'aurais imaginé. J'ai vite réalisé que ces Fés-là n'étaient pas comme les autres, qu'ils avaient commencé à remonter la pente. Ils pouvaient se tenir ainsi en pleine journée, dans la pénombre de leur chambre percée de rayons de soleil, sans paraître en souffrir.

« Les événements se sont enchaînés dans la plus grande confusion. Prise au dépourvu, j'ai lâché tous mes bagages, à l'exception du crucifix que j'avais déjà sorti de son étui. Celle des Fées qui paraissait la plus jeune a levé les mains, et j'ai soudain senti une brûlure atroce me ravager le front tandis que les cheveux qui dépassaient de mon voile prenaient feu. À grand-peine, j'ai brandi le crucifix entre elle et moi pour dévier les ondes électromagnétiques dont elle me bombardait, tout en étouffant les flammes de mon autre main. Mais au même moment, la fille cadette a serré le poing, et mes entrailles se sont compressées comme un sachet de thé dont on veut extraire tout le jus. Pendant que je déviais le crucifix pour parer cette nouvelle attaque, l'épouse du Krampus a tendu brusquement le bras ; presque aussitôt, mon voile s'est soulevé comme sous l'effet d'une bourrasque, pour retomber sur mes yeux. Aveugle et haletante, tordue de douleur, je faisais de grands moulinets dans le vide avec le crucifix, cherchant à reculer jusqu'à la porte de la chambre pour m'enfuir vers le grand jour, que les créatures ne pourraient pas supporter.

« Mais alors que je m'apprêtais à me retourner pour dévaler l'escalier, je me suis sentie ceinturée par deux bras aussi noueux que des racines de chêne. Je n'avais pas entendu venir le Chef, qui était remonté silencieusement depuis les cuisines... »

25 *Passage de témoin*

Sister Edith marque une pause dans son récit. Dans la lumière dansante du chandelier qui illumine la salle de Thérapie, son visage m'apparaît plus tendu, plus contracté que jamais. Comme si elle revivait, tant d'années après, sa lamentable expédition, les quelques instants d'imprudence qui l'avaient condamnée pour le restant de sa vie…

« C'est ce qui a causé ma perte, murmure-t-elle d'une voix amère, pour elle-même, perdue dans ses souvenirs. Je ne suis pas tombée sur un Fé isolé, mais sur un Nid parfaitement organisé, et parfaitement complémentaire. Comment aurais-je pu m'y attendre ? Un Nid couvrant pratiquement tout le spectre électromagnétique ! Comment aurais-je pu savoir… »

La religieuse grimace puis secoue la tête comme pour chasser les remords et les regrets qui l'assaillent.

« Mais voilà que je radote comme une vieille folle ! soupire-t-elle en se tournant vers moi. Ce n'est pas le moment de m'apitoyer sur mon sort :

je ferais mieux de t'expliquer ce que nous autres exorcistes avons appris au cours des siècles sur les pouvoirs fés – car c'est toi à présent qui va reprendre mon flambeau.

«Comme tu le sais déjà, l'organisme fé se comporte de la même manière qu'une pile vivante, conçue pour assimiler le Flux de ses proies, pour s'en nourrir, et pour en convertir une partie en ondes électromagnétiques redoutables qui sont renvoyées vers l'extérieur. À la naissance, le petit Fé est capable de rediffuser ainsi tout un tas d'ondes différentes, un peu comme un poste de radio sur lequel on chercherait à capter son émission favorite : ses ampoules sous-cutanées sont encore versatiles, non spécialisées. Cet état d'indétermination, au cours duquel le Fétaud se contente du Flux qu'il génère lui-même et n'a pratiquement pas besoin d'apports extérieurs, ne dure guère ; soumis à des influences qui nous restent largement inconnues, il finit par se fixer sur une longueur d'onde et une seule. C'est la Polarisation. En d'autres termes, un Fé polarisé ne peut plus restituer le Flux, le diffuser hors de son corps que dans une longueur précise – et ses besoins énergétiques croissent exponentiellement, faisant de lui un prédateur redoutable.

«On dénombre ainsi sept façons de rediffuser le Flux, qui correspondent aux sept longueurs d'onde du spectre électromagnétique connu de nos physiciens. En fonction de la longueur d'onde dans laquelle il est capable d'émettre, chaque Fé se place symboliquement sous les auspices d'une planète du système solaire – un peu comme les humains, à travers les signes du zodiaque. D'où vient cette tradition ? Nul ne le sait. Mais les exorcistes ont souvent surpris les Fés absorbés dans la contemplation des étoiles. Peut-être ces anges déchus ont-ils parfois la nostalgie du paradis qu'ils ont perdu ?

« La première longueur d'onde est la plus étendue : ce sont les ondes radio ou ondes hertziennes, que les humains ont appris à utiliser depuis longtemps, avec l'invention de la radiophonie, puis de la télévision. Les Fés qui se spécialisent dans cette longueur d'onde sont désignés par leurs pairs sous le nom d'*Enfants de Mercure*. Ils deviennent eux aussi capables d'envoyer leurs pensées à travers l'espace, parfois sur de très longues étendues. Les Fées devineresses et les Fés prophètes, les pythies antiques et les démons extralucides sont tous des Enfants de Mercure. À ma connaissance, Redrock ne compte aucun Enfant de Mercure, sans quoi le Nid serait complet.

« La deuxième longueur d'onde est un peu plus courte, les humains l'ont baptisée *micro-onde*. C'est ce type d'onde qui réchauffe les pizzas surgelées infâmes dont vous autres les jeunes semblez si friands aujourd'hui ! Chez les Krampus, c'est Aglaé, la plus jeune, qui représente cette longueur d'onde – la peau m'en cuit encore, en souvenir de la brûlure qu'elle m'a infligée dans la tour ! Et d'après la description que tu m'en as faite, je jurerais que ce Lord Fungus qui a enflammé la robe que tu destinais à Sinead est lui aussi un *Enfant de Vénus*. Les Fés de ce genre sont généralement irascibles et inconstants, la tradition compte dans leurs rangs les gremlins, les diables et les autres esprits pyromanes.

« Viennent ensuite les ondes infrarouges, que les militaires connaissent bien car elles leur permettent de construire des lunettes et des viseurs qui permettent de voir la nuit. En effet, la projection d'ondes infrarouges est capable de percer l'obscurité la plus complète. Les *Enfants de Mars* sont ainsi de redoutables prédateurs, des chasseurs infaillibles à qui il est difficile d'échapper. La plupart des croquemitaines et des ogres appartiennent à cette race-là ; ils voient parfaitement dans la nuit la plus noire, et ils peuvent détecter la chaleur dégagée par leurs proies à distance. Le Chef est de cette engeance, mais ces yeux sont crevés pour une raison que j'ignore : il ne lui reste plus pour se repérer que son odorat, un sens également très développé chez les Enfants de Mars.

« La quatrième longueur d'onde est tout autour de nous : ce sont les ondes visibles par l'œil humain. Les *Enfants de Jupiter* sont ainsi capables de modeler la lumière pour créer des illusions et des mirages. Le Krampus lui-même fait partie de cette catégorie-là. Sans doute ses tours de passe-passe lui ont-ils bien servi, tout au long de son existence immémoriale, pour faire accepter sa présence monstrueuse au sein de la magie de Noël. Combien de fausses guirlandes a-t-il pu dérouler, combien de faux feux d'artifice a-t-il pu tirer, pour apparaître aux yeux des familles comme un démon fanfaron et fréquentable, à qui l'on pouvait sans risque confier ses bambins dissipés ! Aujourd'hui, je soupçonne le Krampus, alimenté par le Flux coulant du baquet en continu, d'exercer son pouvoir à une bien plus vaste échelle, établissant un bouclier optique sur tout le site de Redrock.

Sinon, comment expliquer que cette région n'apparaisse sur aucune carte, à une époque où la terre entière est décryptée par satellite au centimètre carré près ?

« Ce sont les rayons ultraviolets qui constituent la cinquième longueur d'onde. Oui, les fameux UV qui font bronzer les humains, leur donnent des coups de soleil et finissent parfois par générer des cancers de la peau. À hautes doses, le rayonnement ultraviolet est en effet un puissant accélérateur de vieillissement. C'est précisément la raison pour laquelle les *Enfants de Saturne* sont parmi les Fés les plus redoutés. La Fée Viviane, la Fée Carabosse ou encore le trop réel Vlad Drakul, dit Dracula : autant de noms qui font frissonner les humains aujourd'hui encore. Une liste à laquelle il faudrait ajouter la comtesse Brayère – la tache de vieillesse qu'elle a fait apparaître sur la tempe de ton ami Josh ne trompe pas. Thalie, la cadette de la famille Krampus, en est aussi ; je peux t'assurer que j'ai pris un sacré coup de vieux quand elle m'a irradié les entrailles, le malheureux jour où je suis arrivée à Redrock !

« La sixième longueur d'onde, ce sont les rayons X, dont nous autres humains connaissons l'existence depuis Marie Curie. Aujourd'hui, nous les utilisons surtout pour faire des radiographies médicales, en cas de fracture osseuse par exemple, mais aussi de plus en plus pour la surveillance aux frontières et dans les aéroports. En effet, les rayons X traversent facilement la matière et permettent de voir au-delà des obstacles opaques : la chair sous les vêtements, les os sous la chair, etc. De fait, rien n'échappe aux *Enfants de Pluton*, qui peuvent voir à travers les portes et les plus épaisses murailles. On range parmi eux les monstres épieurs, les ectoplasmes, les soi-disant spectres de famille qui hantent des demeures sur des générations et parviennent à tout voir sans être jamais vus. C'est ainsi qu'Euphrosyne, l'aînée des filles du docteur Krampus, a pu me sentir venir à travers les murs du ranch et prévenir toute sa famille de m'attendre en embuscade derrière la porte de la chambre où j'ai rencontré mon destin.

« La septième et dernière longueur d'onde correspond aux mystérieux rayons gamma, dont nos savants sont loin d'avoir percé tous les secrets. On sait surtout qu'ils sont massivement diffusés en cas d'explosion nucléaire. L'usage qu'en font les *Enfants de Neptune* est stupéfiant : grâce à eux, ils parviennent à mouvoir la matière à distance, par télékinésie. L'épouse du Krampus m'en a fait la démonstration lorsqu'elle m'a retourné le voile sur la figure, et la baronne de Mâchecroute te l'a montré également quand elle a par erreur projeté le marquis de Carabas dans les airs. À l'époque où les Fés étaient encore puissants, il y a des siècles, les Enfants de Neptune pouvaient déplacer ainsi des roches énormes, et construire en quelques nuits de véritables forteresses.

« Voilà, tu en sais autant que moi désormais sur la race fée. Quant à la suite de ma propre histoire, après que je me fus jetée dans la gueule du loup… tout cela est pathétique. Plaquée au sol par le Chef au sortir de la chambre des Krampus, j'ai vite été désarmée, ligotée, enfermée dans un cagibi noir jusqu'à la nuit. C'est alors que la torture a commencé. Oh, pas une torture physique, non. Les Fés ont des moyens bien plus efficaces pour obtenir de nous les informations qu'ils souhaitent ! Mais ce n'est pas à toi que je vais apprendre cela, n'est-ce pas ?

« Oui, le Krampus m'a sondée comme tu as sondé Ti-Jean. C'est-à-dire qu'il m'a amenée aux portes de la mort, me vidant de tout mon Flux pour me remplir de toute sa volonté. Ah, le contact de sa main calleuse sur mon front, tandis que je sentais la vie quitter mon corps comme de l'eau à travers une passoire ! En quelques secondes, il a tout su de moi : la prise du voile, le Conseil de conjuration, la quête du baquet de Mesmer qui m'avait menée jusqu'à Redrock. Il a ainsi appris que personne n'était au courant de mon expédition, et que ma disparition resterait une énigme pour tous. Il pouvait me tuer sans danger que ma mort compromette sa cachette.

« Mais il m'a laissée vivre. Mais il m'a réinsufflé suffisamment de Flux pour que je vive. Oh, pas pour me sauver comme tu as sauvé Ti-Jean, non ! Mais parce qu'il a vu en moi la seule personne capable de déchiffrer un certain document qu'il conservait par-devers lui depuis près de deux cents ans, depuis qu'il l'avait arraché au Fé que les hommes avaient connu sous le nom de Franz Anton Mesmer. Parce qu'il a compris que je pouvais l'aider à construire enfin le baquet, dont il avait conservé les plans depuis tout ce temps…

« C'est ainsi que moi qui étais venue à Redrock pour accélérer le déclin fé, je suis devenue un instrument majeur de la renaissance fée. Pour s'assurer de ma présence physique à ses côtés dans cette entreprise, le Krampus m'a immobilisée à jamais. La terrible Thalie a irradié mes jambes d'ultraviolets, jusqu'à ce qu'elles ne soient plus que chairs amorphes et sclérosées, rigides et sans vie. Et pour être certain de ma participation intellectuelle à son sinistre projet, le maître de Redrock m'a proposé un odieux marché : si je parvenais à reconstituer le baquet de Mesmer, il me promettait d'épargner la vie des dix pensionnaires actuels. Sinon il les tuerait tous, et les prochains également, et tous ceux que des parents stressés et dépassés continueraient de lui envoyer, jusqu'à ce que les inscriptions cessent – ou jusqu'à ce que je m'exécute. Il ne me laissait pas le choix. Je me suis mise au travail le jour même.

« Les plans volés au docteur Mesmer étaient parfaitement conservés et tout à fait lisibles, mais bien des aspects me semblaient mystérieux, et comme autant de défis lancés à la science. J'ai exigé des livres, beaucoup de livres pour essayer d'interpréter au mieux ces éléments déroutants – des précis de physique moderne, mais aussi de vieux traités d'alchimie. Je ne sais comment, le Krampus est parvenu à me les procurer en un temps record, à la mesure de son impatience. De même m'a-t-il fourni avec empressement tous les matériaux dont j'avais besoin, n'hésitant pas à assigner les pensionnaires eux-mêmes au rabotage des planches destinées au baquet dans lequel ils devaient tant souffrir par la suite. Il leur faisait croire que c'était pour la coque d'une barque qui leur permettrait de naviguer sur un lac de montagne, le monstre !

« À ce train, il m'a fallu deux mois pour fabriquer la machine infernale dont rêvait le Krampus depuis deux siècles. Je ne dis pas que j'en ai compris tous les rouages, j'avoue même que je me suis souvent contentée de suivre aveuglément les instructions des plans. Mais le résultat est là devant toi : le baquet de Mesmer ressuscité, et qui fonctionne.

« Ce fonctionnement est toutefois suffisamment délicat pour que le Krampus ait souhaité me garder auprès de lui, faisant de moi l'exécutrice de ses basses œuvres, celle qui remplit le baquet de Flux chaque jour pour qu'il puisse s'y vautrer chaque nuit. Quant à sa promesse d'épargner les pensionnaires... je ne sais trop quoi en penser. Certes, je n'ai assisté à aucune mise à mort au cours de toutes les années que j'ai passées ici. Le Krampus se contente de presser ses jeunes hôtes comme des citrons avant de les renvoyer exsangues dans leurs familles. Il leur faut des mois pour s'en remettre, des années parfois, mais dans le même temps ils ne mouftent plus, ils sont calmes, silencieux et dociles. À en croire le nombre croissant de dossiers de candidature qui sont remplis chaque année, les parents sont ravis d'un tel résultat. Totalement vidés physiquement, intellectuellement et moralement, les pauvres bougres deviennent des éponges vivantes absorbant indifféremment tout ce qui passe à leur portée : les anorexiques se mettent à manger comme quatre, les cancres apprennent mécaniquement des manuels entiers, les rebelles retiennent sans broncher les leçons de morale les plus assommantes. Le fait qu'ils aient perdu au passage toute leur personnalité, tout ce qui faisait qu'ils étaient *eux-mêmes*, ne semble déranger personne... De toute façon, cette mascarade ne dure guère. Lorsqu'ils ont repris suffisamment de force, lorsqu'ils ont reconstitué suffisamment de Flux, les ex-pensionnaires reviennent de plus belle à leurs anciennes habitudes, aux manies pour lesquelles on les a envoyés à Redrock. La seule différence, c'est qu'ils ne pardonneront jamais aux parents qui leur ont fait subir pareille épreuve... Sur toute la ligne, c'est vraiment une triste histoire. »

*

Sister Edith marque une nouvelle pause. Je sais que ce sera la dernière : nous avons tous deux conscience que le temps file, et que le moment où les Fés vont s'éveiller, à l'étage du dessous, est imminent. Mais la bonne sœur a encore quelque chose à me dire. Elle a encore un témoin à me passer.

« Doutes-tu encore de moi, à présent ? murmure-t-elle en me jaugeant derrière les verres épais de ses lunettes. Doutes-tu que je place en toi tous mes espoirs de stopper le terrible danger qui, au-delà de Redrock, menace l'Humanité tout entière ?

– *Au-delà de Redrock ?* je balbutie.

– Je veux parler de la mystérieuse invitation que le Krampus a lancée à ses congénères il y a une dizaine d'années... D'abord, seule une poignée de Fés a répondu à son appel. Des créatures hagardes, lamentables, pas plus grandes que des nains de jardin, et couvertes de terre séchée de la tête aux pieds. Des êtres presque entièrement retournés à l'état animal dans les forêts sauvages du Colorado, vivant dans des terriers jour et nuit, car même les rayons de lune leur étaient devenus insupportables. Des ombres vacillantes n'ayant pas goûté le Flux humain depuis des lustres, seulement capables de s'attaquer aux taupes et aux vers de terre – or le Flux animal, fût-ce celui des plus grandes bêtes, n'est pratiquement d'aucune utilité aux Fés. Ces avortons étaient si faibles qu'il nous a fallu les porter dans l'escalier de la tour, jusqu'à la salle de Thérapie... jusqu'au baquet. Car c'était là la raison pour laquelle les créatures avaient répondu à l'invitation du Krampus : la perspective de se délecter une fois encore de Flux humain les avait poussés à s'exhumer hors de ces terriers qui étaient déjà presque des tombeaux, pour ramper jusqu'à Redrock.

« Au fil des saisons, les hôtes du Krampus se sont faits de plus en plus nombreux, et sont arrivés de plus en plus loin. Après la misérable vermine de la forêt, des Fés urbains se sont présentés, qui venaient de Denver, de Boulder, de Colorado Springs et des autres grandes agglomérations de l'État. Ils étaient à peine plus vaillants que leurs congénères des campagnes, après tout ce temps à se terrer dans les égouts des villes, à vivre comme les rats dont ils se nourrissaient. Eux aussi, nous les avons portés au baquet, comme on porte des bébés sur des fonts baptismaux. Et pas qu'une fois, car ils y revenaient ! Telle était en effet la stratégie du Krampus pour assembler au pied de Redrock les survivants du peuple fé : leur donner accès au Flux humain qu'ils ne pouvaient espérer se procurer ailleurs, les rendre accros au baquet, et les mettre ainsi sous sa coupe. Du moins c'est ce que j'en ai déduit.

« De fait, les invités du Krampus n'ont pas tardé à se recruter au-delà des frontières du Colorado, affluant d'abord des États limitrophes, puis des plus lointains recoins de l'Union. Moi qui, la mort dans l'âme, officiait chaque nuit aux commandes du baquet, je les ai tous vus défiler. J'ai ainsi pu constater que certaines régions recelaient des Fés mieux conservés – ou plutôt moins laminés – que d'autres. C'était par exemple le cas de la Louisiane, dont les vieilles traditions cajun, héritées de la lointaine colonisation française, permettaient encore, à quelques occasions, notamment le fameux carnaval de Mardi gras, le mixage des humains et des Fés. Nous avons ainsi accueilli plusieurs petits démons rubiconds de Baton Rouge ou de New Orleans, à l'œil encore vif et aux jabots de dentelle encore blancs. Quelques ressortissants des mégapoles modernes comme New York ou Los Angeles étaient également plus en forme que la moyenne ; ils avaient trouvé un bétail humain docile parmi les sans domicile fixe, les drogués et tous les exclus qui sillonnent les nuits des grandes cités. Encore que, avec les programmes de réinsertion sociale et les cures de désintoxication forcée, même ces proies-là finissaient par leur échapper, si bien qu'eux aussi avaient décidé de venir voir si l'herbe était plus verte à Redrock.

« Après toutes ces années de transhumance, je crois bien que la forêt qui nous entoure rassemble aujourd'hui la quasi-totalité des derniers Fés d'Amérique. Combien sont-ils exactement ? À l'époque de sa puissance, dans l'Antiquité et jusqu'au bas Moyen Âge, les exorcistes estiment que le peuple fé n'a jamais excédé cinq cent mille têtes – les Fés étant si peu enclins à se reproduire. De nos jours, il ne doit guère rester que quelques milliers d'individus de par le monde.

« La forêt au pied de Redrock accueille-t-elle cinq cents Fés, mille peut-être ? Difficile à dire. Chaque nuit, le Chef en amène plusieurs charrettes, et j'ai du mal à me souvenir de tous ces visages qui rivalisent d'horreur et d'abjection, je ne parviens pas à déterminer la fréquence à laquelle les invités du Krampus sont autorisés à revenir au baquet.

« Ce qui est certain, c'est que la forêt supporte de plus en plus mal le fardeau qui lui est imposé. Elle se vide de sa faune, engloutie par des meutes de Fés de plus en plus vigoureux et de plus en plus féroces au fil des immersions dans le baquet. Les prédateurs eux-mêmes deviennent des proies. Les femelles pumas sont dévorées et leurs petits sont enfétés comme des Changelins, transformés en montures ou en bêtes de somme – comme ceux qui tirent la charrette du Chef. Tu as sans doute remarqué la colonie de chauves-souris qui nichent sous le toit de la tour : elles aussi ont été enfétées par le Krampus, afin de veiller sur le camp à longueur de nuit, et de s'assurer qu'aucun invité ne tente de forcer la porte des dortoirs où les pensionnaires sont jalousement gardés.

« Car si le Flux humain est une nécessité vitale pour les Fés, la chair humaine reste leur plus grand plaisir – au faîte de leur règne, ils consommaient les deux l'un après l'autre, vidant d'abord leur victime de son âme avant de consommer son corps préalablement dessalé et cuisiné. Aussi était-il à craindre que les invités du Krampus, ragaillardis par le baquet, sentent s'éveiller en eux d'autres appétits, se mettent en quête d'un autre gibier que celui des bois sauvages… L'attaque que tes amis et toi avez essuyée, l'autre soir dans les toilettes, en est la preuve : les hôtes de la forêt veulent désormais plus que le baquet. Ils ne supportent plus l'état de dépendance dans lequel les maintient le Krampus. Ils veulent prendre le pouvoir, et se nourrir directement à la source. Quitte à tuer la poule aux œufs d'or : ils veulent s'emparer des pensionnaires pour les dévorer.

« Quel est le plan du Krampus pour faire face à cette fronde ? Et quelle était son idée initiale en rassemblant autour de lui cette nuée de créatures hargneuses et sanguinaires, qui au cours des siècles n'ont jamais pu vivre ensemble ? Je ne sais pas. Mais je sens que la fin est proche, la fin de Redrock tel que je l'ai découvert lorsque j'y suis arrivée il y a tant d'années, et tel que je l'ai toujours connu. Si le camp doit disparaître sous l'assaut des Fés de la forêt, eh bien je disparaîtrai avec : je suis une vieille femme maintenant, pour moi il n'y a plus d'ailleurs, et mon destin est lié à ma prison. Mais toi ! Toi qui représentes un mystère plus insondable que le mystère du baquet, toi le Fé au visage humain, toi l'humain aux pouvoirs fés ! Pour moi, il ne fait aucun doute que c'est la Providence qui t'envoie, que c'est la Providence qui t'a fait. Quelle est ta mission, quel est ton rôle, quelle est ta place sur le vaste échiquier qui se déploie devant nous ? Se pourrait-il que tu sois la seule chance de l'Humanité, au moment où le péril fé s'apprête à déferler à nouveau sur elle ? Depuis que j'ai appris à te connaître, j'ai la conviction que ta vraie nature doit absolument rester cachée aux yeux du Krampus. Grâce à la décoloration, les racines de tes cheveux ne vont pas attirer son attention de sitôt. Quant à tes dents de Fé, les deux rangées du fond commencent juste à pousser dans ton palais, et la rangée du devant n'a pas encore fait tomber tes dents humaines : ta nouvelle dentition ne sera pas trop dure à dissimuler.

Je crois qu'il faut que tu t'échappes de ce lieu au plus vite. À l'heure qu'il est, les derniers exorcistes ont dû mourir de vieillesse. Toi seul peux alerter le commun des mortels de la menace qui pèse sur eux. Toi seul peux leur prouver que les Fés existent, puisque *tu* existes. Allez, Jack, il n'y a plus un instant à perdre : monte vite dans le baquet pour récupérer toute l'énergie dont tu vas avoir besoin dans les jours qui viennent ! »

CLIC !

Le portillon permettant d'accéder au baquet s'ouvre avec un claquement sonore.

Je contemple encore un instant sister Edith. Il me semble voir, à travers la vieille dame fatiguée, la jeune femme qui a sacrifié une vie calme et sans danger pour tout risquer dans le combat contre les Fés. Sans un mot, je rassemble mes forces et je marche jusqu'à l'intérieur du baquet, puis je saisis les arceaux métalliques qui en garnissent le rebord.

CLIC !

J'ai à peine le temps de me rendre compte que le portillon s'est refermé derrière moi.

Je suis encore tout étourdi par l'étrange récit de sister Edith. Les images valsent dans mon esprit : le carmel de Cologne, Innsbruck, l'hôpital militaire du lac de Constance... mais aussi Mercure, Vénus, Mars et toutes les planètes du système solaire ! Je n'ai pu m'empêcher de me remémorer ma propre expérience de ces dernières semaines, lorsque la religieuse a évoqué cette période d'indétermination où les jeunes Fés errent entre plusieurs longueurs d'onde avant de se polariser. J'ai le sentiment d'avoir vécu cela, exactement cela !...

Lorsque les barreaux de la salle des douches ont fondu, le soir de mon escapade nocturne, qu'ai-je fait sinon convertir directement le Flux que je pompais dans les mains de Josh en micro-ondes rediffusées contre le métal au contact de ma peau ? Et la botte de fumier ! Ce n'est pas mon cri de rage qui l'a fait exploser le jour où Ti-Jean est venu me vanter les qualités équestres de Sinead, mais bien un faisceau de rayons gamma aussi concentrés que ma colère. Ce sont les mêmes rayons gamma qui ont fait léviter les casseroles pleines de sauce Robert, cet autre soir en cuisine – et ce sont eux aussi qui ont obligé Doug à lâcher prise, lorsqu'il tordait la main de Sinead dans la prison de l'aéroport : il n'a pas *sursauté* en entendant mon ordre comme je l'ai cru à l'époque, mais il a plutôt été *soulevé* de quelques centimètres au-dessus du sol par une projection télékinésique ! Quant à la vision providentielle qui m'a permis de savoir où Sinead cachait les bijoux volés, et de m'en emparer juste avant qu'elle ne se fasse fouiller, je la dois aux rayons X qui ont traversé mes yeux à ce moment-là. Oui, cela ne fait aucun doute : j'ai déjà expérimenté les pouvoirs des Enfants de Vénus, de Pluton et de Neptune. Chaque fois, mes émotions ont pris le pas sur ma raison, m'ont submergé comme me submergeait le Flux remontant à la surface de ma peau pour se transformer en ondes électromagnétiques.

VrrRRROOOUUU !

Le baquet commence à tourner, et je sens son Flux remonter aussitôt dans mes paumes, tenter d'absorber mon propre Flux comme un aimant. Mais je sais à quoi m'en tenir. Au lieu de laisser mon énergie sortir de mon corps, je la force à refluer jusqu'au fond de mon ventre ; la force vitale des pensionnaires de Redrock s'engouffre à travers mes pores, captée, je le sais maintenant, par les petites ampoules gélatineuses qui se trouvent derrière chacun d'eux. En quelques secondes, la merveilleuse chaleur réchauffe tout mon corps, réveille chacun de mes muscles engourdis, chacune de mes cellules !

TOC ! TOC ! TOC !

Qu'est-ce que c'est que ce vacarme ? Je tente de voir ce qui se passe dans la pièce, mais le baquet tourne trop vite, et la salle de Thérapie n'est plus qu'une longue traînée de couleurs entremêlées : doré des bougies, rouge des clignotants du tableau de commande, noir du voile de sister Edith. Bah, peu m'importe pourvu que je puisse aspirer plus de Flux – encore plus !

TOC ! TOC ! TOC !

Mais le baquet ralentit dans un crissement strident. Alors que l'image de la salle se stabilise, je vois la religieuse tirer de toutes ses forces sur un levier ressemblant à un frein à main.

« Vite ! me chuchote-t-elle d'une voix paniquée. Sors de là ! »

TOC ! TOC ! TOC !

Le baquet s'immobilise, et je réalise avec effroi que le bruit vient de la porte de la salle, contre laquelle quelqu'un frappe avec insistance.

« Ouvre, Edith ! Ouvre immédiatement ! » gronde la voix gutturale du docteur Krampus – ou dois-je dire plutôt du Krampus de Noël, de l'ogre qui a terrorisé des milliers d'enfants, frappant ainsi aux portes des chaumières pour réclamer son dû ?

« Descends à l'infirmerie, m'ordonne sister Edith en me poussant dans la cabine d'ascenseur. Tes vêtements sont dans le deuxième placard à droite. Habille-toi, puis file rejoindre les autres au réfectoire. Maintenant ! »

Elle appuie sur le bouton *–1* et se retourne vers la porte de la salle en criant d'une voix vacillante :

« J'arrive, Herr Doktor ! Mon fauteuil s'était coincé, voilà pourquoi je n'ai pu ouvrir tout de suite ! »

Elle fourre fébrilement la main dans la poche de sa robe et en extirpe un chapelet de prière. Pendant une seconde, je crois qu'elle va craquer, qu'elle va se mettre à réciter des *Ave Maria* en recommandant son âme à Dieu... Mais non, elle garde la tête froide.

« Cinq cents mètres après l'orée de la forêt, halète-t-elle en saisissant mon poignet et en plaçant le chapelet au creux de ma paume. Sur le côté droit de la route, dos à Redrock, un arbre mort frappé par la foudre. Marche dix minutes vers la montagne la plus haute. Tu la trouveras là, dans une combe, cachée sous de grands sapins bleus. N'oublie pas : un arbre frappé par la foudre ! »

Elle n'a pas le temps d'en dire plus. Tandis que les battants métalliques de l'ascenseur se referment comme une mâchoire d'acier, je vois sur son visage une expression que je ne pensais jamais devoir y lire. Elle tremble de *peur*, elle la stoïque carmélite, elle l'intrépide chasseuse de Fés – elle tremble de peur comme une enfant du temps jadis, à l'approche du Krampus de Noël…

26 Un plan risqué

«… Et quand la porte de l'ascenseur s'est refermée sur moi, j'ai ouvert la main et j'ai vu qu'elle m'avait donné ça.»

Je sors de ma poche le chapelet de sister Edith, prenant bien garde à ce que personne d'autre ne le voie que mes amis, serrés autour de moi à l'extrémité de la table du réfectoire. Au bout de la rangée de perles en bois, à côté d'un petit crucifix, pend une clé de contact.

«Sa voiture! s'exclame Ti-Jean en essayant de contenir le volume de sa voix. Elle veut que tu t'échappes au volant de sa voiture! Ça m'étonnerait qu'elle roule encore, après tout ce temps. Ça fait quoi, vingt ans, trente ans que sister Edith l'a conduite pour la dernière fois?

– CHUT! fait Brandy en donnant un coup de coude à son petit ami. Les murs ont des oreilles…»

Elle jette un regard appuyé en direction de Stuart, petite chose silencieuse assise à la droite de Sinead. Le pauvre garçon est devenu si discret, depuis qu'il a perdu la parole, que l'on a tendance à ne pas remarquer sa présence. A-t-il écouté tout mon récit depuis le début du repas, le récit de toutes les révélations que m'a faites sister Edith ? A-t-il entendu que nous avions décidé de nous enfuir tous les six – Sinead, Kevin, Brandy, Ti-Jean, Josh et moi ?

« Tu ne veux pas de ton dessert ? » lui demande brusquement Brandy, la voix pleine de défi.

Stuart lève le nez de sa mousse au chocolat effectivement intacte, comme si nos propos l'avaient captivé au point qu'il en oublie de manger, et pose sur Brandy des yeux pleins de surprise – feinte ? Il finit par pousser sa coupe vers elle, puis fait mine de s'intéresser à la conservation animée que mène Consuela avec une petite blonde, de l'autre côté de la table.

« Vous croyez qu'il a entendu ? demande Ti-Jean à voix basse.

– Je ne sais pas, Lapinou, mais il faut qu'on soit prudent ! déclare Brandy en s'emparant de la mousse au chocolat. Si les autres apprennent que l'on veut se faire la malle, on peut être sûrs que ça va remonter aux oreilles du docteur Krampus en moins de deux. Il est crucial que le reste des pensionnaires ignore notre plan.

– Mais… on peut quand même pas les laisser se faire manger ! s'écrie Kevin, indigné.

– Du calme, Kev', lui dit Sinead en posant son index sur ses lèvres. Personne ne va être mangé. Du moins pas tant que le docteur Krampus régnera sur Redrock. Sister Edith a bien dit qu'il avait l'habitude de renvoyer les pensionnaires indemnes à leurs familles – mentalement lessivés, mais physiquement indemnes.

– En revanche, renchérit Ti-Jean, je ne donne pas cher de notre peau si les Fés de la forêt prennent possession du camp. Le seul moyen d'empêcher un tel carnage, c'est d'alerter les Autorités tant qu'il en est encore temps. Faire intervenir la police, l'armée, les Marines : tous les moyens nécessaires pour mettre à pied le docteur Krampus et ses invités. Mais pour ça, il faut d'abord que l'on réussisse à s'enfuir. Tous les six, parce que l'union fait la force. Mais pas plus, sans quoi nous compromettrions nos chances. Surtout maintenant, avec cette voiture ! Je ne sais pas de quel modèle il s'agit, mais six passagers, c'est déjà limite. Heureusement que tu ne prends pas trop de place, Kevin, sans quoi nous aurions sans doute dû te laisser ici ! »

Le garçonnet lance un regard terrorisé à sa grande sœur, qui s'empresse de le rassurer :

« Cet idiot plaisante, bien sûr : je ne t'abandonnerai jamais. Mais il a raison quand il dit qu'il ne faut parler de tout ça à personne. Juré, Kev' ? »

Le gamin marmonne une promesse en jetant un regard courroucé à Ti-Jean, puis il replonge sa cuiller jusqu'au manche dans sa mousse au chocolat. À croire qu'ils font un concours avec Brandy, à qui s'en barbouillera le plus !

« En attendant, je me demande bien ce qu'ils ont fait à la bonne sœur..., chuchote Josh. S'ils s'avisent de la *sonder* – pour reprendre l'expression qu'elle nous a apprise –, notre petit secret n'en sera bientôt plus un. »

Nous nous taisons tous, car nous savons que Josh a raison. Sister Edith n'est pas venue dîner ce soir. Sa place désespérément vide, au bout de la table amirale, laisse imaginer le pire des scénarios…

*

Ça me fait tout drôle de rentrer au dortoir après toutes ces nuits passées à l'infirmerie. Et ça me fait plus drôle encore de sentir sur moi le parfum de Sinead. Elle m'a embrassé dans l'ombre du porche, alors que les garçons quittaient le ranch pour regagner la sellerie, et je dois dire que c'était encore meilleur que la première fois dans l'infirmerie ! Depuis, il me semble que je flotte dans un nuage de cannelle, et je sais que cette odeur, c'est l'odeur du paradis.

Mes joues se souviennent encore de la caresse des cheveux de Sinead, mes yeux sont encore émerveillés de l'éclat de ses yeux, si bien que je ne remarque pas tout de suite les habits qui pendouillent au-dessus de mon matelas. Il me faut pourtant bien me rendre à l'évidence : des vêtements sont en train de sécher sur des cintres, accrochés au sommier du lit de Kevin. Des pantalons et des T-shirts encore dégoulinants d'eau qui s'écoule goutte à goutte sur mes draps détrempés.

Instinctivement, je me tourne vers le lit de Doug. Bonne pioche : cet imbécile pleure de rire sur son matelas, tout comme Ross, Spencer et toute la bande des affreux.

« Désolé, Yeux-de-Blaireau, parvient-il à articuler entre deux sanglots. On ne pouvait pas savoir que tu reviendrais ce soir, et vu qu'on avait un peu de lessive à faire… »

Ça ne manque pas : je sens le Flux rugir en moi, remonter dans mes veines comme du mercure dans un thermomètre. Il faut absolument que j'apprenne à le maîtriser – à *me* maîtriser. Surtout ce soir. Surtout avec ce que nous avons convenu que je demande à Doug, une requête cruciale pour la réussite de notre plan d'évasion...

« Non, bien sûr, je susurre en serrant les mâchoires. Vous ne pouviez pas savoir. Il n'y a pas de mal...

– Remarque, me coupe le gros Spencer, ça va pas trop te gêner pour dormir. Tu ne dois pas être souvent au sec, avec le petit pisseux qui crèche au-dessus de toi ! »

Quelle ordure ! S'en prendre à un gosse qui n'a pas la moitié de son âge ! Mort de honte, le pauvre Kevin se cache derrière moi tandis que le dortoir tout entier éclate de rire.

Bon sang, comme il est difficile de contenir le Flux qui bout en moi ! Il n'y a pas deux heures qu'il est passé du baquet dans mon corps, et déjà il voudrait en sortir, prêt à jaillir à la première vexation. Je commence à comprendre pourquoi les Fés ont de tels besoins en Flux, s'ils le répandent ainsi à la moindre émotion, comme un hémophile répand son sang à la moindre égratignure. Je ne dois pas suivre cette pente – il faut que j'apprenne à prendre sur moi.

« Le problème, c'est que nos fringues sont encore humides, reprend Doug en prenant un air contrit. Si on les décroche maintenant, elles ne vont jamais sécher... »

Ça, c'est la déclaration de guerre. Dans le dortoir, les rires cessent d'un coup, laissant place à un silence chargé de tension. Je reste muet moi aussi pendant quelques secondes; cadenassé, muré en moi-même comme dans une prison. Je sais que si j'ouvre la bouche, si j'écarquille les yeux, si je laisse le moindre interstice dans le rempart que j'ai dressé entre ma colère et moi, celle-ci va déferler comme une crue sur le dortoir, emportant tout espoir d'obtenir ce que je veux de Doug.

Je m'efforce ainsi d'éviter son regard le temps de prendre plusieurs longues inspirations, et je reporte mon attention sur les autres pensionnaires. Je découvre des rangées de visages creusés, blanchis par la fatigue et minés par l'angoisse, des masques livides aux traits tirés et aux yeux brillants de fièvre. Voilà le résultat de six semaines de Thérapie. Je sens bien que tous ces garçons sont sur les nerfs, et que c'est le manque de repos qui les électrise comme des chats sauvages. Laissez-moi vous sauver, les gars!

« Je comprends, je finis par dire. Le linge encore humide. Il ne faut pas qu'il pourrisse. Je comprends. Je peux dormir par terre pour cette nuit, le temps que vos habits soient bien secs. Exceptionnellement, oui, je crois que je peux faire ça. »

Doug ouvre la bouche, mais aucun son n'en sort. Il voulait de la bagarre. Il ne s'attendait pas à ça. Aucun de ses lieutenants n'ose réagir avant qu'il n'ait parlé, pas même Spencer. C'est le moment d'attaquer :

« Tiens au fait, pour le Comité des activités de demain, on s'est dit que vous en aviez peut-être un peu marre d'être toujours de corvée de chasse, tes copains et toi. C'est vrai, quoi, ça doit être crevant, avec la Thérapie et tout! Si vous voulez vous reposer un peu, on pourrait vous relayer pour quelques jours – on est six à être volontaires et...

– Va crever ! beugle Doug. Je savais que t'étais un sale dégonflé, mais alors là, j'hallucine. Tu serais prêt à coucher par terre pour éviter de te battre ! Et tu voudrais aller chasser ? Mais voyons, mon bichon, c'est bien trop dangereux ! Tu risquerais de te blesser ; ou de te faire attaquer par un lapin... Espèce de femmelette ! »

Il n'en faut guère plus pour rompre le silence du dortoir. La tension contenue éclate en un orage d'insultes, chacun prenant parti, encourageant son champion ou défiant le camp adverse. Je m'aperçois vite que Doug a plus de partisans que moi, sans doute parce que la majorité le donne vainqueur dans l'affrontement auquel tous s'attendent. Mais moi, au risque de passer pour un lâche, je sais que je ne dois pas céder à ses provocations. Comme c'était prévisible, il refuse de nous céder les places que sa bande monopolise à l'activité Chasse, mais je peux toujours demander directement aux moniteurs d'arbitrer, demain lors du Comité. Et pour avoir une chance qu'ils accèdent à ma requête, la dernière chose dont j'ai besoin, c'est d'être mis au piquet pour une bagarre.

Sans répondre, je me dirige donc vers mon lit et j'en soulève le matelas pour le déposer au sol, sous les huées des pensionnaires frustrés dans leur désir de violence.

« Mais c'est pas vrai qu'il va vraiment dormir par terre, ce crado ! s'exclame Ross, incrédule.

– Ça va maintenant, lâchez-le ! »

Non, Ti-Jean ! Ne te sens pas obligé de me

défendre! On s'est bien dit qu'il fallait éviter tout scandale! Cette activité Chasse, c'est notre seul moyen de quitter Redrock en plein jour, pendant que les Fés dorment encore!

Mais il est trop tard; l'affrontement, je le sais, est désormais inévitable.

«T'es pas content, Bamboula?» crie Spencer.

Porté par l'élan du groupe, le gros garçon raciste se sent assez fort pour défier son souffre-douleur, pour la première fois sans doute depuis sa raclée lors de la bataille équestre.

«Pas besoin de jouer les héros, négro, continue-t-il. Ta grosse vache de copine n'est pas là pour voir tes exploits!»

Moi-même j'en ai le souffle coupé : que cet obèse suintant ose attaquer Brandy sur ses rondeurs, quel culot!

Avant que j'aie le temps de réagir, Ti-Jean a déjà foncé sur Spencer. Un bruit mat retentit au moment où il percute la masse graisseuse de son adversaire, suivi par les rugissements des pensionnaires qui sautent tous de leurs lits, nuée de sauterelles se ruant aux premières loges du combat. Leurs rangs deviennent vite si serrés que bientôt je ne distingue même plus les lutteurs.

«Arrêtez!»

Ma voix n'est pas assez forte pour couvrir le vacarme.

Et puis, personne n'est prêt à écouter un type qui s'est aussi platement écrasé devant Doug. S'ils savaient que je suis leur seule chance d'échapper à leur sort! Consterné par mon impuissance, je rebalance mon matelas sur le sommier, le retournant du côté sec, puis j'arrache les vêtements qui pendent d'un geste rageur et je les jette à terre. Mais cela ne suffit pas à calmer le Flux, que je sens à nouveau monter en moi. Je sens aussi que cette fois, je vais avoir beaucoup de mal à le retenir...

« Qu'est-ce qui se passe ici ? rugit soudain la voix de Buffalo. Encore à vous battre, bande de sauvages ? Regagnez vos lits immédiatement ! »

Mais les ordres du surveillant général ne suffisent pas. Les gars sont trop énervés, trop *à bout de nerfs*, ils sont passés en pilote automatique. Après quelques secondes de répit, les hurlements reprennent de plus belle, comme un feu de brousse qui repart après une bourrasque de vent. À travers eux, j'entends le bruit sourd des poings qui s'abattent sur la chair, les grognements de Ti-Jean et les couinements de Spencer. Quel désastre ! Quand les combattants seront maîtrisés, Ti-Jean va prendre des journées, des semaines entières de retenue !

Pendant que Buffalo se fraye un passage parmi les pensionnaires, les envoyant valdinguer comme des quilles à coups de torgnole, une idée me vient. Je me précipite vers la porte du dortoir, et je tourne l'interrupteur...

CLIC !

Les volets étant déjà tirés, une obscurité totale envahit aussitôt la pièce.

La première réaction de l'assemblée surexcitée est de crier plus fort encore, mais très vite la clameur se brise, éclate en des dizaines de murmures étouffés. Cette nuit soudaine a l'effet d'un seau d'eau froide jeté sur des chiens qui se battent : en l'espace d'un instant, tous comprennent que la bagarre est terminée, et que les sanctions vont commencer à tomber. Aussi chacun essaye-t-il de regagner son lit le plus vite possible, dans la confusion générale.

CLIC!

La lumière se rallume d'un coup, dévoilant un Buffalo en sueur, la main sur l'interrupteur. Dans le dortoir, les derniers pensionnaires achèvent de remonter leurs draps sur leurs visages, ceux qui tout à l'heure vociféraient le plus fort poussant l'hypocrisie jusqu'à feindre de dormir à présent! Un faible gémissement s'élève du lit de Spencer, grimaçant de douleur contre son oreiller. Je jette un regard furtif en direction du lit de Ti-Jean : emmitouflé dans sa couverture, il regarde fixement le plafond, sa poitrine gonflée, essayant de reprendre sa respiration.

« Qui..., commence Buffalo d'une voix haletante. Qui ? Qui s'est battu ??? »

Bien sûr, personne ne répond, le fayotage étant considéré à Redrock, comme sans doute dans toutes les colonies de vacances du monde, comme le plus impardonnable des crimes. Spencer lui-même mord son oreiller à pleines dents pour cesser de gémir et éviter d'attirer l'attention.

« Nous reparlerons de tout ça demain ! rugit le surveillant général. En attendant, je ne veux plus entendre un mot, pas même un souffle ! »

CLIC!

L'obscurité envahit à nouveau le dortoir, synonyme pour la plupart de sommeil lourd et sans rêve – mais pour moi, de veille longue et angoissée.

*

« Vous avez sans doute été surpris d'échapper à votre Thérapie quotidienne, ce matin. Mais rassurez-vous : celle-ci n'est pas annulée. À partir d'aujourd'hui et pour les deux semaines de vacances restantes, par décret du docteur Krampus, les séances thérapeutiques n'auront plus lieu avant le déjeuner, mais le soir pendant le dîner. Vous serez appelés à tour de rôle comme d'habitude ! »

Une rumeur bourdonnante ponctue les paroles de miss Lucy, résonne sous la voûte du réfectoire où tous les pensionnaires sont réunis pour le Comité des activités. Ils se demandent sans doute quelle est la raison de ce changement d'horaire. Moi, j'ai bien peur de la deviner : sister Edith n'est plus en mesure d'assurer ses fonctions…

« Silence ! gronde la gouvernante. Passons maintenant aux activités de demain. Le Kid n'étant pas encore complètement remis de son petit accident, c'est moi qui m'occuperai exceptionnellement des Jeux en plein air, et ce jusqu'à nouvel ordre. Pour simplifier les choses, je propose que l'on garde les groupes actuels pour chaque activité, si cela convient à tout le monde – ce qui est le cas, n'est-ce pas ? »

La question de miss Lucy n'attend de toute évidence pas de réponse, et encore moins de contradiction. La mort dans l'âme, je lève lentement la main pour faire valoir mes doléances, tout en sachant d'avance qu'elles seront refusées… Mais quelqu'un est plus rapide que moi :

« En fait non, madame, ce n'est pas le cas ! Il y en a qui aimeraient changer ! »

Je rabaisse la main, incrédule, et je me tourne vers celui qui a parlé. Doug ? Mais à quoi joue-t-il donc, celui-là ? Il a perdu la boule ?

« Ben oui, continue-t-il en essayant de sourire d'une manière avenante. Il y en a dans notre groupe qui sont un peu claqués, qui préféreraient arrêter la chasse pour quelque temps, et qui...

– Depuis quand parles-tu au nom des autres, Biggle ? l'interrompt miss Lucy. Sont-ils si *claqués*, comme tu dis, qu'ils ne peuvent pas s'exprimer par eux-mêmes ?

– Ben alors les mecs, dites-lui un peu... », fait Doug en désignant ses sbires du menton.

Et effectivement, une poignée de membres de sa bande affirment être trop fatigués pour descendre en forêt, et demandent à participer à une activité plus calme. Tout en formulant maladroitement leur requête, ils jettent à Doug des coups d'œil craintifs et courroucés – la crainte l'emportant de beaucoup sur la colère toutefois. Il n'est pas besoin d'être grand clerc pour deviner qu'ils ne font qu'exécuter à contrecœur les ordres de leur chef. Qu'est-ce qui a bien pu se passer dans la tête fêlée de Doug Biggle pour qu'il leur donne de telles directives, et qu'il libère les places qu'il nous a si catégoriquement refusées hier ? Je n'ai pas le temps d'y réfléchir : mes amis et moi, nous nous portons aussitôt candidats pour remplacer les ex-chasseurs dès le lendemain.

Le Comité des activités achevé, Davy réunit ses troupes au fond du réfectoire, et nous annonce que nous partirons demain matin dès l'aube pour une partie de chasse d'une journée entière. Le gibier se fait en effet de plus en plus rare, et il faut aller le chercher de plus en plus loin. Le décalage des séances de Thérapie au soir autorise désormais des expéditions plus longues – quant à l'atelier Théâtre, nous nous débrouillerons pour rattraper les répétitions plus tard. Pendant que le moniteur détaille le programme de la journée, je jette un coup d'œil à chacun des membres du groupe. Outre nous six, il reste Doug, Spencer, Ross et deux autres gars de leur bande, Adam et Terence.

En quittant le réfectoire pour aller nous doucher, mon regard croise celui du caïd. Pris de court, je me sens obligé de lui dire quelque chose, n'importe quoi :

«Au fait, merci, pour les places...

– La ferme ! me coupe Doug. Toi et tes petits copains, vous êtes tombés dans la gueule du loup. On n'a pas pu vous massacrer hier soir au dortoir : à chaque fois que ça chauffe, un couillon de mono se ramène. C'est pour ça que j'ai dit à six de mes potes de vous laisser leurs places à la chasse, pour vous attirer dans un endroit où les adultes ne pourront pas s'interposer. Tu peux me croire sur parole, Yeux-de-Blaireau : quand on va vous faire la peau, demain dans la forêt, personne ne vous entendra crier... et personne ne vous viendra en aide ! »

Mouais... Tout s'explique : je me disais bien qu'il y avait anguille sous roche, et que Doug n'avait pas été subitement touché par la grâce. Il va falloir qu'on fasse bien gaffe à lui et à ses gorilles, demain... Il ne manquerait plus que ces abrutis fassent rater notre évasion !

Le soir venu, une ambiance inquiète pèse sur le réfectoire, les pensionnaires ne sachant pas trop s'il faut se réjouir ou se désoler du nouvel horaire des séances thérapeutiques.

Je fais partie des premiers à être appelés à l'étage, juste après que la soupe a été servie. Mon cœur bat la chamade tandis que je gravis l'escalier de la tour, escorté par Buffalo. Je n'ai pas revu sister Edith depuis que je l'ai quittée hier. Elle ne s'est pas présentée au déjeuner, et elle est encore absente au dîner ce soir…

Aussi, je ressens un immense soulagement en découvrant la bonne sœur à sa place habituelle, son fauteuil roulant garé derrière le tableau de commande du baquet. Cependant elle n'est pas seule dans la pièce. L'aînée des filles Krampus, la grande Euphrosyne, est debout à côté d'elle, l'œil sombre et les bras croisés. Je comprends aussitôt que si les séances de Thérapie ont été déplacées au soir, c'est pour qu'elles aient lieu après le réveil des Fés, afin qu'elles se déroulent en leur présence. De toute évidence, le docteur Krampus se doute que sister Edith manigance quelque chose ; peut-être s'est-il aperçu que la quantité de Flux avait diminué dans le baquet après que j'y ai si largement puisé, peut-être craint-il que la religieuse n'approvisionne clandestinement des Fés de la forêt ? Pour autant, il ne peut se débarrasser de l'unique personne capable de faire fonctionner l'engin correctement, ou de le réparer le cas échéant. La seule solution, dès lors, consiste à la mettre sous surveillance continue…

Je ne peux m'empêcher d'adresser un sourire à la vieille femme que je croyais perdue. Elle ne me le rend pas. Il me semble même qu'elle fronce les sourcils derrière ses épaisses lunettes, m'incitant à plus de retenue. Elle a raison : à aucun prix Euphrosyne ne doit se douter de la connivence qui nous unit.

Sans broncher, je me laisse donc enfermer dans le baquet et passer les arceaux sur les poignets. Euphrosyne bâille à s'en décrocher la mâchoire, signifiant bien qu'elle préférerait dîner avec les siens plutôt que d'accomplir une corvée si dénuée d'intérêt. Mais sa main aux longs ongles manucurés ne parvient pas à dissimuler totalement le secret de sa bouche. Quelle étrange vision que cette jeune femme aux mensurations de top model, cette créature de rêve qui fait fantasmer les trois quarts des garçons de Redrock, mais qui cache derrière sa rutilante carrosserie un monstre aux dents de requin !

VrrRRROOOUUU !

Le manège commence mais, curieusement, je ne sens pas le Flux de la machine remonter dans mes poignets. La rotation a beau s'accélérer : rien, toujours rien. Tout se passe comme si le baquet tournait à vide… comme si sister Edith n'avait fait que le mettre en mouvement pour tromper la Fée, sans en enclencher toutes les fonctionnalités.

Au bout d'une minute, le baquet ralentit et s'arrête sans qu'aucun échange de Flux ait eu lieu entre lui et moi. Je comprends instinctivement qu'il me faut jouer la comédie au moment où Buffalo pénètre dans la salle avec le pensionnaire suivant – Ross, en l'occurrence. Je feins donc de trébucher en quittant le baquet, titubant jusqu'à la porte comme un ivrogne.

Mon petit numéro a l'air de convaincre le surveillant général, qui me soutient par le bras en grommelant. Quant à Euphrosyne, elle n'y prête guère attention, tout émoustillée qu'elle est par l'arrivée de son plus fervent admirateur.

« Rossie ! s'exclame-t-elle en lui sautant au cou. Si tu savais comme c'est ennuyeux de rester enfermée ici toute la soirée avec cette vieille rombière ! Père est vraiment sévère… Tu me garderas un petit quelque chose à manger, dis ?

– Bien sûr…, balbutie l'armoire à glace en rougissant.

– Tu es un amour ! »

Ma dernière vision, avant de quitter la salle emmené par Buffalo, est une vision d'horreur. Au moment où la Fée dépose un baiser de ses lèvres glossées sur la joue de Ross, je vois celle-ci se creuser tels les berlingots de lait concentré que me donnait Mum pour mon goûter quand j'étais petit, et que je m'amusais à aspirer sans reprendre mon souffle.

27 *Partie de chasse*

« J'espère que vous avez bien dormi, s'exclame Davy avec entrain, car une rude journée nous attend ! »

Les rayons de l'aube n'ont pas encore pénétré dans la cour de Redrock où nous sommes assemblés, ils ne sont qu'une promesse rougeoyante derrière le cirque de montagnes qui entourent le site. Tout autour du rocher, une épaisse brume s'élève de la forêt qui s'éveille.

Moi, je n'ai pas fermé l'œil de la nuit, comme d'habitude. Mais pour une fois, je ne suis pas le seul : à part le petit Kevin, aucun de mes amis n'a passé une nuit calme, travaillés qu'ils étaient par l'excitation et par l'angoisse. Au moins ont-ils échappé à la torture de la Thérapie, sister Edith ayant épargné mes cinq camarades. Sans doute a-t-elle pompé un peu plus de Flux sur les autres pensionnaires, afin que notre régime de faveur ne se traduise pas par une baisse trop perceptible des stocks énergétiques du baquet.

« Pour ceux qui nous rejoignent aujourd'hui,

continue le moniteur à la toque de raton laveur, sachez que ce ne sera pas de la rigolade. Nous chassons du gros… du wapiti !

– Encore ! s'exclame Doug. Le Chef a dit que si nous lui rapportions encore du wapiti, c'est nous qu'il ferait rôtir à la place !

– HUM…, fait Davy en s'éclaircissant la gorge. Il plaisantait, bien sûr. Ha, ha, ha ! Qui voudrait manger un grand garçon coriace dans ton genre ? Moi, j'aurais peur de m'y casser les dents ! »

Ceux de la bande à Doug perçoivent-ils à quel point le rire de Davy sonne faux ? Quel crédit accordent-ils exactement à la menace du Chef ? Impossible à dire… Pour l'instant, ils se contentent de nous fusiller du regard, imaginant sans doute le moment où ils nous coinceront dans le secret de la forêt. J'ai mis mes amis au courant de leurs menaces : j'espère que nous serons assez rapides pour les semer, quand le moment viendra !

« Ne tardons pas : en route ! s'exclame Davy. Vous trouverez là-dedans votre petit déjeuner et votre déjeuner. Merci de ne pas jeter les sacs dans la nature ! »

Chacun s'empare d'un des sacs en plastique disposés aux pieds du moniteur, qui rajuste sur son épaule la bandoulière de son fusil – il est le seul à être armé. Puis nous nous dirigeons vers la sortie de Redrock, laissant derrière nous le ranch et la sellerie, où les autres pensionnaires dorment encore.

La barrière qui ferme le camp est constituée d'un épais tronc d'arbre entouré de fil barbelé tombant jusqu'au sol, monté à deux mètres de hauteur sur un pivot au pied du mirador. Tandis que Davy ouvre le cadenas et libère le contrepoids pour soulever le tronc, je lève les yeux vers la tourelle. Le fil barbelé s'y enroule aussi, touffu comme de la ronce. Tout là-haut, au centre de la plate-forme ouverte à trois cent soixante degrés, se dresse un énorme projecteur pivotant. Son faisceau peut être tourné vers le camp, comme la nuit où il a failli me surprendre, mais aussi vers la forêt. Heureusement, si notre plan fonctionne, nous serons hors de sa portée à la nuit tombée.

Un frisson me parcourt l'échine lorsque nous franchissons pour la première fois la barrière du camp de Redrock. Est-ce l'excitation du danger ? Ou est-ce une excitation bien plus mystérieuse, au moment où Sinead saisit furtivement ma main et la serre dans la sienne ? Peut-être suis-je Fé, mais je sens des hormones bien humaines s'éveiller dans mon corps depuis mon arrivée à Redrock ! Je donnerais tout pour serrer mon corps contre le corps de Sinead...

Mais pour l'instant, il faut que j'ôte ces pensées de mon esprit, que je me concentre sur la réussite de notre évasion. Lorsqu'il nous a exposé le principe de la chasse au wapiti hier soir, Davy nous a expliqué que le pistage constituait une grande partie de la tâche. Au cours de ce premier volet, nous devions restés groupés, en ouvrant bien les yeux pour repérer les empreintes et les fumées – c'est ainsi que l'on appelle les crottes de wapiti, qui fument quand elles ont été fraîchement émises. En revanche, une fois la harde localisée, nous devrons nous disperser, encercler les bêtes et les rabattre vers le moniteur pour qu'il essaye de les tuer.

C'est à ce moment-là, au moment du rabattage, que nous avons décidé de fuguer, de revenir vers le camp le plus vite possible, jusqu'à l'emplacement de la voiture désigné par sister Edith, tout en évitant que la bande à Doug nous tombe dessus à bras raccourcis.

Je me répète mentalement les mots de la religieuse pour la millième fois, comme une comptine, comme une prière : *cinq cents mètres après l'orée de la forêt – le côté droit de la route – un arbre mort frappé par la foudre – dix minutes vers la montagne la plus haute – dans une combe sous de grands sapins bleus*. Et chaque fois que j'entame ce refrain, je sème derrière moi un des petits cailloux rouges que j'ai ramassés hier soir dans la cour de Redrock, et dont mes poches sont pleines à craquer. Quitte à nager en plein conte de fées, autant s'en inspirer : si le stratagème des cailloux a marché pour le Petit Poucet, il n'y a pas de raison qu'il ne nous réussisse pas !

« Si ça se trouve, on est en train de passer juste à côté de la caisse en ce moment ! » murmure Ti-Jean, qui m'a rejoint en milieu de file.

Il a peut-être raison. Mais la forêt dans laquelle nous avons pénétré est si épaisse, si touffue qu'il est impossible de distinguer ce qui s'y cache à plus de quelques mètres du chemin. Je ne peux songer sans frémir à toutes les cavernes, à tous les terriers que ces profondeurs végétales doivent receler, et aux centaines de Fés qui y sommeillent en ce moment même, qui y rêvent de pillage et de carnage. Peut-être sommes-nous en train de passer à côté de la voiture de sister Edith, mais peut-être aussi à quelques pas de la tanière où le marquis de Carabas et sa suite pansent leurs plaies !

« SQUIIIRK ! » fait soudain Quaker dans mon sac à dos.

Devant moi, Ross se retourne d'un bond.

Euphrosyne ne l'a pas ménagé, le pauvre bougre : pâle et tremblant, les nerfs à vif, il sursaute depuis notre départ au moindre cri d'oiseau, au moindre craquement de brindille. Tandis qu'il me jette un regard soupçonneux, je regarde tout autour de moi en faisant mine de chercher aussi l'origine du couinement ; il finit par hausser les épaules, et il reprend la marche en grognant.

Dès qu'il a détourné le regard, j'arrache un bout du quignon de pain rassis que l'on nous a donné pour le petit déjeuner, et je le fourre dans mon sac à dos. Voilà qui devrait faire taire Quaker pour un moment…

« Oui, si ça se trouve, la voiture est juste là…, je finis par répondre à Ti-Jean. Tu es sûr que tu sauras la conduire ?

– Eh ! Qu'est-ce que tu crois : j'ai seize ans[1], moi ! » dit-il fièrement.

Nous continuons à marcher quelque temps en silence, prêtant l'oreille aux bruits de la forêt. J'ai beau essayer de garder mon regard rivé au sol, en quête de traces de vie animale, il ne cesse de remonter le long du chemin jusqu'aux jambes de Sinead, sur lesquelles elle a délicatement retroussé son jean déchiré. Je suis vraiment fou de cette fille-là !

1. Aux États-Unis, on peut passer le permis de conduire dès l'âge de seize ans.

« Et… tu l'as déjà *fait* ?… Je veux dire, avec Brandy ? »

Je me sens aussitôt tout honteux d'avoir posé une telle question à mon camarade. Décidément, tout ça me monte à la tête, et Ti-Jean va penser que je me mêle vraiment de ce qui ne me regarde pas !

Mais lui, il se tourne vers moi très sérieusement :

« Non. J'en meurs d'envie, mais… Chaque fois que Brandy et moi nous nous sommes retrouvés seuls, chaque fois qu'il aurait été possible de le *faire*, c'était dans un endroit répugnant. Près du tas de fumier derrière la plantation, lors du graissage des cuirs à la sellerie, dans la grange où l'on garde le foin pour l'hiver… Nous n'allons quand même pas nous rouler dans la paille !

– Dans la paille ? Moi, je trouve ça plutôt… comment dire : romantique ?

– Ça n'a rien de romantique ! Tu n'as pas idée de ce qui pullule là-dedans – les insectes, les parasites, les acariens, les microbes ! Non, vraiment, même si c'est dur d'attendre, je ne le *ferai* pas avant que les conditions d'hygiène élémentaires soient réunies ! »

Pauvre Ti-Jean ! Ce ne doit pas être facile pour lui tous les jours, avec son obsession de la propreté. Ose-t-il seulement embrasser Brandy sans redouter d'attraper la grippe, le choléra, ou je ne sais quelle autre maladie sortie de son imagination ? Et moi : oserai-je embrasser Sinead, lorsque le moment viendra, oserai-je la serrer dans mes bras après ce que j'ai vu hier soir ? Ou bien aurai-je trop peur de cette union contre nature, de reproduire l'étreinte vampirique de Ross et d'Euphrosyne ? La passion que j'éprouve pour Sinead ne doit pas me faire oublier ma véritable condition, ni le danger qu'elle représente pour ceux que j'aime. Je suis un Fé, un démon assoiffé de Flux que l'on pourchasse à coups de crucifix, d'eau salée et de prières en latin.

De prières en latin…

Le souvenir me revient soudain de la nuit où nous avons été attaqués par le marquis de Carabas. Je me rappelle que Josh a marmonné quelques paroles en latin : *Vade retro Satanas*, comme dans les films d'horreur que je voyais chez les parents, aux heures les plus creuses de la nuit.

Décidément, les mystères qui entourent ce garçon sont trop nombreux. Nous nous apprêtons à tenter une évasion qui exige que nous nous fassions tous pleinement confiance, et je m'aperçois que je ne sais presque rien de lui. Qu'il ait refusé de me dire pourquoi il avait essayé de se suicider, soit, c'est son droit le plus strict. Mais je ne suis pas sûr d'avoir bien compris la raison pour laquelle il a cédé sa place à Sinead dans la bataille équestre. Qu'est-ce qu'il m'a sorti, déjà, le soir où le marquis de Carabas nous a attaqués ? Qu'il avait menti aux monos en disant qu'il ne savait pas monter à cheval afin de pouvoir rester avec *moi* ? Mais nous nous connaissons à peine ! C'est comme la conversation que j'ai surprise en cuisine entre Brandy et lui ; elle trouvait le travail à la plantation si barbant, et lui a dit : *Peut-être pas pour moi*… Quelle drôle de réponse ! Et ce sentiment qu'il m'épie depuis le début du séjour, suffisamment pour savoir où je cachais Quaker…

Et tous ces regards en coin… Décidément, il faut que j'en aie le cœur net !

Josh marche en queue de file. Je m'arrête et je le laisse me rejoindre en quelques foulées. Je remarque que, pour la première fois sans doute depuis que je le connais, il a tombé son inévitable veste. Mais pour le reste, il demeure égal à lui-même, vêtu de noir de la tête aux pieds – c'est à peine s'il a desserré son nœud de cravate.

« Salut ! je lui fais.

– Salut ! répond-il en tressaillant légèrement, comme chaque fois que je lui adresse la parole.

– Je ne t'ai jamais demandé, mais que font tes parents ? Je veux dire, je sais pourquoi tu es là, et que tu ne veux pas en parler, mais je serais curieux d'en connaître tout de même un peu plus sur toi.

– Tu sais pourquoi je suis là ? répète-t-il en me fixant de ses yeux délavés.

– Ben oui… Ta tentative de suicide, quoi…

– Ce n'est pas pour ça que mon père m'a envoyé à Redrock. En fait, je me suis ouvert les veines *après* qu'il m'a averti de mon inscription. Je préférais mourir plutôt que de venir dans ce camp. »

Je reste bouche bée.

Moi qui voulais cuisiner Josh, voilà qu'en deux phrases il m'a retourné comme une crêpe !

« Mais alors… Alors, pourquoi t'a-t-il envoyé ici ? »

Je m'aperçois qu'une pellicule humide a recouvert le regard de Josh, lui donnant cet aspect brillant que j'ai si souvent interprété comme une lueur de malice. Pour la première fois, je m'aperçois qu'il s'agit en réalité de larmes qui ne veulent pas couler.

« Mon père..., commence-t-il d'une voix rauque. Mon père est très croyant. »

Il inspire profondément, et j'ai l'impression que c'est toute la forêt qui prend son souffle avec lui.

« De cette croyance il a fait son métier, sa raison de vivre. C'est un prédicateur connu. Très connu, même. Le révérend Norman Todd, du *Reverend Norman's Salvation Show*. Eh oui : je suis le fils du télévangéliste le plus connu du pays. La voix de mon père résonne chaque dimanche dans des millions de foyers. »

Le révérend Norman... Oui, ça me dit quelque chose. C'est ce pasteur qui fait la une des magazines. Celui qui fustige le déclin des valeurs morales en Amérique et que ses détracteurs ont surnommé *révérend No*, parce qu'il dit non à tout. Non à l'abolition de la peine de mort pour les condamnés, non à la possibilité d'avorter pour les femmes violées, non à l'enseignement de la théorie de l'évolution pour les élèves des écoles privées, non aux droits civiques pour les couples gays...

À cette pensée, l'évidence me transperce comme un éclair.

Mais bien sûr ! Tout s'explique ! Comment ne m'en suis-je pas aperçu plus tôt !

Dès lors, la confession de Josh n'est plus un mystère, j'anticipe chacune des paroles qu'il prononce avec un mélange de compassion, de tristesse – et, je dois l'avouer, un peu d'appréhension aussi.

« Depuis tout petit, j'ai toujours été... différent. Solitaire selon les uns, asocial pour les autres. Mon père a d'ailleurs encouragé chez moi ce tempérament. Il disait que nous devions être exemplaires, des statues vivantes s'élevant au-dessus des pécheurs pour les édifier et leur inspirer le repentir. Il ajoutait que les saints sont toujours seuls, seuls face à Dieu. Il ne fait aucun doute que lui-même se considère comme un saint envoyé sur terre pour rassembler les brebis égarées – et il a réussi à en convaincre des générations d'Américains.

« Mais moi, ce n'était pas la certitude de mon exemplarité qui me faisait me tenir à l'écart des autres. Au contraire. Je sentais confusément qu'il existait quelque chose de terrible en moi, quelque chose... que mon père aurait jugé diabolique. Comme un ver caché dans un fruit, comme un démon endormi dans mon corps, que j'aurais extirpé à pleines mains si j'avais pu le saisir. Mais je ne parvenais même pas à le nommer.

« Et puis, il y a quelques années, ce démon s'est réveillé d'un coup, et j'ai découvert avec horreur quelle était sa nature. J'ai essayé de le fuir, dans la prière, dans l'étude, en m'enfonçant plus loin encore dans la lande désolée de la solitude. Mais comment se fuir soi-même ?

« Alors que mes camarades de classe commençaient à s'intéresser aux filles, se faisant passer des revues de charme à l'insu des professeurs, je m'effrayais de n'être troublé que par la rubrique des sous-vêtements masculins, dans les catalogues de vente par correspondance que recevait ma mère. À la piscine, les garçons de mon âge redoublaient d'ingéniosité pour épier le vestiaire des dames, mais moi je fermais les yeux pour ne pas voir celui des messieurs. J'étais tellement persuadé d'être un monstre ! »

À l'évocation de ses souvenirs, la voix de Josh s'est voilée. J'ai beau ne pas être homo, je comprends bien ce qu'il a pu ressentir. Moi-même, j'ai toujours eu la conscience confuse de ma différence, et ces dernières semaines j'ai également été amené à me considérer comme un monstre. Mais je sais aujourd'hui que tel n'est pas le cas, puisque je suis capable d'aimer !

« Je ne pensais pas pouvoir un jour haïr quelqu'un comme je hais mon père, continue Josh d'un ton soudainement durci, la pellicule de larmes gelant sur la glace de ses yeux.

« Je le hais parce qu'il m'a refusé son aide au moment où j'avais le plus besoin de lui. J'étais en train de glisser, et il m'a poussé dans le vide ; j'étais en train de me noyer, et il m'a enfoncé la tête sous l'eau. Je n'oublierai jamais le jour où je lui ai avoué mon attirance pour les garçons, et la détresse dans laquelle elle me plongeait. Lui le bon pasteur, lui l'homme de Dieu, il m'a craché aux pieds comme si j'avais été pire qu'un porc. Oublié, le fils modèle qui avait toujours accompli ses volontés, qui s'était laissé modeler à son image : sans même daigner me parler, par le seul mépris de son regard, il m'a fait comprendre que je n'étais plus rien pour lui.

« C'est sans doute parce qu'il a voulu si ouvertement m'anéantir que j'ai trouvé la force de résister. Ma haine de moi-même s'est transformée en haine pour lui, et pour ce qu'il représentait. J'ai compris que ce n'était pas moi le monstre, mais les psychologues véreux qui animaient les camps de réorientation[1] où l'on m'a inscrit de force. Ils prétendaient vouloir notre bien, à moi et aux autres malheureux qui échouaient entre leurs griffes, mais les électrochocs et les humiliations publiques avec lesquels ils prétendaient nous soigner ne contribuaient qu'à nous détruire chaque jour un peu plus.

« J'aurais pu craquer, mais j'ai choisi de me blinder. Je me suis réfugié dans les rêves, dans les livres. Dans le théâtre aussi, que je pratiquais assidûment au club culturel du collège, et à travers lequel je pouvais imaginer des centaines de vies où mon père n'avait pas plus de réalité qu'un cauchemar. Aujourd'hui je peux le dire : c'est Shakespeare qui m'a sauvé.

« J'ai presque seize ans. En septembre, je serai en âge d'être émancipé, selon la loi texane. Ce que je demanderai, et que j'obtiendrai sans doute. Je n'aurai aucun mal à subvenir à mes besoins en vendant mon témoignage aux chaînes de télévision et aux journaux. Je vois déjà les gros titres : *Le fils gay du révérend No se confesse*. Mon père ne s'en remettra pas. Il le sait. C'est pourquoi il m'a inscrit à Redrock. Oh, je pense qu'à la différence de bien des parents qui ont envoyé leurs enfants ici, il ne croit pas au miracle de la méthode Krampus. Il ne croit pas qu'elle puisse réussir à me *réorienter*, là où tant d'autres ont échoué. Mais il sait qu'elle

1. Méthode très controversée visant à changer l'orientation sexuelle des individus, prônée dans certains milieux fondamentalistes aux États-Unis, mais non reconnue par l'Institution médicale.

peut me briser pour un bon moment. Me transformer en légume vivant pour quelques mois, les mois nécessaires pour qu'il trouve un monastère ou un asile où m'enfermer.

« Il y a trois mois, lorsqu'il m'a annoncé que je passerais les vacances ici, j'ai aussitôt compris son plan, et j'ai vu ma liberté m'échapper. Ma vengeance aussi. Je me suis vu vieillir dans le silence d'une prison, tandis qu'il continuait de triompher sur les écrans de télévision, se faisant passer pour l'incarnation de la bienveillance universelle. J'ai paniqué. Je me suis dit qu'il valait mieux mourir que vivre à plat ventre, surtout si ma mort pouvait nuire à mon père – ça ne fait jamais très bon genre, d'avoir un fils suicidé. Mais voilà, je me suis raté, j'ai atterri ici et je suis tombé bêtement amoureux...

– Euh, je suis pas gay ! »

Aussitôt, je me sens idiot de cette précision inutile. Quel bourrin je fais !

« T'inquiète, j'avais compris. Il n'y a pas trop de doute là-dessus, si ça peut te rassurer.

– C'est pas ce que je voulais dire, Josh...

– Ne te fatigue pas. De toute façon, je me suis fait une raison. Je n'en suis pas à ma première claque. Les traitements que m'a fait subir mon père auront au moins servi à m'endurcir. Il y a un moment que je voulais te dire tout ça. T'expliquer mon attitude, qui a dû te sembler bizarre, mais c'était pour rester avec toi à la plantation que j'ai prétendu ne pas savoir monter à cheval. Seulement je n'osais pas, je ne te sentais pas prêt à m'écouter. Eh bien voilà, maintenant c'est fait ! Ce qui restait d'ambiguïté entre nous a disparu, et je me sens plus serein. Triste, mais serein. »

Je ne sais que répondre à Josh. En fait, je ne sais même pas s'il attend une réponse de ma part. Nous cheminons un long moment l'un à côté de l'autre en silence, et je revois défiler dans mon esprit toutes les fois où je me suis senti observé. Je croyais qu'il m'épiait pour me trahir, mais c'est moi qui trahissais ses sentiments. Ce que Sinead m'a infligé, je l'ai infligé à Josh – la différence, c'est que l'histoire finit bien pour moi et mal pour lui.

Dans le fond, nos histoires se ressemblent : chacun à notre manière, nous sommes différents. Différents de nos amis, dont nous devons reconquérir la confiance. Différents de nos parents, qui doivent apprendre à nous aimer tels que nous sommes. Le père de Josh n'y est pas parvenu. Et mes parents à moi, s'ils apprennent qui je suis vraiment, auront-ils la force de surmonter la peur et la déception ?

« Je suis sûr que tu rencontreras un gars bien, le moment venu. »

Je pose ma main sur son épaule.

Alors même que je l'esquissais, je craignais confusément que ce geste ne révèle je ne sais quoi, qu'il soit interprété comme je ne sais quelle promesse ; mais je me rends compte à présent qu'il n'en est rien. C'est un simple geste de réconfort, un geste que peuvent se permettre deux amis, même si leurs cœurs ne battent pas à l'unisson. Et je me sens moi aussi plus serein.

« J'espère qu'il sera aussi bien que toi, dit simplement Josh. En attendant… merci de m'accepter comme je suis.

– Tu plaisantes, mon ami ? Merci à *toi* de m'accepter comme je suis ! »

Accepter : c'est bien là le maître mot. Je sais que je ne comprendrai jamais comment fonctionnent les sentiments de Josh, jamais je ne verrai les garçons comme il les voit avec ses yeux – et lui, il ne verra jamais Sinead avec les miens. Et vous savez quoi ? Ce n'est pas grave. On n'est pas obligé de comprendre l'autre pour l'accepter : l'amitié ne part pas de la raison, elle part du cœur.

La tension entre nous étant tombée, Josh efface en quelques mots mes derniers doutes. Il me confirme qu'il ne connaissait pas l'existence des Fés avant que sister Edith ne la lui révèle. Quant à la prière de saint Benoît contre les Ténèbres, elle fait partie de toutes celles que son père lui a fait apprendre par cœur, et il l'a récitée par réflexe lorsqu'il a vu surgir le marquis de Carabas et sa suite.

CRAC !

Josh et moi nous retournons en même temps.

Quelque chose a craqué, là, à quelques mètres derrière nous dans les profondeurs foisonnantes de la forêt. Nous avons beau les fouiller du regard, elles demeurent impénétrables. Était-ce un animal, ou bien…

« Des fumées fraîches ! s'exclame soudain Davy. Nous approchons de la harde ! On va casser la croûte maintenant, avant de passer à l'action. Le vent est devant nous : les wapitis ne nous sentiront pas. »

Suivant les instructions du moniteur, nous nous asseyons en rond autour de lui, et nous dévorons nos sandwichs au wapiti séché tandis qu'il nous expose sa tactique d'encerclement de la harde

– mine de rien, nous avons beaucoup marché pour en arriver là et nous sommes morts de faim.

« Alors voilà, explique Davy en disposant sur le sol des brindilles censées figurer les animaux, nous allons très certainement tomber sur un groupe de femelles avec leurs petits. À cette saison en effet, les mâles vivent en solitaires dans les hauteurs, tandis que les biches, qui ont mis bas au printemps, restent dans les vallées où l'herbe est plus grasse.

– Mais justement, l'interrompt Brandy, je croyais que la chasse n'ouvrait officiellement qu'à l'automne, pour permettre aux faons de grandir en paix ? »

Doug et sa bande répondent à l'indignation de Brandy par ces ricanements niais dont ils ont le secret.

« Tu as raison… en principe, répond Davy en écartant la queue de raton qui lui tombe dans les yeux. Mais comme tu l'as peut-être remarqué, les principes ne s'appliquent pas tous à Redrock. Les gardes-chasse du Parc national des montagnes Rocheuses ne s'aventurent pas jusqu'ici. Or la loi n'existe pas là où il n'y a personne pour la faire respecter – pas vrai ? Ici, nous sommes libres de chasser ce que bon nous semble, quand bon nous semble.

– Et… pourquoi les gardes-chasse évitent-ils cette région ? demande Ti-Jean à brûle-pourpoint.

– Ce n'est pas qu'ils l'évitent. C'est qu'ils l'ignorent. La vallée où nous nous trouvons est tellement loin de tout, et tellement inaccessible derrière ce cercle montagneux… Les quelques pensionnaires qui ont eu la folle idée de vouloir s'en échapper, depuis la création du camp, sont morts de faim, de fatigue ou de froid avant d'avoir rencontré âme qui vive. Quand ils ne se sont pas fait dévorer par des bêtes sauvages ! »

Ces dernières paroles résonnent comme un sinistre avertissement à l'intention des nouveaux inscrits à l'activité Chasse. Elles expliquent aussi pourquoi des frondeurs comme Doug et les siens n'ont jamais essayé de filer à l'occasion de ces sorties.

Et nous, combien de temps pourrons-nous survivre dans la forêt si la voiture de sister Edith tombe en panne, ou bien si elle n'a plus assez de carburant ? Dévorés par des *bêtes sauvages*, a dit Davy ? Plutôt par des Fés affamés, qui n'ont sans doute fait qu'une bouchée des pauvres fuyards nous ayant précédés !

28 *Le tout pour le tout*

Tandis que nous terminons de manger, Davy complète ses instructions, nous expliquant comment nous devrons nous déployer autour de la harde et la rabattre vers son fusil. La vérité, c'est que personne ne prête attention au plan d'encerclement dessiné dans la terre au milieu de la ronde, chacun étant trop occupé à dévisager les autres tout en mâchant son sandwich. C'est entre Ti-Jean et Spencer que la tension est la plus palpable, la haine je dirais même. Quant à Doug, je ne parviens pas à déterminer si à travers son rictus figé il essaye d'exprimer son mépris, ou bien s'il jubile par anticipation du sort qu'il nous réserve. Après tout, c'est pour nous rosser loin des yeux des moniteurs qu'il a ordonné à six de ses gars de nous céder leurs places à l'activité Chasse. Mais quand compte-t-il nous tomber dessus avec sa bande de tarés ? Certainement pas en présence de Davy. Peut-être lors de l'encerclement de la harde ? Il faudra que nous restions vigilants, d'autant plus que c'est à ce moment précis que nous avons décidé de prendre la poudre d'escampette...

Le déjeuner s'achève ainsi en silencieuses ruminations, puis nous levons le camp et nous nous remettons en route vers notre gibier maintenant tout proche. Kevin s'étant momentanément éloigné de sa grande sœur pour aller caracoler en tête du cortège avec Ti-Jean, j'en profite pour la rejoindre. Elle frémit imperceptiblement lorsque je lui saisis la main, et tourne vers moi ses grands yeux, plus verts que jamais à présent que toute la forêt s'y reflète. Je voudrais lui dire tout ce que je ressens pour elle quand elle me regarde de cette façon, je voudrais lui dire que plus rien d'autre alors n'a d'importance et que...

« Pas trop dégoûtée, pour le magot ? »

Je me mords aussitôt les lèvres. Mais quel gros lourd, alors ! Lui retourner ainsi le couteau dans la plaie ! C'est fou comme en présence de Sinead, je continue de perdre mes moyens : j'ai l'impression que ma langue échappe à tout contrôle, et s'empresse d'articuler les paroles les plus stupides qui soient.

« Bah, j'emporte tout de même avec moi un souvenir de Redrock, me répond-elle sans se formaliser avec un sourire plein de malice. Et je dirais même : pas des moindres ! »

Je suis pris d'une peur panique. Que veut donc dire Sinead ? A-t-elle dérobé d'autres bijoux à Mary-Ashley, ou pire, a-t-elle réussi à localiser le butin du docteur Krampus ? Il ne me semble pourtant pas lui avoir révélé que miss Lucy faisait l'argenterie en haut de la tour. Si ça se trouve, son larcin a déjà été repéré ! Si ça se trouve, Buffalo et Jesse sont déjà en route pour arrêter la coupable!...

«Tu n'as..., je balbutie. Tu n'as tout de même pas trouvé le trésor?

– Eh bien si! Mais pas forcément celui que j'imaginais.»

À ces mots, elle plonge sa main dans son sac à dos. Je m'attends à ce qu'elle en sorte une coupe incrustée de pierreries ou une rivière de diamants; mais non, ce n'est qu'un papier froissé.

«Mais c'est... ma lettre?

– Bien sûr, *darling*! Que crois-tu que fait une fille, quand un beau garçon lui offre un cadeau en rougissant? Qu'elle le met de côté jusqu'aux calendes grecques? Non : elle brûle d'impatience de l'ouvrir dès qu'il a le dos tourné! Évidemment que j'ai déplié la robe avant d'entrer en scène! Évidemment que je l'ai admirée sous toutes les coutures! Jamais personne ne m'a rien offert de pareil... Quant à la lettre, je n'ai pas tardé à la trouver et à la lire, avant de ranger soigneusement mon cadeau dans son sac. Peut-être que cette robe n'est plus qu'un tas de cendres à l'heure qu'il est, mais dans mon esprit elle continue d'exister, et elle y existera toujours. Le voilà, mon trésor secret. Et le plus beau, c'est que j'emmène l'orfèvre avec moi!»

Sinead resserre sa main sur la mienne, et je sens un frisson délicieux m'électriser de la tête aux pieds. Je voudrais trouver les mots pour lui répondre, mais je n'ai qu'une envie : la renverser sur la mousse et l'embrasser.

«Ne bougez plus!»

La colonne se fige aussitôt; Sinead lâche ma main, et le charme se rompt.

« Elles sont là ! continue Davy à voix basse. Les biches !... »

Nous rejoignons les autres pensionnaires rassemblés autour du moniteur, qui écarte délicatement les feuillages du bout de son fusil. Devant nous s'étend une vaste clairière circulaire, où paissent une quinzaine de wapitis femelles, mais seulement trois petits.

« Il n'y a pas beaucoup de faons, s'inquiète Brandy.

– C'est que, les pumas..., répond Davy sans conviction. Ils sont particulièrement voraces, et ils s'en prennent aux proies les plus faibles... »

... et les plus tendres ! ai-je envie d'ajouter. Les pumas, tu parles ! Voilà pourquoi le Chef n'obtient jamais le petit gibier qu'il convoite : les Fés de la forêt n'en font qu'une bouchée !

« Vous, les anciens, vous partirez sur la droite, ordonne Davy à Doug et à sa bande. Et vous, les nouveaux, vous contournerez la harde par la gauche. Vous avez dix minutes pour encercler la clairière de chaque côté. Lorsque je soufflerai dans ma corne, vous sortirez de derrière les arbres et rabattrez les wapitis vers moi. Allez-y ! »

Ça y est, les dés sont jetés !...

Avant de m'élancer dans les buissons touffus à la suite des autres, je jette un coup d'œil au groupe des affreux, pour essayer une dernière fois de deviner ce qu'ils ont derrière la tête. Doug se retourne au même moment que moi, et l'excitation que je vois briller dans ses yeux n'a rien de rassurant. Maintenant j'en suis sûr : il compte nous faire la peau dans la clairière... sauf que nous n'y serons pas !

Sans demander mon reste, je plonge à mon tour dans l'océan végétal.

*

Tout autour de moi, les branches de sapin composent une vannerie gorgée de chlorophylle, à la maille si étroite que seuls quelques rayons de jour parviennent à filtrer jusqu'au sol. Le tapis d'aiguilles qui le recouvre absorbe le bruit de mes pas et, semble-t-il, toutes les rumeurs de la vie sauvage. Comme si le temps s'était soudain arrêté.

« PSSST ! Par ici, Jack ! »

Au détour d'un tronc noueux, Ti-Jean m'attrape par le bras.

Ils sont tous là à m'attendre, les compagnons de mon quinzième été, leurs visages graves flottant dans la pénombre silencieuse. Ce ne sont plus des visages d'enfants, ce ne sont pas encore des visages d'adultes, mais je sais que je ne les oublierai jamais, si Dieu veut que nous en réchappions et que nous vieillissions ensemble, je n'oublierai jamais les visages de mes amis tels qu'ils m'apparurent le jour où ils décidèrent de me faire confiance, et de lier leurs destins au mien.

« Allons-y ! »

Nous nous élançons tous ensemble dans la forêt épaisse, rebroussant chemin en prenant bien soin de contourner l'emplacement où Davy s'est embusqué. La crainte m'effleure un instant de ne pas retomber sur nos traces, de perdre la piste que nous avons suivie pour en arriver là : de ne pas retrouver les minuscules cailloux rouges que j'ai semés dans l'ombre frissonnante des grands sapins. Mais là où mes yeux déclarent forfait, mon odorat prend le relais – un odorat de prédateur, un odorat de Fé. Mû par un instinct profond, je me penche vers le sol tout en continuant à courir, tordu comme un bossu ; j'approche ainsi mon nez des aiguilles qui conservent, derrière leur puissant arôme de térébenthine, le souvenir olfactif de ceux qui les ont foulées.

Guidés par mon flair, nous ne tardons pas à retrouver le semis rouge. Il était temps, car dans ces bois saturés d'effluves primitifs, le parfum fade et sophistiqué des humains ne tient guère. Tel un fil d'Ariane, les cailloux déroulent un chemin en pointillé entre les troncs centenaires où suppure une résine poisseuse. Nos bras, nos vêtements s'y accrochent. Je ne peux m'empêcher de penser que la forêt essaie ainsi de nous retenir, de nous capturer comme des insectes sur du papier tue-mouches. Mais nous arrachons nos bras à l'écorce quitte à nous écorcher la peau, nous tirons de toutes nos forces sur nos vêtements quitte à en déchirer l'étoffe.

BrOOOOOOOOO...

Loin derrière nous, le mugissement de la corne retentit, aussitôt étouffé sous la lourde chape des sapins. Doug et les siens doivent être furieux de ne pas nous avoir trouvés pour nous massacrer. À l'appel de Davy, ils vont pénétrer en terrain dégagé, et s'apercevoir que nous n'y entrons pas. Combien de temps nous chercheront-ils aux abords de la clairière, avant de se rendre à l'évidence et de comprendre que nous nous sommes enfuis ? Combien de temps avant qu'ils ne nous prennent en chasse ?...

« AAAAHHHHH ! »

Je me retourne d'un bond.

Jailli de nulle part, un puma s'est jeté sur Brandy. Avant que j'aie le temps de décider quoi que ce soit, le Flux est déjà au bout de mes doigts, mes doigts sont déjà tendus vers le fauve. Aussitôt, celui-ci lâche prise et roule sur le dos, donnant de violents coups de griffes en direction d'un ennemi imaginaire.

« FFFFEU !... » fait-il en crachant de longs jets de salive, les moustaches hérissées comme des épingles plantées dans sa chair.

Brandy nous rejoint à quatre pattes en gémissant. Un filet de sang coule sur son T-shirt, déchiré à l'épaule ; derrière moi, j'entends Kevin pleurer tandis que monte une âcre odeur d'urine.

« FFFFEU... GARGL ! » feule encore le félin en s'étranglant avec... avec... ses propres dents ?

Quelle horreur ! Les crocs de l'animal se détachent un à un de sa mâchoire grimaçante, et tombent dans son gosier hurlant ! Ses moustaches s'affinent et se recourbent comme si elles brûlaient, sa fourrure blanchit et pèle par grandes plaques sur ses flancs haletants, où commencent à percer les côtes : il vieillit là, sous mes yeux, à vitesse grand V. Bientôt ses coups de pattes se font plus lents, ses rugissements plus aigus et plus faibles. Le puma finit par s'immobiliser complètement, si rabougri qu'il ne ressemble guère plus qu'à un gros chat – ou plutôt, à une momie de chat, pareille à celles de la collection égyptienne du musée de Brooklyn.

Mes mains retombent lentement le long de mon corps. Je me sens vanné, épuisé, complètement vidé. Et si seul tout d'un coup, comme si un fossé infranchissable venait de se creuser entre moi et mes camarades, qui me contemplent de leurs grands yeux écarquillés dans le silence de la forêt. Peut-être avaient-ils oublié ma véritable nature, peut-être croyaient-ils que j'étais finalement devenu l'un des leurs, un être humain normal. Mais non. Je suis et je reste un Fé. Et peut-être un Enfant de Saturne comme l'affreuse comtesse Brayère, dont je viens d'expérimenter le terrible pouvoir, la projection des rayons ultraviolets qui vieillissent et qui tuent.

STOMP! STOMP! STOMP! STOMP!

Mais ?... quel est ce tremblement qui fait vibrer les aiguilles de pin ? Davy et les garçons, déjà ?

« Vite ! s'écrie Brandy en se relevant, la main plaquée sur son épaule pour stopper l'hémorragie. Foutons le camp ! »

Nous reprenons aussitôt notre fuite, courant à nous en faire éclater le cœur. À quelle distance pouvons-nous maintenant nous trouver du rocher de Redrock, à partir duquel il nous faudra encore trouver la cachette où sister Edith a garé sa voiture ? Un mile, deux miles ? Pourrons-nous les couvrir avant d'être rattrapés, ralentis par un enfant en pleurs, par une éclopée et par moi-même qui suis si faible que je parviens à peine à porter mon propre poids ?

STOMP! STOMP! STOMP! STOMP!

Ils se rapprochent ! L'air qui me sature la poitrine est si parfumé de résine que j'ai l'impression de la sentir couler dans mes poumons, engluer ma gorge et mes bronches. J'ai l'impression que je vais étouffer ! Pourtant...

Pourtant il me suffirait d'un geste pour saisir l'épaule du petit Kevin qui galope à mes côtés – il me suffirait d'une toute petite ponction de Flux pour me remettre à flot ! Comme dans un rêve, je vois ma main se tendre lentement devant moi, se déplier comme une trompe, comme une serre, comme un appendice animal guidé par un horrible instinct. Une partie de moi se dit que ce n'est pas possible, que je ne peux pas être en train de faire ce que je suis en train de faire. Un enfant de cinq ans, enfin ! Le frère de Sinead ! Mais rien ne semble pouvoir arrêter cette main qui ne m'appartient plus, et qui dans quelques secondes va s'abattre sur…

STOMP ! STOMP ! STOMP ! STOMP !

Je ressens un violent coup contre mon épaule droite ; ça y est, nous sommes rattrapés et c'est ici que se termine notre aventure !

Mais alors que je me retourne pour me battre avec l'énergie du désespoir, mon regard plonge dans deux grands yeux noirs bordés de cils interminables.

STOMP ! STOMP ! STOMP ! STOMP !

Les sabots de la biche martèlent le sol alors qu'elle me dépasse, suivie de toute la harde éperdue, rejoignant mes compagnons qui fuient devant moi. Quel étrange spectacle de voir ainsi se mêler bêtes et humains, devenus dans une même débandade la proie des mêmes chasseurs.

En queue de troupeau cavalent les trois faons, dont le plus proche n'est qu'à quelques mètres de moi. Délaissant Kevin, je me jette sur l'animal avec mes dernières forces. Pendant que nous roulons dans les aiguilles sèches, je sens une légère décharge m'échauffer la peau – puis plus rien, rien que le contact froid du petit corps qu'aucune vie n'habite plus.

Comment ? C'est tout le Flux que renfermait ce jeune animal plein de vigueur, qui fusait entre les troncs il y a quelques secondes à peine ? Est-ce juste pour cela que je l'ai tué ?

Ce n'était qu'une étincelle comparée au brasier qui flambe dans tous les êtres humains que j'ai ponctionnés depuis que je me suis découvert Fé, une goutte d'eau comparée à un océan. Aurais-je décimé toute la harde que je n'aurais pas absorbé le millième de l'énergie d'un homme ! Je comprends mieux à présent pourquoi les Fés ne peuvent se passer du Flux humain, ne peuvent prospérer que sur le Flux humain : restreignant leur régime au Flux animal, ils sont condamnés à dépérir et à se ratatiner. Et moi, je songe en frissonnant, comment ai-je pu tenir jusqu'à mon quinzième anniversaire, comment ai-je pu croître et me développer sans absorber le Flux des hommes ? Car avant mon arrivée à Redrock, je n'en avais jamais absorbé, n'est-ce pas ?...

Je lâche le cadavre désarticulé du malheureux faon, horrifié de lui avoir ôté la vie si vite et pour si peu, et je reprends ma course sans être plus reposé – au contraire !

Combien de temps courons-nous ainsi ? Je ne saurais dire... Mais le soleil est déjà bas dans le ciel lorsque surgit au-dessus des cimes la silhouette colossale de Redrock. Je croyais m'y être habitué, après six semaines, mais la couleur de la pierre me coupe le souffle comme au premier jour.

Certes, les montagnes du Colorado ont toutes une légère teinte rougeâtre, mais la butte au sommet de laquelle est bâti le ranch est écarlate comme une tomate. La végétation tout autour de sa base est presque inexistante, et le sol recouvert d'une terre graveleuse et stérile. On dirait qu'en sortant du sol à l'âge géologique, cette roche volcanique remontée tout droit des profondeurs de la planète a créé une onde de choc à l'endroit où elle a percé, empêchant toute forme de vie de jamais y prospérer.

« Alors, Jack, on fait quoi maintenant ? me demande Ti-Jean, qui serre dans ses bras la pauvre Brandy. J'ai peur que la plaie s'infecte et...

– Ne t'inquiète pas ! le coupe-t-elle, courageuse. Je ne suis pas en sucre. Trouvons d'abord la voiture, j'aurai le temps d'avoir mal ensuite ! »

Cinq cents mètres après l'orée de la forêt, sur le côté droit de la route, a dit sister Edith. En moins d'une minute, nous rejoignons l'unique route qui conduit à Redrock, celle par laquelle des cohortes de pensionnaires sont arrivés fringants, et par laquelle ils sont repartis brisés. C'est d'ailleurs un chemin plutôt qu'une route, une piste caillouteuse, même pas goudronnée. Alors que nous commençons à la remonter, je jette un coup d'œil inquiet au mirador qui tout là-haut coiffe l'éminence rouge. Heureusement, il paraît aussi inhabité que ce matin lorsque nous avons quitté le camp.

Dix minutes encore, et nous parvenons au point de repère mentionné par sister Edith, l'arbre mort frappé par la foudre. J'avais peur qu'il ait disparu, après toutes ces années, rongé par les intempéries et par les vers. Mais il est toujours là, noir et torturé, aussi crispé que la main d'un soldat agonisant sur un champ de bataille.

La montagne la plus haute... la montagne la plus haute... D'un regard fébrile, je balaye le profil alpin à cent quatre-vingts degrés tout autour de l'arbre mort. L'un des pics me paraît surplomber nettement les autres.

« Par là ! »

Un formidable enthousiasme nous porte telle une lame de fond tandis que nous sautons dans les buissons, laissant la route derrière nous. Se pourrait-il que nous y arrivions malgré tout ? Je vois d'ici la dépression où s'enfoncent les troncs des sapins, la combe dont a parlé la bonne sœur...

« Elle est ici ! clame Josh, qui parvient le premier au bord du creux. La voiture est ici !

– Hourrah ! » s'écrie Brandy en levant les poings, dans un mouvement d'exaltation peu prudent vu son état et qui lui arrache une grimace de douleur.

Effectivement, la bonne vieille Chevy[1] est bien là, soigneusement cachée derrière les branches de sapin. Ça m'a l'air d'être un solide quatre-quatre, équipé de pneus très hauts, parfaitement adapté pour la conduite tout-terrain. Sister Edith avait fait un bon choix au moment de l'acheter !

« À toi de jouer ! » je crie à Ti-Jean en lui lançant le chapelet, qu'il attrape au vol.

Il insère la clé dans la portière sous les applaudissements de Kevin. Il n'y a pas de doute, nous sommes bien en train de réussir notre évasion !

---

1. *Chevy* : abréviation de Chevrolet, marque de voitures populaire aux États-Unis.

CLAC!

La portière de la Chevy s'ouvre dans un bruit sec.

CLIC!

Un déclic résonne dans la forêt derrière nous.

Euh, c'était quoi, ce bruit ?

« Les mains en l'air, bande de nazes ! »

Je me retourne lentement.

En haut du talus, Doug vient d'armer le fusil de Davy.

29 *Débâcle*

« Mais... comment avez-vous..., balbutie Ti-Jean, levant les mains en laissant la clé fichée dans la portière.

– Bof ! fait Doug avec un sourire méprisant. Il n'a pas été très difficile de mettre cet imbécile de Davy au tapis. On s'y prépare depuis le premier jour, depuis la première chasse. Mais on n'est pas des bœufs : on savait bien que ça ne servirait à rien de le mettre K.O. tant qu'on n'aurait pas un plan pour s'échapper de ce bled pourri. Quand on a appris que vous aviez une bagnole, on a su qu'il était temps de passer à l'action. On a libéré des places à la chasse pour vous appâter. L'idée était de vous laisser nous guider jusqu'à la caisse – et pas juste de vous flanquer une raclée loin des moniteurs, comme on vous l'a laissé croire. On peut dire que vous vous êtes fait avoir comme des bleus !

– Stuart ! rugit soudain Ti-Jean en s'élançant vers le talus tel une bête féroce.

– Du calme, Bamboula, menace Spencer, ou on te troue la peau ! »

Ti-Jean s'immobilise, fulminant de rage. Derrière Doug et ses sbires, une petite ombre se recroqueville, sans parvenir à se cacher tout à fait. On dirait... on dirait que c'est effectivement le petit muet.

« Ça alors, Stuart ! C'est vrai, maintenant que j'y repense, j'avais l'impression qu'on était suivis : depuis notre départ ce matin, la forêt craquait derrière nous. Tu crois que c'est lui qui a vendu la mèche ?

– C'est pas que je le crois, c'est que j'en suis sûr ! murmure Ti-Jean. Brandy avait raison de se méfier : ce sale petit cafteur a tout entendu de notre conversation l'autre soir. Figure-toi qu'il est venu me voir hier avec un bout de papier sur lequel il me suppliait de l'emmener avec nous. Je lui ai expliqué que l'on n'avait pas la place, que l'on reviendrait pour libérer toute la colonie et qu'il fallait qu'il la ferme d'ici là – enfin, qu'il n'écrive rien là-dessus, je veux dire. Mais il est allé directement se vendre à l'ennemi, ce traître !...

– Stuart t'a avoué qu'il avait entendu notre conversation ? je m'étrangle. Mais tu aurais dû nous le dire, enfin ! Tu aurais dû me le dire à *moi* !

– Oui, bon, eh bien j'ai oublié, quoi ! Ça peut arriver à tout le monde.

– *Oublié ?* Mais tu plaisantes ! Tu...

– Vos gueules ! hurle Doug. Écartez-vous de la caisse. Et que ça saute ! »

Ti-Jean et moi, nous nous fusillons du regard tout en reculant vers le fond de la combe, les mains en l'air. Mais qu'est-ce qui a bien pu lui passer par la tête, à cet imbécile ? Je sens la colère bouillir en moi, non pas tant parce que Ti-Jean a commis une erreur, que parce qu'il semble contester mon autorité. «*Libido dominandi...*» résonne une petite voix dans mon crâne. Oui, et alors? Cet impertinent a de la chance qu'il me reste si peu de Flux, sans quoi!...

« Jack! chuchote Sinead en s'approchant de moi. Prends ma main! Prends l'énergie dont tu as besoin pour les arrêter!»

Je sens venir au contact de ma peau la peau de ses mains, elles aussi levées en l'air. Mais je ne peux pas! Je n'ai pas épargné le frère pour ponctionner la sœur! Cette partie de moi que Sinead essaye de réveiller, c'est précisément celle que je me suis juré de combattre. Il ne peut pas, il ne doit pas y avoir d'exception. Même si cela signifie l'échec de notre évasion.

«Désolé. C'est impossible.

– Mais si Jack, c'est possible! insiste Sinead. Allez, vite : dépêche-toi!»

Et elle m'empoigne carrément la main, tandis que Ross s'installe au volant de la Chevy. Pendant ce temps, Doug continue de nous tenir en joue à travers la vitre du siège passager, et les trois autres s'entassent au côté du gros Spencer à l'arrière. Le misérable Stuart a l'air bien pitoyable, écrasé sous le poids d'une trahison trop lourde pour lui – dans cette affaire, il aura sauvé sa peau, mais il aura vendu son âme!

«Jack! s'écrie Sinead sans même plus essayer de couvrir le volume de sa voix. Si le docteur Krampus nous reprend après cette fugue, c'en est fait de nous! Fais-le pour Kevin! Fais-le pour moi!

– C'est pour toi que je ne le fais pas… je murmure, en proie à la plus vive émotion. Pour rester humain à tes yeux… »

VRRrrr… VRRrrr…

Le moteur de la Chevy amorce à grand-peine son premier démarrage après vingt ans de repos.

« Il y a une dernière petite formalité avant qu'on se quitte, pauvres taches ! ricane Doug à travers la vitre. On va emmener l'un de vous avec nous, en tant qu'otage. Pour dissuader les autres d'aller tout cafarder au dirlo – ce gros lard, plus tard il s'apercevra qu'on s'est taillés en bagnole, mieux ce sera. Juste une chose : si jamais on devait être rattrapés par les monos avant d'avoir pu quitter ces putains de montagnes, soyez sûrs qu'on aura toujours assez de temps pour égorger l'otage. À bon entendeur ! Toi, viens ici. »

Il désigne Josh du bout de son fusil. Mais celui-ci ne bouge pas d'un cil.

« Viens, que je te dis ! » s'énerve la brute en levant le cran de sûreté de son arme.

Josh reste impassible.

« Écoute, Doug, c'est peut-être pas la peine, gémit Spencer depuis le siège arrière. On est déjà serrés comme des sardines…

– Ta gueule ! J'ai dit qu'on prendrait un otage, donc on prendra un otage !

– EUH… peut-être qu'on pourrait plutôt kidnapper le gamin, dans ce cas, propose Ross. Il prendra moins de place, et puis la grande sœur a l'air de tellement tenir à lui qu'on est sûr qu'elle la fermera…

– Mais c'est qui le boss ici, bordel ! vocifère Doug. C'est ce mec-là qu'on embarquera et personne d'autre ! S'il y en a que ça dérange, qu'ils foutent le camp de ma bagnole illico ! »

Pan !

De rage, Doug tire un coup de fusil dans les frondaisons juste au-dessus de la tête de Josh. La plupart des gars n'auraient pas attendu d'avertissement supplémentaire et se seraient immédiatement exécutés. Mais je commence à connaître Josh. Son entêtement confine à la témérité.

« Si tu ne veux pas prendre son énergie à elle, alors prends la mienne ! me dit-il en saisissant mon poignet libre. Tu l'as déjà fait, après tout...

– Écoute-le, Jack ! renchérit Sinead, accrochée à mon deuxième bras. Écoute-le si tu... tiens à moi. »

C'en est trop – je ne peux plus résister. Puisqu'ils veulent tous que je sois un monstre, eh bien je le serai, et pire que tout ce à quoi ils s'attendent !

Je me rends compte que jusqu'à ce moment, j'étais tellement contracté, tellement concentré pour retenir mon propre Flux au fond de mon ventre et empêcher qu'il remonte à la surface de mon épiderme, que j'en ai des crampes d'estomac. J'inspire profondément, libérant mon diaphragme ; aussitôt je sens mon énergie, que je ne pensais plus si vive après l'épisode du puma, fuser dans mes épaules, dans mes bras, dans mes mains – dans mes *deux* mains. Impossible en effet de cantonner la ponction à Josh. Mon organisme réclame du Flux, le plus de Flux possible, et il est prêt à le prendre où qu'il soit.

En quelques secondes, la chaleur irradie mes paumes. Attiré par mon Flux de Fé comme des papillons de nuit par la lumière, les Flux de Sinead et de Josh se déversent à torrent dans mes veines. Par la même occasion, je me rends compte que ce ne sont plus eux qui me tiennent les mains, mais moi qui les maintiens fermement l'un et l'autre, qui porte leurs corps inertes à bout de bras pour ne pas qu'ils s'écroulent – et pour en tirer le plus d'énergie possible. Si horrifié que je sois par la monstruosité de mon appétit, je ne peux m'empêcher de me délecter de cette fontaine de Jouvence, et de comparer les sources vivantes qui pulsent à ma droite et à ma gauche. Car les Flux de Sinead et de Josh ne me font pas le même effet, comme s'ils n'avaient pas la même structure – ou, suis-je tenté de dire, comme s'ils n'avaient pas le même goût. La chaleur dispensée par Sinead, bien qu'intense, reste douce et enveloppante, humide et parfumée comme celle du hammam, à la piscine où va nager Mum ; le Flux de Josh, par comparaison, est bien plus sec, piquant et crépitant comme une grande flambée de cheminée. Est-ce que tous les humains ont ainsi un Flux différent ?...

Pan !

Le deuxième coup de feu de Doug m'arrache à mes coupables conjectures. Il a encore tiré dans les branches, mais la balle est passée encore plus près de nous cette fois-ci.

Je lâche Sinead et Josh, qui s'affaissent doucement sur le sol. Sans oser les regarder, je tends mes mains en avant vers la Chevy et j'envoie toute ma volonté au bout de mes doigts, pour en faire jaillir… pour en faire jaillir…

… quoi au juste ? Jusqu'à présent, ce n'est jamais moi qui ai décidé sous quelle forme rediffuser le Flux, mais bien le Flux lui-même qui a choisi de sortir de mon corps dans telle ou telle longueur d'onde. Ah, si je pouvais, je le dirigerais bien sur le fusil de Doug, pour le lui arracher des mains et le projeter dans les airs de la même façon que j'ai projeté les casseroles du Chef !

Mais j'ai beau me concentrer, je suis incapable d'émettre le moindre rayon gamma ; le canon du fusil ne bouge pas d'un iota, continue de nous présenter sa bouche menaçante. Affolé, je reporte mon attention sur Doug. Et si j'essayais de lui faire subir le même sort qu'au puma ? De le bombarder de rayons UV pour le faire rouler à terre ?

Je tends les doigts au maximum, jusqu'à ce que les articulations me fassent mal, en priant pour qu'une bonne dose d'ultraviolets en jaillisse – mais non, rien, toujours rien ! Peut-être suis-je tout simplement en train de me *polariser*, comme a dit sister Edith, de me spécialiser dans une longueur d'onde et une seule. Mais laquelle ?

« Pas la peine de faire les morts ! éructe Doug, qui croit manifestement que les malaises de Sinead et de Josh sont feints. Cette fois-ci, je tire dans le tas si cette tête de lard ne se relève pas et ne s'amène pas immédiatement ! »

Bon sang de bonsoir, pourquoi ce maudit Flux ne veut-il pas sortir quand j'ai besoin de lui ? Il s'est suffisamment manifesté lorsque je ne l'avais pas sonné !

CLIC !

Doug réarme son fusil.

Mais c'est qu'il va nous tirer dessus, ce dingue ! Il n'a pas imprimé que Josh ne faisait pas semblant, qu'il était vraiment tombé dans les pommes ?

« LÂCHE CETTE ARME IMMÉDIATEMENT, BIGGLE ! »

Hiiiiiii !

Le cheval de Jesse se cabre en haut du talus, tandis que son cavalier brandit un pistolet rutilant. Derrière lui, Calamity est également à cheval et également armée ; monté en croupe, Davy se cramponne à elle, le visage couvert de bleus, un filet de sang coulant de sa tempe.

Je n'ai pas le temps de réfléchir à la manière dont Davy a pu avertir les autres monos aussi rapidement · les événements s'enchaînent à la vitesse de l'éclair.

« Démarre ! » hurle Doug à Ross.

Je sens le Flux sortir enfin de mes pores sans crier gare, non seulement à travers mes mains mais à travers tout mon corps, m'enrober d'un étrange crépitement – un peu comme l'électricité statique dont on se couvre lorsqu'on enfile un pull en laine.

VRRrrr… VRRrrr… VRRrrrOUM !!!

La Chevy part en flèche à l'assaut du talus.

« STOP ! » hurle Jesse en visant les pneus du quatre-quatre.

Le Flux se répand à l'extérieur de moi, j'en suis sûr maintenant, mais pourtant rien ne semble se passer, ni lévitation, ni flambée, ni vieillissement accéléré.

Pan! Pan! Pan! – CLASH!!!

Deux des balles tirées par Jesse ricochent sur la carrosserie, et la troisième fracasse la vitre arrière de la Chevy. Sur son passage, la voiture percute le poitrail du cheval de Calamity, qui se renverse sur le talus avec ses deux cavaliers.

Hiiiiiii!

« Occupez-vous de ceux-là ! » ordonne Jesse à ses collègues en nous désignant du menton.

Puis il éperonne sa monture et se lance à la poursuite de la Chevy au triple galop.

« Les mains en l'air ! aboie Calamity dès qu'elle s'est relevée. Je n'hésiterai pas à tirer au premier signe d'insubordination ! »

Décidément, toutes ces menaces ne sont pas très variées, on dirait des dialogues de série Z ! En tout cas je n'aimerais pas être à la place de Calamity ; si elle savait l'intensité des ondes électromagnétiques qui m'entourent en ce moment même ! – rayons gamma, X ou Y, je ne connais peut-être pas leur nature, mais ce sera certainement terrible lorsqu'ils vont déferler ! Car ils vont déferler, n'est-ce pas ?

« À quoi ils jouent, ces deux-là ? demande la cow-girl en poussant les corps inanimés de Sinead et de Josh du bout de sa santiag.

– Ma s-s-sœur est m-m-morte..., pleurniche Kevin.

– Mais non, imbécile, le coupe sèchement Calamity. Elle respire encore. Toi, le grand dadais, charge les deux corps sur ma jument. Et pas un geste de travers, sinon !... »

Ti-Jean s'exécute tandis que Davy détache un lasso de sa ceinture et le noue solidement autour des poignets de Brandy et de Kevin. Lorsque Ti-Jean a terminé sa tâche, il vient s'ajouter au rang d'oignons.

Moi, les mains toujours en l'air, je commence à avoir de sérieuses crampes. Je ne comprends pas à quoi riment les ondes électromagnétiques que je *sens* circuler tout autour de mon corps, puisqu'elles ne semblent avoir aucun effet tangible – et je comprends encore moins pourquoi Davy ne m'a pas encore attaché les poignets.

« Où est J-J-Jack ? demande Kevin à Brandy en sanglotant.

– CHUT ! lui souffle-t-elle. Ne parle pas de lui devant les monos ! Je crois qu'il a réussi à s'enfuir dans la confusion. Sans doute nous viendra-t-il en aide plus tard. »

Moi, m'enfuir ? La plaie de la pauvre fille a vraiment dû finir par s'infecter, et voilà qu'elle délire ! Je baisse prudemment une main, en faisant attention d'éviter tout geste brusque pour ne pas vexer Calamity, et je la pose sur le bras de Brandy pour lui signaler ma présence juste derrière elle. Elle sursaute.

« Qu'est-ce qu'il y a, chou ? lui demande Ti-Jean. C'est ta blessure qui te relance ?

– Non, c'est juste une branche qui frotte contre mon bras. »

Et elle s'écarte d'un pas sans même m'accorder un regard !

Quant à Ti-Jean, qui est juste en face de moi, j'ai l'impression qu'il me voit sans me voir, que ses yeux passent sur moi comme si je n'avais aucun intérêt. J'ai envie de leur dire de se réveiller, que je suis bien là, mais avant que j'en aie le temps, Calamity tire sur la corde à laquelle ils sont tous attachés.

« En route ! dit-elle en fixant le lasso à la selle, où pendent les corps de Sinead et de Josh. J'en connais qui vont passer un sale quart d'heure ce soir ! »

Elle part d'un petit rire sadique en chaussant une paire d'énormes lunettes de soleil à verres réfléchissants, elle me fait penser aux motards ringards de cette vieille série que je me suis souvent tapée chez les parents à 2 heures du matin – *CHiPs*[1].

Avant de quitter les lieux, elle jette un dernier regard à la ronde.

Lorsque les verres-miroirs passent sur moi, je ne vois rien qui s'y reflète, rien qu'un sapin planté au fond de la combe – *et qui n'y était pas, j'en mettrais ma main à couper, lorsque nous y avons pénétré.*

*

Il me faut un petit moment pour reprendre mes esprits, après avoir découvert que j'ai littéralement disparu de la combe. Enfin, je dis *disparu*, mais pas vraiment. En baissant les yeux sur mon propre corps, après le départ de Calamity, je découvre que mes jambes et ma taille ne sont plus qu'un

1. Série télévisée du début des années 1980, mettant en scène les aventures de la police routière de Los Angeles (la CHiP : California Highway Patrol).

tronc de sapin. Je lève aussitôt un regard affolé sur mes bras ; mais là où ils devraient être, je ne vois que des branches.

Mon premier réflexe est de faire quelques pas, de me *déraciner*, pour me prouver que je suis encore capable de bouger. Je ne rencontre pas la moindre résistance. Rassuré sur ce point, je me palpe alors le corps, m'attendant au contact froid et rugueux de l'écorce. Mais je ne sens que le tissu tiède de mes vêtements sous mes doigts.

C'est alors seulement que je comprends la longueur d'onde dans laquelle le Flux s'est converti cette fois-ci. Dans un réflexe de défense, il m'a enveloppé d'ondes visibles, afin de me cacher derrière une illusion. Seule mon apparence visuelle s'est métamorphosée en sapin. Pour le reste, je demeure le même, un Fé de chair et de sang – comme tous les Enfants de Jupiter, ces faiseurs de mirages…

Maintenant que le danger est écarté, je sens d'ailleurs le Flux quitter mon épiderme pour redescendre au plus profond de mon être ; instantanément, le picotement électrostatique qui m'enrobait cesse, et je peux constater que je reprends mon apparence normale.

Bon sang : j'ai utilisé l'énergie de Sinead et de Josh pour me sauver à leur place !

Furieux contre moi-même, je me lance aussitôt sur les traces du convoi, sautant de buisson en buisson pour passer inaperçu. Cela me fend le cœur de voir mes amis enchaînés, traînés à bout de corde comme des bêtes que l'on mène à l'abattoir. Quant au corps de Sinead, renversé sur la selle, ses longs cheveux battant le flanc de la jument…

J'ai envie de hurler, de foncer à l'attaque toutes griffes dehors ! Mais un fond de bon sens me dissuade de tenter une telle action. Mes camarades se trouvent dans un état trop critique pour envisager une nouvelle évasion dans l'immédiat. Deux d'entre eux sont inconscients, et il ne faut compter ni sur Brandy blessée, ni sur Kevin éploré pour nous aider à les transporter en cas de fuite. Même en y mettant toutes nos forces, Ti-Jean et moi, nous n'irions pas bien loin.

Toutes nos forces… c'est là la deuxième raison qui me pousse à attendre : je ne suis pas sûr d'être encore suffisamment vigoureux, suite à mon petit tour d'illusionniste. Certes, je suis bien moins fatigué qu'après la lutte avec le puma – j'ai tout de même absorbé une bonne partie du Flux de deux êtres humains. Mais je suis incapable d'évaluer la quantité d'énergie qui me reste. Pire encore : même si je parvenais à la mobiliser, rien ne permet de penser que je pourrais la restituer sous une forme qui soit utile à la libération de mes amis. Car enfin, le Flux vient de me le prouver une fois de plus : il se manifeste quand bon lui semble, de la manière qui lui plaît. Décidément, on ne peut pas compter sur lui !

Non, vraiment, je suis persuadé que je serais bien plus utile si je parvenais à m'introduire dans l'enceinte de Redrock, plutôt que de me faire capturer à l'issue de quelque action désespérée. Je vais plutôt attendre que le convoi parvienne en haut du rocher, puis j'en ferai à mon tour l'ascension. Je trouverai certainement un moyen de passer la barrière de barbelé – après tout, Stuart y est bien parvenu.

Je n'ai guère le temps de songer à la suite de mon plan. Parvenu à l'orée de la forêt, le convoi rejoint le pied de la butte… où Buffalo est posté, un fusil à la main.

Malédiction!

Le surveillant général s'écarte pour laisser passer captifs et chevaux, après avoir échangé quelques mots avec Calamity. Puis il se replace au milieu du passage et balaie la forêt d'un regard suspicieux. Moi, derrière le tronc d'arbre où je suis caché, je frémis d'angoisse et de frustration : il est absolument impossible de pénétrer dans le terrain vague qui cerne cette façade du rocher sans attirer l'attention du Changelin!

Des larmes dans les yeux, j'observe le convoi s'élever lentement le long de la route escarpée, jusqu'à la grille du camp. Et j'implore le Flux de toute ma volonté, de toute mon âme, pour qu'il m'enveloppe à nouveau et me transforme en lézard, en courant d'air, en papillon, pour qu'il me revête d'une apparence anodine me permettant de tromper la vigilance du cerbère à barbiche blanche et de m'élancer vers Redrock.

Mais rien.

Aucune chaleur ne m'envahit, aucun courant n'électrise ma peau. C'est sans doute que je ne suis pas physiquement en danger, et que mon instinct de survie ne juge pas nécessaire de me mettre à couvert.

En voyant Calamity refermer la barrière derrière

elle, tout là-haut au sommet du rocher, je ne ressens rien que du froid.

Le froid du soir qui descend déjà sur les montagnes.

Le froid d'une colère implacable, tout entière dirigée contre moi-même.

Je hais ce Flux qui joue avec mes espoirs et mes peurs comme un chat avec une souris ! Je le hais de m'avoir égoïstement sauvé dans la combe, m'obligeant à abandonner ceux qui m'avaient fait confiance ! Je hais ce que je suis, et je crois vraiment que je ne m'y ferai jamais !

Je craque.

Littéralement.

Je m'effondre au pied de l'arbre, la gorge serrée, les yeux piquants.

Quelle débâcle !

Quelle débâcle...

...

Minute, Jack.

C'est toi qui as conduit tes amis dans ce pétrin, et c'est toi qui dois les en sortir.

Tu n'as pas le droit de baisser les bras : il faut que tu leur viennes en aide.

Coûte que coûte !

30 *Le ventre du rocher*

Je me relève en essuyant mes yeux humides du revers de la main.

C'est vrai que je n'ai pas le droit de me laisser aller. Et puis, ce n'est pas possible que tout se termine comme ça, ce serait vraiment trop bête. Il y a peut-être un autre moyen que cette satanée route pour accéder au camp ? Non, pas *peut-être* : il doit *forcément* y en avoir un !

Tout en demeurant soigneusement caché par les branches à l'orée de la forêt, j'entreprends de faire le tour du rocher. En chemin, je m'efforce de réfléchir calmement à la suite des événements.

Jesse est parti à la poursuite de la Chevy. Parviendra-t-il à la rattraper ? J'en doute : un seul cheval contre un moteur trois cents chevaux, le combat est inégal ! Quant aux deux véhicules à moteur de Redrock… Le pick-up est toujours en réparation depuis l'accident du Kid, et le vieux car qui sert à convoyer les pensionnaires est si poussif qu'il ne faut même pas y compter – nous avions bien sûr pris ces éléments en compte dans la préparation de notre *propre* évasion. Tout se passe donc comme si Doug et ses sbires allaient vraiment réussir à s'échapper.

Du moins jusqu'à la nuit. À en juger par la lumière déclinante, il doit être près de 18 heures, et il faut compter trois heures pour sortir du parc national en roulant à bonne allure. Or, à la mi-août, le soleil se couche à 20 heures, et plus tôt encore en région de montagnes. Cela laissera donc une bonne heure aux Fés de Redrock, à partir du moment où ils se réveilleront, pour tenter de rattraper les fuyards avant qu'ils n'entrent en zone périurbaine. Et j'ai comme dans l'idée qu'ils ne vont pas lésiner sur les moyens. Quant à ma disparition... Le docteur Krampus supposera sans doute que je suis moi aussi à bord de la voiture – et si mes amis sont malins, ils ne le détromperont pas.

Cela signifie qu'entre 20 heures et, disons, 21 heures, le camp va probablement être l'objet d'une moindre surveillance, toute l'attention de ses dirigeants étant tournée vers l'extérieur. C'est à ce moment-là qu'il faut que j'agisse. En soulevant l'ensemble des pensionnaires et en m'emparant du baquet. Oui, c'est ça que je dois organiser : un soulèvement général !

Mais pour y parvenir, encore faut-il que j'accède à Redrock.

Encore faut-il que je trouve un autre chemin.

Or, pour l'instant, le rocher ne semble en présenter aucun...

La lumière pourpre du soir en accentue la couleur sanglante, y creuse tout un réseau d'ombres tubulaires qui le font ressembler à un organe titanesque, percé de veines et d'artères. On dirait un cœur, me dis-je – un cœur arraché à un géant. Mes yeux ont beau chercher, ils ne décèlent aucun passage dans ces pentes abruptes, qui tombent vertigineusement par pans de dizaines de mètres. Aucune végétation n'y pousse, aucune racine n'affleure, à laquelle on pourrait s'accrocher. Après avoir fait le tour complet de la butte, tout en contournant soigneusement l'emplacement où est posté Buffalo, je suis bien obligé de me rendre à l'évidence : je suis en face d'une véritable forteresse.

Cependant, un détail a pu m'échapper, un point d'appui a pu passer inaperçu lors de mon premier repérage : il faut que je fasse un deuxième tour ! Et me voilà reparti, frissonnant dans l'haleine fraîche du crépuscule qui arrive…

« SQUIIIRK ! »

Je fais un bond de bien vingt centimètres ! Je l'avais encore oublié, celui-là !

Après avoir repris mon sang-froid, je pose mon sac à dos à terre et j'en sors mon hamster.

« QUAKER ! Tais-toi ! Tu veux que Buffalo nous repère ou quoi ?

– SQUIIIRK !

– Je sais, tu as faim. Moi aussi, si ça t'intéresse. Mais malheureusement je n'ai rien à manger, et je ne crois pas que l'on soit attendus au réfectoire ce soir…

– SQUIIIRK !

– Eh bien, tu as de la conversation, dis-moi ! Au lieu de te plaindre, tu n'aurais pas plutôt une idée sur la manière d'escalader ce fichu machin ? »

À ces mots, comme s'il avait compris ma question, le rongeur saute de mes mains et se met à cavaler vers le rocher.

« QUAK... Oh non, pas encore ! »

Ces fuites intempestives deviennent une habitude, ma parole ! D'abord le canapé de Mum, puis l'escapade nocturne dans la cour de Redrock, et maintenant encore ! Si ça continue, je vais bientôt devoir le sortir en laisse.

Je me lance à la poursuite de la maudite bestiole en étouffant des jurons, et en me mettant à découvert par la même occasion. J'espère que Buffalo est toujours posté au même endroit, et qu'il n'a pas entamé une ronde autour de la butte, sans quoi je suis perdu ! Mais je ne peux tout de même pas risquer de perdre le compagnon de tant de nuits blanches...

Quaker file à toute allure sur la terre cendreuse qui cerne la base de Redrock, y traçant une trajectoire rectiligne. J'ai bien du mal à le suivre, le sol meuble se dérobant sous mon poids mille fois plus lourd que le sien. Aussi a-t-il déjà atteint la paroi rocheuse que je n'en suis qu'à la moitié du parcours, envoyant en tous sens de grandes gerbes grises.

Lorsque je le rejoins, cet idiot est en train de creuser un trou à la base du rocher. Quel animal borné ! À croire qu'il ne sait faire que ça, creuser des trous ! Qu'espère-t-il trouver sous cette montagne abjecte ? Du chocolat ? De la nougatine ? Du...

« QUAKER ! Ça alors... »

En m'approchant, je m'aperçois avec stupeur que ce n'est pas la terre que le rongeur creuse de ses petites pattes griffues, mais le rocher lui-même! Ou plus exactement, une espèce de boue séchée qui s'étend sur une surface d'un mètre carré contre le flanc de pierre. Incrédule, je m'accroupis et je la gratte à mon tour : elle s'écaille assez facilement, se réduit en un sable gris semblable à celui qui cerne le rocher. Un sable que l'on aurait agrégé sommairement pour former cette pellicule à demi solidifiée…

Je me souviens d'avoir appris en classe de sciences naturelles que les escargots font de même, liant des poussières avec leur bave pour former un bouchon à l'entrée de leur coquille lorsqu'il fait trop sec dehors. Se pourrait-il que?… Un seul moyen d'en avoir le cœur net : je donne un coup de poing dans le torchis grisâtre. Ma main le traverse complètement, et s'enfonce jusqu'au coude dans le ventre du rocher. *Il est creux!*

«Il y a quelqu'un?…» résonne une voix grave dans mon dos.

Buffalo! Il s'est finalement décidé à faire sa ronde! Au son de sa voix, il doit être tout proche – sans doute à quelques mètres d'ici, derrière un pan de roche, sur le point d'apparaître.

Il n'y a pas une minute à perdre : je retire mon bras de l'ouverture béante, et je me projette de toutes mes forces contre la pellicule de boue. Celle-ci craque sous mon poids, et je roule dans une grotte tapissée de sable mouillé.

«SQUIIIRK!»

Avant que j'aie le temps de l'attraper, Quaker s'engouffre à son tour dans la grotte et file devant moi. Une nuit chaude règne ici, saturée d'humidité, si dense qu'elle ne me laisse aucun moyen d'évaluer les dimensions du lieu. Je me retourne fébrilement vers l'entrée secrète, à travers laquelle j'aperçois Buffalo de dos, occupé à scruter la lisière de la forêt. Dans l'obscurité du crépuscule, il n'a pas repéré le trou qui perce le flanc du rocher. Rassuré, je me mets en chasse de Quaker, dont j'entends les petits pas furtifs tout près de moi.

« Reviens ici, sale bête ! »

Je me relève d'un bond – « OUCH ! ».

Je retombe sur le sol, à moitié assommé – pas moyen de savoir si la grotte est profonde, mais maintenant j'ai la preuve qu'elle est basse de plafond !

Luttant contre la douleur et l'étourdissement, je rampe tant bien que mal contre le sable humide et tiède, d'où émane une puissante odeur de fermentation. Avec cette moiteur, qui sait quelles choses peuvent bien pourrir dans cette grotte ? Ah, si seulement j'y voyais un peu…

À peine ai-je formulé cette pensée que je sens la chaleur désormais familière naître au creux de mon ventre. *Bon sang, non, pas maintenant !* J'essaye de la réfréner de toutes mes forces. Peine perdue : je sais maintenant que le Flux n'écoute que lui-même. Je le sens monter dans ma poitrine comme un geyser, tremblant à l'idée de sa nouvelle manifestation. Pourvu que je n'attire pas l'attention de Buffalo par une détonation quelconque, comme lorsque j'ai fait éclater le tas de fumier !

Mais cette fois-ci le Flux ne transite pas par mes mains, ni par mes bras. Depuis ma poitrine, il remonte dans mon cou, ma tête, jusqu'à mes yeux, où il se concentre en crépitant.

D'un seul coup, la grotte s'illumine, et je comprends aussitôt que mes prunelles sont en train de convertir l'énergie qui les irradie en ondes infrarouges, à la manière des Enfants de Mars! Une fois de plus, le Flux me prouve qu'il a sa volonté propre, distincte de la mienne, de la même manière qu'un parasite est distinct de l'hôte qu'il habite. Cette fois-ci, c'est comme s'il voulait que je me lance dans l'exploration de la caverne…

J'enrage tellement de me sentir manipulé que je voudrais presque rester là, à l'entrée de la grotte, pour contrarier cet autre moi qui essaye de me diriger, qui a tour à tour saigné Josh, Ti-Jean et Sinead. Je voudrais presque rester là et me laisser mourir de faim, si ma mort doit entraîner *sa* mort à lui aussi.

Mais ce serait lâche. Lâche de ne pas me battre. Lâche d'abandonner mes amis s'il y a une chance, si mince soit-elle, que cette grotte conduise à l'air libre et au camp de Redrock. Il faut que je sois plus malin que le Flux. Que je fasse mine de suivre sa volonté, pour pouvoir accomplir la mienne.

Fort de ces résolutions, je profite de ma vision nouvelle pour examiner les lieux autour de moi. Pas étonnant que je me sois cogné à la voûte de la grotte : elle plafonne à un mètre cinquante tout au plus. De fait, je me trouve dans une espèce de galerie longue et étroite, qui part tout droit depuis l'entrée désormais scellée jusque dans les profondeurs du rocher. Les parois en sont curieusement lisses et droites, comme polies, d'une conformation géologique jamais vue. La roche rouge qui les constitue me semble être de la même nature que celle qui apparaît à l'extérieur, mais plus vive encore, du fait que la poussière de la forêt n'est pas venue ternir son éclat. C'est bizarre, tout d'un coup, mais cet endroit où je n'ai jamais pénétré auparavant me semble étrangement familier…

« SQUIIIRK ! »

Décidément, quel vocabulaire ! Là-bas, à une vingtaine de mètres devant moi, Quaker se retourne en couinant comme pour m'appeler à le rejoindre. Ai-je vraiment le choix ?

« Tu ne crois pas qu'il serait temps de te calmer et de rentrer dans ton sac ? »

Manifestement, non, il ne le croit pas : à peine ai-je commencé à avancer dans sa direction, toujours à quatre pattes, qu'il détale une nouvelle fois tel un lièvre.

À mesure que je progresse dans la galerie, le plafond de celle-ci s'élève rapidement et régulièrement, si bien qu'au bout de quelques minutes je peux à nouveau me tenir debout. Il me semble aussi que la chaleur et l'humidité ambiantes ont tendance à s'intensifier alors que je m'enfonce dans les profondeurs du rocher. Oui, c'est vraiment le cas : le dos de mon T-shirt est bientôt imprégné de sueur.

Après un quart d'heure de marche, je finis par rejoindre Quaker à une intersection. Un deuxième couloir coupe le premier à angle droit. Sans hésiter, le rongeur s'engage à gauche, après m'avoir jeté un regard que je jurerais brillant d'intelligence. Et de volonté. Un frisson me parcourt comme je lui emboîte le pas : qui est vraiment mon animal de compagnie ? Et plus exactement, en ce moment même, qui *accompagne* l'autre ?

Bientôt une nouvelle intersection se présente, puis une autre, et encore une autre. Toutes sont exactement identiques, ouvrant sur des couloirs parfaitement rectilignes. Je réalise avec angoisse qu'il me serait impossible de retrouver mon chemin dans ce quadrillage de corridors, si je devais faire demi-tour à présent. Il ne me reste qu'à faire confiance à Quaker, et à espérer qu'il sait où il va !

Le plafond est désormais si haut qu'il a disparu de mon champ de vision infrarouge. Cette constatation me plonge dans un étrange malaise, me rappelle de mauvais souvenirs…

Ce couloir sans toit, ces gigantesques murs rouges taillés au cordeau…

Et cette chaleur, cette chaleur moite et étouffante…

« Mon cauchemar !… » ne puis-je m'empêcher de murmurer.

Car je suis bel et bien dans le couloir de mon cauchemar, celui que je traverse dans mes songes depuis mon enfance ! Comment ne m'en suis-je pas aperçu plus tôt ?

BOM-BOM… BOM-BOM… BOM-BOM…

Mon cœur se réveille au creux de ma poitrine, commence à battre la chamade qui a rythmé tant de nuits, tant de peurs. À présent, ma transpiration ruisselle abondamment depuis mes tempes, le long de mes mèches trempées, coule sur mes joues tremblantes. Des gouttes se forment sur mon menton ; elles font PLOC ! en s'écrasant sur le sol dur qui a remplacé le sable, pierre aussi rouge et visqueuse que les murs qui l'encadrent.

BOM-BOM… BOM-BOM… BOM-BOM…

Mais… quelle est cette ombre devant moi, au fond du couloir ?

On dirait… une silhouette humaine !

Mais oui : c'est bien une silhouette humaine que j'aperçois tout là-bas, au centre d'un vaste carrefour en étoile où se rencontrent au moins dix couloirs.

« Evan ? »

Se pourrait-il qu'il ait fugué pour regagner Redrock, le camp où il a tant souffert ? On dit que les assassins reviennent toujours sur la scène de leur crime ; est-ce que les victimes sont condamnées à retourner sur les lieux où elles ont été torturées ? Et dans ce cas, que signifie le cauchemar où je l'ai vu mourir ?…

« EVAN !!! »

EVAN !!!

EVAn !!

EVan !

Evan

evan

eva

ev

e – me répond l'écho, infiniment répercuté par le roc brûlant.

Mais la silhouette ne se retourne pas. Elle demeure immobile comme une statue.

Alors je me mets à courir. Je me mets à courir comme je n'ai jamais couru, au cours de ces milliers de nuits où j'ai arpenté le couloir. Parce que Evan n'est peut-être pas mort. Parce que mon cauchemar n'était peut-être qu'un avertissement, une vague prémonition. Parce qu'il m'est peut-être encore possible de sauver ce pauvre garçon.

À mesure que je m'approche de la silhouette, ses contours se précisent, différents de ceux de mon rêve. Evan est un peu plus grand que dans mon souvenir, il porte une longue parka noire à la capuche relevée au lieu d'une doudoune. Dans cette fournaise !

« Evan !... »

Ça y est, il m'a entendu ! Il a sursauté ! Je suis sûr de l'avoir vu tourner la tête – bien trop furtivement cependant pour que je puisse détailler son visage. De toute façon, pour lui qui ne peut recourir aux infrarouges, le couloir doit être aussi noir qu'un four.

« Ne crains rien... »

Je pose une main tremblante sur son épaule.

J'ai redouté un instant que cette apparition ne soit réellement un fantôme, une hallucination due à la chaleur et à la fatigue, et que mes doigts ne se referment sur du vide. Mais non, la parka est bien réelle sous ma paume, tout comme les mains qui émergent de ses manches.

Je les prends pour les réchauffer : elles ont la froideur du marbre.

Mes yeux tombent alors sur les poignets du malheureux. Des dizaines d'aiguilles vaguement fluorescentes criblent sa chair, se prolongeant par de longs filaments qui partent se perdre dans les ténèbres du couloir.

« Qu'est-ce que c'est que ça, Ev... »

Ma voix reste coincée dans ma gorge. Le visage blanc que je découvre sous la capuche n'est pas celui d'Evan. C'est le visage d'une jeune fille qui doit avoir quinze ou seize ans, mais si pâle et émacié qu'il en paraît soixante de plus. Ses lèvres sont bleues comme celles d'une noyée, et ses yeux fermés comme les yeux d'un gisant de pierre ; en fait, on pourrait vraiment la croire morte si un filet d'air ne sifflait faiblement à travers ses narines immobiles.

Ma parole ! J'ai l'impression que les filaments fichés dans ses poignets lui pompent le sang !

Je les détaille avec dégoût. Leur fibre homogène et continue ne semble pas être faite de métal, comme je l'avais d'abord cru ; elle n'en a pas l'opacité, mais semble plutôt translucide. Son pâle éclat semble venir *de l'intérieur*.

J'hésite un instant... puis je saisis un filament du bout des doigts.

Quelle sensation étrange ! Je m'attendais à une matière dure, froide – minérale –, mais elle est molle et tiède comme un tissu organique. Et je jurerais l'avoir vue briller plus intensément au moment où ma peau est entrée à son contact.

« SQUIIIRK !

– Oh, toi : la ferme !

– SQUIIRK ! SQUIIRK ! SQUIIRK ! »

Ça alors ! Quaker ne m'a jamais parlé ainsi. Et les seuls moments où je l'ai vu aussi surexcité, c'était lors de ses crises d'épilepsie. La dernière fois il a failli y rester, noyé dans une mare de chocolat !...

« QUAKER ! »

Je lâche le filament pour me précipiter sur mon hamster et le calmer avant qu'il ne soit trop tard. Dans ces cas-là, le vétérinaire a dit qu'il fallait le tenir la tête en bas pour éviter qu'il n'avale sa langue. Mais pour lui porter les premiers secours, encore faudrait-il que je parvienne à l'attraper. Ce pauvre vieux est insaisissable, il tressaute comme un grain de pop-corn dans une poêle à frire. Mais vas-tu donc te tenir tranquille ?...

Ah, cette fois-ci je le tiens !

Mes doigts se referment sur la fourrure hérissée de Quaker.

MOOOoooOOOoooOOOooo...

Que ?...

Une ombre galopante recouvre en un instant les murs du couloir où s'enfoncent les filaments.

MOOOoooOOOoooOOOooo...

La Chose ! C'est la Chose de mon cauchemar qui rapplique !

Mon instinct me hurle de prendre mes jambes à mon cou et de fuir le plus loin possible. Mais aussitôt, le souvenir d'Evan me transperce. Je revois la supplication de son regard, au moment où la Chose l'a avalé. Je ne peux pas abandonner cette fille au même sort ! Je fourre Quaker dans mon sac à dos et je me tourne vers elle. Je n'ai pas le choix : pour pouvoir l'emmener avec moi, il faut que je la libère de ses entraves. Je saisis l'un des filaments qui transpercent son poignet, je prends une grande inspiration... et je l'arrache de toutes mes forces.

MOOOoooOOOoooOOOooo...

Quel son épouvantable ! On dirait le râle d'un siphon d'évier se vidant de son eau, amplifié des centaines, des milliers de fois. La bouche de l'enfer ne doit pas émettre de mugissement plus terrible, lorsqu'elle aspire dans ses canalisations souterraines le fleuve des âmes damnées.

Tout autour de moi, l'ombre grandit et noircit à vue d'œil.

« WOUAÏE ! »

Une brûlure atroce m'enflamme le bras droit. Baissant les yeux, je découvre avec horreur que le filament que j'ai arraché a rampé jusqu'à moi, et s'est enroulé telle une couleuvre autour de ma peau : il est bel et bien vivant ! Il brille à présent d'une lumière fulgurante, aussi aveuglante qu'un flash d'appareil photographique – et qui pulse, j'en jurerais, qui pulse de haine !

Surmontant la douleur, je tire de tout mon poids sur mon bras pour le faire lâcher prise. Puis je saisis à pleines mains le reste des filaments qui criblent les poignets de la fille, et je les arrache d'un seul coup, comme des touffes de mauvaises herbes.

Mais à peine les ai-je lâchés qu'ils s'animent à leur tour, se dressant comme des cobras ! L'un d'eux s'enroule autour de ma cheville et s'immisce sous l'ourlet de mon pantalon pour entrer en contact direct avec ma peau.

« WOUAÏE ! »

Avant que j'aie le temps de réagir, c'est au tour de mon bras gauche de connaître la cuisante morsure. Puis ma taille, mes cuisses, mon cou : des dizaines de filaments fusent depuis le bout du couloir, accourent en renfort. Claquant comme des lassos, ils déchirent mes vêtements, brûlant ma peau nue comme des langues de feu. Bientôt le carrefour n'est plus qu'un orage zébré d'éclairs, et mon corps, un corps de saint Sébastien percé de flèches.

Je suis physiquement attaqué : il n'en faut guère plus pour réveiller le Flux en moi, et le faire rappliquer dare-dare depuis les régions reculées où il niche, jusqu'à mon épiderme. Mes amis pourraient bien mourir sous mes yeux qu'il s'en ficherait éperdument ; mais lorsque moi, l'hôte qui l'accueille, je suis menacé, cela devient une autre histoire !

MOOOoooOOOoooOOOooo…

Wow ! L'ombre qui noie le couloir devant moi est si noire ! La Chose qui la projette est si proche ! Si… gigantesque ! Les filaments lui sont reliés, j'en ai la certitude, par centaines, par milliers, qui se tendent vers moi.

Qui me criblent comme des lances.

Et qui meurent comme des mouches.

Car mon corps contre-attaque.

Car le Flux contre-attaque.

Il fuse par décharges violentes à chaque endroit où les filaments entrent en contact avec moi. Foudroyés, ces derniers lâchent prise, se déroulent comme des lacets inertes et tombent mollement sur le sol. Puis ils s'éteignent – peut-être meurent-ils ?

Cependant, je sais que je ne pourrai pas tenir longtemps. Le Flux que j'ai puisé dans les corps de Sinead et de Josh tout à l'heure dans la combe s'épuise rapidement. Et pour chaque filament qui tombe, la Chose en envoie dix autres en remplacement. Il me semble même qu'elle accélère son train, là-bas dans les ténèbres du couloir, pour être plus rapidement sur moi et engloutir cette proie qui ose lui résister.

MOOOoooOOOoooOOOooo…

Cette fois-ci, mon vieux Jack, je crois que c'est vraiment la fin. D'ailleurs, la luminosité baisse à vitesse grand V tout autour de toi, signe que tu n'en as plus pour longtemps : tu n'as même plus la force de projeter les ondes infrarouges qui te permettent de voir dans le noir.

MOOOoooOOOoooOOOooo…

Bientôt la pénombre est si dense dans le couloir que je perçois à peine mes pieds.

À ma droite et à ma gauche, les murs disparaissent, se fondent dans une nuit uniformément noire, que ne fendent même plus les éclairs des filaments. Seule reste la douleur de leur morsure, mille fois ressentie en mille points de mon corps.

« Excuse-moi…, je parviens à murmurer dans l'oreille de la fille, tête renversée contre mon épaule. Je ne suis pas de taille… »

Mon plus grand regret, tandis que je m'apprête à m'abandonner aux lianes de feu, est de ne pouvoir dire pardon à tous ceux que je ne suis pas parvenu à sauver.

Pardon à vous, sister Edith : je n'étais pas à la hauteur de vos espérances.

Pardon à vous aussi, Josh, Ti-Jean, Brandy et Kevin : je ne méritais pas votre confiance.

Pardon à toi surtout, Sinead : je n'étais pas digne de… ton amour.

*

FIZZZZZ!

Ça alors !

Je vole !

JE VOLE !!!

Au moment même où le noir complet s'est fait autour de moi, où mes yeux n'ont plus été capables d'émettre le moindre rayon infrarouge, mes pieds ont décollé du sol comme par magie !

FIZZZZZ!

L'air continue de siffler tout autour de moi.

Je vole !

Je vole, porté par le Flux que je croyais épuisé mais qui, dans un ultime raz de marée, a submergé tout mon être.

Les filaments ont beau s'accrocher à mes membres, la force de propulsion est trop puissante, et les oblige à céder. Quant à la fille, je la serre dans mes bras de toutes mes forces, pour l'emmener loin de la Chose hurlante.

MOOOOOOOOOOooooooooo…

Le mugissement s'éteint progressivement tandis que je m'élève dans les hauteurs ténébreuses du rocher, transporté par une ivresse nouvelle. Moi qui ai tant douté ces dernières semaines – que dis-je : moi qui ai tant douté depuis que je suis en vie ! –, je me sens gagné par une certitude inébranlable. Cette certitude est pratiquement impossible à décrire, et en même temps elle est évidente et cristalline. C'est la certitude de ma nature profonde, du secret de mon âme. Une conviction aussi indiscutable que le bleu du ciel, que la fraîcheur de l'eau ou que mon amour pour Sinead. Je ne peux pas mettre d'autres mots sur elle que ceux de sister Edith : je me suis enfin *polarisé.*

J'ai désormais la certitude que je suis né Enfant de Neptune, un Fé capable de diffuser par tous les pores de sa peau ces puissants rayons gamma qui déplacent des montagnes.

« Yeepee ! » ne puis-je m'empêcher d'exulter en sentant une auréole électromagnétique envelopper tout mon corps, et me propulser toujours plus haut dans les entrailles du rocher.

Je ne pourrai plus jamais voir dans la nuit, puisque je ne suis pas un Enfant de Mars. Et jamais plus je ne pourrai envoyer mes pensées à travers l'espace, faire fondre les barreaux des prisons, transformer mon apparence ou faire vieillir à distance les êtres vivants. Il me sera impossible désormais d'admirer au travers des habits de Sinead la constellation de ses grains de beauté. Toutes ces choses que j'ai connues, expérimentées, appartiennent au passé. Je suis un Enfant de Neptune, et je le resterai jusqu'à la fin de mes jours. Cette pensée pourrait m'attrister ; elle me ravit au contraire. Car en devenant maître du Flux qui m'anime j'ai la sensation délicieuse de devenir maître de mon existence. Pour la première fois, j'ai l'impression que le destin fé n'est pas forcément tragique, mais qu'il peut parfois être... féerique !

Au bout de quelques instants, la jeune endormie et moi atteignons enfin le plafond du couloir. Sur quelle distance avons-nous ainsi lévité ? Assez longtemps, j'en suis persuadé, pour que nous soyons parvenus au sommet du rocher. La surface doit être juste là, à quelques centimètres au-dessus de nos têtes.

Tout en maintenant un bras fermement positionné sous les aisselles de ma protégée, je sonde le plafond de l'autre main. À en juger par son toucher, il est constitué de la même pierre granitique que le reste du rocher. Ai-je encore assez d'énergie pour le dynamiter avec mes rayons gamma, et pour nous frayer un passage à l'air libre ? Je n'en suis pas sûr. Le corps de la fille pèse de plus en plus lourd à mon côté, et je sens que bientôt je vais commencer à perdre de l'altitude, comme une montgolfière trop lestée…

GRRRiiiN…

Miracle ! Le dernier emplacement où j'ai appuyé ma main se soulève en grinçant : c'est une trappe !

Alors que je la rabats complètement à l'extérieur, un flot de lumière lunaire nous inonde le visage, aveuglante après tout ce temps dans l'obscurité. Je puise dans mes dernières réserves de Flux pour nous hisser à la surface, la fille et moi.

C'est ainsi que nous nous échouons au centre de la cour de Redrock, à l'endroit même où Quaker avait tenté de creuser un trou, la nuit où il s'était échappé du dortoir.

TROISIÈME PARTIE
PAPILLON

31 Coup d'État

Nous voici donc au milieu de la cour de Redrock, la mystérieuse endormie et moi, pareils à deux fantômes surgis des Enfers. Fort heureusement, la lune est déjà haute dans le ciel et les pensionnaires sont couchés depuis longtemps : notre arrivée est passée inaperçue.

Mais je ne me sens pas soulagé pour autant. Mon esprit fonctionne à plein régime, échafaude mille théories. Comment Quaker a-t-il pu connaître l'existence de cette trappe, la nuit où il a foncé dessus ? Elle était complètement recouverte de terre, invisible depuis l'extérieur, et pourtant il s'y est précipité sans hésitation – de la même manière qu'il a détecté l'entrée de la grotte, tout à l'heure. Tout se passe comme si, depuis mon arrivée au camp, il avait tout essayé pour *provoquer* ma rencontre avec la Chose...

Plus j'y pense, moins ma présence à Redrock me semble être le fruit du hasard. Qui a vraiment décidé de m'envoyer ici : mes parents ? Mrs Pickwick ? Le docteur Smith ? Ou bien Grandpa, mon allié de toujours… c'est tout de même lui qui m'a offert Quaker, je ne peux pas l'oublier !

Ce n'est pas le moment de penser à tout ça : la mystérieuse sentinelle juchée sur le mirador à l'entrée du camp balaye la cour d'un faisceau de projecteur, tandis que les affreuses chauves-souris aux yeux rouges forment un nuage de plus en plus compact au-dessus de nos têtes. Je referme précipitamment la trappe, je racle un peu de terre pour la recouvrir, et je traîne la fille toujours inanimée jusqu'à la plantation derrière le ranch. Je la dépose délicatement au creux d'un sillon creusé dans la terre rocailleuse : ce n'est peut-être pas le lit idéal pour une convalescente, mais au moins ici elle est relativement à l'abri pendant que je réfléchis à la suite des opérations.

Tandis que je pose délicatement sa tête sur le sol, je prends quelques secondes pour mieux la détailler. Sa peau est d'une blancheur irréelle, conséquence probable de son séjour prolongé dans le ventre du rocher, loin du jour. Dans la lumière lunaire, son visage ressemble moins à un masque mortuaire, les rides de fatigue qui le striaient semblent s'être adoucies. Un peu gêné, je m'aperçois que ce visage pourrait être beau s'il n'était pas si fatigué – mais d'une beauté différente de celle de Sinead : moins acérée, plus reposante. Au menton triangulaire de la première s'oppose l'ovale arrondi de la seconde ; aux pommettes saillantes de l'une, les fossettes creusées de l'autre. Quant aux cheveux de l'inconnue, je les imagine fins et ondulés, très différents de l'épaisse crinière gaufrée qui couronne la jeune Irlandaise. D'une main tremblante, je soulève la capuche de la fille, essayant de deviner leur couleur.

Blond vénitien sans doute, ou châtain très clair ?...

Horreur : *ils sont bleu vif!*

Je me relève d'un bond : une Fée !

J'ai risqué ma vie pour sauver une Fée, une prédatrice sans scrupule, alors que quarante pensionnaires humains attendent mon secours ! Pire : j'ai failli la trouver belle !

Écœuré, je laisse la créature dans sa tranchée, et je me précipite vers le ranch. Je n'ai plus qu'une seule idée en tête : retrouver Sinead le plus rapidement possible, et lui dire que jamais, jamais je n'aimerai une autre fille qu'elle !

Mais en passant devant les fenêtres illuminées du réfectoire, j'entrevois un spectacle qui me stoppe net dans ma course. La famille Krampus est là au grand complet, trônant à la table amirale. En m'accroupissant sous un volet, je découvre qu'ils ne sont pas seuls dans la pièce : des petites silhouettes sombres sont également assises au bout de la table. Des petites silhouettes affreusement familières.

Saisi d'effroi, je reconnais la bouche en dents de piranha du marquis de Carabas, le bec-de-lièvre barbouillé de rouge à lèvres de la comtesse Brayère, le monocle fêlé de Lord Fungus, et ce nez patatoïde qui n'appartient qu'à la baronne de Mâchecroute. Ainsi, nos agresseurs sont encore vivants – mais dans quel état ! Plus ratatinés que jamais, ils sont noirs comme des bouts de charbon de la tête aux pieds, littéralement carbonisés. Ces

« messieurs » ont remplacé les riches perruques qui ont brûlé lors de notre affrontement par des tas d'herbes sèches, maladroitement travaillés pour leur donner l'aspect de chevelures – mais qui ressemblent plutôt à des nids de cigognes vacillant sur leurs corps trop frêles. Ces « dames » quant à elles ont essayé de se reconstituer des coiffes raffinées. Le résultat est répugnant : la comtesse Brayère a troqué sa charlotte de dentelle pour une espèce de toque marronnasse que j'identifie bientôt comme un cadavre de ragondin à moitié pourri, et la baronne de Mâchecroute a collé sur son crâne pelé toute une collection d'insectes morts, dont les ailes et les élytres composent un macabre bonnet. Pour le reste, les quatre affreux sont enveloppés dans des toges de drap crasseux, leurs habits d'époque ayant brûlé eux aussi le soir de notre affrontement dans les toilettes du ranch.

« Mes chers amis ! déclare cérémonieusement le docteur Krampus en levant une coupe remplie de cet étrange liquide vert qu'il boit tous les soirs. Comment vous remercier pour la capture des humains ? Dès ce soir, je suis votre éternel obligé. Bienvenue dans notre Nid ! »

Les nains calcinés portent leurs coupes à leurs lèvres – elles sont remplies du même breuvage. Ces monstres boivent à *la capture des humains* : cela doit signifier que la tentative d'évasion de Doug a finalement échoué...

« HUM ! s'exclame le marquis de sa voix stridente en reposant bruyamment sa coupe sur la table. Quel délice !

– Vous êtes un connaisseur, cher marquis, le flatte Frau Krampus. Nous importons cette absinthe directement de votre beau pays. La *Fée Verte* : c'est bien ainsi qu'on l'appelle, en France ?

– Tout à fait, madame. C'est le surnom que lui ont donné les humains quand ils ont découvert la recette que nous nous transmettions, nous autres Fés, depuis des millénaires. Inutile de vous dire que c'est une Prométhéenne qui la leur a révélée : Mrs Faraday elle-même. C'est sous ce nom qu'était alors connue Morgane d'Avalon, cette catin mégalomane ! Courant les salons mondains, sympathisant avec les élites du Second Empire, elle s'est aussi fait appeler la *Fée Verte*, révélant sa nature secrète aux humains incrédules, avec cette témérité arrogante si typique de son clan. Plus tard, au début du XXe siècle, elle est allée jusqu'à s'arroger le titre de *Fée Électricité*... Quelle mascarade !

– Nous avons tant perdu, madame, depuis que Mrs Faraday a révélé nos secrets ! renchérit la comtesse Brayère. Nos biens, nos terres, notre cheptel d'humains ! En l'espace de trois siècles à peine – autant dire en un battement de cils – tout cela a disparu. À cause de ces maudits Prométhéens... Que le Flux les consume !

– Je partage d'autant mieux votre douleur que nous avons connu le même sort en Autriche, chère comtesse, lui répond Frau Krampus. Chassés de chez nous par des paysans armés de fourches, imaginez-vous cela ! Il y a bien eu les années heureuses de leur Seconde Guerre mondiale, parenthèse bénie où les humains nous tombaient à nouveau dans les bras, mais qu'est-ce que cinq années au regard d'une vie de Fé ? Sitôt l'armistice signé, les humains ont repris le contrôle de manière plus péremptoire que jamais. À ce moment-là, il est devenu évident aux yeux de tous que les Prométhéens s'étaient trompés, qu'ils avaient scellé le sort de la race fée avec leurs initiatives malheureuses. Dévoiler notre existence aux humains ? Partager avec eux les mystères du Flux ? Il fallait être fou pour avoir de telles idées – et nul être au monde n'était plus fou que Morgane d'Avalon.

« Comme vous, comme tous ceux qui attendent dehors, dans la forêt, nous avons été obligés de fuir le monde des hommes, ce monde qu'ils avaient rendu invivable pour nous autres Fés en le saturant d'ondes électromagnétiques. Télévisions, radios, téléphones, scanners, radars : autant d'inventions découlant directement des découvertes inspirées à Michael Faraday par son épouse, autant d'instruments de torture pour notre race.

« Ceux qui choisissaient de rester dans les villes, là où ils avaient l'espoir de capturer quelques humains marginaux pour s'en repaître, s'exposaient du même coup à ce bombardement d'ondes incessant, qui détruit à petit feu le corps et l'esprit fés. Et ceux qui, comme nous, préféraient se réfugier dans les espaces sauvages que le rayonnement électromagnétique de la civilisation humaine n'atteint pas, risquaient de se retrouver à court de proies et de dépérir lentement dans la solitude et le dénuement. Quelle triste fin, pour un peuple qui domina si longtemps cette planète… Heureusement, mon époux a émergé pour réunir autour de lui les derniers représentants de notre race, et l'équilibre des choses est sur le point de changer ! »

Faraday, Faraday… N'est-ce pas le nom de ce savant britannique qui a découvert l'électromagnétisme, au siècle dernier ? Je me souviens surtout du fameux principe de la *cage de Faraday*, que j'ai vaguement étudié en cours de physique au collège – et que sister Edith m'a rappelé en décrivant l'attirail d'exorciste du padre Da Silva. La tiare dont il se coiffait pour aller affronter les Fés servait de protection contre les ondes électromagnétiques, m'avait-elle expliqué, au même titre que les revêtements métalliques dont on garnit les fours à micro-ondes.

Et je me rappelle aussi qu'en cours d'histoire sur la révolution industrielle, le prof nous a dit que les hommes, émerveillés par les nombreuses applications de l'électricité nouvellement découverte, n'hésitaient pas à l'appeler *Fée Électricité*. Un palais lui était même consacré, lors de l'Exposition universelle de Paris en 1900.

Quant à la *Fée Verte*... Je me souviens d'avoir appris que l'absinthe était un alcool très à la mode parmi les artistes et les poètes, dans le temps, car il était censé amener l'inspiration. Et souvent aussi la folie. Un mélange d'herbes aromatiques, de sucre... et d'anis.

D'anis !

C'est donc ça ! Voilà l'origine de l'odeur si caractéristique des Fés, qui m'a sauté au nez dans la chambre des Krampus et dans le sillage de la charrette qui convoie chaque soir leurs invités. Cette odeur d'anis qui me suit depuis mon arrivée à Redrock, c'est l'odeur de l'absinthe, une boisson dont les Fés semblent raffoler. Et le doudou de mon enfance qui exhalait cette même fragrance, le mouchoir brodé dont la mémoire m'est revenue l'autre nuit, lors de ma convalescence à l'infirmerie ? Si mes souvenirs les plus lointains sont perdus dans des vapeurs d'absinthe, que dois-je en conclure ? Ai-je passé les premiers jours, les premières semaines de ma vie contre le sein d'une Fée, avant qu'elle ne m'abandonne dans un berceau humain à la place d'un jeune Changelin ? Mais si ma mère humaine n'est que ma mère d'adoption, de qui suis-je réellement l'enfant ?

« L'équilibre des choses est sur le point de changer, dites-vous ? reprend le marquis de Carabas, m'arrachant à mes pensées. Sauf le respect que nous vous devons, à vous et à monsieur votre époux, voilà un discours que vous nous servez depuis bien trop longtemps. Vous ne pouvez ignorer que certains d'entre nous s'impatientent, dans la forêt tout autour de votre tour d'ivoire. On parle même de révolte. Certes, les Fés qui ont répondu à votre appel n'ont pas sacrifié grand-chose – un refuge dans les égouts des villes pour certains, un motel abandonné en marge d'une autoroute pour d'autres, et pour les mieux lotis quelques Changelins dégénérés. Mais si peu que ce fût, cela valait mieux que cette forêt sauvage où nous sommes parqués comme des bêtes. Quant à votre plan de reconquête, que vous nous faites miroiter sans daigner l'expliquer… La plupart n'y croient plus guère, pensent que vous cherchez seulement à gagner du temps. Cela me fait de la peine de vous le dire, mais les jours de votre règne sont comptés ! »

Le sourire cruel qui s'épanouit sur le visage du marquis de Carabas dément de façon éhontée ses paroles. *De la peine, lui* ? Il exulte au contraire !

« Cependant, reprend-il, mes compagnons et

moi-même pourrions vous servir de médiateurs, et vous aider à contenir le mécontentement des foules. Votre offre généreuse de nous intégrer à votre Nid est un premier pas. Je ne pense pas cependant qu'il soit suffisant. Les Fés de la forêt ont besoin d'un signe de changement plus fort, plus radical. Ils ont besoin d'une alternance. Oui, c'est cela : il faut que le pouvoir change de main, puisque votre politique de toute évidence est perçue par tous comme un échec. »

Comment décrire le visage du docteur Krampus à cet instant ? L'image qui me vient est celle d'une Cocotte-Minute prête à exploser.

« Je comprends..., finit-il par murmurer en desserrant à peine les lèvres. Mais permettez-moi de vous poser une question. C'est une chose que de capturer un groupe de jeunes humains en fuite, c'en est une autre que de défaire un Nid de Fés au faîte de leur puissance. Sans vouloir être désobligeant, vous n'êtes pas au mieux de votre forme, marquis, et vos trois acolytes non plus. En un claquement de doigts, nous pourrions vous écrabouiller, vous pulvériser, vous transpercer, vous transformer en chair à pâté, vous...

– Certes, admet calmement le marquis. Mais alors vous auriez à répondre de notre disparition aux centaines de Fés qui attendent en ce moment même aux portes du camp, et qui ont pour consigne de s'en emparer si nous ne reparaissons pas avant minuit. Peut-être ne s'agit-il que de pauvres hères comme nous, mais des pauvres hères enragés. Par légions.

– J'entends bien..., fait le docteur Krampus, et je jurerais voir des gouttes de sueur briller sous sa perruque blanche. Vous êtes habile, marquis. Très habile. Quelles sont vos conditions ?

– À mon tour de vous complimenter, Herr Doktor, pour votre sagesse. Nos termes sont simples. Ce soir même, après la capture des fugitifs, les Fés de la forêt se sont réunis en Assemblée constituante et ont voté la création d'une République, dont je serai le président. La première mission de mon mandat sera le partage immédiat des richesses et du cheptel de Redrock. Nous procéderons à un tirage au sort pour répartir les pensionnaires, chaque Fé devant avoir sa chance d'en gagner un. Quant au trésor qui, de notoriété publique, dort en ces murs, il sera partagé selon le même principe.

– C'est tout à fait *démocratique*, n'est-ce pas ? glousse la baronne de Mâchecroute. Je trouve ça follement excitant de reprendre à notre compte ces absurdes concepts humains, qui nous ont fait tant de tort au pays, à l'époque de leur ridicule Révolution – follement excitant !

– En effet, tout ceci est fort... audacieux, souffle Frau Krampus. Mais en toute franchise, vous n'imaginez tout de même pas gouverner *démocratiquement* les hôtes de la forêt ? Cette histoire de République ne tient pas debout. Les Fés sont des êtres farouchement indépendants, que diable, pas des humains grégaires ! Avouez qu'il ne s'agit que d'un prétexte pour vous emparer de Redrock. Vous avez mené vos administrés en bateau, et ce partage n'aura jamais lieu.

– Peut-être... ou peut-être pas, susurre le marquis. À vrai dire, cela a peu d'importance pour vous : il vous suffit de savoir qu'une armée de

Fés est pour l'instant avec nous, et attend en ce moment même derrière vos grilles. La première de mes promesses, en tant que président nouvellement élu, a été la livraison immédiate d'un pensionnaire dès la prise de pouvoir, en gage de la soumission des anciens despotes de Redrock. Il sera bien sûr aussitôt dessalé, cuisiné et dévoré. Pour vous simplifier la tâche, je vous propose de le choisir parmi les fuyards que nous avons capturés.

– Oui, bien sûr, bonne idée…, fait le docteur Krampus. Mais il faut que nous les interrogions d'abord. Que nous comprenions comment ils ont réussi à échapper au Changelin chargé de leur garde, et d'où venait ce véhicule à bord duquel ils ont fui. Après quoi, oui, nous pourrons vous livrer celui qui a eu l'initiative de cette évasion. Pour l'heure, merci de faire silence afin de ne pas effrayer les pensionnaires. »

Le docteur Krampus frappe dans ses mains, et la porte de la cuisine s'ouvre sur le Chef, qui tire derrière lui six ombres courbées, liées les unes aux autres en rang d'oignons avec ce qui semble être de la ficelle alimentaire. Doug, Spencer, Ross, Adam, Terence et Stuart. Le visage bandé par un foulard noir, à l'image de condamnés que l'on conduit au peloton d'exécution.

« C'est tout ce que j'ai trrrouvé pour les attacher, se justifie le Chef. L'avantage, c'est qu'ainsi ficelés ils sont prrrêts à rrrôtir – il n'y aura plus qu'à les embrrrocher, n'est-ce pas monsieur le marrrquis ? Je vous cuisinerrrai volontiers le spécimen que vous aurrrez choisi, une fois que vous l'aurrrez vidé de son Flux. Vous verrrez, je n'ai pas mon parrreil pour la sauce Rrrobert ! »

Et il part d'un rire tonitruant, tandis que le docteur Krampus le fusille du regard. De toute évidence, le Chef n'est pas mécontent de ce coup d'État ; il faut dire qu'il pestait depuis longtemps contre l'ordre établi à Redrock, et contre le régime à base de wapiti imposé par les Krampus.

« N'écoutez pas les élucubrations du Chef, il plaisante », dit le docteur Krampus pour rassurer les prisonniers.

Ces derniers se doutent-ils de la présence des horribles nabots qui les couvent d'un regard gourmand ?

« Et vous, Igor, ajoute le docteur Krampus d'un ton sec, signifiant par là que c'est encore lui qui commande à Redrock, amenez les captifs devant la table au lieu de raconter n'importe quoi. »

Couverts de boue et de poussière, les vêtements déchirés, la peau zébrée d'égratignures, les fuyards tiennent à peine debout. Leur trahison ne leur a guère réussi. J'ai beau avoir toutes les raisons de leur en vouloir, je ne parviens pas à me réjouir de leur situation. À les voir ainsi, si misérables, j'ai même pitié d'eux.

« Alors, mes agneaux, commence le directeur en s'emparant d'une cravache, ainsi vous ne vous plaisiez pas au camp ? Sans cette tranchée judicieusement creusée par mon ami le marquis, je crois bien que vous nous auriez faussé compagnie... »

La tranchée ! C'est certainement la même que celle sur laquelle est tombé le Kid ! Ainsi, c'est l'œuvre de ces abominables lutins... Sans doute auraient-ils lynché le pauvre Changelin si miss Lucy ne l'avait pas retrouvé avant la nuit tombée. De toute évidence, il y a longtemps que les Fés de la forêt préparent leur révolte. La capture des fuyards leur aura simplement donné l'occasion de passer à l'action, peut-être plus tôt que prévu…

Je ne parviens pas à décider si cette révolution de palais est une bonne ou une mauvaise chose pour les pensionnaires de Redrock. La confusion qui va inévitablement accompagner la passation des pouvoirs nous permettra peut-être de renouveler notre évasion ; à moins que les Fés de la forêt ne nous dévorent tous jusqu'au dernier avant que nous n'ayons le temps de tenter quoi que ce soit. Certes, j'ai déjà réussi à tenir en respect quatre d'entre eux, mais cela m'a pratiquement tué : je ne suis pas de taille à contenir une armée entière de ces créatures affamées.

STICK !

Mon attention se reporte dans le réfectoire ; le docteur Krampus fait claquer sa cravache contre sa botte, tout en faisant le tour des prisonniers aveuglés.

STICK !

« Vous n'êtes pas bien bavards, dit-il d'une voix doucereuse. Auriez-vous tous perdu la parole à l'instar de votre petit camarade Stuart Meadow ? Voyons, soyez raisonnables : révélez-moi le nom de celui qui vous a fourni cette voiture. Ne m'obligez pas à le découvrir par moi-même ! Et dites-moi aussi où est passé le sixième larron qui s'est enfui avec vous, et que monsieur le marquis n'a pas pu retrouver. »

STICK !

Dans le silence qui suit le claquement sonore de la cravache contre la botte, je perçois un autre claquement – infime celui-ci, presque inaudible.

Gla-Gla-Gla-Gla-Gla-Gla...

Je ne tarde pas à en découvrir l'origine. Ce sont les dents de Spencer qui s'entrechoquent de manière convulsive, incontrôlée. Je m'aperçois que ses haillons et ceux de ses compagnons sont trempés de sueur, et que leur peau, sous les foulards noirs, est terriblement pâle. Ils sont terrorisés.

« Je vous en supplie, monsieur le directeur... pleurniche le gros garçon. Protégez-nous de ces démons ! Protégez-nous des monstres qui nous ont capturés !

– Des démons, des monstres ? susurre le docteur Krampus en s'approchant de Spencer. Tu as dû rêver, mon garçon. Ce sont les remords qui te font imaginer tout cela, ou bien le choc de l'accident. Votre voiture s'est juste retournée dans le bas-côté de la route. Mais ne t'inquiète pas : dès que tes camarades et toi serez passés aux aveux, vous aurez droit à une séance de Thérapie spéciale, qui vous permettra d'oublier tous ces cauchemars. Pour l'instant, parle sans crainte. Où est passé Jack Spark ?

– Je... je ne sais pas. »

STICK !

« WOUAÏE !!! » hurle Spencer en se tordant de douleur : cette fois-ci, c'est sur son ventre que la cravache s'est abattue.

« S'il y a bien une chose que je n'apprécie pas, ce sont les mensonges, siffle le directeur. Davy est formel : Jack Spark est parti à la chasse ce matin. Or il ne faisait pas partie du premier groupe capturé, qui est rentré tout à l'heure avec Calamity. Cela signifie donc qu'il s'est enfui avec vous. Où est-il à présent ?

– Il n'était pas avec nous..., souffle Spencer, plié en deux. Même qu'on lui a piqué la voiture. Même que c'est la vioque qui lui a filé les clés.

– La vioque ? répète le docteur Krampus.

– La bonne sœur, quoi...

– Elle ! J'ai bien fait de me méfier de cette vipère ! Elle ne perd rien pour attendre. Mais tout cela ne me dit pas où est passé ce satané Spark. Voyons, Donohe, tu es bien parti, ne t'arrête pas en si bon chemin : dis-moi où il s'est enfui.

– Mais puisque je vous dis que je ne sais p... Wouaïe !!! »

La cravache laisse une longue estafilade sanglante sur la joue de Spencer.

« Tu l'auras voulu, dit le docteur Krampus en empoignant la nuque de sa victime.

Le garçon tombe aussitôt à genoux. En quelques secondes, ses joues se creusent comme celles de Ross lorsque Euphrosyne l'a embrassé, et bien plus encore, jusqu'à transformer sa grosse figure en un sac vide et flasque. Je sais que le docteur Krampus est en train de le vider de son Flux de la même manière que j'ai vidé Ti-Jean, le soir où j'ai pénétré dans sa mémoire. Or, sister Edith l'a bien dit : *toute Sonde s'achève généralement par le décès du sondé*.

– Jack Spark est mort. »

Surpris, le docteur Krampus lâche Spencer, qui s'effondre sur le sol, et se tourne vers celui qui a parlé : Doug, décidément téméraire jusqu'au bout.

« Quoi ? éructe le directeur.

– Jack Spark est mort, répète Doug, très sûr de

lui. Je l'ai tué pour lui dérober les clés. Avec une pierre. En pleine tête. Il voulait se faire la malle tout seul, le salaud.

– Tout seul ? Mais les autres, ceux que Calamity a ramenés au camp ? »

J'avoue que je suis aussi perplexe que le docteur Krampus. Pourquoi Doug ment-il si effrontément ? Ses nerfs auraient-ils fini par craquer, lui faisant perdre la tête ?

« Ils n'étaient au courant de rien, explique-t-il, ils ne savaient pas que cette enflure avait prévu de se tirer à l'anglaise, sans eux. Après avoir tué Jack et récupéré les clés, nous les avons obligés à nous suivre jusqu'à la voiture, pour qu'ils n'indiquent pas aux moniteurs la direction dans laquelle nous étions partis. Puis nous les avons abandonnés sur place. Ils sont innocents. En fait, je suis le seul coupable ; mes potes eux-mêmes ne sont montés dans la voiture que parce que je le leur ai ordonné, et parce que je leur fous les chocottes. Je suis le seul coupable avec Jack Spark. Mais je vous le répète : Jack Spark est mort. »

Alors ça ! Je n'en crois pas mes oreilles ! Doug est bel et bien en train de se sacrifier pour sauver ses amis et les miens, et pour servir de couverture à ma propre évasion ! Qui l'eût cru, venant de cette brute épaisse ?

« Je ne sais pas pourquoi mais j'ai du mal à te croire…, dit finalement le docteur Krampus. Je préfère en avoir le cœur net. »

En deux enjambées, il rejoint Doug et lui attrape le bras. Pour effectuer sur lui la Sonde qu'il n'a pas achevée sur Spencer. Or, Doug a beau être le menteur le plus convaincant du monde, il lui sera impossible de dissimuler la vérité si le docteur Krampus entre dans son esprit…

« Assez ! » couine soudainement le marquis de Carabas.

C'est la première fois qu'il s'exprime depuis l'arrivée des prisonniers dans le réfectoire ; à voir la manière dont ces derniers sursautent, je devine que cette horrible voix stridente doit leur rappeler d'atroces souvenirs. Contrairement à ce que voudrait leur faire croire le docteur Krampus, ils n'ont pas rêvé : les monstres des contes de leur enfance, ceux qui les faisaient se réveiller la nuit lorsqu'ils n'étaient pas encore les gros durs qu'ils sont devenus, existent réellement – et ce sont eux qui les ont capturés.

« Assez ! répète le marquis. Vous en avez déjà vidé un sans ma permission, vous ne croyez tout de même pas que je vais vous laisser en siffler un deuxième ! Comment faut-il vous faire comprendre que vous n'êtes plus le maître ici, et que ces humains ne sont plus à vous !

– Mais…, fait le docteur Krampus. Je suis sûr qu'il ment…

– Le seul menteur ici, c'est toi ! rugit le marquis. Toi, le vulgaire Krampus de Noël, l'épouvantail qui s'est fait passer pour un prince, qui a rassemblé ici tous les Fés d'Amérique en leur faisant croire que tu pourrais restaurer notre gloire passée. Mensonges ! Balivernes ! Affabulations ! Et maintenant que tu sens le pouvoir t'échapper, tu mens encore, tu utilises le moindre prétexte pour te gaver du Flux des humains avant les autres. Ça suffit ! Ton règne est fini, et tu ne toucheras pas un cheveu d'un bétail qui ne t'appartient plus !

Ce garçon s'est désigné comme coupable, il sera donc livré aux Fés de la forêt. Immédiatement. Et toi, citoyen Krampus, tu vas venir avec nous pour abdiquer officiellement devant tous ceux que tu as bernés. »

Le docteur Krampus baisse les yeux, montagne de rage frémissante qui s'incline devant le tas de charbon qu'est devenu le marquis.

« Allons, qu'on en finisse… », murmure-t-il dans un soupir, pareil à un souverain détrôné que l'on s'apprête à conduire à l'échafaud.

32 La confession du docteur Krampus

J'ai à peine le temps de me cacher derrière le coin du ranch, avant que n'en sorte le plus étrange, le plus monstrueux cortège qui se puisse imaginer. La marche est ouverte par le docteur Krampus et sa famille de géants emperruqués, elle est fermée par le marquis de Carabas et sa cour de gnomes calcinés. Des éléphants mis au pas par des souris. Et entre eux, la silhouette trébuchante de Doug, les yeux toujours bandés, semblable à un déserteur marchant vers le peloton d'exécution. Je m'en veux de l'avoir si vite catalogué, de ne pas avoir vu, au-delà de ses défis et de ses bravades, les qualités enfouies dans son cœur tourmenté. Je réalise à présent seulement que Doug a dû beaucoup souffrir pour devenir ce qu'il est aujourd'hui, un jeune homme mal dans sa peau, incapable de s'exprimer sans agressivité. Oui, comme tous les pensionnaires de Redrock, et peut-être moins qu'aucun d'entre eux, Doug n'a pas eu de chance dans la vie. Mais malgré tous ses malheurs, malgré toute son amertume, il reste capable d'un geste aussi beau, aussi noble que le sacrifice qu'il s'apprête à faire – parce qu'il reste humain. Voilà ce que les Fés ne comprendront jamais, ne pourront jamais comprendre. Ah, si je pouvais, je volerais à son aide ! Si je pouvais, je le ferais léviter comme j'ai fait léviter les casseroles du Chef, je l'arracherais à ces monstres par la voie des airs ! Si je pouvais

Mais je ne peux pas.

Voler jusqu'au sommet de Redrock m'a épuisé plus que je ne le pensais. Je sens que mon corps est pratiquement vidé de son énergie. Je ne peux guère compter sur mes pouvoirs à présent : pour aider Doug, je dois être prêt à verser mon sang d'être humain, à défaut de mon Flux de Fé.

Soudain, le sinistre cortège s'arrête au milieu de la cour. À l'emplacement exact de la trappe à travers laquelle j'ai émergé des profondeurs de Redrock. Le docteur Krampus se douterait-il que quelqu'un l'a soulevée il y a peu ? Est-ce de cela qu'il parle au marquis de Carabas, pour le convaincre qu'il y a un intrus à Redrock, ou tout simplement pour essayer de gagner quelques minutes supplémentaires avant sa destitution officielle ? Mon instinct me dit que c'est le moment ou jamais d'agir : je m'élance dans la nuit. Je ne me suis jamais senti aussi courageux.

Ni aussi stupide…

En quelques secondes, me voilà parvenu à une quinzaine de mètres des Fés. Ils sont trop captivés par leur conversation pour prêter attention à ma présence – et puis, les ténèbres me couvrent. Étrangement, le Guetteur du mirador n'a pas encore pointé son phare sur moi. Il avait été bien plus rapide pour me repérer, lorsque j'étais sorti du dortoir au début des vacances. Mais là, le faisceau lumineux semble devenu fou, il balaye le ciel en tous sens comme les rayons que certaines discothèques diffusent pour rameuter les fêtards. Que se passe-t-il donc là-bas, à l'entrée de Redrock ? Les Fés de la forêt auraient-ils déjà commencé à envahir le camp ?

« … et c'est là-dessous, sous nos pieds, que se trouve l'émetteur », dit le docteur Krampus en désignant le sol de son doigt ganté de cuir.

Le marquis de Carabas contemple la terre battue d'un air dubitatif.

« Quel nouveau mensonge essayes-tu de nous faire avaler, citoyen Krampus ? fait-il avec une grimace de mépris. Que c'est le rocher lui-même qui a lancé le cri de rassemblement auquel ont répondu tous ceux qui attendent dans la forêt ? Et par quel miracle un vulgaire caillou aurait-il pu ainsi réunir la moitié des Fés de la planète ! Tu te moques de nous une fois encore, mais il t'en cuira ! J'ignore par quel moyen vous avez pu rameuter tant de Fés sur tant de lieues, toi et les tiens ; mais crois-moi, nous te le ferons avouer bien assez tôt !

– Je dis pourtant la vérité, réplique calmement le géant. Nous avons nous-mêmes été appelés par Redrock, les miens et moi. Voyez-vous, peu avant la fin de la guerre en Europe, nous sommes parvenus à fuir l'Autriche qui s'effondrait. En échange d'informations ultraconfidentielles sur les rouages du Reich – informations qui ont sans doute contribué au succès de l'assaut final des forces alliées –, nous avons monnayé avec les services secrets américains notre entrée sur le territoire des États-Unis. À Denver plus exactement, qui à l'époque accueillait un important bureau de la CIA. Mais assez rapidement, l'Administration s'est mise à nous chercher des noises. Les agents de la CIA, de plus en plus soupçonneux, ont commencé à faire le lien entre les disparitions des marginaux de Denver, et cette famille d'anciens nazis qui ne sortaient que la nuit. Ils parlaient d'extradition, de nous renvoyer en Autriche pour y être jugés, de crimes contre l'Humanité et autres foutaises de ce genre... N'est-elle pas bien bonne, cher Marquis : nous accuser, nous autres Fés, de crimes contre l'Humanité ! Comme si ce n'était pas l'Humanité qui martyrisait les Fés, depuis que Faraday lui a donné accès aux ondes électromagnétiques !

– Abrège ! aboie sèchement le marquis.

– HUM, vos désirs sont des ordres... Où en étais-je ? Ah oui, l'extradition ! Bien sûr, nous n'avions pas la moindre envie de retourner en Autriche. Mais en même temps, nous ne connaissions aucun Fé en Amérique, nous n'avions aucune autre retraite où nous réfugier. Et puis les villes américaines, à l'époque déjà, étaient parcourues par ces horribles ondes radio qui nous font exploser la tête, à nous autres Fés. Bref : nous avions cru trouver une échappatoire dans le Nouveau Monde, mais nous nous retrouvions coincés dans une impasse... Nous avons fini par comprendre que nous n'avions pas d'autre option que la fuite, une fuite désespérée. La veille de la date arrêtée pour notre extradition, nous avons abattu les agents préposés à notre surveillance, nous avons quitté Denver, et nous nous sommes enfoncés dans les étendues sauvages du Colorado intérieur.

« Ainsi nous sommes-nous perdus dans ces montagnes inhospitalières, loin de toute vie humaine, et donc de toute pitance convenant à notre nature fée. Aurions-nous voulu nous suicider que nous ne nous y serions pas pris autrement. De fait, les trente années suivantes ont ressemblé à un lent suicide. Trente années à vivre traqués comme des bêtes, à nous alimenter de proies de plus en plus petites à mesure que nos forces déclinaient – et elles déclinaient à vue d'œil, en l'absence de Flux humain. Nous qui étions arrivés d'Autriche grands, forts et pleins de vitalité, requinqués par la nourriture facile que procurent aux Fés les conflits des hommes, nous sommes redevenus en trois décennies aussi petits, aussi frêles et aussi débiles que nous l'étions avant la Seconde Guerre mondiale. À la fin des années 1970, nous étions si faibles, si lents que nous ne pouvions plus guère capturer que des limaces et des lombrics. C'est alors que notre route a croisé celle de l'Entité.

– L'Entité ? couine la baronne de Mâchecroute en haussant ses épaules, sur lesquelles s'éparpillent les moucherons morts qui se sont détachés de sa coiffe. Qu'est-ce que c'est que ce charabia ?

– Vous le savez aussi bien que moi, lui répond le docteur Krampus. Vous le savez car elle vous a parlé, de même qu'au lord, qu'à madame la comtesse et qu'à monsieur le marquis. Elle a parlé à tous les Fés d'Amérique. N'avez-vous pas entendu un Appel, un Appel impératif qui vous a poussés à courir à Redrock toutes affaires cessantes ?

– Certes, balbutie la créature au nez patatoïde. Mais comme le rappelait monsieur de Carabas tout à l'heure, nous avons toujours pensé que c'était l'une de vos filles, une Enfant de Mercure, qui…

– Qui quoi ? la coupe le docteur Krampus. Pensez-vous vraiment qu'une Fée puisse à elle seule émettre un tel Appel, sur une telle distance et pendant si longtemps ? Diffuser une injonction si impérative que nul ne puisse y résister, sur tout un continent et pendant des années ? Aucun Enfant de Mercure n'est capable d'une telle prouesse, et vous le savez. La créature à l'origine de l'Appel n'est pas une Fée.

– Mais alors, qui ?… » fait Lord Fungus en ajustant son monocle fêlé d'une main nerveuse.

Je n'en reviens pas : comment, en quelques phrases, le roi destitué a retourné son auditoire. Comment les révolutionnaires arrogants se retrouvent pendus à ses lèvres, tremblants d'impatience – ou d'angoisse ?

« L'Entité…, dit solennellement le docteur Krampus. C'est ainsi que nous l'appelons entre nous, ne sachant comment la nommer autrement. Qu'est-elle exactement ? Impossible à dire. Tout ce que je sais, c'est qu'elle vit au cœur de cette montagne. Ou plutôt devrais-je dire au cœur de cette météorite.

– De cette météorite ? répète la comtesse Brayère, les doigts crispés sur la queue du ragondin mort qui gît sur son crâne.

– Oui, de cette météorite. Mais laissez-moi m'expliquer. Quand le rocher s'est abattu dans la région, il y a trente ans, la secousse tellurique a été telle qu'elle nous a réveillés dans la grotte sombre où nous sommeillions depuis si longtemps. Nous nous sommes péniblement exhumés de terre, et nous nous sommes traînés vers le point de l'impact, à travers cette forêt hostile où tout pouvait nous écraser. Un instinct inexplicable nous disait que pour nous le Salut se trouvait là-bas – peut-être déjà, de manière subtile, l'Entité nous attirait-elle à elle.

« Il n'y avait que quelques miles à parcourir, mais nous avons rampé pendant des semaines pour les couvrir, fuyant les loups et les pumas, et jusqu'aux chouettes qui auraient pu nous lacérer dans leurs serres, malingres et fragiles comme nous étions. Et puis une nuit, nous sommes enfin parvenus à destination : nous avons découvert cette incroyable falaise de granit rouge, que nous avons appelée *Redrock*. La vallée où elle se trouvait enchâssée était entièrement recouverte d'une épaisse couche de terre grise et poudreuse, et tous les arbres situés à moins de trente mètres de sa base étaient abattus, couchés à terre comme s'ils avaient été soufflés par une monstrueuse explosion. Ou comme si le rocher lui-même, s'écrasant sur la terre, avait levé un ouragan de poussière et de vent. Ouvrez donc les yeux, cela ne fait aucun doute : Redrock est tombé du ciel après un long voyage à travers les gouffres intersidéraux, guidé par la volonté de l'Entité. »

Je n'en crois pas mes oreilles. Voilà donc l'explication du terrain vague qui cerne le rocher ! C'est l'onde de choc d'une météorite ! D'une gigantesque météorite !

« Ce... c'est absurde ! s'indigne le marquis de Carabas.

– J'en conviens, cher marquis, dit le docteur Krampus d'une voix doucereuse, mais c'est ainsi. Une créature extraterrestre a sillonné l'espace et le temps pour venir s'écraser dans ce coin perdu des montagnes Rocheuses, et ceux de mon Nid ont été les premiers à la découvrir. C'est sans doute ce que l'Entité voulait, entrer en contact avec la race fée. Et c'est sur son invitation que nous avons pénétré dans Redrock.

– Pénétré *dans* Redrock? s'étouffe la baronne.

– Vous avez bien entendu, madame. L'intérieur du rocher est truffé de galeries et de passages dérobés. La plupart du temps, ces entrées secrètes restent closes, dissimulées derrière des opercules de mucus séché, sécrétés par l'Entité. Parfois cependant, elle les entrouvre, pour attirer à elle les animaux de la forêt dont elle semble se nourrir. Ou bien pour entrer en contact direct avec ses agents, comme ce fut notre cas.

– Ses *agents*! siffle le marquis avec mépris. Quel vocabulaire servile! Et tu prétendais gouverner le peuple fé!

– Les miens et moi, nous resterons toujours les éternels obligés de l'Entité, répond le docteur Krampus. Elle nous a tout donné. Ou plutôt, elle nous a tout rendu : la force, l'endurance, la beauté... le Flux. Je vous l'ai dit, j'ignore la nature exacte de cette créature. Je ne l'ai même jamais vue de mes propres yeux. Seuls ses appendices sont parvenus jusqu'à nous, tandis qu'elle se terrait dans l'ombre de son antre : de longs filaments dans lesquels elle étouffe ses proies... Mais ce que je sais, en revanche, c'est qu'elle est capable de capter et d'émettre le Flux comme nous autres

Fés. Mieux que nous autres, à dire vrai ! À peine nous a-t-elle touchés du bout de ses tentacules, le soir où nous sommes entrés dans sa tanière, que nous avons senti des torrents d'énergie se déverser en nous, réveiller chaque cellule de nos corps éreintés. Ainsi l'Entité nous a-t-elle littéralement ressuscités, nous qui n'étions guère plus que des fantômes. Il a fallu du temps, certes, des mois et des mois à rester entre ses milliers de bras étranges, pour que nous devenions ce que nous sommes aujourd'hui. Des mois et des mois sous perfusion. Dans quel monde lointain cette créature improbable avait-elle puisé de telles réserves de Flux, avant de se lancer dans son voyage interstellaire ? Mystère. Toujours est-il qu'elle s'est saignée aux quatre veines pour que nous vivions. Et pour que nous accomplissions sa volonté.

« Lorsque nous avons enfin recouvré toute notre vigueur, elle nous a hissés à la force de ses tentacules jusqu'au sommet du rocher – à l'exception de la plus jeune de mes quatre filles, Kasandra, qu'elle a gardée avec elle dans les profondeurs de l'astronef. Elle s'y trouve encore aujourd'hui. Sur ce point vous n'aviez pas tort : l'Entité a besoin d'un Enfant de Mercure pour lui servir d'émetteur. Elle a besoin de Kasandra pour diffuser ses ondes radio. Techniquement, c'est donc bien une Fée qui est à l'origine de l'Appel – mais c'est l'Entité qui parle à travers elle, et qui lui donne la force d'émettre sur toute l'Amérique du Nord. »

Kasandra : voilà donc le nom de la Fée que j'ai arrachée à cette mystérieuse Entité. À en croire le docteur Krampus, cela faisait trente ans qu'elle croupissait dans le ventre du rocher, simple instrument maintenu dans un coma artificiel entre les tentacules du monstre… Ainsi sister Edith avait-elle tort : le Nid de Redrock est bien au complet, comptant un représentant de chacune des sept longueurs d'onde du spectre électromagnétique.

« Par l'intermédiaire de ma fille, précise le docteur Krampus, l'Entité transforme ainsi ses gigantesques réserves de Flux en ondes radio qui se répandent depuis le golfe du Mexique jusqu'aux confins de l'Alaska. L'Appel qu'elle émet est irrésistible pour tous les Fés polarisés. Vous comprenez certainement ce que je veux dire, puisque vous tous, vous avez subi son attraction imparable. C'est comme un ordre surgissant de l'intérieur de soi-même, un irrépressible instinct, aussi impérieux que la soif de Flux… Un ordre auquel nul Fé ne peut résister. N'est-ce pas ? »

Les nains calcinés ne répondent pas, mais leurs yeux brillants, enchâssés dans leurs faces de charbon, disent assez qu'ils savent ce dont veut parler le docteur Krampus. Et moi, je comprends pourquoi je n'ai pas perçu ce terrible Appel depuis New York où je vivais lorsqu'il a été lancé : je n'étais pas encore polarisé. En réalité, ma polarisation n'est survenue qu'après que j'ai libéré Kasandra des filaments de l'Entité – c'est-à-dire, après que j'ai débranché l'émetteur avec lequel elle diffusait son Appel.

« Usant de ses pouvoirs d'Enfant de Neptune, continue le docteur Krampus, mon épouse a construit notre ranch à son goût au sommet du rocher, à partir de morceaux d'habitations abandonnées, glanés dans toute la région. Et quelques années plus tard nous avons ouvert le camp de vacances de Redrock. En réalité, marquis, vous vous trouvez à l'emplacement même où nous sommes sortis de notre longue convalescence...

– Quelles sornettes nous chantes-tu donc encore, vil Krampus ? aboie le lutin. Il n'y a que de la roche sous nos pieds !

– Permettez-moi de vous détromper », répond le docteur Krampus d'une voix douce – trop douce.

Et il se penche vers le sol, fouillant la terre de ses énormes mains d'étrangleur jusqu'à agripper le rebord de la trappe de pierre. Il la soulève d'un geste, comme si elle ne pesait guère plus que du contreplaqué, révélant la bouche noire qui s'ouvre sur les tréfonds de Redrock et d'où nous avons émergé il y a une heure, Kasandra et moi.

« Par Lucifer ! s'exclame le marquis en s'approchant du gouffre. Le rocher est bel et bien creux ! Je me demande quelle est la profondeur de ce puits...

– Allez donc la mesurer par vous-même ! »

Et vlan : le docteur Krampus décoche un formidable coup de pied dans le derrière du marquis, qui bascule dans le trou.

Avant que les trois autres conjurés aient le temps de réaliser ce qui leur arrive, le géant les a attrapés par la peau du cou, et précipités à leur tour dans l'abîme.

« AAAAAaaaaa... »

POUM !

La trappe retombe lourdement sur le sol, étouffant les hurlements des lutins.

« Mais qu'est-ce qui vous a pris, Klaus ! s'écrie aussitôt Frau Krampus d'une voix stridente. Êtes-vous devenu complètement fou ?

– Ne me dites pas que la disparition de ces intrigants vous contrarie, très chère..., répond nonchalamment son mari en essuyant ses mains terreuses sur les pans de son pantalon.

– Ce ne sont pas ces quatre-là qui me contrarient, non, mais les quatre cents autres qui nous attendent dehors ! Que croyez-vous donc ? Que vous aurez le dessus sur une armée de quatre cents renégats ? Tout affaiblis qu'ils soient pris individuellement, c'est leur nombre qui fait leur force, une force bien supérieure à celle de notre Nid. Ah, vous et votre maudite fierté ! Si nous nous étions livrés sans résistance, ainsi que nous le demandait le marquis, peut-être aurions-nous été épargnés. Je ne dis pas pour vous, dont la foule aurait certainement réclamé la tête – mais nous autres, pauvres femelles, ils nous auraient prises en pitié. Vous n'êtes qu'un égoïste, Klaus, vous nous avez sacrifiées sur l'autel de votre orgueil ! Si je ne me retenais pas...

– SI VOUS NE VOUS RETENIEZ PAS, QUOI ??? rugit le docteur Krampus, pris d'une fureur soudaine. Vous voudriez me bombarder de rayons ? Eh bien allez-y, pauvre tarte, gaspillez votre énergie sur moi ! Et vous irez traiter vous-même avec les rebelles de la forêt. »

Il lève ses deux bras longs comme des ailes d'albatros, et présente son torse bombé à son épouse tremblante de rage et de frustration. Je me souviens que Frau Krampus est comme moi une Enfant de Neptune, mais cent fois plus forte : n'a-t-elle pas construit le ranch de Redrock à elle seule, comme l'a dit le docteur, en faisant léviter les matériaux jusqu'au sommet du rocher ? Je n'ose imaginer la puissance d'une attaque télékinésique venant de sa part...

Mais elle n'attaque pas.

« C'est bien ce que je pensais... Dégonflée ! » siffle le colosse avec mépris.

SLAPPP !

Il décoche une gifle magistrale à son épouse, dont la haute perruque en forme de tiare vacille et tombe, révélant une courte chevelure bleu vif.

« Ils auraient eu *pitié*, dites-vous ? Avez-vous perdu la raison ? Les Fés n'ont jamais pitié, et vous êtes bien placée pour le savoir, vous la plus cruelle d'entre tous ! Quant à me taxer d'égoïsme... Dois-je vous rappeler les trésors de diplomatie qu'il m'a fallu déployer pour vous convaincre de garder nos quatre filles, que vous auriez bien volontiers troquées à la naissance contre quatre Changelins ? Dois-je vous rappeler qu'il a fallu que j'aille récupérer moi-même Euphrosyne sur les marches du couvent où vous l'aviez abandonnée, en échange de l'orpheline humaine que vous aviez emportée ?

– Mère ! s'écrie la grande Euphrosyne en contemplant sa génitrice d'un air horrifié.

– Oui, tu as bien entendu, ma chère fille : *un couvent !* renchérit le docteur Krampus. Et des carmélites, encore ! Ce sont les pires ! Elles n'auraient guère tardé à identifier ta vraie nature. Tu n'aurais même pas eu à t'étioler sur quelques mois, comme la plupart des Fés échangés : les bonnes sœurs auraient aussitôt appelé un inquisiteur pour te disséquer, sans doute après avoir tenté sur ton pauvre corps sans défense des expériences effroyables et douloureuses...

– Mère ! répète l'aînée des Krampus d'une voix tremblante. Dites quelque chose ! »

Mais Frau Krampus se contente de détourner le regard, son silence résonnant comme un terrible aveu.

« Je ne peux pas croire que... », commence Euphrosyne.

SLAPP !

C'est au tour de Frau Krampus d'en retourner une à sa fille. Décidément, quelle famille ! C'est pire que les étripages publics du *Jerry Springer Show*[1] !

Enflammés par leur querelle, les Fés semblent avoir momentanément oublié Doug. Je sens que c'est le moment ou jamais d'agir, si je veux avoir une chance de le sauver. J'avance à pas de loup jusqu'à lui, priant de toute mon âme pour que le faisceau du mirador ne se braque pas sur moi. Parvenu dans son dos, je pose ma main sur son bras. S'il crie, nous sommes perdus ; il se contente de frémir.

« Par ici ! »

Je l'entraîne dans l'ombre.

Lorsque nous nous sommes suffisamment éloignés, j'arrache le foulard qui lui couvre les yeux.

« Toi ! fait-il en découvrant mon visage. Comment...

– Pas le temps de discuter maintenant ! Cours vite au ranch, et tâche de libérer les prisonniers

1. Émission de télé-réalité américaine particulièrement *trash* dans laquelle des familles règlent leurs comptes en direct. Les invités en viennent régulièrement aux mains.

du Chef. Moi, il faut que je sache ce que trament les Krampus.

– Mais… », commence Doug.

Quelque chose dans mon regard doit le convaincre de ne pas ergoter – pour une fois !

Sans prononcer un mot de plus, il tourne les talons et s'élance vers le ranch. Je le regarde un instant s'enfoncer dans la nuit, puis je retourne auprès des Krampus.

Il faut que j'en apprenne plus sur ce qu'ils comptent faire à présent : il faut que je connaisse leurs plans pour pouvoir élaborer les miens…

33 *Marée noire*

« Tais-toi donc, grande gourde ! » aboie Frau Krampus sur son aînée.

Euphrosyne tient sa joue giflée en sanglotant, le regard fixé sur la Fée qui n'a pas hésité à l'abandonner à la naissance, sa propre mère. Je ne peux m'empêcher de ressentir un élan de compassion pour la fille Krampus. Et je ne peux m'empêcher de me poser cette question : qui qu'elle soit, ma propre mère m'a-t-elle abandonné avec le même sang-froid ?

« Tu ne sais pas de quoi tu parles ! Attends seulement quelques siècles, d'avoir l'âge de porter des Fétauds, et tu verras. Les humaines souffrent neuf petits mois avant de mettre bas, mais nous c'est neuf années qu'il nous faut attendre pour être délivrées. Tu ne peux pas imaginer la haine que l'on ressent alors pour la chose qui sort de notre ventre, et qui nous a torturées pendant tout ce temps. On n'a qu'une envie : la détruire, la transformer en chair à pâté, ou en tout cas s'en débarrasser le plus vite possible. Oh, ne me regardez pas comme ça, toutes les trois ! Vous ne valez pas mieux que moi ! Toutes les Fées abhorrent leur progéniture, et vous ne ferez pas exception si vous avez un jour le malheur de vous faire engrosser par une brute comme le gros Krampus ! »

Ulcérée par le discours maternel, Thalie crache sur le sol avec mépris, tandis qu'Aglaé, la benjamine, fond en larmes.

« La paix, femelles ! gronde le docteur Krampus en frappant le sol de sa botte à éperon. La colère vous enlaidit, et elle n'est guère de circonstance. Tâchez plutôt d'afficher une mine désespérée. Car ce soir, vous pleurez un époux et un père !… »

En quelques secondes, l'air se trouble devant le colosse, ondule comme sous l'effet d'une forte chaleur.

La lumière visible ! je pense aussitôt. *Le docteur Krampus est un Enfant de Jupiter, capable de modeler la lumière visible qui l'entoure !* Effectivement, son image se met à trembloter comme celle d'un téléviseur mal réglé. Ses contours se dissolvent un instant dans l'air ambiant, puis une nouvelle silhouette se reforme dans la nuit. Cinq fois plus petite, pourvue d'un nez crochu et d'une bouche de piranha… Trait pour trait : le marquis de Carabas !

« Eh bien, ma chère, me trouvez-vous à votre convenance ? fait le mirage d'une voix aiguë, singeant à la perfection celle du marquis.

– Mais pourquoi donc…, balbutie Frau Krampus en contemplant l'apparition d'un air dégoûté

– Pour leur faire croire qu'ils ont gagné, pardi Qu'ils ont tué le tyran, le despote, l'autocrate l'usurpateur : moi. Et que vous avez été faites prisonnières. Je vais de ce pas l'annoncer aux rebelles de la forêt de ma voix la plus aigrelette – comment trouvez-vous mon imitation ?

– Et les autres Fés que vous avez précipités dans l'abîme ? La comtesse Brayère, la baronne de Mâchecroute et cet horrible Lord Fungus…

– Je dirai qu'ils gardent les pensionnaires, pour veiller à ce qu'aucun ne s'échappe avant le spectacle.

– Avant le spectacle ?

– Parfaitement : nous donnerons dans une heure une représentation anticipée de *Roméo et Juliette*. Nous inviterons nos hôtes de la forêt à cet événement, afin que chacun puisse choisir un pensionnaire à son goût. Je suis sûr que le principe leur plaira beaucoup.

– Mais enfin, Klaus ! Ce serait un véritable carnage ! L'Entité s'opposera formellement à cette idée. Elle nous autorise à ponctionner le Flux des pensionnaires pour nourrir notre Nid et tenir la dragée haute aux Fés de la forêt, mais elle exige que nous leur laissions la vie sauve. C'est la seule condition pour que ce camp continue d'exister sans éveiller la méfiance des humains : nous devons renvoyer les pensionnaires dans leurs familles. Vous savez qu'il en sera ainsi jusqu'à ce que tous les Fés d'Amérique aient répondu à l'Appel de l'Entité, jusqu'à ce que son armée soit entièrement constituée…

– Cet ordre ne viendra pas.

– Co… comment ?

– Si vous cessiez un peu vos jérémiades et prêtiez un instant l'oreille, vous vous apercevriez que l'Appel s'est arrêté. Depuis une heure à peu près. »

Frau Krampus ouvre la bouche pour répliquer, mais ses paroles restent coincées dans sa gorge. Une expression de stupeur traverse son visage lisse.

« Père a raison ! s'exclame finalement Aglaé en ravalant ses sanglots. On n'entend plus l'Appel de Kasandra !

– AAAAH ! vagit sa mère en portant les mains à ses tempes dans un geste dramatique. Ma pauvre Kasandra, ma toute petite ! Qu'a-t-il bien pu lui arriver ?...

– Essuyez vos larmes de crocodile, coupe le géant devenu nain. Il est bien temps de vous préoccuper du sort de votre fille, après l'avoir laissée croupir trente ans sous vos pieds, tandis que vous vous délectiez chaque soir du Flux du baquet. Une chose est certaine : si Kasandra n'émet plus d'ondes radio, cela signifie que le brouillage électromagnétique que l'Entité diffusait par son intermédiaire s'est dissipé. La région de Redrock est donc à nouveau visible par les satellites et les radars. En ce moment même, dans leur dortoir, les pensionnaires se sont sans doute aperçus que leurs téléphones portables fonctionnaient, et ils doivent appeler leurs parents, leurs amis, la police peut-être même... »

Machinalement, je sors mon téléphone de ma poche...

Effectivement, il affiche une couverture réseau, pour la première fois depuis mon arrivée à Redrock !

« Malédiction ! s'écrie Frau Krampus en empoignant sa perruque comme si elle voulait l'arracher.

– C'est une bénédiction, au contraire ! J'espère

bien que Mary-Ashley Dickinson sera la première à appeler son père. Si ce n'est pas déjà le cas, elle le fera certainement dès qu'elle aura vu les spectateurs devant lesquels elle devra se produire ce soir.

– Dickinson ? La fille du secrétaire à la Défense ?

– Celle-là même. Je vous gage que dans moins de deux heures, les troupes aéroportées débarqueront pour sauver cette chipie – si elle n'a pas été dévorée d'ici là. Le spectacle que nous allons donner ce soir se soldera par un véritable carnage. Un véritable carnage d'humains mais aussi de Fés !

– Mais c'est affreux !

– Épargnez-moi vos bons sentiments, vous êtes trop mauvaise comédienne. Vous ne désirez rien tant que la destruction de cette clique de rebelles qui a osé vous détrôner.

– Peut-être, mais de là à dévoiler l'existence des Fés aux humains !

– Nous ne leur dévoilerons rien, nous ne ferons que nous rappeler à leur bon souvenir. Souvenez-vous, il y a quelques siècles : aucun homme ne doutait de notre existence. C'est d'une guerre ouverte entre les humains et nous dont nous avons besoin aujourd'hui. D'une guerre… atomique !

– Père ! s'écrie soudain Thalie. Le prisonnier… il a disparu !

– Disparu ? »

Le nain fait un bond sur lui-même, fouillant l'obscurité de ses prunelles brillantes.

« Il a profité de notre conversation pour s'enfuir, le vaurien ! » s'indigne Euphrosyne en mettant sa main en visière au-dessus de ses yeux.

Moi, tapi dans l'ombre, j'essaye de me faire le plus petit possible.

« Bah, nous n'avons pas le temps de nous en occuper pour l'instant, fait le nain. L'urgence est de calmer les Fés de la forêt, de les faire patienter jusqu'à la représentation. À en juger par les mouvements anarchiques du projecteur, ils ont déjà dû prendre possession du mirador. Il ne faut pas qu'ils déferlent sur le camp avant l'arrivée des troupes humaines. Allons-y, et mettez le plus de cœur possible à pleurer feu le bon docteur Krampus ! »

Sans plus attendre, le nain s'élance vers l'entrée du camp, le sol tremblant sous sa minuscule silhouette à chaque pas.

POM… POM… POM…

C'est là tout ce qui trahit son identité véritable.

Et à chaque pas, les dernières paroles de celui qui reste le maître de Redrock résonnent dans ma tête :

POM…

une guerre…

POM…

… *atomique !*

*

À peine les Krampus ont-ils tourné les talons que je me précipite vers le ranch. Les idées se bousculent dans ma tête, s'enchaînent à la vitesse de l'éclair. Comment sauver mes amis des griffes du Chef ? Comment sauver Sinead ? Aurai-je le temps de prévenir les autres pensionnaires de la meute de prédateurs qui s'apprête à fondre sur eux ? Et même si je les en avertis, que pourront-ils faire pour y échapper ? Les Fés en auront sans doute déjà dessalé et dévoré la plupart avant que l'armée arrive – si elle arrive jamais. J'ai bien peur que la prédiction du docteur Krampus ne se réalise : nous allons au-devant d'un véritable carnage !

J'entre en trombe dans le réfectoire désert, et je me précipite dans l'escalier qui plonge vers les cuisines.

ZZZzzzzz !

Un bourdonnement inquiétant résonne dans la cage d'escalier.

J'ai déjà entendu ce bruit, je suis sûr d'avoir déjà entendu ce satané bruit. Pourvu que…

« STOP ! »

Je déboule dans les cuisines, hors d'haleine.

En un clin d'œil, je cerne l'ensemble de la scène, et cette vision écartèle mon cœur entre deux émotions contradictoires, le soulagement et l'angoisse.

Le soulagement, c'est que mes amis sont toujours vivants, ligotés avec ceux de la bande à Doug au pied de la baignoire où le Chef a l'habitude de saigner son gibier.

L'angoisse, c'est que le monstre en question est en train de poursuivre Doug à travers la pièce en brandissant sa scie électrique.

ZZZzzzzz !

Il est si furieux, pestant et crachant, rouge comme un diable, qu'il ne remarque même pas mon arrivée. Il faut dire qu'il n'y voit guère, aveugle comme il est, renversant sur son passage les tables et les marmites.

« De la chairrr à pâté ! hurle-t-il à en faire trembler les murs. Je vais vous réduirrre en chairr à pâté ! »

ZZZzzzzz !

« Crotte ! »

Doug étouffe un juron au moment où la scie électrique lui frôle la nuque, envoyant voler dans les airs une mèche de ses cheveux cartonnés de gel coiffant. Déstabilisé, il perd l'équilibre en tentant de contourner la gazinière. Il dérape. Il tombe. Et il se retourne vers le forcené, le visage déformé par un mélange de fureur et d'effroi.

« DE LA CHAIRRR À... »

DOiiinG !

Tout s'est enchaîné très vite, si vite que je ne me suis rendu compte de rien.

Ce n'est qu'en voyant ma main tremblante levée devant moi que je réalise ce qui s'est passé, que c'est moi qui ai fait tomber le balai adossé contre le mur devant les jambes du Chef, au moment où il allait fondre sur sa proie. Emporté par son élan, il s'est étalé de tout son long sur le carrelage de la cuisine, sa tête heurtant au passage la gazinière de fonte. À présent il ne bouge plus, un long ruisseau de sang noir comme de l'encre s'écoule de sous sa toque aplatie. Mort ? Je n'ai pas le temps de le vérifier : j'attrape un couteau de cuisine sur la table et je me rue auprès de mes amis pour trancher les liens qui leur entravent les poignets, tandis que Doug fait de même avec ses acolytes.

« Vous voyez, bande d'incrédules, je vous avais bien dit qu'il viendrait ! » dit simplement Sinead en se relevant, comme s'il s'agissait d'un dîner où je serais arrivé en retard, et où les convives auraient désespéré que je me présente jamais. Mais sous son air détaché, à la manière dont elle relève la tête, dont elle tend imperceptiblement le menton, je devine qu'elle est plus fière de moi qu'elle ne saurait le dire. Et cette impression me remplit d'une telle joie que je pourrais en découdre avec tous les ogres du monde !

« Vite ! Il faut que l'on file avant que les Krampus ne rappliquent ! Suivez-moi ! »

J'ai sans doute l'air très sûr de moi comme ça, vu de l'extérieur. Mais, tout galvanisé que je suis par l'amour de Sinead, je n'ai pas le moindre embryon de plan pour nous sortir de ce traquenard...

Ce qui n'était encore que de l'appréhension se mue en terreur au moment où nous débouchons dans la cour du ranch. Quel spectacle ! Une marée noire déferle dans la nuit depuis l'entrée du camp, des formes indistinctes qui gesticulent en vociférant. Les Fés de la forêt, déjà !...

Le contre-jour de la lune blafarde laisse deviner leurs corps contrefaits, bossus, tordus, déformés par des siècles à vivre courbés dans des cavernes trop basses, à ramper dans des galeries trop étroites. Le voilà, le peuple maudit, le peuple déchu à qui le docteur Krampus a promis un nouveau règne. S'ils savaient dans quel piège ils sont en train de se fourrer, pareils à des guêpes attirées par du miel au travers d'un entonnoir dont elles ne pourront plus s'échapper...

Mais pour l'heure, aucun d'entre eux n'y songe, grisés qu'ils sont par l'odeur de la chair fraîche, par la vibration du Flux humain, trépignant d'impatience à l'idée du festin à venir. Ils se répandent dans la cour comme une nuée de rats couinants, entre lesquels dérivent les hautes silhouettes de Frau Krampus et de ses filles. Les vêtements de ces dernières ont été lacérés, leurs perruques ont été arrachées, dévoilant des tignasses bleues rasées au plus court – les anciennes princesses de Redrock sont pareilles à des condamnées préparées pour la guillotine.

Il me semble qu'une main invisible me broie les entrailles lorsque je m'aperçois que la foule grouillante est déjà parvenue au dortoir des garçons derrière la sellerie, dont la porte est grande ouverte. Une créature minuscule en jaillit, accueillie par une clameur furieuse : c'est le docteur Krampus, toujours dissimulé sous l'aspect du marquis de Carabas. À sa suite, les pensionnaires terrorisés déboulent dans la cour, refoulés par Buffalo et Davy. Les uns hurlent, les autres gémissent au creux de leur téléphone portable, mêlant leurs pleurs aux rugissements des Fés et aux hennissements des chevaux rendus fous par le vacarme. Partout en Amérique, des parents effarés doivent s'éveiller au milieu de la nuit, essayant de comprendre ce qu'articulent leurs enfants entre les cris et les sanglots – ces mêmes enfants qui, depuis des semaines, leur écrivaient que tout allait pour le mieux à Redrock, et qu'ils y passaient les meilleures vacances de leur vie. Très curieusement, des bribes de toutes ces conversations me parviennent, se superposent pour former une cacophonie incompréhensible, comme si mon cerveau était connecté à tous les téléphones en même temps :

/ *monstres ils vont me* /
/ *j'ai peur et* /
/ AAAAH /
/ *je rêve c'est un cauch* /
/ *Mummy je t'aim* /
/ *on va tous mour* /

/ peur /
/ PEUR /
/ PEUR !!! /

Je remarque que, si tous les pensionnaires sont en pyjama, pieds nus sur la terre rouge, certains serrent contre eux des ballots de tissu coloré… Leurs costumes de scène ! Ainsi le docteur Krampus compte-t-il réellement mettre son plan à exécution, et faire jouer *Roméo et Juliette* devant ce public de démons !

Chaque fois qu'un garçon trébuche, la foule surexcitée est secouée d'un éclat de rire cruel – ou par un grognement plutôt, le grognement d'une meute réunie pour la curée. À cette distance, je ne distingue des Fés que leurs ombres tremblantes, fondues les unes dans les autres pour constituer un monstrueux organisme hérissé de pointes et de griffes, planté de crocs acérés qui accrochent les rayons de lune. Combien sont-ils au juste ? Combien de centaines ? Impossible à dire…

À mes côtés, mes compagnons sont sans doute absorbés par le même exercice de calcul. Tous autant que nous sommes, nous demeurons ainsi immobiles pendant une longue minute sous le porche du ranch, hallucinés comme des wapitis pris dans les phares d'une voiture. Jusqu'à ce que la nuée se mette en route vers nous, poussant devant elle ses malheureux prisonniers…

Les filles !

Ils vont maintenant s'en prendre au dortoir des filles !

Aussitôt, l'envoûtement le cède à la panique. Je comprends, en voyant ce raz de marée prêt à s'abattre sur nous, que je ne suis pas de taille à lutter. Je ne suis pas de taille à sauver toute la colonie. Tout ce que je peux essayer de faire, c'est de mettre à couvert les quelques pensionnaires qui sont avec moi, en priant pour que l'armée arrive avant que les Fés nous découvrent. Amis ou ennemis, la bande à Doug ou la mienne, c'est du pareil au même désormais : il ne s'agit plus que de douze vies – douze vies que je dois sauver.

« Par ici ! »

Je saisis le bras de Sinead dans une main et celui de Kevin dans l'autre.

Prenant nos jambes à notre cou, nous rasons le mur du ranch jusqu'au terrain vague qui s'étend à l'arrière du plateau.

Des hurlements stridents retentissent derrière nous tandis que nous contournons l'estrade qui sert de scène, et que nous gagnons la plantation. Ces monstres sont déjà parvenus au dortoir des filles ? Fichtre, ils sont plus rapides que l'éclair ! Si Mary-Ashley n'a pas encore appelé son père, je parie qu'elle est train de le faire maintenant qu'elle réalise l'abomination qui fond sur elle !

D'ailleurs...

/ au secou /

/ c'est atroce c'est /

/ des démons je crois /

/ la pire chose que j'ai /

/ adieu Mummy /

J'entends à nouveau les bribes de toutes les conversations téléphoniques. Je réalise que cette hypersensibilité constitue un nouvel aspect de ma condition fée, avec lequel je vais devoir apprendre à vivre. C'est que je suis polarisé désormais, et donc totalement perméable aux ondes radio.

« Bon Dieu, faut qu'on s'active, ces créatures vont nous repérer ! » s'écrie Ti-Jean en désignant le premier étage du ranch de l'index.

Effectivement, les volets du dortoir s'ouvrent en claquant, déversant des flots de lumière dans la nuit tandis que des silhouettes de gargouilles ratatinées s'y penchent en hurlant.

« Il faut qu'on passe par-dessus les barbelés ! souffle Ross en s'épongeant le front.

– Ça va pas la tête ? rétorque Brandy. T'as vu le précipice qui borde le plateau ? On est sûr de se briser les os !

– Ils vont nous bouffer… Ils vont nous bouffer…, répète nerveusement Spencer en tremblant des pieds à la tête.

– Peut-être bien, mais ils auront du mal à mâcher avec toutes les dents qu'on va leur faire péter ! s'exclame Doug en frappant ses poings l'un contre l'autre.

– Le fumier !

– Hein ? C'est moi que tu traites de fumier, morpion ? »

Doug se tourne vers moi en grimaçant, et j'ai vraiment l'impression qu'il pourrait me tomber dessus en oubliant le danger qui pèse sur nous tous. Comment pourrais-je lui en vouloir ? Il est l'esclave de sa colère comme j'ai été si longtemps l'esclave de ma fatigue.

« Cachons-nous dans le fumier, j'explique. Non seulement les Fés n'iront pas nous chercher là-bas, mais en plus notre odeur sera couverte. »

Joignant le geste à la parole je me jette dans l'énorme tas de crottin que les pensionnaires travaillant à la plantation ont amoncelé au cours des dernières semaines. Il y en a des brouettes entières, suffisamment pour nous dissimuler tous les douze si nous nous y couchons à plat ventre. Sans un instant d'hésitation, Brandy est la première à me rejoindre, suivie par Josh, Sinead et Kevin. Puis c'est au tour de Doug et des siens – Ross, Spencer, Adam, Terence et Stuart – de s'enfouir en grognant dans le purin, laissant juste leur nez en émerger pour pouvoir respirer. Mais Ti-Jean, lui, reste debout face à la plantation, comme paralysé.

« Eh ben alors, Lapinou, qu'est-ce que t'attends ? lui crie Brandy. Viens vite !

– Je.. je ne peux pas, bafouille Ti-Jean.

– Qu'est-ce que tu racontes ? Dépêche-toi, avant de te faire repérer ! Je t'ai gardé une place bien au chaud à côté de moi.

– C'est trop... dégoûtant. Désolé.

– Dans ce cas, dégage ! aboie Doug en sortant sa tête furibonde du fumier. Dégage avant de nous griller ! »

Ti-Jean acquiesce tristement et tourne les talons, se mettant en marche vers le ranch.

C'est vraiment trop bête ! Perdu à cause de cette stupide obsession de la propreté !

« Minute papillon ! »

Le fumier tremble à côté de moi, comme agité par un tremblement de terre : c'est Brandy qui se lève, montagne vivante dégoulinant de paille séchée et de crottin frais. Ma parole, on dirait la Créature des Marais en personne ! Ti-Jean se retourne, une expression d'horreur sur le visage tandis que sa petite amie fonce sur lui.

« Non, je t'en pr... »

Avant qu'il ait le temps de terminer sa supplication, Brandy lui empoigne le bras et l'entraîne jusqu'au tas de fumier, dans lequel elle le pousse sans ménagement.

« Ah, mais ! fait-elle en le shampouinant énergiquement avec du crottin. Tu ne pensais tout de même pas que j'allais te laisser filer comme ça ? Je t'ai, je te garde. »

Le pauvre garçon est livide, au bord de l'évanouissement – mais au moins, il est momentanément sauvé.

34 *Grande première... et dernière*

Nous restons dans le fumier de longues minutes sans parler, trop absorbés par le spectacle qui continue de se dérouler sous nos yeux. Après avoir fait descendre les filles de leur dortoir, les moniteurs les ont rassemblées avec les garçons au pied de l'estrade. Le faux marquis de Carabas arrache le mégaphone des mains de miss Lucy et bondit sur la scène, faisant face à la foule houleuse des spectateurs.

« Mes amis ! crie-t-il de sa voix la plus stridente. Les souffrances et les privations sont terminées ! Aujourd'hui s'achève le règne du tyran, aujourd'hui commence la renaissance de notre nation. La première République fée ! Après tant de siècles de dissensions, nos forces sont réunies. Réunies pour reprendre ce qui nous appartient, pour reprendre ce que les humains nous ont volé : la domination de ce monde. »

Un mugissement féroce ponctue les paroles du

nain, et se répercute de loin en loin contre les montagnes millénaires.

« Pour la première fois depuis près de deux cents ans, nous sommes prêts à refaire surface, et à réparer l'erreur de Mrs Faraday, cette pauvre folle qui a dévoilé le secret du Flux aux humains. Regardez ce qu'ils en ont fait ! Ils ont saturé cette planète de réseaux électriques, ils l'ont ceinturée d'ondes discordantes, avec leurs radios, leurs télévisions, leurs téléphones et leurs satellites. La Terre est devenue un endroit horrible à vivre pour les Fés, une cacophonie électromagnétique permanente, qui nous a obligés à chercher des retraites de plus en plus lointaines, jusqu'au fond des campagnes, jusque dans les égouts des villes. »

Cacophonie électromagnétique : c'est exactement ce que je ressens depuis que les pensionnaires ont rallumé leurs téléphones portables. Une espèce de bruit de fond permanent, sans queue ni tête, terriblement agaçant. Et encore, il ne n'agit là que d'une quarantaine d'appareils. Je n'ose imaginer le vacarme qui doit émaner de n'importe quelle agglomération humaine, avec les milliers de conversations téléphoniques simultanées, les envois de SMS, les émissions télévisées, les GPS des voitures, les fours à micro-ondes des cuisines, les scanners à rayons X des hôpitaux, et toutes les autres ondes que génère la vie moderne : un enfer ! À bien y songer, voilà sans doute la véritable cause du déclin fé. Sister Edith m'avait expliqué que le rassemblement des hommes en communautés concentrées, avec l'avènement des Temps modernes, les avait mis à l'abri de leurs prédateurs ancestraux. Je crois que ce sont plutôt les conséquences de ce nouveau mode de vie urbain qui ont été fatales aux Fés, les obligeant à fuir le plus loin possible des humains. Il est bien fini, le temps où je pouvais vivre au cœur de la Grosse Pomme sans être perturbé par les milliards de vers électromagnétiques qui la pourfendent de part en part…

« Ce soir débute notre vengeance, continue le nain en gesticulant, tel un singe épileptique. Ce soir, nous reprenons nos forces. Ce soir, nous festoyons sur les quarante jeunes humains que le Krampus gardait jalousement pour lui ! »

Cette perspective déclenche un hurlement enthousiaste chez les spectateurs, maintenant si nombreux que toute la base du ranch disparaît derrière leur masse sombre. Au pied de l'estrade, les pensionnaires se jettent dans les bras les uns des autres, poussant des gémissements désespérés à présent que leur sort ne fait plus aucun doute.

« Mais avant, mes amis, nous allons profiter d'un spectacle que les Krampus croyaient pouvoir se réserver. La représentation de *Roméo et Juliette* par ces chères petites têtes blondes. »

Cependant, tous les Fés ne l'entendent pas de cette oreille :

« Pourquoi attendre, Carabas ? »

« On a faim ! »

« Mangeons les humains tout de suite ! »

« Du calme, mes amis, du calme, tempère le nain en levant ses bras courtauds dans un geste d'apaisement. Nous ne sommes tout de même pas des bêtes ! Ou plutôt, nous voulons quitter cet état bestial et vil où l'inconséquence de Mrs Faraday nous a précipités. Nous voulons quitter nos cavernes, nos terriers et nos égouts.

Souvenez-vous de nos châteaux, souvenez-vous de nos palais avant que les humains ne nous les arrachent ! Souvenez-vous du raffinement dans lequel nous vivions ! Souvenez-vous des habits de dentelle, de la vaisselle d'or, des serviettes de soie fine. Et souvenez-vous surtout de la folle extravagance de nos bals, de la délicatesse exquise de nos fêtes, où nous faisions valser les humains émerveillés toute la nuit, avant de les déguster à l'aurore. Voilà ce qui s'appelait vivre ! C'est ce faste-là que je veux que nous retrouvions, et dès ce soir. Vous êtes des seigneurs, que diable, pas des animaux ! Pourquoi se contenter du Flux et de la chair de ces jeunes humains, quand vous pouvez aussi vous régaler de leur spectacle… et de leur terreur ! »

Le nain fait mine de se jeter sur le parterre de pensionnaires parqués au pied de l'estrade, leur arrachant un cri d'effroi… et suscitant un fou rire général chez les Fés.

« Jack ! fulmine Sinead à mes côtés. Ils… ils vont vraiment tous les manger. On ne peut pas laisser faire ça !

– Les pensionnaires ne craignent rien pour l'instant, je la rassure. Ce nain n'est autre que le docteur Krampus, et il va essayer de gagner du temps par tous les moyens. Jusqu'à ce que l'armée arrive, en tout cas.

– L'armée ?

– Figure-toi que Mary-Ashley est la fille du secrétaire à la Défense Dickinson.

– Mary-Ashley ?… s'étouffe Brandy en écrasant nerveusement un crottin sous son poing. Mais oui, maintenant que j'y repense : Consuela l'avait entendue se vanter d'être la fille d'un membre du gouvernement. Voilà pourquoi cette pimbêche se donne de si grands airs ! Quelle poseuse ! En tout cas, secrétaire à la Défense ou pas, les nerfs de son paternel ont craqué, et il a voulu se débarrasser d'elle pour l'été. Comme on le comprend !

– Eh bien, espérons qu'à présent il va vouloir la récupérer le plus vite possible. C'est le stratagème imaginé par le docteur Krampus pour écraser les Fés rebelles… et c'est notre seule chance de leur échapper ! »

Tandis que mes compagnons digèrent ces révélations, je reporte mon attention sur le terrain vague qui s'étend devant le tas de fumier. Au-dessus de l'estrade, le rideau de velours rouge a été descendu, nous cachant à présent une bonne partie des spectateurs installés au pied du ranch. Rassemblés de notre côté de la scène, en coulisses, les pensionnaires passent leurs costumes en pleurant, houspillés par les Changelins et par les demoiselles Krampus, dont toute la grâce féerique s'est envolée avec leurs perruques : ce ne sont plus que des matrones vociférant, le visage déformé par une grimace angoissée. Elles semblent s'être aperçues que plusieurs rôles manquaient à l'appel, dont Roméo lui-même. Aboyant comme des harpies, elles bousculent les pensionnaires, soulèvent les bords du rideau, renversent les décors de carton-pâte pour s'assurer que nul ne se dissimule dessous.

Profitant de leur inattention, une fille se détache du groupe et se met à courir en direction du bord du plateau, dans notre direction. À sa haute silhouette dégingandée, nous ne tardons pas à reconnaître Mildred, la grande rousse loucheuse. La pauvre fille a été contrainte de revêtir sa tenue de scène, cette affreuse robe élisabéthaine rouge à fraise flottante, dans les pans de laquelle elle manque de se prendre les pieds à chaque foulée.

La main de Sinead se referme sur ma main, comme pour me dire : *Il faut qu'on lui signale que l'on est ici !* Mais nous savons très bien qu'en nous manifestant, nous risquons de nous faire prendre tous les douze. Aussi, je me contente de serrer les doigts de Sinead entre les miens, et d'espérer que Mildred parvienne à se mettre à couvert avant que sa fuite ne soit repérée.

« Toi là-bas ! »

Malédiction !

Aglaé, la plus petite des sœurs Krampus, s'est retournée vers nous, la main en visière au-dessus de ses yeux brillants comme des yeux de louve.

« Arrête-toi tout de suite ! » hurle-t-elle en levant son index d'Enfant de Vénus en direction de la fuyarde.

Mais Mildred continue de courir à s'en faire éclater le cœur, les rubans de sa robe fouettant l'air comme des drapeaux en pleine tempête.

Ce sont eux qui prennent feu en premier.

La pensée qui me vient, à les voir ainsi s'embraser, est une pensée horrible, incongrue, une pensée *fée* : que ces flammèches sont du plus bel effet, qu'elles donnent à la robe un aspect majestueux, grandiose, comme lorsque la nature brûle aux premiers jours d'octobre. Le hurlement que pousse Mildred au moment où le feu gagne ses chairs m'arrache à cette morbide fascination. C'est un être humain qu'on immole, Jack, pas un mannequin de paille !

Tandis que la pauvre fille s'écroule à quelques mètres de nous, je sens Sinead frémir à mes côtés, essayer de se relever.

« Non ! je souffle en la plaquant sur le sol. Laisse-moi faire. »

Puisant dans mes dernières réserves de Flux, je tends la paume de ma main devant moi à travers le fumier. Comme emportée par une bourrasque de vent soudaine, la terre sèche et poudreuse que les pensionnaires essayent vainement de cultiver depuis des semaines se soulève, et s'abat sur le corps de Mildred en une pluie suffisamment drue pour étouffer les flammes.

Sauvée. Elle est momentanément sauvée.

Dépêché par les ogresses, Davy accourt pour la relever, et la ramener vers les coulisses.

« Dieu soit loué, il ne nous a pas vus ! soupire Brandy dès que le Changelin s'est suffisamment éloigné.

– CHUT ! fait Josh. J'entends des pas. »

Nous retenons notre souffle, tous nos sens en alerte. Mais nous n'entendons rien, rien que la rumeur du spectacle qui se prépare.

« Tu es sûr que... », commence Ti-Jean d'une voix pincée.

Depuis tout à l'heure, il se bouche le nez, si fort que ses narines en sont devenues toutes blanches.

« Là, à droite ! »

Josh a raison. Quelque chose s'approche sur la droite du tas de fumier. Ma parole, on dirait... on dirait Kasandra ! Mais oui, c'est bien elle, ses cheveux tombant en fines vagues bleues autour de son visage de madone. Ses yeux sont bleus aussi, d'un bleu d'azur presque transparent, aussi purs qu'un ciel sans nuages. Depuis combien de temps est-elle éveillée ? Elle a dû nous voir nous cacher, depuis le sillon dans lequel je l'avais laissée.

« Que faites-vous ici ? demande-t-elle d'une voix traînante, encore embrumée de sommeil. Oh, je suis fatiguée, si fatiguée !...

– Ne reste pas là. Ne nous fais pas repérer !

– Repérer ? répète-t-elle lentement. Je ne comprends pas. Mais dis-moi : ta voix... N'es-tu pas celui qui m'a réveillée ?

– Je ne t'ai pas juste *réveillée*. Je t'ai sauvée des griffes de cette chose qui vit sous Redrock. Alors, par pitié, renvoie-moi l'ascenseur et viens vite te cacher ! »

Mais la Fée ne semble pas comprendre l'urgence de la situation. Elle reste plantée devant le tas de fumier, perdue dans ses rêves.

« Mon sauveur..., dit-elle d'une voix songeuse. Oui, je me souviens à présent. Je me souviens de mon long sommeil. Je me souviens des chaînes qui enserraient mes poignets. Tu m'as secourue au péril de ta vie, comme les chevaliers de l'ancien temps... Et tu m'as bien réveillée, quoi que tu en dises : tu m'as réveillée d'un baiser.

– Que ?... je balbutie. Mais non, pas du tout ! »

Mais il est déjà trop tard. Déjà, je sens frémir Sinead à côté de moi.

« D'un *baiser* ? répète-t-elle d'une voix acide en remuant nerveusement le fumier.

– C'est faux ! Je n'ai jamais embrassé cette... cette... cette menteuse ! »

À peine ai-je prononcé ces paroles que je vois

une ombre passer sur le pâle visage de Kasandra. Une ombre qui noircit, à mesure que le doute se change en tristesse, puis la tristesse, en fureur.

La jeune Fée n'a même pas besoin de crier pour ameuter les siens. Enfant de Mercure, il lui suffit d'envoyer une pensée à ses sœurs pour qu'elles se tournent vers nous toutes les trois en même temps, pareilles à une hydre à trois têtes.

Le temps que nous nous extirpions du crottin collant, les moniteurs nous sont déjà tombés dessus à bras raccourcis...

*

Engoncé dans mes collants jaunes et mes culottes bouffantes, je serre le petit Kevin dans mes bras le plus fort possible, pour étouffer ses sanglots. C'est la mission que m'a confiée Sinead avant de monter en selle pour le spectacle équestre : protéger son petit frère coûte que coûte.

Courageuse Sinead ! De tous les cavaliers, c'est la seule que je n'ai pas vu trembler en mettant le pied à l'étrier, quand les grands gaillards – les Ross et les Spencer – ont dû s'y reprendre à trois fois pour se hisser sur leurs montures. Tétanisés par la peur. Cependant, ils savent qu'il faut serrer les dents. Qu'il faut faire durer la pièce pour tenir les Fés en haleine le plus longtemps possible, et laisser le temps à l'armée d'arriver.

Cela fait maintenant un bon quart d'heure que le spectacle a commencé. Depuis les coulisses, j'entends les épées de bois s'entrechoquer derrière le rideau rouge qui n'a pas encore été tiré, les sabots des chevaux marteler furieusement le sol devant la scène. Et j'entends aussi les cris sauvages des Fés vibrant d'excitation, chaque fois sans doute qu'un cavalier manque de tomber.

Les Fés... Il n'a pas été possible de leur échapper. À peine nous sommes-nous relevés du fumier qu'ils étaient déjà sur nous, toute la famille Krampus et leurs Changelins. Doug n'a pas voulu se livrer, il est parti en courant vers le précipice au bord du plateau. Il n'y est jamais parvenu. Frau Krampus a désigné un gros caillou du doigt, qui aussitôt s'est élevé dans les airs et qui, mû par les rayons gamma, a fusé jusqu'à la nuque du fuyard. Assommé net. Puis les moniteurs ont mené ceux d'entre nous qui jouaient dans la pièce jusqu'à nos dortoirs, pour récupérer nos costumes. Et nous voilà maintenant parqués derrière l'estrade comme du gibier, comme des morceaux de viande endimanchés, s'apprêtant à parader pour exciter l'appétit des fauves de l'autre côté du rideau.

Bien sûr mon premier réflexe, en rejoignant mes compagnons d'infortune au pied de la scène, a été de chercher parmi eux Mary-Ashley, pour m'assurer qu'elle avait bien prévenu son père, ainsi que le docteur Krampus l'avait prédit. Je n'ai pas eu besoin de le lui demander.

« Tu vas voir ! aboyait-elle sous le nez du nain, écumante de rage. Tu vas voir quand Daddy va arriver ! Il va vous réduire en chair à pâté ! »

Mais ses cris et ses menaces n'ont fait qu'élargir le sourire carnassier déchirant le visage du marquis de Carabas, le masque derrière lequel le maître de Redrock se dissimule.

FRRRRRRRR !

Les anneaux des lourds rideaux de velours chuintent en glissant sur leur tringle rouillée. Derrière eux, au-delà des tours de carton-pâte, nous découvrons le spectacle le plus horrible qui se puisse imaginer.

À quelques mètres de l'estrade, baignés par la lumière que projettent les flambeaux qui cernent la scène et les lampes à huile qui la surplombent, les Fés de la forêt apparaissent dans toute leur abjection. Ils se comptent bien par centaines, ainsi que je le craignais, une mer de gnomes en haillons bariolés. C'est cela que l'on remarque d'abord, ces fripes défraîchies de toutes les époques, ces pourpoints mités, ces longues capes déchirées, ces jabots éclaboussés par les taches du temps. Puis l'on avise les corps monstrueux qui se cachent dans les plis de ces habits devenus trop grands à mesure que leurs propriétaires rapetissaient. On aperçoit les pattes tordues qui émergent des manches en dentelle, aux fins doigts crochus sertis de pierres trop lourdes pour eux. On détaille avec horreur les bosses pointues qui déforment les tuniques et les robes, qui les percent par endroits, révélant des dos aux vertèbres saillantes comme des épines. On s'épouvante surtout des excroissances qui bourgeonnent au bout des cols jaunis, sur les fraises plissées, des caricatures que l'on n'ose appeler des visages, si atroces pour la plupart qu'au milieu d'eux le marquis de Carabas fait figure de modèle de beauté. Dans cette cour des Miracles tout n'est que verrues, kystes et boursouflures, des faces lunaires plâtrées de poudre de riz comme dans l'ancien temps, des crânes étroits coiffés de perruques anémiques ou de tricornes défoncés. De quoi alimenter les cauchemars de toute une vie.

Mais pire que les visages monstrueux, pire que les voix discordantes, il y a l'odeur… Plus puissante que jamais, l'odeur écœurante de l'anis, qui déferle sur moi comme les vagues d'une mer démontée, qui fait tanguer mon estomac comme un esquif en pleine tempête. Je porte ma main à ma bouche en serrant mes trois rangées de dents le plus fort possible pour m'empêcher de vomir.

Reprenant mes esprits, je ne tarde pas à repérer les innombrables flammèches vertes qui brillent dans la foule des spectateurs : autant de verres remplis d'absinthe fluorescente, mouvante, affreusement vivante. Ce soir, la *Fée Verte* coule à flots. Mais c'est du pied de l'estrade que montent les effluves les plus capiteux. L'un des immenses chaudrons de cuivre du Chef y est posé, dans lequel scintillent des dizaines de litres d'absinthe, sans doute toutes les réserves de Redrock. Kasandra y puise inlassablement avec une longue louche, remplissant à la chaîne les verres vides que lui apportent ses sœurs. Puis elles s'en vont les distribuer aux spectateurs, qui ne se privent pas de pincer, griffer, cogner au passage les anciennes despotes devenues souillons.

35 Le cadeau d'Evan

« Ti-ti-tire ton engin ; en voici venir de-deux de la maison des Montugai – euh, Montaigu…

– Mon arme est dé-dé-dégainée ; cherche-leur querelle ; je se-se-serai derrière toi… »

Sur scène, les valets des Capulet et des Montaigu ânonnent leurs vers d'une voix bégayante, butant sur les mots, se cognant dans le décor. Chaque fois qu'ils se trompent, une rumeur féroce parcourt les rangs des Fés, ajoutant à la confusion des acteurs. Bon sang, pourvu que l'on réussisse à tenir le public jusqu'à l'arrivée de l'armée…

« Je vous le confirme, au cas où vous en doutiez : ces sales gnomes sont déchaînés ! »

Je me retourne vers Sinead, qui a troqué sa tenue de cavalière pour sa robe de nourrice au corset si généreusement décolleté. L'espace d'un instant, j'en oublie la représentation, l'armée, et jusqu'aux Fés eux-mêmes…

« Deux d'entre eux ont essayé de sauter sur la croupe de mon cheval, tout à l'heure pendant la bataille. Heureusement que les filles Krampus les ont retenus. Mais elles ne feront pas le poids si toute cette vermine se décide à attaquer en masse. J'espère que le paternel de Mary-Ashley va se magner !»

Quel dommage que j'aie perdu le don de double vue, le don de voir au travers des choses avec les rayons X, depuis que je me suis découvert Enfant de Neptune. Que ne donnerais-je pas pour le recouvrer ne serait-ce qu'une minute, afin de contempler encore une fois la constellation merveilleuse qui s'étend plus bas sous la robe, afin de compter à nouveau les grains de beauté qui ornent le ventre blanc de Sinead. Combien de branches compte l'étoile qu'ils y dessinent, déjà ?...

« Il n'y a qu'une chose qui me chagrine : même si on en réchappe, je n'aurai pas vu la couleur du trésor des Krampus. C'est comme si j'étais destinée à rester pauvre toute ma vie. À croire que je suis née sous une mauvaise étoile...

– Hein ? Quelle étoile ? Je te jure que je n'ai rien vu !... »

AÏE ! Ma langue a sacrément fourché !

« Que tu n'as rien vu... quoi ? » me demande Sinead d'un air suspicieux, en suivant mon regard jusqu'à son décolleté.

– Ben... rien, justement... »

Décidément, je suis vraiment nul en improvisation. Archinul !

« Jack Spark, j'ai comme l'impression que tu me caches des choses, dit Sinead en relevant le menton, les poings sur les hanches. Tu as le même air coupable que Kevin quand il a fait une bêtise. J'espère surtout que tu m'as dit la vérité, à propos de cette Kasandra...

– Évidemment ! Ça me fait de la peine que tu puisses en douter ! »

Puis, pour éluder ce sujet sur lequel je ne souhaite pas m'éterniser : « Sinon, à propos de Kevin, il a été sage comme une image pendant la bataille équestre. Pas une plainte, et pas même besoin de l'emmener aux toilettes. Pas vrai, Kevin ? »

J'ai prononcé ces dernières paroles suffisamment fort pour attirer l'attention du garçonnet, qui vient se jeter dans les bras de sa sœur.

« On en rediscutera ! a juste le temps de murmurer Sinead avant qu'il lui bondisse dessus. Eh bien alors, Kev', Jack me dit que tu as été très courageux ! Il faut dire qu'après avoir inondé les cuisines quand ces méchants nous ont capturés, tu dois être à sec… »

Je m'éloigne de quelques pas parmi les portants couverts de costumes, laissant au frère et à la sœur le temps de se retrouver. J'ai échappé à l'interrogatoire… du moins momentanément !

Devant moi passe la silhouette voûtée de Doug, un chiffon blanc autour de la tête, ensanglanté à l'endroit où la pierre projetée par Frau Krampus l'a frappé. Comble de cruauté, les sœurs Krampus ont absolument voulu lui faire porter sa couronne princière – confectionnée à partir de boîtes de conserve tordues – par-dessus le bandage. En le voyant ainsi torturé, le cercle de fer-blanc comprimant sa blessure, je ne peux m'empêcher de penser à un martyr. Si l'on m'avait dit un jour que Doug m'évoquerait un saint ! Par quel miracle la brute de l'aéroport, la terreur du camp de Redrock s'est-elle ainsi métamorphosée en héros ? Est-ce à force de voir souffrir les pensionnaires qu'il a compris que la douleur avait un sens ? Cette prise de conscience tardive l'a-t-elle conduit à vouloir racheter par sa bravoure le mal qu'il avait infligé aux autres ? Quoi qu'il arrive, je n'oublierai jamais la leçon de Doug : nous avons tous droit à une seconde chance.

Ça va bientôt être mon tour d'entrer en scène. Je me dirige vers l'estrade, contournant les groupes de pensionnaires éplorés d'où s'élève un mélange indistinct de prières et de gémissements, régulièrement couverts par les ordres que profère miss Lucy à travers son mégaphone.

C'est alors que, plongeant machinalement la main dans les poches de mes culottes bouffantes, j'en tire l'enveloppe que j'avais dénichée en cuisine sous la gazinière, le soir où j'avais renversé les casseroles pleines de sauce Robert. Je l'ai retrouvée tout à l'heure au fond de mon coffre, lorsque les moniteurs nous ont menés aux dortoirs récupérer nos costumes de scène. Je l'avais laissée là depuis toutes ces semaines, et je ne l'avais jamais ouverte. Mieux vaut tard que jamais...

Que peut-elle bien contenir ? Je me faufile dans un coin sombre pour la déchirer à l'abri des regards indiscrets. Elle paraît bien pleine. Des billets peut-être, de l'argent de poche caché là par quelque ancien pensionnaire ? Les mèches de cheveux d'une amoureuse oubliée ?...

Des sachets de sel.

Une trentaine de petits sachets de sel en papier fin, de ceux que l'on trouve dans les restaurants bon marché et à bord des avions, frappés du sigle de la compagnie aérienne United Airlines. Et rien d'autre, si ce n'est quelques mots griffonnés sur un bout de papier :

Si vous ouvrez cette enveloppe, c'est que je n'aurai pas eu à me servir moi-même de ce qu'elle contient. À Redrock, ils disent qu'ils nous interdisent le sel pour notre santé, mais je crois que c'est plutôt leur santé à eux qui est en jeu. Eux, je veux dire : la famille Krampus. J'ai pris ces sachets de sel sur le vol San Diego-Denver (je ne sais même pas pourquoi je les ai chipés, vraiment pas, mais ça m'arrive souvent de faire des trucs absurdes, et c'est d'ailleurs la raison pour laquelle mes parents m'ont envoyé dans ce camp d'enfer, le docteur de l'école appelle ça de l'hyperactivité, et il paraît que l'on soigne ça ici – en tout cas c'est ce qu'on lui a dit, et c'est ce qu'il a répété à mes vieux).

Quand ils nous ont fouillés, à l'arrivée, j'ai réussi à dissimuler les sachets. Ça me paraissait étrange, de faire tout ce foin pour quelques grammes de sel. Ça fait maintenant deux mois que je suis ici, et je me suis rendu compte qu'il n'y avait pas que ça de bizarre – le couvre-feu, les bruits étranges la nuit, l'attitude des moniteurs et surtout ce maudit baquet qui nous lamine : tout ça, c'est très très bizarre. Enfin bon, ça sera bientôt du passé. Dans trois jours les vacances se terminent et je rentre à la maison.

Comme je suis de corvée de cuisine pour cette dernière semaine, j'ai pris avec moi les sachets de sel et je les ai cachés dans cette enveloppe, sous la gazinière. Mon intuition me dit que si quelqu'un les versait dans la soupe des Krampus, ça ferait des vagues. Je n'ai pas eu à le faire moi-même cet été, mais ça sera peut-être utile à un futur pensionnaire.

À moins que je me fasse des films, que j'imagine tout ça… Ah, je ne sais plus : je suis tellement crevé. Jamais je n'ai attendu la rentrée des classes avec une telle impatience !

Evan Turner

Evan !

Un frisson me glace quand je réalise que celui qui a tracé ces lignes est sans doute mort à présent. Pauvre gars ! Il a eu de son vivant l'intuition du terrible danger qui planait sur lui, mais cela ne l'a pas sauvé. Il pensait qu'une fois rentré chez lui, Redrock ne serait plus qu'un mauvais souvenir. Plus que du passé. Mais Redrock l'a rappelé. Mais l'Entité l'a rappelé, si j'en crois mon rêve. Elle les a poussés à fuguer, Alison et lui, pour pouvoir les dévorer ; la différence entre ces deux malheureux, c'est qu'Evan n'a pas eu la chance d'être intercepté par l'Assistance publique avant d'arriver à destination…

Pauvre gars.

Mais sa mort ne restera pas impunie. Lorsque l'armée arrivera, elle réglera son compte à l'Entité – qui sait combien d'anciens pensionnaires elle a ainsi pu convoquer, au cours des années ! D'ici là, il m'incombe de supprimer un maximum de Fés – ces sachets de sel vont m'en donner les moyens !

« En scène, Spark ! » hurle miss Lucy dans son mégaphone, si fort que je manque de lâcher les sachets. Mais je me reprends de justesse, et je les glisse à nouveau dans la poche de mes culottes avant de courir jusqu'aux marches qui montent à la scène.

Je m'y retrouve face à Ross, affublé de son costume de Lord Capulet.

« *Mais-Montaigu-est-comme-moi-condamné-à-une-même-peine* », mitraille-t-il plus vite encore que pendant les répétitions, le visage déformé par l'angoisse.

Il faut dire qu'il y a de quoi avoir les jetons. Vu depuis le haut de la scène, le parterre des spectateurs ressemble à une meute de bêtes féroces, comme celles dont les Romains remplissaient leurs cirques. Dans les centaines de gueules qui s'ouvrent juste au-dessous de nous, des milliers de crocs acérés luisent à la lumière des lampes à huile. Par rangées triples.

« Et vous aussi vous êtes tous condamnés ! hurle une petite voix aigrelette en réponse à la tirade de Ross. Condamnés à être dévorés ! »

Un mugissement d'excitation s'élève des rangs fés tandis que j'enchaîne avec mon texte :

« *Vous êtes l'un et l'autre honorés, estimés,*

Et il est dommage d'être si longtemps brouillés.

Mais au fait, monseigneur, quelle suite à ma requête ?

– Et quelle suite à *notre* requête à *nous* ? aboie un affreux farfadet chauve aux oreilles pointues. Carabas nous a promis de la chair fraîche, mais ces promesses ne valent pas mieux que celles du Krampus. Il nous fait languir devant ces fadaises en essayant de nous enivrer avec son absinthe. Nous avons échangé un tyran pour un autre ! »

À ces mots, le mugissement reprend de plus belle. Çà et là, des Fés se lèvent et commencent à se diriger vers la scène en vociférant.

« Voyons, mes amis, du calme, du calme ! s'écrie

le prétendu marquis de Carabas, surgissant des coulisses. Profitez plutôt de la pièce, régalez vos yeux du spectacle de ces jeunes humains : vous aurez toute la nuit pour en régaler vos papilles ! »

Comme c'est étrange, soudain, de faire cause commune avec le docteur Krampus... Momentanément nos objectifs se rejoignent : il nous faut coûte que coûte faire patienter les Fés de la forêt. C'est de cela que dépend sa vengeance... et notre salut.

« Allez, enchaîne ! j'intime au pauvre Ross, blanc comme un linge.

– Euh... oui... *Je-répète-ce-que-j'ai-déjà-répondu.*

Mon-enfant-est-encore-étrangère-à-ce-monde,
Elle-n'a-pas-encore-atteint-ses-quatorze-ans... »

La scène où je demande la main de Juliette se poursuit ainsi tant bien que mal, sous les grognements du public à qui l'on a servi une rasade supplémentaire d'absinthe. Tout en faisant virevolter sa louche au-dessus du chaudron, Kasandra boit chacune de mes paroles, me couve des deux morceaux de ciel qu'elle a à la place des yeux. C'est elle qui nous a fait repérer, quand nous nous cachions dans le fumier, et curieusement je ne parviens pas à lui en vouloir. Peut-être parce que, dans cette histoire, elle est plus une victime qu'une tortionnaire, sacrifiée par sa propre famille à la monstrueuse Entité de Redrock. Il y a quelque chose de flou, d'indéterminé chez la plus jeune des filles Krampus. Contrairement à ses sœurs, elle ne s'était pas définitivement engagée dans la voie du mal, mais restait dans une zone flottante où tout est encore possible. Et puis, une fille qui vous regarde avec ces yeux-là peut-elle être vraiment mauvaise ?...

À la fin de ma tirade, je détache mon regard du regard vaporeux de Kasandra, et je me glisse entre les plis du rideau. Pas question de descendre de l'estrade : Sinead est toujours sur scène, et je veux rester proche d'elle en cas de débordement.

« Courage ! je lance à Ti-Jean alors qu'il saute à son tour sur les planches. Fais-leur ton grand numéro ! »

Et effectivement, surmontant sa peur, Ti-Jean campe un Roméo exemplaire, si convaincant que les Fés en oublient de huer.

« *Nourrice, où est ma fille ?* s'exclame la grande Gladys au début de la scène 3, se tournant vers Sinead avec un calme impressionnant. *Fais-la venir.* »

Édifiés par l'exemple de Ti-Jean, tous les acteurs semblent maintenant prêts à prendre sur eux et à donner le meilleur pour divertir leurs féroces spectateurs. Ils se sont passé le mot, ils savent que l'armée est sur le point d'arriver et que divertir les Fés est une question de vie ou de mort. Ma foi, ça a plutôt l'air de marcher : notre public semble captivé ! Si nous continuons comme cela, nous devrions réussir à terminer la pièce sans nous faire dévorer. Espérons juste que le père de Mary-Ashley ait le bon goût de se manifester d'ici là !

« AAAAAAAHHHHHH !!!! »

Tous autant que nous sommes, nous sursautons sous le choc du cri.

« AAAAAAAHHHHHH !!!! »

Rouge pivoine, sa coiffure de princesse explosée comme un chou-fleur, Mary-Ashley se précipite sur le devant de la scène en hurlant. Jamais Juliette n'a dû faire une entrée si fracassante, depuis tous ces siècles que la pièce s'est montée !

« BANDE DE MONSTRES !!! hurle-t-elle à s'en faire éclater les cordes vocales. JE VAIS TOUS VOUS ÉCRASER !!! DADDY VA TOUS VOUS ÉCRASER !!! TOOUUUUSSSS !!! »

Mais quelle imbécile ! Elle va nous les exciter à nouveau, la crétine !

« IL VA ARRIVER D'UNE MINUTE À L'AUTRE ! IL VA TOUS VOUS RÉDUIRE EN PURÉE ! »

Des grognements s'élèvent de la foule fée, qui se muent bientôt en cris de rage.

« Ne l'écoutez donc pas ! s'écrie le faux marquis en gesticulant devant l'estrade. Elle ne sait pas ce qu'elle dit. C'est une mythomane, c'est pour cela que nous l'avons accueillie à Redrock et… »

Aïe ! Le nain se mord les lèvres, mais il est déjà trop tard. Même les plus machiavéliques manipulateurs peuvent faire des bourdes !

« Ne ssserait-ce pas nous que tu prends pour des sssimples d'essssprit, Carabasss ? siffle une nymphe effilée aux longs cheveux bleus et aux ongles recourbés comme des serres. Pourquoi connais-tu cccette humaine, et sssurtout comment sssais-tu la raison pour laquelle le Krampusss l'a internée dans ssson camp ?

– C'est… euh… qu'il me l'a dit… Avant que je le tue, bien entendu. »

Ouh là, il s'enfonce ! Je sens que finalement nous n'allons pas pouvoir jouer Shakespeare jusqu'au bout ce soir. Il faut trouver un autre moyen de retarder l'inéluctable... N'importe quel moyen !

Écoutant mon instinct, je sors de derrière les plis du rideau et je me dirige à grands pas vers le devant de la scène. Là, Sinead essaye tant bien que mal de faire taire Mary-Ashley, ou tout du moins de tromper les Fés sur la véritable signification de ses menaces :

« Voyons, mademoiselle. Votre père le seigneur Capulet n'a pas les moyens d'écraser si facilement la maison du seigneur Montaigu...

– Mais je parle de mon vrai père, espèce de tarée ! Mon vrai père : le secrétaire à la Défense Dickinson !

– Votre amour pour le jeune Roméo vous fait perdre la tête.

– AAAAAAAHHHHHH !!!! »

Au comble de l'hystérie, Mary-Ashley se jette sur Sinead, tous ongles vernis de rose bonbon dehors. Comme les deux filles roulent sur les planches, je profite de la confusion pour jeter une pleine poignée de sachets de sel dans le chaudron d'absinthe au pied de l'estrade.

« Tout cccela est fort étrange..., continue la nymphe de sa voix de serpent, tout en se rapprochant du faux marquis d'un air menaçant. D'ailleurs, cccela fait longtemps que l'on n'a pas vu vos amis, la comtesse Brayère, la baronne de Mâchecroute et Lord Fungusss... N'étaient-ils pas cccensés garder les pensssionnaires ? Quant à cccette humaine, est-elle vraiment la fille du sssecrétaire à la Défenssse Dickinsssson ?

– Voyons, Lady Banshee, puisque je vous dis que c'est une menteuse ! s'époumone le nain.

Regardez-la, vous voyez bien qu'elle n'a pas toute sa tête ! »

Ce que je vois surtout moi, de là où je suis, juste au-dessus du petit marquis, c'est que son crâne pelé est luisant de sueur. Ainsi les illusions générées par les Enfants de Jupiter reflètent-elles également leurs émotions… et leurs peurs.

« Écoutez, mes amis, reprend-il en tâchant de sourire du mieux qu'il peut, oublions ces soupçons ridicules et buvons ensemble à notre nouvelle République. Et vous autres, femelles Krampus, resservez donc un coup aux nouveaux seigneurs de Redrock ! »

Frau Krampus et ses filles s'exécutent, puisant largement dans le chaudron pour remplir les verres par dizaines.

« À votre santé à tous ! s'exclame le nain du haut de l'estrade. Après tout, je crois que vous avez raison : il n'est pas nécessaire d'attendre plus longtemps pour célébrer notre victoire comme il se doit. De toute façon, cette petite écervelée a gâché la pièce avec son intervention intempestive. Ces humains ne sont bons qu'à une chose : être dévorés !… »

Une formidable acclamation ponctue le toast du nain, balayant les protestations de la suspicieuse nymphe. En quelques mots, le docteur Krampus a retourné son auditoire pour redevenir le maître du jeu.

« À la vôtre ! » hurle-t-il sauvagement en brandissant son poing vers le ciel.

Sur scène, les acteurs ont cessé de jouer. Mary-Ashley elle-même s'est tue, consciente pour la première fois peut-être que tout ceci n'est pas du chiqué, qu'elle est véritablement en danger de mort et que ces créatures n'hésiteront pas à la dépecer, fille de secrétaire à la Défense ou pas. Pareils aux occupants d'une embarcation sur le point d'être renversée par un tsunami, mes compagnons de scène se serrent sur l'estrade de bois, pétrifiés par la peur, les yeux rivés sur cette armée de monstres qui lèvent en chœur leur verre d'absinthe. Quatre cents flammes vertes brillent un instant dans la nuit, avant de disparaître dans quatre cents gorges hérissées de crocs prêts à nous déchirer.

« Bien, fait le marquis avec un sourire cruel. Maintenant, mes amis… bon appétit ! »

Et c'est l'abordage.

En une seconde, les rangs des spectateurs s'effondrent comme un château de sable.

La seconde suivante, les monstres sont déjà au pied de l'estrade.

Ils sont déjà en train de l'escalader.

Quel abruti je fais ! Le papier des sachets de sel est certainement imperméabilisé : comment ai-je pu croire que leur contenu se dissoudrait dans l'absinthe ?

« SINEAD ! »

S'il faut mourir, que ce soit en défendant celle que j'aime, celle dont l'amour a donné un sens à ma vie.

Trois Fés lui sont déjà tombés dessus : deux gnomes à perruque couverts de verrues, accompagnés de la créature aux ongles recourbés qui a tenu tête au Krampus. Vue de près, cette dernière ressemble moins à une nymphe qu'à une goule anorexique. Je sens le peu de Flux qu'il me reste bouillir dans mon ventre, et remonter dans ma poitrine…

« Lâchez-la !

– Qu'est-ce qu'il a, ccce bout de viande ? siffle la goule en tournant vers moi sa face de cadavre. Tu veux que… que… mais qu'est-ccce qu'il m'arrive ? »

Oui au fait, qu'est-ce qu'il lui arrive ?

Elle grimace bizarrement, on dirait que quelque chose la démange. En réalité c'est plus qu'une grimace, c'est tout son visage, c'est tout son corps qui se mettent à trembler. Pourtant je n'ai pas encore émis le moindre rayon gamma…

Le sel ! Le sel s'est finalement dilué dans l'absinthe !

Le temps que je fasse le rapprochement, la goule est déjà pliée en deux sur le sol, agitée de convulsions frénétiques comme une épileptique.

« Em-p-p-p-p-oisonnée ! bafouille-t-elle entre ses lèvres vibrantes, d'où s'écoule un filet de bave verte. J'ai été emp-p-p-p-p-oisonnée ! »

Des filaments lumineux, d'un éclat intense, phosphorique, jaillissent comme autant de petits geysers de la bouche de la créature, dans les puits de ses yeux, à travers les pores de sa peau. Çà et là, sur l'estrade, d'autres Fés se mettent à trembler, et projettent à leur tour un halo électrique tout autour d'eux.

« Exactement comme l'a décrit sister Edith…, murmure Sinead, fascinée. Comme sur une chaise électrique… Jack, tu leur as refilé du sel, pas vrai ?

– Je te raconterai plus tard. Viens ! Venez tous ! »

Profitant de la confusion générale, j'entraîne les autres acteurs à ma suite jusqu'aux coulisses.

Avant de sauter en bas de l'estrade, j'ai juste le temps d'apercevoir un Fé plonger la louche abandonnée par Kasandra dans le chaudron d'absinthe, et en ressortir une flopée de petits sachets détrempés.

« TRAHISON ! » hurle-t-il d'une voix aiguë en tendant son index crochu vers l'organisateur de la soirée.

Sans demander son reste, celui-ci reprend son apparence réelle et s'enfuit dans la nuit.

36 *Résistance*

« Tous au ranch ! »

Je déboule dans les coulisses en hurlant.

« C'est notre seule chance ! Suivez-moi, on va longer la scène par le côté ! »

Les quarante pensionnaires m'emboîtent le pas et se ruent dans les ténèbres après moi, renversant au passage les torches sur les portants de costumes qui s'enflamment aussitôt.

« Plus vite ! Plus vite ! »

Nous courons à en perdre haleine, contournant la masse des Fés déchaînés sous le couvert de la nuit. Certains d'entre eux continuent de rouler au sol en projetant de démoniaques auréoles, quelques-uns sont même totalement immobiles, et couverts de cloques – morts ? Quant aux autres, ceux qui n'ont pas bu l'absinthe salée ou ceux qui y ont survécu, ils sont trop absorbés par leur colère pour nous prêter attention. Le docteur Krampus ayant momentanément disparu, ils s'en prennent à sa famille et à ses Changelins.

« AU SECOURS ! » hurle miss Lucy dans son

mégaphone, tandis qu'une nuée de diablotins couleur charbon lui fond dessus.

«AU SEC...»

En un instant, le corps de la vieille gouvernante s'affaisse. Quel étrange spectacle que ce porte-voix blanc qui sombre au milieu d'une mer de dos bossus, noirs comme les vagues d'une tempête.

Posté sur l'avant-scène aux côtés de Calamity, Davy tire à vue avec son vieux fusil de chasse. Mais pour chaque Fé touché, dix autres partent à l'assaut de l'estrade. Dans cette posture héroïque et désespérée, le pauvre Changelin a perdu son ridicule habituel, il en vient à ressembler à son modèle : le véritable Davy Crockett défendant Fort Alamo.

Soudain, l'une des créatures qui s'est repue du Flux de miss Lucy rejoint les rangs des assaillants. Aux jupons mités dont elle est vêtue, je devine que c'est une femelle – sa perruque blanche dégouline encore de sang! Elle lève vers la scène une main en forme de vieille branche tordue, couverte de grosses bagues dorées. Aussitôt, le trappeur lâche son arme, et se plie sur lui-même, victime d'un uppercut invisible. Sa toque à queue de raton laveur tombe au pied de la scène, révélant une chevelure brune qui se tisse de fils gris à vue d'œil. Le pauvre gars, il est bombardé de rayons ultraviolets, les rayons des Enfants de Saturne qui font vieillir à toute vitesse!

Calamity se jette en avant pour saisir le fusil que Davy a laissé choir, mais au même moment surgit un autre diablotin infusé du Flux de miss Lucy – un mâle bedonnant affublé d'un énorme bicorne qui lui tombe sur les yeux, une main glissée entre les boutons de son gilet. De sa deuxième main, il fait le geste de balayer un obstacle invisible; aussitôt, le fusil glisse sur les planches et tombe de l'estrade – mû, je le sais, par les rayons gamma que nous autres Enfants de Neptune savons manipuler.

M'arrachant à ce terrible spectacle, je me tourne vers les miens : «Allez, vite, tous à l'intérieur!»

Tandis que les derniers pensionnaires entrent dans le réfectoire, je me demande un peu trop tard si cloîtrer toute la colonie dans le ranch est vraiment une si bonne idée. Nous pouvions espérer tenir pendant quelques heures le siège de Fés dénutris et affaiblis par la faim. Mais si certains d'entre eux réussissent à absorber suffisamment de Flux pour recouvrer leurs pouvoirs…

«Et maintenant, qu'est-ce qu'on fait, Jack? me demande Ti-Jean, haletant.

– On barricade toutes les portes!»

Suivant mes ordres, les pensionnaires les plus costauds se saisissent des larges plateaux de table sur leurs tréteaux et les transportent jusqu'aux différentes ouvertures du réfectoire, tandis que les filles et les plus jeunes consolident ces digues de fortune avec des chaises et des bûches tirées de la cheminée.

«Qu'est-ce que peut bien fabriquer ton père, Mary-Ashley? je demande à la pimbêche, qui s'est enfin départie de sa superbe et de son arrogance.

– Je… je ne sais pas, pleurniche-t-elle, son téléphone portable à l'oreille. Je capte mal. Je… AAAH!!!»

Elle laisse tomber l'appareil avec une grimace d'horreur.

« Que se passe-t-il ? je lui demande.

– Cette voix dans le téléphone…, balbutie-t-elle. Ce n'est pas Daddy ! »

Incapable d'articuler un mot de plus, elle se remet à hurler, prise d'hystérie.

Comprenant que je ne pourrai rien en tirer d'autre, je me penche pour ramasser son portable.

« Allô, qui est à l'appareil ?

– Sssurprise ! »

La voix sifflante de la goule me glace le sang. L'espace d'un instant, je m'imagine que l'armée est déjà arrivée, là-dehors, et qu'elle s'est fait entièrement trucider par les Fés ; que la goule s'est emparée du téléphone du secrétaire à la Défense Dickinson, au-dessus de son cadavre encore chaud, et que…

« Vous êtes une Enfant de Mercure, c'est ça ? Vous utilisez vos ondes radio pour brouiller nos appels téléphoniques avec le monde extérieur !

– *Enfant de Mercure ? Ondes radio ?* Comment sssais-tu tout cccela, petit avorton ? Est-ce ccce traître de Krampusss qui t'a appris ccces sssecrets ? Tu ne vivras pas assez longtemps pour les répéter car je vais te… »

J'éteins le portable sans attendre la fin des menaces de cette sorcière. On n'a plus qu'à espérer que le père Dickinson se magne le train !

« C'était qui ? me demande Sinead.

– Cette horrible chose décharnée qui t'a attaquée, tout à l'heure sur scène. Je pensais que le sel l'avait tuée…

– Ah, elle, murmure Sinead. Tu as entendu comment le docteur Krampus l'a appelée ? Lady Banshee.

– Eh bien ?

– J'ai déjà entendu ce nom. Dans les vieilles légendes que me racontait ma mère, quand j'étais petite. La Banshee, tous les Irlandais le savent, c'est l'ambassadrice de la Mort. Celle dont les hurlements annoncent que l'on va bientôt y passer !

– Voyons, ne me dis pas que tu crois à ces superstitions ! Cette Fée a peut-être utilisé ses pouvoirs télépathiques au cours des siècles pour semer cauchemars et idées noires dans l'esprit des humains, mais de là à imaginer que… »

BOM !

Un vacarme formidable ébranle les murs du ranch. Dans un réflexe grégaire, les pensionnaires se groupent au centre de la pièce. Certains se mettent à pleurer.

BOM !

La barricade devant la porte principale du réfectoire frémit sur toute sa hauteur. Deux chaises tombent avec fracas sur les dalles, arrachant des cris d'horreur aux assiégés.

BOM !

À présent, c'est le lourd plateau de table barrant la porte qui vacille et qui manque de se renverser !…

« La tour ! »

Je hurle de toutes mes forces.

« Tous dans la tour ! MAINTENANT !!! »

C'est la débandade.

Les pensionnaires se ruent sur l'escalier dans un élan désespéré.

La fragile coursive de bois au premier étage tremble sous le choc des quatre-vingts talons, si fort que je crois qu'elle va craquer...

... mais elle tient bon.

Le dernier, je m'élance dans l'escalier.

BOM!

Ça y est : la planche de bois a fini par s'effondrer, laissant apparaître derrière elle la porte béante, qui s'ouvre sur la nuit comme la bouche d'un mort. Tandis que je m'engouffre dans l'escalier en colimaçon qui monte à la tour, les premiers Fés pénètrent dans le réfectoire en hurlant.

Les pensées défilent à toute vitesse dans mon esprit tandis que je gravis les marches quatre à quatre. Monter dans la tour, soit, mais après ? Comment vais-je faire pour retenir cette meute en furie ? Oh, la tête me tourne à mesure que je m'enroule autour du pilier de pierre où s'accroche l'escalier. Cette fois-ci, je crois que c'est vraiment la fin !...

« Jack, par ici ! »

Mais... cette voix...

Hors d'haleine, je parviens à l'avant-dernier étage. Dans l'encadrement de la porte ouvrant sur la salle de Thérapie se détache une silhouette bien connue, assise dans son fauteuil roulant.

« Sister Edith ! Vous êtes donc vivante !...

– Oui, et j'entends bien le rester, avec ton aide. Allez, entre vite ! »

Je pénètre dans la pièce illuminée par le grand chandelier de fer, bruissante de chuchotements affolés : les pensionnaires s'y sont tous réfugiés.

« Dans le baquet, fissa ! m'intime sister Edith en refermant la porte derrière elle.

– Mais…

– Oh, ne fais pas ta mijaurée ! Tu sais bien que je ne te veux pas de mal. Je pense au contraire que tu aurais bien besoin d'un petit remontant… Ça fait quarante-huit heures que le baquet de Mesmer n'a pas été vidangé, il est plein de Flux, à ras bord. Autant que cela nous serve à quelque chose ! »

OK, j'ai compris.

Sans me faire prier davantage, j'enjambe le rebord du baquet et je saisis à pleines mains les arceaux métalliques qui y sont fichés. En trois tours de roues, sister Edith glisse jusqu'au tableau de commande. Elle baisse deux manettes, pousse quatre boutons et…

VrrRRROOOUUU !

L'engin se met à tourner sur lui-même, si vite que je dois m'agripper aux arceaux en bandant tous mes muscles pour ne pas être éjecté. En quelques secondes, je sens le métal brûler sous ma peau, irradier une chaleur intense qui pénètre dans mon corps avec la violence d'un torrent déchaîné. C'est l'énergie de toute la colonie qui déferle en moi, le Flux cumulé des quarante pensionnaires de Redrock !

Mais déjà, j'entends les pieds calleux des Fés marteler les marches de l'escalier en colimaçon.

Déjà, j'entends leurs poings griffus s'abattre en pluie drue contre la porte de la salle.

CRaaAACK !

Le panneau de chêne vermoulu se fend en deux sur toute sa hauteur.

« Tous à terre ! »

Tout en me cramponnant d'une main au baquet qui continue de tourner comme un manège infernal, je lève mon autre main devant moi.

Aussitôt, je sens le Flux jaillir de ma paume, fuser au bout de mes doigts sous forme de rayons gamma concentrés, qui balayent la salle à trois cent soixante degrés au-dessus des pensionnaires aplatis au sol…

CLing-CLing-CLing!

Au passage du faisceau destructeur, la fenêtre de la tour éclate en mille morceaux, fragments d'étoiles qui s'éparpillent dans la nuit.

« WOUAHHHHH ! » beugle le premier Fé qui déboule dans la pièce, alors qu'un obus invisible le refoule jusqu'au mur de la cage d'escalier.

GRRrrIZZZZ!

Le tableau de bord de sister Edith grésille au moment où les ondes le défoncent, tout en envoyant à travers la pièce de grandes gerbes d'étincelles.

« À moi la garde ! hurle le diablotin au bicorne dans l'embrasure de la porte. Saisissez-vous de lui ! »

Encore un Fé français, à en croire son accent. Avec sa coiffe peu banale et sa main constamment glissée sous son gilet, il me rappelle vaguement quelqu'un…

« Saisissez-vous de… OUCH ! » La salve d'ondes lui coupe le caquet, lui retournant la tête aussi sûrement qu'un direct du droit.

Brommmm!

Le lourd chandelier de fer s'écrase sur le sol.

FUSHHHHH!

Les rideaux prennent instantanément feu au contact des cierges renversés, arrachant des cris d'effroi aux pensionnaires.

Il faut…

… que ça cesse…

… avant que je blesse un de mes camarades.

Mobilisant toute ma volonté, je déplace ma main vers le fond du baquet, sous mes pieds, et j'y dirige le faisceau de rayons gamma.

Aussitôt, comme sous l'effet d'une charge de plusieurs tonnes, le plancher de chêne s'incurve, plie… et craque. Sous lui, un rotor semblable à celui d'une gigantesque tondeuse à gazon tourne à toute allure. Je me raccroche de toutes mes forces à la paroi du baquet qui continue d'aller son train d'enfer, tout en concentrant les ondes électromagnétiques sur ce moteur qui menace de me broyer.

BinG!

Les pales d'acier se tordent aussi facilement que des morceaux de fer-blanc…

BonG!

Elles se brisent une à une…

… et le baquet s'arrête progressivement de tourner

VRRRRROOOuuu…u…u…

Je parviens à sauter à terre avant que la machine se soit complètement immobilisée.

En un clin d'œil, je constate avec effroi que le feu déclenché par la chute du chandelier s'est étendu des rideaux jusqu'au plafond de bois sec, qui flambe en crépitant. Massés dans l'embrasure de la porte, les Fés semblent hésiter à pénétrer dans la pièce, sans que je sache si c'est l'incendie ou mes pouvoirs qui les intimident. Tout autour de moi, les pensionnaires poussent des cris de terreur – certains d'entre eux commencent à tousser, asphyxiés par la fumée épaisse qui descend du plafond.

« Qui que tu sssois, laisse sssortir les humains, et nous les partagerons. S'ils restent ici, ils risquent d'être trop cuits et nous ssserons tousss perdants ! »

À travers la porte émerge la tête de la goule à la voix de serpent, plus affreuse encore maintenant qu'elle est couverte des cloques causées par le sel.

« Voyons, messsire, continue-t-elle. Sssoyez raisonnable... Vous sssemblez être le plus puisssant d'entre nous. Vous pourriez être notre nouveau sssouverain...

– Je ne suis PAS comme vous ! »

Sans même que j'en aie conscience, mes deux mains se tendent vers Lady Banshee en tremblant de haine. La créature a juste le temps de s'écarter pour ne pas être emportée par une salve de rayons gamma concentrée comme un boulet de canon, au point qu'elle perfore le mur de pierre qui ceint la cage d'escalier.

« Mais sssi..., reprend la goule en penchant à nouveau dans le chambranle sa face de vipère cernée de cheveux bleus. Sssi, vous êtes comme nous. Vous êtes le plus féroccce de nous tous. Un princcce parmi les Fés…

– NON ! »

Aveuglé par la colère, j'envoie devant moi une nouvelle rafale de rayons gamma, qui au lieu d'atteindre leur cible ne font qu'élargir l'ouverture de la salle, par laquelle les Fés vont déferler lorsque j'aurai épuisé mes réserves de Flux. WOW ! Quelle rage m'habite ! Quelle incontrôlable bestialité ! C'est sans doute là la preuve la plus criante que la goule dit vrai – que je suis comme elle.

À cette pensée, un accablant sentiment de découragement s'abat sur mes épaules, une formidable force d'inertie, l'opposé de la force destructrice qui m'habite – ou plus exactement, l'inversion de cette force, retournée contre moi-même. Et qui se résume en une phrase, résonnant dans mon crâne comme le battant d'une cloche creuse : *À quoi bon ?*

À quoi bon lutter contre ma propre nature, puisqu'elle est si évidente ?

À quoi bon vouloir prouver au monde que je ne suis pas celui que je sais être ?

À quoi bon…

« Non, il n'est pas comme vous ! Il est même tout le contraire de vous ! »

Je sursaute, et je tourne la tête pour voir à qui appartient la main qui s'est posée sur mon épaule.

Doug ?…

Oui, Doug.

Le front ensanglanté, toujours serti de sa couronne de pacotille, les joues noircies par la suie. Et qui me sourit amicalement, sa gueule de brute se détachant sur le plafond en feu, comme un vrai visage de roi.

« Jack est tout le contraire de vous, continue-t-il, parce qu'il m'a résisté de la même manière qu'il vous résiste : parce qu'il respecte autre chose que la force. »

Personne, mieux que celui que j'ai si longtemps considéré comme un adversaire, ne peut si bien m'ouvrir les yeux. C'est mon respect d'autrui qui me sauve de moi-même, qui me hisse au-dessus de ma condition fée. Cette certitude me galvanise. Un soulagement immense m'envahit, un souffle frais qui n'éteint pas le Flux qui brûle dans mes veines, mais qui l'apaise, comme s'apaise le feu dans l'âtre tout en continuant de couver.

« Votre règne est révolu. »

Ma voix est forte et claire, libérée de toute colère.

« Il est révolu depuis longtemps déjà, et vous n'êtes plus qu'un souvenir qui refuse de s'effacer. Mais qui s'effacera. Mais qui s'efface déjà. »

Lady Banshee ne réagit pas immédiatement. Elle reste un instant immobile et muette, si parfaitement figée que je me demande si elle ne s'est pas pétrifiée. Je me demande s'ils ne se sont pas tous changés en pierre, elle et ses semblables, s'ils ne sont pas redevenus les gargouilles inertes qu'une hallucination collective nous aurait fait rêver vivantes…

« AU SSSSSSSSSSANG !!! »

Jaillissant du trou planté d'épieux qui lui sert de bouche, le cri de la goule me vrille les oreilles comme une foreuse.

C'est l'hallali.

Pareils à un essaim de frelons bourdonnants de haine, les Fés se précipitent dans la salle. Dans un même mouvement, les pensionnaires refluent vers le fond de la pièce, les hurlements de terreur des uns se mêlant aux quintes de toux des autres. Quelle symphonie atroce, le chant de la mort qui approche !

Mon regard éperdu glisse sur les visages de ceux que je n'ai su sauver, à qui je voudrais juste demander pardon. Il s'arrête sur la silhouette surréelle de la bonne sœur. Couverte de cendres dans sa chaise roulante, ses cheveux défaits comme ceux d'une folle, la nonne se signe frénétiquement en marmonnant des prières. Qu'espère-t-elle au juste, un miracle ? Pauvre vieille. Cette fois-ci, nous sommes bel et bien perdus…

CRAAASH!!!

Au moment même où les premiers Fés atteignent notre groupe, tout un pan du plafond rongé de flammes s'écroule et, dans un formidable craquement, recouvre le centre de la pièce

… de poussière

… de gravats

… et d'or.

Et d'or ?

« Le trésor ! » s'exclame Sinead.

Elle a raison, ma parole !

Ces couverts d'or, ces colliers d'or, ces lingots d'or : voilà le fameux trésor des Krampus ! Il était caché là tout ce temps, au sommet de la tour, dans le parquet de cette bibliothèque qui part en fumée ! La pauvre miss Lucy avait bien dit qu'elle devait monter au dernier étage pour l'astiquer, lorsque Frau Krampus l'exigeait.

Avant que j'aie le temps de l'en empêcher, Sinead se jette à genoux, fourrant dans les poches de sa robe des pièces et des joyaux par poignées entières.

« Aide-moi, Kev' ! ordonne-t-elle à son petit frère d'une voix rauque.

– Sinead, non ! »

J'essaye de retenir le môme – en vain.

Je jette un regard épouvanté sur le tas de gravats, m'attendant à le voir escaladé par une nuée de monstres aux griffes tendues, tout prêts à déchiqueter l'élue de mon cœur.

Mais non.

Les Fés se sont précipités sur l'autre versant du tas de débris avec la même frénésie que Sinead, et le fouillent avec la même application, semblables à des orpailleurs fous.

« Cccessez ! hurle Lady Banshee, impuissante, dans l'embrasure de la porte. Cccessez immédiatement et emparez-vous des humains ! Nous partagerons le trésor après ! »

Mais rien n'y fait. Les créatures se mordent, se griffent et se piétinent pour s'emparer avant les autres d'un maximum de richesses. Sister Edith nous l'avait dit : la cupidité des Fés est à la mesure de leur voracité.

De rage, la goule s'élance à l'assaut du monticule ; dévalant sa pente dans un nuage cendreux, elle attrape au passage le premier pensionnaire venu. Consuela !

« Non ! »

Je me jette en avant de toute ma masse, tandis

que Lady Banshee enserre la gorge de la jeune Mexicaine entre ses doigts squelettiques. L'horrible créature décharnée ne fait pas le poids : je la dégomme comme une quille, libérant sa prisonnière.

« *Que Dios te bendiga!*... murmure cette dernière en passant sa main sur son cou imprimé de profondes marques rouges.

– Je ne sais pas ce que ça veut dire, mais y a pas de quoi. Tu sais, pour la casquette, je suis désolé...

– *No importa* – ce n'est pas grave. On fait tous ce qu'on peut. »

Son sourire me met du baume au cœur. Savoir pardonner : c'est aussi cela, être humain.

« C'est pas le moment d'échanger des amabilités, tous les deux ! s'écrie Ti-Jean en essuyant avec dégoût les cendres qui se mêlent à la sueur de son visage. Il faut qu'on profite de la diversion créée par le trésor, qu'on sorte d'ici avant de cramer !

– Et comment, gros malin ? fait Brandy. Tu veux peut-être qu'on saute dans le vide ?

– Tu as une autre solution ? »

Non, elle n'en a pas.

Ti-Jean et elle se ruent jusqu'à la fenêtre aux rebords hérissés d'éclats de verre. Ils se penchent précautionneusement à l'extérieur, comme pour mesurer la hauteur de la tour. Mais le troupeau des pensionnaires, mû par une peur panique, se précipite derrière eux dans un élan désespéré.

« Hé ! » crie Ti-Jean.

Manquant de basculer dans la nuit, il se retient de justesse à un morceau de vitre qui lui entaille la main. Et derrière, les pensionnaires continuent de pousser comme une mêlée de rugby – bon sang, je sens le drame arriver !

« Sinead ! Laisse tomber le trésor ! Il faut qu'on fasse quelque chose avant qu'ils se jettent tous dans le vide !

– Ne te gêne pas pour moi…, fait-elle sans me regarder, continuant de chercher des pièces et des médailles dans les débris.

– Mais tu ne vas quand même pas rester là ! »

Sinead se retourne brusquement vers moi. Dieu qu'elle est belle, avec sa chevelure défaite plus flamboyante que l'incendie, avec ses grands yeux verts plus luisants que l'absinthe des Fés.

« Je préfère mourir plutôt que de renoncer à la liberté. Et la liberté, pour moi, pour Kevin, c'est cet or qui nous permettra d'échapper à l'Assistance publique.

– Mais moi, je pourrais…

– Tu pourrais quoi ? Nous entretenir, mon petit frère et moi, jusqu'à ma majorité ? Et avec quel travail ? Et avec quel argent ? Tu es peut-être un Fé, Jack, mais surtout, tu n'es encore qu'un gamin. »

Que répondre à cela ? Que répondre à la fille de votre vie quand elle vous traite de *gamin* ? Et nos baisers, et nos serments, c'étaient des jeux de gamins, peut-être ? C'est que je suis un homme, moi, maintenant !…

« Arrêtez de pousser, bande de moutons ! ARRÊTEEEEZ ! »

Les invectives de Brandy m'arrachent à mes réflexions indignées.

Ma parole, cette fois-ci Ti-Jean et elle sont vraiment en train de passer par la fenêtre, éjectés par les pensionnaires épouvantés ! Il faut que je m'interpose – mais je ne peux pas abandonner Sinead, même si elle m'a traité de gam…

« Vas-y, Jack ! Moi, je veille sur ces deux-là. »

Brandissant à bout de bras un long crucifix de procession monté sur une hampe, sister Edith me jette un regard fiévreux. Son visage est couvert de suie, et son voile est à moitié roussi, mais il brille dans ses yeux une lumière farouche que je n'y avais jamais vue.

« Je l'ai retrouvé là, m'explique-t-elle, parmi les gravats : le crucifix en argent que j'avais emporté avec moi pour vaincre le Krampus, il y a tant d'années de cela. Il l'avait confisqué pour le verser à son trésor. Je compte bien m'en servir, cette fois-ci ! »

À peine sister Edith a-t-elle achevé sa phrase qu'un vilain petit Fé à la face de sanglier s'élance vers nous depuis le sommet de la colline artificielle qui sépare la salle en deux, tendant son doigt griffu vers la nonne.

« Attention ! je lui crie. Il va vous balancer des ondes !

– Qu'il y vienne ! »

Manœuvrant le crucifix avec une dextérité étonnante pour une infirme, sister Edith semble tenter de rattraper au vol une balle invisible.

« Han ! » souffle-t-elle comme une tenniswoman en plein match de coupe Davis.

Aussitôt, la perruque du nabot à groin s'enflamme, lui arrachant des grognements de douleur. Le misérable Enfant de Vénus déguerpit aussi rapidement qu'il est apparu, rebasculant de l'autre côté du tas. Sister Edith lui a renvoyé ses micro-ondes !

« Je vois que je n'ai pas perdu mon coup droit, souffle-t-elle. Allez, maintenant : va vite aider les autres avant qu'il ne soit trop tard ! »

Rassuré de savoir Sinead et Kevin sous si bonne protection, je vole au secours de mes amis. Et quand je dis *je vole*, c'est à prendre au pied de la lettre. Sans effort, le Flux jaillit de mon estomac et m'enveloppe comme une onde chauffante, nuage de rayons gamma qui me transporte au-dessus de la mêlée des pensionnaires, jusqu'au cadre de la fenêtre où s'accrochent Ti-Jean et Brandy. Bon sang, ils sont déjà au-dehors plus qu'à moitié, leurs doigts ensanglantés glissant sur les morceaux de vitre brisée !

« RECULEZ ! »

Je me poste devant l'orifice, en barrant l'accès de mon corps.

Mais au même moment, une poutre enflammée s'écroule à quelques mètres des pensionnaires, redoublant l'hystérie générale. Emporté à mon tour dans la cohue, je vois la fenêtre s'approcher de moi, énorme gueule de requin plantée de dents en verre qui s'ouvre sur le gosier vertigineux de la nuit…

… et qui m'avale tout rond.

37 *La fin de Redrock*

Le ciel est beau, percé de mille étoiles.

Devant moi, les corps de Ti-Jean et de Brandy tombent vers le sol, dont la teinte rouge tire sur le violet à la lumière de la lune.

Derrière moi, j'entends les cris d'effroi des autres pensionnaires qui basculent à leur tour dans le vide.

Les cris d'effroi?..

On dirait plutôt des cris de stupeur! Quant à Ti-Jean et Brandy, qui me précèdent dans la chute, comment se fait-il qu'ils ne se soient pas encore écrasés à terre?

« On vole! On vole! » s'exclament des voix émerveillées tout autour de moi.

Mais c'est vrai, ma parole : ils volent! Ils flottent dans les airs, les quarante pensionnaires, pareils à quarante anges traversant la voûte étoilée! Moi-même en apesanteur, je tourne fébrilement la tête vers la fenêtre de la tour, gueule d'enfer vomissant la fumée et la cendre. À mon grand soulagement, je vois Sinead et Kevin fermer la marche, soutenant sister Edith qui s'est levée de son fauteuil. À leur tour, ils s'élancent tous les trois dans la nuit, qui les accueille et les soutient comme une mer d'éther.

Soudain, je sens une vague de froid m'envahir.

Le vent des montagnes se serait-il levé ?

Non, c'est plutôt ma propre chaleur qui me quitte, le Flux qui se tarit au creux de mon ventre. C'est qu'il me faut en dépenser, de l'énergie, pour maintenir dans les airs tous ces corps lourds de chair et de sang ! Car c'est moi et moi seul qui fournis leurs ailes aux quarante pensionnaires, les retenant par la main invisible de mes rayons gamma. Encore quelques secondes à ce rythme, et je sens que les réserves que j'ai constituées au baquet seront totalement épuisées. Il est temps d'atterrir !

Je concentre toute mon attention sur Ti-Jean et Brandy, et je guide leurs corps jusqu'au sol. Puis je me laisse moi-même glisser à terre, avant de me retourner vers le ranch. Le ciel est peuplé de silhouettes qui commencent à perdre l'équilibre, à vaciller, à tomber vers nous, pluie de météorites humaines. Il me reste si peu de Flux ! Puisant au plus profond de mon être, je porte mes regards à droite, à gauche, puis encore à droite, tentant de diriger le peu de rayons gamma que je suis encore capable de produire sur chacun des pensionnaires pour l'accompagner en douceur jusqu'au sol. Mais ils sont trop nombreux, trop nombreux pour mes forces déclinantes – Sinead, tout là-haut, est la dernière d'entre eux !

Alors j'essaye de faire durer le plus longtemps possible la fin de mon stock de Flux, laissant choir chaque pensionnaire un mètre avant qu'il touche terre pour me concentrer sur le suivant…

Puis deux mètres…

Puis trois…

La terre de la cour est trop sèche pour jouer un quelconque rôle d'amortisseur, les corps y tombent avec des bruits sourds ponctués de cris de douleur. Quant à moi, je suis transi de froid, si affaibli à présent que je tiens à peine sur mes jambes. Et Sinead qui est encore à quinze mètres d'altitude, avec son frère et sister Edith ! Je ne vais pas pouvoir tenir…

… je ne tiens plus.

Je m'écroule sur le sol, le souffle court, incapable de lever les yeux pour assister à la chute de la fille de ma vie. Si elle meurt, il ne me restera qu'à mourir moi aussi..

« Poussez-vous ! »

Que ?…

Une voile blanche passe furtivement au-dessus de moi, masquant un instant les étoiles. Une pensée absurde traverse mon esprit embrumé : mon linceul déjà ?

« Tendez bien ! » hurle la voix de Ti-Jean.

Je n'ai que le temps de relever la tête, pour voir les corps rebondir dans le drap déployé – par ordre de poids : sister Edith, Sinead, puis le petit Kevin.

« Bravo les gars, beau boulot ! fait Ti-Jean à Doug, Ross et Spencer, qui tiennent chacun un bout du large carré de tissu, comme une équipe de pompiers au pied d'un immeuble en feu. Heureusement qu'on a eu le temps de récupérer ce vieux drap à la plantation, sinon…

– Ce n'est pas un drap, rectifie Sinead en se

relevant. C'est le dais qu'on nous a fait coudre à partir des vieilles chemises de nuit des sœurs Krampus, pour protéger les pousses du soleil.»

Quelle ironie! Si on m'avait dit un jour que cette plantation désespérante, qui n'a jamais été fichue d'accoucher d'un malheureux navet, sauverait la vie de mon amoureuse!

«Jack! Ça va? me demande-t-elle en se penchant sur moi. Tu es si pâle!

– Ça… ça va. Et toi?

– Du feu de Dieu! s'esclaffe-t-elle en désignant les poches de sa robe, pleines d'or à craquer. Avec ça, Kevin et moi, ce n'est pas jusqu'à la majorité qu'on va pouvoir tenir, mais jusqu'à la retraite!»

Ma parole, cette fille a vraiment un problème. Elle vient de frôler la mort – elle se serait écrasée d'autant plus lourdement qu'elle était lestée d'or, s'il n'y avait pas eu l'équipe de sauvetage – mais ça ne lui fait rien du moment que ses poches sont pleines. Enfin, je suppose qu'aimer, cela signifie accepter l'autre jusque dans ses petites manies.

«RAAAAAH!»

Les tympans déchirés par ce cri sauvage, nous levons tous les yeux vers la fenêtre de la tour. L'épouvantable Lady Banshee y penche sa tête de murène, les lianes bleues qui lui servent de cheveux pendant mollement dans le vide. Au-dessus d'elle, toute la toiture est maintenant en feu, dégageant une épaisse fumée noire qui obscurcit la nuit.

«Ne restons pas ici! s'exclame Ti-Jean. Il faut déguerpir avant que ces monstres rappliquent!»

Il a raison : à travers les murs du ranch, on

entend déjà le piétinement des Fés qui dévalent l'escalier de bois descendant au réfectoire. Mais j'ai beau y mettre toute ma volonté, impossible de me relever. J'ai l'impression que mes jambes sont broyées, cassées, paralysées par la fatigue.

« Partez sans moi ! j'ordonne à mes amis.

– Ça va pas la tête ? fait Brandy en se frappant la tempe. Pas question !

– Mais...

– Il n'y a pas de *mais*. De toute façon, la moitié de la colonie est dans le même état que toi. »

Je jette un regard autour de moi en me tordant sur le sol. Brandy a raison : c'est un véritable champ de bataille. Çà et là, éparpillés dans la cour, une vingtaine de pensionnaires gémissent en se tenant les jambes, les côtes, toutes les parties de leurs corps qui se sont brisées dans la chute. Josh, Consuela, Stuart, Mildred, Adam, Terence et tant d'autres : des cloportes cloués au sol. Privée de sa chaise roulante, sister Edith est elle aussi immobilisée, le visage tordu de douleur, une main empoignant toujours la hampe de son crucifix en argent. Tout cela est bien mal parti...

« Que ceux qui tiennent encore debout rassemblent les éclopés ! s'exclame soudain Doug. Si ces nabots veulent de la baston, eh ben on va leur en donner ! En faisant corps jusqu'au bout ! »

Donnant l'exemple, il se penche pour ramasser Josh, qui gît à ses pieds dans son costume de Mercutio à moitié déchiré, et il le transporte délicatement jusqu'au milieu de la cour. Les autres pensionnaires valides ne tardent pas à l'imiter, joignant leurs mains pour créer des civières improvisées, et amener les blessés au centre d'un cercle dont eux-mêmes forment le rempart extérieur. Comme dans les vieux westerns, lorsque les caravanes des colons joignent leurs extrémités pour mieux résister à l'attaque des Indiens.

« Cramponne-toi à mes bras, Jack », murmure Sinead en se penchant à son tour au-dessus de moi.

Alors que ses longs cheveux m'enveloppent de leur rideau satiné, je sens mon épiderme frémir, mes lèvres s'entrouvrir involontairement pour recevoir un baiser – à croire que mon corps se souvient de la dernière fois où Sinead s'est ainsi penchée sur moi, lorsque j'étais convalescent à l'infirmerie. Mais au lieu de m'embrasser, cette fois-ci elle me presse contre elle, elle me soulève, écrasant ma joue contre son décolleté laiteux. L'odeur de la cannelle – son odeur – me comble les narines, la douceur de sa peau comble ma peau, dans une étourdissante symphonie des sens. Quelle étrange impression font sur nous ces instants fugaces qui passent en un éclair, mais dont on sait, en les vivant, qu'ils resteront gravés dans notre mémoire pour l'éternité.

Sinead me traîne ainsi sur quelques mètres, et je me fais le plus lourd possible pour retarder le moment où elle me lâchera ; je me transforme en charrue de fonte entre ses mains, mes talons labourant la terre sèche de Redrock pour s'y accrocher. Une douce chaleur m'envahit au contact du corps de celle que j'aime, une douce chaleur…

« Stop… », je murmure dans un filet de voix.

Horrifié, je tente de repousser Sinead de toutes mes faibles forces. Cette chaleur qui m'enivre, ce n'est pas la chaleur naturelle que dégage le corps de la jeune fille, ou du moins pas seulement. Sans que je le décide, j'ai commencé à absorber son Flux. Tandis que la partie consciente de mon être s'abandonnait à l'étreinte, l'autre partie – la partie enfouie, la partie maudite – en profitait pour attaquer une proie offerte.

Ah ! Je voudrais m'arracher la peau pour écraser une à une les ampoules démoniaques qui la doublent et qui font de moi un Fé, qui sont prêtes à tuer celle pour qui je donnerais ma vie !

« Qu'est-ce que tu as dit ? me demande doucement Sinead en me déposant au sol. Ta voix est si faible, je n'ai pas entendu.

– Je… rien.

– Ne t'en fais pas. Je veille sur toi. »

Déjà elle s'éloigne, et avec elle l'odeur de la cannelle, aspirées toutes deux par la nuit. Je voudrais la retenir encore, lui dire que les rôles se sont inversés par erreur, que c'est à moi de la protéger et non le contraire, mais ma voix est décidément trop faible, et Sinead est trop loin déjà.

Couchée au sol à quelques pas de moi, sister Edith se tord de douleur. Je voudrais lui venir en aide, mais avant que j'en aie le temps, les premiers Fés déboulent dans la nuit et fondent sur nous.

« Des pierres ! hurle Doug. Balancez-leur des pierres, à ces Pokémons dégénérés ! »

Pokémons dégénérés ? Je me demande parfois où Doug puise son inspiration…

Joignant le geste à la parole, il ramasse un gros galet dans la terre à ses pieds, et le lance de toutes ses forces sur le Fé le plus avancé.

« GROOUIIII ! »

Au grognement qu'il pousse, je reconnais le petit goret qui s'est déjà pris un revers de micro-ondes, tout à l'heure dans la tour – décidément il n'a pas de chance, celui-là !

Encouragés par l'exemple de Doug, les gardiens du cercle se mettent à leur tour à bombarder nos assaillants. Bientôt une pluie de pierres granitiques, aussi dures et coupantes que des silex, s'abat sur l'ennemi. Visiblement peu habitués à ce que leurs proies leur résistent, et encore moins à ce qu'elles contre-attaquent, les Fés s'arrêtent… et reculent ! Se pourrait-il que la victoire soit si facile ?

« OUCH ! »

Un pensionnaire s'écroule devant moi, la main plaquée sur son arcade sourcilière. Je vois du sang couler abondamment entre ses doigts.

Avant que je puisse ramper jusqu'à lui pour le secourir, une fille tombe à terre à son tour.

« Ils… ils nous renvoient les pierres ! » balbutie-t-elle en serrant sa cuisse meurtrie par un gros hématome.

Je lève les yeux vers le ciel. Effectivement, les cailloux que les pensionnaires continuent de lancer décrivent une ellipse au lieu de suivre une trajectoire rectiligne, et reviennent vers eux comme des boomerangs, les percutant de plein fouet.

À l'avant-poste de l'armée fée, massée au pied du ranch, un groupe semble s'être constitué, apparemment dirigé par le diablotin au bicorne. Je ne tarde pas à comprendre qu'ils sont tous des Enfants de Neptune, saturant l'air de rayons gamma pour intercepter les projectiles au vol et les retourner à l'envoyeur.

« N'avez-vous donc jamais péché, pour nous jeter la première pierre ? ricane le diablotin avec son accent français démodé, qui me fait furieusement penser à celui du marquis de Carabas. Voilà qui n'est pas très charitable…

– Bien dit, Sire ! renchérit un nabot charbonneux à sa droite. On va leur montrer – comme à Rivoli ! Comme à Iéna ! Comme à Austerlitz ! Comme à… »

Rivoli ? Iéna ? Austerlitz ? Tous ces noms me disent décidément quelque chose… Rapport au cours d'histoire du collège – un cours où je devais dormir à moitié, comme d'habitude.

« Ti-Jean ! » s'écrie Brandy à quelques pas de moi, en se précipitant pour soutenir son petit ami qui vacille.

Touché, lui aussi. En plein ventre.

« Ça va aller… », murmure-t-il.

Ça n'en a pas l'air. Le souffle court, il pose un genou à terre, puis l'autre.

« Arrêtez de leur jeter des pierres ! hurle Doug, le visage en sueur. Ramenez les blessés au centre du cercle ! Resserrez les r… »

Il s'arrête en plein milieu de sa phrase et porte à son cœur une main crispée ; pourtant, je n'ai vu aucun projectile le percuter. En réalité, le mal qui l'atteint est bien plus redoutable qu'une simple pierre… Il tombe à genoux, se plie en deux sur le sol, comme Davy tout à l'heure en haut de l'estrade. Ses cheveux, en quelques secondes, passent du noir de jais à un gris d'argent.

« HIHIHIHI ! » ricane la créature aux jupons mités qui a eu raison du trappeur, fendant l'air de ses grosses griffes bagousées.

Affreuse sorcière ! Maudite Enfant de Saturne ! Au rythme où elle l'irradie d'ultraviolets, il ne restera bientôt plus de Doug qu'un squelette !

« Fuis, Jack ! Fuyez tous ! Je vais les retenir ! »

Co… comment est-ce possible ?

Je n'en crois pas mes yeux : là, juste à côté de moi, sister Edith vient de se dresser sur ses jambes – sur ces membres que je croyais morts, broyés par Thalie von Krampus il y a des dizaines d'années de cela.

« HAN ! » rugit-elle en faisant virevolter dans l'air son crucifix, avant de le planter dans le sol pour s'y appuyer, haletante.

« HIHIHI… wouaAÏE ! » Le ricanement de la sorcière en jupons se transforme en cri de douleur au moment où les rayons ultraviolets lui reviennent en pleine face, réfléchis par le crucifix. Son visage déjà affreusement ridé se ravine encore davantage, se creuse de sillons profonds comme des entailles.

« Le car ! hurle la nonne en se retournant vers nous. C'est votre seule chance ! Seul le car peut vous protéger ! Récupérez la clé sur le cadavre de Davy !

– Mais… et vous ? je demande à sister Edith en m'accrochant au bas de sa robe.

– Moi, je suis au bout de mon chemin, me dit-elle. Le moment est arrivé d'accomplir ce pour quoi je suis venue à Redrock il y a trente ans de cela : en découdre avec les Fés. Adieu, Jack. Et… bonne chance ! »

Avant que j'aie le temps de répliquer, des mains me saisissent sous les aisselles, et me traînent à travers la cour, jusqu'à l'ombre du car qui domine la plantation.

*

L'enfer existe.

Il s'étend sous mes yeux.

Il brûle entre mes larmes.

Le front collé contre la vitre du car, je contemple le corps vacillant de sister Edith s'agiter là-bas, au milieu de la cour, parmi les éclats argentés du crucifix. Éclats de moins en moins vifs. De moins en moins rapides.

Les Fés se rapprochent de la vieille femme à vue d'œil, comme des fauves tournant autour d'un martyr dans un cirque romain, et qui bientôt ne pourra plus se défendre avec le glaive qu'un empereur capricieux lui a accordé, par jeu plutôt que par magnanimité. Certaines créatures ont d'ailleurs déjà réussi à contourner la sentinelle affaiblie, et courent vers le car tantôt sur leurs jambes, tantôt à quatre pattes, pareils à des singes, à des hyènes.

Les quelques pensionnaires qui n'ont pas pu parvenir jusqu'au véhicule à temps se sont fait rattraper sous nos yeux. Les Fés se les arrachent comme des morceaux de viande, se les balancent de l'un à l'autre, chaque créature prélevant au passage sa ponction de Flux. Parmi ces malheureux, je reconnais le gros Spencer. Blessé à la hanche dans sa chute de la tour, il pouvait à peine marcher, et personne n'a été assez fort pour le porter jusqu'au car. À présent, le voilà ballotté de Fé en Fé, aussi mou et impuissant qu'une poupée de chiffon. Si odieux qu'il ait pu se montrer dans le passé, il ne méritait pas une telle fin…

« Regardez ! s'écrie soudain Brandy. Les Krampus ! »

Effectivement, devant le ranch en feu est assemblée la famille Krampus au complet, à l'exception du pater familias, sans doute toujours en cavale. Les anciennes maîtresses de Redrock ne sont plus que l'ombre de ce qu'elles étaient : enchaînées les unes aux autres, Frau Krampus, Euphrosyne, Thalie, Aglaé et Kasandra sont aussi blanches que des fantômes, tremblantes comme des arbres nus dans l'haleine de l'hiver.

Voilà donc la source d'énergie de nos assaillants, qui leur a servi à retourner les pierres contre nous, voilà d'où vient le Flux contre lequel sister Edith se bat à grands coups de crucifix : les Fés de la forêt ont siphonné la famille Krampus, de la même manière que j'ai siphonné le baquet…

« Bien fait pour eux ! fait Ti-Jean avec un rire nerveux. Qu'ils crèvent !

– Tais-toi ! »

Ross abat un poing crispé sur la vitre du car, et passe sur sa joue le revers de son autre main… pour y essuyer une larme.

Je crois d'abord que c'est le deuil de Spencer qui affecte l'ex-seigneur Capulet. Cependant, en remontant son regard, force m'est de constater que ce n'est pas l'endroit où est tombé son ami qu'il fixe en tremblant, mais, bien plus haut, nos anciens bourreaux enchaînés au pied de ce qui fut leur palais, et dont il ne restera bientôt plus que des cendres. Ainsi donc Ross est-il réellement amoureux d'Euphrosyne, cette vampiresse qui le tue un peu plus à chaque baiser. Comment lui en vouloir ? Je ne peux qu'espérer que Sinead m'aime autant, malgré ma monstruosité.

« Attention ! s'écrie Josh, m'arrachant à mes pensées. Ils attaquent ! »

Instinctivement, tous les pensionnaires baissent la tête ; l'instant d'après, une salve de pierres grosses comme des poings s'abat sur les vitres du car…

Bam ! Bam ! Bam ! Bam ! Bam ! Bam ! Bam ! Bam !

… et y rebondit.

Eh bien, dites-moi, drôlement solides, ces vitres !

Je me relève pour voir le Sire en bicorne avancer vers nous avec sa maudite armée d'Enfants de Neptune, soulevant devant eux des monceaux de rocaille qui entrent en lévitation, s'élèvent vers le ciel, puis retombent sur le car comme une pluie de météorites. Là-bas, derrière eux, le corps de sister Edith gît à terre, inanimé.

Bam ! Bam ! Bam ! Bam ! Bam ! Bam ! Bam ! Bam !

« Encerclez le car ! glapit l'affreux nabot en tirant un vieux sabre émoussé de son flanc. Ah, tout ça me rappelle le siège d'Ulm – souvenirs, souvenirs ! »

« Ulm ?… répète Josh à côté de moi. Mais… ce n'est pas une victoire de Napoléon ?

– Mais oui, tu as raison ! C'est ça, je l'avais sur le bout de la langue : tout comme Rivoli, Iéna et tout le tintouin ! Et puis, il y a le bicorne et l'ulcère. Ça serait quand même incroyable que…

– Tu veux que je te dise, Jack ? À ce stade, plus rien ne m'étonne ! »

Bam ! Bam ! Bam ! Bam ! Bam ! Bam ! Bam ! Bam !

Le blitz dure cinq bonnes minutes, au cours

desquelles je m'attends à ce que la carrosserie de notre refuge se perfore à tout instant. Mais miraculeusement, elle tient bon. Il semble que le docteur Krampus ait fait blinder le véhicule destiné à transporter ses précieux pensionnaires à travers une forêt peuplée de Fés à qui il n'a jamais fait confiance. Sister Edith le savait, et elle savait aussi que c'était notre seule chance d'échapper à nos assaillants – du moins momentanément. Jusqu'au bout, elle aura été pour nous tous un véritable ange gardien. J'aimerais me jurer que sa mort ne restera pas impunie. Mais dans la situation où nous sommes, il semble que je ne puisse jurer de rien.

« Regardez ! s'écrie tout à coup Brandy. Sister Edith est vivante ! »

Tous les pensionnaires collent leurs fronts aux vitres en verre blindé. Effectivement, au milieu de la cour, la religieuse s'est relevée, se hissant à bout de bras sur la hampe de son crucifix.

« Ce... c'est un miracle !... » murmure Josh en touchant la croix qui pend à son cou.

Oui, c'est un vrai miracle que sister Edith ait survécu aux attaques conjuguées de dizaines de Fés. Un vrai miracle que ses assaillants ne l'aient pas vidée de son Flux jusqu'à la dernière goutte. Et surtout : un vrai miracle qu'elle marche vers le car avec des jambes en parfait état de fonctionnement.

« Attendez... Elle ne devrait pas être capable de se déplacer comme ça... Ce n'est pas normal.

– Et alors ? me répond Ti-Jean, au comble de l'excitation. Elle s'est bien tenue debout pendant un bon quart d'heure, tout à l'heure quand elle couvrait nos arrières !

– Oui, mais de là à marcher… »

Ti-Jean ne m'écoute plus. Plus personne ne m'écoute. Les pensionnaires sont ivres de joie de voir leur héroïne ressuscitée, qui se fraye un passage parmi les Fés à grands coups de crucifix.

« Allez-y, sister Edith ! »

« Mettez-leur une raclée ! »

« Vous allez y arriver ! »

C'est pourtant vrai qu'elle va y arriver, à rejoindre le car ! Les Fés semblent à présent s'écarter devant elle, pour éviter le tranchant du crucifix… ou pour lui laisser le champ libre ?

J'ai un très mauvais pressentiment.

« Hourrah ! » hurlent les pensionnaires comme la nonne fait fuir les derniers Fés qui s'interposent entre elle et la portière du car. Elle frappe contre la vitre du coin de son crucifix affichant son bon sourire de grand-mère idéale.

TOC ! TOC ! TOC !

« Je vais lui ouvrir ! annonce Ti-Jean en bondissant vers le tableau de bord.

– NON ! »

Ti-Jean se tourne vers moi, incrédule. Les autres pensionnaires et lui me regardent comme si j'étais un Martien.

« Comment ça, non ? On ne va quand même pas la laisser dehors. Les Fés vont finir par lui faire la peau !

– Ça me semble tout de même bizarre que sister Edith revienne d'entre les morts juste au moment où les Fés ont besoin d'entrer dans le car. C'est un peu comme…

– … comme le cheval de Troie, termine Josh. Je vois ce que tu veux dire. Il ne faut pas lui ouvrir.

– Mais vous êtes des monstres ! s'écrie Ti-Jean. Elle vous a sauvés ! Elle nous a tous sauvés ! »

TOC ! TOC ! TOC !

Sister Edith frappe à nouveau contre la vitre. Elle s'est départie de son sourire, et jette des coups d'œil apeurés par-dessus son épaule. Dans la nuit derrière elle, les silhouettes des Fés écartés se rapprochent comme des loups…

« Laissez-moi lui parler ! »

Je m'efforce de couvrir les protestations des pensionnaires indignés.

« Laissez-moi lui poser juste une question avant de lui ouvrir ! »

Je me fraye tant bien que mal un passage jusqu'à l'avant du car, fusillé par les regards réprobateurs de mes camarades.

Parvenu à la portière, je dois bien avouer que je suis pris d'un terrible doute : vue de près, sister Edith a l'air si… réelle. Derrière le verre fêlé de ses épaisses lunettes, ses yeux m'implorent avec une telle force de persuasion que je sens ma main se tendre vers le bouton d'ouverture sur le tableau de bord et…

Non ! D'abord, la question.

« Où avez-vous pris le voile ? je crie à travers la vitre.

– Hein ? »

La voix de la religieuse me semble un peu plus aiguë que d'habitude. La fatigue, peut-être ?

« Rappelez-moi où vous avez prononcé vos vœux, j'insiste.

– Mais… c'est ridicule ! Laisse-moi entrer avant que les Fés ne passent à l'attaque !

– Oh, je pense que vous saurez bien les repousser avec votre crucifix, comme vous nous l'avez montré. Je n'ouvrirai pas avant d'avoir une réponse – une réponse correcte, bien entendu.

– Espèce de petit… ! »

Le visage de la vieille femme s'empourpre comme une pivoine.

TOC ! TOC ! TOC !

Elle tambourine à présent contre la vitre en me traitant de tous les noms.

« Morveux ! Crétin ! Tu vas ouvrir, bordel de Dieu ???

– En voilà un langage pour une femme d'Église…

– Emmanché ! Jean-foutre ! J'aurai ta peau, tu m'entends !

– Eh bien dites donc, toutes ces menaces ne me paraissent pas très catholiques ! »

Le visage de la prétendue sister Edith se met soudain à trembler. Sous l'effet de la rage ? J'ai plutôt l'impression que c'est *sa chair elle-même* qui tressaute, qui grésille, qui se déforme… pour finalement se dissoudre dans la nuit, révélant la silhouette rabougrie d'une petite Fée au menton en galoche, tenant un bâton de bois tordu au lieu du crucifix en argent. Une Enfant de Jupiter, bien sûr !

« Je vous l'avais dit, qu'il ne fallait pas lui ouvrir. La vraie sister Edith est malheureusement bien morte. Paix à son âme.

– Excuse-nous, Jack…, fait Ti-Jean, penaud. Si on ne t'avait pas écouté…

– Oublie ça. Ce que je vous propose maintenant, c'est de nous tailler. Le car nous a montré qu'il était suffisamment solide pour résister aux attaques des Fés. On va se tirer de là sans l'aide de l'armée, puisqu'ils ne semblent pas décidés à intervenir. Tu as ton permis, pas vrai ?

– Ben oui, mais je n'ai jamais conduit de car…

– Il faut un début à tout ! »

Sans discuter davantage, Ti-Jean prend place sur le siège du conducteur. Il essuie le volant d'un coup de mouchoir imprégné de sanitizer – on ne se refait pas ! –, après quoi il passe quelques secondes à examiner le tableau de bord, sourd aux hurlements des Fés qui commencent à comprendre que leur festin est sur le point de leur échapper.

« Ça n'a pas l'air si compliqué que ça, conclut-il. Allons-y ! »

Tandis qu'il tourne la clé de contact, nous avons tous en tête ces scènes de film où le moteur du véhicule qui doit sauver les héros s'obstine à ne pas démarrer au moment crucial. Pourvu que…

VRRRRRR… VRRRRRR… VRRROUM…

Les passagers poussent un soupir de soulagement. Cette fois-ci, c'est parti !

« NON !!! Je ne peux pas l'abandonner ! »

Les événements qui suivent s'enchaînent si vite qu'aucun d'entre nous n'a le temps de réagir.

Bondissant de son siège, Ross se rue sur le tableau de bord en criant comme un fou : « Pardonnez-moi ! Pardonnez-moi ! »

La seconde d'après, il est déjà trop tard : il a appuyé sur le bouton d'ouverture de la portière

« EUPHROSYNE !!! » hurle-t-il en se jetant dans la nuit.

En moins de temps qu'il ne faut pour le dire, les Fés déchaînés s'engouffrent dans le car comme l'océan dans un sous-marin percé.

Ti-Jean essaye d'appuyer à nouveau sur le bouton pour refermer la portière, mais avant qu'il l'atteigne, le nain au bicorne – Napoléon ? – plante ses crocs acérés dans sa main, lui arrachant un hurlement de douleur.

Les pensionnaires qui sont encore capables de se mouvoir se précipitent au fond du car en hurlant de terreur, tandis que les éclopés les suivent en rampant. Ceux-là sont les premiers à se faire rattraper par la meute hurlante.

« Laissez-les ! »

Je m'interpose devant les Fés déchaînés.

Mais je me sens bien frêle sur mes jambes – autant dresser un barrage de brindilles contre un fleuve en crue. La Fée au menton en galoche, celle qui a essayé de se faire passer pour sister Edith, est la première à fondre sur moi.

« Hé hé hé ! ricane-t-elle comme une hyène. Tu étais prêt à abandonner à son sort une pauvre vieille femme ? Voilà qui n'est pas très charitable, foi de Carabosse ! »

Carabosse ? Tandis que les griffes de l'Enfant de Jupiter s'enfoncent dans mon bras, c'est tout un monde de légendes et de contes qui resurgit en moi. *Les Contes de ma mère l'Oye*, le recueil qui contenait l'histoire du Chat botté et tant d'autres, que ma mystérieuse mère me lisait dans le texte quand j'étais petit, afin de m'éveiller à la langue de ses ancêtres. La Fée Carabosse, le marquis de

Carabas, Barbe-Bleue – bleue, oui, comme les cheveux des Fés !

Sont-ils vraiment réels, ces personnages de conte ? je me demande tandis que mes dernières gouttes de Flux s'échappent de mon corps, aspirées par la sorcière.

TAC... TAC... TAC... TAC...

Et les autres créatures fantastiques qui peuplent les veillées au coin du feu ? Et les centaures, et les chimères, et les licornes : existent-ils aussi ? Se tapissent-ils dans les ombres de ce monde dont les humains se sont un peu trop rapidement proclamés les maîtres incontestés ?

TAC... TAC... TAC... TAC...

Et les dragons ? Les conteurs du monde entier, de la vieille Europe à la Chine lointaine, affirment que les dragons sont les pires monstres ayant jamais arpenté la légende... Peut-être arpentent-ils aussi la réalité !

TAC... TAC... TAC... TAC...

Oui, les dragons existent ! À travers la chape de silence qui descend sur moi, j'entends cliqueter leurs écailles métalliques.

TAC ! TAC ! TAC ! TAC !

Entre mes paupières mi-closes, je vois leur haleine sulfurique enflammer la nuit !

Qu'il est puissant, le souffle des dragons, au point de faire éclater toutes les vitres blindées du car, dont les éclats pulvérisés m'égratignent le visage comme une grêle de printemps.

Épilogue

Une douce chaleur baigne ma peau, irradie timidement jusqu'à mon ventre, où le Flux en partant a laissé un trou glacé.

J'ouvre les yeux…

… sur la fin du Monde.

Enveloppé dans une couverture chauffante, mon corps repose sur un brancard qui file dans la nuit embrasée. Au-dessus de moi, le ciel est saturé d'énormes hélicoptères de transport militaire à double hélice qui me rappellent ceux d'*Apocalypse Now*, au point que l'on ne voit plus ni la lune ni les étoiles. Accrochés sous leurs ventres de métal, de puissants projecteurs balayent la cour. Des échelles de corde s'y déroulent par dizaines, pareilles aux lianes d'une forêt vierge, le long desquelles descendent des ombres kaki.

TAC! TAC! TAC! TAC!

On n'entend plus que les pales des hélicoptères, au milieu d'une tornade de terre rouge.

Dans la tourmente, j'aperçois le car aux vitres explosées, à travers lesquelles les GIs achèvent d'évacuer les derniers pensionnaires.

L'armée!

Mon cœur exulte dans ma poitrine au souffle rare : l'armée est finalement venue!

Je tourne la tête sur ma civière, à droite, à gauche Il me semble que le plateau de Redrock tout entier est en train de passer au mixer. Les bourrasques rouges soulevées par les hélicoptères découpent les scènes de combat entre les Fés et les soldats comme les négatifs d'un film, collés au hasard par un monteur fou. Le crachotement des mitraillettes, les cris des hommes et des Fés, sont déchiquetés par le vacarme des rotors. Il en ressort un hachis confus d'images et de sons, auquel se surajoute le grésillement des talkies-walkies utilisés par les militaires. J'ai l'impression qu'ils sont directement connectés à mon cerveau, de la même manière que les téléphones portables des pensionnaires tout à l'heure :

/ ici le lieutenant Appleyard, plusieurs de nos gars sont à terre et /

/ oui, mon Général, nous croyons qu'il s'agit d'une attaque terrori /

/ c'est comme si la peau de mes gars avait cramé, et leurs cheveux sont devenus tout blancs /

/ la vache, ils doivent avoir des armes chimiques, les enfoi /

/ message à toutes les troupes : mettez vos masques à ga /

TAC! TAC! TAC! TAC!

Éclaboussés de sang, la Fée aux doigts bagousés et sa troupe d'Enfants de Saturne agitent en tous sens leurs griffes mortelles, envoyant des salves de rayons ultraviolets à la ronde. Tout autour d'eux, les soldats tombent comme des mouches.

/ je n'ai jamais vu ça, mon Général, on dirait... on dirait /

/ ces choses ne sont pas humaines /

/ quoi ? Des gremlins ? Vous me prenez pour un imbéci /

/ identifiez l'ennemi, bordel de /

TAC! TAC! TAC! TAC!

« Fait... sonn... la... troup... », hurle le gnome dans lequel Josh a cru reconnaître l'empereur Napoléon Ier. Son bicorne criblé de balles s'envole dans la tourmente comme un cerf-volant.

/ on a déjà un hélico rempli d'otages /

/ décollez ! décollez dès que possi /

/ des Palestiniens peut-être ? Ou alors des Tchétchènes ? Ou des Pygmées ? Ou des /

/ des Pygmées ? Vous avez bu, Lieutenant ? Et pourquoi pas des Martiens tant que vous y /

/ silence ! avez-vous localisé la fille du secrétaire à la Déf /

TAC! TAC! TAC! TAC!

La dernière image que je perçois, avant d'être à mon tour hissé dans l'habitacle d'un hélicoptère posé au sol, est celle de l'affreuse Lady Banshee. Ses vêtements ne sont plus que des loques qui flottent dans l'air chargé de poudre et de mort, et son visage n'est plus qu'un trou hurlant.

Derrière elle, le ranch en feu tremble… puis s'écroule.

« Jack ! »

Je ne connais pas de plus douce, de plus belle musique que la musique de cette voix.

« Sinead ?

– Dieu soit loué : tu es vivant ! »

Je me relève péniblement. Tout autour de moi, le large habitacle est encombré de civières identiques à la mienne, accueillant les pensionnaires qui ont pu être sauvés. Outre Sinead, je reconnais Kevin, Ti-Jean, Brandy, Josh et Doug.

« Il était moins une ! s'exclame Ti-Jean en essuyant méticuleusement un filet de sang sur son front à l'aide d'un mouchoir imprégné de sanitizer. Vivement la douche…

– T'excite pas trop, le calme Doug. On n'a pas encore décollé. »

Il a raison. Il reste de la place dans l'hélicoptère, et les militaires ne décolleront pas avant qu'il soit rempli.

Oh ma tête, ma tête ! Autour de moi, la plupart des rescapés ont rallumé leurs téléphones portables et leurs conversations affolées se mêlent à la cacophonie des talkies-walkies, dans un monstrueux chant canon où il ne m'est plus possible de reconnaître la moindre phrase, le moindre mot. Décidément, Frau Krampus avait raison de dire que les hommes ont rendu la Terre invivable pour la race fée en la saturant d'ondes électromagnétiques. Voilà pourquoi les Krampus avaient choisi d'établir leur royaume au cœur de ces immensités sauvages, loin de toute activité humaine. Et moi, pourrai-je jamais m'habituer à ce vacarme perpétuel, maintenant que je suis devenu un vrai Fé condamné à le percevoir vingt-quatre heures sur vingt-quatre ? Mon retour à New York me promet de sacrés maux de tête...

Mais minute ! Je me souviens aussi du principe de la cage de Faraday, et de la tiare métallique dont le padre Da Silva se coiffait pour se protéger contre les ondes électromagnétiques fées...

« Tu peux me passer ta couronne, s'il te plaît ? »

Se relevant sur sa propre civière, Doug me jette un regard noir, et j'ai vraiment l'impression qu'il va me mettre son poing dans la figure pour ce crime de lèse-majesté. Mais non.

« Tiens, dit-il en me tendant sa coiffe. Ça me tue de l'admettre, mais tu l'as bien méritée, morveux. C'est toi le King ! Mais dis-moi, tu te teins les tifs ou quoi ? Tes racines sont toutes noires !

– Bleues, pas noires... Je t'expliquerai. En tout cas, merci pour la couronne ! »

Je pose le cercle de fer-blanc sur ma tête, et c'est aussi efficace que si je me mettais des boules

Quies dans les oreilles : le vacarme électromagnétique se réduit aussitôt à une simple rumeur en arrière-plan. Quel soulagement !

Entre-temps, les GIs ont amené une dizaine d'autres pensionnaires dans l'habitacle, et nous voilà pratiquement prêts à décoller.

« Ils ont retrouvé Mary-Ashley ! s'exclame Brandy. J'espère que ça ne va pas les empêcher de sauver les pensionnaires qui restent… »

Effectivement, la fille du secrétaire à la Défense Dickinson traverse la cour sur un brancard escorté par une bonne douzaine de soldats. Mais au lieu de nous rejoindre, le convoi bifurque vers un avion de transport militaire équipé de deux énormes rotors verticaux, palmiers de métal dressés vers le ciel.

« Un avion à décollage vertical…, murmure Ti-Jean. J'ai vu un reportage sur ces machins à la télé, ils sont très rares : l'armée s'en sert pour accéder aux sites trop petits pour accueillir une piste d'atterrissage.

– Snob jusqu'au bout ! ricane Brandy. Madââme ne veut pas se mélanger au petit peuple. Madââme veut son jet privé pour elle toute seule. Madââme…

– Regardez ! coupe Sinead. Derrière le tas de fumier ! »

Nos regards se tournent vers la plantation, à quelques pas de l'avion où s'est engouffrée Mary-Ashley. Une tête émerge effectivement de derrière le tas de fumier. Une tête connue, trop connue. Bien que sa perruque blanche ait à moitié brûlé, bien que ses petites lunettes rondes se soient brisées, bien que son visage n'exprime plus l'arrogance des bourreaux, mais la panique des bêtes traquées, il est impossible de ne pas reconnaître le docteur Krampus.

« Lui ! siffle Ti-Jean entre ses dents. Vivant ! »

Après avoir regardé autour de lui d'un air méfiant, le docteur Krampus sort de sa cachette. Le simple fait de revoir l'ogre de Redrock, le responsable de tant de malheurs, de tant de morts, me jette dans une rage folle. Je sens mon ventre se tordre, se presser comme une éponge pour essayer de restituer quelques gouttes de Flux, j'entends hurler en moi la voix d'Evan et de toutes les victimes de ce monstre. Quel crime ce monstre est-il encore sur le point de perpétrer ?

Nous n'allons pas tarder à le savoir. Durant quelques secondes, l'air se brouille devant le corps massif du docteur Krampus, qui tremble, fond, rapetisse… jusqu'à prendre la forme d'un corps de GI. Sous ce nouveau déguisement, il court jusqu'au jet de Mary-Ashley et bondit à l'intérieur. Mon sang ne fait qu'un tour.

« Attendez-moi là ! » j'ordonne à mes amis.

Rassemblant mes forces, qui semblent décuplées par la colère, je me lève de ma civière et me dirige vers la sortie de l'hélicoptère.

« Mais tu es maboul ou quoi ? crie Brandy en m'attrapant le bras. On va décoller ! »

Effectivement, les pales de notre appareil se mettent lentement en marche.

tac ! tac ! TAC ! TAC !

« Peut-être, mais eux aussi, là-bas, ils vont décoller. Sans savoir qu'ils ont un monstre à bord !

– Dans ce cas, on vient avec toi ! s'écrie Sinead.

– Hein ? »

Avant que je puisse l'en dissuader, elle se lève à son tour ; ils se lèvent tous – mes chers amis de Redrock – et se jettent avec moi dans la nuit.

Mais nous sommes si fatigués, et les turbulences créées par les hélices de l'hélicoptère sont si puissantes... Les yeux à demi aveuglés par la poussière rouge, nous entrevoyons avec horreur la porte de l'avion se refermer devant nous avant que nous y soyons parvenus.

« La soute ! hurle Ti-Jean. C'est notre seule chance ! »

Il a raison : une ouverture bâille dans le flanc de l'appareil, la trappe ne s'est pas encore complètement rabattue.

Courant à toute vitesse, Ti-Jean et Doug sont les premiers à l'atteindre et à s'y hisser.

Puis ils aident Brandy, Sinead, Kevin et Josh à monter, alors que les rotors de l'avion commencent à tourner, redoublant l'intensité de la tempête générée par l'hélicoptère.

BONG !

La trappe se referme derrière moi dans un claquement sonore, tandis que je roule à mon tour dans la soute – *ouf : il était moins une !*

Dix secondes plus tard, nous sentons nos estomacs remonter dans nos poitrines : nous avons quitté terre, laissant se consumer derrière nous les restes du ranch de Redrock. Tout est allé si vite ! Cette dernière journée, depuis notre tentative de fuite avortée jusqu'à l'invasion des Fés de la forêt et à l'intervention de l'armée, mais aussi ces deux derniers mois. Il me semble que mon arrivée au camp date d'hier seulement – et en même temps, elle me semble remonter à des siècles.

Une chose est sûre : aucun d'entre nous ne regrettera Redrock, le théâtre de tant de douleurs et de frustrations. Mais nous quittons aussi des amis, dont certains ont disparu pour toujours. Sister Edith, nous ne vous oublierons jamais. Adieu à toi aussi, Quaker, mon vieux compagnon : tu as dû partir en fumée avec le dortoir où je t'ai imprudemment laissé...

Dans la nuit de la soute, notre silence témoigne du pincement au cœur que nous ressentons tous. Avec le camp, nous savons que c'est une part de nous-mêmes qui brûle un peu. Une part d'enfance, une part d'innocence, l'illusion que le monde est un endroit sans danger, aussi simple que ce qu'il paraît. Nous sommes arrivés avec bien des certitudes, et nous repartons avec bien des doutes. Tant de questions restent sans réponse... Qui sont mes véritables parents ? Est-ce que mon inscription à Redrock était vraiment le fruit du hasard ? Mon malheureux hamster n'était-il qu'un simple rongeur, et le grand-père qui me l'a offert, qu'un vieil homme farfelu ? Mes origines sont-elles liées à cette mystérieuse Entité extraterrestre qui a appelé à elle tous les Fés d'Amérique ?

Comment peut-on envisager son avenir lorsque l'on ignore tout de son passé ?

Je ne suis sûr que d'une chose : j'ai changé.

Et mes compagnons aussi. Chacun à notre manière, nous nous sommes transformés, révélés durant ces vacances. Malgré nos peurs et nos colères, en dépit de nos désirs contrariés et de nos aspirations déçues – ou peut-être grâce à eux –, nous avons grandi. Comme il est étrange de songer qu'au moment où nous allions enfin être délivrés de la prison où nous croupissions depuis tant de jours, au moment où nous allions enfin nous réveiller du cauchemar de Redrock, nous avons choisi de nous jeter dans l'inconnu, à la poursuite du docteur Krampus… À présent que l'été s'achève, nous le pressentons, une nouvelle saison de responsabilités commence : il ne s'agit plus de nous sauver, mais de sauver le monde. Nous savons que pour nous, rien ne sera jamais plus comme avant.

Nous ne sommes plus des enfants.

Humain ou Fé, qui peut dire quels adultes nous deviendrons ?

En attendant, nous sommes tous des mutants.

GLOSSAIRE

GLOSSAIRE FÉ

Rédigé par le padre Ignacio Da Silva à l'usage des exorcistes et des démonologues
" et de toute personne de bonne volonté".

ABSINTHE

(Breuvage) favori des Fés, qui en font une grande consommation. Utile pour les attirer ou les enivrer. Décoction de grande absinthe plante + anis + fenouil –

AMPOULES FÉES

Petits tubes élastiques remplis de gelée ionique, doublant l'épiderme fé à l'emplacement des ~~pores~~ glandes sébacées, et reliés à un réseau nerveux secondaire. Ces organes permettent aux Fés de percevoir et d'absorber (ponctionner) le Flux, puis d'en rediffuser une partie sous forme d'ondes électromagnétiques.

ARGENT (Fonte d'argent, choisir le cuivre ou l'aluminium !)

L'équipement de base de l'exorciste est composé d'accessoires en argent. En raison de son excellente conductivité, ce métal est en effet tout indiqué pour lutter contre les ondes électromagnétiques émises par les Fés.

BAQUET DE MESMER

Sorte de pile géante ~~capable d'accumuler~~ le Flux humain, conçue par (Franz Anton Mesmer) dans la seconde moitié du XVIIIe siècle. Sans doute un Fé, lui aussi.

CAGE DE FARADAY

Principe de blindage électrique et électromagnétique établi scientifiquement par Michael Faraday au XIXe siècle, mais connu des exorcistes depuis bien plus longtemps. De fait, la meilleure armure pour la chasse aux Fés consiste en une chasuble métallique qui protège le corps, complétée d'une tiare pour éviter les prises de contrôle mental par ondes radio. Pour tous ces accessoires, préférer l'argent. – Un crucifix monté sur une hampe fera un excellent paratonnerre –

CHANGELIN

Humain ravi à ses parents à la naissance par les Fés, et enfété pour devenir leur esclave à vie. Les Changelins sont généralement mutilés par un Puits à l'arrière de la colonne vertébrale : un port d'accès direct au système nerveux, par lequel ils peuvent être rapidement sondés. hypothèse : les âmes des Changelins iraient dans les limbes, comme celles des enfants non-baptisés

CONSEIL DE CONJURATION

Branche secrète de l'Église romaine assignée à la lutte contre les cas de possession démoniaque et les créatures surnaturelles. Elle est dirigée par le Grand Exorciste.

DÉMOGRAPHIE 4700 –

La population fée mondiale à la fin du XXe siècle est évaluée à ~~5 000~~ têtes, soit 1 % de ce qu'elle était dans l'Antiquité et jusqu'au bas Moyen Âge.

DENTS

La mâchoire du Fé adulte compte 96 dents, réparties en 3 rangées successives de 32 dents. On retrouve ce type d'organisation dentaire chez les squales.

DÉSIR

Créatures sans âme, les Fés sont les esclaves de leur désir. De là leur vient toute leur pugnacité

Désir des sens -

Désir de connaissance -

et toute leur faiblesse (cf. théorie augustinienne des trois *libidos* : *sentiendi*, *sciendi* et *dominandi*). Pétris d'égoïsme, les Fés n'ont jamais pu mener de projet commun en tant qu'espèce.

Désir de puissance.

ÉCHANGE

Tradition fée ancestrale, selon laquelle les Fétauds non désirés sont échangés à la naissance contre des enfants humains, destinés à devenir Changelins. Inadaptés aux conditions de la vie humaine, les rejetons fés meurent habituellement en quelques semaines.

Parfois, faute de Fétaud à sacrifier, la Fée ravisseuse laisse derrière elle un objet inanimé, grossièrement enveloppé dans les langes de l'enfant échangé.

ENFÉTAGE

Processus par lequel un Fé établit un contrôle mental exclusif et durable sur un être vivant, animal ou humain. Il s'agit en pratique d'une irradiation électromagnétique du système nerveux du sujet. Plus ce dernier est jeune, plus l'Enfétage a de chances de fonctionner.

FÉ, FÉE, FÉTAUD

Qui sont réellement les Fés, leurs compagnes, les Fées, et leur progéniture, les Fétauds ? Nul ne le sait vraiment, bien que les vieux dogmes fassent remonter leur origine à la révolte des anges rebelles contre le Seigneur. En punition, ces purs esprits auraient été contraints de s'exiler sur terre et de s'incarner dans des corps de chair, fuyant à jamais la lumière du jour, condamnés à se nourrir du Flux des hommes.

Sans ?

idoles des païens -

De leur beauté originelle il ne reste plus grand-chose aujourd'hui. Au cours des âges, leurs proies ont appris à se défendre, et leur nourriture s'est tarie. Affamés, ils se sont inexorablement ratatinés, pour devenir l'ombre d'eux-mêmes :

des créatures malingres et geignardes, boiteuses et desséchées.

Attention toutefois à ne pas les sous-estimer : si faibles qu'ils paraissent, ces démons conservent des pouvoirs électromagnétiques terribles, encore capables de terrasser plus d'un exorciste !

FÉCONDITÉ ET GROSSESSE

La fécondité fée est très basse, à raison d'un rejeton par siècle et par femelle.

En outre, la gestation des femelles dure 9 années, et occasionnent d'intenses douleurs. Voilà qui explique en partie la haine que vouent souvent les mères fées à leur progéniture, qu'elles échangent volontiers contre des Changelins.

FLUX

Force vitale animant toutes les créatures vivantes, particulièrement développée chez les êtres humains, et qui constitue une nourriture vitale pour les Fés. S'agit-il ~~de la conscience ?~~ De l'esprit ? De l'âme ???

NID

Unique organisation sociale fée connue, le nid rassemble idéalement 7 individus, capables de rediffuser le Flux dans les 7 longueurs d'onde du spectre électromagnétique.

PIGMENTATION

Les cheveux et les poils des Fés sont bleus, en raison de la quantité de méthylène qu'ils contiennent. Attention : épilation et teinture peuvent être trompeuses –

POLARISATION

Processus de formation définitive des organes fés, intervenant dans les premières années de vie du jeune Fétaud. Une fois polarisé, un individu ne peut plus rediffuser le Flux que dans une seule longueur d'onde électromagnétique. Cette longueur d'onde le classe dans l'une des

7 familles fées, nommées d'après les planètes censées les gouverner.

Enfants de Mercure : fées devineresses, pythies, démons extralucides rediffusant le Flux en ondes radio (télépathie, suggestion, contrôle mental). *Ex : Lady Banshee, Morgane d'Avalon, Ganelon.* ☿

Enfants de Vénus : gremlins, diables, esprits pyromanes rediffusant le Flux en micro-ondes. *Ex : Puck, l'Encantada.* ♀

Enfants de Mars : ogres et dévoreurs rediffusant le Flux en ondes infrarouges (vision nocturne, vision thermique). *Ex : Gilles de Rais (dit Barbe-Bleue), Gargantua.* ♂

Enfants de Jupiter : envoûteurs, mages, enchanteurs rediffusant le Flux en ondes visibles (illusions optiques). *Ex : Merlin.* ♃

Enfants de Saturne : nécromanciens, sorcières, vampires rediffusant le Flux en rayons ultraviolets (corruption des organismes vivants, vieillissement accéléré). *Ex : la Fée Carabosse, Dracula, Mordred.* ♄

Enfants de Pluton : monstres épieurs, ectoplasmes, spectres de famille rediffusant le Flux en rayons X (clairvoyance, vision à travers la matière). *Ex : la Dame Blanche.* ♇

Enfants de Neptune : Fés bâtisseurs ou destructeurs, rediffusant le Flux en rayons gamma (télékinésie). *Ex : Mélusine, Napoléon Ier.* ♆

PONCTION Important : éviter tout contact cutané

Faculté des Fés de capter le flux des êtres vivants par l'intermédiaire de leurs ampoules sous-cutanées. Vidée de sa force vitale, la proie refroidit à mesure qu'elle s'affaiblit, et finit par mourir.

SEL $Na^+ Cl^-$

Le sel de table (chlorure de sodium) est un poison redoutable pour les Fés, par voie orale comme par voie topique. Le meilleur moyen de confondre un Fé est de goûter ses larmes : elles sont douces comme de l'eau de source, le corps des Fés ne comptant pas un gramme de sel.

SONDE 

Faculté des Fés de s'immiscer dans le corps et l'esprit d'autres êtres vivants par simple contact cutané, en les vidant de leur Flux. Tant que le contact est maintenu, le Fé peut forcer la créature sondée à réaliser certaines actions. Dans les stades ultimes de la Sonde, lorsque la victime n'a presque plus de Flux, ses dernières défenses psychiques cèdent et le Fé accède à sa mémoire.

VEILLEUSE

Artefact confectionné par les Fés expérimentés, à partir d'un objet chargé d'une réserve de Flux. Tant qu'elle est chargée, la Veilleuse agit comme un capteur polysensoriel, qui emmagasine les stimuli extérieurs émanant de son environnement immédiat. Par simple contact, un Fé peut pénétrer la mémoire d'une Veilleuse et accéder aux données enregistrées.

Puisse le lecteur pardonner la pointe émoussée de ma vieille plume... Et la main fatiguée qui la tient... La lecture de ces lignes lui a sans doute été pénible, mais qu'il se console en songeant qu'elles lui sauveront peut-être la VIE.

Ignacio Da Silva

Remerciements

C'est en pleine nuit que cette histoire a vu le jour – si j'ose dire. Elle a été couchée sur le papier au cours des heures blanches qui précèdent le petit matin, entre Paris, New York, Copenhague et bien d'autres lieux encore. Cependant, si solitaire que fut son écriture, ce livre n'aurait pu exister sans le soutien constant de quelques-uns.

Merci tout d'abord à E., qui m'a ouvert les yeux sur certains mystères de la nuit, et qui m'a prié de garder son identité secrète.

Merci aussi à Kim et Francine. Où qu'ils soient dans le monde en ce moment, je sais qu'ils pensent à moi et je le leur rends bien.

Merci à Jeanne, Élise et Élisabeth pour leurs conseils avisés et pour leur enthousiasme.

Merci à Jean-Claude qui m'a cru sur parole, et à Cécile qui organise ces dîners mémorables.

Merci à Cali de voir elle aussi ces choses que les autres ne voient pas – ainsi, je me sens moins seul.

Et merci enfin à mes médecins pour leur acharnement : désolé, messieurs, je fais ce que je peux !

Table des matières

TROISIÈME PARTIE. PAPILLON

Extrait

Le Cas Jack Spark
2. Automne traqué

Deux heures.

C'est le temps d'un film, le temps de décrocher de la réalité pour pénétrer dans un autre univers et croire à des personnages, à des lieux, à des situations qui n'existent pas.

C'est l'espérance de vie d'un éphémère devenu adulte, et juste assez pour qu'une tortue des Galápagos parcoure quelques mètres sur une plage.

C'est la conversation la plus longue que je peux passer avec mon mobile sans avoir à le recharger, au bout de laquelle il s'arrêtera nécessairement, qu'il s'agisse du sujet le plus anodin ou le plus vital.

C'est le temps qu'il m'a fallu pour rater mon examen de mathématiques de fin d'année, au collège, et pour écrire la rédaction qui m'a permis de rattraper les dégâts.

En deux heures, on peut refaire le monde avec ses amis.

On peut écouter un double album de rock seul dans sa chambre.

On peut faire le tour de New York en métro.

Et faire le tour de Central Park à pied

— — — — — — — — — — — — — — — —

On peut connaître suffisamment une personne pour en tomber vraiment amoureux – pas juste une passade qui ne dure pas.

Et l'on peut s'éloigner suffisamment du présent pour penser à lui comme à un passé définitivement révolu...

Deux heures.

C'est le temps qui s'est écoulé depuis que nous avons décollé, à bord de l'avion de transport militaire qui emporte Mary-Ashley Dickinson, la fille du secrétaire à la Défense, loin du camp de Redrock – dont le souvenir, déjà, m'apparaît aussi brumeux qu'un rêve.

Cela fait deux heures que nous avons laissé derrière nous les restes de cette colonie pénitentiaire, déguisée en camp de vacances, qui a épuisé des générations d'adolescents à l'ombre des montagnes Rocheuses. À quelques mètres de nous, derrière la paroi de la soute où nous nous sommes glissés, nous savons que se dissimule l'ancien maître de Redrock, le terrible docteur Krampus. Une créature non humaine, un Fé sorti des anciennes légendes, déguisé en GI grâce à ses pouvoirs électromagnétiques. Un monstre de la même race que moi, Jack Spark, un être vampirique se nourrissant de l'énergie vitale des hommes.

De la même race que moi...

Il y a un mois et demi, lorsque je suis arrivé à Redrock, je pensais être un adolescent normal, solitaire et mal dans sa peau comme des millions d'autres, avec juste quelques problèmes en plus. Comme mes insomnies chroniques ou mes intolérances alimentaires. J'ai appris depuis que ces symptômes étaient les signes de ma condition fée. Une condition fabuleuse et effroyable. Fabuleuse par les pouvoirs qu'elle confère – en ce qui me concerne, celui de manipuler les rayons gamma, et de déplacer ainsi les objets à distance par télékinésie. Effroyable par les servitudes qu'elle implique – l'allergie à la lumière et au sel, mais surtout la dépendance au Flux, cette mystérieuse énergie produite par le corps des êtres humains.

Mais je ne veux pas être un prédateur.

Je refuse cette fatalité, comme mes amis l'ont refusée en choisissant de m'accorder leur confiance.

La plus belle preuve de leur courage ? Ils sont là, à mes côtés, dans la soute. Il y a Ti-Jean, le grand Black obnubilé par la propreté, et son amie Brandy, victime de crises de boulimie compulsive. Il y a Josh, le jeune homo suicidaire écrasé par l'autorité de son pasteur de père, et Doug, le rebelle psychotique élevé à coups de torgnoles. Il y a le petit Kevin qui, à cinq ans, fait encore pipi au lit. Et surtout il y a sa grande soeur, Sinead, la belle voleuse aux cheveux de cuivre, mon héroïne, celle qui fait battre mon cœur de Fé sur un tempo humain. Tous autant qu'ils sont, ils ont surmonté leurs peurs et leurs obsessions pour me suivre dans cette aventure. Parce qu'ils savent ce dont le docteur Krampus est capable. Parce que je leur ai révélé l'existence de la terrible Entité extraterrestre qui vit au cœur du rocher de Redrock. Est-ce elle qui guide le docteur Krampus à distance ? Quel est son dessein, et pourquoi a-t-elle appelé à Redrock tous les Fés d'Amérique ? Bien des questions restent sans réponse...

Quelle que soit la destination vers laquelle se dirige le jet, une chose est sûre : nous avons le devoir de stopper le docteur Krampus. Bien que, pour l'instant, nous n'ayons pas la moindre idée de la manière d'y parvenir. Il règne ici une obscurité opaque comme de la purée de pois, que nous nous efforçons d'éclairer à la lumière des écrans de nos téléphones portables. Mais à part quelques besaces militaires contenant des rations alimentaires sous aluminium – que Brandy s'est empressée de goûter –, la soute est vide. Nous en avons exploré chaque recoin à tâtons, pour nous rendre à l'évidence : nous sommes complètement isolés du reste de l'appareil. Couverts par le bruit déchirant des réacteurs, nos cris, nos battements de mains et de pieds sont passés inaperçus. Nous sommes condamnés à rester dans cette prison jusqu'à l'atterrissage, en priant pour qu'il ne soit pas trop tard alors pour prévenir les soldats escortant Mary-Ashley qu'une créature surnaturelle s'est glissée parmi eux...

– – – – – – – – – – – – – – – – – – –

Vous qui avez aimé
Le Cas Jack Spark, *prolongez les frissons et l'émotion avec :*

LE COMBAT D'HIVER
de Jean-Claude Mourlevat

Quatre adolescents, évadés de leur orphelinat-prison, reprennen la lutte perdue par leurs parents quinze ans plus tôt. Leur comba hymne grandiose au courage et la liberté, semble désespéré. Et pourtant…

LA VOIX DU COUTEAU
de Patrick Ness

C'est l'année de ses 13 ans et Todd va devenir un homme de Nouveau Monde, uniquement peuplé d'hommes, où chacun peut entendre la pensée des autres : c'est le bruit, incessant, obsédant. Un jour, Todd découv un lieu où le bruit se tait…

Victor Dixen

Où avez-vous puisé vos idées pour *Le Cas Jack Spark*?
Dans la nuit! Ce livre a été entièrement écrit la nuit, de la première à la dernière ligne, et les rayons du soleil n'ont touché le manuscrit qu'au moment où je l'ai remis à l'éditeur. Fitzgerald a dit que la pire chose au monde était d'essayer de dormir et de ne pas y arriver. Alors j'ai arrêté d'essayer. J'ai laissé tomber les cachets, les somnifères, l'acupuncture; à la place j'ai pris un stylo et une feuille!

Jack ressemble-t-il à l'adolescent que vous étiez?
Je connais bien Jack, parce que je sais ce que c'est de se réveiller toutes les nuits dans le silence. Je comprends ses colères et ses frustrations, la difficulté qu'il a parfois à communiquer avec les autres.
J'ai puisé dans mes souvenirs, dans cette adolescence qui me paraît encore si proche. On dit que c'est l'âge de tous les possibles. Je le crois. Parce que c'est l'âge où l'on est le plus lucide sur notre nature d'êtres mutants, irrémédiablement mutants.
Mais attention, Jack Spark n'est pas Victor Dixen pour autant! Il est bien plus mystérieux que moi.

Pourquoi écrire à la première personne, et pourquoi les onomatopées?
Le temps de l'écriture, je suis devenu Jack. La construction de papier et de mots s'est transformée en expérience de chair et de sang, d'émotion et d'effroi. J'étais moi aussi à Redrock, tout aussi prisonnier que les autres pensionnaires! Alors le récit s'est teinté d'urgence, ces onomatopées sont apparues d'elles-mêmes.

La nuit vous inspire-t-elle ?

La nuit, on ne peut ignorer l'univers, l'infinité des mondes, les milliers d'étoiles sont là pour nous le rappeler à chaque instant. Et puis, la nuit ne nous appartient pas comme le jour, à nous autres humains, même si nous essayons de la coloniser avec nos loupiotes prétentieuses. Elle reste largement sauvage. Et jusque dans notre âme : c'est la nuit que nos rêves se réveillent...

Vous présentez les fées sous un visage assez inattendu !

Pour moi, Perrault constitue le *turning point* à partir duquel ces créatures deviennent des dames fréquentables dont on parle avec amusement dans les salons. Mais dès que l'on remonte quelques siècles plus tôt, on s'aperçoit que les Fées étaient aussi craintes que révérées. Si l'on tentait de les amadouer avec des offrandes et des amulettes, ce n'était pas tant pour obtenir leurs bonnes grâces que pour les dissuader de dérober les enfants et de pourrir les récoltes !

Alors, en fin de compte (j'ai failli écrire : en fin de conte !), je n'ai rien inventé. J'ai juste essayé de rappeler aux lecteurs quelles créatures fascinantes et dangereuses étaient vraiment les Fées.

Un conseil pour les écrivains en herbe ?

Lisez et vivez !

Lisez votre vie comme un livre, déchiffrez les signes que l'univers vous envoie et devinez la trame derrière le hasard.

Vivez vos lectures comme si c'était vous entre les pages, comme si les mots étaient des choses plus vraies que les choses.

Le reste coulera de source.

VICTOR DIXEN est né il y a trente ans d'un père danois et d'une mère française. À l'âge de sept ans, il connaît une expérience traumatisante dans le plus vieux parc d'attractions du monde, le Tivoli de Copenhague.
Souffrant depuis cet incident de somnambulisme et d'insomnies, Victor est incapable de dormir plus de quatre heures d'affilée et aurait développé une sorte de sixième sens...
Après avoir passé plusieurs années aux États-Unis, notamment dans le Colorado, et en Irlande, Victor Dixen vit aujourd'hui à Paris. Ici comme là-bas, il occupe ses heures sans sommeil à arpenter la nuit, traquant ses monstres et ses merveilles.

Retrouvez Victor Dixen sur son site internet :
www.victordixen.com

Dans la collection

Pôle fiction

filles

Ce que j'ai vu et pourquoi j'ai menti,
Judy Blundell
Quatre filles et un jean
Le deuxième été
Le troisième été
Toi et moi à jamais, Ann Brashares
LBD
1. Une affaire de filles
2. En route les filles, Grace Dent
Cher inconnu, Berlie Doherty
Qui es-tu Alaska?, John Green
13 petites enveloppes bleues, Maureen Johnson
Les confidences de Calypso 1 – Romance royale,
Tyne O'Connell
Le journal intime de Georgia Nicolson
1. Mon nez, mon chat, l'amour et moi,
2. Le bonheur est au bout de l'élastique,
3. Entre mes nunga-nungas mon cœur balance
4. À plus, Choupi-Trognon...
Louise Rennison
Code cool, Scott Westerfeld

fantastique

Interface, M. T. Anderson

Genesis, Bernard Beckett

Felicidad, Jean Molla

Le Combat d'hiver, Jean-Claude Mourlevat

Le Chaos en marche

1 - La Voix du couteau

2 - Le Cercle et la Flèche

Patrick Ness

La Forêt des damnés, Carrie Ryan

Le papier de cet ouvrage est composé de fibres naturelles, renouvelables, recyclables et fabriquées à partir de bois provenant de forêts plantées et cultivées expressément pour la fabrication de la pâte à papier.

Maquette : Dominique Guillaumin
Photo de l'auteur © E. Clocksbriggs

978-2-07-064050-8
Loi n° 49-956 du 16 juillet 1949 sur les publications destinées à la jeunesse
Dépôt légal : juin 2011
N° d'édition: 182982 – N° d'impression : 105260
Imprimé en France par CPI Firmin Didot